本书系2015年教育部人文社科研究基金项目"八旗诗歌史"（15XJC751005）最终结项成果；

受到"重庆工商大学学术专著出版基金"及"中央支持地方项目——新闻传播学学科建设"的经费资助

BAQI SHIGESHI

八旗诗歌史

李杨 著

巴蜀书社

目 录

序 ·· 朱则杰（1）

绪 论 ·· （1）
    第一节 八旗制度概说 ··· （1）
    第二节 八旗诗歌的研究历史 ·· （4）
    第三节 八旗诗歌史的选题价值及研究思路 ································· （11）

第一章 鄂貌图与八旗诗歌的先声 ·· （13）
    第一节 "满洲文学第一"的鄂貌图及其诗歌 ································· （13）
    第二节 "从戎儒士"顾八代 ··· （23）
    第三节 范承谟的烈士之诗 ··· （29）

第二章 "满洲奇葩"纳兰性德 ··· （39）
    第一节 纳兰性德的诗学理论 ·· （40）
    第二节 纳兰性德诗歌的主要内容 ··· （45）
    第三节 纳兰性德诗歌的艺术特色 ··· （50）

第三章 千岩竞秀的顺康八旗诗坛 ·· （54）
    第一节 "醉吟俱不辍，世许作狂猜"的曹寅 ································· （54）
    第二节 "抽思更有葛庄新"的刘廷玑及其《葛庄诗钞》 ················· （62）
    第三节 "平生低首味和堂"的高其倬及其《味和堂集》 ················· （70）

第四章　以岳端为代表的清前期宗室诗人 …………………………………（76）
第一节　"一代宗潢之秀"岳端 ………………………………………（76）
第二节　"宗室三诗人" …………………………………………………（83）
第三节　清前期的皇子诗人 ……………………………………………（94）

第五章　帝王诗与"高宗体" ………………………………………………（103）
第一节　康熙皇帝与清初诗坛 …………………………………………（103）
第二节　乾隆皇帝诗歌的主要内容 ……………………………………（116）
第三节　"高宗体"的渊源及影响 ………………………………………（123）

第六章　雍乾之际的八旗诗坛 ……………………………………………（134）
第一节　"辽东三老" ……………………………………………………（134）
第二节　长海与八旗田园诗 ……………………………………………（144）
第三节　英廉的"宰相诗" ………………………………………………（152）

第七章　乾嘉时期的八旗诗坛 ……………………………………………（158）
第一节　"由来吏隐一身兼"的鲍钦 ……………………………………（158）
第二节　"蒙古诗杰"梦麟 ………………………………………………（166）
第三节　"辽海诗豪"朱孝纯 ……………………………………………（172）
第四节　和瑛、松筠与八旗边塞诗 ……………………………………（179）

第八章　"北方三才子" ………………………………………………………（193）
第一节　法式善与"八旗诗话" …………………………………………（193）
第二节　铁保与《熙朝雅颂集》 …………………………………………（204）
第三节　汉军诗人百龄 …………………………………………………（213）

第九章　乾嘉时期的宗室诗坛 ……………………………………………（222）
第一节　永忠和敦诚 ……………………………………………………（222）
第二节　昭梿与《啸亭杂录》 ……………………………………………（233）
第三节　多情王孙奕绘 …………………………………………………（241）

第十章　西林春与八旗女性诗歌 …………………………………………（248）
第一节　汉军女诗人蔡琬与高景芳 ……………………………………（248）

第二节　满洲女诗人西林春 …………………………………………… (254)
　　第三节　蒙古女诗人那逊兰保与百保友兰 …………………………… (261)

第十一章　宗室诗人之冠冕宝廷 …………………………………………… (270)
　　第一节　宝廷的穷愁悲慨之诗 ………………………………………… (270)
　　第二节　宝廷的写实感事之诗 ………………………………………… (276)
　　第三节　宝廷与"探骊吟社" …………………………………………… (282)

第十二章　晚清八旗诗坛的变徵之音 ……………………………………… (291)
　　第一节　斌椿及其诗歌中的欧洲世界 ………………………………… (291)
　　第二节　八旗现实主义诗人延清 ……………………………………… (300)
　　第三节　清末诗人盛昱与唐晏 ………………………………………… (308)

第十三章　八旗诗歌的余响 ………………………………………………… (316)
　　第一节　杨钟羲及其遗民文学创作 …………………………………… (316)
　　第二节　"辽海诗杰"成多禄的末世绝唱 ……………………………… (322)
　　第三节　驻防八旗诗人三多与"柳营"文献 …………………………… (329)

结　语 ………………………………………………………………………… (340)
参考文献 ……………………………………………………………………… (343)
后　记 ………………………………………………………………………… (377)

序

八旗诗歌是清代诗歌的重要组成部分之一，同时又具有自身的特点，可以成为一个相对独立的分支，并形成专门的研究领域。但此前的学术界，虽然不断地有学者涉足，也陆续做出过不少的贡献，却始终没有人专门从事这方面的研究，更多的是将之作为满族文学研究的附庸对待，这就期待着真正意义上的专家出现。

十几年前的李杨同学，生在东北（黑龙江），学在西北（新疆师范大学），在我历年的博士研究生报考者中，是最适合研究八旗诗歌的。2009年第一次报考，由于我所在的浙江大学，博士研究生入学考试的外语据说异常困难（学生一般叫作"恶心"），所以连李杨这个本科英语专业出身的，竟然也未能上线。但我特别希望她第二年继续考我的博士，才终于如愿招到了这个后来的八旗诗歌研究专家。而在我所有的博士研究生报考者中，也唯独李杨是坚持考两次的。可见真要成就一个专家，就在考试、招生的过程中都不容易，仿佛"天将降大任于斯人也"。

如果真正有志于研究一个较大的学术领域，那么最好是先有整体性的宏观把握。就诗歌而言，按照当今的治学方法，要么纵向写"史"，要么横向写"通论"。这不仅需要眼光，更加需要魄力。李杨的博士学位论文，就是很干脆的《八旗诗歌史》。当时我们的博士研究生学制还是三年，而李杨恰好与其汉语言文字学专业"创优延毕"的丈夫胡波同学同步，主动读到了四年。因此，她的学位论文，也相应地写到了五六十万字。这在"朱门"内部，仅次于其前主动读到近五年的帅兄夏勇的《清诗总集通论》（中国社会科学出版社2016年7月第1版），当初作为学位论文［临时题作"清诗总集研究（通论）"］写到了七十五万字，可见成果规模都与读书年限成正比。

回顾20世纪八九十年代，我的博士学位论文原名《清代诗歌史》，出版时简称《清诗史》（江苏古籍出版社1992年2月第1版），总共只有三十万字。其中关于八旗诗歌，正如李杨在梳理学术史的时候所说，除了提到纳兰性德、乾隆皇帝、法式善几个人之外，只在法式善处横向申发开去，对整个"八旗诗人"以及"清代以满族为主体的整个少数民族诗人的创作成就"进行一番概括性的评述；全部加在一起，也不过几千个字。而三十年之后，不但涌现出专门的《八旗诗歌史》，而且对应的分量也在成百倍地增长。从这个最为表层的现象，未尝不能够窥见整个学术研究的长足发展。就八旗诗歌的研究来说，此书的正式出版，更加具有里程碑的意义。至于其间可能存在某些美中不足之处，相比之下也应该是次要的。

朱则杰

2022年9月19日写于杭州玉泉

绪　论

中国自古就是诗国。从西周开始到现在，三千多年历史长河中，诗一直是人们用以抒发性情、阐释心灵、记载人生的主要手段。从古老的《诗经》《楚辞》到汉魏"乐府"、六朝民歌，一直发展到诗歌创作的巅峰——唐诗，再历宋、元、明而下，至清又趋繁盛。清代是古典诗歌理论全面总结的时代，清诗是古典诗歌创作集大成的里程碑。清代诗坛高水平诗人前后继起、诗歌流派异彩纷呈、诗学理论百花齐放，清诗的繁荣是全面的。同样，这种繁荣还体现在诗人地域分布之广以及民族组成之多上。在地域上具有特殊地位，民族上又具有特殊性质的八旗诗歌作为清诗研究的重要分支，或可作为清诗繁荣盛况的一个特色注脚。

第一节　八旗制度概说

研究八旗诗歌，首先要了解"八旗"制度。清代八旗制较为特殊，这种特殊性使得清代的军政系统和人民构成不同于以往任何一个朝代。在清代社会，旗人与民人共同构成社会成员的整体，民人隶属省、府、州、县，旗人则被编入八旗。清代统治者认为八旗子弟在国家肇兴与开疆拓土上建功颇著，所以在强调"本朝以弧矢戡定天下"（重视武功）的同时，对"国家根本所系"的"八旗"恩养有加，并在行政隶属、社会地位、经济来源、文化习俗、役税权利等多个层面，赋予八旗多种特权。

八旗制度由女真族围猎时的基础单位"牛录制"发展而来。"牛录"是满语，原义为"箭"，它原本只是一种临时组织，狩猎结束后即行解散，《清实录·太祖高皇帝实录》卷三记载了"牛录"的大致情况：

前此凡遇行师出猎，不论人之多寡，照依族寨而行。满洲人出猎开围之际，各出箭一枝，十人中立一总领，属九人而行。各照方向，不许错乱，此总领呼为牛禄（汉语"大箭"）额真（汉语"主"也）。①

之后，努尔哈赤在"牛录"的基础上加以发挥，创立"旗军制"。"旗军制"里"牛录"仍旧作为最小的基层单位存在，每牛录设"牛录厄真"一人，五牛录设"甲喇厄真"② 一人，五甲喇设"固山厄真"③ 一人。一牛录三百户，每户出一个壮丁入编旗军，父死子继、兄死弟续，以保持总数不变。这样一来，"牛录"便既是一种社会组织也是一种作战单位，也可视其为兵民合一的"八旗"制度的雏形。此后，经过不断系统化的"八旗"不仅成为作战有力、机动灵活的军事组织，也成了极为有效的行政组织与经济组织。他们出则为兵，入则为农，亦耕亦战，无有偏废。这一特殊的组织形式，在后金时期和清初期的军事战争和人口管理上起到巨大作用，为清朝立国和建立对中原地区的有效统治奠定了根基。顺治十七年庚子（1660），改称"牛录"为"佐领"④，此后，"佐领"取代"牛录"成为八旗军政合一组织的最基层单位。

八旗的确立，有其演进和完备的过程。明万历二十九年辛丑（1601），努尔哈赤设"四旗"。当时归属的部落首领有一百九十多名，兵丁一万多人，再加上舒尔哈齐的五千兵，共编为四个"固山"，取"四方合围"之意。中央用黄旗，其他三面乃"围翼"，西方用红旗，东方用白旗，南方用蓝旗。旗帜选色乃是根据"五行生克"的原理制定。至万历四十三年乙卯（1615），各部迁来人口总数已达五万，为平均人口以方便管理，努尔哈赤对"四旗"进行调整，析"四"为"八"，以"正""镶"（亦作"厢"）区分，"八旗"始正式命名。崇祯八年即皇太极天聪九年乙亥（1635），正式使用"满洲"名称，此八旗被称为"满洲八旗"。随着蒙古、汉军旗相继成立，便又以"旗"为基准进行划分，每旗分辖满洲、蒙古、汉军，之后遂称之为八旗满洲、八旗蒙古以及八旗汉军。清人金德纯在其所著《旗军志》中曾概要地介绍过八旗制度的创建、组成、职官分布、历史作用等问题，在谈到"八旗"的组成时说："……八旗，曰正黄、镶黄、正白、镶白、正红、镶红、正蓝、镶蓝，每旗析为三部。以从龙部落及傍小国臣顺者子孙臣民为满洲；诸漠北引弓之民景化内徙者别为蒙古；而以辽人、故明指挥使子孙、他中朝将众来降及所掠得，别隶为汉军。"⑤

蒙古隶旗的原因和过程极为复杂，这里仅做一简要介绍。满、蒙均属北方游牧民族，具有

---

① 《清实录·太祖高皇帝实录》卷三，中华书局1986年11月第1版，总第1册第117—118页。
② "甲喇"，原义为"关节"，此处用作官职是取其引申义，官阶处于"牛录"与"固山"之间。
③ "固山"，原义为"部落"，等于今天的乡镇，是满洲户口与军事编制的最大单位。每固山各有特定颜色的旗帜，所以汉语译固山为旗，"固山厄真"意即旗主。
④ "佐领"既是丁口编审的最小组成部分，也是这个层阶官长的名称。
⑤ （清）金德纯撰《旗军志》，辽海丛书本，辽沈书社1985年3月第1版，第4册第2603页。

相似的生活习俗和民族特性，二者在共同利益面前，互相扶持，世代联姻。在满洲统一北方部族与南下入关、定鼎中原等一系列战争中，蒙古王公功勋颇著。皇太极对归附的蒙古各部礼遇有加，他的十六个格格中有十二个下嫁蒙古贝勒，两位皇后和三个贵妃亦皆为蒙古贝勒之女。杜家骥先生在其《清朝满蒙联姻研究》一书中曾做过统计，有清三百年间，共有四百三十二位公主、格格出嫁蒙古，有一百六十三位蒙古王公之女嫁入宗室，这一数字很能说明满蒙间特殊的姻亲纽带关系①。该书中曾这样阐述清代的满蒙联姻问题：

> 满蒙联姻……使清代入主中原的满族，与边区的蒙古族，保持了三个世纪的通婚，建立了世代姻亲关系。也正是这种姻亲关系，对中国北方这两大尚武勇悍民族的长期和好、对清廷统辖与治理边疆蒙古地区，起到了重要作用。②

后金初期，满洲中的蒙古部族并未单独成旗，至天聪九年乙亥（1635），随着蒙古部众的增多，原来隶属于满洲内的蒙古旗丁编制已无法容纳更多的蒙古部众，这不仅增加了管理难度，还影响了施政的有效性，所以皇太极着手增编蒙古八旗。他将原编入"八旗满洲"的蒙古兵丁抽出，混合新归附的蒙古兵丁，另外编为八部，编制与旗帜均同满洲，分别隶属于各旗旗主，是为"八旗蒙古"。除隶入旗籍的蒙古兵丁外，另有留居原处的蒙古民众，称"外藩蒙古"，亦予编旗，但不隶属于"八旗"。现在内蒙古地名中仍旧可见诸如阿拉善左旗、额济纳旗、乌拉特中旗、准格尔旗等，盖此历史的遗留。

汉军初名"乌津超哈"，又称"乌真超哈"，是满语"重兵"的音译。这是因为在后金初期，归附努尔哈赤的明朝军队多能使用重型武器，故而得名。后来改称为"汉军"。八旗汉军在天聪七年癸酉（1633）一月初设。原入满洲八旗的汉人壮丁每十人中出一人，共一千五百人，为"汉军旗"，旗色为黑。随着归附的汉人日益增多，再加上原住辽东参与清朝建国战争的汉族民众人口骤增，崇德二年丁丑（1637），皇太极将汉军旗扩展为二旗，分为两翼；四年己卯（1639），将两翼汉军旗扩展为四旗；七年壬午（1642），又将四旗扩展为八旗，"八旗汉军"的规制正式建立起来。需要注意的是，之前的汉军虽设有一旗、二旗、四旗，皆非正式的八旗编制，他们只是隶属满洲八旗的汉军牛录而已③。

入关后，为适应统治的需要，八旗军又分为两部分：京畿之地拱卫京师的为禁旅八旗，分处全国各地驻防营的为驻防八旗。驻防八旗作为八旗制度的重要组成部分，在有清一代对加强和维护中央对地方的统治起到相当重要的作用。同时，驻防八旗因处外日久，与当地人民不断

---

① 参见杜家骥《清朝满蒙联姻研究》前言，人民出版社2003年9月第1版，第9页。
② 杜家骥《清朝的满蒙联姻》，《历史教学》2001年第6期，第15页。
③ 蒙古、汉军的建立及相关问题参见姚念慈《略论八旗蒙古和八旗汉军的建立》，《中央民族大学学报》1995年第6期，第26—31页。

接触，语言、习俗、情感和文化都在潜移默化中不断改变，这为民俗习惯的族际传播和互融而促成多元一体的民族国家的形成做出了贡献。

第二节　八旗诗歌的研究历史

清末民初至20世纪70年代末，八旗研究多集中在历史、政治诸领域，涉及文学的很少，将"八旗诗歌"视作整体研究对象的成果更是阙如。20世纪70年代末至今，古典文学研究领域百花竞艳，热点此起彼伏。八旗文学研究相较同时期的其他文学研究而言，虽没有形成大的热潮，研究成果却有较大幅度的增长，但却仍未出现一部系统全面的八旗诗歌研究专著。以下将八旗诗歌的研究历程以20世纪70年代末年为界，分两段进行介绍。

一　20世纪70年代末以前对八旗诗歌的研究

清末民初至1979年以前，新的研究方法与大量研究资料还没有引起人们的足够重视。1980年之后，古典文学研究领域掀起了无数的热潮，方法不断更新、视野日益开阔、深度渐趋增加，研究成果大量涌现，故本处以1979年作为探讨研究时段及成果的大致时间断限[①]。

清末民初直至中华人民共和国成立，学术界多关注满洲史研究，其成果也充溢着浓厚的狭隘民族主义色彩。此期内的八旗文学，还没有作为一个整体研究对象进入研究者视野，但在八旗文献的整理方面却诞生不少极具价值的成果，比如盛昱、杨钟羲合编的《八旗文经》（1901）、震钧（又名唐晏）的《天咫偶闻》（1903）、杨钟羲的《白山词介》（1910）与《雪桥诗话》（1913）、恩华的《八旗艺文编目》（1936）等。这些资料为后来的八旗文学研究奠定了基础。阎崇年先生所编的《20世纪世界满学著作提要》，收录20世纪初至21世纪初的满学研究著作858种，其中"文学类"专著仅有35种，完成于1979年之前的著作仅4种，分别为桥川时雄《满洲文学兴废考》（1932）、胡云翼整理点校的《饮水词》（1935）、李勖《纳兰词笺》（1937）、太田辰夫《满洲族文学考》（1976）。从这一未全面统计的数字可以看出，在这长达80年的历史时期内，八旗文学显然还没有形成一个完整的研究系统，而八旗诗歌则更不

[①] 张佳生在《满族文化研究百年》一文中将满族文化研究分为四个时期：1900—1929年、1930—1948年、1949—1978年、1979—2000年。他说："前三个阶段处于满族文化研究的奠基期与始兴期，这主要表现在这三个阶段中虽取得了一些研究成果，但总体上缺乏系统性、深刻性和理论的思辨性。"（见《满语研究》2003年第1、2合期）按，满族文学研究属八旗文学研究的一个部分，二者有重合之处，但近些年的满族文学研究多不涉及汉军与蒙古作家。八旗文学作为一个整体，纳入研究者视野的时间与满族文学研究开始的时间并不吻合，此处虽有参考张先生的分期，但仍旧以八旗文学研究发展情况作为分期依据，断为二期。

在研究者注重的范围内。其中除美国汉学家史景迁（Jonathan D. Spence）《曹寅与康熙——包衣与主子》一书谈到了曹寅的诗歌创作之外，其他八旗诗歌极少被论及。

综合来看本期的八旗文学研究，成果呈现出研究对象较为集中的特点：

首先，是对女作家顾太清的研究，关注点一般在其词作以及对作者生平的考索等问题。其中较具代表性的如储皖峰先生[①]、苏雪林先生[②]、夏纬明先生[③]等的一些论著。

其次，是对纳兰性德的研究。与对顾太清研究的情况类似，对纳兰性德的研究也几乎都围绕其词作以及家世背景问题展开。但纳兰性德研究的成果较顾太清更为丰富。胡云翼先生[④]、张任政先生[⑤]、张荫麟先生[⑥]、唐圭璋先生[⑦]、陈郁文先生[⑧]、康家乐先生[⑨]、赵国钧先生[⑩]等都对纳兰性德的生平问题及其词的研究做出了较为系统的阐释，此后的纳兰研究，也多半沿袭前辈的研究道路前进。

再次，是对《红楼梦》作者及亲友的研究。此间，尤为引人注意的就是《红楼梦》研究成果的突出涌现，这与"红学"研究的兴盛有直接关系。也正因为学界对《红楼梦》的深入挖掘，敦敏、敦诚、永忠、高鹗、明义、裕瑞等八旗诗人及其作品也进入研究者视野之中。曹寅诗文创作也在此期内引起关注，王延龄先生对曹寅在文学史上的地位这样评价，他说："［曹寅诗歌］成就不高，他流传下来的诗文，除了可以提供我们今天研究曹家家世的史料外，反映内容不过是贵族的享乐生活，技巧脱不出西昆体的范围。文学价值很少。"[⑪] 此期内，对丁敦诚、敦敏兄弟与曹雪芹关系的研究成果较多。余英时先生结合敦诚、敦敏兄弟的存世诗文进行考索，认为他们是《红楼梦》批语的其中两个作者。他还认为曹雪芹与敦氏兄弟的交游对《红楼梦》的创作有较大影响[⑫]。同时，永忠由于"题红诗"也开始为研究者所关注。侯堮先生认为永忠诗歌是八旗诗中的一流作品，故而作《觉罗诗人永忠年谱》[⑬]一文。此外，刘世

---

① 储皖峰撰《关于清代女词人顾太清》，《国学月报》1929年第12期，第693—697页。
② 苏雪林撰《清代女词人顾太清》，《妇女杂志》1931年第7期，第25—35页；苏雪林撰《蠹鱼集》，商务印书馆1938年7月第1版，第86—207页。
③ 夏纬明撰《清代女词人顾太清》，《光明日报》1962年9月20日第4版。
④ 胡云翼撰《纳兰性德及其词》，《北新周刊》1927年第35期，第1—18页。
⑤ 张任政《纳兰性德年谱》，《北大国学季刊》1930年第4期，第741—790页。
⑥ 张荫麟《纳兰成德传》，《学衡》1929年第7期，第1—35页。
⑦ 唐圭璋撰《纳兰容若评传》，《中国学报》1944年第3期，第56—63页。
⑧ 陈郁文撰《漫谭晏小山与纳兰容若》（上、下），《雄风》1946年第6、7期，第22—25页、第23—27页。
⑨ 康家乐撰《姜白石与纳兰性德词的比较》，《协大文艺》1947年第20期，第53—63页。
⑩ 赵国钧撰《〈饮水词〉与纳兰性德》，《天籁》1937年第1期，第194—201页。
⑪ 王延龄撰《论曹寅》，《学术月刊》1979年第10期，第79—81页。
⑫ ［美］余英时著《敦敏、敦诚与曹雪芹的文字因缘》，《红楼梦的两个世界》，上海社会科学院出版社2002年2月第1版，第119—149页。
⑬ 侯堮撰《觉罗诗人永忠年谱》，《燕京学报》1932年第12期，第2601—2655页。

德先生的《关于高鹗的〈月小山房遗稿〉》① 一文关注到高鹗的诗歌创作，吴恩裕先生也写有专文探讨满族诗人明义②。虽然这些研究都可以看作是《红楼梦》研究的补充，但对八旗诗歌研究而言也有其价值和意义。

最后，是除以上对象外，研究涉及的八旗诗人还有康熙帝、乾隆帝，宗室诗人永瑢以及果勒敏、梦麟等人。温广义先生较早关注蒙古诗人梦麟，他的《优秀的蒙古族古典诗人——梦麟》③ 一文对其短暂一生进行了扼要的叙述，并对梦麟的诗歌特点进行了细致的评析，尤其是对梦麟的七言歌行体，作者认为此最能体现梦麟诗歌风格和诗人的个体气质，成就最高。

与八旗诗人总数的巨大体量相比，以上极为有限的研究对象说明，八旗诗歌研究有待探索的空间仍旧十分巨大。

二　1980 年至今对八旗诗歌的研究

"文化大革命"结束后，停滞了十几年的学术研究重新焕发了活力。《旧满洲档》的整理和出版，为研究者提供了大量稀见材料，直接推进了八旗问题的研究进程。从 20 世纪 70 年代末期开始，满族文学研究日渐繁盛起来。但本期的研究亦与前期情况略似，几乎都着眼于满洲作家，鲜少涉及八旗内的蒙古与汉军作家。笔者所见的此期内的满洲诗词研究著作已经超过四十种，研究论文数以千计。

20 世纪 80 年代初至今，学术界对八旗文学研究方面，大致仍延续前期热点，集中于纳兰性德与顾太清二人身上。对纳兰性德，从 1979 年迄今，研究专著已超过了三十种，论文近千篇，但纳兰词仍旧是研究重心所在。这里因为主要探讨的是八旗诗歌创作，故对词及其他文体的研究成果不做过多介绍。本期内，为纳兰性德诗歌首张大帜的是邓伟先生，他认为："（纳兰诗）就思想性来说还有其词所未能达到的优长，即表白的思想更有深度，范围也更广泛。"④ 罗艳先生则从"创作观"与"本质观"两个具体而微的角度对纳兰性德的诗歌进行了细致的勾勒。她认为纳兰性德重视情致的抒写、倡导比兴寄托、主张典雅、反对模拟因袭的创作观不仅贯穿在他的创作实践上，也在其编选古今诗词选本中有着明晰的体现。他有着自己独特的、自成体系的诗学系统，是一个理论与实践完美结合的作者⑤。其后，她又从诗歌特性与诗学本质上对纳兰性德的诗歌本质观进行了较有针对性的探讨。她从纳兰性德《原诗》一文中提炼

---

① 刘世德著《红楼探索：刘世德论红楼梦》，文化艺术出版社 2006 年版。
② 吴恩裕著《吴恩裕点评红楼梦》，团结出版社 2006 年版。
③ 温广义撰《优秀的蒙古族古典诗人——梦麟》，《内蒙师院学报》1962 年第 7 期。后被收入《温广义文集》，内蒙古人民出版社 1998 年 7 月第 1 版，第 122 页。
④ 邓伟撰《清代第一词人和他的诗——纪念满族文学家纳兰性德逝世三百周年》，《满族研究》1985 年第 1 期，第 49 页。
⑤ 罗艳撰《论纳兰性德的诗歌创作观》，《石河子大学学报》2007 年第 3 期，第 74 页。

出纳兰性德对"性情"内涵与源泉问题的理解,认为纳兰性德的诗学理论可谓自成体系,既有对前人的继承和借鉴,也有自己的发明。作为清初最为著名的八旗诗人,纳兰性德在宗唐与宗宋的问题上见解十分鲜明,他认为"诗人要有自己的面目,有自己的个性"[①]。纳兰性德的诗学理论,有着少数民族率真的民族特性,对之后的八旗诗学理论发展起了重要的导向作用。

金启孮先生是奕绘与西林春(太清其号)五世孙,精于女真史和女真文字的研究。他的《顾太清与海淀》[②] 一书将西林春生平研究与诗词研究相结合,以诗证史,是一部翔实可靠的研究论著。本书对历来存在争议的西林春的身世、生卒年、姓氏、与荣府关系等问题进行了系统的考论。同时,对西林春诗词的版本问题也进行了细密的考证,附及他从海外寻回太清诗词全本的曲折过程。金启孮先生整理出版了关于西林春研究的论著如《〈妙莲集〉与〈写春精舍词〉》《明善堂文集校笺》《满族女词人顾太清与〈东海渔歌〉》《满族女词人顾太清》《〈写春精舍词〉解题》《顾太清诗词校笺》等,凡十余种。近年金适先生(金启孮先生之女)又整理出版了《顾太清集校笺》[③] 一书,堪为西林春研究的一部力作。研究西林春诗歌的论文,多与其词同谈,但随着研究对象的逐渐细化,诗歌研究渐渐脱离词开始独立。段继红先生首将西林春从一个词家定义成一个诗人,尤其称赏西林春挑战传统性别角色的诗酒风流,认为"太清蔑视世俗偏见的气度和见识,以四两拨千斤的从容镇定解构了男权统治威严坚固的堡垒"[④]。赵雪梅先生从艺术特征的角度对西林春诗歌进行了探讨。她将西林春诗歌与绘画艺术技巧进行了综合研究,认为"太清很自然地将画与诗的神韵融会贯通、互采博长,太清的诗词便因如画的布局愈显情致盎然、耐人回味"[⑤]。赵雪梅先生的硕士学位论文[⑥]也是研究西林春诗词,但侧重于诗词的思想性研究,对艺术性关注不多,此篇文章正可补其硕士论文的不足。李哲姝先生的《论顾太清诗歌》[⑦] 从诗歌的自我表现性、社会性、艺术独创性三个方面进行了较为系统和深入的研究。

中央民族大学张菊玲先生著《旷代才女顾太清》[⑧] 一书,以考证钩沉为主,对多年以来西林春之身世、感情、著作等一系列问题进行了细致考辨,具有很大的启发性。关纪新先生在满族文学研究及资料整理方面也做出很大贡献,在20世纪90年代与张菊玲先生合作即整理出版

---

① 罗艳撰《论纳兰性德的诗歌本质观》,《乌鲁木齐成人教育学院学报》2008年第1期,第45页。
② 金启孮著《顾太清与海淀》,北京出版社2000年12月第1版。
③ (清) 顾太清撰,金启孮、金适校笺《顾太清集校笺》,中华书局2012年11月第1版。
④ 段继红撰《太清诗中的女性生存本相——清代女诗人顾春诗歌论》,《民族文学研究》2004年第2期,第45—48页。
⑤ 赵雪梅撰《诗含画意 画寓诗情——论清代女作家顾太清的诗歌写作艺术》,《语文学刊(高教版)》2005年第7期,第50页。
⑥ 赵雪梅撰《顾太清诗词及思想研究》,暨南大学硕士学位论文,2002年5月。
⑦ 李哲姝撰《论顾太清诗歌》,湖南大学硕士学位论文,2007年5月。
⑧ 张菊玲著《旷代才女顾太清》,北京出版社2002年1月第1版。

有《清代满族作家诗词选》①一书。张菊玲先生还著有《清代满族作家文学概论》②，对清代满族文学进行了较为全面、系统的勾勒，尤其对满族诗歌多有论述。这是对满族文学研究具有开拓意义的一部著作，既能从整体上对满族文学进行宏观、全面、系统的思考，也能从微观的心理、思想、创作方面对作家作品进行精当的评析。研究八旗文学必不可缺的《八旗艺文编目》③由关纪新先生整理点校出版，此举泽被后学甚多。

张佳生先生作为八旗诗歌研究领域最早也是成就最高的专家，从宏观的角度介绍和分析了八旗文学的发生发展过程。他将多年来没有纳入研究者视野的蒙古部族与汉军包括在内，涉及人物虽有限，但开拓之功不可泯。张佳生先生率先并较系统地介绍了满洲宗室创作的繁盛与所取得的成就④。还与金启孮先生合编有《满族历史与文化简编》⑤，是书为第一部综合论述满族历史文化的著作。其中《满族文学及其发展》一章，将满族文学划分为四个时期，较为详细地论述了各个时期各种文体的发展情况与创作成就，其中不少篇幅讲到了诗歌。张佳生先生主编的《满族文化史》⑥，对满族文化发展与成就进行了全景式的描述，满族文学列专章，其中特别重视满族文化中表现出的民族特点及其在民族文化发展史的地位与作用。并且还涉及满族文化与汉、蒙文化之间的关系问题，从而能在更为深广的层次上展现满族文化发展的历程与成就。张佳生先生发表了一系列学术论文，对八旗诗歌也给予观照。如《清代满族妇女诗人概述》《袁枚与八旗诗人》《清代前、中期满族布衣诗人述略》《论八旗诗歌的主要风格及形成原因》《北方诗派与宗室诗风》《论清代满族作家文学的发展趋势和特点》等，对八旗（不再仅仅局限于八旗满洲诗人）诗歌进行研究，筚路蓝缕，先开风气。这些论文先后结集成《清代满族诗词十论》与《八旗十论》二书⑦。

在一些经典的"诗史""文学史"著作中，也有几部论及八旗诗歌。本师朱则杰先生所著学界第一部《清诗史》⑧，张菊玲先生曾误以为"通书未提满族诗人以及其他清代少数民族诗歌"⑨。其实，正如有关书评所说，该书总体上采用"经纬交织"的写法⑩。具体到八旗诗歌，一方面如同汉族诗歌一样，在纵向叙述时介绍若干在整个清代诗歌发展史上具有较重要地位的

---

① 张菊玲、关纪新、李红雨选编《清代满族作家诗词选》，时代文艺出版社1987年1月第1版。
② 张菊玲著《清代满族作家文学概论》，中央民族学院出版社1990年11月第1版。
③ 关纪新著《八旗艺文编目》，辽宁民族出版社2006年5月第1版。
④ 张佳生著《独入佳境——满族宗室文学》，辽宁人民出版社1997年8月第1版。
⑤ 金启孮、张佳生合著《满族历史与文化简编》，辽宁民族出版社1992年12月第1版。
⑥ 张佳生著《满族文化史》，辽宁民族出版社1999年4月第1版。
⑦ 张佳生先生早年还曾以夏石、笛声等笔名发表过八旗诗歌研究论文，他的一些重要论文先后结集为《清代满族诗词十论》，辽宁民族出版社1993年2月第1版；《八旗诗论》，辽宁民族出版社2008年11月第1版；《清代满族文学论》，辽宁民族出版社2009年12月第1版。
⑧ 朱则杰著《清诗史》，江苏古籍出版社1992年2月第1版。
⑨ 张菊玲撰《满族文学研究领域的一部力作——评〈清代满族诗词十论〉》，《满族研究》1993年第4期，第31页。
⑩ 魏中林撰《经纬交织中的清诗流程——评朱则杰著〈清诗史〉》，《文学遗产》1993年第5期，第119—121页。

作家，例如第八章"朱彝尊和顺康时期的诗风演变"第四节"朱彝尊的地位和影响"论述清初"唐宋之争"时援引纳兰性德的相关评论，第十章"康乾过渡时期的百家争鸣"第四节"钱载和秀水派"附论乾隆皇帝"清高宗体"的特点及其对有关作家、流派的影响，第十三章"乾隆盛世的衰音"第三节"王昙"连带论述为王昙等人取名"三君"的八旗蒙古诗人法式善；另一方面也就在法式善这里，横向延伸开去，对整个"八旗诗人"以及"清代以满族为主体的整个少数民族诗人的创作成就"进行一番概括性的评述，认为"他们处在这个多民族的国家之中，吸收、融合了汉族的传统文化，共同为清代诗歌的繁荣做出了巨大的贡献"①。此后则杰师历经十数年写成的《清诗考证》一书②，其中有关八旗诗歌的内容更多，部分篇章可以参见本书相关章节所注引。近年则杰师单篇发表的相关论文，更一再明确地强调："八旗诗歌既是清代诗歌的一个重要组成部分，又具有自身的特点，在清代诗歌内部可以成为一个相对独立的分支。"③"清代八旗诗歌研究，足以成为一个专门的领域。"④ 笔者之所以选择八旗诗歌作为自己的研究方向，也正是由于这一点。

之后出版的严迪昌先生的《清诗史》⑤中第三编第五章"八旗诗人史略"，列举了铁保、法式善等八旗代表作家，还以专门章节讨论了"辽东三老"和"宗室诗人"，凸显出八旗诗歌的独立性和意义与价值。严迪昌先生提出八旗诗歌应该单独立史，并撰《八旗诗史案》一文，对八旗诗歌的历史定位、价值以及研究意义，进行了公允的评价。他说"清代文学之有'八旗文学'这一重要组合部分，应是后世辨认该断代文学有异于前朝前代各历史阶段文学史实的关键性标志之一"，"八旗文学应自成专著，其中以诗一体言尤可独撰诗史"，将八旗文学尤其是八旗诗歌提上了一个新的认识高度⑥。严先生的弟子李圣华先生紧承严先生的论点，认为八旗诗歌作为清代文学重要的一翼，它的研究应该取得独立的地位，他说："清代八旗文学史研究要求学者跳出偏见与模式，从大量文学史料中探溯流变，还置八旗作家于应占的历史位置。"⑦

另外，张炯先生主编《中华文学发展史》第四十三章"清初各少数民族文学"第一节"清初的满族文学"中也涉及了八旗作家作品的内容，他指出："在满洲共同体内，主体是女真人，也融合吸收了汉族、蒙古族、锡伯族等民族成分。满族文学，就是满洲民族名称出现后该民族民间文学与作家文学的总和。"⑧这对八旗诗歌的研究范围进行了更为准确的定位。

赵志辉、马清福、邓伟三位先生担任主编的《满族文学史》，于2012年由辽宁大学出版社

---

① 朱则杰著《清诗史》，江苏古籍出版社1992年2月第1版，第320页。
② 朱则杰著《清诗考证》，人民文学出版社2012年5月第1版。
③ 朱则杰、吴琳撰《清代八旗诗歌丛考》，《西北师大学报》2010年第6期，第31页。
④ 朱则杰、卢高媛撰《清代八旗诗人丛考》，《苏州大学学报》2013年第2期，第125页。
⑤ 严迪昌著《清诗史》，浙江古籍出版社2002年12月第1版。
⑥ 严迪昌撰《八旗诗史案》，《西北师大学报》2004年第3期，第1—11页。
⑦ 李圣华撰《严迪昌教授清代八旗诗词史研究述评》，《满族研究》2004年第3期，第59—63页。
⑧ 张炯编《中华文学发展史》，长江文艺出版社2003年12月第1版。

出版。此为第一套专门并系统讨论"满族"文学发展的专著,对满族文学研究具有重要意义。该书分四卷,每卷一册。首卷探讨满族先世文学,即肃慎、渤海、女真三个时期文学发展的基本情况。二、三、四卷则分别探讨清代初、中、晚三期的满族文学,所论涉及诗歌、词、戏曲、小说、文学理论、说唱艺术等多种文学样式,可以说全面展现了清代满族文学发展的成就。该书所研究的对象"满族"有别于我们今天所认知的"满族"。我们知道,民国时期,改"满洲族"为满族。并且,由于当时满汉矛盾尖锐,满洲族群衰落,满族人在日常生活中经常受到排斥和迫害,故满洲族中很多人称自己为汉族。中华人民共和国成立后,实行新的民族政策,原来隶属八旗的汉、蒙等民族,尤其是汉族,都申报自己民族为满族。所以,现在的满族族群已经不是清朝时期严格意义上的"满洲族"(虽然清朝时期的"满洲"就已并不皆为女真族后裔),而是包含满、蒙古、汉、回、朝鲜、鄂温克、鄂伦春、赫哲、俄罗斯族等多个少数民族在内的新的民族共同体。该书所研究的创作主体,为严格意义上的满族,即清朝的"满洲族"。但其中又掺杂有部分汉军在内,这就造成该书体例上的不尽一致。

朱眉叔、云峰、邓伟、赵志辉等先生,多较早从事八旗诗歌研究(主要研究对象多为满洲族),并发表了多篇专论。星汉先生立足西域,所著《清代西域诗研究》中涉及八旗诗人较多,他对八旗诗人的西域诗创作极有心得。他曾教授过的学生也多从事过此方向的研究。孙文杰先生沿星汉先生研究道路前进,近年创获颇多,尤其是对和瑛在新疆的诗歌创作研究,成果斐然。宋晓云先生曾师从诗学理论研究专家王佑夫先生并曾受教于星汉先生,她所指导的两名学生分别对杨钟羲和铁保的诗学观进行了探讨。靳良先生的《〈雪桥诗话〉研究》以及钟义彦先生的《铁保诗学思想研究》,皆是对八旗诗学的开拓,这与王佑夫先生早年的满族诗学研究可谓一脉相承。

米彦青先生从事八旗蒙古诗人研究有年,先后发表有《清代蒙古族诗人和瑛与他的〈易简斋诗钞〉》《清代蒙古诗人博明与其〈义山诗话〉》《论唐代"王孟"诗风对法式善诗歌创作的影响》《清代边疆重臣和瑛家族的唐诗接受》《论李杜对清代蒙古族诗人梦麟诗歌风格和意象形成的影响》等文章,并指导她的学生李桔松先生撰写有《清末民初三多诗词研究》一文。

随着清代宗室诗人越来越引起学术界的注意,康熙皇帝和乾隆皇帝的诗歌作品也进入到研究者视野之中。如戴逸先生很早发表的《我国最多产的一位诗人——乾隆帝》,对乾隆皇帝的诗歌进行了公允的定位,不偏不倚,持论执中,为后来者的研究确定了评价的基本标准。其余的研究成果还有很多,具体可参见本书主要参考文献中所列相关论文。相比较而言,对八旗女诗人的研究就显得十分薄弱。除西林春之外,研究八旗蒙古女诗人那逊兰保的成果较多,余则较少涉及。祝注先生《清代满族、蒙古族的妇女诗歌》对八旗满洲与蒙古女性诗人进行了宏观的论述,后有浙江大学朱吉吉先生的《清代满族女诗人研究》,涉及诗人总数大为增加,资料性较强。

随着研究领域的拓展和研究力度的深入,近些年出现很多研究八旗诗人的硕士博士论文,

绪 论

说明学界对八旗诗歌的关注度正在提升。但研究对象的选择与前期相比，仍旧显得比较集中。纳兰性德与西林春仍旧是大家所关注的热点，但也有一些新的拓展①。比如八旗蒙古中的法式善、延清、三多就有较为系统的研究成果出现。张寅彭先生的两位高足强迪艺先生和刘青山先生，皆专注法式善研究。强迪艺先生撰有《法式善〈梧门诗话〉研究》一文，并且还与导师合作整理出版《梧门诗话合校》一书，令法式善研究更为系统和深化。刘青山先生在此基础上，对法式善有了更加多方位多角度的论述，撰写了题为《法式善研究》的博士学位论文，是目前学界法式善研究最为系统的一篇论著。其余研究法式善的论文，如魏中林先生所撰写的《法式善诗学观刍议》《法式善与乾嘉诗坛》《法式善的诗学思想及其在乾嘉诗坛上的地位》，将法式善置放于整个清代诗坛之中，凸显出法式善在清诗史上的独特地位，极有建设性和参考价值。研究法式善的论文还有很多，这里就不一一具述。

除此之外，对于八旗诗歌的研究，更多见零散的诗人作品研究，这些论文多集中于《满族研究》《民族文学研究》《承德民族师专学报》《中国民族大学学报》等各类学术期刊。随着学界研究热点的不断开拓发掘，八旗诗歌研究可谓方兴未艾。但从研究状况可见，八旗诗歌研究从宏观角度上还比较薄弱。鉴于学术界对于八旗诗歌的认识和探索都仍具备较大的发展空间，尤其需要进行系统梳理和探讨，那么撰写一部宏观性质的《八旗诗歌史》就很有意义也很有必要。"八旗"这样一个庞大的诗人群体，以及其近三百年的发展历程，只有具备了"史"的思维或者称一个"历时"的把握，才能更为有效地进行下一步专题和个案的研究。

第三节 八旗诗歌史的选题价值及研究思路

从学术界关于清代诗歌的研究来看，最为宏观的史学著作已经有过本师朱则杰先生的《清诗史》和已故严迪昌先生的同名作《清诗史》。此后的清代诗歌研究，必将也正在向更为具体的方向不断拓展和深化，八旗诗歌就属于这样的一个方向。而关于八旗诗歌，目前学术界还缺乏全面、系统的研究。比较半个多世纪以来的清诗研究，本书的创新性至少表现在以下几个方面。

首先，是对"八旗"这一特殊群体汉文诗歌创作的首次全面、系统、宏观的把握。以往虽有不少探讨八旗诗歌的研究论著，但大多属于诗人个案和专题性质的研究，较侧重于对八旗满洲诗人的研究，而对同样是八旗重要组成部分的汉军和蒙古诗人却缺乏必要的观照。并且，现有对蒙古诗人的研究成果也多从本民族文学方向着眼，极少将其置放于"八旗"这一特殊制度下进行审

---

① 研究西林春的硕士学位论文如官东红《情若柔丝 意似淡菊——论清代女词人顾太清诗词创作艺术成就与审美风貌》、赵雪梅《顾太清诗词及思想研究》、李哲姝《论顾太清诗词》；研究纳兰性德的硕士学位论文如罗艳《论纳兰性德的诗学观》、刘艳娥《纳兰诗研究》、吴翀《诗乃心声，性情中事——论纳兰性德的"性情"观》。

视，更不用说将之与满族和汉军进行横向的考查和比较。而本书恰可弥补这一不足。

其次，八旗诗歌作为清诗研究的重要子领域或者称之为分支，它的系统性研究是清诗研究的重要补充，同时，也是对现有文学史以及诗歌史的有益补充。我们知道，传统意义上的"文学史"几乎等同于"汉族文学史"，"诗歌史"也多为"汉族诗歌史"，对少数民族文学创作多有忽略。近年来，随着民族文学研究的兴起和繁荣，满族和蒙古族文学研究渐趋兴盛，但却存在研究对象过于集中的状况。而对一些实际创作成就很高，但名不甚著的诗人多有忽略，导致研究现状极不平衡。这远非八旗诗坛的全貌。正如八旗文学研究专家张佳生先生所说："'八旗制度'虽然是满族人创造的，但是'八旗文学'却不是'满族文学'所能代替的。'八旗文学'既不仅仅是一个时代的文学，也不仅仅是一个民族的文学。"①它有着更复杂更深广的研究价值和探索意义。

第三，八旗诗歌研究又是对古代文学地域性研究尤其是对清诗地域性研究的重要补充。蒋寅先生在《清代诗学与地域文学传统的建构》一文中曾说："文学史发展到明清时代，一个最大的特征就是地域性特别显豁起来，对地域文学传统的意识也清晰地凸显出来。理论上表现为对乡贤代表的地域文学传统的理解和尊崇，创作上体现为对乡里前辈作家的接受和模仿，在批评上则呈现为对地域文学特征的自觉意识和强调。"② 无论从以上哪个方面进行审视，八旗诗歌都凸显出极强的地域文学特征。从清初到清末，八旗诗歌总集如《宸襟集》《宸萼集》《白山诗介》《熙朝雅颂集》《柳营诗传》《杭防诗存》《遗逸清音集》等的编辑，都凸显出明确的地域特征和族群意识。而八旗诗歌在不同时期所形成的独特风格也与汉族诗坛存在差别，这不仅是由其民族性决定的，也与所处地域有着至为紧要的关系。明清以来的文学创作，尤其是诗歌一体，南人远胜北人，基本成为一种共识。但八旗诗歌的崛起，极大地充实了北方诗人诗歌创作的阵营。从东北三省及蒙古草原走来的八旗诗人们，以其独有的游牧民族的勇武精神赋予八旗诗歌以有别汉族诗坛的生机和活力。而如"北方三才子""辽东三老""辽东三布衣""辽东三才子""辽东三家""吉林三杰"等和他们诗歌创作中所体现的"辽气"也都极强地凸显出八旗诗歌的地域性特点。

在写作上，本书以时间作为线索，用以凸显历史进程对于文人心态的影响，及此影响在作品中的反响和折射。每段分期中均以诗存史、以史系人、以人系事，对其分期中的诗歌总的发展方向和主要特色进行描述。于总论下，以时代中最具有特色的作家为纬作为切入点，在诗坛总体风貌中凸显作家创作特性和时代特色。因本书重点是诗歌发展演变的历史，所以，在行文过程中，尽可能凸显"史"的意识。对于历史事件对文学演进和变化的影响，在凸显的同时尽可能进行细致深刻的分析。

---

① 张佳生撰《八旗十论·八旗文学的形成基础》，辽宁民族出版社 2008 年第 1 版，第 280—281 页。
② 蒋寅撰《清代诗学与地域文学传统的建构》，《中国社会科学》2003 年第 5 期，第 166 页。

第一章　鄂貌图与八旗诗歌的先声

早在努尔哈赤和皇太极统治时期（1616—1643）①，满洲族中一些人就已谙习汉语，但主要是用于对外交流，尚未普遍使用汉语进行诗歌创作。随着八旗制度的日益完善，满、蒙、汉等少数民族的不断融合，尤其是满、蒙等民族对汉族文化的有意汲取和学习，以及在这一过程中对八旗汉军所产生的反作用（渗透）力，都为八旗诗歌日后的繁荣奠定了基础。但本期内的八旗诗歌创作也并非一片荒芜，除文化程度较高的辽东汉军如范氏家族、佟氏家族、卞氏家族等出现诸多诗人外，八旗满洲中也有一些人开始了汉文诗歌创作的尝试，比如被誉为"满洲文学第一"的鄂貌图，以及皇太极之子清代宗室诗人第　的高塞，便是其中的佼佼者。崇祯十七年亦即顺治元年甲申（1644），顺治帝福临由盛京迁都北京，清王朝正式定鼎中原，八旗诗歌也随之揭开了它为期三百年的发展帷幕。

第一节　"满洲文学第一"的鄂貌图及其诗歌

在八旗诗歌的发展历史上，满洲族中使用汉文诗表现八旗将士武功情怀的第一人是鄂貌图。他的诗歌气势雄浑、境界壮阔，被王士禛誉为"满洲文学之开"②，还被乾嘉时期著名八旗诗人铁保称扬为"以诗雄于辽沈，开气之先"③。

鄂貌图（1614—1661），字麟阁，号遇義，氏章佳，隶正黄旗满洲。先祖世居辉发地方

---

① 这一时期可分为两个阶段：公元1616年（明万历四十四年）努尔哈赤建立大金，史称后金，改元天命；公元1626年（明天启六年），努尔哈赤逝世，皇太极继位，并于公元1636年（明崇祯九年）改国号大清，是为崇德元年。
② （清）王士禛撰，袁世硕主编《王士禛全集·居易录》卷三，齐鲁书社2007年6月第1版，第5册第3727页。
③ （清）铁保撰，杨钟羲辑，李亚超校注《白山诗词·白山诗介》凡例第七款，吉林文史出版社1991年6月第1版，第2页。

(今吉林省通化市辉南县附近），天命初年归顺努尔哈赤，遂隶旗籍。清太宗崇德六年辛巳（1641）以第一名举乡试，后历任内院秘书、侍读学士。顺治十五年戊戌（1658），任中和殿学士兼礼部侍郎。鄂貌图精通满汉文，熟读经史，曾参与编纂太祖、太宗两朝《实录》，又因翻译《诗》《礼》二经"考校精核，书成辄荷奖，命赐白金文绮"；精于骑射，熟谙兵法，在清初多次战争中运筹帷幄，追随主帅定陕洛、下江南、平两浙、征川湖、定诸苗，"朝廷凡五用兵，完师凯旋，公之功居多"①。顺治八年辛卯（1651），鄂貌图主顺天乡试，时称得人。作为满洲族中汉文诗歌创作开风气之先的人物，鄂貌图在八旗诗歌发展过程中占重要地位，今存诗集《北海集》以及《北海集续集》。

一 鄂貌图诗歌的内容

王士禛《居易录》中记载鄂貌图"幼而贫，尝爇马通读书，尤好为诗"②，徐元文也在传记中说：

> 公幼有器局，姿貌魁杰，善骑射，尤好儒术。间购一书，辄功苦穷日夜。兼通兵家言，能为诗古文辞，凡有所作，未尝属草，时称其有文武才，声誉雄于东土焉。弱冠即以古名臣大儒自期，故学业早成，卓然有用世之志。③

古人作传多推奖语，或有过誉之嫌。但观鄂貌图之于满洲文学开风气之先的贡献，以及生平功绩，所道或多属实情。

少数民族的汉文化习得，或者说多民族之间的文化从互通到交融，有一个漫长的历史进程，其表现也极为复杂。以东北地区为例，从明代初年开始，汉族地区的先进文化随着人口流动不断北移，而女真、蒙古等部族及其民族文化也随之不断南迁，最后在今松花江、图们江、鸭绿江等流域，渐次形成了汉族文化和北方少数民族文化的交汇点。至明末清初，这些地方诞生了为数不少的兼具汉族特质和少数民族特质的知识分子以及文化世家，如享誉清初的佟国维家族、范文程家族等。相比之下，女真、蒙古等北方游牧民族，在文化发展上就相对封闭落后。从努尔哈赤和皇太极建立政权之后，这种情况开始发生转变。为了扩张，以及民族自身发展进步的需要，他们必须提升本民族的文化素养。提升的手段，除通过自然交流如易货、通婚、移民等方式外，他们还大举延揽汉族能文之士，开办教育，并令汉族文士入参帷幄，以备

---

① （清）鄂貌图撰《北海集》卷首徐元文"特授光禄大夫内秘书院学士兼礼部左侍郎加一级鄂公传"，富察恩丰辑，周斌校点《八旗丛书》，下册第420页。按，徐元文三十卷本《含经堂集》中未载此传。
② （清）王士禛撰，袁世硕主编《王士禛全集·居易录》卷三，齐鲁书社2007年6月第1版，第5册第3727页。
③ （清）鄂貌图撰《北海集》卷首徐元文撰《鄂貌图传》，清抄本，第13b—14a页。

顾问，佟、范两大家族几乎都是在这种情况下被满洲贵族委以重任的①。而在满洲族内部，统治者对文化发展的重视，也促进了他们对文化学习的渴望和自觉，政权力量对文化发展的强大导向性在这段时期内表现得十分明显。皇太极时期，"招贤纳士""任用文士"是施政的基本方针，这直接加快了满洲内部学习汉文化的进程，并造就了一大批兼具满汉文化因子的知识分子，这些人中绝大多数都成为后来清朝的开国功臣。鄂貌图是满洲族中最早接触和学习汉文化传统的那一批，所以在入关前便以文采韬略著名于后金，入关后，自然而然地成为满洲文学第一人。

《北海集》与《续集》刻本、抄本今均藏北京图书馆，恩丰所辑《八旗丛书》亦收录此书。共收诗歌二百六十余首，内容涉及怀乡念友、言志遣怀、登临咏古、军旅生活等诸多方面。作为清初八旗劲旅中的一员，鄂貌图的军旅诗，充满了跃马横刀、所向披靡的勇武精神，洋溢着满洲民族短短数十年间称帝开国的雄杰之气，是他诗歌创作的菁华部分。如其《军驻衢州》云：

　　三衢平阔道，一派远江流。
　　南枕闽山界，东连越地邮。
　　龙旗迎晓日，画戟动初秋。
　　叨翊将军幕，征书敢借筹。②

首联展现给我们的是一派豁达、高远、通透的景象，颇有唐人风致。气格上类似的诗句，如"忽忽波涛作，千帆破浪行"③、"燕颔雄幽塞，龙韬扼楚关"④、"路开千仞壁，水渡六师船"⑤ 等句之豪岩，在当时的汉诗坛也并不多见，这或由其特殊的民族性格所决定。法式善评价鄂貌图此类诗歌时说："麟阁际创兴之始，考文征献，敷治彬彬。……其登眺之什，激昂慷慨，大而非夸，不徒作阔落语，蕴蓄深矣。"⑥

鄂貌图的军旅诗以从戎之笔出之，气格高远、激楚沉雄，但其"斐然敦厚"的诗学宗旨仍表现于字里行间。鄂貌图虽属少数民族，初染汉文，但对儒家以"正雅"为宗的诗歌传统

---

① 范氏家族与佟氏家族不仅地位相埒，且为姻亲。在清初政坛，范文程和佟国维皆朝中元老级的汉军大臣。尤其是佟氏家族，佟图赖以及佟国维父子先后有两女为皇后，佟图赖之女、佟国维之姊为康熙皇帝牛母；佟国维之女为康熙帝皇后，为此，佟国维一支被破格抬旗为满洲籍，改佟氏为佟佳氏。故康熙一朝，佟氏族人显宦高官不胜枚举，时有"佟半朝"之称。
② （清）鄂貌图撰《北海集·五言律》，清抄本，第24b页。
③ （清）鄂貌图撰《北海续集·五言律·浙江遇风》，清抄本，第53a页。
④ （清）鄂貌图撰《北海集·五言律·答汪参将扇头韵》，清抄本，第25b页。
⑤ （清）鄂貌图撰《北海集·五言律·福州班师》，清抄本，第26b页。
⑥ （清）法式善撰，张寅彭、强迪艺编校《梧门诗话合校》附《八旗诗话》第十八则，凤凰出版社2005年10月第1版，第471页。

却有着较深体会。张玉书《北海集序》谓其诗"进风于雅",且"以史兼诗"①,是符合鄂貌图的创作实际的,兹举两首如下:

> 云谷空濛色,芹溪暧靆深。
> 喧阗金鼓震,掩映纛旗临。
> 莽莽村墟寂,萧萧士马骎。
> 山南朝日上,磨荡豁胸襟。
> ——《大军晓发》②

> 极目黄河日影开,高风拍岸急流催。
> 谁将万折长驱水,渡马东南作赋来。
> ——《黄河》③

　　第一首诗描写的是军队进发之景,全诗溢满峥嵘之气,"喧阗金鼓震"如耳亲闻。颔联与颈联写行军之状,但诗末以"温柔敦厚"的"磨荡豁胸襟"之句收结全诗,终归正雅。古往今来,歌咏黄河的诗不胜枚举,优劣参半。鄂貌图的《黄河》起笔不凡,诗人极目远眺,所见的壮阔景象给人以巨大的视觉冲击,如幻化的千军万马,气魄宏阔,纵横捭阖,此诗以气骨和精神胜出。厉志曾说:"作诗原要有气势,但不可嗔目短舌,剑拔弩张。……其要总在精神内敛,光响和发,斯为上乘。"还说:"唐诗正自有气,宋诗但不及其内敛耳。"④厉志所言是针对清初诗坛唐诗主情、宋诗主气的看法所发的,但用以评价鄂貌图的军旅诗,竟也适合。诗必有气才是好诗,唐诗胜在气之蕴藉,宋诗相比就显得刻露。从鄂貌图的实际创作上看,他应该是学唐入手,他的诗歌也呈现出明显的宗唐痕迹。这两首诗,都是写行军出征及沿途所见,有金戈气却无刀兵声,深厚内敛,慷慨激昂。这种精神是清初八旗将士民族自豪感与自信心的展现。

　　一般来讲,军旅诗有这样两个特点:首先,对战争的客观记述,应是典型性的写实。其次,诗歌中或低回婉转、哀怨惆怅;或慷慨从戎、奋发昂扬,多种精神风貌均应有所体现。鄂貌图的军旅诗对清初的连年征战记载颇多,具有很强的写实性,如其《姑苏雨泊》三首之二云:

---

① (清)鄂貌图撰《北海集》张玉书序,清抄本,第4a页。
② (清)鄂貌图撰《北海续集·五言律》,清抄本,第56b页。
③ (清)鄂貌图撰《北海集·七言绝》,清抄本,第45b页。
④ (清)厉志撰《白华山人诗说》卷一,《清诗话续编》,上海古籍出版社1983年12月第1版,第4册第2275页。

第一章　鄂貌图与八旗诗歌的先声

当日逢传檄，阊门水涌波。
隔湖渔火竞，夹岸羽旗多。
白发经时换，清秋载雨过。
湖中有林屋，叹息尚横戈。①

诗人热爱汉文化，并且达到了娴熟的程度，对汉文学中特有的地域文化符号也相当了解。苏州作为一座深具文化底蕴的城池，在历代作者笔下被反复咏叹，这点必然为鄂貌图所熟知。所以当大军经过，他目睹昔日婉美优雅的姑苏城如今疮痍满目，内心备感失落和惆怅。这种战争带来的伤痛和苦闷，让这位戎装诗人隐隐产生对战争的倦怠，并明确表达对于罢战休兵的渴望，其《武林楼中》云：

楼近长江烟雾横，倚栏极望欲休兵。
谁怜戎马西湖上，吹笛临风一片情。②

杭州，是一个代表着美丽与文明的符号，但在连年的征战之中，艳冠天下的西子湖也难逃兵厄。诗人怅怀所及，触目悲凉，不禁生出"极望欲休兵"的浩叹。此诗虽短，却蕴含着较为深刻的文化意义。八旗由尚武到尚文的转变，多数人以为是在入关后的第二三代人身上才有体现，其实不然③。早在入关前后，满洲内部就已经出现对文艺情有独钟而对武功不甚着意的例子。宗室诗人高塞，以皇子之尊，不锐意军旅却隐居医巫闾山读书。同样的倾向在鄂貌图身上也有体现。他身为清军的"参谋"，已经在文化取向上为中原魅力所折服，这清晰地展示在他的诗歌作品中。鄂貌图显然在以汉族传统塑造自己，尤论是对文学形式的选择，还是对思想意识、士人心态的接受，他都已经达到了近似"深刻"的程度。

鄂貌图行军过程中也写下一些遣怀抒情的作品。这类诗歌语言深挚、真情流露，展现出鄂貌图柔软细腻的内心层面。当诗歌不再作为炫耀学识的装饰、人际交往的工具，而是升华成为对情感的探究和对命运的思索时，那一个成功的诗人就诞生了。他用诗歌抒发对故园的思念、对朋友的友谊、对功名事业的思索，如以下两首：

磊落风尘二十年，功名空使鬓蟠然。
才经海上筹戎略，又入滇南操缦弦。

---

① （清）鄂貌图撰《北海集·五言律》，清抄本，第19a页。
② （清）鄂貌图撰《北海集·七言绝》，清抄本，第45a页。
③ 参见李金希撰《尚武的与尚文的——论性德及岳端人生价值取向之异同及其对二人诗词美学品格之影响》，《民族文学研究》1996年第1期，第43—49页。

铜柱铁桥俱扼险，苍山白石尽飞烟。
那禁回首瞻红药，执管趋跄在御前。
——《客思》①

同时俱作客，先尔动离思。
交在凭酬酢，才长惜保釐。
流连倾盖合，忻慕执鞭迟。
迢递燕都市，常将旧箧诗。
——《留别张方伯》②

　　诗中对栉风沐雨军旅生活的刻画，与友人相离时殷殷惜别之情，以细腻柔美之笔出之。他感慨自己转战南北，耗尽了人生的大半时光，都在追求功名利禄，思及此处遂期盼早日归家。在离别友朋之时，他殷切叮嘱，愁思不绝。这些诗歌，很难想见是出自转战沙场大半生的鄂貌图笔下。

　　鄂貌图一生，虽"入承顾问，出参帷幄者三十余年"③，但内心却始终以"词臣"自命，参考他的身份和所处的时代，我们会发现这是一个颇为有趣的现象。"词臣"是效力馆阁、襄助君主治国之臣。在《北海集》中他一再强调自己的词臣身份，如"共知佳节增欢笑，自叹词臣岁序迁"④、"罢官由己非关命，敢曰词臣尽鞠躬"⑤、"九重望去房星近，簪笔词臣执玉鞭"⑥、"御柳垂青琐，同官悉赋才。微臣南斗下，怅望复徘徊"⑦、"江湖白发孤臣泪，实捧丹心达御前"⑧等诗句中所体现出的这种不适意的感伤，是很浓厚的，这与当时八旗劲旅所向披靡的胜利者姿态似乎格格不入。"词臣""微臣""孤臣"这些具有象征意味的词语在诗句中多次出现，只能说明鄂貌图对身为文士却置身行伍的现状不满，以及对早日罢战归乡的强烈渴望。显然，以上这些诗歌中所展现出来的情感内涵和气韵格调，已经与传统汉族诗人别无二致。而此时，大清帝国基业新创，八旗铁骑横扫六合，在统一全国的战争中节节胜利。这似乎意味着，鄂貌图等颇具才华、濡文特深的八旗作者的横空出世，正昭示着八旗文学繁华璀璨的局面将很快到来。

---

① （清）鄂貌图撰《北海集·七言律》，清抄本，第35a页。
② （清）鄂貌图撰《北海集·五言律》，清抄本，第21b页。
③ （清）鄂貌图撰《北海集》赛图跋，清抄本，第66b页。
④ （清）鄂貌图撰《北海集·七言律·中秋》，清抄本，第34b页。
⑤ （清）鄂貌图撰《北海集·七言律·梦余起坐，步沈泗臣韵》，清抄本，第38b页。
⑥ （清）鄂貌图撰《北海集·七言绝·春夜牧马》，清抄本，第48a页。
⑦ （清）鄂貌图撰《北海集·五言律·春忆京中侍从》，清抄本，第31a页。
⑧ （清）鄂貌图撰《北海集·七言绝·病愈》，清抄本，第52a页。

第一章　鄂貌图与八旗诗歌的先声

鄂貌图所在军中"戒杀戮""止暴掠",其"性尤仁恕,凡遇擒获必体察矜宥,全活者甚众"①。他的这种行为方式与为官准则,与当时多数的满洲统帅常采取的活埋、坑杀、屠城等野蛮行径形成悖离,这或许是因其秉性纯善,但更可能与他深受汉文化熏陶有关。但毕竟所生非时,战争岁月中,儒生本色终究难以承受战火洗礼,陈廷敬《北海集序》中说:

> 今公之为诗不荐于郊庙,不用于朝廷,犹得吟咏于边沙塞月、铙歌笳曲之间,以自舒写其慷慨从戎,念时救世之意,不可谓不幸矣。然其时,自大帅而下,以至偏裨列校,甲胄在行阵者,奏凯论功皆得显贵爵赏,公以文学参谋军旅,不得比于师武臣之列,以劳瘁卒于官,世之人惜乎未竟其用也。②

清初开国,重武功轻文略。鄂貌图带着既为国家胜利欣喜,也对自己失意悲愁的矛盾心理,度过了人生的大半时光;但同时,也正是这种矛盾所导致的风格多样化,展现给我们审视这个诗人的不同维度。

一些注著在谈及鄂貌图诗歌内容及思想倾向时认为,鄂貌图诗歌中对隐逸的渴望、名利的淡泊、思乡感情的表露,仅仅是对汉族文学传统的一种模仿。思乡、归隐作为古典诗歌的重要主题,历来是诗人创作的核心内容,况且,这是人性基本情感需求的表达。但鄂貌图相较众多朝廷新贵而言,应算名利的透悟者,其"邯郸犹在梦,支枕几回惊"③ 之句,其实已经道出他思想深层对名利权势的怀疑与畏忌。如果我们结合从后金到清朝建国过程中,宗室内部和各权力派系间残暴血腥的斗争史,就可能不会把他这种"功成身退"的愿望理解成肤浅的"模拟""剿袭"了。如其《漫咏》云:

> 功名岂是惜轻肥,欲退还迟未拂衣。
> 李泌入山原素志,留侯辟谷早知几。
> 梁州深入头颅白,滇水长征古角微。
> 万里凯旋当疏乞,圣人久已鉴知非。④

鄂貌图身后萧索,一生征战,屡立功勋,却不曾留给子孙分毫家业。李泌在唐朝历宦四朝,位居宰辅,世称邺侯。他曾被钦命"隐士",居烟霞峰下"端居室",过了十二年修身养性、博览群书的生活。张良辅佐高祖定天下,急流勇退,归信道家,习辟谷之术。鄂貌图在诗

---

① (清)鄂貌图撰《北海集》卷首徐元文撰《鄂貌图传》,清抄本,第16a 页。
② (清)鄂貌图撰《北海集》卷首,清抄本,第7b—8a 页。
③ (清)鄂貌图撰《北海集·五言律·署夜》,清抄本,第19b 页。
④ (清)鄂貌图撰《北海集·七言律》,清抄本,第37a—37b 页。

中，以丛菊自比、以隐者自居，或许别有深意，应非"为赋新词强说愁"而硬凑词句。如其"菊有姚黄色，秋高晚节伸"①、"东山松菊闻三径，何日归如今日归"②、"卧病犹怀丛菊兴，扶藜真望白衣传"③ 等，都可看作是他淡泊名利，欲以诗词终老这一心愿的展示。这种心态，与同时代争功求封的八旗将官相比显得格格不入。鄂貌图何以有此心怀？是否涉及权力斗争，遭遇谗言，因而有惴惴临履之忧？已很难佐证。但他以张良自喻，相信该不会是空穴来风。司马光《资治通鉴》中言及张良处曾说：

> 以子房之明辨达理，足以知神仙之为虚诡矣；然其欲从赤松子游者，其智可知也。夫功名之际，人臣之所难处。如高帝所称者，三杰而已；淮阴诛夷，萧何系狱，非以履盛满而不止耶！故子房托于神仙，遗弃人间，等功名于外物，置荣利而不顾，所谓"明哲保身"者，子房有焉。④

李泌和张良的急流勇退皆与受谗畏祸有关，鄂貌图是一个清醒的人，诗中诸多讳言，还待更深切的考察，借此聊备一说。但综观清初权力斗争的血腥和残酷，有这种心态似也属正常。

登临咏古、摹景状物也是传统诗歌创作中的常见主题。塞北江南、雪域朔漠，都留下了鄂貌图吟咏的诗篇。他的景物诗谐婉流丽、妥帖自然、蕴藉含蓄，如《新晴》云：

> 积雨晴偏好，帷深迥绝尘。
> 旭光晞落叶，爽气澹高旻。
> 钟鼓原相报，湖山倍可亲。
> 鱼龙占浪稳，胜日一垂纶。⑤

这首诗雅正和婉，对仗工稳，风格清淡、温润自然，饶生机盎然之趣。他在江南创作的很多小诗，都呈现出这类风格，曹禾曾称"其诗典雅流丽，有盛唐作者之风""清稳可诵"⑥，盖言此类创作。其中一些句子可堪入画，"院落映江湄，晴云抱树枝"⑦、"落霞回岸静，待月曳

---

① （清）鄂貌图撰《北海集·五言律·菊花》，清抄本，第30b页。
② （清）鄂貌图撰《北海集·七言律·夜归》，清抄本，第32a页。
③ （清）鄂貌图撰《北海集·七言律·凯旋河北九日作》，清抄本，第38a页。
④ （宋）司马光编著，（元）胡三省音注《资治通鉴》卷十一《汉纪三·高帝五年》，中华书局1956年6月第1版，第1册第363页。
⑤ （清）鄂貌图撰《北海集·五言律》，清抄本，第20a页。
⑥ （清）鄂貌图撰《北海集》曹禾序，清抄本，第5a页。
⑦ （清）鄂貌图撰《北海集·五言律·江边即景》，清抄本，第24b页。

云新"①，妥帖精妙，深得韵外之致。

鄂貌图一生塞北江南三十年，时光在马背上流逝，而在他的思想中，却时常觉得自己功业无成。他感慨青春易逝、岁月惊心，他赞美生机和活力，这些心理活动都以诗歌的方式表达了出来，试看《过赵清献公墓》：

> 斜阳掩映落江边，雨覆莓苔石马眠。
> 象简独空梁地士，鹤琴曾见蜀邦贤。
> 高风不尽西山色，忠赤还同落日悬。
> 宋主既能知弼辅，如何舒国又专权。②

王士禛曾说："古诗之传于后世者，大约有二：登临之作，易为幽奇；怀古之作，易为悲壮。故高人达士往往于此抒其怀抱，而寄其无聊不平之思，此其所以工而传也。"③ 鄂貌图此诗气象绵邈，意味悠深，并皆寓情于景。赵抃字阅道，号知非子，人称"铁面御史"，卒谥"清献"，以廉洁著称。《宋史·赵抃传》中载："帝曰：'闻卿匹马入蜀，以一琴一鹤自随，为政简易，亦称是乎！'"④ 诗中颔联，赞赏赵抃的为官之风，尾联则是作者自叹。皇帝既知赵抃是辅弼江山的贤臣，怎么没能大加信用呢？鄂貌图的咏史诗能将景色与个人情怀融合一处，较为蕴藉，在八旗早期诗人中已属难得。

二 鄂貌图诗歌的风格及其在八旗诗歌史上的地位

鄂貌图诗歌风格大致可总结为韵律谐美，用典圆融。方东树《昭昧詹言》谈及："欲成面目，全在字句音节，尤在性情，使人千载下如相接对。"⑤ 鄂貌图对诗歌声律较为留意的同时，用语也力求圆熟精准，对偶多能做到妥帖工稳。汉人写好汉诗，尚需积年累月的学习揣摩，少数民族作者以汉文写诗，则更需努力学习汉文化的方方面面。鄂貌图及其《北海集》的出现，在文化史上具有多方面的意义。他是从文学角度反映满汉融合的第一人，也反映了清代初期，满洲人士对汉文化吸收学习以及运用的积极态度。不可否认，在鄂貌图的诗歌中，还清晰可见因循模拟的痕迹，但模拟又何尝不是一种主动自发的接受和仰慕？

---

① （清）鄂貌图撰《北海集·五言律·桐江夜景》，清抄本，第24a页。
② （清）鄂貌图撰《北海集·七言律》，清抄本，第33a页。
③ （清）王士禛（祯）撰，张宗柟纂集，夏闳校点《带经堂诗话》卷五第三十三则，人民文学出版社1963年11月第1版，上册第128页。
④ （元）脱脱等撰《宋史》卷三百六，中华书局1977年11月第1版，第30册第10321页。
⑤ （清）方东树撰《昭昧詹言》卷一第五十五则，人民文学出版社1961年10月第1版，第20页。

鄂貌图被视为八旗文学的开山人物，由王士禛最先提出，这一说法在后来也得到了广泛认可。嘉庆初年编成的《熙朝雅颂集》是汇集嘉庆朝之前八旗诗人的一部诗歌总集，除首集专录宗室诗人外，卷一起首便是鄂貌图。编辑者铁保在《选刻八旗诗集序》中说：

> 开国之初，达海巴克什、范文程等创为国书，转注协声，成一代文字。其时，人才代兴，如敬一主人、鄂貌图、卞三元、于天聪、崇德年间，究心词翰，开诗律先声。①

并在读鄂貌图《北海集》时写下一诗：

> 北海留遗集，文章辟草莱。
> 功名马上得，声教日边开。
> 朝野瞻新治，台衡起异才。
> 书生号麟阁，词赋鄙邹枚。②

铁保在诗中高度赞扬鄂貌图的杰出贡献，同时肯定他对后来八旗诗歌创作所产生的深远影响。协助铁保编纂《熙朝雅颂集》的著名八旗蒙古诗人法式善，也肯定了鄂貌图在诗歌方面的造诣。他在搜集八旗人诗集时曾写作组诗《奉校八旗人诗集，意有所属，辄为题咏，不专论诗也，得诗五十首》，其《北海集》一诗云：

> 桂籍占辽东，平蛮马上功。
> 身行遍天下，句健出军中。
> 山色樽前落，刀光梦里空。
> 不闻唐一代，褒鄂赋诗工。③

《北海集》若从文化意味和诗歌写作技巧上看，显然还不能够与高度成熟的汉文诗作品相颉颃。但它毕竟出现于满洲初入中原、刚刚接触学习汉文化的起步阶段，便令其具备了别样的价值和意义。

鄂貌图作为满洲族第一位诗人，他的诗歌展现出民族特有的精神风貌和气象品格。从诗风的导向性上而言，他率先以正声雅音的基调进行创作，对继起的八旗诗人在诗歌风格的选择

---

① （清）铁保撰《惟清斋全集·梅庵文钞》卷三，《续修四库全书》第1476册，第231页。
② （清）铁保撰《惟清斋全集·梅庵诗钞》卷三《读乡前辈遗诗，感赋十二首》之一《额学士麟阁》，《续修四库全书》第1476册，第310页。
③ （清）法式善撰《存素堂诗初集录存》卷十四，《续修四库全书》第1476册，第570页。

上，产生了重要影响。关于《北海集》诗歌风格的基本倾向，施闰章曾评曰"斐然温厚，一泽于正雅"①，这一特点正与八旗诗歌总的发展趋向基本吻合。同时，也体现出八旗诗歌自起步之初便与汉族诗歌存在极为密切的亲缘关系。

更为重要的是，鄂貌图作为八旗诗歌的先驱，诗中体现出来的"辽东气象"是清代甚至前代诗坛上罕有的。辽东地区，或是从更为广义的范围而言的东北地区，文化一直较为落后。虽然在元代和金代曾出现过一些能文之士，但成就有限，作品流传极少。至明朝，这一现象更为突出，东北地区的文学创作几至荒芜。八旗诗派或谓辽东诗派的崛起，极大程度上改写了文学史上这一地区发展极不平衡的状况。这对整个中国的文学发展进程而言都极具意义。

著名满学研究家金启孮先生在评价满族文学时说："其文学之作，溶入纯朴满族情感，虽一诗一词，足可见满人之思想性格。即哀感之手笔，亦流露刚健统一气魄，男则不恋于利禄，女则不耽于婉约，非溺于传统世俗文化者所能领会。"② 这里所言之满族是广义的满族，很大程度上近于八旗，所以，用以总结八旗诗歌的大致风格是适用的。清代旗人在政治、经济、文化地位上，与汉族民众相比具有相当的特殊性。正因如此，作为利益共同体的他们在思想意识、审美情趣、理想追求上，就必然存在着某种一致性。清初八旗诗歌孔武有力、雄浑豪放、飒爽磊落、清疏俊逸的总体诗风是北地民族开放、阔达、尚武性格与其特殊社会地位所赋予的优越感合而为一的产物。虽然在之后的发展进程中，八旗诗风日趋多元，但这一倾向无疑是其中至为重要的组成部分。鄂貌图就是将这种诗歌风格带入清代诗坛的第一人。赵展先生在《中国少数民族文化史》中评价鄂貌图之于满洲文学时说："在清代，满族诗人之多，令人惊叹。……仅就满族人写作汉文格律诗来说，他是一位拓荒者，称其为满族第一诗人，当之无愧。"③ 清初八旗诗坛，以诗歌描写清代立国战争的诗人还有继鄂貌图后不久出现的顾八代。作为入关后成长起来的第一代满洲族，顾八代的诗歌所展现出的精神面貌和民族气质与鄂貌图相比，既存在固有一致性，也展露出新的发展倾向。

第二节　"从戎儒士"顾八代

顾八代（？—1708），字文起，伊尔根觉罗氏，隶镶黄旗满洲。父顾纳禅因军功卓著，授二等轻车都尉，世袭罔替，顾八代乃其次子。顺治十六年己亥（1659），以荫生充护军征云南，归授户部笔帖式，旋擢吏部文选司郎中。康熙十四年乙卯（1675），御试旗员名列第一，改入

---

① （清）鄂貌图撰《北海集》施闰章序，清抄本，第10a页。
② 张佳生著《清代满族诗词十论》金启孮序，辽宁民族出版社1993年2月第1版，第2页。
③ 李德洙主编《中国少数民族文化史·东北华北篇·满族文化史》，辽宁人民出版社1994年第1版，第24页。

翰林院为侍讲学士,是清朝首位"自他职改入翰林官"①的人。十五年丙辰(1676)被简命往镇南将军莽依图军中襄赞,屡建奇功。十八年己未(1679)京察,掌院学士拉萨哩、叶方蔼注其称职政勤,但因拒绝依附大学士索额图而被改注"浮躁",遂降调。莽依图军中骤逝后,顾八代追随平南将军赉塔征云南,剿灭吴世璠。回京补侍讲学士,入直上书房,教授康熙诸子,尤其对雍正皇帝影响深刻。之后历任内阁学士、礼部侍郎、礼部尚书,后因事革职,四十七年戊子(1708)卒。有《敬一堂诗钞》十六卷。

一 顾八代前期的军旅诗

清初八旗贵族子弟多能"入则含毫挟册,出而跃马弯弧"。八旗乡会试,兼试文武,甚至演武骑射在一定程度上要重过文试。当时的咸安宫官学就辟有教场,专门演习骑射。清初一系列战争中的诸多八旗将士,很多是国子监学士、官学生、满洲儒士。顾八代自幼习武,挽弓十二石,例无虚发,以翰林清班从征云南、贵州、广西等地,参与平定三藩的战争,表现出卓越的军事才能。

同样写军旅诗,鄂貌图笔下描写的战争场面洋溢着典型化的诗人气质,顾八代则将亲身经历形诸歌咏,既有运筹帷幄的谋臣气概,也有临阵杀敌的壮士情怀,尤其记载平定三藩的诸多战役,可补史载之阙。如其《盘江破伪将军吴世琮兵纪事》云:

> 蒙马以虎皮,突然犯陈蔡。曳柴扬车尘,转击子玉败。今寇十万骑,渡江乃沉舟。镇南方卧病,兵符付参谋。宝刀遂暂佩,计决两军对。谩言贼阵奇,背水岂可再。命卒摇长旌,敌后起伏兵。突阵擒左将,其中尚从横。燃炮破其垒,旗乱主将死。败北不须追,残军溺江水。涉江取其营,余孽不须院。工役散为仆,聊以全其生。②

此诗记载的是康熙十七年戊午(1678)顾八代襄赞莽依图追剿吴世琮事。时莽依图病卧军营,遂命顾八代暂理军中事物。顾用计大败吴世琮,使其全军覆没,为之后平定云南奠定了基础。这是顾八代一生最得意的一场战役,以致在若干年之后,想起"参赞两江靖,起居六诏存"③之事仍兴奋不已。他晚年所作《述旧》对一生事业进行总结,诗云:"弱冠读经史,胡为事远征。挥戈追定国,从帅靖滇城。荣荫非投笔,箕裘未请缨。还都迁选部,作赋擢登瀛。三桂逆天叛,九重发大兵。妖氛围上将,参赞委书生。一自单车去,独从万里行。机宜因合

---

① (清)余金撰,顾静标校《熙朝新语》卷二,上海书店出版社2009年1月第1版,第12b页。
② (清)顾八代撰《敬一堂诗钞》卷一,《续修四库全书》第1418册,第282—283页。
③ (清)顾八代撰《敬一堂诗钞》卷六,《续修四库全书》第1418册,第312页。

算，功伐偶然成。"① 诗人将其成功归于"偶然"，无非自谦之语，他对平两江、定六诏等战役中自己的作为一直颇为得意。全诗叙事有条不紊，多次换韵，朗朗上口，显示出他古体诗创作的熟练程度。诸如此类可与史实相参证的军旅诗在其集中还有不少，如《纪事》《梧州》《莽镇南寝疾》《绥远大将军赖公至》《擒马宝、斩胡国柱及王绪》等。其《纪事》诗记载吴三桂遣其子以重金贿赂顾八代被拒，后重贿索额图，索额图因顾八代不肯依附，遂致交恶。此诗对考察顾八代之为人、宦途、晚年被革职等事皆有一定的参考价值。其余如记载傅弘烈之死、平梧州、取滇南等战事与今存正史诸书所载时有出入，或可资考证。

顾八代之所以能在军事指挥中潇洒自若，与任主帅的镇南将军莽依图对他的信任有直接关系。二人因互相倚重，才能在战争中不断取得胜利，其《滇南军行纪事》云：

> 解围初把臂，协赞共推诚。已试多吾算，还须视彼情。智仁推独步，勇信冠群英。必使如心腹，方能共死生。抚蛮陈上策，秉节率南征。甲从三千骑，麾旌十万兵。送军驰柳郡，上疏守梧城。筑垒兼挑堑，藏戈并掩旌。夜排诸葛阵，昼整亚夫营。不独为留后，滇池可荡平。②

"必使如心腹，方能共死生"道出多少因猜忌导致事业倾颓的惨痛教训。顾八代待人以诚信，莽依图为人以勇信，使得他们成为战争中的"最佳组合"。不幸的是，莽依图功业未遂于中道病亡。顾八代为莽依图作悼诗怀念其功绩，在晚年忆起当年事还为其英年早逝不胜浩叹。

顾八代"功成还朝，谦冲不居"③，一再声称战争胜利的"偶然"与"时运"，但他的诗歌中却明显体现出其卓越的军事思想。他主张"多算方为策，擒王岂在争"④，认为出击必须先做准备，不能贸然行动；"兵欲敛锋当减纛，甲宜藏纛更韬光"⑤ 是其"疑兵计"的体现；他还善用奇兵突袭之策，认为在知己知彼的情况下，谁能先发制人谁就有了制胜的先机。战争中，他认为"兵机贵速师休老"，反对以逸待劳的消极态度；主张"制胜全凭算，破坚惟在精"⑥，并总结自己平叛战争中颇著功绩的几次胜利为"六奇恢草坝，一计取滇城"⑦，这都是其军事才能在具体实践中的闪光。他的军事才能也被当时统军将领关注，其《赵将军见访问策》记载的就是其军事谋略的又一次胜利：

---

① （清）顾八代撰《敬一堂诗钞》卷十三，《续修四库全书》第1418册，第355页。
② （清）顾八代撰《敬一堂诗钞》卷十三，《续修四库全书》第1418册，第351页。
③ （清）顾八代撰《敬一堂诗钞》高斌序，《续修四库全书》第1418册，第275页。
④ （清）顾八代撰《敬一堂诗钞》卷四《白鹤楼观敌》，《续修四库全书》第1418册，第302页。
⑤ （清）顾八代撰《敬一堂诗钞》卷十四《进滇途中与莽镇南夜话》，《续修四库全书》第1418册，第357页。
⑥ （清）顾八代撰《敬一堂诗钞》卷四《有感》，《续修四库全书》第1418册，第303页。
⑦ （清）顾八代撰《敬一堂诗钞》卷四《螺山有感》，《续修四库全书》第1418册，第304页。

> 赫赫声闻超上班，敢劳枉驾草茅间。
> 君名久著碧鸡岭，吾计先图银锭山。
> 探取滇城如反掌，俯将石炮克重关。
> 元戎用此师焉老，早报京华振旅还。①

此诗记载的是康熙二十年辛酉（1681）五月，顾八代在绥远大将军赉塔军中参赞军务，建议夺银锭山以便俯瞰城内，再以大炮猛击，便可夺城。不听。九月，勇略将军赵良栋至云南，与几路兵马会师，他向八代问策，顾借献此计，终于取得了三藩之战的最后胜利。诗歌不仅展示顾八代在军事谋略上的独特眼光，也赞扬了赵良栋虚怀若谷的气度，和赉塔自以为是贻误战机形成了鲜明的对比。末句影射赉塔的刚愎自用，全出于公正，毫不以满汉为限。这在清初重满抑汉、满洲贵族骄扬跋扈的大背景下诚为难能。

高斌在诗序中说："从来奏夫功者不必原于道德，而理学自任之人试之疆场，又未必能发机决策而建荡平绥靖之烈。"② 以此而言，顾八代可谓文武兼美。他的诗歌倾向写实，少雕饰，无虚语，风格质朴，文笔浑雄。行伍中写下的大量诗歌中表现出的刚劲激烈、飙发扬厉的个性特征，是清初八旗诗歌的重要特色。而其中体现出的坚强、自信、奋发也正可称为八旗诗之风骨。如《辛酉冬十月荡平滇南，赋赠绥远大将军赖公》云：

> 数载南征七出师，貔貅百万指滇池。石门槛破直擒将，黄草坝争横夺旗。飞渡快河收曲郡，斩关交水断中逵。殄来残孽恢疆土，涤尽余氛靖远陲。一自九重抒庙算，独将三略发神奇。论功正拟封侯日，但惜昆明奏凯迟。③

此诗气势浩荡，骨力充沛，没有繁复的雕饰。这样的诗只会出现在清初，也只会出现在满洲将士的笔下，这是由历史环境和民族个性所决定的。这种气、骨、神，是清初八旗诗的精髓。

二 顾八代后期的闲适诗

顾八代秉性刚直，不阿权势，战后归朝授侍讲学士，入直上书房教授皇子，这是他人生的另一重要阶段。顾八代清廉勤谨的个性也颇为后来的雍正帝欣赏，在他被革职并且离世后，还

---

① （清）顾八代撰《敬一堂诗钞》卷九，《续修四库全书》第1418册，第327页。
② （清）顾八代撰《敬一堂诗钞》高斌序，《续修四库全书》第1418册，第275页。
③ （清）顾八代撰《敬一堂诗钞》卷十四，《续修四库全书》第1418册，第358页。

被雍正皇帝多次旌表。雍正四年丙午（1726），皇帝下圣谕复其礼部尚书职衔，赠太傅，予祭葬，赐谥文端。雍正十二年甲寅（1734）诏入祀贤良祠，同时入祀者还有满洲大学士图海、都统费塔、尚书玛尔汉、总河齐苏勒，计五人。雍正帝亲撰碑文，称赞顾八代："出赞军麾，佐荡平之谋略；入司典礼，矢夙夜之寅恭。命讲读于内廷，劲恪勤于历岁。论圣贤之奥义，深契朕心；阐性道之微言，懋抒诚悃；比老成之告谢，谊笃始终。"①

顾八代后半生诗歌创作写在朝为官之事很少，多追忆当年平定三藩的战斗经历，以及描写宁静淡泊的闲居生活。顾八代征战半生，始终以儒士自居，以清介自命，这是他的做人准则。他取名八代，字文起，就是因为尊崇韩愈。韩愈是唐代古文运动的倡导者，有"文章巨公""百代文宗"之誉，苏轼《潮州韩文公庙碑》中称其"文起八代之衰，道济天下之溺"。韩愈怀瑾握瑜，却宦途坎坷，又因为性情耿介、直言无忌一再招惹祸端。顾八代推崇韩愈，他的秉性为人也多与韩愈类似。

韩愈是"道统"的确立者，他认为儒者之道，即："博爱之谓仁，行而宜之之谓义，由是而之焉之谓道，足乎己，无待于外之谓德。仁与义，为定名；道与德，为虚位。"②顾八代精研易术及道统之说并尤重道统，这也有韩愈的影响。他一生以"道"为准的，效之、法之、行之，即便予告归家仍时刻将其形之于诗，如"宗伯身虽退，王师道尚遵"③、"晚年无所欲，惟与道相亲"④、"常将书作友，未与道相违"⑤、"天心有可见，大道古今同"⑥，皆如是。

顾八代没有鲜明的诗学主张，起码在他的诗歌中寻绎不到他所追慕的诗人和好尚。他的诗歌创作是出于对诗本身的喜爱，是基于情感抒发的需要，对于门户之见、宗派之别，并无偏好。清初八旗诗人在诗学取舍上大都比较通达，与汉族诗人相比，他们的不法一派和取诸各家的做法，更有利于其诗歌创作及摸索出属于自己的道路与特色。或者也正因如此，顾八代诗歌创作挣脱门派意识的羁绊束缚，更容易表现真情实感。但同时，也暴露出他在诗歌创作上的一些问题，比如说过于重视写实，从而缺少必要的锤炼修饰，一任情感抒发宣泄，虽明白晓畅却流于浅白，法式善言其"颇伤直致"⑦即是指此。他自己也意识到了这点，在其《瘤疾吟》中写道："老夫有瘤疾，吟咏不求工。"⑧

---

① （清）盛昱辑《雪屐寻碑录》卷十二《原任礼部尚书加赠太傅谥文端顾八代碑文》，《辽海丛书》，辽沈书社1985年3月第1版，第5册第3021页。
② （唐）韩愈撰，钱仲联、马茂元校点《韩愈全集·文集》卷一《原道》，上海古籍出版社1997年10月第1版，第120页。
③ （清）顾八代撰《敬一堂诗钞》卷六《陋巷》，《续修四库全书》第1418册，第310页。
④ （清）顾八代撰《敬一堂诗钞》卷六《自慨》，《续修四库全书》第1418册，第310页。
⑤ （清）顾八代撰《敬一堂诗钞》卷六《北窗感怀》，《续修四库全书》第1418册，第311页。
⑥ （清）顾八代撰《敬一堂诗钞》卷六《老况》，《续修四库全书》第1418册，第312页。
⑦ （清）法式善撰，张寅彭、强迪艺编校《梧门诗话合校》附《八旗诗话》第三十四则，凤凰出版社2005年10月第1版，第476页。
⑧ （清）顾八代撰《敬一堂诗钞》卷十五，《续修四库全书》第1418册，第366页。

顾八代因何事去官，具体不可考，康熙圣谕含混不清，顾八代自己对此也颇为隐晦。但或许我们可以从一些诗歌中略窥端倪，其《自叙》云：

> 幸遇唐虞世，长怀稷契心。
> 致君头已白，报国意空深。
> 执事憎狂瞽，朝廷鉴素忱。
> 平生耽志学，老更惜分阴。①

他在诗中剖白忠君爱国之心，但"执事憎狂瞽"一句，就颇耐人寻味。为谁所憎，因何而憎，他从不提及。但不管怎样，受诽被谤则似无疑。他评价自己"直戆平生病，扪心可对人"②，看来个中原因，自己颇为明了。顾八代闲居后有很多谈淡世忘机、明哲保身等处世哲理之作，或许是对之前为人处事过刚多折的一种反思。但对固执的顾八代而言，这种"反思"也只是浮于纸面而已。在无奈地吟诵出"穷居甘淡泊，古砚日躬耕"③、"已息乘风志，宁忘钓月游"④、"林卧未全隐，蹉跎愧此生"⑤ 等诗句后，"思君念阙""抑郁不平"仍占据他思想的主导方面。他被夺职后曾写《偶作》一诗："自信冰霜一苦人，襟怀牢落不为群。……此日空思酬圣世，残年何以答明君。"⑥ 想必，这才是他内心的真正想法。

顾八代与鄂貌图不同，他是生长于新朝的第一代满洲子弟，接受了全面系统的儒家教育，甚至被称为八旗理学第一人。他闲居时的一些诗歌说理成分极浓，道学气重，可读性不强，但却体现出八旗入关未久就已对汉学有如此既深且速的濡染，令人称异。虽然作为"满洲学人"第一，有值得称道之处，但诗歌本乎性情，过多言"道"说"理"就颇令人生厌。但他一些写景抒情的小诗却意韵幽远、清新淡雅、饶有风致，如"芰花浮钓艇，谷草结渔蓑"⑦、"村烟交树色，云影荡溪光"⑧ 等句，皆隽永可诵。

垂暮之年的顾八代在山与水、竹与兰的世界中找到了内心的宁静。他赞美自然美好、感慨人生匆匆、表达对亲人子女的关爱、歌颂真诚的友谊、抒发读书研易的乐趣，这些小诗无论是意境的琢磨还是用语的锤炼都与其随军时所作诗大有分别，较能代表他此期风格的如《山居三首》，兹举两首云：

---

① （清）顾八代撰《敬一堂诗钞》卷五，《续修四库全书》第1418册，第306页。
② （清）顾八代撰《敬一堂诗钞》卷六《自慨》，《续修四库全书》第1418册，第310页。
③ （清）顾八代撰《敬一堂诗钞》卷五《独乐》，《续修四库全书》第1418册，第307页。
④ （清）顾八代撰《敬一堂诗钞》卷五《自慨》，《续修四库全书》第1418册，第308页。
⑤ （清）顾八代撰《敬一堂诗钞》卷五《偶感》，《续修四库全书》第1418册，第308页。
⑥ （清）顾八代撰《敬一堂诗钞》卷十，《续修四库全书》第1418册，第334页。
⑦ （清）顾八代撰《敬一堂诗钞》卷三《别墅》，《续修四库全书》第1418册，第297页。
⑧ （清）顾八代撰《敬一堂诗钞》卷十《春日山林》，《续修四库全书》第1418册，第298页。

久尝饭后黑甜味，时嗅床头白堕香。
即此洞天堪寄老，谩寻福地可深藏。
茶铛烟细峰峦静，书案心闲岁月长。
林叟时来相晤语，不拘礼数坐溪旁。(其一)

沙村竹色连溪绿，石壁松阴覆簟凉。
明月如霜清醉眼，白云似雪入虚堂。
高凭疏槛山低户，远引飞泉水绕廊。
但觉个中多乐事，长吟抱膝亦何妨。(其二)①

晚年的他心灵安乐、平易近人，与早年跨马横刀判若两人。顾八代的一生辗转南北，遍历艰辛，从未牢骚抱怨。无论是从军征战、在朝为官，还是谢病家居，也都以清臣廉吏自勉。他是满洲第一代深染汉文化传统的人，忠贞刚烈、守正不阿是他对自己的基本要求，在这点上，他与刚刚进入中原不久的多数满洲权臣大异其趣。

与顾八代约略同时的满洲诗人还有图尔宸、禅岱等，可惜已看不到他们创作的全貌了。图尔宸，字自中，顺治乙未进士。其《月下酌》云："高松一片月，挂在碧松枝。烟湿露华下，开轩读楚辞。人间怨遥夜，天末起相思。何事圆还缺，停杯欲问之。"② 这首诗模拟化用的痕迹过于明显，颈联与尾联直接从"情人怨遥夜，竟夕起相思"和"青天有月来几时，我今停杯一问之"化出。禅岱，字静斋，满洲人，其《长沙城楼晚眺》云："感慨登临此日情，洞庭南岳未休兵。衡峰不度秋鸿影，梦渚空来夜鹤声。千队马嘶荒草路，几家烟起夕阳城。归心每觉乡关近，只认重峦隔玉京。"③ 相比之下，禅岱的诗风与表现内容与顾八代较相似，艺术水平上比较圆熟，可惜作品留存不多。

第三节　范承谟的烈士之诗

清初八旗诗坛的创作主力绝大多数来自八旗汉军。汉军相比满洲和蒙古，文化素养更为深厚，所以无论是诗人数量还是诗作质量，都远超满、蒙。努尔哈赤、皇太极父子，先后重用汉族知识分子如鲍承先、范文程、李永芳、马光远等，其中范文程最受隆遇。他历仕四朝，官居

---

① （清）顾八代撰《敬一堂诗钞》卷十，《续修四库全书》第1418册，第333页。
② （清）铁保辑，赵志辉校点补《熙朝雅颂集》卷一，辽宁大学出版社1992年6月第1版，第345页。
③ （清）铁保辑，赵志辉校点补《熙朝雅颂集》卷二，辽宁大学出版社1992年6月第1版，第351页。

大学士，以元老重臣之尊秉政三十余年，参与了清初很多大计的制定，是清朝定鼎中原第一功臣。沈阳范氏祖籍江苏，乃名臣范仲淹之后，范文程六世祖范岳在洪武年获罪遣戍，家沈阳，遂为辽东望族。范氏家族世代名宦，其曾祖范锪是正德进士，官至兵部尚书；祖范沈，任沈阳卫指挥同知，生第二子即为文程之父范楠。范文程有六子，其中承斌、承谟、承勋、承烈皆善诗文。论勋业、诗名又尤以范承谟为高。

范承谟（1624—1676），字觐公，号螺山，隶镶黄旗汉军。范承谟幼年多病，但不废学习，顺治八年辛卯（1651）诏八旗子弟应科举，中是年举人，次年中壬辰（1652）科进士，选翰林院庶吉士，散馆授编修。之后出抚浙江，累官至福建总督。三藩乱起，因不附耿精忠，被幽囚地牢近三年，骂不绝口，终不屈被害，妻子、兄弟、门客、幕僚同时殉难者五十余人。范承谟遇害后，耿精忠命人将其焚尸，骨殖后被泰宁人许鼎暗中收敛并驮回京师安葬，事迹上闻，举朝震悼，康熙赐谥"忠贞"。今有《范忠贞集》十卷，由其门人刘可书编辑，收入《四库全书》。《四库全书总目》卷一百七十三《忠贞集》提要云：

> 是编乃其全集，为清苑刘可书所编。……圣祖仁皇帝亲制序文，褒扬忠烈。宸章下贲，光逮幽泉。今谨敬录冠集端，用示我国家扶植纲常，风励臣节之至意。至承谟所上奏议，大都明白敷畅，多有关国计之言。诗文直抒胸臆，慷慨激昂，嚼龈裂眦之状，至今犹可以想见。文以人重，承谟之谓矣。①

康熙皇帝亲制《祭文》曰："处艰危而孤忠罔替，守义分而九死不渝。非示旌扬，曷彰悯恤……疾风劲草，视一死以如归；烈焰纯钢，经百折而不挫。"② 在康熙皇帝所制祭文中，这是最高规格的褒奖。康熙帝对范承谟十分器重，或许有子凭父贵的关系。范承谟年少时以门荫充侍卫，屡次越格升迁。他在浙江期间凡有为民请奏、蠲免赋税等事，即使部议不行，康熙也会特旨允行，再三予以支持。闽督出缺，按例范承谟没有资格继任，康熙特简往任。范承谟去世有年，其弟云贵总督范承勋陛见时，康熙念及范承谟为国尽节，格外赏赐范承勋以自用貂帽、貂褂、白狐裘袍，并嘱其不必立即换服，恐受风寒，皆可见范承谟受眷之深。

康熙皇帝亲制祭文碑文，充分肯定他的忠勇英烈之举，在很大程度上给八旗子弟的奋勇为国提供了有力的精神支持。康熙将范承谟树立典型的意义也无非在此，他在御制的《碑文》中说：

> 平时则竭诚殚力以靖厥职，猝逢事变则有凛乎不可犯、确然不可夺之节，舍生取义，

---

① （清）永瑢等撰《四库全书总目》卷一百七十三，中华书局1965年6月第1版，第1521页。
② （清）范承谟撰《范忠贞集》卷一，《景印文渊阁四库全书》第1314册，第2—3页。

第一章　鄂貌图与八旗诗歌的先声

流光天壤，古所谓不二心之臣，如此而已。①

《四库全书》所收本朝人极少，却将《忠贞集》收入，究其原因，也不外乎是。八旗蒙古诗人法式善评其诗云："如何职词馆，不许业名山。咳唾九天上，风云万里间。"② 侧重的也是其勋业事迹。

今存《忠贞集》收诗歌计三卷，入闽前诗辑为《吾庐存稿》，多为抚浙时所作。入闽后的《百苦吟》及《画壁遗稿》，皆是被耿精忠拘禁时所写。范承谟两处诗稿呈现出巨大的风格反差：前期诗歌清新淡雅、流丽自然，有田园风致；后期创作慷慨沉郁、气格高古，有烈士情怀。范承谟早期的诗歌作品，多已佚失。今在其《吾庐存稿》中略可辨认为入浙前作不超过十首，这些诗还没形成固定风格，但少年意气、民族豪情，还是屡有显露的，也与此时期的八旗诗歌的总体风貌近似，如其《冬猎篇》云：

> 朔气森冽天地愁，层峦彻夜电光流。卷书拭剑水盈沟，呵手敲冰饮紫骝。晓霜光里寒凝目，四野垂天星断续。初日沉沉上大荒，高旗历历翻山曲。黄云惨压鼓隆隆，健儿舒臂鸣弰弓。弦进风高天色酸，马蹄跞地响声干。痴鹰忽怒犬跳踯，飞走羽毛无一完。兽急人忙各颠倒，血肉淋漓洿枯草。仓皇虎豹出林弯，按辔拈弓闲更好。③

此诗显而易见有唐人歌行体的风格特点。全篇色彩浓丽、用语华赡；诗中多次换韵，令整首诗韵致铿锵。在内容上，展现出一个青年武士的健美外表和内在的高昂精神。该诗有着饱满的热情和力量，在早期八旗诗歌中并不多见。

康熙七年戊申（1668），范承谟出抚浙江。他在任上，廉洁奉公、禁止拜谒、惩治贪官、拒绝贿赂，上疏朝廷蠲免陈欠赋税，建议与民休息。他还将漕米改折或者免征，赈抚灾民无数。这些惠政，极大减轻了人民的生活负担。他离官时，百姓遮道挽留，书载："浙民送者，亘百十里，拥舟不得前，十余日出境。百里外始得放舟长行。"④ 他在杭州时的诗歌创作，黄机在《吾庐存稿》跋语中有这样的介绍：

> 范公所作"西湖十咏"或寓怀孝友或托兴农桑，篇什虽微，有与民同乐之至意。公

---

① （清）范承谟撰《范忠贞集》卷一，《景印文渊阁四库全书》第1314册，第3页。
② （清）法式善撰《存素堂诗初集录存》卷十四《奉校八旗人诗集，意有所属辄为题咏，不专论诗也，得诗五十首》之十二《忠贞集》，《续修四库全书》第1476册，第570页。
③ （清）范承谟撰《范忠贞集》卷四，《景印文渊阁四库全书》第1314册，第61页。
④ （清）鄂尔泰等修，李洵、赵德贵主点《八旗通志（初集）》，东北师范大学出版社1985年第1版，第7册第4445页。

抚浙以来，实心爱民，万口传颂。履公庭则刑清政简，听公论惟礼教为先，得诗人温厚和平之道，故其诗足以传。①

《吾庐存稿》中的作品大多写景怀人，风格清丽婉美。浙江历来是人文荟萃之地，风景名胜众多，范承谟在杭州时写下很多人文景物诗，试举两首：

> 极望知流尽，轻舟岸岸移。
> 恰回丛树后，已在小桥西。
> 星动渔灯乱，天寒雁阵低。
> 隐沦何处觅，此地有夷齐。
> ——《永平秋夜钓台泛月》②

> 醉眼朦胧望夕晖，素枝斜映玉烟飞。
> 高歌一曲拈花带，载得春光午夜归。
> ——《西溪探梅》③

这类诗歌多自然优美、圆润清丽，有盛唐田园诗风致，体现出作者轻松恬淡的适意情绪，及对山川景物的热爱之情。范承谟在任期间，与民休息，频施惠政的同时，也创作了一些伤时感事、哀民生之多艰的作品，具有一定的现实意义。如其《行田寄怀》云：

> 单车瘴岭驱中夏，千里炎荒度夕阳。自是先忧期后乐，却缘圣主视如伤。幨帷戴雨行泥陇，使节驰星破晓光。每值道涂全梗塞，忍看比屋半流亡。刍茭幸不烦民力，糇糒何妨亦自将。我黍漫言尝旨否，吾民久未厌粃糠。雁鸿欲集声先咽，鸠鹄相逢色已怆。草泽三空宁类汉，桑林七事却同商。疮仍无肉何由补，茧已穷丝不及忙。满地榛芜成草昧，稽天崩溃竟洪荒。老翁行役悲沟瘠，寡妇诛求哭路旁。闻道使君生化虎，更传令史共为狼。埋轮已誓从都候，叱驭谁能畏太行。饥溺只今宁干止，澄清于此慰怀望。敢云善政能匡植，岂为虚名起激扬。但使鞠躬臣貌瘦，寸心聊以报吾皇。④

这首长诗记载范承谟考察民风、核实赋税时在乡村的所见所感。他在诗中表白其为官之心

---

① （清）范承谟撰《范忠贞集》卷四，《景印文渊阁四库全书》第1314册，第65页。
② （清）范承谟撰《范忠贞集》卷四，《景印文渊阁四库全书》第1314册，第60页。
③ （清）范承谟撰《范忠贞集》卷四，《景印文渊阁四库全书》第1314册，第64页。
④ （清）范承谟撰《范忠贞集》卷四，《景印文渊阁四库全书》第1314册，第62页。

"自是先忧期后乐",这是向范仲淹"先天下之忧而忧,后天下之乐而乐"学习的结果。同样在这首诗中,我们可以看到自命"使节"的他星夜前往百姓处问询民计民生,在看到战后一片疮痍、乡民多半流亡的凄惨景象时,内心无比伤感。诗中,他对百姓寄予深切的同情,"疮仍无肉何由补,茧已穷丝不及忙""老翁行役悲沟瘠,寡妇诛求哭路旁",对鱼肉百姓的官吏给以无情的揭露。

范承谟的《百苦吟》与《画壁遗稿》都是在被耿精忠拘禁时期创作的。在这七百多天里,生长阀阅之家、自幼锦衣玉食的范承谟承受着之前从未有过的肉体折磨。他素来多病,在《百苦吟》中写到"生平屡弱药为粮,罹难何曾片滴尝"①;诗中还记载他被囚期间的非人生活环境,"不才误主缘秦晋,满屋泥沙手自淘"②、"垢腻虽高吾敝袴,且留片段蔽赢身"③、"馊粥三旬啖半铛,苦怀难遂岂图生"④。很难想见,一个贵族子弟如何艰难地熬过这漫长的囚室生活,并在牢狱中吟唱出一生中最高亢、最雄浑跌宕的歌曲:

> 肉尽皮穿心已灰,惊闻难侣悉生灾。
> 吁天早碎孤臣骨,留得群英济后来。
> ——《疫疠》⑤

> 彻夜冰魂屡暗惊,乾坤何事静无声。
> 霏霏碎玉光难灭,馥馥寒梅味更清。
> ——《冻雪》⑥

在忍耐疾病折磨的时候,他得知同押的故旧也在受苦。他知道自己不可能生还,希望尽早了却生命,以全其志。在《冻雪》中,诗人表达出坚贞的烈士情怀,他以梅花自喻,表达了"宁为玉碎,不为瓦全"的思想。《百苦吟》组诗记载了他被囚期间遭受到的所有苦难,有泪水、呻吟、愤慨,却从不见追悔、低沉和绝望。从艺术作品的角度欣赏,范承谟这些诗不算精美,有时还为迁就思想内容便忽视格律与词藻,但从思想性来看,这些诗有其意义和价值。

与范承谟同患苦难的还有他的挚友兼幕僚——嵇永仁。永仁,字留山,号抱犊山农,江苏无锡人。他博学多识却科名不遂,后为范承谟幕僚⑦。范承谟遇难时,嵇永仁也被囚禁,承谟

---

① (清)范承谟撰《范忠贞集》卷五《缺药》,《景印文渊阁四库全书》第1314册,第73页。
② (清)范承谟撰《范忠贞集》卷五《湿地》,《景印文渊阁四库全书》第1314册,第67页。
③ (清)范承谟撰《范忠贞集》卷五《浣衣》,《景印文渊阁四库全书》第1314册,第73页。
④ (清)范承谟撰《范忠贞集》卷五《馊饭》,《景印文渊阁四库全书》第1314册,第73页。
⑤ (清)范承谟撰《范忠贞集》卷五,《景印文渊阁四库全书》第1314册,第70页。
⑥ (清)范承谟撰《范忠贞集》卷五,《景印文渊阁四库全书》第1314册,第67页。
⑦ 赵尔巽等《清史稿》,中华书局1977年8月第1版,第44册第13483页。

被害，他自缢以殉，年仅四十。嵇永仁殉难后，其子嵇曾筠刻苦读书，后中康熙四十五年丙戌（1706）进士，因是烈士之子，故备受眷顾，不数年位至巡抚，后更为总河（清代河道官多从满汉旗籍大臣拣选）、兵部尚书、吏部尚书。其子嵇璜，承续父志，亦以治河闻名于世，官至礼部尚书。嵇永仁在狱中与同时在押的友人相唱和，创作了《吉吉吟》《百苦吟》等诗歌作品，以及《和泪谱》《续离骚》等杂剧。嵇、范二人名为宾主，实则挚友，范承谟在《百苦吟》小序中说：

> 吴门嵇子留山，天下士也，与予以道谊称莫逆交。生平气节，初未尝以境之苦乐易其心，盖予之信嵇子亦犹嵇子之信予也。①

他还在狱中为嵇永仁作了很多首诗，其中有内疚、有期盼、有激励，但在言语之外，我们更能感受到的是对友人的关切之心。如其《抱犊吟·赠嵇留山》一诗：

> 陟彼惠山巅，俯瞰融寒玉。一掬流古今，烦热何能触。中有抱犊人，意静明如练。匡济蕴珠玑，微言飞雪霰。我虽世讲谊，心交方未久。义在万缘轻，生死遥相守。儿女晓夜号，椿萱惊日暮。嗟此骨肉情，天高难共诉。茹荼伤隽英，繁霜华墨鬓。仰盼双鸿鹄，轻阴逝甚迅。②

字里行间，我们除了能体会到二人"义在万缘轻，生死遥相守"的情谊之外，还隐隐能够触及范承谟内心中对知交好友同他共罹苦难的愧疚。他说：

> [予]自叹不辰，既上弗克酬君父之恩，下莫能慰苍生之望，而又累我知交如此，每一念至，何以为情。……予之未出苦海者，惟以有负于君，有负于亲，而且有负于知交，为有生莫大之恨事，默默此心，万劫不磨，又岂笔墨之所能罄也哉。③

范承谟在囚禁之中，再三用诗歌表达对君主的忠诚和对亲人的思念，而他对亲人的思念，也是建立在忠君爱国的基础之上。他的观念里，国即是家，只有做到忠君爱国，才能进而谈到尽孝和爱亲。他在写给兄弟的诗歌中说"生死不同同许国，几番恸哭鹡鸰诗"④，他想象自己

---

① （清）范承谟撰《范忠贞集》卷五，《景印文渊阁四库全书》第1314册，第66页。
② （清）范承谟撰《范忠贞集》卷六，《景印文渊阁四库全书》第1314册，第88页。
③ （清）范承谟撰《范忠贞集》卷五《百苦吟》小序，《景印文渊阁四库全书》第1314册，第66页。
④ （清）范承谟撰《范忠贞集》卷六《初度六忆》六首之三，《景印文渊阁四库全书》第1314册，第89页。

被害之后的场景，嘱咐兄弟"不必向南空祭奠，望多好语慰慈颜"①，他希望家人不必过于伤心，因为他已经完成了舍生取义之大节。

被囚期间他曾绝食十日而未死，苏醒之后痛苦异常，写下《绝粒骂贼……痛绝》一诗，中云："珍重冲冠发几根，此心不共此头髡。一丝未了忠魂在，且向星前礼至尊。"②或许在我们看来，范承谟几乎所有的行为都来自他对满洲皇帝的忠诚，但我们不该忽略这点：在中国数千年的历史上，忠君几乎就是爱国的代名词。以今律古，并不公平，也缺少对古人的同情。范承谟还创作了很多写景状物的诗歌，这些作品名为写景状物，实则是对自身心绪的抒发，如其《月下松涛》云：

> 嗟嗟兜鍪子，谁为忠义夫。倒呈生杀柄，反而媚妖狐。俊杰识时志，妻孥富贵躯。岂无桑土计，予口亦卒瘏。奈堕稠棘中，只手难为图。惟将身谢国，安忍惜头颅。虽非齐壮士，颇多慷慨徒。健儿随烈友，视死若归途。回首云际松，矫矫龙势殊。凌寒凝翠色，霜雪剥鳞肤。形枯神气劲，悲风动海隅。泰交阳候届，雷雨跃天衢。逆巢摧尺木，孽种染锟铻。鲸鲵生献庙，胁从莫胜诛。疮痍勤矜赦，净洗血腥污。③

要以身报国，就不能爱惜生命。全诗慷慨悲壮，情感激越。这首诗不论是从内容还是写作技巧上看都显得较为成熟，虽节拍紧凑，却无扼喉之感。韵律和谐，朗朗上口，读来令人热血沸腾，壮怀激烈。

在他生命的最后一刻，他写下人生最后一首诗篇《绝命诗》，前有小序："连宵乌鹊南噪，晓闻王师已逾仙霞。耿、刘二逆初谋携装泛海，继以众情弗顺，始议投诚。禁卒侦知其情，密以慰予，予笑曰：'二逆即投诚，终不免。然必先杀我以灭口。'因口占示之。"诗云：

> 一笑襟开万怒平，龙兴有寺葬真卿。
> 执旗厉鬼争前导，尽扫穿墙穴壁虺。④

这首《绝命诗》是他生命的最强音，展现了一位烈士慷慨就义时悲壮和不畏一死的凛然正气。范承谟是一位坚贞不屈的诗人，尤其"一笑襟开万怒平"之句，豁达高亢，读其诗如见其人。范承谟被拘期间所作诗歌与夏完淳《南冠草》中之诗，风格极近。

作为清初汉军世家的代表，范氏家族除范承谟外，兄弟中承斌、承烈、承勋亦能诗。承

---

① （清）范承谟撰《范忠贞集》卷六《初度六忆》六首之四，《景印文渊阁四库全书》第1314册，第89页。
② （清）范承谟撰《范忠贞集》卷六，《景印文渊阁四库全书》第1314册，第86页。
③ （清）范承谟撰《范忠贞集》卷六，《景印文渊阁四库全书》第1314册，第86页。
④ （清）范承谟撰《范忠贞集》卷六，《景印文渊阁四库全书》第1314册，第94页。

斌，字允公，袭一等子爵。承勋，字铭公，康熙二十五年丙寅（1686）任云贵总督，累官至工部尚书，著有《世美堂诗文奏疏》。承烈，字彦公，累官户部侍郎，有《雏凤堂集》。承谟诸兄弟的诗歌有着相似的风格特点：清新流丽、自然婉美。这是明末诗风在清初的沿袭，也与范承谟初期诗风相一致。承谟诗风在后期的转变，显然是由其特殊的悲剧命运所决定的。

为开启八旗文学做出较大贡献的还有卞三元等汉军诗人。卞三元（1645—1712），字月华，又字桂林，镶红旗汉军人。本是由明入清的汉人，籍辽宁盖州（今辽宁省盖州市）。这个家族在明中后期共出了八名将军，世袭盖州卫指挥使、指挥同知等职。卞氏家族不仅武学精湛，且深具文化素养，造就了卞三元勇猛坚韧又儒雅风流的双重个性。崇德六年辛巳（1641），他与其父卞为凤、鄂貌图、杜当等人同举乡试，任内秘书院副理事官，后由山东登州知府累官至云贵总督，谥恪敏。著有《公余诗草》。

卞三元不仅是清初重要的政治、军事人物，也是一位颇具声名的八旗诗人。《奉天通志》载："公勋庸卓绝，垂青风雅，时与宾客将吏酬唱于丹山绿水间。庾公南楼、羊傅岘山无以过也。"① 将卞三元比喻成魏晋著名的儒将庾亮与羊祜。清铁保《选刻八旗诗集序》中将卞三元与高塞、鄂貌图三人称为清入关之前满洲"开诗律先声"的一代诗人，是"满洲文士之最先者"。徐珂的《清稗类钞·文学类》中也称："汉军卞三元，后官云贵总督，有《公余诗草》，皆八旗文字之最先者。"②

卞三元的诗歌流传不多，但从现有作品中，我们也可以看出其诗风较为沉稳流丽，清新自然，且韵律和谐。从整体趋向上而言，他师法杜甫，与鄂貌图"正雅"之音有所契合，这也说明清初八旗诗歌的风格已经渐趋统一。从清代诗歌发展的大环境来看，八旗诗歌受汉族诗坛的影响也是斑斑可见。明末清初汉族诗坛多师唐法，复古派余习的影响还很强烈。其间，遗民诗人虽多取宋调，但宋诗的风格显然不是风头正炽的八旗诗人们所热衷的。所以，清初八旗诗人在师法上宗唐痕迹就十分明显，兹举卞三元明显效法杜甫的两首诗，如：

旅邸非无梦，愁深梦不成。
半窗边地月，一枕故乡情。
金钥远无响，银河迥自明。
萧萧清漏夜，何处玉珂鸣。
——《客夜》③

---

① 王树楠、吴廷燮、金毓黻等纂《奉天通志》卷一百八十一《人物九·乡宦三·清》，沈阳古旧书店1983年1月第1版，第4册第4143页。
② 徐珂《清稗类钞·文学类》"八旗文士之开山"条，中华书局1986年3月第1版，第8册第3861页。
③ （清）铁保辑，赵志辉校点补《熙朝雅颂集》卷一，辽宁大学出版社1992年6月第1版，第333页。

第一章　鄂貌图与八旗诗歌的先声

崒嵂通天际，回溪挂树颠。
水边迷小径，石上响流泉。
草蔓千峰尽，云封万壑连。
风来谷应语，人去鸟声传。
　　——《过六盘山》①

这两首诗皆化杜诗而来，前首学意，后首学律。辞工字顺，格律深稳，十分整饬。杜甫律诗常有通篇对偶的现象，邓汉仪《诗观》中曾录有此诗，下评"少陵律诗有彻首尾对者，此其遗法，诗最整炼"②。

从内容上看，卞三元诗，多数平和雅致，善写闲情，时有出尘之意。结构设置也较为完整圆熟，体现出较为精密的写作技巧，如其：

独有烟霞意，难羁世外身。
闲看林际月，漫理手中纶。
丛桂成招隐，名山肯让人。
逍遥吾自在，泉石养天真。
　　——《隐者》③

天涯孤旅每余愁，幸有池泉足逸游。
闲睹云烟含翠岫，时闻笛管在朱楼。
翻翻水鸟依青泽，粲粲寒鱼辟碧流。
可惜闲情难久驻，归期明月上城头。
　　——《游暧池》④

由上可见，卞三元虽在创作技巧上比诸同时的满洲诗人略胜，但在气势宏阔和辞章之高举上，却略逊一筹，也少见本期内辽东诗歌之壮美，这或许与其个人气质有关。卞三元二子亦能诗。卞永誉，字令之，号仙客，有《式古堂集》；卞永吉，字谦之，著有《来远堂集》。

另外，汉军诗人梁儒的诗写得也不错。梁儒，字宗洙，顺治十二年乙未（1655）进士，曾官江南提学道佥事，著有《徽音集》。《钦定熙朝雅颂集》中载有魏麟徵为其所作诗序，中称：

---

① （清）铁保辑，赵志辉校点补《熙朝雅颂集》卷一，辽宁大学出版社1992年6月第1版，第333页。
② （清）邓汉仪辑《诗观》卷四，《四库禁毁书丛刊》集部第2册，第97页。
③ （清）铁保辑，赵志辉校点补《熙朝雅颂集》卷一，辽宁大学出版社1992年6月第1版，第332页。
④ （清）铁保辑，赵志辉校点补《熙朝雅颂集》卷一，辽宁大学出版社1992年6月第1版，第333页。

"含毫吮墨，托志兴歌，一若无意作诗，而性情所感，天籁自鸣，下笔娓娓数百言立就。"①《雅颂集》收录其诗十八首，如《送鸣石南还》云：

> 星轺又见度金沟，小饮平原十日留。
> 弹指风烟思往事，关心儿女动新愁。
> 黄河梦断千帆雨，白发痕添两鬓秋。
> 屈指后期方汗漫，燕云楚树共悠悠。②

梁儒的这首诗歌委婉谐美，意蕴悠长，颇有风人之致。其《采莲曲》《赠竹庵上人》《幽居写怀》《官署秋怀》《村烟》《霜月》等，用韵考究，词炼句美，写作技巧精致，却独缺清初八旗诗派质朴刚健之风。可见梁儒诗学之路，与清初汉族主流诗坛似乎更为同步。

入关之初的八旗诗歌尚存较为明显的摹拟痕迹，但他们所取得的成就，对于在经济、文化等多个方面都较为落后的边北少数民族诗人们而言已属难得。我们考量这一时期的诗歌创作，应该更多地注意这些诗人以及作品中所体现出的思想性、民族性、地域性特征，因为这是"八旗诗歌"可以自成为一派的基质，也是八旗诗歌的精魂。在经过鄂貌图等诗人不懈的摸索实践之后，八旗诗歌渐渐走上更为宽阔、自由和更具个性的发展之路，而其表现突出的成果就是满洲天才诗人纳兰性德的崛起。虽然，他短暂的生命历程只是昙花一现，但却以其不朽的诗词创作和对汉族文化孜孜以求的诚恳态度留名青史，成为八旗文学史上名副其实的第一人。

---

① （清）铁保辑，赵志辉校点补《熙朝雅颂集》卷一，辽宁大学出版社1992年6月第1版，第346页。
② （清）铁保辑，赵志辉校点补《熙朝雅颂集》卷一，辽宁大学出版社1992年6月第1版，第348页。

第二章 "满洲奇葩"纳兰性德

在清初八旗诗坛，乃至推展到整个清代八旗诗坛，纳兰性德的地位都是不可取代的。首先，他以自身创作引领一代风气，为清词中兴做出巨大的贡献；其次，他通过与汉族诗人的密切交往，将八旗诗歌引入主流诗坛；再次，他总结提炼出自己的创作理论体系，为八旗文学理论奠定基础；最后，他利用身份地位的特殊性大力援引汉族文士，留下一段满汉诗人互敬互重的佳话，为民族文化的融合与交流做出贡献。纳兰性德生长华胄却甘于淡泊，处钟鸣鼎食之家却全然不以功名为念，倾注毕生心力从事学问著述和诗词创作，是八旗满洲最杰出的作者之一。

性德（1654—1685）原名成德，避废太子允礽（原名保成）讳改名，字容若，号楞伽山人，氏纳兰，隶正黄旗满洲。他是康熙朝大学士纳兰明珠长子，左都御史揆叙胞兄。生母觉罗氏，乃努尔哈赤十二子英亲王阿济格嫡福晋所生第五女，系出天潢[1]。性德远祖为蒙古土默特部，兼并纳兰部后迁居叶赫河流域（今辽宁开原附近）并建立"叶赫国"，成为海西女真四部之一[2]，其后代遂改氏叶赫纳兰。在后金统一的战争中，叶赫部为努尔哈赤所灭，性德高祖金台什战败自焚。金台什之妹嫁努尔哈赤并生子皇太极，皇太极继帝位后，纳兰家族地位稳步上升，终成满洲"八大家"[3]之一。性德出身高贵又极好学，康熙十五年丙辰（1676）中进士，历官至御前一等侍卫（正三品）。但如此出身和显贵仕途，却并没有令性德备感荣耀，反而带给他莫名的孤独和忧愁，终致其早卒。性德以三十年的短暂人生，倡导、编纂并资助校订、刊

---

[1] 阿济格被削爵、赐死，诸子贬为庶人，事见赵尔巽等撰《清史稿》，中华书局1977年8月第1版，第30册第9018页。

[2] "海西女真四部"又称"扈伦四部"，除叶赫部外，还有辉发、哈达、乌拉三部。在哈达、乌拉相继没落之后，叶赫部曾一度为"海西女真"之首。

[3] （清）昭梿撰《啸亭杂录》卷十"八大家"条："满洲氏族以瓜尔佳氏直义公之后，钮祜禄氏宏毅公之后，舒穆禄氏武勋王之后，纳兰氏金台吉（什）之后，董鄂氏温顺公之后，辉发氏阿兰泰之后，伊尔根觉罗氏某之后，马佳氏文襄公之后，为八大家云。凡尚主选婚，以及赏赐功臣奴仆，皆以八家为最云。"中华书局1980年12月第1版，第316页。

刻《通志堂经解》共一千八百卷，著有《通志堂集》二十卷，还主持编选《今词初集》《名家绝句钞》《全唐诗选》等书。

第一节　纳兰性德的诗学理论

《通志堂集》中收诗歌三百余首，数量较其词略多，但此集在当时刊刻数量很少，流传不广。他的《侧帽词》（再编时更名为《饮水词》）却于其在世时便已数次刻板刊行，遍传天下，时有"家家争唱《饮水词》"①之誉。性德作品诗以言志、词以抒情的特征十分明显，艺术水平也各有千秋。从内容上看，词侧重日常生活，以写情见长，少涉时政；诗多显示对时政的关心，也有对内心情感世界的深切剖析。从风格而言，其词细腻哀婉、沉郁朦胧，多凄婉之音，少雄豪之气；诗气格高华，风骨凛然，流丽奔放，雄奇坦荡。八旗画家张纯修称誉其"诗之超逸，词之隽婉，世共知之"②，总结性德诗词的特征可谓明了。

性德诗歌具有鲜明的情感内涵和个性气质，颇具北方诗派特色。更有意义的是，作为一个北方少数民族青年，他对诗学有着明确的理论主张，与同时代的八旗诗人们相比，更具进步性。众所周知，明季诗坛"浓红重绿，陈言剿句，万篇一篇，万人一人"③，至清初虽残留明季余绪，但主张发挥个性，去绝依傍却渐成主流。清初诗人植根现实生活，主性情，去剿袭，审美格局和艺术风格日趋多元。黄宗羲倡论"性情"、顾炎武标举"经世"、王夫之回归"本质"，钱谦益则从"诗言志"引申发挥，主张"有真好色，有真怨悱，而天下始有真诗"④，这些观点都对性德的诗学观产生了深刻影响。性德乌衣门第，却并不孤芳自赏，而是多所师承、谦虚好学，这点在其诗学理论的多方取材、不宥门派上也表现得很明显。综括而言，性德的诗学主张大致体现在三方面。

一　不拘门派，追求自我的个性论

性德倡言"人各有性情，不能相强"⑤。他对创作主体具有差异性这一问题有着清醒的认

---

① （清）曹寅撰，胡绍棠笺注《楝亭集笺注·楝亭诗钞》卷二《题楝亭夜话图》，北京图书出版社 2007 年 11 月第 1 版，第 96 页。
② （清）纳兰性德撰，张草纫笺注《纳兰词笺注》张纯修原序，上海古籍出版社 2003 年 9 月第 1 版，第 431 页。
③ （清）吴乔撰《围炉诗话》卷一，《清诗话续编》本，上海古籍出版社 1983 年 12 月第 1 版，第 1 册 490 页。
④ （清）钱谦益撰《牧斋有学集》卷十七《季沧苇诗序》，上海古籍出版社 1996 年 9 月第 1 版，中册第 759 页。
⑤ （清）纳兰性德撰，黄曙辉、印晓峰点校《通志堂集》卷十三《与顾梁汾书》，华东师范大学出版社 2008 年 10 月第 1 版，上册第 265 页。

识。他认为，创作要基于身处的情境并考虑个体性格，体现个性特点，这样才有可能形成独立的风格，他说：

> 人必有好奇缒险、伐山通道之事，而后有谢诗；人必有北窗高卧、不肯折腰乡里小儿之意，而后有陶诗；人必有流离道路、每饭不忘君之心，而后有杜诗；人必有放浪江湖、骑鲸捉月之气，而后有李诗。①

这段论述从诗人创作与人生阅历的角度强调生活环境对于创作个性的重要影响。在他看来，一个诗人如果不能跳出旧有的樊篱，独辟蹊径，熔铸出自己的创作个性的话，那就是"矮子观场，随人喜怒"，这不是创作而是摹仿，而"摹仿"出来的作品是不具有长久生命力的。所以，他对诗界中那些因循模拟的现状给以猛烈的批判，他说：

> 诗之学古，如孩提不能无乳姆也。必自立而后成诗，犹之能自立而后成人也。明之学老杜，学盛唐者，皆一生在乳姆胸前过日。
> ——《渌水亭杂识四》②

这段话是针对明季习唐余绪而言的。顺治至康熙前二十年间，诗歌创作在取法唐、宋间争执不下，实质上却更倾向于宋诗。《四库全书总目》卷一百九十"宋诗钞"条说："明季诗派，最为芜杂。其初，厌太仓、历下之剽袭，一变而趋清新；其继，又厌公安、竟陵之纤佻，一变而趋真朴。故国初诸家，颇以出入宋诗，矫钩棘涂饰之弊。"③ 王士禛也说："当我朝开国之初，人皆厌明代王、李之肤廓，钟、谭之纤仄，于是谈诗者竞尚宋元。"④ 性德《原诗》中对当时诗坛不问性情、跟风学宋、随人转移的现状给予批判，他说："人情好新，今日忽尚宋诗。举业欲干禄，人操其柄，不得不随人转步。诗取自适，何以随人。"⑤ 此外，性德对唐诗的提倡，或也有时局政治影响的因素在内，具体可参见本书中编第五章第一节《康熙皇帝与清初诗坛》相关论述。

但性德的这一批判，所针对的并不是宋诗本身，这点需要注意。从他学习和创作情况来

---

① （清）纳兰性德撰，黄曙辉、印晓峰点校《通志堂集》卷十四《原诗》，华东师范大学出版社2008年10月第1版，上册第278页。
② （清）纳兰性德撰，黄曙辉、印晓峰点校《通志堂集》卷十八，华东师范大学出版社2008年10月第1版，上册第336—337页。
③ （清）永瑢等撰《四库全书总目》卷一百九十，中华书局1965年6月第1版，第1731页。
④ （清）永瑢等撰《四库全书总目》卷一百七十三"精华录"条，中华书局1965年6月第1版，第1522页。
⑤ （清）纳兰性德撰，黄曙辉、印晓峰点校《通志堂集》卷十八《渌水亭杂识四》，华东师范大学出版社2008年10月第1版，上册第336页。

看,他虽倾向学唐,但对宋诗采取的是兼收并蓄的态度,"别裁之而勿为所误"① 才是他学诗的基本准则。性德个性化的诗学主张体现了强大的包容性和开放性,既不盲目踵步古人,也不拒绝师承各法,这点相较当时唐宋两派互不相能、骂訾不绝的局面足显公允,而这种包含众有,不偏不倚的态度也为八旗诗学开了一个好头。

二 突破限制,敢于质疑的创作论

性德的诗学理论既有总的指导纲领,也有细化的实践措施。创作上,他主张学古,但却反对单纯的模拟和剽袭;他遵循学诗成法的同时也打破格律的限制,不单纯以声律为准绳,要求作品凸显真性情;他力求拟古诗要写出深刻的内涵,具有时代感而非浮泛谈史。这些,都凸显出性德诗歌创作论中那种突破限制、敢于质疑、勇于实践的特征。

性德论诗反对过分拘泥格律。他认为,一味遵循音律、刻意追求字句的工致,都会影响情感的抒发,而这是主张抒写真情的性德万万不能接受的,所以他很反对作步韵诗,他说:

> 今世之大为诗害者,莫过于作步韵诗。……诗既不敌前人,而又自缚手臂以临敌,失计极矣!愚曾与友人言此,渠曰:"今人止是做韵,谁曾作诗?"此言利害,不可不畏。若人不戒绝此病,必无好诗。②

显然,性德认为如果必须在"韵"与"情"之间做选择,那一定要"宜以诗生韵,不宜以韵生诗"③。也就是说,他所主张的诗歌创作,形式必须为内容服务。他的步韵诗不多,多数能做到发抒己情的同时却不艰涩死板。他在通过创作实践来阐明:韵律的运用要为抒情服务,而不该成为表情达意的限制。

他还曾就拟古问题提出自己的看法。拟古诗早在《六臣注文选》中就被收入"杂拟"专类,唐代刘良注曰:"拟,比也。比古志以明今情。"④ 概括了拟古诗的创作动机和基本特征。拟古诗创作,要追求人我、古今之间的沟通契合,不能一味效法形式从而忽视自我情感的抒发。好的拟古诗既要有"拟古"的外形,也要有"明心"的内核,所以,性德不满那些强作

---

① (清)纳兰性德撰,黄曙辉、印晓峰点校《通志堂集》卷十四《原诗》,华东师范大学出版社2008年10月第1版,上册第279页。
② (清)纳兰性德撰,黄曙辉、印晓峰点校《通志堂集》卷十八《渌水亭杂识四》,华东师范大学出版社2008年10月第1版,上册第335—336页。
③ (清)王寿昌撰《小清华园诗谈》卷下,《清诗话续编》本,上海古籍出版社1983年12月第1版,第3册第1905页。
④ (梁)萧统编,(唐)李善、吕延济、刘良、张铣、吕向、李周翰注《六臣注文选》卷三十,中华书局1987年8月第1版,中册第575页。

古人姿态，无病呻吟式的拟古作品，他说：

> 作诗欲以言情耳，生乎今之世，近体足以言情矣。好古之士本无其情，而强效其体，以作古乐府，殊觉无谓。①

性德认为不管是近体还是古体，评价诗歌的重要标准在于"言情"。近体足以表情达意，但如果非要创作拟古诗（主要说的是拟古乐府），也要看是否有真情实感。如果只是模拟形式，而失去言情的内核，那这种拟古就不可取。性德诗作中古体诗所占比重不小，成就也较突出。但他的这类诗歌能将古人心志移情于自身情绪的抒发，不着痕迹，时如天马行空，时如流泉呜咽，在拟古的同时能兼顾对现实问题的议论和自身情感的抒发，从艺术技巧上来说应该算是成功的。

另外，他在创作技巧上亦多留意，对咏史、咏物、用事、用韵等问题，皆有谈及。他注意恰当的用典，提倡比兴寄托，如：

> 古人咏史，叙事无意，史也，非诗矣。……有意而不落议论，故佳。若落议论，史评也，非诗矣。

> 唐人有寄托，故使事灵。后人无寄托，故使事版［板］。

> 《雅》《颂》多赋，《国风》多比兴。《楚词》从《国风》而出，纯是比兴，赋义绝少。唐人诗宗《风》《骚》，多比兴。宋诗比兴已少。明人诗皆赋也，便觉版腐少味。②

性德的诗学体系对这些细化问题多有表现，虽多在前人基础上而发，但也不时会有新见。性德创作论的诗学主张体现了他从大处着眼、小处着手的写作实际。

三 诗乃心声，性情中事的风格论

历来谈性德诗词，皆道其以情胜。他自况"予本多情人，寸心聊自持"③，顾贞观谓其

---

① （清）纳兰性德撰，黄曙辉、印晓峰点校《通志堂集》卷十八《渌水亭杂识四》，华东师范大学出版社 2008 年 10 月第 1 版，上册第 339 页。
② （清）纳兰性德撰，黄曙辉、印晓峰点校《通志堂集》卷十八《渌水亭杂识四》，华东师范大学出版社 2008 年 10 月第 1 版，上册第 335 页、第 337 页、第 336 页。
③ （清）纳兰性德撰，黄曙辉、印晓峰点校《通志堂集》卷三《拟古》四十首之十五，华东师范大学出版社 2008 年 10 月第 1 版，上册第 33 页。

"非文人不能多情,非才子不能善怨,骚雅之作,怨而能善,惟其情之所钟,为独多也"①。味其集中,无论是爱情诗、怀友诗、述怀诗,几乎都是他至情至性观的写照。同样,他的重性情还体现在他的诗歌理论上,他在《与顾梁汾书》中曾说:

> 若夫登岱宗之绝顶,齐鲁皆青;涉河济之波涛,鱼龙可狎。金泥玉检,秦篆依然;《瓠子》《宣房》,汉歌不远。指匹练而吴趋在望,承枯槎而银汉可通。此亦宇宙之神皋,河山之奥室也。虽无才藻,颇有赋心。②

在他看来,文学作品是所处环境激发的内心情感的外化。诗歌创作受外界因素的影响,但最重要的必须是根乎情性,发于胸臆,这样才能算真诗。以真情入诗,以诗抒写真情才是诗歌创作的至高境界。因此,体现在诗歌审美上,性德追求朴素、自然、任真的性情观。他提出"诗乃心声,性情中事"③,认为诗歌应"言以足志,声律不以为程;情见乎辞,字句非其所限。流泉呜咽,行止随时;天籁噫嘘,洪纤应节"④,并强调"无取铺张学海,所期抒写性情云尔"⑤。

"性情"并提,古来有之。王充在《论衡·本性》中早已进行阐发:"性,生而然者也,在于身而不发。情,接于物而然者也,出形于外。"⑥ 性德于诗学主张而言的"性情"观在内涵与外延上与王充所言大体一致,又近承明末李贽"童心"之说和"公安派"所倡导的"独抒性灵,不拘格套"之论,并在一定程度上借鉴禅宗的"人各有性""自有面目""行止随时"等理论。性德的这一诗学主张具有明显的个性解放、思想启蒙的特点,但作为传统封建文人及高门贵胄的他,在实践上又难以脱离程朱之学的影响。所以,他"性情"论的内核又蒙了一层理学的纱衣,即其所谓的"发乎情,止乎礼义,故谓之性"⑦。这就使得性德所倡言的"性情"说,既有较为明显的个性气质,又没能脱离传统诗学以诗补政、教化人心的诗学正轨,显示出矛盾性和不彻底性。这是由其时代和社会所决定的,即便到了曹雪芹,虽能够坚决地对传

---

① (清)纳兰性德撰,张草纫笺注《纳兰词笺注》,上海古籍出版社2003年9月第1版,第430页。
② (清)纳兰性德撰,黄曙辉、印晓峰点校《通志堂集》卷十三,华东师范大学出版社2008年10月第1版,上册第264—265页。
③ (清)纳兰性德撰,黄曙辉、印晓峰点校《通志堂集》卷十八《渌水亭杂识四》,华东师范大学出版社2008年10月第1版,上册第336页。
④ (清)纳兰性德撰,黄曙辉、印晓峰点校《通志堂集》卷十三《名家绝句钞序》,华东师范大学出版社2008年10月第1版,上册第257页。
⑤ (清)纳兰性德撰,黄曙辉、印晓峰点校《通志堂集》卷十三《渌水亭宴集诗序》,华东师范大学出版社2008年10月第1版,上册第260页。
⑥ (东汉)王充撰《论衡》,上海古籍出版社1990年11月第1版,第33页。
⑦ (清)纳兰性德撰,黄曙辉、印晓峰点校《通志堂集》卷十八《渌水亭杂识四》,华东师范大学出版社2008年10月第1版,上册第336页。

统封建社会的弊病与黑暗大胆揭露，但仍旧没有寻找到治愈这种弊端的方法和追寻到理想安放灵魂的出路。对古人的思想和创作，不便以今律古，拿今人的思想去衡量古人的价值观，尤其不能拿现有思想体系的道德标准对古人进行毫无意义的批判，这并不公平。

但从文学批评的角度来看，不管是过分地重视内容还是重视形式，对创作本身而言都具有相当大的片面性。过分要求诗歌作品的形式问题，势必会影响诗歌抒情本质的体现和艺术审美特征的表达；而过分要求抒情则往往会流于率易，超越对现实的描写从而导致脱离创作的生活土壤，最终矫枉过正。性德的诗歌理论将二者进行一定的融合，体现出他对于"性情"与"才学"间的一种较为均衡的审美把握，他说：

> 有才，乃能挥拓；有学，乃不虚薄杜撰。才学之用于诗者，如是而已。昌黎逞才，子瞻逞学，便与性情隔绝。①

他以韩愈、苏轼为比，一个逞才，一个炫学，其实都妨碍了情感的表达。他这种貌似折中、实则调和的做法，为后来法式善、恒仁、杨钟羲等八旗诗学理论家所接受并发扬，对八旗诗学理论的发展起了积极且有益的引导作用。有清八旗诗学，基本上都在试图将抒情达意和诗教精神进行统一，以期在不相矛盾的前提下进行创作。从这点上看，性德作为八旗文学理论的开创者之一，功绩是非常大的。

第二节 纳兰性德诗歌的主要内容

性德词名重当时并流传后世，自有其卓然独步的道理。但全面研究一个作家，单单只挖掘作品中一种体裁的文学创作是不够的。徐乾学评价性德的诗，称："善为诗，在童子已句出惊人。久之益上，得开元、大历间丰格。"② 可知性德学诗甚早，并由学唐入手。性德诗俊逸超爽，品格昂扬，时有缺乏锤炼的痕迹，或许与他一任"性灵"，标榜"任情"，倡导直抒胸臆的诗学主张有关。诗歌创作，过于注重情感的抒发和性灵的描写，势必流于轻率和疏简。性德诗歌创作因年寿所限，未能全面发挥，缺乏系统性的流变，但从所涉内容上看，还是具有一定价值和意义的。在他的诗歌中，有悲吟理想的消亡、有抒发对人生的感悟、有表达对历史和君

---

① （清）纳兰性德撰，黄曙辉、印晓峰点校《通志堂集》卷十八《渌水亭杂识四》，华东师范大学出版社 2008 年 10 月第 1 版，上册第 336 页。
② （清）纳兰性德撰，黄曙辉、印晓峰点校《通志堂集》卷十九《附录上·通议大夫一等侍卫进士纳兰君墓志铭》，华东师范大学出版社 2008 年 10 月第 1 版，上册第 353 页。

国命运的关心，这就大大超越了其词的表现范围。

性德十七岁贡入太学，与徐乾学交谈时论及"经史源委及文体正变，老师宿儒有所不及"①，十八岁举顺天乡试，会试时因病未能与试，三年后以二甲第七名进士及第。但进士出身的他并没有如愿进入翰林院，而被授以侍卫之职，每日驻留皇宫大内。这对年轻气盛，想要一展抱负的纳兰性德来讲，无疑是一个沉重的打击。青云直上的侍卫之路并非他所心仪，像清初八旗将帅那样出则为骁将，入则为赞襄才是他的人生理想：

宛马精权奇，欻从西极来。蹴踏不动尘，但见烟云开。天闲十万匹，对此皆凡材。倾都看龙种，选日登燕台。……
——《拟古》四十首之二十六②

……军前笳鼓沸，幕后琴书潜。清尊侍华灯，谈宴不知疲。一言合壮志，磨盾记其词。悲吟击龙泉，涕下如缏縻。不悲弃家远，不惜封侯迟。所伤国未报，久戍嗟六师。激烈感微生，请赋从军诗。
——《杂诗》七首之五③

满洲人擅骑射，生于清初尚未失游牧民族血性的性德也不例外。在三藩乱起时他慷慨请缨，却没能从军南征，"激烈感微生，请赋从军诗"就是这一时期的心情自白。他以天马自比，其激愤昂扬的精神品格溢于言表，但作为贵族公子，他的人生道路早已被预设。一等侍卫虽令人艳羡，却与他的人生志趣南辕北辙，心灵的困顿由是而生。在理想与现实的角力中，他失望无奈，并将这种感情形诸吟咏：

我今落拓何所止，一事无成已如此。平生纵有英雄血，无由一溅荆江水。荆江日落阵云低，横戈跃马今何时？忽忆去年风雨夜，与君展卷论王霸。……
——《送荪友》④

---

① （清）纳兰性德撰，黄曙辉、印晓峰点校《通志堂集》卷十九《附录上·通议大夫一等侍卫进士纳兰君墓志铭》，华东师范大学出版社 2008 年 10 月第 1 版，上册第 352 页。
② （清）纳兰性德撰，黄曙辉、印晓峰点校《通志堂集》卷三，华东师范大学出版社 2008 年 10 月第 1 版，上册第 36 页。
③ （清）纳兰性德撰，黄曙辉、印晓峰点校《通志堂集》卷二，华东师范大学出版社 2008 年 10 月第 1 版，上册第 14 页。
④ （清）纳兰性德撰，黄曙辉、印晓峰点校《通志堂集》卷三，华东师范大学出版社 2008 年 10 月第 1 版，上册第 48 页。

第二章 "满洲奇葩"纳兰性德

……羡君著书穷岁月,羡君意气凌云霓。世无伯乐谁相识,骅骝日暮空长嘶。我亦忧时人,志欲吞鲸鲵。请君勿复言,此道弃如遗。
——《长安行赠叶讱庵庶子》[①]

理想的破灭,引起他极大的情绪反差。在送别挚友的这些诗歌中,他不像在词作中隐藏起自己的理想和追求,而是任由慨叹悲伤、失落愤懑倾泻而出。"平生纵有英雄血,无由一溅荆江水","骅骝日暮空长嘶",显然,在君王、家族、父母三重压力下,这个热血青年的报国之志破灭了。之后,在他的诗中再也见不到"鲸鲵志"与"天马材",取而代之的是藏在字里行间的悠悠感叹和深深伤悲。词中的纳兰性德是温柔专情、多愁善感的翩翩公子,诗中则展现出他少为人知的赳赳武夫之态,这一形象较其词所表现出的情致来说,更接近八旗民族的血性和气质。

性德生而敏感,复多愁思,文人气质浓厚的他向往自由不拘的生活。但作为皇帝亲随,这样的向往无异于梦想。日复一日的侍从生活,带给性德的除了无聊压抑就是惆怅。他任侍卫时写道:"时序忽云暮,离居倍悄然。谁将仙掌露,换却日高眠。短梦分今古,长愁减岁年。平生无限泪,一洒烛花前。"[②] 再如"生世多苦辛,何如日闲闲"[③]、"有梦不离香案侧,侍臣那得日高眠"[④] 等,都饱含着浓重的愁绪。这种被束缚压抑的情绪在其《咏笼莺》一诗中表达更为直畅:

何处金衣客,栖栖翠幕中。
有心惊晓梦,无计啭春风。
漫逐梁间燕,谁巢井下桐。
空将云路翼,缄恨在雕笼。[⑤]

作为"笼莺"的代言者,他将自己的情感移情于黄莺。一句"空将云路翼,缄恨在雕笼"说尽了怀才不遇、未竟其用、离群索居的失落感伤。他给挚友严绳孙的信中写道:

[①] (清)纳兰性德撰,黄曙辉、印晓峰点校《通志堂集》卷三,华东师范大学出版社2008年10月第1版,上册第48页。
[②] (清)纳兰性德撰,黄曙辉、印晓峰点校《通志堂集》卷四《岁晚感旧》,华东师范大学出版社2008年10月第1版,上册第53页。
[③] (清)纳兰性德撰,黄曙辉、印晓峰点校《通志堂集》卷三《拟古》四十首之三十二,华东师范大学出版社2008年10月第1版,上册第38页。
[④] (清)纳兰性德撰,黄曙辉、印晓峰点校《通志堂集》卷五《西苑杂咏和荪友韵》二十首之十八,华东师范大学出版社2008年10月第1版,上册第78页。
[⑤] (清)纳兰性德撰,黄曙辉、印晓峰点校《通志堂集》卷四,华东师范大学出版社2008年10月第1版,上册第56页。

弟秋深始归，日直驷苑。每街鼓动后才得就邸。曩者文酒为欢之事，今只堪梦想耳。……弟比来从事鞍马间，益绝疲顿。发已种种，而执纻如昔，从前壮志，都已灰尽。昔人言，身后名不如生前一杯酒，此言大是。弟是以甚慕魏公子之饮醇酒近妇人也。①

性德曾任上驷院侍卫，专门为皇帝管理御用马匹。才学气质高逸、心怀壮志的性德怎么可能甘心情愿做一名"马监"呢？所以，他带着"涉世违世用，矫俗连俗欢"②的哀怨继续着他吟哦的旅程，但前期的青春气象已经不再，留下的只是"磐折辱我志，形役悲我心"③、"天地忽如寄，人生多苦辛"④、"予生未三十，忧愁居其半"⑤的感叹。诸如此类情感的抒发，奠定了性德诗歌沉郁苍凉的底蕴。他以贾谊自拟，以松鹤自喻，都是矛盾思想情感的外化。性德的其他诗歌，内容虽有差异，但情感基调是较为一致的。时而慷慨激昂，时而低沉婉转；时而入世，时而出世。这一切矛盾，皆源自他无法自我调解的情感困境。

另外，值得注意的还有性德的咏史诗。韩菼曾评价性德，称其："于往古治乱，政事沿革、兴坏，民情苦乐，吏治清浊，人才风俗，盛衰消长之际，能指数其所以然。"⑥徐乾学也称赞性德："及于民物之大端，前代兴亡理乱所在，未尝不慨然以思。读书至古今家国之故，忧危明盛，持盈守谦，格人先正之遗戒，有动于中，未尝不形于色也。"⑦可见，性德并非只是一个侍卫禁廷、锦衣玉食的纨绔公子，他对政治民生等事既关心又有独到见解。咏史诗在其诗集中占比较大，其中表达了对国事民生的关心、对官场的体认、对贤才失路的愤慨等。这种大胆酣畅的表述，满怀忧患的意识，令其形象更加血肉丰满。

咏史诗的创作，要通过对历史的歌咏表达对现实的关心，如能有所裨益自然最好。性德《咏史》二十首之十六云：

中允功名洗马才，旧僚陪送有谁哀？

---

① （清）纳兰性德撰，黄曙辉、印晓峰点校《通志堂集·纳兰容若手简录文·与严绳孙》五首之二，华东师范大学出版社2008年10月第1版，下册第98页。
② （清）纳兰性德撰，黄曙辉、印晓峰点校《通志堂集》卷二《嵇叔夜言志》，华东师范大学出版社2008年10月第1版，上册第18页。
③ （清）纳兰性德撰，黄曙辉、印晓峰点校《通志堂集》卷二《陶渊明田家》，华东师范大学出版社2008年10月第1版，上册第19页。
④ （清）纳兰性德撰，黄曙辉、印晓峰点校《通志堂集》卷三《拟古》四十首之十，华东师范大学出版社2008年10月第1版，上册第31页。
⑤ （清）纳兰性德撰，黄曙辉、印晓峰点校《通志堂集》卷三《拟古》四十首之十三，华东师范大学出版社2008年10月第1版，上册第32页。
⑥ （清）纳兰性德撰，黄曙辉、印晓峰点校《通志堂集》卷十九《附录上·通议大夫一等侍卫进士纳兰君神道碑文》，华东师范大学出版社2008年10月第1版，上册第359页。
⑦ （清）纳兰性德撰，黄曙辉、印晓峰点校《通志堂集》卷十九《附录上·通议大夫一等侍卫进士纳兰君墓志铭》，华东师范大学出版社2008年10月第1版，上册第354页.

第二章 "满洲奇葩"纳兰性德

临湖殿里弯弓客,却向宜秋洒泪回。①

唐高祖李渊在立废储君的问题上犹豫不决,最终导致李世民弑兄自立,上演了骨肉相残的人伦悲剧。愿景总是美好,可现实多半残酷。康熙朝立储一事不断反复,父子兄弟反目成仇,这种愁怨已经不仅是人伦惨剧,它直接影响到整个清王朝的发展。可以说,性德的历史眼光是较为独到和具有预见性的。

清前期重满抑汉、结党营私、尸位素餐等问题比较严重,康熙中后期这些问题虽有缓和,但朝局仍旧暗流汹涌。性德有诗云:"李白谪夜郎,杜甫困庸蜀。纷纷蛣志辈,昏塞饱粱肉。"这是他嘲讽实权者只求一己私利,不顾大局。性德倾心交结江南汉族文人,情至肺腑,肝胆相照。所以,朝廷实权者对于江南文士的打击排挤尤令他扼腕痛惜。这种珍惜同情虽出自友情,但同时也显示出性德为国惜才的胸襟,如其《咏史》二十首之十二:

注籍纷纷定价余,市曹行雁待铨除。
后来又变停年格,请命谁收薛琡书。②

这首诗明写北魏朝政混乱,侍中卢昶等人卖官鬻爵,凡欲为官皆有定价,天下称其为"市曹",导致铨注不行,民怨鼎沸。之后,崔亮推行停年格,但也"不问士之贤愚,专以停解日月为断。……庸才下品,年月久者灼然先用"③。洛阳令薛琡上疏驳斥,却不被采纳。性德高才又重才,但自身学不得用,友朋沉郁下僚,都让他对现实失望,以至于他在诗歌中发出"高才自古难通显"④的浩叹。诸如此类的诗歌在性德集中不胜枚举,如"惜哉君卿才,何事失宦学。予笑但饮酒,日暮风沙恶"⑤、"自是平章曾入奏,在廷何限赋诗人"⑥等,极可能是有感于清初排汉抑汉、言路闭塞、大开捐纳之风的社会现实而发的。

性德以温婉多情、悲慨低徊的词人形象屹立于清代文学长廊,获得无数赞誉。但他的诗和

---

① (清)纳兰性德撰,黄曙辉、印晓峰点校《通志堂集》卷五《咏史》二十首之十六,华东师范大学出版社2008年10月第1版,上册第82页;(后晋)刘昫等撰《旧唐书》卷六十四《隐太子建成》,中华书局1975年5月第1版,第7册2419页。
② (清)纳兰性德撰,黄曙辉、印晓峰点校《通志堂集》卷五,华东师范大学出版社2008年10月第1版,上册第81页。
③ (北齐)魏收撰《魏书》卷六十六《崔亮传》,中华书局1974年6月第1版,第4册1479页。
④ (清)纳兰性德撰,黄曙辉、印晓峰点校《通志堂集》卷七《金缕曲·再赠梁汾》,华东师范大学出版社2008年10月第1版,上册第137页。
⑤ (清)纳兰性德撰,黄曙辉、印晓峰点校《通志堂集》卷三《拟古》四十首之十二,华东师范大学出版社2008年10月第1版,上册第32页。
⑥ (清)纳兰性德撰,黄曙辉、印晓峰点校《通志堂集》卷五《咏史》二十首之十七,华东师范大学出版社2008年10月第1版,上册第82页。

词相比,却略显落寞。如果说性德的词是他细腻柔软的情感世界的直观展示,那他的诗歌就是他人生观和价值观的隐曲再现。从这个层面上讲,他的诗歌中体现出多层次多视角的丰富内容,无疑对我们深入挖掘性德真实的心灵世界,具有重要的价值和意义。

第三节　纳兰性德诗歌的艺术特色

纳兰性德的一生都在矛盾中度过。他三十年锦帽貂裘的人生岁月并不和顺平坦,爱情的消亡、友情的失意、理想的幻灭,都给这位孤独而才华卓绝的少年诗人造成巨大伤害。本应壮志填胸的天之骄子,在最美好的人生岁月中却像一位寂寞的老者,早早参透了世事的无奈和人性的悲凉,却苦寻不到灵魂的最终归所。所幸,儒释道三教合一的传统哲学,提供给他一个调和入世与出世、理想与现实等诸多矛盾的出路。在理想落空、壮志消亡、爱人离丧、挚友飘零的多重打击面前,性德不断向宗教寻求救赎。

性德的启蒙老师丁腹松深谙佛理,性德在其影响下对《楞严经》尤为偏爱。梁佩兰《挽诗》十一首之七云:"佛说楞伽好,年来自署名。几曾忘凤慧,早已悟他生。"[①] 就是指他在妻子卢氏去世后,自号"楞伽山人"之事。性德词集早名《侧帽集》,典出《周书·独孤信传》,本喻其年轻多才、风流自赏。后经过理想、爱情相继幻灭,性德的精神世界趋于消沉,遂将词集更名《饮水集》,意为"如人饮水,冷暖自知"。唐代诗人李贺诗云:"长安有男儿,二十心已朽。《楞伽》堆案前,《楚辞》系肘后。"[②] 白居易在《见元九悼亡诗因以此寄》中云:"夜泪暗销明月幌,春肠遥断牡丹庭。人间此病治无药,唯有楞伽四卷经。"[③] 以此可知性德持法《楞伽》之由概与李贺、白居易类似,都是为寻求精神的解脱。正是在这种情感困境之下,他的诗充满对人生空幻与命运无常的感慨,其《拟古》诗云:

……
　　人生若草露,营营苦奔走。
　　为问身后名,何如一杯酒。(其二十五)

[①] (清)纳兰性德撰,黄曙辉、印晓峰点校《通志堂集》卷十九《附录下》,华东师范大学出版社 2008 年 10 月第 1 版,上册第 401 页。

[②] (唐)李贺撰,(清)王琦等评注《三家评注李长吉歌诗》卷三《赠陈商》,中华书局 1959 年 1 月第 1 版,第 111 页。

[③] (唐)白居易撰,顾学颉点校《白居易集》卷十四《见元九悼亡诗,因以此寄》,中华书局 1979 年 10 月第 1 版,第 1 册第 273 页。

第二章 "满洲奇葩"纳兰性德

……
世事看弈棋,劫尽昆池灰。
长安罗冠盖,浮名良可哀。
不如巢居子,遁迹从蒿莱。(其二十七)①

顾贞观曾说:"容若天资超逸,悠然尘外。所为乐府小令,婉丽清凄,使读者哀乐不知所主,如听中宵梵呗,先凄惋而后喜悦。"②

韩愈曾经说道:"夫和平之音淡薄,而愁思之声要眇;欢愉之辞难工,而穷苦之言易好也。"③ 性德也在《填词》中说:

诗亡词乃盛,比兴此焉托。往往欢娱工,不如忧患作。冬郎一生极憔悴,判与三闾共醒醉。美人香草可怜春,凤蜡红巾无限泪。芒鞋心事杜陵知,只今惟赏杜陵诗。古人且失风人旨,何怪俗眼轻填词。词源远过诗律近,拟古乐府特加润。不见句读参差三百篇,已自换头兼转韵。④

这首诗是性德为词体正名、推尊词体观念的集中体现,其"往往欢娱工,不如忧患作"之句也道出文学创作的一个普遍规律。他在诗中以屈原、香草、美人为喻,是其人生理想的外化。《饮水词》中固有的意象早已引起前人的关注,如"谢桥""回廊""雨铃"等,皆寄托他哀婉细腻的情思,展现其低徊愁怨的情感世界。同样,在他的诗中也有一些意象,如松、鹤、竹等,尤其是鹤,寄托了他的美好理想和高洁情操,令"鹤"这一意象成为性德卓然不群、不为时世所污的人格象征。

鹤,在古代文学作品中被赋予高尚的情操,是具有丰富文学底蕴的审美对象。早在《周易·中孚》中就已有:"鸣鹤在阴,其子和之。我有好爵,吾与尔靡之。"孔颖达疏云:"处于幽昧而行不失信,则声闻于外,为同类之所应焉。"⑤ 在这里,鹤被赋予诚信美好的君子之德。《诗经·小雅·鹤鸣》"鹤鸣于九皋,声闻于野"⑥ 中对鹤的描写,确定了其遗世独立、神通天

---

① (清)纳兰性德撰,黄曙辉、印晓峰点校《通志堂集》卷三,华东师范大学出版社2008年10月第1版,上册第36页。
② (清)纳兰性德撰,张草纫笺注《纳兰词笺注》顾贞观原序,上海古籍出版社2003年9月第1版,第430页。
③ (唐)韩愈撰,钱仲联、马茂元校点《韩愈全集·文集》卷四《荆潭唱和诗序》,上海古籍出版社1997年10月第1版,第212—213页。
④ (清)纳兰性德撰,黄曙辉、印晓峰点校《通志堂集》卷三,华东师范大学出版社2008年10月第1版,上册第46页。
⑤ (清)阮元校刻《十三经注疏·周易》,中华书局2009年10月第1版,第1册第146页。
⑥ 周振甫译注《诗经译注》卷四,中华书局2010年3月第2版,第257页。

地的优雅风姿。性德在诗中对鹤有大量的描述,如"矫矫云中鹤,翱翔何所集"①、"玉潭照清影,独自刷毛衣"②、"终为孤鸣鹤,奋鬣凌云衢"③ 等,尤其是他的《野鹤吟赠友》,更可视为诗人灵魂的写照:

> 鹤生本自野,终岁不见人。朝饮碧溪水,暮宿沧江滨。忽然被缯缴,矫首盼青云。仆亦本狂士,富贵鸿毛轻。欲隐道无由,幡然逐华缨。动止类循墙,戢身避高名。怜君是知己,习俗苦不更。安得从君去,心同流水清。④

性德以鹤俊逸忠贞的形象以及高标之才寄托自己的理想抱负和人格信仰。壮志未展之恨、矫俗就世之悲,都在这首诗中以"身不由己"的苦楚口吻娓娓诉来。在他的笔下,鹤已不再是一个描写对象,而是一种情感的幻化,一种精神的象征。他的这类诗歌糅合诗人深厚的情感内蕴,令作品不仅具有极丰富的思想内涵,也具备极为高超的审美境界。

性德诗歌从艺术上看不像他的词,有统一的情感格调和审美趋向。他的诗表现出一种不确定性或者说演化性,这种不确定性或演化性恰与其人生所经历的波折息息相关。所以,性德的诗可以视作他人生历程和精神演化的如实记录。相较于词的朦胧,诗的指向性则尤为明显,这对于我们研究性德的思想显然更为有利。

从传播学的角度看,性德诗不及词。《饮水词》形成的热潮此起彼伏,连带引起对性德家族、身世、爱情、仕履等问题的探讨。诗却不然。纳兰诗的研究是近些年才开始的,但它的价值不容忽视。首先,以诗学理论而言,性德在继承前人的基础上,有总结更有升华,并能积极运用于实践。他的理论不仅具有包容性,还把准时代的脉搏,符合统治者文化政策的心理,因而具有较大的传播优势。与之约略同时的诗坛盟主王士禛,其诗学观点与性德在诸多方面不谋而合,不能不说他们的观点在某种程度上都具有时代的烙印。并且,性德的诗学观也具有相当的前瞻性,其"任情"主张几乎可以视作清中叶袁枚"性灵说"的先声⑤。其次,从诗歌艺术的角度看,他的古体诗优于近体诗,五古更胜一筹。并且,他的诗追求一种灵动自然、超脱坦荡的美感境界,既有疏朗俊秀、飘逸爽丽的流动美,也有沉郁深婉、慷慨顿挫的厚重感。其所

---

① (清)纳兰性德撰,黄曙辉、印晓峰点校《通志堂集》卷三《拟古》四十首之七,华东师范大学出版社2008年10月第1版,上册第31页。
② (清)纳兰性德撰,黄曙辉、印晓峰点校《通志堂集》卷三《拟古》四十首之二十三,华东师范大学出版社2008年10月第1版,上册第35页。
③ (清)纳兰性德撰,黄曙辉、印晓峰点校《通志堂集》卷三《拟古》四十首之三十七,华东师范大学出版社2008年10月第1版,上册第39页。
④ (清)纳兰性德撰,黄曙辉、印晓峰点校《通志堂集》卷三,华东师范大学出版社2008年10月第1版,上册第45页。
⑤ 上述性德的诗学观点,与袁枚"性灵"说同源且十分相似,参见王英志主编《清代闺秀诗话丛刊·袁枚闺秀诗话·前言》,凤凰出版社2010年4月第1版,第1册第50—51页。

处的时代是清朝政局趋于安定、经济走向繁荣的上升时期,强大的帝国自豪感和贵族自有的骄傲以及昂扬的民族精神铸成其诗歌的外在气势;而他磊落坦荡的个性特点、宽博纯真的赤子胸襟、雄豪仗义的气质风范,则成就了他诗歌创作的内在品格。从整个八旗诗歌发展脉络而言,性德的诗学理论及诗词创作,都为八旗诗歌此后的发展奠定了坚实的基础,同时也开辟出日益宽广的发展之路。

第三章　千岩竞秀的顺康八旗诗坛

八旗诗歌在经历顺治到康熙初约四十年的学习、探索、总结后，渐渐呈现独立发展的态势。同时，随着入关后第二代生力军的诞生和成长，八旗诗人的队伍明显壮大。八旗拥有特殊的社会地位、优厚的生活环境和优越的教育资源，还可以门荫出仕而无需应付科举考试，且清初八旗子弟多能刻苦学习，故他们多精于文艺，出现大量的诗书画多面手。诗歌一体，更是繁星璀璨。可以这样说，除以上提到的鄂貌图、顾八代、范承谟、卞三元和闻名于世的纳兰性德外，康熙朝诗人如曹寅、刘廷玑、高其倬、佟凤彩、姚启圣、徐元梦、李基和等，也都能自成风格。他们以其璀璨丰美的诗歌创作，汇聚为顺康时期八旗诗坛千岩竞秀的壮阔景象。

第一节　"醉吟俱不辍，世许作狂猜"的曹寅

曹寅（1658—1712），字子清，又字幼清，别号荔轩、楝亭、雪樵、柳山聱叟、西堂扫花行者，内务府正白旗旗鼓佐领下包衣[①]。曹家在清初以军功起家，至曹寅之父曹玺以内府郎中出任江宁织造，随后曹寅、曹颙、曹頫接连任织造职，历时近六十年[②]。至雍正朝，曹家因多方原因终至败落。曹寅是曹家达至鼎盛的核心人物，因为他勤勉称职，与康熙关系亲密，使得曹家备受宠眷，当时可谓炙手可热。曹寅自幼接受严格的教育，多才多艺，擅长诗词戏曲创

[①] 包衣与一般旗民身份差别很大：旗民属自由民，属于清代社会的特权阶层；包衣则是旗民的奴仆，身份确定之后，基本很难改变。上三旗包括镶黄、正黄、正白中的包衣，隶属于内务府，为皇室奴仆；下五旗包括镶白、正蓝、镶蓝、正红、镶红中的包衣则分属各王府管辖。

[②] 曹玺康熙二年癸卯（1663）任江宁织造，至二十三年甲子（1684）病逝，首尾共二十二年。曹寅康熙三十一年壬申（1692）任此职，至五十一年壬辰（1712）病逝于任；继而寅子曹颙出任织造职至康熙五十四年乙未（1715）病卒于京，首尾共二十四年。曹颙死后，曹寅嗣子曹頫继任，至雍正五年丁未（1727）革职抄家，首尾共十三年。前后三代四人共任织造职时间近六十年。

第三章　千岩竞秀的顺康八旗诗坛

作,"束发以诗词经艺惊动长者,称神童"①。著有诗词文合集《楝亭集》,还著有《续琵琶》《北红佛记》《太平乐事》等戏曲作品。同时,他又是一代藏书家,有《楝亭书目》传世。一直以来他受到关注,是因为他的孙子曹雪芹创作了《红楼梦》。但从曹寅对中国文化事业的推动、对满汉民族文化融合的促进,及其本身的文学创作和对清初文坛的影响力来看,他在文化史、文学史、清诗史上应有其独立的研究地位。

一　曹寅诗歌的风格

曹寅生于北京,幼年曾随父宦居南京,之后又回京任职于内务府。康熙二十九年庚午(1690),他以内府郎中出任苏州织造,三十一年壬申(1692)改江宁织造,直到病逝。他秉性聪明,尤喜文艺,幼年曾受教于遗民诗人马銮②,并得到著名文人周亮工的提点,文学基础深厚。其《楝亭诗钞》共收诗九百余首,全面展示了他一生的仕宦经历与心境起伏。在创作实践上,他取法三唐,上溯汉魏,但也并不否定宋元诗歌,姜宸英在为其诗集所作序中就曾说:

[曹诗] 五言今、古体出入开、宝之间,尤以少陵为滥觞,故密咏恬吟,旨趣愈出。七言两体,胚胎诸家,而时阑入于宋调,取其雄快,芟其繁芜,境界截然,不失我法。此是其工力到家,然非其天分过人,气格高妙,亦不能驱策古人为我所用也。③

可见其博采众长,不拘一格的创作取径。曹寅爱诗,"不可须臾离者",并"以诗为性命肌肤"④。对曹寅诗歌的风格特征,多人曾经论及:顾景星谓其"情深老成,锋颖芒角,篇必有法,语必有源"⑤;杜岕说曹诗"辗转反侧,恒有诗魁垒郁勃于胸中"⑥。可见,曹寅诗歌无论是创作还是师法,都是以熔炼诸家、自成一格为旨归。张大受在读到曹寅诗时赞云:"跳丸家法斗量才,笔健凌云性绝埃。多少时贤夸丽句,可能横槊建安来。"⑦曹寅也曾自道"吾宗诗渊源,大率归清脾"⑧,大有追踪三曹之意。

---

① (清)曹寅撰,胡绍棠笺注《楝亭集笺注·楝亭诗钞》顾景星序,北京图书馆出版社2007年11月第1版,第1页。
② 马銮,字伯和,贵州贵阳人,明末权臣马士英之子。与其父大异其志,明亡后,曾一度为曹寅家塾师。
③ (清)曹寅撰,胡绍棠笺注《楝亭集笺注·楝亭诗钞》卷首,北京图书馆出版社2007年11月第1版,第8页。
④ (清)曹寅撰,胡绍棠笺注《楝亭集笺注·楝亭诗钞》杜岕序,北京图书馆出版社2007年11月第1版,第4页。
⑤ (清)曹寅撰,胡绍棠笺注《楝亭集笺注·楝亭诗钞》顾景星序,北京图书馆出版社2007年11月第1版,第1页。
⑥ (清)曹寅撰,胡绍棠笺注《楝亭集笺注·楝亭诗钞》杜岕序,北京图书馆出版社2007年11月第1版,第4页。
⑦ (清)张大受撰《匠门书屋文集》卷四《书楝亭银台诗后》,《四库未收书辑刊》第八辑第24册,第609页。
⑧ (清)曹寅撰,胡绍棠笺注《楝亭集笺注·楝亭诗钞》卷二《松茨四兄远过西池……成诗十首》之六,北京图书馆出版社2007年11月第1版,第101页。

曹寅的诗歌早年风华遒丽、挺拔豪俊，中年以后峭蒨精刻、幽深淡泊，总体归纳起来具有雄豪健举、悲慨多气、尚情崇真等特点。最能体现他这种风格的是他一系列五言、七言古诗，因为不拘篇幅、格律之限，自由抒发情感，令他的这类诗歌具有奔泻无余、纵横捭阖、瑰玮浪漫的美感。如其鸿篇巨制《巫峡石歌》即属此类：

> 巫峡石，黝且斓，周老囊中携一片，状如猛士剖余肝。坐客传看怕殓手，扣之不言沃以酒。将毋流星精，神蝀食，雷斧凿空摧霹雳。娲皇采炼古所遗，廉角磨砻用不得。或疑白帝前，黄帝后，滟堆倒决玉垒倾。风煦日暴几千载，漩涡聚沫之所成。胡乃不生口窍纳灵气，崚嶒骨相摇光晶。嗟哉石，顽而矿，砺刃不发硎，系春不举踵。研光何堪日一番，抱山泣亦徒浑浑。请君勿侈山，但说峡中事。蟆峇水可敌慧泉，江流几折成巴字。瀼西村，鱼复浦，滟滪堆前发棹郎，昭君村中负壶女。穷猿擩木昼长伏，月黑蛇游巨于股。谁云阳台乐，不信巫峡苦。得失毫厘间，父子不相顾。连绳缚缆篙攒蜂，铁船一触百杂碎，撇捩脱手随飘风。安得排八翼，叫九阍，敕丰隆，驱巨灵。铲削嵼巇作平地，周行万里歌砥京。亦不愿估盈缩，榷增岁，惟愿耳不闻哀号之声，目不睹横亡夭折，百姓安乐千亿礼。如君言，亦复痴，伯禹虽大圣，其或犹难之。平陂往复据定理，患去惕出天所持。俗闻呼龙有小话，米脂鱼膏餍犬马。哀多益寡古则然，黔娄岂合长贫者。嗟哉石，宜勒箴，爱君金剪刀，镌作一寸深。石上骊珠只三颗，勿作嵼巇平人心。①

这首诗写于他去世前不久，是他篇幅最长、最富想象、最具浪漫气质的作品。在诗中"他把巫峡石想象为女娲补天所弃的顽石，用尽自嘲的笔调吐尽一生不为世用，不得其用的悲哀"②。诗中涉及的意象极其丰富，作者在处理这些纷繁多变的意象上颇费巧思：由远及近、由浅入深，层层剥离、描写，从自然写到现实，再由现实写到理想，由喻体至本体，逐步深化和升华。这首诗遣词用语瑰奇浪漫，神采飞扬，大有太白遗风。其间所蕴含的无穷哲理和深沉思考熔铸在悲慨厚重、抑郁难申的氛围中，呈现出复杂、诡谲、神秘的美感。至今，很多"红学"研究者都认为这首诗与曹雪芹创作《红楼梦》有着十分密切的关系。

曹寅毕竟出身八旗世家，他的性格气质以及习好都秉持着八旗子弟右文尚武的风气。顾景星为其《荔轩草》所作序中称曹寅："弧骑剑槊，弹棋擘阮，悉造精诣。与之交，温润伉爽，道气迎人。"③ 一个典型的文武兼备的八旗少年形象呼之欲出。曹寅曾自豪地说"执射吾家

---

① （清）曹寅撰，胡绍棠笺注《楝亭集笺注·楝亭诗钞》卷八，北京图书馆出版社 2007 年 11 月第 1 版，第 359 页。
② （清）曹寅撰，胡绍棠笺注《楝亭集笺注》前言，北京图书馆出版社 2007 年 11 月第 1 版，第 21 页。
③ （清）曹寅撰，胡绍棠笺注《楝亭集笺注》卷首，北京图书馆出版社 2007 年 11 月第 1 版，第 1 页。

第三章 千岩竞秀的顺康八旗诗坛

事",回忆"少年十五十六时,关弓盘马百事隳。不解将身事明主,惟爱射雉南山陲"①。他还曾教导家中子弟骑射的方法窍门,"猛类必先殪,奇材多用张"②,自豪与得意洋溢在字里行间。他虽生长在南方,但血液中的民族自豪感以及豪爽豁达、热情好客的个性气质,却与生俱来。清初八旗诗歌中经常展示出的"辽东气象"在他的作品中有十分明显的体现,如"款塞穹庐星散居,雕弓吹火射飞鱼"③、"寒城月上一声鼓,卧榻水横三尺刀"④、"困极声犹厉,耽余气忽腾。阴风枯壁树,斜日射池冰"⑤等,都具有典型的"八旗诗派"特征。他的《冰上打球词》三首既展现出北方健儿的英勇豪宕,也充满浓郁的民族风情,其一云:

青靴窄窄虎牙缠,豹脊双分小队圆。
整结一齐偷着眼,彩团飞下白云边。⑥

满洲民族的冰上运动有着悠久的历史,入关后为保持民族特质,清朝统治者曾将冰上运动纳入八旗子弟考核范围,每年在北海检阅八旗子弟的冰上技艺,乾隆帝还曾作有《冰嬉赋》,序言中将冰上活动称为满洲国俗。曹寅此诗描写的就是八旗冬日打冰球的场景,"青靴""豹脊"等都极有民族风情,诗歌毫无矫揉造作,自然天成。

曹寅诗悲慨多气、尚情崇真的特点还体现在他一系列的酬赠诗中。清初文坛,曹寅的地位绝对是重要的。他交游遍天下,从在京师时的"西堂之会""渌水亭""花间草堂"之集,到任职江南时的"己未文会""三曹文会""花溪之会""扬州书局文会""楝亭雅集"等文化沙龙,他或与会,或主持,与诸多名家建立友谊,这些名字加在一起,几乎就是康熙文坛的缩影。更可奇者,就连骨鲠介直如钱澄之、杜岕、余怀、叶燮等都对他青眼有加。年过古稀的钱澄之还曾以其文坛号召力为曹寅的《楝亭图》征集题咏,称其为忘年之交⑦。在与这些友人交往的过程中,他写下很多酬赠诗,约占全部作品的五分之一强。这类诗慨概多气、情挚语深,

---

① (清)曹寅撰,胡绍棠笺注《楝亭集笺注·楝亭诗钞》卷一《射雉词》,北京图书馆出版社 2007 年 11 月第 1 版,第 16 页。
② (清)曹寅撰,胡绍棠笺注《楝亭集笺注·楝亭诗钞》卷五《途次示侄骥》,北京图书馆出版社 2007 年 11 月第 1 版,第 226 页。
③ (清)曹寅撰,胡绍棠笺注《楝亭集笺注·楝亭诗别集》卷二《恒河》,北京图书馆出版社 2007 年 11 月第 1 版,第 432 页。
④ (清)曹寅撰,胡绍棠笺注《楝亭集笺注·楝亭诗别集》卷二《九月送荆闻公,桐初、调玉同赋》,北京图书馆出版社 2007 年 11 月第 1 版,第 424 页。
⑤ (清)曹寅撰,胡绍棠笺注《楝亭集笺注·楝亭诗别集》卷一《圈虎》,北京图书馆出版社 2007 年 11 月第 1 版,第 404 页。
⑥ (清)曹寅撰,胡绍棠笺注《楝亭集笺注·楝亭诗别集》卷一,北京图书馆出版社 2007 年 11 月第 1 版,第 407 页。
⑦ (清)钱澄之撰《田间尺牍·与曹子清》,《续修四库全书》第 1401 册,第 14 页。

大多蕴含真情实感，如其《留别姚后陶》：

> 塞草江芦青不同，浮生何限别离中。
> 雄心作达深杯见，老眼题愁素纸空。
> 巷北树凉扶杖过，溪南水好放船通。
> 相于正有园居约，多送蒲帆八尺风。①

姚后陶原名景明，后改名潜，明遗民。姚潜性情高介，与曹寅为忘年之交，晚岁潦倒，不能养家，曹寅计口授食，乘时授衣二十余年。姚后陶去世后无以为殓，后事也由曹寅一力承办。早在北京未仕宦江南时，曹寅就与姚潜、陈枋、叶藩、陶煊、唐祖命相识并经常欢饮聚会，纵酒高歌，时有"燕市六酒人"之目。以贵胄之身与遗民隐逸、布衣酒徒倾心相待，这一点，与他的挚友纳兰性德极为相似。曹寅友朋之中，有怀才不遇、沉郁下僚者；有荡游江湖、放浪形骸者；有高官厚爵、名重当世者；也有前朝遗老、隐逸不出者。"燕市六酒人"既怀才不遇、沉郁下僚，兼之穷困淹蹇，曹寅与他们交游，想不出有什么特殊的政治目的。如果一定要探究原因，或者也只能是声气相投。

总体来讲，曹寅在诗歌创作上进行了广泛深入的探索实践，其诗众体皆备，高格遒丽，独具风华。虽未能跻身清初诗坛大家之列，但其创作师法众家，自成一格，蕴真挚于高逸，藏悲慨于华赡，是清初八旗诗风的体现和特殊民族气质与文化环境的展露，在清初诗坛应有一席之地。对于这点，当时诸多大家也曾给予高度的评价。虽然联系曹寅的社会地位和权势能量，及与康熙皇帝的特殊关系，其中难免溢美之词，但多数颇为中肯，这对我们考量曹寅诗歌的主要风格及在文坛上的特殊地位，提供了素材。

二 曹寅诗歌的内容

曹寅诗歌创作前后期的心态具有一定差异，与其人生遭际息息相关。与绝大多数习儒为业，希求立功、立德、立言以扬名海内的世家子弟一样，他年少时有着强烈的用世之心，却碍于包衣身份，只能在内府充任税官、鹰犬处侍卫等职，他就曾自嘲与性德二人为"马曹狗监"，虽属戏谑之言，却内蕴不平之意。此后，其父突然病逝，家族面临前所未有的危机，作为长子的曹寅感到重重压力。于是，在京任事的很长一段时间内，他的精神都处于一种压抑、困顿、迷惘的状态中，诗风也相应体现出高华遒上、沉郁悲慨的气质特征。他这一时期的诗歌，既对时局多有评骘，也对身世颇多牢骚，出语时而流于率易，不事琢磨。如"我名何幸入

---

① （清）曹寅撰，胡绍棠笺注《楝亭集笺注·楝亭诗钞》卷一，北京图书馆出版社2007年11月第1版，第23页。

第三章　千岩竞秀的顺康八旗诗坛

通籍，我胸何苦抱岑寂"①、"无心喷礴亦昏晨，置尔嵚崎磊落人"②、"贫居爱客贫多趣，生计如官大可愁"③，等等。他甚至还吟唱出与其年纪、身份、家世等极不相称的消极悲观的诗句："蛾眉不自爱，扑暗一篷灯。火猛何如吏，心安即是僧。"④ 这些可以看作是其少年心性不够成熟，在面临境遇不如己意时便容易激愤感慨所致。其中，最能代表这种风格的如《呼卢歌》：

　　白日无根月有窟，奕世身名悲汩没。健闻时辈逐时欢，辍食临风罢嗟咄。邸南游客群翱翔，倾囊一掷观堵墙。祖呼不辨王与李，施绯拖绿须眉张。尘埃荦荦奚能事，实过屠门图快意。家无担石握拳来，十年富贵磨奇气。程不识，郭细侯，秃缨蒯剑徒悠悠。谷量牛马岂能计，蓬蒿英雄多白头。⑤

　　呼卢是古代的一种赌博游戏，又叫樗蒲、五木等。游戏人掷出五子皆为黑色，其名为卢，是为头彩。曹寅在担任内府郎官时颇不得意，在感慨行役之苦、为吏之悲的同时，与前朝遗老遗少饮酒唱和，过着愁深郁结的诗酒生活，这首《呼卢歌》就是在这个背景下创作出来的。这首诗，将自己身世浮沉之悲、有志难伸之痛熔铸一炉，沉郁悲慨，是他早期诗歌创作中的佳作。

　　人至中年，惯看宦海风涛和历经人世磨难的他，不管做事做人都变得谨慎，表现在其诗歌创作上，就是作品日益走向深刻内敛，这种特点与其如履薄冰的为宦之感是紧密联系的。李煦和曹寅皆包衣世家，李煦之父李士桢于康熙二十六年丁卯（1687）罢官回京，任宁波知府的李煦也于次年去职。这个经历与曹寅之祖曹振彦的经历略似，皆是去职之后彻底与做朝廷命官无缘，只能以包衣身份出任类似于"使者"的职务。"织造"名虽为官，实不过是为皇帝办事的家奴。明确了这点，对理解曹寅矛盾心态有帮助。他在写给李煦的《题来鹤亭图》诗中对这段经历有着较为隐晦的表述：

　　李君话鹤双泪垂，命予更作来鹤诗。禽鸟得气义如此，侧死横生空尔为。徘徊不得意，翻身归故园。园中二子抱鹤泣，遂以此鹤名其轩。……余家紫楝摇天风，婆娑略与此鹤同。锦衣再拜伤局促，往往疾首呼苍穹。此树安能青万载，君家鹤亦磨人代。呜呼！人

---

① （清）曹寅撰，胡绍棠笺注《楝亭集笺注·楝亭诗钞》卷一《一日休沐歌》，北京图书馆出版社2007年11月第1版，第32页。
② （清）曹寅撰，胡绍棠笺注《楝亭集笺注·楝亭诗钞》卷一《临清闸听水》，北京图书馆出版社2007年11月第1版，第31页。
③ （清）曹寅撰，胡绍棠笺注《楝亭集笺注·楝亭诗别集》卷三《读朱赤霞寄后陶诗漫和》，北京图书馆出版社2007年11月第1版，第458页。
④ （清）曹寅撰，胡绍棠笺注《楝亭集笺注·楝亭诗钞》卷一《北行杂诗》二十首之十三，北京图书馆出版社2007年11月第1版，第27页。
⑤ （清）曹寅撰，胡绍棠笺注《楝亭集笺注·楝亭诗钞》卷一，北京图书馆出版社2007年11月第1版，第48页。

代磨灭兮不可期，幸勿折我楝树枝。请君纵鹤向空去，泱漭白云无尽时。①

曹玺死后，织造一职先由曹寅代管，后曹寅受命回京在内务府供职。直至康熙二十九年庚午（1690），才又被放为苏州织造。瞬息万变的官场、坎壈莫测的世路，使得曹寅视仕宦为"畏途"，至谓"百里娄东是近邻，少年休羡作官身"②。甚至更明确地说："仕宦，古今之畏途也，驰千里而不一踬者，命也。一职之系，兢兢惟恐或坠，进不得前，退不得后，孰若偃仰箕踞于篷篛被襫之上之，为安逸也？纡青拖紫，新人满眼，遥念亲故，动隔千里。孰若墦间之祭，持鸡渍酒，倾倒于荒烟丛筱之中，谑浪笑傲，言无忌讳之为放适也？"③ 我们很难想象这话出自气焰喧炙东南的曹寅口中，但将这种战战兢兢、如履薄冰的心态，联系到清初严酷的文化镇压和满汉之间严格的畛域限制，以及在八旗内因争权夺势此起彼伏的血腥杀戮，那诸如曹寅、性德、岳端等人诗歌中时常体现的不安、空虚、幻灭也便容易理解了。

曹寅后期诗歌无论是用语还是用典，都渐趋圆融通透，少了刻意而多了自然。他的一些小诗颇有田园风致，滋味醇厚。同时，他还创作了不少咏物诗，奇气横绝，汪洋恣肆，是他诗歌创作步入收获期的标志，如其《砚山歌》《黄山松歌》《夜饮和培山眼镜歌》等，这些作品一反他之前蕴藉内敛的风格，骨力奇崛，逸兴飙举，具有很强的气势美。他的这些诗歌除了对内心境遇的寄寓托咏外，对时政流风也多有涉及，显然有着讽喻诗的传统在内。如其《竹村大理筵上食石首鱼作》，他从食用石首鱼联想到当时官场穷奢极欲的问题，发出感喟，说："谓君口腹无终极，春光过眼应同惜。门外江船行且归，君不见昨夜南风吹紫雪。"④ 这种情绪，在其《石花鱼》一诗中表达更为直白，诗云：

  唐贡称辽鲂，俗谣著洛鲤。初尝石花鱼，入馔果腴美。墨鳞三十六，聚族穴悬水。唼花泳清晨，一网连数尾。贵重走京师，珍裹饷朝士。赝者虽丰庞，风味那足比。浊流经岢岚，龙门下千里。曝腮耻凡鳞，神物岂皆是。楚人不食鲋，瘦瘠亦堪鄙。膏肥多杀身，书勖纨绔子。⑤

他的这类托物讽喻诗善于联想，含蕴深刻，是其诗歌创作的亮点之一。曹寅虽出身世家，

---

① （清）曹寅撰，胡绍棠笺注《楝亭集笺注·楝亭诗别集》卷二，北京图书馆出版社2007年11月第1版，第433页。
② （清）曹寅撰，胡绍棠笺注《楝亭集笺注·楝亭诗别集》卷三《送叶子山沙溪扫墓》四首之一，北京图书馆出版社2007年11月第1版，第472页。
③ （清）曹寅撰，胡绍棠笺注《楝亭集笺注·楝亭文钞·东皋草堂记》，北京图书馆出版社2007年11月第1版，第576页。
④ （清）曹寅撰，胡绍棠笺注《楝亭集笺注·楝亭诗钞》卷七，北京图书馆出版社2007年11月第1版，第298页。
⑤ （清）曹寅撰，胡绍棠笺注《楝亭集笺注·楝亭诗钞》卷七，北京图书馆出版社2007年11月第1版，第293页。

但对社会人生的看法甚有智慧。无论是对待社会发展走向的敏锐感触，还是对待家族命运的深沉担忧，他都以一个洞察者的目光来审视。这一切都是基于其身处环境所带给他的深刻审视这个社会和阶级的机会，以及自身对富贵荣华转瞬即灭的人生体验。他的友人施瑮在《病中杂赋二十五首并序》之八中云"廿年树倒西堂闭，不待西川泪万行"，本句后注"曹楝亭公时拈佛语对坐客云'树倒猢狲散'"①。果真，曹寅死后不到二十年，炙手可热的曹家便彻底败落。曹家败落是政治的牺牲品，也是历史的必然。对此，曹寅早已预见，却又无能为力。

曹寅的一生经历始终与他的志愿相违背。即便成为天子近臣、皇帝钦差，也从不见志得意满、傲岸睥睨的态度在他诗文间流露些许。反之，我们却经常可以从他的诗文中听到苦闷心灵的吟唱，以及志不得伸的哀鸣。曹寅正是以其耿介阔直、披肝沥胆的个性经营着友情，同时，也以正直忠诚、殚精竭虑之心侍奉着他的"主子"。康熙帝或许正是看到曹寅无媚骨亦罕俯仰的个性，才对他予以重任。《楝亭集》是曹寅一生的写照，也是其内心情感最真实的流露。他的作品蕴含着对皇帝的耿耿忠心，却极少谄媚之辞和歌功颂德之作，他将忠诚都付诸在实际行动之中，这是其难得之处。

三 曹寅的其他文学创作

曹寅是文学创作的多面手，诗词曲赋无不精通，他曾评价自己的文学成就说"吾曲第一，词次之，诗又次之"②。曹寅的戏曲在当时已颇知名，康熙四十二年癸未（1703）洪升曾应曹寅邀至织造府做客，此间曹寅汇聚江南北名士为高会，请洪升居上座，二人一边观剧一边校雠剧本，极一时之盛③。曹寅在《读洪昉思稗畦行卷感赠一首，兼寄赵秋谷赞善》中云："惆怅江关白发生，断云零雁各凄清。称心岁月荒唐过，垂老文章恐惧成。礼法谁尝轻阮籍，穷愁天亦厚虞卿。纵横捭阖人间世，只此能销万古情。"④诗歌表达了对洪升、赵执信因国丧期间搬演观看《长生殿》而受贬斥之事的深厚同情。洪升为曹寅的《太平乐事》作序称："其传神写景，文思焕然；诙谐笑语，奕奕生动。……而序次风华，即《紫钗·元夕》数折，无以过之。至于日本灯词，谱入蛮语，怪怪奇奇，古所未有。"曹寅不仅在戏曲创作上善于创新，还曾自敷粉墨登场表演，足见他对戏曲的喜爱程度。他的词在大家林立的清初词坛也颇引人注目，其特点和地位已有专论，此不赘述。

同时，曹寅在藏书、刻书及目录学研究方面也卓有建树，例如在康熙四十四年乙酉

---

① （清）施瑮撰《隋村先生遗集》卷六，《四库全书存目丛书》集部第 272 册，第 784 页。
② （清）曹寅撰，胡绍棠笺注《楝亭集笺注·楝亭词钞》王朝璩序，北京图书馆出版社 2007 年 11 月第 1 版，第 530 页。
③ （清）金埴撰《巾箱说》，《〈不下带编〉〈巾箱说〉》本，中华书局 1982 年 9 月第 1 版，第 136 页。
④ （清）曹寅撰，胡绍棠笺注《楝亭集笺注·楝亭诗钞》卷四，北京图书馆出版社 2007 年 11 月第 1 版，第 179 页。

(1705）主持修纂《全唐诗》，使得"唐三百年诗人之菁华咸采撷于一编之内"。并刊刻宋元旧版图书，康熙《江都县志·曹寅传》尝载其"集书十万余卷，手自校雠，刊善本行世"。李文藻《琉璃厂书肆记》载："楝亭掌织造、盐政十余年，竭力以事铅椠。又交于朱竹垞，'曝书亭'之书，楝亭皆抄有副本。"叶昌炽《藏书纪事诗·曹寅子清》："绿杨芳秭小草齐，楝花亭下一尊携。金风亭长来游日，宋椠传钞满竹溪。"可见曹寅不仅喜藏书，还多方搜集，嗜钞书。他自己也有"十五年间万卷藏"①之句。古代藏书家藏书多不示人，曹寅则不然，他提出"藏书不如刻书"的流通论，并将己藏善本公之于世，推行天下，精刻《楝亭十二种》《楝亭小学五种》《楝亭诗钞》等十多种书籍，版式几乎都同《全唐诗》，为世所羡，世称"康版"。他还是一个目录学家，曾编成《楝亭书目》，著录藏书三千二百八十七种，三十六类，基本体现了曹寅在目录学方面的独特见解和创新意识。曹寅在扬州奉旨刻书期间，还曾为诸多友人刊刻别集，比如顾景星的《白茅堂全集》、施闰章的《学余全集》、朱彝尊的《曝书亭集》等。

曹寅和性德一样，是天才型的人物，而在理想实现的层面，他们又都是悲剧性的。曹寅、性德与清初文坛、艺坛诸多大家的广泛交往以及组织的一系列文艺活动，是康熙文坛的重要组成部分，对清代文学发展产生了巨大的影响。尤其作为八旗诗歌的先锋军，他们的崛起为八旗诗歌向着更深更广的方向发展带了一个好头。文学发展至康熙中期，随着遗民诗人渐渐老去，清朝统治者的文化政策由压迫趋于怀柔，汉族士人对待新朝的态度也悄悄发生着转变。他们从对抗到观望，再由观望到认同，尤其是康熙十八年己未（1679）博学鸿词科，更是拉拢了一大批的汉族知识分子。与此同时，文化思维、诗风取向也都发生了深刻的变化。在这个大背景下，出现了一个颇堪玩味的现象，就是在八旗阵营内部，出现了很多与汉族知识分子交游密切，甚至可以说是肝胆相照的人物，除性德、曹寅外，还有岳端、张纯修、刘廷玑、佟世南、高其倬等，他们对汉文化的仰慕，直接促成康乾盛世下八旗诗人的整体崛起，基于这一认识，曹寅对文学史、文化史、八旗诗歌史而言的确功不可没。

第二节 "抽思更有葛庄新"的刘廷玑
及其《葛庄诗钞》

康熙朝汉军诗人刘廷玑的诗歌创作不甚著名，但他的《在园杂志》却为研究清史者所熟知。刘廷玑（1653—1716），字玉衡，号在园，别号葛庄。隶镶红旗汉军，自署籍贯为辽阳或辽海。刘廷玑出身清初汉军世家，祖父刘汉祚官至福建巡抚，父刘光荣任宁国府知府，叔父刘光美官至

---

① （清）曹寅撰，胡绍棠笺注《楝亭集笺注·楝亭诗钞》卷二《和芷园消夏》十首之二《曝书》，北京图书馆出版社2007年11月第1版，第82页。

第三章 千岩竞秀的顺康八旗诗坛

内阁学士，皆显宦。刘廷玑初应乡试不中，后又赶上暂停旗人科举，只得以荫生出为浙江台州府通判。后迁处州知府，擢江西按察使，缘事降江南淮徐道，又为按察使金事。他工诗、善画、能文，与江南文人来往密切，尤与孔尚任神交多年，著有《葛庄分体诗钞》《葛庄编年诗》，此外还著有《在园杂志》四卷，与孔尚任合刻《长留集》。

刘廷玑的诗歌创作开始得很早，自诩"耽吟咏垂三十余年"①，出仕前就已将其诗结集为《在园诗集》。之后历宦各处，均有诗集刻行，如《种天斋近集》《使草》《辰巳小集》《刘存草》《省斋草》等。直至康熙三十七年戊寅（1698），他才将此前所有诗歌汇总删订，以年编次，成《葛庄编年诗》。康熙五十二年癸巳（1713），刘廷玑因自撰年表，出《编年》相参照，遂又将《编年诗》拆分，按体重排，又有删汰，成《葛庄分体诗钞》十二卷。也就是说《分体诗钞》是在《编年诗》的基础上再次删订而成的。

他的诗在当时就博得多人好评，王士禛言其"为格潇洒，为调邈绵，各自成家"②；高士奇评其"才思渊敏，体制流丽……及其发之于诗，皆本之性情，雍容雅隽，音节谐婉，不得以一体名之"③；宋荦称其诗"蔼然和吉，不尚雕镂，搜抉之巧，天真流露。襟期潇洒，凡登临山水怀人感物与夫筹国忧民之心，敦厚斐恻，并形于篇什"④。陈维崧更谓："当今诗人接踵新城、商丘者，必以刘中翰在园为最。"⑤之后的"性灵派"领袖袁枚更是将他引为同调，称其诗"一片性灵，不可磨灭"⑥。可见，清人对刘廷玑的诗歌创作是颇为肯定的。

刘廷玑是创作型诗人，诗学理论并不系统，其诗学主张散见于诗集自序、诗歌、书信中，再加上旁人的评论，稍做整理，也可略窥端倪。其《葛庄编年诗自序》中云：

> 窃谓诗本性灵，岂由祖习，故每即境抒情，脚跟不为古人所转。以是名公巨卿之司衡坛坫者，谬为余屈一指。……夫诗之为道，久而论定，有兴会所至、信心冲口而出之者；有拈髭挂笏、经营惨淡而得之者，每一篇成，振笔而书，朗吟数过，非不快意一时、自诩为明月夜珠也。⑦

这里他基本阐明自己的创作倾向是主张"抒写性灵""即景言情"，但同时，他也并不排斥对古人的学习和借鉴。他认为作诗不能拘系于古人成法，既要有所宗，也要有所创。孔尚任《长留集序》中称："在园之诗，句句有本，篇篇自运。不与古人较工拙，亦不求合于古人。

---

① （清）刘廷玑撰《葛庄分体诗钞》自序，《四库全书存目丛书》集部第260册，第242页。
② （清）刘廷玑撰《葛庄分体诗钞》王士禛（祯）序，《四库全书存目丛书》集部第260册，第233页。
③ （清）刘廷玑撰《葛庄分体诗钞》高士奇序，《四库全书存目丛书》集部第260册，第235页。
④ （清）刘廷玑撰《葛庄分体诗钞》宋荦序，《四库全书存目丛书》集部第260册，第236页。
⑤ （清）刘廷玑撰《在园杂志》陈履端跋，中华书局2005年1月第1版，第186页。
⑥ （清）袁枚撰《随园诗话》卷十四第四十则，人民文学出版社1982年9月第2版，上册479页。
⑦ （清）刘廷玑撰《葛庄编年诗》自序，《四库全书存目丛书》集部第260册，第477页。

不与今人争短长，亦不望知于今人。闭户读书，自作在园之诗。"① 他认为刘廷玑师法既宽且博又不为所囿，敢于创新，不为时势风尚影响，使得他的创作自有面目。

在清初诗坛争持不下的师唐宗宋问题上，刘廷玑虽没有明确表态，但也有其偏向性，如其《读宋诗有感》中说"诸公有意开生面，不向唐人后补遗"② 之句，就有为宋诗张目的意思。事实上，刘廷玑的诗也的确出入于宋调，法式善点评清初八旗诗人及作品时就曾指出：

  一部《剑南集》，知君早贮胸。
  留心删复沓，极力出清雄。
  书卷微嫌少，山川妙不穷。
  家家小儿女，团扇画刘翁。③

法式善认为刘廷玑在师法与创作上，似偏向宋诗，有向陆游学习之意。但评价他"书卷微嫌少"之句，也指出他的诗歌在理趣和使事上，实则没有向宋诗学习。关于如何学诗，怎样创作，即将理论和创作实践相统一的问题上，刘廷玑也曾谈道：

  [学诗] 扼要之法，但取与我性情相近者，如唐之钱、刘、香山，宋之后村、石湖、剑南，明之季迪、茶陵；推而广之，如宋之"永嘉四灵"，元之虞、扬、范、揭，明之前后七子。选其集中之最者，熟读而玩味，揣摩而讨论之，即不能苦心探索，亦当采择而涉猎之。痛谢熟径，尽去窠臼，三五月后，郁勃而出，奋笔疾书，眼前意中，自然清真，当必有过人者矣。要知古人言景言情，不能出于云泉花月、觞咏狂愁之外。我能化腐为新，点铁成金，即足名家，兼能传世耳。④

这虽是教人学诗作诗之法的文字，却也可以看作是他自己学诗作诗的心得体会。这里他较《自序》更直接地提出要向前代诗人学习，取其精华为己所用这一学习途径。并且，在所列举的朝代家数来看，取径十分宽泛。其好友吴之振就说："公于诗沿流讨源，尽窥古人堂奥，而不名一体，尽以我之性情熔铸古人，所谓得其神理者也。"⑤ 可谓对刘廷玑了解至深。

《葛庄编年诗》记载诗人大半生的思想发展与游踪所至，可作年谱看。他出仕前在京的家族、

---

① （清）刘廷玑、孔尚任合撰《长留集》孔尚任序，中国书店出版社1991年6月第1版，上册第3a—3b页。
② （清）刘廷玑撰《葛庄编年诗·戊辰》，《四库全书存目丛书》集部第260册，第547页。
③ （清）法式善撰《存素堂诗初集录存》卷十四《奉校八旗人诗集，意有所属辄为题咏，不专论诗也，得诗五十首》之十六《葛庄诗集》，《续修四库全书》1476册，第570页。
④ （清）刘廷玑撰《在园杂志》卷二"学诗"条，中华书局2005年1月第1版，第59—60页。
⑤ （清）刘廷玑撰《葛庄分体诗钞》吴之振序，《四库全书存目丛书》集部第260册，第241页。

交游，赴官之时沿途所见所感，赴任后的为官之策、为民之情，皆在是编。青少年时代的刘廷玑度过了逍遥自得、裘马轻狂的青春岁月，但随着父亲去世，一门百余口面临着大厦忽倾的危局，这位年轻贵公子终于意识到自己责任所在。从康熙十七年戊午（1678）至康熙二十四年乙丑（1685），他在对仕宦的渴望和现实生活的失望中度过。"终日双眉敛，全家百口余。贱贫依稼穑，老大误诗书。待得沾微禄，西风鬓已疏"①，就是他此期境况的真实写照。他的朋友已功成名就，令他倍感惆怅，"从军七载君成志，同学三人我未官"②，"十载蓬门叹数奇，行藏羞使故人知"③。于是，他在给好友的诗中说"居家每负才堪用，作吏难言志便灰"④，感慨人空老大，但一事无成。在刘廷玑看来"丈夫事业在风尘"⑤，他认为作为世家子，守着父祖英名，做一个清正廉洁、为民请命的官吏，是维系家声不坠的唯一途径。康熙二十四年乙丑（1685），刘廷玑终于以荫授台州府通判，他带着家人的期望和不舍上路了，其《孟春出都留别诸亲友》云：

　　殷勤执手劝加餐，尽道声名系一官。
　　慷慨立谈原似易，崎岖行路始知难。
　　片帆独向江南挂，双阙常依北斗看。
　　昔共文坛今宦海，却教斗米负鱼竿。⑥

　　这次南行，开始了刘廷玑宦旅天涯的后半生。赴官一路，他以奋发的意气和好奇的眼睛记载途中诸多景物，几乎每至一处都有诗作。他历宦浙江、江西、安徽等省，都以勤政廉洁闻名。尤其在浙江台州、处州两处，做了很多勤政爱民的好事，士民交口称赞。

　　刘廷玑为北人，不晓南音，不服南土，但这并没影响他的忠勤本色。台州、处州等地，经过清初一系列天灾人祸后，民生凋敝、穷困荒凉，这些都在他的诗歌中体现，如：

　　泽国东南地，兵荒旧可怜。
　　客迁无善货，民用乏通钱。
　　风俗长争水，人家半力田。
　　秋来何所祝，两足是丰年。
　　——《台州杂咏》三首之二⑦

---

① （清）刘廷玑撰《葛庄编年诗·甲子·生计》，《四库全书存目丛书》集部第 260 册，第 522 页。
② （清）刘廷玑撰《葛庄编年诗·庚申·接李寅工书，知授秦中副使》，《四库全书存目丛书》集部第 260 册，第 498 页。
③ （清）刘廷玑撰《葛庄编年诗·壬戌·寄胡子良明府》，《四库全书存目丛书》集部第 260 册，第 505 页。
④ （清）刘廷玑撰《葛庄编年诗·己未·病中得张见阳明府书》，《四库全书存目丛书》集部第 260 册，第 496 页。
⑤ （清）刘廷玑撰《葛庄编年诗·壬戌·寄怀许康侯镇守粤东》，《四库全书存目丛书》集部第 260 册，第 504 页。
⑥ （清）刘廷玑撰《葛庄编年诗·乙丑》，《四库全书存目丛书》集部第 260 册，第 524 页。
⑦ （清）刘廷玑撰《葛庄编年诗·乙丑》，《四库全书存目丛书》集部第 260 册，第 529 页。

城里荒山城外溪，可怜今剩几残黎。
十三年遇兵戈后，八丈波同石柱齐。
官舍夜深曾过虎，人家日午不闻鸡。
招徕半是闽中客，代种春田雨一犁。
——《处州杂言》八首之一①

为官处州七年时间，是刘廷玑为政最富激情的时期。康熙二十七年戊辰（1674）他走马上任，由台州司马迁处州知府，他以其"长才伟抱，文采风流"为当地百姓做了很多好事，促进农业生产、兴起文教、修复水利，同时赈济灾民、上表减赋等，至今仍被载于典籍。《处州府志》中称他："以经术饰吏治……下车，首建学宫，焕然一新，士始有学舍，为诵读地。"② 他还在《重建府学碑记》中说："为政知所先后，吾慨乎今之为政者矣。三年计最，首以修学宫为尤异之征，及去而学宫之颓圮如故也。……余适来视兹土，方思振起文教，为朝廷广作人之化。"③ 康熙三十年辛未（1691），他重修处州最大的学府"南明书院"，三年后又建"圭山书院"，一有闲暇便去视察，每月初二、十六，还亲自去讲学，召集士子课以文艺，诫其怠惰之心。

刘廷玑在处州的善政，都与百姓生活息息相关。他这一时期的作品饱含着对失路贫民的深切同情，也展示出他作为一位廉洁奉公、为民请命的清吏的形象。他处理百姓民生问题时，不依赖属吏报告，而是亲自走乡串村，直接拜访当地农人，其《王程》云：

髀里如今肉不生，半年终日在王程。
投多野店先知姓，走熟山村半识名。
雨过晴峰分夕照，风吹高树落秋声。
少年豪兴还如旧，网得饥鹰手自擎。④

刘廷玑不像一些养尊处优的官员，下乡要车马、过桥需骑驴，他凭借一双脚奔波在田间山野上，以至于各村各户农人的名字他大概都能记得。他还不齿那些作威作福的官僚，他在《偶见某使君舆颂》时讥刺说："使君贤，所当然。使君能？何用称。古来谣颂亦时有，今日口碑如刍狗。使君闻此心安否，兹编出自何人手？"⑤ 这首诗还算含蓄，《劝农行》的讥刺尤为直裸：

---

① （清）刘廷玑撰《葛庄编年诗·戊辰》，《四库全书存目丛书》集部第260册，第547页。
② 光绪《处州府志》卷十三《职官》，《中国方志丛书》华中地方第193号，第387页。
③ 光绪《处州府志》卷二十七《艺文志》，《中国方志丛书》华中地方第193号，第991页。
④ （清）刘廷玑撰《葛庄编年诗·丁卯·王程》，《四库全书存目丛书》集部第260册，第545页。
⑤ （清）刘廷玑撰《葛庄编年诗·辛酉·偶见某使君舆颂》，《四库全书存目丛书》集部第260册，第502页。

第三章　千岩竞秀的顺康八旗诗坛

劝农劝农使君行,从者如云拥出城。未闻一语及民生,但言桥圯路不平。未知何以惠编氓,却怪壶浆不远迎。东村淡泊胥吏争,西村更贫难支撑。使君已博劝农名,惟愿及早回双旌。不来劝农农亦耕,勿劳再劝鸡犬惊。①

同样做官,他对"某使君"这种做样子、走形式的伪官僚嗤之以鼻,尤为不屑。整首诗语调幽默,调侃至极,凝重之意以轻俏之笔出之,愈觉讽刺。他对"田野调查"十分重视,认为这是接触民生民隐最直接有效的办法,"欲问民风须问野,但知禄食那知耕"②,这是他做官的指导方针。这首堪称刘氏写实佳作的诗未见收于《编年》《分体》二集,反被清中晚期的张应昌收入《国朝诗铎》(《清诗铎》),或许是张氏编辑此书时本于刘廷玑其他诗歌版本,亦未可知。

刘廷玑这种勤民思想在清初八旗官吏中多有知音,像范承谟在浙江任职期间也是奔走乡间田上,见前。与他同时的曹寅等人虽也关注底层人民的生产生活,但却缺少身体力行的真挚情感,诗中自然也不会有诸如"官方勤补救,民力费经营"③这样贴近民生疾苦的诗句。对刘廷玑这些关切民生的诗歌作品,法式善评价很高,称其"筹国忧民之心,敦厚悱恻,并形于篇什"④。刘廷玑对处州等地感情颇深,以至于在离任十二年后故地重游时写下:"灵江无恙抱城流,前度刘郎两鬓秋。往事如何如昨日,故人一问一荒丘。"以及《抵台州有感二首》之一:"戊辰(康熙二十七年,1688)别后又庚辰(康熙三十九年,1700),十二年来薄宦身。父老重逢言昔日,儿童不识问何人。"⑤他与当地百姓间的深情厚谊可见一端。

刘廷玑出仕后既进入其诗歌创作的高峰期,也进入了艺术提炼的收获期。生活环境的转变带给他创作的契机,佳山秀水则带给他灵感的滋养。烟雨迷离、山川秀美的浸润为刘廷玑的诗歌注入了秀丽、清新、自然的因子。如其《晚投诸葛庄》:

　　白草荒烟澹,苍山古道斜。
　　雁将天作路,雀以树为家。
　　日暮樵歌返,秋成社鼓挝。
　　一帘茅店外,邀客醉黄花。⑥

---

① (清)张应昌辑《清诗铎》卷五"农政"门,中华书局1960年1月第1版,上册第144页。
② (清)刘廷玑撰《葛庄编年诗·壬午·劝农》,《四库全书存目丛书》集部第260册,第614页。
③ (清)刘廷玑撰《葛庄编年诗·壬午·秋粮》,《四库全书存目丛书》集部第260册,第618页。
④ (清)法式善撰,张寅彭、强迪艺编校《梧门诗话合校》附《八旗诗话》第四十三则,凤凰出版社2005年10月第1版,第478页。
⑤ (清)刘廷玑撰《葛庄编年诗·庚辰》,《四库全书存目丛书》集部第260册,第592页。
⑥ (清)刘廷玑撰《葛庄分体诗钞·五言律》,《四库全书存目丛书》集部第260册,第291页。

沈德潜《清诗别裁集》收录此诗，评其"颇能造句"①。刘廷玑写景小篇，诗意淳朴，自然超妙，难见矫揉造作之笔。另如其《过显佑祠口占》云："柳曳长堤水漱沙，寻春春入梵王家。清江三日重来晚，落尽樱桃两树花。"②其族侄刘靖称其"诗思清逸，往往有新隽出尘之句。……论者多引唐人'自是君身有仙骨'之句为赞"③，这若属亲友虚誉之语的话，那邓之诚先生称其"词清意远"④，想必确乎允当。

刘廷玑在浙期间，写下很多与前期创作格调迥异的诗歌作品。他前期的古体诗创作不脱咏史、游仙范畴，且数量很少，成就不高。在浙期间，他的古体诗创作不但数量增多，水平也有提升，代表性的如《方竹杖歌呈两浙督学颛庵王公》：

> 我闻天台之山一万八千丈，云非飞仙不能上。下有穷崖绝涧晴阴景万殊，上有玉阙琼楼云物常渺茫。中间多产碧琅玕，修者森森短穰穰。更生一种特幽异，亭亭独作觚棱象。古来得名曰方竹，不敢亵狎尊为杖。八十杖朝廷，六十杖乡党。幽人杖林泉，野人杖草莽。为金为玉为藤藜，间一有之是为筇。斑者潇湘生，绿者淇澳长。未见此君太奇特，不肯逐圆自标榜。一从顶上刻鸠形，周旋独得君子赏。君子有虚怀，此君心虚常朗朗。君子重直节，此君劲节能不枉。君子曾无随波逐流事，此君四面表正不与柔枝曲干少相仿。有时拨闲云、披鹤氅、挂青钱、寻酒幌，眼前山水胜无比，岩外桥边一俯仰。兴来极目赤城霞，忽生天际真人想。焉得一掷化青龙，骑向峰头独来往。⑤

这首杂言古诗可称为刘廷玑古体诗的代表作。这首诗起笔颇高，先以气胜，之后纵横捭阖、一气呵成、毫无凝滞。正如钱泳所言："七古以气格为主，非有天资之高妙，笔力之雄健，音节之铿锵，未易言也。尤须以沉郁顿挫出之。"此诗咏写方竹"不肯逐圆""虚怀若谷""劲节不折""不随时流"的清风朗神，也看作是他自我人格气质的展露。他以方竹喻君子的同时，也是对自己品格的期许。他曾评价自己说"只贪幽独迂何甚，不善逢迎懒是真"⑥，可见他性情耿直，自视颇高，有诗人气质，更有君子之怀。

晚年的刘廷玑任职河道，往来奔波，没有先前悠游山林的闲趣，更加上嫡妻、侍妾、爱女的前后离世，致其晚年心境归于淡泊，诗歌创作也转向对人生与内心的自省阶段。后期诗歌写家人家事的作品明显增多，艺术上更趋真挚深情、沉郁悲凉，颇具感人心扉的力量。其《悼亡

---

① （清）沈德潜等辑《清诗别裁集》卷二十七，上海古籍出版社1984年3月第1版，下册第1128页。
② （清）刘廷玑撰《葛庄分体诗钞·五言律》，《四库全书存目丛书》集部第260册，第445页。
③ （清）刘靖撰《片刻余闲集》卷二，《续修四库全书》第1137册，第371页。
④ 邓之诚著《清诗纪事初编》卷六，上海古籍出版社2012年6月第2版，下册第657页。
⑤ （清）刘廷玑撰《葛庄编年诗·乙丑》，《四库全书存目丛书》集部第260册，第529—530页。
⑥ （清）刘廷玑撰《葛庄编年诗·甲子·元旦》二首之一，《四库全书存目丛书》集部第260册，第517页。

第三章　千岩竞秀的顺康八旗诗坛

八首》声情并茂，读来感人：

> 齐眉三十八年来，曾未骄矜少恃才。
> 二姓尊卑言不间，六番婚嫁事亲裁。
> 泰山南粤遭崩败，椿树西风久折摧。
> 遗得两孤今白首，忍心先我赴泉台。（其一）

> 共道繁华出绮扉，岂知勤俭在闺帏。
> 床头剩有缝残线，筐里犹存浣过衣。（其三）

> 性遇急时求暂缓，法当严处劝从宽。
> 感君慈比欧阳妇，愧我贫如措大官。
> 今日相酬惟一物，川中七寸紫杉棺。（其四）①

康熙四十五年丙戌（1706），与诗人相伴三十八年的妻子去世，对其打击很大，他创作的《悼亡》八首是后期写咏怀诗的代表。诗人从妻子初嫁说起，将她温柔贤淑、谦虚知礼、勤俭持家等一系列家庭琐事一一记录。虽不难看出刘氏有摹拟元稹《遣悲怀》之痕，但所幸贵在真实，融入切实的感情心曲。

刘廷玑作为清前期八旗诗人的代表之一，其创作比诸一般诗家多有胜出。刘廷玑与同时期的八旗诗人性德和曹寅比较，在勤学苦读上不如他们。他曾自责自己不读书，读书也不求甚解。所以，他在诗歌创作上，天分才情高过他的"用功"，这点在其创作中也大致可以看出。大凡以"才情"胜者，"学力"多有所不及。法式善就说他"书卷微嫌少"，邓之诚也表示"廷玑读书不多"②。

刘廷玑的诗歌创作除《葛庄分体诗》和《葛庄编年诗》外，还有与孔尚任合刻的《长留集》，此书选辑刘、孔二人诗歌作品合刊，但多有人将此书归为孔尚任之独著。从此书前序可略考刘、孔二人交游之大概，对我们了解这两位诗人的生平经历和文学精神都有帮助。另外，刘廷玑还著有《在园杂志》四卷，孔尚任为之序，中称其能"变史笔为写心怡情之具"③，该书载康熙文坛故实居多，尤其写与孔尚任、周亮工等交游事，可资考证。另外，该书对诗词、戏曲、小说等的评论很早就为鲁迅、孙楷第等人注意，是较具价值的部分。

---

① （清）刘廷玑撰《葛庄编年诗·丙戌》，《四库全书存目丛书》集部第260册，第645—646页。
② 邓之诚著《清诗纪事初编》卷六，上海古籍出版社2012年6月第2版，下册第657页。
③ （清）刘廷玑撰，张守谦点校《在园杂志》，中华书局2005年1月第1版，第1页。

第三节 "平生低首味和堂"的高其倬
及其《味和堂集》

铁保在所辑《白山诗介自序》中曾这样感慨："本朝以武功定天下，鹰扬虎视，云蒸霞蔚，类皆乘运，会为功名。其后名臣辈出，鸿谟巨制，煜耀史册。又以文章为政事，不沾沾于章句之末。疑于风雅一道，或多阙如。及观诸先辈所为诗，雄伟瑰琦，汪洋浩瀚，则又长白、混同磅礴郁积之余气所结成者也。"① 铁岭高氏就属以武功起家，又以文艺闻名的八旗世族。这个家族里出了著名的指画家高其佩，其佩之甥朱伦瀚、李世倬，在清代画界皆负盛名。能诗者如高其位、高其倬、高垲、高书勋、高廷枢、高愿、高玥、高瑛等，今皆有诗集传世，这样的文化世家，在八旗中屈指可数②。尤其高其倬，不仅官做得最大，诗歌创作的成就也最高，著有《味和堂诗集》。

高其倬（1676—1738），字章之，号芙沼，又号种筠，其先为山东高密人，后迁铁岭，隶正黄旗汉军。康熙三十三年甲戌（1694）进士，散馆授编修。五十九年庚子（1720）以内阁学士巡抚广西，继迁云贵总督，调闽浙总督，后任两江总督。闽浙总督这一官阶的全称为"总督福建、浙江二处地方，提督军务、粮饷、管理河道兼巡抚事"，为清朝九大最高级别的封疆大吏之一。其继妻为兵部尚书蔡士英女孙、绥远将军蔡毓荣之女蔡琬。蔡氏家族亦是文学世家，士英有《抚江集》十五卷，蔡毓荣有《通鉴本末纪要》八十一卷，毓荣子蔡珽能诗，有《守素堂诗集》，蔡琬诗后有专论，此不赘述。

高其倬早年纵马从军、镇抚边陲，后半生总督两江、治乱养民。袁枚《神道碑》载："公扬休玉色，进止凝重……性端静，包涵蕴含，一本于自然，人相对如临山海光明之中，广大无所极。每奏事，天语褒宠。或忤旨，旦夕祸不测，而公施施如平时。"③ 其诗风亦如其人。袁枚对其诗歌尤为赞赏，有"平生低首味和堂，字字珍珠夜有光"④ 之誉，读来不禁令我们想到

---

① （清）铁保撰，杨钟羲辑，李亚超校注《白山诗词·白山诗介》铁保自序，吉林文史出版社1991年6月第1版，第1页。
② 高其位《伊国诗丛存》《韫园遗诗》，高其佩《且园诗钞》，高其倬《味和堂集》，高垲《春雨堂剩稿》《清荫书斋诗稿》，高书勋《石堂诗钞》，高廷枢《抱影轩诗钞》，高愿《诚斋诗存》，高玥《苕溪宦游草》，高瑛《味蔬草堂存稿》，今皆存世。
③ （清）袁枚撰，周本淳标校《小仓山房诗文集·小仓山房文集》卷二《户部尚书两江总督高文良公神道碑》，上海古籍出版社1988年1月第1版，第3册1180页。
④ （清）袁枚撰，周本淳标校《小仓山房诗文集·小仓山房诗集》卷二十七《仿元遗山论诗》三十八首之三，上海古籍出版社1988年1月第1版，第2册第688页。

第三章　千岩竞秀的顺康八旗诗坛

了王士禛用以评价李白与谢朓的这句诗"白纻青山魂魄在，一生低首谢宣城"①。

在目前的清代诸体文学史中高其倬默默无闻，但清人对他诗歌评价却很高。蒙古诗人法式善谓其："文良颖识通远，天韵标令，咳唾九霄，衣裳一品，宜随园序之倾倒倍至，以为本朝第一手也。今读其集，如与许元度、顾君叔终日上下议论，都无一语凡近；又如东坡、仇池石尺寸宛转，陵峦毕具，盛以铜盆，藉以玉石，幽光秀色，生于几案，不蘖不竭，不重不佻，中和之遗，雅音斯在，故能衍为良工，光于累业，子、弟、孙、曾，人皆有集，可谓盛矣。"②并写诗称扬，中有句云："官贵身名薄，诗成气象殊。江湖传已遍，烟水味都无。"③阮葵生在其《茶余客话》卷十一中曾谈论什么样的诗是好诗，他说："诗以理胜，不可有语录气；诗以情胜，不可有尺牍气；诗以识胜，不可有策论气；诗以韵胜，不可有世说气；诗以新胜，不可有词曲气；兼五者之长而无其流弊，则诗人之诗矣。"在这一标准指导下，他对康熙到乾隆三朝诗人进行了选择："仁庙季年以后吾取三人焉：汤西崖、查初白、吕元素。宪庙时吾取三人焉：高章之、郑黛参、李百药。近日时贤取三人焉：梦谢山、商宝意、赵损之。此外岂乏才人学人十倍诸子者？而就诗论诗，则未有与之争衡者。"④这九人中，八旗诗人有二，高其倬其一，梦麟（字谢山）其二。近人王逸塘《今传是楼诗话》谓高诗："静穆温润，妙出天成，间托讽刺，亦深得风人之旨。所养者深，固应如此，宜随园之倾倒也。"⑤他们为何给出如此高的评价？这就需要从他的诗中寻求答案了。

《味和堂诗集》六卷，卷一《白苹红杏集》、卷二《懒后忧余集》、卷三《滦阳消夏集》、卷四《塞上悲秋集》、卷五和卷六《知非集》，收录诗歌五百六十二首。据其内兄蔡珽所为序可知，此集所收之诗拣择十分严格，所以，作者实际创作数量应该远超此数。

袁枚诗序乃为高慧重刻本《味和堂诗集》所作，故不载高恪等所刻乾隆五年庚申（1740）六卷本《味和堂诗集》中。袁序称高其倬之诗："思沉采鲜，声与律应，谓之唐不可，不谓之唐又不可，其真能润色休明，轶新城而上。"⑥谓高诗之创作成就超过了王士禛，恐怕有过誉的嫌疑，但如从"润色休明"来说，二人有共通之处，但袁枚所言的高其倬诗偏向唐调之论则大体不差。

---

① （清）王士禛撰，袁世硕主编《王士禛全集·诗文集·渔洋诗集》卷十四《戏效元遗山论诗绝句》三十六首之三，齐鲁书社2007年6月第1版，第1册第369页。
② （清）法式善撰，张寅彭、强迪艺编校《梧门诗话合校》附《八旗诗话》第五十三则，凤凰出版社2005年10月第1版，第480页。
③ （清）法式善《存素堂诗初集录存》卷十四《奉校八旗人诗集，意有所属辄为题咏，不专论诗也，得诗五十首》之十九《味和堂集》，《续修四库全书》第1476册，第570页。
④ （清）阮葵生撰《茶余客话》卷十一，中华书局1959年5月第1版，第300页。
⑤ 王逸塘撰《今传是楼诗话》第二百二十一则，张寅彭主编《民国诗话丛编》本，上海书店出版社2002年12月第1版，第3册第346页。
⑥ （清）袁枚撰，周本淳标校《小仓山房诗文集·小仓山房文集》卷十《高文良公味和堂诗序》，上海古籍出版社1988年1月第1版，第3册第1373—1374页。

一个诗人选择学习哪种诗歌风格和他的性格有着直接的关系。个性豪放不羁者大抵创作豪宕，个性温婉者其创作也多蕴藉清丽。当然，这并不绝对。高其倬个性清疏澹荡，这点他自己也有说明：

……珪组于我倏来寄，兴至须官倦即已。冰衔借娱白发亲，扁舟归寻赤松子。两桨轻将一身去，载得清风满船尾。不冠不袜旁无人，兀坐焚香凭乌几。嗒然浓笑仰视天，意中自有鲈莼美。可人但酹张季鹰，俗子犹嗤李元礼。五湖烟水秋茫茫，胸中云梦都一洗。①

这不仅是诗人对友人的赞美，也是对自己人生的一种期许。出身世胄之家，承载的家族荣誉显然重过自己的适意和满足，所幸他在仕宦和闲适间找到了平衡点。他为官期间，实心任事也垂情风雅，能上马弯弓也爱饮酒赋诗，创作了很多既雍容富丽又萧疏澹宕的闲适诗。

白居易在《与元九书》中曾说："'讽喻'者，意激而言质；'闲适'者，思澹而词迂。以质合迂，宜人之不爱也。"他又给闲适诗下过这样一个定义："或公退独处，或移病闲居，吟玩性情者一百首，谓之闲适诗。"② 如果说讽喻诗是以济世为目的的创作，那闲适诗则正好相反，它是诗人寻求精神世界自我完善和超越的表现。与白居易为至交的元稹，也创作了很多闲适诗，如《晚秋》：

竹露滴寒声，离人晓思惊。
酒醒秋簟冷，风急夏衣轻。
寝倦解幽梦，虑闲添远情。
谁怜独欹枕，斜月透窗明。③

高其倬以元稹自比，有艺术技巧上的学习，也有在诗境营造上的借鉴，如其《雨夜》：

阑风吹伏雨，骚屑夜窗声。
客路三巴远，愁中百草生。
乡书鸿寂寞，旧事梦分明。
喔喔晨鸡动，冲泥怯晓行。④

---

① （清）高其倬撰《味和堂诗集》卷一《题汪东山秋帆图小照》，《四库未收书辑刊》第八辑第19册，第364页。
② （唐）白居易撰，朱金城笺校《白居易集笺校》卷四十五《与元九书》，第4册第2794—2795页。
③ （唐）元稹撰，冀勤点校《元稹集》，中华书局2010年7月第2版，上册第180页。
④ （清）高其倬撰《味和堂诗集》卷一，《四库未收书辑刊》第八辑第19册，第358页。

第三章 千岩竞秀的顺康八旗诗坛

中唐以后的诗，往往笼罩以淡淡的忧伤，这是时代氛围的反映。元稹诗歌中的哀郁既是时代感的折射，也与其人生阅历、个体气质有关。高其倬虽对元稹的学习借鉴比较明显，但毕竟生于国家基业新创，长于盛世且仕途顺利，在心理上他这种淡淡的忧愁就与时代背景关系不大，更有可能是一种易感的文人气质。或许，正是因为这一点，他对元稹的学习也基本上以揣摩其闲适诗和感怀诗为主。如其《清桥驿晓发》云：

高原钟后见晨曦，水外残鸡尚喔咿。
槐影半村烟绽处，禾香一片露晞时。
才穿云过扪衣润，欲觅诗行任马迟。
入栈渐深山渐好，却忘踪迹在天涯。①

诗人轻松的意态和周遭静谧深幽的景物融为一体，既有山水田园诗的自然之美，也有闲适诗的悠然之情。不仅诗人自己在这种氛围中得到了精神的享受，就是读者也会在阅读中暂得心神的宁静，这种对精神愉悦和心灵超逸的追求不正是闲适诗创作的终极目的吗？

当然，一个成熟的诗人其创作不可能是单一层面的，风格也不会一成不变的。高其倬有悠闲自得的闲适诗，也有对民生予以关注的现实主义作品。他描写闲情生活的诗歌多为近体，这些作品被袁枚极力称道。他抒发对社会生活、时政民生感慨的诗歌多为长篇，沈德潜在《清诗别裁集》中谓其"古体尤卓然"②，即指此类，如《碧云寺》《蓟州新城》《古北口》都写的是明末宦官专权带来的巨大危害。《古北口》云："北顾阚居庸，南境抵辽碣。屹然介其间，长垣兀积铁。高冒峰峦巅，低竟蛟龙窟。晴空展虹霓，海势现城阙。"③ 描写这一历代兵家必争之地——长城，笔力横绝，倾倒一世。

高其倬自喜风格近元稹，以秾丽澹宕为美，但其实他的一些古体长篇气骨强、笔力峻，无论是在思想性、表现力或者整体架构上，都超越他的那些近体诗，如其《望雪山》云：

蜀山岍峨皆参天，雪山高压群山巅。剑岭巫峡总培堘，青城峨岫差随肩。禹迹不到失搜纪，遂使岳镇居崇班。五丁有力不敢凿，胚浑元气无雕镌。到今尚存太始雪，盛夏早似初冬寒。……素云一段落天外，白头卓立罗烟鬟。天门玉龙露寒鬣，海风吹水排银澜。数百里外一举首，爽气已到须眉间。竖指数峰插霄汉，如坐井底窥星躔。压覆常忧坤轴折，回旋怕触羲车翻。高鸟之翔不敢度，往来或似飞空仙。此外茫茫复何有，蜂屯蚁聚丛生

---

① （清）高其倬撰《味和堂诗集》卷一，《四库未收书辑刊》第八辑第 19 册，第 358 页。
② （清）沈德潜等辑《清诗别裁集》卷十八，上海古籍出版社 1984 年 3 月第 1 版，下册第 707 页。
③ （清）高其倬撰《味和堂诗集》卷四，《四库未收书辑刊》第八辑第 19 册，第 392 页。

番。乃知造物有深意，区界夷夏分中边。①

再如其《与熊敏思登蟠龙山顶望都城值大风有感呈敏思》，飘逸俊秀、奇想天外似太白；沉郁顿挫、悲慨激荡似杜甫，沈起元在其《答庐州刺史王集青》中就说："高章之先生无书不读，诗学最深。"② 可见其博学多才，对唐代诸家诗歌都有揣摩。蔡珽在其诗序中称其"屏纤秾而归朴厚，声洪实大，既醇且肆"③，概指此类。

作为一名出色的八旗诗人，高其倬诗中描写北方景物和民俗风情的诗歌所见在在，就其风格而论，颇具北方诗派的气质，如《放鹰行》：

> 广原兀兀天四遮，树头月落吹早笳。将军锦袍金鞲韘，宝弓六石马五花。从者百骑寂不哗，班骓赤骠骊骝骆。骈头并驱如排衙，鞲上角鹰嘴爪佳。曾肉妖狐搏巨蛇，金铃掣臂风卷沙。马前一点掠地斜，飞走穷促喘且呀。裂眦溃脑困攫挐，举鞭数获载满车。雉大如鹅兔如豵，炙肝燔肉倾流霞。侍儿十五弹琵琶，归来犹作三日夸。相如竖儒井底蛙，如何上书谏大家。④

广袤原野、金鞍雕弓，是北方游牧民族特有的地域风情，而放鹰这一活动也是游牧民族获取猎物的一种有效方式。诗人不仅描写放鹰场面的恢弘壮阔，还对放鹰过程中所体现出的民族情感自豪不已。健儿矫捷的身姿、鹰击长空展现出的威猛气势都在诗人笔下活灵活现，没有切身经历和民族情感是很难写出此类作品的。

高其倬作为封疆大吏，既娴于政治辞令，也能效力疆场，更难得的是他对妻子的体贴思念、柔情似水。高其倬继妻蔡琬容貌妍丽，多才能诗，夫妻二人平日经常切磋诗艺。蔡琬具经济才，据说高其倬的一些文牍疏奏就有出于蔡氏之手者。高其倬历宦南北，无论身在何处都会寄诗给蔡琬，以倾诉离别思念之情，《味和堂诗集》中明确标明"寄内"的诗就有二十四首，此外还有大量内容是写给妻子或思念妻子的作品。高其倬对蔡琬既爱且敬，这点从他诗中对蔡氏的称谓便可得知。在这二十多首诗中用"子""汝"仅各一例，其余皆用"君"，这便多了一层敬重之意。

他的寄内诗有着对妻子的深切思念，如"思君无一语，清昼永于年"⑤、"忆君因思君相

---

① （清）高其倬撰《味和堂诗集》卷一，《四库未收书辑刊》第八辑第19册，第362页。
② （清）沈起元撰《敬亭文稿》卷九，《四库未收书辑刊》第八辑第26册，第298页。
③ （清）高其倬撰《味和堂诗集》蔡珽序，《四库未收书辑刊》第八辑第19册，第352页。
④ （清）高其倬撰《味和堂诗集》卷二，《四库未收书辑刊》第八辑第19册，第372页。
⑤ （清）高其倬撰《味和堂诗集》卷四《寄内》，《四库未收书辑刊》第八辑第19册，第395页。

第三章 千岩竞秀的顺康八旗诗坛

忆,万里愁悬一寸眉"①,悠悠情怀,尽在其中,更如《寄内二首》之一云:

> 已闻来鄂渚,未见下潭州。
> 半月如三岁,遥怀乏百忧。
> 未应风滞阻,恐为病迟留。
> 目断孤帆影,天涯独倚楼。②

这首诗是写给在路上的妻子的,明知妻子已到鄂州,但迟迟不见到来,他开始胡思乱想,是遇到了风浪?还是本就体弱的妻子不堪劳顿?带着这样的忧虑,他每日都在楼头怅望。再者,其寄内诗中有多处表达了对蔡琬才华的肯定,"因君新句倍思家,外地风光恼鬓华"③,这种惺惺相惜的态度是连接两人情感的重要纽带。

高其倬寄内诗最惹人注意的是他诗中展露的真情,他从不讳言对妻子的关切思念,没有高高在上的夫权主义,也没有昂藏伟岸的男子气概,所谓百炼钢化为绕指柔,想必不过于是,如《忆内》云:

> 离怀何缕缕,清泪正涔涔。
> 纵寄千言札,难将万里心。
> 叮咛真郑重,愁病莫侵寻。
> 应念天涯意,含情望远音。④

此诗何其缠绵真挚!在封建礼教严苛的清代社会,丈夫将对妻子的喜爱、挂念、担忧、相思毫不隐晦地展露,并不常见。

高其倬所处的时代,虽还时有战争,但朝局基本稳定,在文化上也正向着"大一统"的盛世迈进。虽然"雅颂承平""歌功颂德"的官样文章占据文坛主流,但毕竟还存在一些"个性"未被彻底同化。他的闲适诗有官家气,但古体长篇忧时感事、寄内之诗真情流露,时而骨气横绝,时而温婉端丽,其诗歌的多样化风格也算是时代精神的体现。

---

① (清)高其倬撰《味和堂诗集》卷五《忆内》,《四库未收书辑刊》第八辑第19册,第405页。
② (清)高其倬撰《味和堂诗集》卷六,《四库未收书辑刊》第八辑第19册,第426页。
③ (清)高其倬撰《味和堂诗集》卷五《得内子季玉送春句却寄》,《四库未收书辑刊》第八辑第19册,第402页。
④ (清)高其倬撰《味和堂诗集》卷六,《四库未收书辑刊》第八辑第19册,第418页。

第四章 以岳端为代表的清前期宗室诗人

有清宗室文学从清初便呈现出旺盛的生长势头，到康熙朝更是繁花似锦，尤其是在康熙帝的身体力行下，宗室子弟对文学艺术的热爱简直到了痴迷的程度，康熙诸子个个能诗善画，在文学艺术诸方面各臻其美。与此同时，非皇室直系成员的宗室子弟中，文艺之风也十分炽盛。他们一面在汉族老师的教育和与汉族文士的交游中获得无尽滋养，一面利用自身的地位优势饱览群书。"宗潢之秀"岳端和"宗室三诗人"作为杰出代表，以其文学成就和与汉族文士的倾心交往，成就了清代宗室诗坛的一段佳话。

第一节 "一代宗潢之秀"岳端

岳端（1670—1704），又作袁端、蕴端，字兼山、又字正子，爱新觉罗氏，号玉池生，别号红兰室主人、东风居士、长白十八郎等。他出身皇族，祖父为努尔哈赤第七子饶余郡王阿巴泰。父岳乐为阿巴泰第四子，初封镇国公，因军功卓著袭封安郡王，后晋亲王，掌宗人府事。岳端父、祖二人都是清初政坛上叱咤风云的军事将领。他的母亲是清初大臣索尼之女、索额图之妹、康熙孝诚皇后的姑母。岳端生于清朝国势上升时期，十五岁封郡王，二十一岁降贝子，二十九岁被革黜，成为闲散宗室[①]，三十五岁病故。他短暂的一生虽未经历物质生活的困顿，却经历了地位、心理的跌宕起伏。岳端著有《玉池生稿》，包括《红兰集》一卷、《蓼汀集》二卷、《出塞集》一卷、《无题诗》一卷、《就树堂集》一卷、《松间草堂集》二卷、《题画绝句》一卷、《桃坂诗余》和《桃坂填词》各一卷。康熙三十四年乙亥（1695）姜宸英《玉池

---

① 清代宗室采用一子降袭，余子考封的制度，其中未得爵的普通宗室称为闲散宗室。清初，宗室人口尚少，即使是闲散宗室也有较高的社会地位，民间仍呼之为"王爷"。至清中后期，宗室人口膨胀，闲散宗室地位日益下降，至与普通人民无异。

生稿》序中仅提及《红兰集》《蓼汀集》《出塞诗》《无题诗》,可知后几种未刻入此集。今天津古籍出版社点校本《玉池生稿》底本是康熙四十三年甲申(1704)岳端族侄德普增刻本。另外,他还著有《扬州梦》传奇,编选唐人孟郊、贾岛诗歌为《寒瘦集》。

  岳端家族的文学氛围十分浓厚,昭梿曾说:"康熙间,宗室文风,以安邸为盛。"① 岳乐十分注重子弟教育,岳端的兄弟玛尔浑和吴尔占,能诗善画。孔尚任在京期间,闻安邸好文之名曾有"高宴南皮礼数宽,古香池馆接红兰"② 之句。古香室主人玛尔浑,著有《敦和堂集》,并且还是最早留意八旗文献搜集整理的人,曾选宗室王公诗歌编为《宸襟集》。兄弟中,以岳端诗、书、画兼擅,为其翘楚。岳端是清初八旗文坛上致力于钻研汉文学创作的典型,以"首倡风雅"为世所重。他不以民族畛域为限,与汉族文士王士禛、毛奇龄、尤侗、孔尚任、洪升交游唱和,先后为其诗集作序跋的人有姜宸英、陶之典、顾贞观、蒋景祁、朱襄、沈季友、戴名世、陶煊、钱名世、柯煜、博尔都、庞垲、王源、林凤冈、方正瑀、周彝、程斯庄、汪士铉等人。他的府邸与性德的"花间草堂",是当时京师汉族文士与八旗贵族唱和最为集中的两个地方。邓之诚先生评价他时称其为:"一代宗潢之秀,后来无及之者。即较之江南耆宿,亦足自树一帜也。"③ 后语虽或过誉,但称其为"宗潢之秀",却属允当。他为清代宗室文艺的繁盛,带了一个好头。

  为岳端诗集作序者如姜宸英、顾贞观、蒋景祁、毛奇龄等,皆一时名家。但如序跋、墓志等类文体,溢美在所难免,尤其对象是天潢一脉自更不必说。如毛奇龄《序》云:"[读其诗]一若瞍而明,充耳而复聪,暗哑而蘦蘦然、谝谝然。景所不值者,值之;意思所不能通者,通之。"④ 显多谀辞。此类语言,所见在在,不可全做事实。但也有一些对岳端诗歌风格的评价,比较切中肯綮。如赞其"清婉奇丽,出入于太白、昌谷、义山、飞卿之间"⑤,是对岳端诗学宗向的简单概括;其"造平淡于绚烂之余,发秾纤于简古之内"是评价其含韵幽远的风格特征。类似评价,对研究岳端诗歌还是有帮助的。

  从《红兰集》《蓼汀集》《出塞诗》《无题诗》《就树堂集》到《松间草堂集》,涵盖了他诗歌创作过程的各阶段。宗风不同,内容有异。《红兰》《蓼汀》二集再附上《无题》《出塞》两种属岳端诗歌创作的前半期,《就树堂集》和《松间草堂集》是其创作的后半期。前期创作风格清婉绮丽,兼有雄壮奇伟之什,后期经过家落、削爵等变故,看透权力斗争下的盛衰无常,诗风渐趋平淡幽眇,不时流露出尘之想。陶煊(陶之典子)在为其所作序中称:"常丹铅汉魏三唐之诗,多所点定。逾年,观之未甚惬意,以为前此所见,尚不抉古人之奥。复购置别

---

① (清)昭梿撰,何英芳点校《啸亭杂录》卷六"红兰主人"条,中华书局1980年12月第1版,第180页。
② (清)刘廷玑、孔尚任合撰《长留集·七言绝句》,中国书店出版社1991年6月第1版,下册第12b页。
③ 邓之诚著《清诗纪事初编》,上海古籍出版社2012年6月第2版,下册第634页。
④ (清)岳端撰,陈桂英点校《玉池生稿·附录二》,天津古籍出版社1990年10月第1版,第118页。
⑤ (清)岳端撰,陈桂英点校《玉池生稿·附录二·玉池生稿序》,天津古籍出版社1990年10月第1版,第117页。

本，另出手眼，细加评阅。凡至再、至三而后已。"① 可见，岳端学诗采用了一种评点前人诗作，渐次深入，久之自得的办法。陶氏又云："［其诗］琳琅触目，不一而足。中有灵妙似青莲者，有奇险似长吉者，有隽永似陶谢者，有峭丽似西昆者。"② 这句话点出岳端多所师承、不宥一家的特色。

岳端早期诗歌呈现出丰富多彩的特质，清婉奇丽与慷慨悲壮兼有之。姜宸英《序》中言："有体兼浓严清逸者，义山、致光之遗调也；亲情激昂，飙驰湍发，而不可遏抑者，鲍明远之宕轶、高达夫之悲壮也。"如《春郊晚眺次韵》云：

> 长堤一望夕晖斜，芳树枝枝待暮鸦。
> 西岭生云将作雨，东风无力不飞花。
> 娇莺细啭留清昼，孤鹜徐飞带晚霞。
> 野客独扶藜杖远，柳荫深处觅渔家。③

这首诗是岳端的代表作，其"东风居士"的别号即来于此。沈德潜将此诗收入其《别裁集》中，评其"清扬圆转，元人中在萨照磨、宋子虚之间"④。

作为其雄奇伟丽诗歌风格代表的《喜峰口》，则向我们展现了他创作的另外一面。诗云：

> 北房才分域，中原此画疆。日光连烧赤，风色入云黄。东去吞孤村，西撑带五凉。雁臣依涧水，烽子守城墙。玉辔临龙塞，金神坐虎方。闻笳何惨切，放眼总微茫。树倒填山径，泉飞度石梁。荒榛巢鸟雀，断岸牧牛羊。毳幕朝含冻，鬼灯夜吐光。桂初团素月，榆已堕严霜。物候浑难定，程途讵可量。草虫鸣翅股，岩麝晒脐肠。霜冷弓添力，风高雁失行。呼鹰穿古木，饮马凿平冈。行猎飞雕羽，合围纵鹄仓。蛇惊寻穴入，猿戏见人藏。此日遨游地，当时战争场。祖龙怀远策，武帝展遐荒。卫霍安营垒，斯高坐庙堂。鼓鼙声历乱，烟火影辉煌。两国相侵伐，三军尽死亡。魂犹栖古戍，肠已挂枯桑。宝剑空离匣，妖星不敛芒。胡沙皆染血，侠骨久消香。掠地谋非善，和亲计未良。乌孙降汉主，青冢葬王嫱。为救白登急，图成红粉妆。前人偶作用，后世太荒唐。胡性元多诈，亲情岂久长。际今定四海，稽古迈三皇。永固千年业，来归九姓羌。共迎上国使，长跪左贤王。亦从公卿末，随行边塞傍。回头送归目，一色远苍苍。⑤

---

① （清）岳端撰，陈桂英点校《玉池生稿·附录二·蓼汀集序》，天津古籍出版社1990年10月第1版，第108页。
② （清）岳端撰，陈桂英点校《玉池生稿·附录二·蓼汀集序》，天津古籍出版社1990年10月第1版，第108页。
③ （清）岳端撰，陈桂英点校《玉池生稿·红兰集》，天津古籍出版社1990年10月第1版，第3页。
④ （清）沈德潜等辑《清诗别裁集》卷二十，上海古籍出版社1984年3月第1版，下册第769页。
⑤ （清）岳端撰，陈桂英点校《玉池生稿·出塞诗》，天津古籍出版社1990年10月第1版，第36页。

该诗是岳端古诗体的代表作，在其整体创作中也属上乘。岳端血液中毕竟流着祖辈们勇武善战的基因，在描绘塞外风物时以其雄浑豪迈、跌宕奇崛之笔为我们展现出一幅气势壮阔、悲慨苍凉的风光。他对塞外景物的描写着笔瑰伟厚重，一反之前的秀逸轻灵，读来罡风扑面，再加上无形中化用的典故更为诗歌平添慷慨昂扬之气。

《出塞诗》体现塞外生活对他思想和创作的刺激作用，同时也展现了一个十分有趣的现象。在他的笔下"胡沙""胡天""胡虏"十分常见，这出于一位北方少数民族的贵胄少年手里，代表着一种文化心态的转型。从岳端这种文化心态的不自觉转型看，清初几代统治者所担心的"濡染汉习"过深会削弱其民族性和统治力量，倒也算未雨绸缪。岳端一再被贬的原因，康熙在谕旨中说得清楚："固山贝子袁端，各处俱不行走，但与在外汉人交往饮酒、妄恣乱行，著黜革。"① 岳端思想变化和与汉族文人过于亲密的关系触动了康熙敏感的神经。他结交的朋友中，后来被祸者如孔尚任，或因其为圣人之后幸得保全，但因"南山集案"弃市的戴名世，就没有那么幸运了。

清初八旗内，第二、三代子弟中由尚武渐趋发展为尚文已经成为不可遏挡的趋势。岳端蒙师湖南人陶之典之父陶汝鼎，在明末清初以诗、文、书三艺名动海内，时称"楚陶三绝"。之典子陶煊，幼曾为岳端伴读②。陶之典在谈岳端学习和生活时曾说："惟时（康熙十九年庚申，1680），我红兰主人，年甫十龄，每授书百行，读一、二过，即背诵不遗。时时取唐人绝句，抄写吟咏以为乐。凡宜贵习所耽嗜者，悉无所近。"③ 在比较岳端的志趣及其父祖的武功勋业时，就可以明显发现，八旗内部由尚武到尚文的变异早已出现。

在家族与他个人遭遇一连串打击后，他的心境发生转变，诗风宗尚也出现变化。一洗之前创作中旖旎绵丽的贵族气息和奇崛夭矫、雄壮豪宕的诗歌风格，取而代之的是向幽深缥缈、冲淡质朴中渐次探寻。有一段时间，他学习元白，但不久发现很容易流于轻俗，继而他编选了《寒瘦集》，目的就是纠正学习元白的不良影响。他在《放言》中云：

　　浮世常悲踏踏歌，况兼瘦体病常魔。
　　为欢但恨夜偏短，失志应嫌身亦多。
　　且自学元还和白，任人论我不如他。
　　放言十首裁成后，轻俗平分可奈何。④

---

① 《清实录·圣祖仁皇帝实录》卷一百八十八，中华书局1985年9月第1版，总第5册第1000页。
② （清）陶煊、张璨辑《国朝诗的》凡六十卷，见《四库禁毁书丛刊》集部，第156—158册。首列"满洲"一卷，收宗室诗人博尔都，未收岳端。
③ （清）岳端撰，陈桂英点校《玉池生稿·附录二·玉池生稿序》，天津古籍出版社1990年10月第1版，第105—106页。
④ （清）岳端撰，陈桂英点校《玉池生稿·就树堂集·放言·步元微之韵五首》之一，天津古籍出版社1990年10月第1版，第52页。

诗中隐隐透露出他在政治上的隐忧,及在诗歌创作上的转型。在面对家族由盛而衰,转眼与一般旁枝宗亲无异,甚至还不如的境况,内心凄苦可想而知。但面对削爵之事,他不悲反笑,认为这是对他的一种解放,"野处忘城市,狂夫今更狂。酒兵终日练,诗债一生偿"①。但这种家败身屈之事怎可能不对他产生影响呢?清初三朝,爱新觉罗家族内部的皇权斗争异常激烈,骨肉相害的悲剧在皇族史上怕也罕有。这段时间内,精神上困苦矛盾折射在他的诗歌追求和转向上,也颇显进退维谷。这首诗所描写的就是这种尴尬处境。

既然元轻白俗不适合他的追求,他就将目光投向更为早远的陶、谢。在寻求内心苦闷解脱的同时,将精神寄托于释道。他发现,无论是在思想的共鸣还是在现实境况的处理上,二者皆有诸多相似,他将这种思想形于诗:

妙手思陶谢,幽怀共阮嵇。关心五字句,托迹一枝栖。酒熟醒时少,花开望欲迷。遥天青不了,芳草绿初齐。水势圆如璧,山形峭似圭。云峰高出树,柳浪翠沿堤。画舫沙棠楫,骄骢白玉蹄。田随河岸曲,径避石崖低。断续闻鹍鸠,浮沉看鹈鹕。身闲惟遣兴,客至每留题。太息春将暮,徘徊日又西。五言相对处,桃李自成蹊。②

这里岳端将对陶、谢的追求和对阮、嵇的倾慕表露无遗。同时,在创作中也有意将几人的风格融和为一。岳端在人生后期筑草堂隐居,以沉默不悔的行为表达对执政者威逼的抗议。在其诗歌中他说"谁人一为公卿说,诗酒场高名利场"③、"畅饮欢呼吾辈事,耻将荣落问天公"④,可见诗人心境。

从大的诗坛环境看,岳端不能摆脱外在的影响,尤其是教授他的汉族名士。从其诗学取法看,所倾慕者高、李、元、白诸家,可见大体宗唐。无论是他饶多蕴藉、风流俊赏的休隐田居之作,还是飒爽灵力、奇丽瑰伟的塞上之篇,抑或郊寒岛瘦的凄楚之辞,都难脱唐人痕迹。陶煊言其"常丹铅汉、魏、三唐之诗",诚不虚之论。

《玉池生稿》中《出塞诗》《无题诗》《题画诗》未冠以集名,却与其他集地位相等,但又具有特殊性。

---

① (清)岳端撰,陈桂英点校《玉池生稿·松间草堂集·春日园居,寄怀表弟素庵芬昆季》,天津古籍出版社1990年10月第1版,第68页。
② (清)岳端撰,陈桂英点校《玉池生稿·松间草堂集·暮春水居小集限长律十二韵,同沈翀然、顾卓作》,天津古籍出版社1990年10月第1版,第69页。
③ (清)岳端撰,陈桂英点校《玉池生稿·松间草堂集·春日喜问亭兄过访,偕侄孙昭及诸同人分韵》,天津古籍出版社1990年10月第1版,第62页。
④ (清)岳端撰,陈桂英点校《玉池生稿·松间草堂集·弘善寺……看杏花,分得中字》,天津古籍出版社1990年10月第1版,第62页。

第四章 以岳端为代表的清前期宗室诗人

岳端《无题诗》显然学李商隐。法式善曾评价其"东风居士集，强半学西昆"①。林凤冈《无题诗序》中言其"清芬隽永，雅有新声……缘情寄指，莫非天然。扬葩奋藻，本于天性"②，也较能概括他这类诗歌的基本特色。岳端追步温、李的时间很早，"玉池生"之号即取自李商隐《碧城》诗中"玉池荷叶正田田"句。岳端《无题诗》三十首，总体看学李商隐并不算形神兼具，多数作品徒学其形，难摹其神。就拿下诗而言：

> 经旬一榻卧东风，别绪新添旧病中。
> 梦断故眠难再续，诗成数改觉尤工。
> 春心有托凭周燕，锦字无由寄塞鸿。
> 起视闲庭生百感，红芳落尽剩青葱。③

遣词用语都很用心效仿李商隐，"春心""锦字"一概化用李诗，但可惜自我意识过于浓厚，反倒冲淡了李氏《无题诗》蕴自我于无我的深缈境界。岳端《无题诗》的确深情婉邈、构思工巧，很大程度上实现了对李商隐的学习借鉴，只可惜人力虽到，天工不足。朱襄曾评价他的此类诗歌"体制温厚而丰丽"，于形而言算是合适的。在岳端前期诗歌《红兰》《蓼汀》《无题》三集中这类作品很多。

岳端诗中还有一类颇值一提，就是"题画诗"。岳端的绘画成就在清初画坛首屈一指，《清画家诗史》称："花卉纵逸潇洒，类八大山人，墨兰得元人之韵致。"④ 他曾画《罗浮蝴蝶》，诸多诗人对此有题咏。博尔都《题兼山画蝶》云："妙技属滕王，描成彩翼张。水衣摇草色，翠鬘掠花香。淡扫秦台粉，微舒汉殿妆。罗浮何处是，一为问蒙庄。"⑤ 孔尚任诗云："织金缕翠双团扇，云霞星斗缠虹霓。缤纷一天花散片，此时蝶梦难端倪。肠中早有五彩笔，滕王旧谱何堪携。"⑥ 他诗、书、画兼擅，所以常将书法和诗歌创作心得融汇在画作中，创作了大量的题画诗。《题画诗》一卷收诗近七十首，其他集中尚有题画诗二十余首。可见，岳端对于题画诗情有独钟。

岳端认为各种艺术形式都是互通的。他早年多画工笔，后来转写意，这在他看来并不矛盾，他在《翡翠芙蓉》中说：

---

① （清）法式善撰《存素堂诗初集录存》卷十四《奉校八旗人诗集，意有所属辄为题咏，不专论诗也，得诗五十首》之三《玉池生槁》，《续修四库全书》第1476册，第569页。
② （清）岳端撰，陈桂英点校《玉池生稿·附录二·无题诗序》，天津古籍出版社1990年10月第1版，第113—114页。
③ （清）岳端撰，陈桂英点校《玉池生稿·无题诗》，天津古籍出版社1990年10月第1版，第42页。
④ 李响泉撰《清画家诗史》卷乙下"蕴端"，《清代传记丛刊》本，第75册第478页。
⑤ （清）博尔都撰《问亭诗集·白燕栖草》卷七，《四库未收书辑刊》第八辑第23册，第444页。
⑥ （清）刘廷玑、孔尚任合撰《长留集·七言古》，中国书店出版社1991年6月第1版，下册第29a—29b页。

兴来勾染翡翠鸟，狂发涂抹芙蓉花。
古人行草常连楷，工写相兼亦不差。①

绘画风格的转变也与他生活遭际、情感变化等外在因素导致的审美转型有关。从工笔细描的牡丹蝴蝶到信笔游走、只求神似不求形的后期写意，是诗人从拘谨慎微的王公宗子到放达自适的夺爵宗室的变化过程。

岳端的题画诗很多时候寄托了诗人自己的心境和追求，比如他喜画梅兰竹菊，托兴高雅，自为写状。有时又觉得仅仅是寄托还不能尽致抒怀，他索性直接在诗歌中将自己洒脱无羁的个性表露无遗，如其：

曾闻诗胆大如天，请看狂生信亦然。
乱点葡萄十数个，只求神似不求圆。
——《葡萄》②

狂夫作画未曾难，一瞬工夫数笔完。
单写鱼儿不写水，诗中自信有波澜。
——《鱼》③

这种随兴游走、不拘一格的画风是诗人个性的体现。岳端早期性格温文儒雅，含蓄内敛，夺爵后因为没有了羁绊而展现出耿介放达的个性侧面。青眼向知己、白眼对俗人是其写照，这两首诗他自谓"狂生""狂夫"即是一证。下诗末句"单写鱼儿不写水，诗中自信有波澜"既是对其画作的自信，也是对其诗歌的自信。

岳端学诗虽早，然生年不永。所以，他的诗歌难扫摹拟之迹，虽学诸各家、兼取所长，遗憾的是没能融会贯通，自成一格。但岳端的诗歌与之前高塞等宗室诗人相比，已渐渐走向圆熟。他除诗歌创作外，还能作曲。尝著《扬州梦》传奇，时人颇赏之。王国维《曲录·传奇下》著录之④。这本戏剧不是案头之作，曾经搬上舞台，孔尚任《燕台杂兴》诗曾载："压倒临川旧羽商，白云楼子碧山堂。伤春未醒朦胧眼，又看人间梦两场。"诗后注："玉池生作《扬州梦》传奇、龙改庵作《琼花梦》传奇，曾于碧山堂、白云楼两处扮演，予皆见之。"⑤ 与

---

① （清）岳端撰，陈桂英点校《玉池生稿·题画诗》，天津古籍出版社1990年10月第1版，第88页。
② （清）岳端撰，陈桂英点校《玉池生稿·题画诗》，天津古籍出版社1990年10月第1版，第88页。
③ （清）岳端撰，陈桂英点校《玉池生稿·题画诗》，天津古籍出版社1990年10月第1版，第89页。
④ 谢维扬、房鑫亮主编《王国维全集》，浙江教育出版社2009年12月第1版，第2卷第200页。
⑤ （清）刘廷玑、孔尚任合撰《长留集·七言绝句》，中国书店出版社1991年6月第1版，下册第23b页。

孔尚任号称"南洪北孔"的洪升也为《扬州梦》作序,亦亟称之。

顾贞观《序》称:"居士生深宫、长朱邸,即欲缥缈其心思,寄之乎耳目之表,犹疑未尽盘礴。假令穷花月之妙丽,极山水之清微,历览古来才士文人登临聚散之处,目将成而遽别,神欲往而仍留,应更有流连惆怅,不能自禁者。"① 岳端短短三十五年的生命历程难以将他的才华发挥殆尽,又因宗室无皇命不得擅自出京,所以他的一生除两月的塞外驻防外,再没踏出京门。这的确在很大程度上限制了他的创作成就,否则他留给我们的该不会只有这些。岳端在清宗室中影响很大,宗室诗人恒仁在多年后,于《题琼花梦传奇》中写道:"玉堂才子谱新声,一曲琼花四座惊。同是扬州同是梦,令人重忆玉池生。"②

第二节 "宗室三诗人"

清代"宗潢颇多嗜文学者,自红兰主人岳端首倡风雅,而问亭将军博尔都、紫幢居士文昭、晓亭侍郎塞尔赫、瞿仙将军永忠、樗仙将军书诚、嵩山将军永奎,遂相继而起。紫幢从王文简公士禛游,辞爵读书,为士林所重。查编修慎行序其集,称之曰'宗室高人'"③。其中"宗室三诗人"——博尔都、塞尔赫、文昭,与岳端几乎同时,成就且相亚,颇受清初文坛瞩目。

一 博尔都

博尔都(1649—1708),字问亭,又字大文,号东皋渔父、东皋土人等,清太祖努尔哈赤第六子塔拜之后,恪僖公拔都海子,诗画皆善,袭三等辅国将军。博尔都一脉虽系天潢,却屡被压抑。他的祖父巴穆布尔善于康熙五年丙午(1666)被革爵,八年己酉(1669)处死,同时子孙皆被黜宗室籍,其中就有博尔都。但他在康熙十九年庚申(1680)复原封,康熙三十六年丁丑(1697)卒后,又被追削爵位。这种家世,决定了他在政治上难有作为,所以他将精力放在文艺上。博尔都有《问亭诗集》,刻于康熙三十五年丙子(1696),含《白燕栖草》八卷、《东皋杂咏》一卷、《茫茫吟》一卷、《联句、集句》一卷、《也红词》一卷。

博尔都也常与汉族文人交往唱和,法式善谓其受"汪钝翁、梅藕长、陈其年,极口推许。

---

① (清)岳端撰,陈桂英点校《玉池生稿·附录·红兰集序》,天津古籍出版社1990年10月第1版,第102页。
② (清)恒仁撰《月山诗集》卷二,《四库未收书辑刊》第十辑第18册,第242页。
③ (清)徐珂辑《清稗类钞·文学类》"宗潢多嗜文学"条,中华书局1986年第1版,第8册3861页。

联吟分咏,旗鼓相当"①;汪琬谓其"近体清新,歌行雄放"②;沈德潜录其诗入《清诗别裁集》中,评其"意不必深而韵远,自为唐音"③;近人邓之诚先生谓其"少壮耽吟,清稳可诵"④。博尔都近体诗创作优于古体,尤其是律诗,颇得唐诗精髓。如《送赵起伦》云:

> 策马扬鞭出帝京,芙蓉剑里气纵横。
> 枫林露湿征衣重,野店砧敲夜月明。
> 倘借东风乘巨浪,定将南越系长缨。
> 却怜呖呖孤飞雁,相伴天涯万里行。⑤

味其诗意,应是送友人出征的作品。此诗风骨凛然、气体清真,既有对朋友出战能够凯旋的期望,也有对其独身在外的怜惜。蕴悲慨于激昂,颇有盛唐风调。

在与汉族士人的往来中,博尔都创作了很多酬赠诗。酬赠诗虽然不免套话虚语,但他这类诗歌中仍有部分佳作,如《吊陈其年》:

> 梁甫词清百遍吟,许身曾不愧南金。
> 自骑黄鹤九秋逝,空抱白云千载心。
> 河洛仅留书卷味,湘沅难写郁陶深。
> 今逢寒食梨花雨,怅望青原何处寻。⑥

"南金"语出《晋书·薛兼传》:"兼清素有器宇,少与同郡纪瞻、广陵闵鸿、吴郡顾荣、会稽贺循齐名,号为'五儁'。初入洛,司空张华见而奇之,曰:'皆南金也。'"⑦博尔都对陈维崧十分敬佩,诗中将其比喻为"南金",既肯定陈维崧在清初词坛的地位和影响,也对其人品性格表示由衷钦许。全诗幽怀绵邈、情韵悠长,语言质朴苍澹,是一首成熟的七律佳作。

汪琬曾评价他的诗近体清新,歌行雄放。可惜,博尔都的歌行体作品,如《宝刀行》《松化石歌》等不见收于康熙刻本中,幸铁保所辑《钦定熙朝雅颂集》存此二诗,其《宝刀行》云:

---

① (清)法式善撰,张寅彭、强迪艺编校《梧门诗话合校》附《八旗诗话》第七则,凤凰出版社2005年10月第1版,第468页。
② (清)博尔都撰《问亭诗集》汪琬序,《四库未收书辑刊》第八辑第23册,第391页。
③ (清)沈德潜等辑《清诗别裁集》卷二十,上海古籍出版社1984年3月第1版,下册第797页。
④ 邓之诚著《清诗纪事初编》卷六,上海古籍出版社2012年6月第2版,下册第636页。
⑤ (清)博尔都撰《问亭诗集·白燕栖草》,《四库未收书辑刊》第八辑第23册,第410页。
⑥ (清)博尔都撰《问亭诗集·白燕栖草》,《四库未收书辑刊》第八辑第23册,第407—408页。
⑦ (唐)房玄龄等撰《晋书》卷六十八《薛兼传》,中华书局1974年11月第1版,第6册1832页。

第四章 以岳端为代表的清前期宗室诗人

我有太乙鸣鸿刀，一函秋水青绫韬。流传突厥几千载，至今铓利堪吹毛。静夜擎来光照室，似有啾啾鬼神泣。洪炉淬就锦江波，良工磨用阴山石。当时跌荡少年场，宝装玉珥何辉煌。铜街横拂秋霜色，金埒斜飞晓月光。岂意我今须发暮，虫网缘窗鸟巢树。抱病不闻车马声，结庐却在蓬蒿处。君不见，干将莫邪本巨观，龙光直射牛斗端。张华既往雷生老，飞去延津风雨寒。①

"七古与他体不同，以纵横豪宕之气，逞夭矫驰骤之才，选材豪劲，命意沉远。其发端必奇，其收处无尽，音节琅琅，可歌可听。"② 博尔都的这首诗歌，气势雄豪、清音朗振，无论是选材用韵，还是遣词造句都很不错。作为宗室后人，他一生不得志，"栖迟漫惜年华改，老大徒伤心事违"③、"多难名心灭，无才济世疏"④，都是他壮志难伸的体现。这首《宝刀行》以宝刀自喻，同样蕴含着这种抑郁自伤的心绪。可能正是因为这首诗歌语多怨诽，在后来刊刻时被删除也未可知。

他的诗也有对时事的描述，一些记录清初战事的作品，情感激越，风骨凛然，如其《喜长沙岳州捷音踵至》云：

惊涛疾下恢三户，竹破长沙与岳州。
衡岳孤危三箭定，昆池颒洞一帆收。
江盘蜀道原输锦，海隔珠崖本贡球。
早晚功成报天子，止携图籍载轻舟。⑤

博尔都的这首七律，格律严整，用语铿锵澹荡，尤其是诗中体现出的风骨韵致，是清初"北方诗派"或"八旗诗派"清刚气质与孔武精神的代表。

《茫茫吟》收录博尔都妻子去世后诗歌，属"悼亡"之作。他在《序》中言："三丧其妻，而数亡其子。"所以，他的"悼亡诗"悲苦非常，令人不忍卒读。博尔都长子成寿聪慧明巧，能诗，曾编成《修凤楼遗稿》，但不幸早亡。其《哭亡儿成寿》二首之一云：

空斋闲寂侯，聊读凤楼诗。

---

① （清）铁保辑，赵志辉校点补《熙朝雅颂集》首集卷一，辽宁大学出版社1992年6月第1版，第186—187页。
② （清）田雯撰《古欢堂集杂著》卷二"论七言古诗"条，《清诗话续编》本，上海古籍出版社1983年12月第1版，第2册第702页。
③ （清）博尔都撰《问亭诗集·白燕栖草》卷一《偶成》，《四库未收书辑刊》第八辑第23册，第408页。
④ （清）博尔都撰《问亭诗集·白燕栖草》卷三《客至》，《四库未收书辑刊》第八辑第23册，第423页。
⑤ （清）博尔都撰《问亭诗集·白燕栖草》卷二，《四库未收书辑刊》第八辑第23册，第411页。

血泪真难敛,明珠未易持。
梦魂吾不稳,生死汝先知。
最苦山阳笛,临风向晚吹。①

读起亡儿遗稿,不禁悲苦满心。博尔都对此子寄望甚高,曾言"他年如长进,当与仲谋期"②,所以可想儿子去世对他的打击有多大。不久后,博尔都第四任妻子赫舍里氏病逝,无异于雪上加霜。此间,博尔都写下系列的悼亡作品,取诸苏轼"十年生死两茫茫"之句命名其集为《茫茫吟》。其《雨中感怀》云:

凉风入夜迥生愁,命薄情深只可羞。
寒雨半窗迷好梦,浓云四面蔽高楼。
惊鸟绕树和魂散,急溜缘阶共泪流。
叶叶声声滴到晓,争教白发不盈头。③

古来悼亡之作不胜枚举,潘岳、元稹的悼亡诗卓绝千古。博尔都的悼亡诗在学习前人的基础上有开拓,他的诗歌触物生悲,身旁任何事物一经他笔瞬时就染上悲凉凄清的色彩,成为抒发情绪的载体。如其"露冷关山塞草黄,嗷嗷独雁复南翔。寒迷夜雨怜孤宿,哀向秋风惜断行"④、"愁眼看桃李,凄然路向东。头争飞絮白,泪逐落花红"⑤,都是一切景语皆情语的体现。

博尔都的诗歌取法盛唐,形式整丽、气象超妙、韵律谐婉、清刚健美,将形式与内容进行有机整合。所以,他的诗歌在学习前人和融会贯通上达到了一定的统一,这在清初宗室诗人中是比较难得的。

二 塞尔赫

塞尔赫(1676—1747),字慄庵、晓亭,号北阡季子。努尔哈赤弟穆尔哈齐的曾孙,父亲荫布禄袭封辅国将军,早逝,塞尔赫由其母南氏抚养成人。康熙三十七年戊寅(1698)授奉国将军。雍正二年甲辰(1724)补宗学正教长,授监察御史,后擢左副都御使、内阁学士里行。

---

① (清)博尔都撰《问亭诗集·茫茫吟自序》,《四库未收书辑刊》第八辑第 23 册,第 466 页。
② (清)博尔都撰《问亭诗集·白燕栖草》卷三,《四库未收书辑刊》第八辑第 23 册,第 419 页。
③ (清)博尔都撰《问亭诗集·茫茫吟》,《四库未收书辑刊》第八辑第 23 册,第 468 页。
④ (清)博尔都撰《问亭诗集·茫茫吟·闻孤雁》,《四库未收书辑刊》第八辑第 23 册,第 468 页。
⑤ (清)博尔都撰《问亭诗集·茫茫吟·春日东皋道上书怀》,《四库未收书辑刊》第八辑第 23 册,第 468 页。

第四章 以岳端为代表的清前期宗室诗人

七年己酉（1729），署总督仓场事、侍经筵、充议政大臣。九年辛亥（1731），改授内阁学士。乾隆八年癸亥（1743），复授内阁学士，主咸安宫学。十二年丁卯（1747），晋兵部侍郎，未到官卒，享年七十岁。著有《晓亭诗钞》四卷，分别为《春云集》《二余集》《怀音集》和《秋塞集》。

塞尔赫博学多闻，沈廷文在其赠诗中云"华毂朱轮忘宠贵，左图右史倍精研"①，尤其"以诗为性命，辨唐宋之分如淄渑"②。沈德潜称八旗诗人首推塞尔赫，次则英廉及萨哈岱。《（钦定）八旗通志》中称："其诗气格清旷，风度谐婉，而不伤于纤弱。"③邓之诚先生评价说："塞尔赫及见王士禛，诗格极相似。较岳端、博尔都婉而多讽。"④"宗室三诗人"中，塞尔赫可能是官运最亨通者，但也不免于死后因诗作惹出"言祸"，引得乾隆盛怒。究其原因，有其与汉族文人交往过密的因素，也可能与其诗歌讽刺时事，影射朝政有关。他的这类诗歌，有较强的现实主义精神，如其《咸关》云：

> 众水会津门，东流势浩瀚。淄渑辨东西，飞湍激回澜。浮梁跨奔流，长虹亘秋汉。万落迤市廛，千樯集鹅鹳。煮海堆白盐，分飞从泮涣。皑皑玉砂明，峨峨雪山灿。咫尺价悬殊，公私竞昏旦。嗟哉天地利，何年成垄断。垅外起歌楼，锦绮光零乱。转念煎者劳，隆冬挥热汗。⑤

"咸关"即清廷在天津滨海设立的长芦盐场。这首诗反映的是盐官与盐商同流合污贪墨盐税并压榨盐民的现象。诗的前半部分极力渲染周围盐商云集、热闹繁荣的景象，后半揭露盐商在官吏掩护之下，投机倒把，哄抬盐价以牟取暴利的现实。末尾，诗人用纸醉金迷的盐商生活与隆冬煮盐、食不果腹的盐民生计作对比，揭露清代社会贪污腐朽的黑暗面。这首极富讽刺的诗歌曾引起重视，一时传诵，成为《晓亭诗钞》中讽喻诗的代表。此外，诸如《杏山》《夏日走笔赠隋海侯》等，也或多或少对社会问题有所揭示，隐含讽刺。

塞尔赫曾多次随皇帝出巡，扈跸左右，因此接触了较多的社会现实。所以，他的诗歌反映的社会深度与广度远胜一般宗室。奉使辽东时，他写下诸多回忆八旗入关前东北战事的诗歌，这些作品将对战争的回顾、历史的感悟、作者触景而生的情绪融为一体，沉郁悲慨，其《山海

---

① 杨钟羲著，雷恩海、姜朝晖校点《雪桥诗话三集》卷三第六十六则，《雪桥诗话全编》，人民文学出版社2011年7月第1版，第3册第1568页。
② （清）法式善撰，张寅彭、强迪艺编校《梧门诗话合校》附《八旗诗话》第八条，凤凰出版社2005年10月第1版，第468页。
③ 李洵等校点《（钦定）八旗通志》卷一百二十《艺文志》，吉林文史出版社2002年12月第1版，第3册第2066页。
④ 邓之诚著《清诗纪事初编》卷六，上海古籍出版社2012年6月第2版，下册第638页。
⑤ （清）塞尔赫撰《晓亭诗钞》卷三，《四库未收书辑刊》第十辑第18册，第171页。

关》《杏山行》《松山歌》等皆属此类。兹举《杏山行》一诗：

> 杏山山上石屼嵲，杏山山下水濛渶。山前山后沙土红，疑是当年覆军血。忆昔将军初上马，羽檄交驰遍天下。貔貅十万出雄关，遮日旌旗临原野。画鼓三通不交战，麕箭声中辙先乱。二千铁骑俨天人，大箭长弓一当万。霜摧败叶草偃风，血流海色波涛红。功成不坑长平卒，只今竹帛褒元功。吁嗟推毂竟何补，献俘解缚朝圣主。有人东望尚招魂，衣冠昔葬燕山土。①

塞尔赫的这首诗让人想起李华《吊古战场文》，同是写征战之地，李华以沉痛、寂戾、阴森、凄怆之笔出之，而塞尔赫则以高雄、沧桑、厚重之笔出之。同为吊古，角度有别、身份有异，展现出的情感意识就会不同。入关初期的八旗诗人，无论宗室贵族还是一般官吏，具有优越于常人多倍的政治经济地位。正因特殊的阶级属性决定其意识差别，使得他们的诗歌不可能触及最深层次的民生疾苦。他们所见所感，只能停留在如《咸关》中所言的"揭露"层面，再往深入是不太可能的。在此层面上而言，塞尔赫已经难能可贵，毕竟这位"爵爷"已经开始将目光投注到挥汗如雨的普通人民身上，并对社会现实有了一定的反思。

塞尔赫的近体诗创作气清骨旷、幽深澹远，如其《荆卿墓》：

> 身入虎狼国，心空百二州。
> 壮怀生死外，易水古今流。
> 白日澹将夕，行人去不留。
> 采蘋向寒渚，孤塚野花秋。②

杨钟羲《雪桥诗话》称这首诗为"吾乡诗人五律之佳者"，评价颇高。塞尔赫的律诗创作以清刚为骨，以俊逸秀美为神，词藻清华，内蕴沉厚。沈德潜在这首诗后说"有如此笔，方许作荆卿墓诗"③。但他对《晓亭诗集》中一些反映时事、用笔奇丽的作品却不甚喜爱，任意删改。法式善曾有诗刺云："归愚沈宗伯，不满晓亭诗。尽取恢奇语，选楼删削之。"法氏认为"此编采沉郁，当日苦吟思。咫尺匡庐面，晤当秋霁时"④，认为被沈德潜不喜而删改的恰是诗歌的精华部分。

---

① （清）塞尔赫撰《晓亭诗钞》卷四，《四库未收书辑刊》第十辑第18册，第202页。
② （清）塞尔赫撰《晓亭诗钞》卷四，《四库未收书辑刊》第十辑第18册，第213页。
③ （清）沈德潜等辑《清诗别裁集》卷三十，上海古籍出版社1984年3月第1版，下册第1255页。
④ （清）法式善撰《存素堂诗初集录存》卷十四《奉校八旗人诗集，意有所属辄为题咏，不专论诗也，得诗五十首》之五《晓亭诗钞》，《续修四库全书》第1476册，第569页。

第四章 以岳端为代表的清前期宗室诗人

作为清初重要的宗室诗人，塞尔赫的作品随处可见少数民族特质及"八旗诗派"清刚激烈、俊逸壮阔的北方气象。尤其是他的赠友从军诗，如《从军行送吉臣王孝廉》云：

潺湲流水长城窟，羽檄星驰无健鹘。贺兰山下阵云开，英雄拔剑双瞳裂。匆匆别我出阳关，不计当身还不还。伊吾庐惨黄沙日，燕弓越甲待鸣弦。惊沙欲没黄河渡，黄河奔腾向东注。荒荒落日飞鸟还，万里闲云无住处。①

王吉臣，名天佑，直隶大兴人，康熙四十七年戊子（1708）武孝廉②。诗歌展现的壮阔场景，波谲云诡，气象斑斓，符合清初大的时代环境。类似的作品如《送友人再参大军西征二首》《塞上闻莺》等，都可视作八旗精神的体现。还有一些诗歌展现与汉族迥异的少数民族特质，颇显异趣，如其《马射行并序》：

京师上巳日，游侠少年集城南河滨，习马射，盖取诸三月三日华林园马射遗意云。
彩云坠天珠走盘，老蛟赴海驱狂澜。年年此日城南端，长安壮儿颜渥丹。春服粲粲绮与纨，雕弧肖月金梁鞍。青骊飒沓骄鸣銮，髐无虚发骇众观。掣电眩转流星寒，矜绝争奇智力殚。翩跹低昂舞回鸾，有时屈曲效泥蟠。滑如宜僚巧弄丸，倏忽操舟十八滩。瞠目欷歔发长叹，一朝倘使破楼兰，落花蝴蝶飞成团。③

这首诗描述京师三月三举行骑射比赛的盛况，诗中"长安壮儿"英勇果敢，箭无虚发。诗人在描写其射箭技艺的时候，用了大量比喻，且一韵到底，直有白居易描写琵琶音"大珠小珠落玉盘"的效果。

著名的八旗布衣诗人李锴为塞尔赫作《家传》，记载其生平颇详。塞尔赫有子二，长伊都礼，字立斋，有《鹤鸣集》，附《晓亭诗钞》后。次子鄂洛顺，字厚庵，著有《焚雁书屋稿》。塞尔赫娶蔡毓荣女、蔡珽之妹，其次女又嫁蔡珽子，属姑表结亲。蔡珽另外一个姊妹蔡琬嫁铁岭高氏的高其倬，也是书香世家，这几个家族中皆涌现出诸多诗人。

三 文 昭

文昭（1680—1732），字子晋，别号芗婴居士、紫幢轩主人、北柴山人等，饶余亲王阿巴

---

① （清）塞尔赫撰《晓亭诗钞》卷二，《四库未收书辑刊》第十辑第18册，第126页。
② 张吉臣事迹见（清）塞尔赫撰《晓亭诗钞》卷二《双节诗序》，《四库未收书辑刊》第十辑第18册，第150页。
③ （清）塞尔赫撰《晓亭诗钞》卷二，《四库未收书辑刊》第十辑第18册，第128页。

泰曾孙,镇国公百绶子,后为闲散宗室。文昭才思藻睿,曾跟随王士禛学诗,诗名为康熙帝所知,谓其"诗学甚好"。但身有残疾,不利行走。他少年时曾应科举,因用子书中语违碍被黜,遂不再应试。之后,索性以患病为由辞爵不就,隐居读书。清初宗室诗人以文昭诗歌创作数量最多,有《紫幢轩全集》①。他还曾编辑宗室诗为《宸萼集》,广辑前贤诗歌为《广唐贤三昧集》《古诗管》《唐诗管》《五朝诗管》《南宋二家小诗》等。

文昭毕生精力皆在诗歌,王式丹曾称赞其"以鲍谢为胚胎,而又兼综众有,撷诸家之精华,其味常在酸咸之外"②。宗室诗人永忠谓其:"银潢风雅百余年,艺苑驰驱几辈贤。我爱紫幢真趣足,寻常布菽得天全。"③ 法式善言其诗:"具有承授,吟咏最豪。……大抵才思入骨,澹语如云,排比之中,不掩跳荡,宫商之外,别具低徊。"④ 并在选录八旗人诗入《熙朝雅颂集》时评价其集云:"王孙因病废,诗自病中恢。身付空山老,春从下笔回。随州工短句,乐府擅清才。池北谈文献,唐人三昧推。"⑤ 法式善这首诗对文昭一生行藏进行了概括,同时对其诗风宗尚进行扼要阐明。文昭是王士禛及门弟子,在宗室诗人中属学有所宗者。宗室恒仁在其《月山诗话》中评价文昭:"本朝宗室诗人当以文昭子晋为第一,红兰格卑,问亭体涩,皆不及也。子晋诗凡数变,余尤爱其少壮时作,清新俊逸,具体古人。晚年诗流于率易,盖自古诗人通病,免此者鲜矣。"⑥ 恒仁是清宗室较有成就的诗评者,对文昭的诗歌颇为欣赏,认为他超越之前所有宗室诗人,包括文昭一直追慕的岳端。

文昭虽师从王士禛,却未对渔洋一派亦步亦趋,而是屡有变调。他在《古瓻集自序》中这样说:

> 余少喜吟咏,未敢轻以示人,家故有一古瓻,遇有所得辄投其中,率以为常。月时,命童子一掌记之,过亦不复省视。岁丁丑,从游新城公之门,乃始取少陵、摩诘、苏州诸诗,潜心薰习之。一日侍叔祖红兰先生分韵,有句云:花香高阁近,书味小楼深。先生击节赏之曰,是儿冰雪聪明,不愧渔洋高第弟子,他日固不仅让一头地也。自是,余益肆力

---

① 包括:《古瓻集》(上中下)三卷、《松风尘余集》(上下)二卷、《蛰吟》、《东屯集》、《在告集》、《交春集》、《古瓻续集》三卷、《龙钟集》、《飞腾集》(上下)二卷、《知田集》、《雍正》(上下)二卷、《松风支集》四卷、《桧栖草》(上下)二卷、《画屏斋稿》、《槐次吟》、《艾集》(上下)二卷、《台溪集》、《石盂集》、《盘山纪游草》、《瓢居草》、《病榻吟》,共计二十一种,三十三卷。
② (清)文昭撰《紫幢轩全集·古瓻集》王式丹序,《四库未收书辑刊》第八辑第22册,第127页。
③ (清)永忠撰《延芬室集·延芬室诗集·乾隆三十年乙酉稿·读宗室香婴居士紫幢轩诗集》,上海古籍出版社1990年7月第1版,第743页。
④ (清)法式善撰,张寅彭、强迪艺编校《梧门诗话合校》附《八旗诗话》第九条,凤凰出版社2005年10月第1版,第469页。
⑤ (清)法式善撰《存素堂诗初集录存》卷十四《奉校八旗人诗集,意有所属辄为题咏,不专论诗也,得诗五十首》之四《紫幢轩诗集》,《续修四库全书》第1476册,第569页。
⑥ (清)恒仁撰《月山诗集》附《月山诗话》第二则,《四库未收书辑刊》第十辑第18册,第259页。

第四章 以岳端为代表的清前期宗室诗人

为诗，而诗往往不工。然以余闻，古之能诗而工者，盖未有不出于游，李杜韩苏诸公，其大较矣。余才不逮古人，而志窃向往，重以典令，于宗室非奉命不得出京邑。故间有所游，不过郊坰而外，乘一两展尽日辄返。夫所谓高山大谷，浦云江树之属，举足助夫流连咏叹者，而顾未尝一寓于目，诗之不工抑又何尤耶。①

这段自序为我们提供了这样几个信息：首先，文昭学诗之初并无师法，也没有基本的诗学倾向。这段时间，他的诗歌基本处于"业余"阶段。其次，文昭正式潜心诗学、揣摩诸家是自康熙三十六年丁丑（1697）开始的，引领他进入诗歌殿堂的除王士禛外，尚有岳端等宗室诗人。最后，文昭认为，诗歌创作之优秀者，必须有宽广的阅历作为其学养基础。而自己限于宗室禁令，一生未出京畿，局限了他诗歌创作的视野广度和思想深度。这点是文昭对自己诗歌创作的评价，同时也展现出他对诗歌创作与识见学养关系的一些看法。

文昭少从王士禛游，所以早年创作踪接"神韵"，以清丽自然、韵致幽深为主，景物描写细腻生动，用字审音谐美流丽，是清初宗室诗人中田园景物诗创作之佼佼者。其《村外晚归》云：

> 田家时雨足，石路净无尘。
> 花竹开三径，桑麻界四邻。
> 隔篱灯射壁，归舍犬随人。
> 日暮柴门外，依依牧笛新。②

"神韵"之说由来已久，最初由绘画理论拈出，经由司空图、严羽、胡应麟、徐祯卿等人不断完善深化，至王士禛终将其作为诗歌创作的重要标准加以定型。王士禛曾说："余于古人论诗，最喜钟嵘《诗品》、严羽《诗话》、徐祯卿《谈艺录》。"③ 其"神韵说"之所本显然可见。神韵说要求诗歌在艺术表现上追求空寂超逸、冲淡含蓄的境界，走盛唐王、孟一路，翁方纲谓其"独在冲和淡远一派，此固石丞之支裔，而非李、杜之嗣音矣"④。文昭一些描写田园景物的小诗，宁静深幽，饶有韵外之致。

文昭后半生，夏季多在乡村避暑。在幽静淳朴的田园生活中，他求得内心世界的安然，也收

---

① （清）文昭撰《紫幢轩全集·古瓿集》自序，《四库未收书辑刊》第八辑第 22 册，第 127 页。
② （清）文昭撰《紫幢轩全集·东屯集·村外晚归》，《四库未收书辑刊》第八辑第 22 册，第 175 页。
③ （清）王士祯（禛）撰，张宗柟纂集，夏闳校点《带经堂诗话》卷二第一则，人民文学出版社 1963 年 11 月第 1 版，上册第 58 页。
④ （清）翁方纲撰《七言诗三昧举隅》"丹青引"条，《清诗话》，上海古籍出版社 1978 年 9 月新 1 版，上册第 291 页。

获了很多都市难以得到的野趣。他在目睹农人劳作，在闲暇之余也曾参与其中，并与很多农人成了好友，"顽钝非世器，苟茨堪寄身。今来田舍居，得与老农亲"①，就是其此间生活的写照。他那些描写农村生活的诗歌真挚、清新、朴拙，具有乡野韵味，兹举其秋收时节所作诗两首：

菖蒲节后麦成秋，禾稼油油渐没牛。
始信太平元有象，麦堆高出土墙头。
——《打麦子》②

处处攘场处处人，迎风掀播散黄尘。
较量筋力知全健，合是躬耕作幸民。
——《攘场》（原注：土人谓簸扬为攘场。）③

这些诗生动美丽、和谐宁静，非在乡间居住难以流畅道出。在文昭不经意的叙述中，能感受到他对乡居生活的喜爱。他还善将农谚、俗语入诗，使用时妥帖自然，如其《打麦子》中"麦堆高出土墙头"之句，就是将北方农谚"麦子剃头，高粱没牛"化入诗句之中，不着痕迹，又十分形象。这类情况在他诗集中很多，如以方谚入诗"乌云方接日，应是雨留人"④，原注"谚云'乌云接日头，半夜雨飕飕'"；以农谚入诗如"丘壑平生意若何，昨日九龙应带帽"⑤，原注"土人谚云'九龙山带帽，行人莫走道'"；以满语入诗如"簸笨车中封识满，阿妈鹿尾阿津鱼"⑥，原注云"国语谓马鹿为阿妈不呼，牛鱼为阿津妮妈哈"，等等。这些诗从艺术论过于平实，很难想象出自贵公子手中。

文昭作为"宗室异人"在文学创作上不愿循规蹈矩，遵守统治者强加的"文字规则"。其《下第遣怀呈玉池生先生》就曾针对当时读书仅为应付科举，专攻四子之书，因袭成风的社会风气给予强烈的批判，他说："古人惟治经，暇即博群史。专攻务贯穿，洒心得妙理。渊深发为文，沛若天河水。今之称读书，大异前人旨。童时就家塾，所教悉已鄙。上口四子书，俗解袭糠秕。稍长肆举业，钞誊百篇已。灵府锢不开，顽肠曷可砥。惟取弋科名，谁复究根柢。……"这些尖刻的批评符合当时大的文化环境，他本人即是因为在科举考试中使用了《庄

---

① （清）文昭撰《紫幢轩全集·东屯集·村居书事》，《四库未收书辑刊》第八辑第 22 册，第 173 页。
② （清）文昭撰《紫幢轩全集·东屯集》，《四库未收书辑刊》第八辑第 22 册，第 173 页。
③ （清）文昭撰《紫幢轩全集·东屯集》，《四库未收书辑刊》第八辑第 22 册，第 173 页。
④ （清）文昭撰《紫幢轩全集·松风支集》卷二《留亦亭宿小酌赋诗》二首之一，《四库未收书辑刊》第八辑第 22 册，第 255 页。
⑤ （清）文昭撰《紫幢轩全集·古瓿集》卷下《渡浑河》二首之一，《四库未收书辑刊》第八辑第 22 册，第 156 页。
⑥ （清）文昭撰《紫幢轩全集·松风尘余集》卷上《岁暮杂咏》三首之一，《四库未收书辑刊》第八辑第 22 册，第 163 页。

第四章 以岳端为代表的清前期宗室诗人

子》语言而被黜罢。他认为这种畸形的考试不可能真正识拔出人才，结果无非是"几辈蹭名场，筋劳骨为弛。岂无幸致者，扬辉弄朱紫"①，作为皇亲国戚，这样的论辩不能不说大胆。同样的思想，也体现在他诗歌创作领域。以谚语、俗语、成句、满语入诗作为他后期诗歌的特色，与他后期创作旨趣发生变化有关，同时也是一种积极的探索和尝试。

文昭早年在与王士禛、姜宸英等人交往学习中，颇爱唐诗。但王氏"神韵"说对现实感较强的诗人如白居易、元稹、刘禹锡、杜牧、杜荀鹤、罗隐等，大多采取排斥态度，就导致其创作渐趋远离现实、脱离生活。文昭后期诗歌创作显有矫正前弊之意，他开拓诗境，探索新路的勇气于此可见。与前期的雕章琢句、炼字铸音、追求冲淡谐美境界不同，他后半期创作有意趋向朴素真实，力求汰除芜华，绝少雕镂，多刻画市井生活，记载民俗风情、乡野农家、日用琐事。他在将视野渐渐聚拢的同时，亦将诗笔触及绝大多数宗室诗人未曾触及的领域。这种做法或者说是尝试，也从侧面反映出清代诗人在面对前代诗歌创作的巍峨群山时所必须应对的窘境。如何在艺术、境界、范围等层面突破前人是清代诗人必须思考的问题。他后期创作将俗语、民谚入诗正是一种突破窘境的尝试。同时，也是他与其他宗室诗人在师法选择上不尽相同之处。从艺术上说，文昭这类诗歌并不精美，甚至可以说"流于率易"，但却在内容与精神上与满洲民族的审美和性格十分投合，也从一定程度上开清中后期满族市井题材文学创作的先河。如《京师竹枝词》等，可备一代之掌故。

他的诗富于生命的活力，将宗室诗歌从朱邸移向了庄园，从而使得清初宗室诗坛少了些朱门贵胄气，多了质朴浑厚之美。如其《村居书事》云：

> 顽钝非世器，茆茨堪寄身。今来田舍屋，得与老农亲。天气麦秋佳，郊原绿初匀。莎草软如发，桑树低于人。落日坐场圃，微风吹纱巾。适然兴会至，鸡黍邀南邻。所谈惟桑麻，野性得其真。一饱不愿余，鼓腹羲皇民。②

文昭在赵村养病期间兴致颇佳，常去农民家里做客，在即将离别时写诗留别这些质朴的农人："备知田舍情，饱喫赵村饭。四邻爱我真，情切比亲申。……相与各忘形，月来习已惯。时或饷瓜茄，时或馈藜苋。……野老具鸡黍，竞引为予饯。人淳酒不薄，尽量不须劝。"③ 他深深被这些质朴的人和事感动了。或许也正是因为这期间的生活经历，使得他在晚年的诗歌中非但没有表现出老病穷愁之叹，反而更加超脱弃雅求俗。同时，作为八旗后裔的他，在冲淡恬

---

① （清）文昭撰《紫幢轩全集·古瓻集》卷中《下第遣怀呈玉池生先生》，《四库未收书辑刊》第八辑第22册，第137页。
② （清）文昭撰《紫幢轩全集·东屯集》，《四库未收书辑刊》第八辑第22册，第173页。
③ （清）文昭撰《紫幢轩全集·古瓻续集》卷二《将归留别两邻诸老》，《四库未收书辑刊》第八辑第22册，第189页。

静诗风之外,也有阳刚健美气质的体现,其《骏马篇》和《校猎行》就属于此类。尤其是他的《骏马篇》,在凸显朔方气格"麝香一色连钱骢,俊气直扫凡马空。飞黄赭白浪评目,呼之紫燕将无同"的英勇豪气的同时,也隐隐透露出"难驯只恐是龙性,蹀躞不肯施银鞯"① 的壮志难酬的悲慨。他的《校猎行》充满朔方之气:

> 绣竿掣曳雕旗扬,国门晓出冲残霜。玉花宝勒纷腾骧,风沙卷入髭须黄。羽林健儿夸卞庄,将毋回鹘从朔方。枯肠白草秋茫茫,严飙九月舍锋铓。钲声四逦排雷砢,锦衣雉尾花围场。盘风雕隼摩青苍,韩庐突兀高于狼。将军意气凌天阊,论赏不惜金琅珰。麋潜虎慄威难张,鼠辈何论狐与獐。银鞯血染芙蓉囊,日迷炮火寒无光。归来毳幕斟酪浆,小刀锋落驼峰香。儒冠真无缚鸡长,嗟余坐马如阑羊,莫笳来送声悲凉,冰轮半破衔城墙。②

这首诗设色冷艳,波谲云诡,纵横捭阖,初看似长吉。但体现出的作者骨子里留存的北方性情,则是满族尚武精神的体现。

文昭是清宗室中继古香主人玛尔浑之后,着意搜辑诗歌文献的人。他曾编辑宗室诗歌《宸萼集》为上、中、下三卷,收诗人二十八家,诗歌三百七十六首,诗人各系有小传③。文昭赞塞尔赫"除却吟诗百不为",将其引为同调,称其"香续渔洋分一瓣,根同若木本连枝"④,还在《读寒瘦集追悼蓼汀》中表达对岳端的崇拜和惜悼之情,"千古诗人呕肺肝,两公刻意作凄酸。香名犹说红兰室,仙骨终埋白玉棺"⑤。可见文昭对前辈宗室诗人相当引以为豪。正是由于他对宗室前辈诗歌创作的钦羡,所以决定仿效玛尔浑编辑宗室人诗,以彰显"天潢风雅"。整体上言,文昭名不如岳端之著,但其整体成就亦不可小视。尤其是他对农村、市井题材的尝试,为之后的宗室诗歌创作提供了一条学习的范例。

第三节 清前期的皇子诗人

清朝十分重视宗室子弟的教育,一般宗室如亲、郡王府中都延有汉族学者,负责教子弟读

---

① (清)文昭撰《紫幢轩全集·古瓵集》卷中《骏马篇》,《四库未收书辑刊》第八辑第22册,第145页。
② (清)文昭撰《紫幢轩全集·古瓵集》卷上《校猎行》,《四库未收书辑刊》第八辑第22册,第136页。
③ 参见法式善撰《陶庐杂录》卷一第二十则,中华书局1959年12月第1版,第9页。
④ (清)文昭撰《紫幢轩全集·古瓵续集》卷一《喜晓亭先生过访》,《四库未收书辑刊》第八辑第22册,第194页。
⑤ (清)文昭撰《紫幢轩全集·古瓵集》卷下《读〈寒瘦集〉追悼蓼汀》,《四库未收书辑刊》第八辑第22册,第156页。

书。皇子教育就更为严苛,昭梿《啸亭杂录》中载:"皇子六龄,即入上书房读书。书房在乾清宫左,五楹,面北向,近在禁御,以便上稽察也。"① 这些皇子皇孙六岁入书房,至十五岁封爵分府方罢,如无任职,则仍旧要上书房,一般都到二三十岁。赵翼曾记载亲目皇子上书房事:"本朝家法之严,即皇子读书一事,已迥绝千古。余内直时,届早班之期,率以五鼓入,时部院百官未有至者,惟内府苏喇数人往来。黑暗中残睡未醒,时复倚柱假寐,然已隐隐望见有白纱灯一点入隆宗门,则皇子进书房也。吾辈穷措大专恃读书为衣食者尚不能早起,而天家金玉之体乃日日如是。"② 清朝皇子教育的严格程度以此可想,这种重视也显然促进了宗室弟子整体文学艺术水平的提高。

一 高 塞

清朝第一位皇子诗人要数高塞。高塞(1637—1670),号敬庵、霓庵,又号敬一道人,皇太极第六子,由于生母出身低微,注定了他与皇位无缘。正因如此,他选择了一条与跃马弯弓、建功疆场的人生相反的道路——隐居读书,并以诗书画终老。他一生多半时间居于医巫闾山,王士禛谓其"淡泊,如枯禅老衲","好读书,善弹琴,工诗画,精曲理"③,是名符其实的文艺多面手。

高塞是清初皇子中的"异类",他不但对武功和勋业不感兴趣,还跟很多与"朝廷为敌"的汉族士子称交莫逆。他或许在文学史上并不知名,但他的文化事迹却与诸多清初文化名人扯上匪浅的关系,如著名的函可和尚、流放东北的江南才子孙旸、蒋铳等。又因其风雅好客,不慕荣利,礼贤下士,有"辽东丹王"之称④。清初名僧释道忞有诗赞说:"帝子宠来必肆奢,翩翩谁得似君嘉。菲躬动若同寒素,超俗思将类岛霞。学富淮南匪假托,艺方松雪自名家。几回临漪亭边过,忘却西窗日又斜。"⑤ 这首诗赞美了高塞淡泊荣利、平和近人的性格,还对其学识文艺等方面的才能给予高度肯定。

高塞曾著有《恭寿堂集》《寿祺堂集》等诗别集,但似乎都未保存下来,作品留存也不多,散见于各家诗选中,如《宿香岩寺绝顶》:

---

① (清)昭梿撰《啸亭杂录》卷一"上书房"条,中华书局1980年12月第1版,第397页。
② (清)赵翼撰《檐曝杂记》卷一"皇子读书"条,中华书局1982年5月第1版,第8页。
③ (清)王士禛(祯)撰,袁世硕主编《王士禛全集·池北偶谈》卷十五"敬一主人诗"条,齐鲁书社2007年6月第1版,第4册第3201页。
④ (清)昭梿撰《啸亭杂录》卷九"敬一主人"条,中华书局1980年12月第1版,第290页。"辽东丹王"指耶律阿保机长子耶律倍,文学修养极高,且谦虚好学,曾隐居于医巫闾山读书。
⑤ (清)释道忞撰《布水台集》卷四《上庶兄敬一主人于朝罢时间从问道,终日无倦容,短章以赠,嘉其好善忘势,敏而嗜学,有贤士之风,无贵人之习焉》,《四库未收书辑刊》第五辑第30册,第36页。

雨霁空山夕，寻幽入杳冥。
云封千涧白，露濯万峰青。
飞鸟依檐宿，流泉伏枕听。
朦胧空翠里，孤月自亭亭。①

他的诗主要还是学唐，尤其体现在对王孟诗派的学习。他曾向许多高僧问道，于诗趣禅理融汇体认较深，故而诗境营造清幽静谧。他的诗中有很大部分描写山林寺宇，《熙朝雅颂集》中著录其诗共计十四首，涉及佛寺和佛教人物的就有九首，其余五首也大都呈现出一种禅趣，如"浮云窥往事，皎月对闲心"②、"回首云山忘岁月，一声蝉噪已新秋"③ 等。

作为清代宗室诗坛第一人，高塞的人生态度和创作倾向，昭示出清初宗室诗发展的大体方向。他的诗歌脱离社会现实和人生疾苦，具有明显的局限性。但他极重个人情感的体认观照，表达细腻柔婉，诗意静谧超脱，为此后宗室诗人多所因袭。他对汉文化学习的极大热情，预示了此后清宗室文学创作的繁荣景象。于八旗诗歌及清代宗室文学的发展而言，高塞的文学创作是有价值和意义的。

二　允　礼

皇子诗人群与广义宗室诗人并不能等同，他们属于一个更特殊的群体。皇子诗大多呈现出较为一致的特点：典丽庄重、富贵雍容。内容上则不出风花雪月、诗酒闲情，即便偶有对历史人生的涉笔，也如蜻蜓点水，鲜有创境。他们的诗大多在雕字琢句、格律用韵上下功夫，所以作品多工稳严整、浑熟圆融。康、雍、乾三朝皇子数量很多，其中允礼、允禧、弘昼以诗文名世，创作颇为当世认可。

允礼与允禧是康熙诸子中年龄较幼者，未卷入康熙末年的夺位战争，入雍正朝后，也没有遭受什么压迫与打击，故能优游卒岁。允礼（1697—1738），康熙第十七子，雍正元年癸卯（1723）封果郡王，六年戊申（1728）晋亲王。雍正对允礼的评价很高，谓其"至性忠直，才识俱优"。乾隆继位后，对这位叔父也礼敬有加，擢至枢要。允礼自幼多病，笃信佛法，无意于权力斗争，谨慎持重，聪敏老成，又兼博学儒雅，著有《自得园文钞》《春和堂集》《静远斋集》《西藏日记》（附《奉使纪行诗》）等。

允礼对诗歌创作颇有见解，接受"在心为志，发言为诗"的理论主张，认为诗歌是"即

---

① （清）铁保辑，赵志辉校点补《熙朝雅颂集》首集卷一，辽宁大学出版社1992年6月第1版，第4页。
② （清）铁保辑，赵志辉校点补《熙朝雅颂集》首集卷一，辽宁大学出版社1992年6月第1版，第5页。
③ （清）铁保辑，赵志辉校点补《熙朝雅颂集》首集卷一，辽宁大学出版社1992年6月第1版，第5页。

境与事，而道其中之所欲言，故曰吟咏性情"① 的产物。其《纪行诗序》中"抚古圣贤豪杰遗迹，则忾乎想见其为人，赋诗言志，往往流连""有会而作"② 都是这种诗学观点的体现。其《静远斋诗集》收录康熙五十年辛卯（1711）至五十四年乙未（1715）诗作、《春和堂诗集》收雍正四年丙午（1726）、五年丁未（1727）间诗。前者诗歌半试帖应制、半咏物闲情，后者则闲情、题画各居一半。允礼的诗歌创作是皇子诗的典型代表，温柔敦厚、旨趣华赡、韵律谐美、技艺工巧，其咏物诗如《玻璃》：

匠石呈新巧，晶莹夺化工。
波光凝片玉，月影障寒风。
心湛冰壶里，人行水镜中。
妍媸同一照，朗彻胜青铜。③

允礼咏物诗大都在诗艺上着眼，从比兴寄托看，稍嫌逊色。这首咏玻璃的诗，摹物肖形自不在话下，但论兴会内蕴则不免平平。他还创作很多题画诗，如：

几曲溪流带浅沙，溪边门户隔烟霞。
入云松染重重翠，映日桃烘树树花。
水浸新蒲闲卧犊，风摇嫩柳晚归鸦。
游人更逐飞红去，应向前村问酒家。④

这首诗风格别致、清新淡雅，虽未标明所题画为何，但从内容看应是一幅山居图。允礼湛深佛法，这对其诗歌创作影响颇深。他的诗着意营造自然之美，言外之境，艺术上可作摩诘嗣音。谢榛《四溟诗话》云："自然妙者为上，精工者次之。"⑤ 允礼诗歌中这类超逸自然的作品显然胜出那些错彩镂金、讲求形式的应制、试帖之笔。

允礼曾奉命出使西藏，这是他人生中一次重要经历（清制：宗室子弟非皇命不得出京），所以一直以之为豪。他在沿途写下一系列的诗歌，结集为《奉使纪行诗》，附于《西藏日记》后。这些体现出允礼旷达豪迈的创作个性和描写塞外边风的诗歌作品是他其余创作所不及的，如《中条山》云："地迥天高气沉寥，南行日日傍中条。眉瞻远黛桐乡驿，髻见轻螺绛水桥。

---

① （清）允礼撰《自得园文钞·春堂堂诗集序》，《四库未收书辑刊》第八辑第29册，第761页。
② （清）允礼撰《自得园文钞·纪行诗序》，《四库未收书辑刊》第八辑第29册，第769页。
③ （清）允礼撰《静远斋诗集·辛卯》，《四库未收书辑刊》第八辑第29册，第663页。
④ （清）允礼撰《春和堂诗集》卷一《题画》，《四库未收书辑刊》第八辑第30册，第22页。
⑤ （明）谢榛撰，宛平校点《四溟诗话》卷四第八十二则，人民文学出版社1961年6月第1版，第127页。

董泽柳枯和雾隐，清原松老倚云骄。马嘶长坂霜全滑，旗卷疏林叶半凋。……土脉融时泉欲发，阳和到处雪先消。风仪昔纪文明盛，梅信今传春意饶。骥伏莫教悲局促，鹏抟直拟上扶摇。殷勤合记山灵语，好护遄征使者轺。"[1] 诗歌前半对周遭景物的刻画和对边风土物的描绘都很不错，但结尾几句终究还是露了贵胄气，大大削减了整首诗歌的艺术价值。再如其《成都十首》之十云：

<blockquote>
掞天扬马空文藻，建福江山洵丽都。
道出岷阳聊点笔，十年旁魄笑伧夫。[2]
</blockquote>

"建福江山洵丽都"，典出《河图括地象》，云："岷山之地，上为井络，帝以会昌，神以建福。"[3] 属于僻典，可见其读书范围之广。末句用左思十年作《三都赋》，其中《吴都赋》有"旁魄而论都，抑非大人之壮观"句。陆机有文才，本也欲作《三都赋》，他初见左思视其为伧夫，后左思赋成，陆机为之搁笔。这首诗气势宏阔，用语雍雅，典故运用的自然熨帖，说明允礼文学修养的深厚。允礼散文多收录于《自得园文钞》中，风格多样，《承泽园诗序》清疏有致，虽名为诗序，写景状物颇有唐风；《古文约选序》畅论古文义理，追源溯流之余兼以探讨写作心得。雅丽端重，都还可观。

三 允禧

允禧（1711—1758），字谦斋，号紫琼道人、垢庵、春浮居士等，康熙第二十一子，历封固山贝子、多罗贝勒、多罗慎郡王。乾隆四年己未（1739），"允禄、弘晳案"发，他隐约感觉到乾隆帝是想借此将宗室中参政者打击殆尽，便索性急流勇退。从此流连山水，与山野畸人、隐逸僧道相往来，致力于文艺创作。允禧绘画袭董源、文徵明，风格秀逸。诗歌则探源汉魏、研习三唐，先后结集为《紫琼岩诗钞》《花间堂诗钞》《花间堂载笔》等。《花间堂诗钞》为允禧自订，《紫琼岩诗钞》则由弘瞻、永珹选辑刊行，后者数量上多于前者，有重复。乾隆四十八年癸卯（1783），永瑢另辑《紫琼岩诗钞续刻》一卷行世，除增收前二集较少收录的应制诗外，虽有增补，但绝大多数作品已见于前二集中。

允禧是清宗室诗人中较注重理论探讨的一个，他在《花间堂诗钞自序》中，总结自己的诗歌是"言为心声"的产物，他说：

---

[1]（清）允礼撰《奉使纪行诗》卷上，《清代诗文集汇编》第283册，第793页。
[2]（清）允礼撰《奉使纪行诗》卷上，《清代诗文集汇编》第283册，第804页。
[3]（清）王谟辑《汉唐地理书钞》，中华书局1961年9月第1版，第36页。

第四章 以岳端为代表的清前期宗室诗人

[余]性耽吟咏，较人癖甚。每遇事触景，捉笔而赋，无暇计论工拙……既又自思，言者心之声也。《戴记》有言："喜心感者，其声发以散；怒心感者，其声粗以厉。"吾心喜怒哀乐，其中节邪？其未中节邪？心不可见而于声见之，根心而发声，即因声以验心，是亦返己克治之一端，而触事触境得自考镜焉。①

显然，他在阐述诗学思想时，似更侧重诗歌的功用。他继承"诗言志"的传统理论，并在此基础上加以生发，引申出情志与环境间的相互关系，认为诗人的主观情感和理趣志向皆是客观环境的折射。同时，还强调个人主观能动性在反映社会现实中的积极作用，就将之前机械性的情境论诗学观升华为主动自觉进行选择的能动性诗学观。这是比较进步的诗歌思想，相比那些用"肌理""义理"限制性灵的诗歌理论开明不少。允禧对当时的诗坛盟主王士禛比较钦佩，称其"渔洋诗卷在，不羡浣花名"②，但在实际创作上却并未径取渔洋一路。雍乾宗室诗人多学唐调，这与他们的个性秉赋和追求的诗歌气质相协调，允禧对王士禛的肯定相信也有这方面的原因。但允禧毕竟与允礼不同，允礼恪守礼教，而允禧则放达不羁，他与八旗布衣诗人李锴、长海，以及汉族诗人易宗瀛、郑板桥等交往密切，很难说在诗歌创作上不受这些人的影响，是所谓同声相应，同气相求。李锴等人诗歌创作取法乎上，迹接汉魏、下逮三唐，故而我们看允禧的诗歌创作较之允礼而言，取径更宽，成就也更高。

允禧个性萧散，永珹谓其"乐与布素相亲，虽东平、河间之贤无以过也"，"尤工诗"，是"数十年来位在藩王，而以诗名家者"，并总结其诗歌创作的特点是融夭矫怪幻、瑰奇诡丽、旷远清越为一身③。允禧具有典型的艺术家气质，他与易宗瀛父子的友谊持续时间最长，其《书寄送易公仙之越赴旧任》诗云：

明灯绿酒张高堂，晓风残月催行装。临觞不御各相视，离忧恻恻缠中肠。人生那得无分手，道谊相亲惟可久。须知别后梦魂牵，何如且尽杯中酒。扬州远在天之涯，悲君万里不还家。青云有路应须致，白首微官亦可嗟。夕阳衰草关河道，南雁声中霜信早。长途努力更加餐，无计为君慰衰老。来往京华十载余，空怜此别恨何如。更为后会知难再，莫惜因风数寄书。④

诗中充满对友人的关切眷顾和怜惜慰藉之情，不见贵胄骄人之气，这在阜子中并不多见。

---

① （清）盛昱、杨钟羲编，马甫生等标校《八旗文经》卷十八《花间堂诗钞自序》，辽沈书社1988年10月第1版，第150页。
② （清）允禧撰《花间堂诗钞·六贤咏·王阮亭》，《四库未收书辑刊》第九辑第22册，第56页。
③ （清）允禧撰《紫琼岩诗钞》弘瞻序，《四库未收书辑刊》第九辑第21册，第117页。
④ （清）允禧撰《花间堂诗钞》，《四库未收书辑刊》第九辑第22册，第56页。

如允礼性情娴雅，诗中不免"天潢"印记，但在允禧的诗中，这样的情况极少。允禧曾作《十咏诗》，十位分别是易宗瀛父子、马长海、李锴、彭廷梅、郑板桥、保禄、傅雯及两位僧人，这些人或隐居山野或沉郁下僚，名多不显于当世。宗室畸人的文昭打起了反抗压迫和向往自由生活的大旗，皇子畸人的允禧则处处表现出对名利超然世外般的澹然。允禧与宗室诗人永璥、永忠、敦敏、敦诚等天潢叛逆，在个性主张上如出一辙，他们的诗歌创作发出了清代宗室诗坛的最强音，也昭示清王朝盛极而衰的未来。正因为此，允禧诗歌相比其他皇子诗多了人情味，少了疏离感。他写给郑板桥的诗中说："高人妙义不求解，充肠朽腐同鱼蟹。此情今古谁复知，疏凿混沌惊真宰。……十载相知皆道路，夜深把卷吟秋屋。明眸不识鸟雌雄，罔与盲人辨乌鹊。"① 他毫无忌讳地赞扬郑板桥的为人品格和精深画艺。而将这两个地位悬殊的人联系在一起的，是相同的人生旨趣和创作追求，他们惺惺相惜，将友谊维持二十多年，成就了一个动人的艺坛佳话。

艺术是相通的。允禧诗画擅步一时，对绘画的精到与对诗歌创作的专臻使得其作品达到了诗中有画、画中有诗的程度。他的写景诗谐婉自然，既有重墨淋漓之笔也有萧韶澹远之致，如"不识江上村，但爱江头路。隔岸少人行，青芜下鸥鹭"②，写得婉妙清新，意蕴悠深。他也有气韵铿锵之作，如《题仇十洲双骏图》云：

> 君不见，穆王当日厩中马，千古群空冀北野。其间赤骥与华骝，只恨时无能画者。胜国妙手推仇英，碧瞳炯炯双珠明。能从标格出神骏，说与时流应不信。一马滚尘苍龙蟠，珊瑚翻碎七宝鞍。一马伏枥俊鹘歇，玉花凋散千金骨。电行山立森庭隅，眼底英雄如此无。于嗟乎，眼底英雄如此无。何不添六驳，压倒松雪八骏图。③

诗歌饱含着澎湃的激情和昂扬的气质，作为清初皇子诗人的代表，允禧诗歌既展现出雍容华贵的皇室气度，也流露出对艺术的由衷热爱和对诗歌创作的探索追求。他与未登基时的乾隆唱和颇多，但在编辑诗集时却有意将这些作品抹去，或是出于对君权的避讳，也体现出他对宗枝相残惨酷历史的心有余悸。允禧虽率真不羁，可也知天威难测。允禧无子，乾隆以皇六子永瑢出嗣，承其爵。

四 弘昼

弘昼（1711—1770），世宗第五子，雍正十一年癸丑（1733）封和亲王，与乾隆自幼朝夕

---

① （清）允禧撰《花间堂诗钞·题板桥诗后》，《四库未收书辑刊》第九辑第 22 册，第 62 页。
② （清）允禧撰《花间堂诗钞·题画》，《四库未收书辑刊》第九辑第 22 册，第 55 页。
③ （清）允禧撰《花间堂诗钞》，《四库未收书辑刊》第九辑第 22 册，第 74 页。

相处，感情深厚。性骄横豪奢，喜聚敛财货，乐演丧仪，是历史上著名的"荒唐王爷"。乾隆对他十分宽容优待，登基后将雍亲王府所有家产尽付与之，富有程度可想而知。有《稽古斋全集》八卷，末两卷为诗歌，以体排次。

弘昼诗歌创作正如诸人在《稽古斋全集序》中所称"识逸情于嘉会，以传乐事于升平"，"和平温厚、情深文明，不为风云月露之词"①，属典型的"天潢诗"。他的诗本不多，从题材上看，又太半咏物、应制、写景之作，所咏也多为富贵人家常见之物，如珊瑚、烟火、人参、古董等，就是吟咏一些生活中的零小物件，也贵气逼人，如《蒲葵扇》：

> 龙皮鹤羽那云精，此扇原非俗士擎。
> 瑟瑟掌中风不断，团团手内月常盈。
> 九光灿灿难为比，百绮缠联未趁情。
> 我爱蒲葵含雅意，谢公还是借虚名。②

随处可见的蒲葵扇，在他笔下却有着浓厚的富贵气和雍容感，这是贵族咏物诗的通病。

皇子诗歌，从内容到形式都与明中后期的"台阁体"多有类似。多应制咏物，少抒情；多精工细描，少大气；多因循模拟，少创见。弘昼诗中的自我意象就很少，主要是以描写刻画为主，缺乏情绪的流露和内在情感的支撑，显得单薄无力，虽错金镂彩，却没有生气。我们再来看他的一首写景诗：

> 晚树笼烟月上升，光辉交映碧塘澄。
> 野凫宿渚雏依母，锦鳞藏芦影作朋。
> 樵子夜归还弄笛，渔船宵泛不然灯。
> 遥看山岫排空耸，天设屏风层复层。③

这首景物诗，虽在环境描写上周详细腻，却丝毫不见诗人的自我感受，成为一副全是意象的写景联句。

弘昼虽荒唐，但也读书，尤精史学。他认为读史可明善恶、辨是非、为借鉴，所以将书房名为"稽古斋"。其《稽古斋铭》中说"古有善道，我则思齐。古有不善，我则勿履"④。他热衷探究朝代兴衰更替的历史动因，这也说明他对国事、朝政还是有所关注的，并非一味"荒

---

① （清）弘昼撰《稽古斋全集》朱轼序，《四库未收书辑刊》第九辑第 21 册，第 188 页。
② （清）弘昼撰《稽古斋全集》卷八，《四库未收书辑刊》第九辑第 21 册，第 413 页。
③ （清）弘昼撰《稽古斋全集》卷八《野塘月色》，《四库未收书辑刊》第九辑第 21 册，第 411 页。
④ （清）弘昼撰《稽古斋全集》卷五《稽古斋铭》，《四库未收书辑刊》第九辑第 21 册，第 338 页。

唐"。其论人君治国云："赏罚者，人君驭天下之大柄也……所以用赏罚者至慎且公，故所以劝惩亦深且切。"① 论为臣之道："人臣立朝以畏慎为先，然后功名事业因之以著……安世持以畏慎，故功名事业虽不如光，而明哲保身过光远矣。"② 他论张安世"明哲保身"的韬光养晦，或许可解释其一系列的"荒唐"行径。

正因对历史的兴趣，他写了一些读史感怀之作。这类诗歌不同于一般咏史，也不是纯粹的感怀，有点类似"读后感"。其中一些写历代名臣如张骞、谢安、魏徵等的诗多陈言旧调，没什么创见，倒是他的《读庄子》，颇有趣：

> 道学何关辟老庄，徒劳诸子语言长。
> 马蹄譬后知烧剔，骈拇明时识性良。
> 漫黜盈篇为怪诞，却寻妙理出荒唐。
> 高斋九夏炎炎热，一部南华藉纳凉。③

弘旿性情放诞，偏爱老庄不足为奇。可喜的是深受道学熏染的他能够具有如此燃犀巨眼，说出"道学何关辟老庄，徒劳诸子语言长"这样颇显"叛逆"的话，这也算是一位异人了。

总之，高塞的闲适淡泊、允礼的深刻内敛、允禧的博学潇洒、弘旿的放诞不羁，个性还是较鲜明的。但他们的诗作显示出思想单薄，注重技艺雕琢忽视思想内涵的特征，都有明显不足。反而如文昭、塞尔赫等经历波折、阅历丰富的一般宗室，创作个性鲜明得多，诗歌更具艺术性和观赏性，成就也更高。

---

① （清）弘旿撰《稽古斋全集》卷一《衣裳在笥论》，《四库未收书辑刊》第九辑第 21 册，第 237 页。
② （清）弘旿撰《稽古斋全集》卷二《张安世论》，《四库未收书辑刊》第九辑第 21 册，第 262 页。
③ （清）弘旿撰《稽古斋全集》卷八，《四库未收书辑刊》第九辑第 21 册，第 406 页。

第五章　帝王诗与"高宗体"

清皇室对子弟教育的重视可以说近乎苛刻，但培养出来的皇子皇孙，却多是文艺多面手。清朝的历代帝王，文学能力也多可圈可点。以诗歌而言，从顺治到宣统，皆能诗，尤以康熙、乾隆成就为高①。如此繁荣的帝王诗创作，是此前任何一个朝代都无法比拟的。所谓"上有所好，下必甚焉"，皇帝对诗歌创作的实践与主张，自然对诗坛发展起到重要影响。我们综观清代文学发展脉络，帝王意志对文学流变的影响明显而深刻，这是清代文学的独特之处。从康熙、雍正到乾隆，文治思想依次递变，至乾隆朝渐成定式，此后的清代皇帝基本都依照"祖制"执行统治。这也就是说，要研究清代的文治思想，就需要从这三位帝王着手。

第一节　康熙皇帝与清初诗坛

顺治帝福临（1638—1661）是清入关后第一位皇帝。他六岁即位，顺治八年辛卯（1651）亲政，虽也曾努力有所作为，但奈何早逝。其后继位的是清圣祖康熙（1654—1722），名玄烨，顺治第三子，顺治十八年辛丑（1661）即位，年八岁，十四岁亲政，在位六十一年。康熙聪颖好学，在位期间励精图治，取得了巨大的统治成就。在军事上，他定三藩、收台湾、平准噶尔、击败沙俄，促进了我们多民族国家的统一进程；在经济上，他爱惜民力、注意发展农业生产、多次蠲免地方租税、大力治理黄淮水患、奖励垦荒，为康乾盛世奠定了基础；在文化上，他以儒家传统作为国家价值的基本取向，确立理学在统治中的主导地位，推行教育，重视吸收借鉴汉文化的精髓，客观上促进了满汉民族两种异质文化的快速融合。这里，我们就着重从文

---

① 清代的帝王诗创作可谓历代之冠。顺治皇帝为入关初君，寿命不永，诗歌仅存百余首，且学界对其真实性一直存有怀疑。康熙、雍正、乾隆、嘉庆、道光皆有御制诗文集传世。今《故宫珍本丛刊》将清帝御制诗文集结集刊印，十分方便查阅。

化和思想层面来探讨康熙皇帝的文统思想，及其自身的诗歌创作成就等问题。

一 康熙皇帝的文治思想

康熙在位期间一直试图将"文化政治化"。其实，"文化政治化"不仅仅是康熙一朝的特点，从整个清朝来看，文化统治一直都是政治统治中至为重要的方面，其中尤以康雍乾三朝最为典型。从施政的指导方针而言，康熙一反顺治那些导致尖锐矛盾的武力镇压等手段，秉持"宽宥""省事""笼络"为主的温和的施政原则，对抚平顺治朝对汉族士子和普通人民造成的心理伤害有较为明显的作用。但物极必反，过于宽松的统治环境在其统治后期滋生诸多弊病，导致康熙后期的朝纲紊乱。至雍正即位，再度"以严明继之"[1]，其目的虽是希求以严厉革除康熙末年"宽仁"政治之弊端，却又不免矫枉过正，留下暴虐之名。乾隆初政，又对雍正的残酷统治予以反正，再次以"宽仁"作为施政基础，亦同样产生诸如贪腐等社会问题，所以乾隆中后期统治政策又急剧地由"宽"发展为"猛"，甚至可以说趋向于"苛"。这种由紧到松，再由松到紧，反反复复的特点构成清代前一百多年的政治风景。明确了这样一个基本的统治背景，再来探讨帝王们针对思想控制所制定的统治方针就容易得多。比如，清代前一百多年的时间内，那些臭名昭著的文字大狱几乎都是发生在统治者施政方针趋紧的时期内，其中尤以乾隆中后期最具典型，这点容后讨论。

任何一个社会，政治对文化都具有强大的作用力。同时，文化对政治的反作用力也不容忽视。每个人都生活在一定的文化背景中，他的政治行为和思想必定受到在文化导向控制下的价值观念、伦理传统、道德标准以及情感心理等因素的制约。而时代的杰出者们又总是想跳离这种制约，建立一种新的更适应自己的统治秩序。这种制约和反制约的交互作用，给那些历史杰出人物们提供了提出富有鲜明个性特征的新政治纲领的契机，并随之产生强有力的政治号召力和行动力，具体而微地影响到历史发展的整个进程。从这一角度来看，如果我们需要了解一个时代及其文化，那切实研究杰出人物的思想和心理以及这种思想和心理形成的过程、内涵、表现，便成为极其重要的途径。"统治思想"是常用词语，但其内涵和外延却相当复杂。概括来说，它是指统治者围绕权力分配、执行、巩固、强化而形成的系统的政治见解、统治策略、实施手段，其中既包括政体观念、权力组成形式、权力分配、等级秩序的确定，还包括与政体结构相适应的行为规范、社会意识、文化形态等内容，而本处所探讨的仅是其中一方面——帝王文化思想对文化形态发展的作用。

康熙作为历史上著名的"右文"之君，其文化政策主要体现在这样几方面：意识形态上的崇儒重道；思想情感上对汉族文士的拉拢和利用；对文学创作进行导向性干预；适度地对思

---

[1] 赵尔巽等《清史稿》卷九《世宗本纪》，中华书局1977年8月第1版，第3册第341页。

想文化领域进行打击和控制。

（一）"崇儒重道"

"崇儒重道"尤其是对程朱理学的重视，作为清朝的"基本国策"是从顺治开始的。顺治十年癸巳（1653）圣谕说："国家崇儒重道，各地方设立学宫，令士子读书，各治一经，选为生员，岁试、科试、入学、肄业，朝廷复其身，有司接以礼，培养教化，贡明经，举孝廉，成进士，何其重也。"① 十二年乙未（1655），又谕："帝王敷治，文教是先。臣子致君，经术为本。自明末扰乱，日寻干戈，学问之道阙焉弗讲。今天下渐定，朕将兴文教崇儒术，以开太平。直省学臣其训督学子，博古通今，明体达用。诸臣政事之暇，宜留心学问，佐朕右文之治。"② 这些都能表明"崇儒重道""以文敷治"作为基本国策已经在被执行并趋向系统化和固定化。而且，顺治本人对程朱之学的偏爱也直接影响康熙日后以程朱之学作为治国工具的选择。康熙八年己酉（1669），皇帝带领群臣祭孔，二十三年甲子（1684）于南巡途中特临孔庙，并一反君主仅行二跪六叩礼而改行三跪九叩大礼，亲撰"万世师表"悬于堂。这些行为都表达出他对"崇儒重道"的重视程度，以及昭示一种新的统治气候的到来。

宋元以来，程朱之学被奉为儒学正宗，至明被视为一尊，是因为它不仅集政治性、思想性、学术性为一身，且深具伦理教化功能，对封建统治者而言最适合作为思想统治的工具。顺、康二帝选择程朱之学作为国家的思想皈依，显然也是看重这点。清初最尖锐的矛盾是满汉民族间的矛盾，而所谓民族矛盾，实质就是两种不同特质的文化间的冲突和对立。满洲贵族希望自己的民族观念、道德标准凌驾于汉族之上，颁布了"留发不留头"的"剃发令"，激起全国人民的强烈反抗。因为，"衣冠"作为一个极具代表性的符号意味着一个民族的历史和传统文化的积淀，是古老华夏民族的象征。"剃发令"的下达和执行，无疑让汉族人民有了"天崩地解"的民族倾覆感，这种震撼甚至比亡国易代来得更为强烈。渐解汉俗的皇帝慢慢也想通了这个道理，他们知道，想要以占绝对少数的人来统治绝对多数的人，威吓和屠杀是没用的，攻破思想防线才是最好的办法。基于此，从顺治开始，清代帝王开始了尊孔重儒的文治之路。一方面，缓解民族矛盾；另一方面，有利于对汉族人民的思想驾驭。

（二）对汉族士子的统治策略

基本统治政策确立，但还需要得到当时主流知识分子的认可，政策才能得以具体实施。早在顺治二年乙酉（1645）范文程就向皇帝进言："治天下在得民心，士为秀民。士心得，则民心得矣。"显然，范氏对朝局的认识可谓洞若观火，而这一句话也的确切中肯綮，分析到问题的要害。遗憾的是，顺治朝（主政者并非顺治皇帝本人）不但没有接纳该意见，反以更严酷的手段对江南士子大施迫害，令矛盾日益激化。康熙对汉族文化的学习热情是空前的，暂且不

---

① 《清实录·世祖章皇帝实录》卷七十四，中华书局1985年8月第1版，总第3册第585页。
② 赵尔巽等《清史稿》卷一百零六《选举志·学校一》，中华书局1976年1月第1版，第12册第3114页。

管这是不是出于稳固统治的需要，但看结果，就是他对问题的看法、态度和解决方式远较前朝有效且成果显著。康熙优礼知识分子，极力汲引并笼络人才，康熙十八年己未（1679）的博学鸿词科就是一个成功的例子，所录者皆为颇具影响力的文坛名士，诸如朱彝尊、徐嘉炎、尤侗、施闰章等，皆为康熙所用。这项举措对缓和当时满汉之间的隔阂矛盾，消减汉族知识分子的抵制情绪，作用不可低估。

康熙后的雍、乾二帝，在对待汉族文士的态度上，大体不出康熙皇帝以"笼络"为主，"恩威并施"的策略。事实证明，这一策略比血腥压迫来得有效。雍正以严苛著名，乾隆后期的文字狱也同样令士子齿寒，在这样强力的精神镇压之下，造成了思想界的极端荒芜。这一时期，很少出现突出的思想论著，就连诗歌创作都尽可能谨小慎微。但这种压抑、黑暗、桎梏的学术环境在客观上却促成了一个学术流派——乾嘉学派的诞生。雍、乾二帝的这些行为只是其文化统治中的小侧面，目的也不过显示其"恩威并施"中的"威"力之大，而给那些在心理上不合作或在精神上选择疏离的士子们敲一个警钟。

（三）对文学创作的导向性干预

只有对某种文化有着深切体会和精研，才能在具体运用上神乎其技。康熙文化统治策略能收到显著成效的原因之一，就是他对汉族文化尤其是儒家文化领略之深，远胜某些汉族大儒。康熙是历史上有名的勤学刻苦的君主，曾因过于勤苦读书而致呕血。就拿"日讲"一事来说，康熙十二年癸丑（1673）他下旨开始日讲，直至二十五年丙寅（1686）停止。二十四年乙丑（1685），曾因皇帝万寿，讲官奏请暂停进讲，他回应："讲书深有益于学问，朕爱听不倦，前偶尔违和，辍讲数日，心尚歉然。朕意欲将《诗经》速速讲完，不必停也。"① 他还不满足在日讲上学习四书五经，遂在十六年丁巳（1677）设南书房，专门学习文学、绘画、书法、历史等，并向传教士学习西学，举凡天文、地理、星象、几何、哲学，均有涉猎。此外，他还十分留意教育事业和文献整理，组织编纂《古今图书集成》《全唐诗》《佩文韵府》等大型图书，他还自己选辑文献，如《御选唐诗》《御选古文渊鉴》等。

所谓"上行则下效"，他的表率作用带动了康熙朝文化的整体繁荣，而其主张和具体创作，则在有意无意间引导着文坛风气的走向。正如吴承学先生所言："清代最高统治者对文学风气的影响相当大。历史上，最高统治者对于文学一般是通过政策的制定来控制的，很少直接参与具体的文学批评。而清代的皇帝不同，他们以极高的热情和兴趣直接参与文学批评活动。"② 朝堂内外，正是通过他们的"御选""御制""御题"，敏感地捕捉到皇帝微妙的意愿，并以此来倡导文坛风气。

---

① 《清实录·圣祖仁皇帝实录》卷一百二十，中华书局1985年9月第1版，总第5册第260页。
② 吴承学、曹虹、蒋寅合撰《一个期待关注的学术领域——明清诗文研究三人谈》，《文学遗产》1999年第4期，第12页。

德国著名的社会学家韦伯认为，中国古代的皇权是"普遍皇权"，其合法、合理性不仅要依靠统治者的个人魅力、宗教力量的维护、官僚体系的运作，同时还需要文化秩序的建构和文化心理的认同。从这个角度来看，康熙的"皇权"无疑在文化政策的运用上取得了相当大的成效，他通过一系列文化政策，基本得到汉族士人主体的认同。"博学鸿词科"中应试为官的故明子弟自不必待言，其心理转向性已十分明显，就拿那些立场坚定的明遗民如顾炎武、黄宗羲等来说，在"鸿博"后表现出的抗衡态度也已不甚坚定。黄宗羲早年积极参加反清复明活动，失败后遁迹山林，但晚年却称康熙为"圣天子""明君"，并高声歌颂"熙朝盛世"，这种反正，是极能说明康熙皇帝文化政策奏效程度的。

（四）对思想领域的打击和控制

当然，康熙使用的文化政策也不全都是温和的。文字狱是清朝文化史上不可忽视的一个重要内容，但其从松到紧，从宽到苛有一个演变过程。顺康文字狱与雍乾文字狱存在极大的差异。顺治"通海""奏销""科场"三案，对象是那些欲在新朝取得仕途地位的汉族知识分子和江南士绅阶层，但对具有民族气节的遗民却抱放任态度。康熙朝，虽有"庄氏明史案""黄培诗案"等，但其时康熙未亲政，不能算在他的文化策略内，只能算是顺治朝统治政策的流波。总体而言，康熙朝的文网还算比较宽松，虽有二十一年壬戌（1682）朱方旦案，但并没有改变康熙以怀柔安抚、招徕利用为主的基本政策。直到五十年辛卯（1711）戴名世"《南山集》案"发，究其根本也并非属以文字得祸者①。即便本案当时引起朝野震动，但康熙最后也没有过分株连，仅将戴名世处斩，余皆从宽处置。这件案子如果放在乾隆时代，想必惩处的结果不会如此轻微。这也可以看出康熙文化政策的一个基本态度。

康熙在"文治"上采取以上策略，最核心的就是"民族异质"问题，这也是有清一代所有社会矛盾的重中之重。终清三百年，"满汉问题"一直是清代统治者确定施政方针的一个基本准则。满汉倾轧，此消彼长，构成清代政治史演变的重要线索。同样，也成为我们解读八旗诗歌发展演变乃至清代文学发展演变的关键。作为权力支配者的满洲人口远少于作为被支配者的汉族，同样，在文化上，他们也处于明显的劣势。面对这一情况，后金统治者努尔哈赤与皇太极不约而同对汉族文化采取警惕和排斥的态度，这就加深了满汉之间的隔阂和疏离。入关后，如果再继续沿用旧策略，无疑对稳定政局不利，那文化政策的调整也就势在必行。鉴于前代少数民族政权统治中原最终以失败告终的历史经验，以及在征服战争中汉族人民的殊死抵抗和奋争精神，清代统治者不得不将目光转移到文化改造和精神征服上，开始了自上而下的借汉为满的历史大融合进程。虽然从顺治、康熙、雍正到乾隆，一直强调"国语骑射"，希望在借

---

① 有二说可备参考，一论为萧奭所持，认为此案与康熙末年诸王争储有关，乃太子允礽所指使。一论则谓此案是由康熙末年噶礼与张鹏翮互相攻讦引起，乃噶礼借以倾陷政敌的手段。无论是持哪一说，"《南山集》案"都不属单纯性质的文字狱，而是派系斗争的牺牲品。

汉为满的过程中保持独立的民族性，但历史前进的方向并不会被独立意志所左右，满洲传统渐被儒家伦理所取代，终于成为无可逆转的潮流。并且，这种潮流从一开始便以不可遏止的势头发展，清初宗室文学创作的繁荣就是一个最好的证明。

以上总结了康熙在位期间几条重要的文化策略，也可视作他思想统治的基础理念。这里之所以不惮篇幅地上溯后金，下迄乾隆，尤其对清初诸帝的文化政策和文统思想作一介绍，目的是为证明清代文学发展的一个根本基质——帝王思想对文化发展的强大干预性。在古代中国，"政治与文学的关系就犹如古代社会网络中彼此交织的经纬"。所以，沈松勤先生在研究宋代政治与文学之间的关系时主张，要在文学研究时强调"史学观照"，力图在"史学的诸多层面中，把握创作主体生活其中的社会历史风貌与时代精神，揭示其人生轨迹、思想情感、心路历程与他所生活的历史环境之间的内在关系"，只有这样，才能全面地把握作者的文学创作。我们在研究文学时，若脱离政治和历史的考量，得出的结果可能就会片面或在理解上产生偏颇和狭隘①。清代社会较之宋代更为复杂，因为不仅存在政治的直接干预、党派斗争，而且从始至终还存在两种文化的激烈较量和制衡，这就要求我们在研究清代文学时，既不可脱离政治环境对文学发展所产生影响的考虑，还必须观照到不同民族文化之间的异质与合流问题，这样得出的结论，庶几可通。

二　康熙皇帝的诗歌创作

康熙在位的六十一年间，在政治、经济、学术、军事上都建立了功勋，奠定了"康乾盛世"的基础。他是一位政治家、军事家，也是一个诗人。康熙的诗，有辽阔的胸襟、恢弘的气魄、充沛的情感，为我们诗的国度充实了一种另类的诗化人生——帝王诗。康熙博学多识，他说："朕素嗜文学，尔诸臣有以诗文献者，朕当浏览焉。"② 他喜欢写诗，但却不像乾隆一样，写得既多且滥。《圣祖仁皇帝御制文集》四集共一百七十六卷，收诗歌仅一千一百多首。他认为"文章以发挥义理、关系世道为贵"，是典型的以学为治的观点。他的诗也是其文学观的最好注脚，为政基础、施政理念都包含在内，与乾隆帝的诗类似，具有较高的史料价值和思想价值。

从内容上看，康熙诗歌主要侧重两方面：一则记载统治功绩，一则抒发治国理想。前者在艺术上最具帝王诗的表现力，也充溢着满洲民族的英勇气概，能代表清初"八旗诗派"的创作特点和地域特色。同时，这些诗歌也有着较高的历史价值和认识价值。康熙一生亲历的军事战争多集中在他人生的前半期：定三藩（1673—1681）、收台湾（1683）、平准噶尔（1690）、

---

① 沈松勤著《宋代政治与文学研究》自序，（北京）商务印书馆2010年10月第1版，第3页。
② 《清实录·圣祖仁皇帝实录》卷二百一十一，中华书局1985年9月第1版，总第6册第139页。

抗击沙俄（1685—1686），这些战争，都对中国历史发展产生了重大影响。

康熙早熟，政治敏感性极强。三藩未乱前他就已有觉察，时刻以"三藩及河务、漕运为三大事，夙夜廑念"①。十二年乙未（1673），他借尚可喜病老请归的机会下令撤藩，"三藩之乱"正式开始。显然，这位年轻天子一度低估了三藩的力量，吴三桂云南起兵后一路东进，继而耿精忠等响应，天下骚动。但康熙的"千古一帝"也非浪得虚名，他指挥筹划，最终赢得了战争的胜利。"三藩之乱"的平定不仅对清王朝意义重大，对中国历史的影响也是重大的，他为统一多民族国家奠定了基础，迎来不久之后"康乾盛世"的曙光。战争期间，康熙虽没亲自出征，但夙兴夜寐、宵衣旰食，每有奏报辄触发感兴，遂形诸吟咏。对将士的轸念、对统一的期待、对盛世理想的追寻，是他诗中常常出现的内容。他见大雁南飞，便想到远征万里的将士，写下："归雁南飞有数行，南飞度岭向衡阳。欲将信息传军士，早报成功返故乡。"② 战争结束，前线捷报传来，他写下《滇平》：

> 洱海昆池道路难，捷书夜半到长安。
> 未矜干羽三苗格，乍喜征输六诏宽。
> 天末远收金马隘，军中新解铁衣寒。
> 回思几载焦劳意，此日方同万国欢。③

诗中能感受到这位少年皇帝对战争结束后生民乐业、将士凯旋的欣慰和欢喜。康熙之诗，绝少有乾隆式的自我炫耀，或与他性格有关。他不喜阿谀奉承，力求摒除虚文，凡事尚质实。六十大寿时，礼部及朝臣奏请上尊号、举庆典，他不准，说："礼部请旨之奏，悉属虚文，无有实际，朕惟愿臣清于孝，兄友弟爱，人人皆读正书，勉尽职业，国安民治，盗贼宁息，各以至诚实意为朕六秩庆祝，朕即嘉纳，此外仪文朕无所，亦无所嗜好。"④ 从这段简短的话中，我们不难看出康熙为政的期待和治世的理想。

康熙一生三次到过塞外，巡视东北边境，亲征准噶尔，足迹北至鲁伦河，西至贺兰山，东至松花江下游，凡有所历，皆付吟咏。这些以出塞、巡边、亲征为创作题材的诗，格调昂扬、精神奋烈，尤其那些维护国家统一的诗更具气骨，如亲征漠北时写的《出塞》：

> 森森万骑历驼城，沙塞风清碛路平。
> 冰泮长河堪饮马，月来大野照移营。

---

① 《清实录·圣祖仁皇帝实录》卷一百五十四，中华书局1985年8月第1版，总第5册第701页。
② （清）玄烨撰《圣祖仁皇帝御制文集》卷三十二《见雁南飞》，《景印文渊阁四库全书》第1298册，第265页。
③ （清）玄烨撰《圣祖仁皇帝御制文集》卷三十五，《景印文渊阁四库全书》第1298册，第282页。
④ 《清实录·圣祖仁皇帝实录》卷二百五十一，中华书局1985年9月第1版，总第6册第492页。

邮签纪地旬余驿，羽辔行边六日程。
天下一家无内外，烽销堠罢不论兵。①

康熙在位期间，拓地千里，海内臣服，他以盟旗、联姻、封爵、会盟等手段，解决了长久以来令中原各朝君主都倍感头痛的北方少数民族（主要是蒙古）问题。他曾不无自豪地说："朕阅经史，塞外蒙古多与中国抗衡，自汉唐宋至明，历代俱被其害。而克宜威蒙古，并令归心如我朝者，未之有也。"② 他还说："昔秦兴土石之功修筑长城，我朝施恩于喀尔喀，使之防备朔方，较长城更为坚固。"③ 所以，当他路过长城时，不禁感慨秦皇汉武穷兵黩武所修筑的引以为傲的"伟大"防御工事——长城，目今全无用武之地。"天下一家无内外，烽销堠罢不论兵"，这种自信豪迈，是多少代帝王穷尽一生精力却终难实现的理想。诗中"冰泮长河堪饮马，月来大野照移营"句，是清诗中不可多得之句。有怎样的胸怀就会有怎样的作品，康熙以昂扬奋发的精神、坚定自信的品格、风神俊朗的气质，彰显出一代帝王的襟怀和气魄。

他的诗歌，没有刻意的雕琢，但豪雄之气却喷薄而出，如《登澄海楼观海》云：

危楼千尺压洪荒，骋目云霞入渺茫。
吞吐百川归领袖，往来万国奉梯航。
波涛滚滚乾坤大，星宿煌煌日月光。
阆苑蓬壶何处是，岂贪汉武觅神方。④

再如《保德州渡黄河》："入塞河声壮，朝宗势拱环。划疆分晋野，隔岸是秦山。城郭巅崖里，旌旄浩渺间。横流渡舟楫，前路指萧关。"⑤ 再如《出居庸关》："群峰倚天半，直北峙雄关。古塞烟云合，清时壁垒闲。军锋趋朔漠，马迹度重山。渐向边城路，旌旗叠翠间。"⑥ 王士禛指出："上亲征厄鲁特，御制前、后出塞诗，气象高浑，非贞观、开元所及。"⑦ 概指此类作品而言。

康熙二十一年壬戌（1682），他第二次东巡祭祖，这期间他检阅宁古塔将军巴海组织的水师，写下著名的《松花江放船歌》：

---

① （清）玄烨撰《圣祖仁皇帝御制文第二集》卷四十八，《景印文渊阁四库全书》第 1298 册，第 763 页。
② 《清实录·圣祖仁皇帝实录》卷一百八十，中华书局 1985 年 9 月第 1 版，总第 5 册第 931 页。
③ 《清实录·圣祖仁皇帝实录》卷一百五十一，中华书局 1985 年 9 月第 1 版，总第 5 册第 677 页。
④ （清）玄烨撰《圣祖仁皇帝御制文集》卷三十七，《景印文渊阁四库全书》第 1298 册，第 294 页。
⑤ （清）玄烨撰《圣祖仁皇帝御制文第二集》卷四十八，《景印文渊阁四库全书》第 1298 册，第 763 页。
⑥ （清）玄烨撰《圣祖仁皇帝御制文第二集》卷四十六，《景印文渊阁四库全书》第 1298 册，第 748 页。
⑦ （清）王士禛（祯）撰，张宗柟纂集，夏闳校点《带经堂诗话》卷一第十四条，人民文学出版社 1963 年 11 月第 1 版，上册第 6 页。

第五章　帝王诗与"高宗体"

松花江，江水清，夜来雨过春涛生，浪花叠锦绣谷明。彩帆画鹢随风轻，萧韶小奏中流鸣，苍岩翠壁两岸横。浮云耀日何晶晶，乘流直下蛟龙惊，连樯接舰屯江城。貔貅健甲皆锐精，旌旆映水翻朱缨，我来问俗非观兵。松花江，江水清，浩浩瀚瀚冲波行，云霞万里开澄泓。①

该诗具有强烈的地域风情和民歌色彩，展现出满洲民族乐观昂扬、自信豪迈的品格。诗歌赞美了松花江的波澜壮阔也赞美了水师将士的健美力量，全诗铿锵有力，具有鲜明的北地特色。

康熙学诗以《诗经》为源，注意吸收借鉴汉魏六朝乐府和唐宋诗的精华，取径广阔，用意浑融，没有矫揉造作的习气，崇尚清新自然之美，如其《舟中书怀》：

澹澹春山暮霭清，和风拂柳入帘轻。
留情远寄悬千里，抚景兴怀历几程。
寒尽梅中初霁雨，诗成洲上忽闻莺。
船窗睡起疑宫阙，月满江湖听棹声。②

康熙六下江南，目的是"治河、导淮、济运"，他对江南水利建设倾注了很多心血。他重用河臣靳辅，亲自勘探地形，制定治河方案，考察治河成效，凡涉河务之事，力求事必躬亲。在目睹水灾后人民的流离生活后，他悲怆地写下《阅河堤作》："防河纡旰食，六御出深宫。缓辔求民隐，临流叹俗穷。何年乐稼穑，此日是疏通。已著勤劳意，安澜早奏功。"③ 五十三年甲午（1714），最后一次南巡，检视河防工程后他写下《江南诸臣》一诗，作为他一生治河理想与实践的总结：

廿载安澜自有因，河干临幸至于频。
白首常思善后策，青畴每念力农心。
移风实赖封疆吏，化俗无劳专事臣。
吴越山川犹在目，虽忘多景不忘民。④

六次南巡，虽目的上说是为勘察、探寻、检验"治河"问题，省风俗观民化，但在客观

---

① （清）玄烨撰《圣祖仁皇帝御制文集》卷三十六，《景印文渊阁四库全书》第1298册，第291页。
② （清）玄烨撰《圣祖仁皇帝御制文第二集》卷四十四，《景印文渊阁四库全书》第1298册，第733页。
③ （清）玄烨撰《圣祖仁皇帝御制文集》卷四十，《景印文渊阁四库全书》第1298册，第318页。
④ （清）玄烨撰《圣祖仁皇帝御制文第四集》卷三十三，《景印文渊阁四库全书》第1299册，第616页。

上却造成巨大的国库亏空,带给江南人民沉重负担,也是不争的事实。

康熙晚年深陷疾病折磨和诸子争位的泥淖中,此前的慷慨磅礴转而为渐老的忧怀感伤,其《赐老大臣》云:

> 旧日讲筵剩几人,徒伤老朽并君臣。
> 平生壮志衰如许,诸事灰心懒逼真。
> 求简逡巡多恍惚,遇烦留滞累精神。
> 年来词赋荒疏久,觅句深惭笔有尘。①

当康熙朝最后一位与他同经甘苦的老臣徐元梦故去的时候,老帝王不禁悲从中来:"七旬彼此对堪怜,病里回思一慨然。少小精神皆散尽,老年岁月任推迁。常怀旧学穷经史,更想余闲力简编。诗兴不知何处至,拈毫又觉韵难全。"② 心绪凄凉,落寞可知。康熙极重视皇子教育,可他没有想到,皇子争位令他的晚景生活焦头烂额。四十七年戊子(1708)九月,太子允礽被废黜,虽于次年正月复立太子,但五十一年壬辰(1712),他最终对太子失去信心,再次将其废黜并禁锢咸安宫。初废太子时,康熙涕泪纵横,曾因过于痛苦仆倒在地。此时他不再是一个君主,而是一个父亲,失望、愤怒、惋惜、怜爱交织在一起,导致他连日失眠。正因他对太子倾注太多心血,才会如此伤痛。这种伤痛最终成为康熙晚年的情感基调。

三 "博学鸿儒科"前后的"宋调"与"唐音"

在清朝文学发展历程中,帝王意志的导向作用较此前历代更为明显和直接。尤其是康熙皇帝,不仅直接引导康熙朝的文化走向,也基本奠定了清代文学发展的大体趋势,他以后的皇帝们大都未能跳脱他的总体思路,包括号称"十全"的乾隆。顺康二朝约八十年时间,是清代社会由分裂趋向统一再迈向"盛世"的时期,也是学术文化分流和转型的重要时期。在经历了社会和思想界都堪称颠覆的王朝鼎革、"夷夏"巨震后,社会政局、思想观念、学术思潮、审美风尚、文化习俗等,都在酝酿着某种变革。

(一)振起文运、润色词章的"博学鸿儒科"

对于康熙的文化政策和具体主张,前一节已略作介绍。这里以康熙十八年己未(1679)的"博学鸿儒科"为例,重点关注它对文学界尤其是清初诗风走向所产生的巨大影响。这种具体

---

① (清)玄烨撰《圣祖仁皇帝御制文第四集》卷三十五,《景印文渊阁四库全书》第1299册,第629页。
② (清)玄烨撰《圣祖仁皇帝御制文第四集》卷三十五《病中偶尔问及工部尚书翰林院掌院学士徐元梦,乃同学旧翰林,康熙十六年以前进士,再无一人矣……》,《景印文渊阁四库全书》第1299册,第630页。

第五章 帝王诗与"高宗体"

而微的论述，相信可以更直观而有效地对本节的论点进行较为明晰的说明。

康熙以文统固治统的手段以十八年己未（1679）"鸿博"特科最为声名昭著，这是其文化统治的"神来之笔"，而其所取得的成果也的确令这位青年天子喜闻乐见。我们先来看看他诏开此次特科的原因：

> 自古一代之兴，必有博学鸿儒，振起文运，阐发经史，润色词章，以备顾问著作之选。朕万几余暇，游心文翰，思得博学之士，用资典学。我朝定鼎以来，崇儒重道，培养人材，四海之广，岂无奇才硕彦，学问渊通，文藻瑰丽，可以追踪前哲者。凡有学行兼优，文词卓越之人，不论已仕未仕，令在京三品以上及科道官员，在外督抚布按，各举所知，朕将亲试录用。其余内外各官，果有真知灼见，在内开送吏部，在外开报督抚，代为题荐。务令虚心延访，期得真才，以副朕求贤右文之意。[①]

历朝历代，"博学鸿儒科"作为一种特殊的考试形式，是盛世帝王点缀升平、润色鸿业、炫耀文治武功的手段。但事件发生、发展、结果都表明康熙诏开此次"鸿博"显然不仅是"阐发经史，润色词章，以备顾问"那么单纯，其间意味要深远而有趣得多。

康熙亲政前，江南各省在经历八旗铁骑践踏蹂躏后，又饱受"剃发""圈地""通海""奏销""文字"等狱的威吓，导致江南士绅阶层和满洲贵族间的矛盾尤为尖锐。虽然终清一代满汉矛盾问题其实始终没有得到解决，但中后期的冲突斗争却远没有清初来得剧烈。康熙自然知道，作为财赋渊薮人文荟萃的江南诸省的和谐稳定对这个新建立的、连年战事的国家有多么深远且重要的意义。那如何化解甚至说暂时缓解此间矛盾，就成为他迫在眉睫需要解决的难题。

己未鸿博科在地域和数量上都对江南地区有十分明显的偏向。总共二百的被荐人中浙江六十七人，江南六十六人，其余各省共计五十人。而取中的五十人中，江南、浙江三十八人，其余各省共计十二人。康熙在这一行动中不仅建立了良好的形象，显示出皇帝的求贤若渴，也在很大程度上缓解了满汉隔阂，八旗内也兴起了学习汉文化的热潮。举例来说，鸿博科前后，在北京兴起了大大小小的文学沙龙，著名者如性德的"渌水亭"、曹寅之"西堂"、岳端之"红兰室"，再如博尔都、刘廷玑、张纯修等八旗贵族子弟，大都与应试的汉族文人开始了密切诗词唱和的文字交往。这些贵族子弟，或为天潢之裔，或为勋臣之子，或为天子近侍，他们的活动不可能排除皇帝若隐若无的"默许"或"授意"，这点且置之不论。但在客观上，这些行为无疑促进了满汉两种异质文化的融合。尤其是性德、曹寅，以一北一南的地位阶层优势，对清初文化的发展和转向起了巨大的促进作用。

士为秀民。如何拉拢文士，尤其是那些以气节著称的遗民，是这次博学鸿儒科诏开的关键

[①] 《清实录·圣祖仁皇帝实录》卷七十一，中华书局1985年9月第1版，总第4册第910页。

所在。他们的行动和言论，对当时的文化界和思想界有着直接的影响。在下诏、应征、就试各环节，年轻的皇帝恩威并施，既表现出封建君主的绝对意志也表现出他的敬贤爱士之心。比如，傅山力辞不得，被迫入京，却拒不应试，康熙授其内阁中书放还归里。严绳孙虽然与试，却未终卷而出，却仍然与朱彝尊等人同列翰林。其间，无论是语涉违碍还是比喻失当，皆被皇帝包容。其实，从康熙对待这些应试"鸿博"们的态度上，我们应能看出他此次诏试的目的无非就是给天下人做样子，用这些"鸿博"们"弃明投清"的实际行动宣示一个王朝新纪元的到来。在此背景下，汉族的精英分子（包括部分前朝遗民）开始了与新朝的合作，而文学也在皇帝个人意志的操纵之下，悄然发生着转型①。

（二）"博学鸿儒科"前后的诗风转变

明末清初多好宋诗。清初宗宋派诗人如钱谦益、黄宗羲、吕留良、吴之振、钱澄之、周容、陈维崧、姜宸英、刘榛等，多是由明入清。他们选择宋诗，与宋诗本身特点有关。宋诗与唐诗相比，更倾向对社会、思想、政治等活动的反映，与唐诗的空灵相比更为质实。且宋诗尚议论和载史实，黄宗羲就曾极力赞扬宋遗民诗是"史亡然后诗作"，他与吕留良、吴之振编辑《宋诗钞》显然也有为遗民气节张目、为故国留史的目的②。这种明目张胆的提倡，势必引起敏感的清朝统治集团的注意。其中以朝贵之尊不遗余力对宋诗苛诋而对唐诗阐扬的就要算冯溥了。冯溥（1609—1691），字孔博，号易斋，益都（今山东青州）人。顺治三年丙戌（1646）进士，官至刑部尚书、文华殿大学士，有《佳山堂集》。他在文学创作上名未甚著，但在清初文坛的地位却不容小觑。家有万柳堂，康熙十八年己未（1679）鸿博科，士子咸集此处，论诗谈赋，极一时之盛。此间论诗，大抵多扬唐抑宋。毛奇龄《西河诗话》载："益都师相尝率同馆官集万柳堂，大言宋诗之弊。谓'开国全盛，自有气象，顿骛此佻凉鄙弇之习，无论诗格有升降，即国运盛衰，于此系之，不可不饬也。'"施闰章也曾记载过冯溥的一段言论："宋诗自有其工，采之可以综正变焉。近乃欲祖宋元而祧唐，古风渐以不竞，非盛世清明广大之音也。"③

冯溥发表这一言论正值主持诏开博学鸿儒科之时，此间深意颇耐寻味。冯溥是朝中元老，以敢言著名当世，康熙亲政后对其大加倚重。他作为帝王意志的具体执行者，表达出的对宋诗的不满，无疑可看作是帝王意志的间接转达。冯溥不以诗名，其《佳山堂集》却选择在康熙十九年庚申（1680）刊行，这个时间点的选择也绝不是巧合。我们看一下《佳山堂集》诸人所为序是怎样的：

---

① 除了像顾炎武、傅山等气节卓著，坚决不与新朝合作者誓未出山外，很多游离于新朝和故国之间的布衣和文士，多被收拢，其中以所谓"四大布衣"——朱彝尊、潘耒、严绳孙、李因笃最为著名。
② 参见刘世南著《清诗流派史》第八章《清初宗宋派》，人民文学出版社2004年3月第1版，第213页。宋朝与明朝一样，都是被所谓"异族"所取代，导致王朝覆灭，这种情结势必也会在其诗学宗尚上有所体现。
③ （清）冯溥撰《佳山堂集》施闰章序，《四库全书存目丛书》集部第215册，第5页。

第五章 帝王诗与"高宗体"

> 国运方升，君子道长。朝有都俞吁咈之庆，野有康衢击壤之风。此盛世之音，天壤不朽者也。①

> 窃惟国家值休明之运，必有伟人硕德以雄词巨笔敷张神藻，铿乎有声，炳乎有光，耸功德于汉唐之上。使郡国闻之，知朝廷之大；四裔闻之，知中朝之尊；后世闻之，知昭代之盛。然后文章之用，为经国之大业，而与治道相表里。②

> 诗学之兴，君若相实始倡之……今圣天子方勤于学，正雅颂于上，而公也拜稽赓歌以之敷扬休羡，浸盛于学士大夫，下迄闾巷，翕然而正。十五国之风，则诗之神于政教也。庸讵非宰相之职守乎哉。③

再如徐乾学所谓"以黼黻太平润色鸿业"④，施闰章的"诗文之道与治乱终始"⑤等语，无一不道出以"诗教"襄"政教"的特征。而这些类似于"官方语言"的"表面文章"，恰是为康熙导扬诗风做铺垫。

康熙以《省耕诗》《璇玑玉衡赋》为鸿博试题，目的无非就是想听到颂扬大清文成武德的庙堂雅音，而表达这种圣朝气象显然不合适用宋调。再看他所取的如李因笃、彭孙遹、毛奇龄、朱彝尊、尤侗、施闰章、徐嘉炎等，大都属唐派诗人。张玉书就曾谓康熙"诗必宗唐"⑥，而康熙皇帝自己也说"唐人诗命意高远，用事清新，吟咏再三，意味不穷。近代人诗虽工，然英华外露，终乏唐人深厚雄浑之气"⑦，"诗至唐而众体悉备，亦诸法毕该。故称诗者必视唐人为标准，如射之就彀，率治器之就规矩焉"⑧。他本人又十分钦佩唐太宗，谓其诗"咏吟递发，藻彩缤纷，踵袭雅骚之迹，光昭正始之音"，是"自邈古以来未尝有"⑨的创作，偏向性已然显见。帝王，不仅是一个时代的见证者，更可以是一个时代的缔造者。在康熙心中，"贞观气象""开元盛世"是他追求的目标，而唐太宗则是他的偶像，这点反映在文化领域中也是如此。

康熙对诗歌和治道关系的阐释，较集中体现在其《诗说》一文中，他首先对诗歌发展脉

---

① （清）冯溥撰《佳山堂集》魏象枢序，《四库全书存目丛书》集部第215册，第3页。
② （清）冯溥撰《佳山堂集》王士禛序，《四库全书存目丛书》集部第215册，第14页。
③ （清）冯溥撰《佳山堂集》李天馥序，《四库全书存目丛书》集部第215册，第13页。
④ （清）冯溥撰《佳山堂集》徐乾学序，《四库全书存目丛书》集部第215册，第11页。
⑤ （清）冯溥撰《佳山堂集》施闰章序，《四库全书存目丛书》集部第215册，第5页。
⑥ （清）张玉书撰《张文贞集》卷四《御定全唐诗录后序》，《景印文渊阁四库全书》第1322册，第439页。
⑦ （清）玄烨撰《圣祖仁皇帝御制文》卷二十一《诗说》，《景印文渊阁四库全书》第1298册，第198页。
⑧ （清）玄烨撰《圣祖仁皇帝御制文第三集》卷二十《全唐诗序》，《景印文渊阁四库全书》第1299册，第163页。
⑨ （清）玄烨撰《圣祖仁皇帝御制文第三集》卷二十《全唐诗录序》，《景印文渊阁四库全书》第1299册，第163页。

络进行梳理，得出"诗道升降与世递迁"① 这样的结论。所谓"与世递迁"就意味着诗歌作为政治、经济、文化、思想等方面在文学上的反映，必须是顺应时代的。如果他是一个文学家，我们可以认为这是一篇纯粹的文论，但作为一个帝王，其间用意则深远得多。强调"诗随世变"的同时，也就是在告诉文化界，随着繁荣稳定的盛世到来，一场新的诗坛革命也将要随之而来。但作为一代帝王，他又不能在风格取舍上过于偏颇，他认同宋诗，认为宋诗虽"言理之意居多，言情之趣居寡，然反复涵泳自具舒畅道德之致"②，这就承认了宋诗有其优势。但承认优点，也未必就是接纳。

帝王对于文统的选择不会随意而任性，无论思想还是文学都必须为统治服务。他在思想领域高倡儒家文化，在诗歌创作领域亦以儒家诗教作为创作的旨归。他推重朱熹，原因大概是朱熹所释《诗经》是以阐扬儒家传统为指导方向，以儒家义理为归依。在他看来，只有严格遵守诗教传统，才能得于兴观群怨，明晓事父事君之理，从而对统治有所裨益。基于此，他的诗论，也继承"温柔敦厚"的传统。"温柔敦厚，诗教也。是编所取虽风格不一，而皆以温柔敦厚为宗。其忧思感愤、倩丽纤巧之作，虽工不录"③，"先王以诗为教之义，濡染而蒸陶之者，所关甚巨"④ 这些言论，皆以儒家"诗教"为准的。高士奇在《御制诗集跋》中称康熙的诗歌"与政治相表里"，也就是这个意思。

所以，综合康熙诗歌主张、创作，以及冯溥等对宋诗风的抵制和对唐诗风的推波助澜，不难看出："博学鸿儒科"前后诗风的转变，表明康熙在权力渐稳、国事渐安后，控制力日益向文化与思想层面延伸，而诗坛便成为试验场。虽然，我们不能否认，在清初大环境下，诗歌内在规律的影响或许也对宋诗的发展起了一定的阻碍作用，但其中体现最明显的、影响最直接的是文化话语权由自由文人更多向官僚阶层的转移以及帝王意志的胜利。

第二节 乾隆皇帝诗歌的主要内容

满洲文学的繁荣是清代文坛独特的景象，这与皇帝对文学创作的热爱和对文化事业的重视有关。虽然，终清一代，满洲皇帝都要求坚持满语骑射和祖宗家法，强调不染汉习，但却又都将儒家崇文重道作为基本的文化政策和执政基础，这种矛盾性虽不是这里讨论的范畴，但其客

---

① （清）玄烨撰《圣祖仁皇帝御制文》卷二十一《诗说》，《景印文渊阁四库全书》第1298册，第198页。
② （清）玄烨撰《圣祖仁皇帝御制文》卷二十一《诗说》，《景印文渊阁四库全书》第1298册，第198页。
③ （清）玄烨撰《圣祖仁皇帝御制文第四集》卷二十二《御选唐诗序》，《景印文渊阁四库全书》第1299册，第538页。
④ （清）玄烨撰《圣祖仁皇帝御制文第三集》卷二十《全唐诗录序》，《景印文渊阁四库全书》第1299册，第163页。

观上却促成八旗内部尤其是满蒙旗人学习汉文化的热情和汉文学创作的繁荣。

康熙九年庚戌（1670），科举考试从满汉分场改为满汉同场，短短三十年不到的时间，从山林走来的马背民族的文化素质便已达到可与汉族文士同场竞技的水平。至乾隆朝，八旗文学的发展更是突飞猛进，以至于八旗子弟耽学文艺而骑射废弛，这一现象引起统治者的极大不满，乾隆二十四年己卯（1759）圣谕："我满洲人等，纯一笃实，忠孝廉节之行，岂不胜于汉人之文艺、蒙古之经典欤？今若崇尚文艺，一概令其学习，势必至一二十年始有端绪，恐武事既废，文艺又未能通，徒成两无所用之人耳。"① 乾隆对子弟弃武从文的现状如此不满，但自己却又成为八旗诗歌创作最丰富的一个。他一生存诗四百三十余卷，共计四万一千多首，其中还不包括登基前的《乐善堂集》和归政后的《余集》，以及集外别行的诗歌作品。

弘历（1711—1799），雍正第四子，初封宝亲王，雍正十三年乙卯（1735）即帝位，年号乾隆，庙号高宗，别号长春居士、古稀天子、十全老人等。在位六十年，仅次于康熙，但退位后又做了三年太上皇，所以他统治中国的实际时间超过了康熙帝，成为中国历史上执政时间最长、年寿最高的皇帝。同时，他也是历史上最爱作诗，诗作最多的皇帝。他在《御制诗初集序》中坦承："向叙《乐善堂集》云，夙昔典学所心得不忍弃置，后虽有作，或出词臣之手，真赝各半。且亦不欲与文人学士争长，故十数年来，臣工以编次诗文集为请者弗许。"他对诗歌中存在的"代笔""捉刀"情况毫不讳言，倒也诚实。但即便如此，假设四万余首诗歌中有一半是臣下所作，那两万多的诗歌数量，以个人创作而言，这个数字也是惊人的。

清朝最重皇子教育，乾隆即位前便接受了极为严苛的系统的教育。他能诗善画，尤喜书法，对诸子百家、历史哲学都有较深研究。他又喜欢炫耀才学、乐听好名，于是诗歌唱和就成为他在臣子前标榜风雅、显示才学的重要手段。他做皇子时的诗歌汇为《乐善堂集》，这时期的诗作内容狭窄，艺术上过于注重形式，如《开圃》云：

> 开圃种新蔬，垦辟堂隙地。垄畦绣错分，种植从其类。宁同抱甕勤，未使桔槔智。灌溉苟及时，烟甲抽次第。萝蔔白玉花，蕨芽青线穗。晓露带如珠，朝餐足佳味。岂云佐盘飧，聊以观生意。②

这样的诗句，能有多少真性情？但整首诗用字用典熨帖，声韵和谐，内容表述和章法架构上，既不能说有多高明，但也不能算差，气度娴雅雍容，是典型的皇子诗。清朝皇子生活阅历的贫乏注定他们的文学创作在思想、内容、情感上的苍白无力。即位后，情况有所改观，诗歌内容随人生阅历得以丰富，精神骨力也随着地位的变化而产生变化。

---

① 《清实录·高宗纯皇帝实录》卷五百九十七，中华书局1986年2月第1版，总第16册第660页。
② （清）弘历撰《御制乐善堂全集定本》卷十五，《景印文渊阁四库全书》第1300册，第409页。

乾隆即位之初，励精图治，忙于政事，一度疏于创作。《御制诗集》显示，乾隆元年丙辰（1736）至乾隆四年己未（1739），他的诗每年有几十首，后呈递增趋势，到乾隆十年乙丑（1745），每年作品数量达到数百篇之多。他做皇子时有《马上吟诗好》："马上吟诗好，即景堪驱用。途长诗思长，不复畏炎冻。忆在书斋里，一作和者众。虽云足赏识，转觉苦吟弄。何似自歌吟，却去安排重。亦有从行者，且喜不成诵。我得此中味，愿与识者共。莫学东坡老，但欲续残梦。"① 诗未必佳，但他无时不作诗，且极引以为傲的神态却活灵活现。赵翼曾在《檐曝杂记》中记载乾隆笃嗜作诗的事："（乾隆）诗尤为常课，日必数首，皆用硃笔作草，令内监持出，付军机大臣之有文学者，用折纸楷书之，谓之诗片。遇有引用故事，而御笔令注之者，则诸大臣归，遍翻书籍，或数日始得，有终不得者，上亦弗怪也……御制诗每岁成一本，高寸许。"②

　　乾隆在诗中总是力图树立一个博学优雅、勤政爱民、和蔼可亲而又强大威严的帝王形象，这几点又可以概括为其诗歌的几大主要内容：关心民生、爱护亲人、追求国家发展与稳定，以后者那些稳固国家政权、争取国家统一的记载军事战争的诗最具代表性。

一　乾隆皇帝写军事战争的诗歌

　　乾隆描写战争功绩的诗辑为《御制诗文十全集》。他总结自己一生功绩，以"十全"概之："十功者，平准噶尔为二、定回部为一、扫金川为二、靖台湾为一、降缅甸、安南各一，即今二次受廓尔喀降，合为十。"③ 并以之自号"十全老人"，自傲之情，溢于言表。乾隆好大喜功，他自己也乐于承认，"当御极之初，如从宽好名之习，不能去诸怀"。爱听奉承是他最大的个性缺陷，乾隆朝后期的衰弊也大多肇因于此。乾隆毕竟不像他的祖父辈，在稳固江山上曾付出过巨大努力，他的即位既顺利又安稳。这位"守成之君"除了晚年的昏聩给国家发展和命运造成不可挽回的损失外，年轻时仍能算一个勤政的皇帝。他一生在边疆问题上取得的功绩具有深远影响和重大意义，如解决新疆、西藏、青海、云南等边疆问题，彻底实现从他祖父辈开始便期待的大一统局面，尤其是收复新疆，实现南北疆的统一，意义更巨。所以，他写西域战事的诗也就最多。

　　乾隆诗歌可作诗史。他"自御极以来，虽不欲以此矜长，然予问政，敕凡一切民瘼国事，大者往往见之于诗"④，并且认为他的诗"七字聊当注起居"。如此，乾隆诗可看作他的日记，真实性甚至比《起居注》与《实录》更强。四十一年丙申（1776）平定金川后他写下的《平

---

① （清）弘历撰《御制乐善堂全集定本》卷十七，《景印文渊阁四库全书》第1300册，第429页。
② （清）赵翼撰，李解民点校《檐曝杂记》卷一"圣学二"条，中华书局1982年5月第1版，第7页。
③ 《清实录·高宗纯皇帝实录》卷一千四百一十四，中华书局1986年4月第1版，总第26册第1018页。
④ （清）庆桂等辑《国朝宫史续编》卷七十六《书籍·二》，《续修四库全书》第825册，第605页。

定两金川凯歌三十章》，写西线战事的诗歌如《我师》《西陲》《阿桂奏报净剿番回信至，诗以志事》《明亮等奏新疆事宜，诗以志慰》《西师底定伊犁捷音至，诗以述事》等，具有非常高的史学价值。这些诗的素材多来源于前线战报、大臣奏折等，其中涉及的一些细节问题，甚至可补历史资料的不足。他描写"黑水城之围"的《黑水行》云：

> 喀喇乌苏者，唐言黑水同。去年我军薄回穴，强弩之末难称雄。筑垒黑水待围解，讵人力也天骈幪。明瑞驰驿踰月到，面询其故悚予衷。蜂蚁张甄数无万，三千余人守从容。窖米济军君气壮，奚肯麦麴山鞠劳。引水灌我我预备，反资众饮用益丰。铳不中人中营树，何全析骸薪材充。著木锐铁获万亿，翻以击贼贼计穷。先是营内所穿井，围将解乃窨其中。闻言为之怅，诸臣实鞠躬。既复为之感，天眷信深崇。①

"黑水营之围"是平定南疆最残酷的一场重要战役。乾隆二十三年戊寅（1758），兆惠率军至叶尔羌，但霍集占事先挖掘护城池，营筑兵垒，修建防御工事，兆惠难以强攻，只能陈兵叶尔羌城东，选喀喇乌苏（即葱岭南河，汉译"黑水"）屯兵互峙。其间经历数场恶战，兆惠及其所率之部损伤很大。他与剩下的少数部众与霍集占的一万余人相持整整三个月，终于等到援军，取得战争的最终胜利。

乾隆二十四年己卯（1759）十月，大小和卓掀起的这场战争终告失败，历时将近五年的新疆统一战争结束。这是从康熙开始经历三代皇帝共七十余年时间换来的新疆地区的最终和平。新疆自古以天山为界分南北，南部是伊斯兰教维吾尔族城邦制诸国，北部地区则为蒙古准噶尔牧地。清朝从康熙朝就对西域用兵，但无论如何努力，大军也只能推进至今新疆哈密地区。直到达瓦齐称汗，暴虐统治导致众叛亲离，给了乾隆一个绝好的战机。但达瓦齐部崩解后，阿睦尔撒纳与大小和卓又相继叛乱，新疆统一的步伐可谓一波三折。

南北疆统一是乾隆文治武功达到全盛的标志，这时清朝国库储备达四千七百多万两，是当时世界上疆域最广、经济最强的国家。乾隆得意地说："亘古不通中国之地，悉为我大清臣仆，稽之往牒，实为未有之盛事。"这种局面令乾隆信心倍增。国家达到全盛后，他自然想到盛极必衰之理，开始实行"持盈保泰"之治。此后"重熙累洽""同天下""共车书"等词汇便大量出现在其诗中。这一年，清王朝达到全盛，乾隆的统治策略也开始发生转折。

乾隆一朝，在政治和军事方面，极力加强中央集权，平定叛乱、抗击沙俄、收复新疆、稳定西藏，使中国版图空前辽阔；文化方面，以儒家文化治理国家，重诗教，将诗赋作为选拔人才的手段，但同时又推行极端思想控制，大兴文字狱，严重窒息文艺思想的发展。乾隆一生有功有过，但在当时，大清帝国的威严和国力对周边许多国家产生强大的威慑力和吸引力，也正

---

① （清）弘历撰《御制诗二集》卷八十六，《景印文渊阁四库全书》第1304册，第540页。

因此，才有土尔扈特部回迁这一曲回肠荡气的英雄史诗。

土尔扈特是蒙古四卫拉特之一，也是一个古老的部族。先祖王罕又称翁罕，曾出任过成吉思汗的护卫，土尔扈特语中的护卫一词就称"土尔扈特"。这是一个勇敢、光荣、勤劳的氏族。明时，他们为了生活，离开新疆塔尔巴哈台故土，来到沙俄统治下的伏尔加河下游游牧，通过勤苦劳动建立起游牧政权土尔扈特汗国。18世纪开始，沙俄对土尔扈特部进行巨大的剥削压迫，尤其是惨烈的宗教迫害，引起土尔扈特部的强烈反抗。更加上，沙皇强迫土尔扈特部众参军，充当战争的牺牲品，导致无数部众丧生在土耳其战场，令这一部族人口锐减。至十八世纪中，人口已经在半个世纪内减少一半，这给部落的生存带来巨大的威胁。乾隆三十二年丁亥（1767），首领渥巴锡决定东归故土，于是在三十六年辛卯，土尔扈特部开始了悲壮、惨烈的东归之行。他们出发时有十七万人，到达伊犁时仅剩一半。是年秋，渥巴锡前往承德避暑山庄面见乾隆，对土尔扈特万里来归，乾隆十分感慨，写下《伊犁将军奏土尔扈特汗渥巴锡率全部归顺，诗以志事》：

> 土尔扈特部，昔汗阿玉奇。今来渥巴锡，明背俄罗斯。向化非招致，颁恩应博施。舍楞逃复返，彼亦合无辞。卫拉昔相忌，携孥往海滨。终焉怀故土，遂尔弃殊伦。弗受将为盗，俾安皆我民。从今蒙古类，无一不王臣。①

诗前有近五百字的长序，记述土尔扈特回归过程的重要事件，以及回归后的安置、救济等工作。土尔扈特部回归过程中沙俄曾数次向清朝施加压力，朝臣有害怕引起两国争端者建议不要接纳土尔扈特部众，乾隆对此严词拒绝。他下令选择水草丰美的巴音布鲁克、乌苏、科布多等地作为土尔扈特部的牧场，令其安居乐业，并对首领渥巴锡给予表彰。为突出他的重视，还立碑纪念，并写下《土尔扈特全部归顺记》《优恤土尔扈特部众记》《土尔扈特部纪略》等文，记载这一光荣悲壮的回归之行。对土尔扈特部回归这一历史事件，史书有载，但诗人们对此关注不多，少有涉及此事的诗歌创作，乾隆的诗可补不足。

乾隆写军事武功的诗相较康熙此类诗而言，缺乏英武雄健的气概，更与康熙亲征时写下的描写军旅生活和边塞风光的作品在艺术上有较大差距。但尽管如此，乾隆的一些"演武"诗，仍有独特处，如《阅武》：

> 久矣兹偃武，慎哉尚诘戎。
> 备而期不用，习以待成功。
> 履地云梯捷，连环火器雄。

---

① （清）弘历撰《御制诗三集》卷九十九，《景印文渊阁四库全书》第1306册，第899—900页。

按劳行赏遍，士气鼓薰风。①

乾隆对军事武备的重视程度可能仅次于康熙。他为平定回疆和收复金川，设立"健锐营"操练八旗子弟，卓有成效。这些八旗军士奋勇杀敌，不畏牺牲，将敢前冲，兵敢冒死，成就了乾隆皇帝的煌煌武功，与清中后期那些贪生怕死的八旗兵相比，不啻天壤。乾隆所到每处，都要检阅武备，加以训诫，这首诗就是他检阅香山"健锐营"时所作。

二 乾隆皇帝写民情疾苦的诗歌

中国是一个重视农业生产的国家，乾隆对农事也极为关注。他涉及农业生产的诗很多，旱涝雨雪，粮价贵贱，面面俱到。乾隆二十四年己卯（1759），西北战事吃紧，甘肃又遇灾荒，两事俱至，令乾隆忧心不已。这时，甘肃巡抚吴达善奏报得雨，他欣然写下《甘肃巡抚吴达善奏报得雨诗以志事》：

> 甘肃乃极边，地瘠民屡空。军饷由转输，去年况灾逢。蠲赈虽沛施，岂如锡岁丰。今春复艰雨，西顾心忧忡。飞章悉佳音，河西及河东。均得尺泽霑，可以兴耕农。为之手加额，更虑力难从。给牛贷籽粒，毋孤天恩隆。……②

作为农业大国的皇帝，自然知道农业生产在国家经济和繁荣稳定上的意义，所以康熙才那么关注江南地区的水利建设，他知道消水患才能保农田。客观上讲，乾隆前期一般百姓生活还不算辛苦，因为他继位时国库丰盈且太平无事。所以，他一直秉持康熙"盛世滋丁，永不加赋"的原则，还在此基础上多次蠲免税赋，客观上提升了百姓的生活水平。但乾隆后期疏于国事、追求享乐，导致贪官横行不法，搜刮民脂，普通百姓日益陷入穷困的境地。

三 乾隆皇帝写巡幸游赏的诗歌

康雍二帝留给乾隆的是一个矛盾趋于缓和、国家趋于富强的朝局。乾隆六年辛酉（1741），清朝总人口已达一亿四千三百余万，成为世界第一人口大国。随之而来的是国家在政治、军事、经济等方面达到鼎盛。于是，这位皇帝开始自满了。他效法他的祖父，多次巡幸全国各地。但观政已不再是巡幸的主要目的，游赏玩乐成了最终目标。所到之处，大肆铺张，官员攀

---

① （清）弘历撰《御制诗四集》卷六十，《景印文渊阁四库全书》第1308册，第318页。
② （清）弘历撰《御制诗二集》卷八十六，《景印文渊阁四库全书》第1304册，第542页。

比接纳，开乾隆后期吏治腐败的先河。乾隆一生六次南巡、七次东巡、五次西巡，近处畿辅各处更不可胜计。康熙六次南巡就已造成巨大的国库亏空，并带动了江南官场行贿受贿之风，至乾隆则更甚。乾隆首次南巡耗银五十六万八千余两，其中还不包括地方士绅的捐献和摊派。仅这一次就如此靡费，更不用说他一生巡历所耗银两的总和，更是天文数字。可以这样说，乾隆后期贪腐成风、贿赂公行，皆由此始。

梁启超先生这样总结："乾隆朝为清运转移的最大枢纽。这位十全老人，席祖父之业，做了六十年太平天子，自谓'德迈三皇，功过五帝'。其实到他晚年，弄得民穷财尽，已种下了后来大乱之根。"[1] 但乾隆又是极端自信乃至刚愎自用的皇帝，他人生后期拒绝承认朝政弊端，更不愿承认这是他错误的政治决策和个性缺陷所带来的直接后果。他不知道的是，在他欣喜地筹办他的八十大寿的时候，清王朝走向衰落的恶果其实早已被埋下。

历史的脚步走过二百多年，乾隆的龙舟凤辇已豪华不再，但他驻跸杭州的诗歌却与杭州的美景一起保留了下来：

旧识山阴路，重寻春仲天。
树藤他作体，岩卉净为娟。
护径饶修竹，绕阶淞冷泉。
曾经图丈六，丈六只如然。
——《游黄龙洞》

春暄攀陟汗流浆，牝洞入才迫体凉。
却上丹梯不数武，转温仍欲换衣裳。
——《紫云洞口号》[2]

他六次南巡皆至杭州，这里的佳山秀水总能激荡起他的诗兴。这些摹写杭州美景的诗，词语华瞻丰丽，是他集中的上乘之作。但他历次巡幸路线基本固定，景点也是那几个，每次都吟咏同一景色，不免令人厌倦。相反，他出巡塞北尤其是巡幸东北的那些描写地方土俗的诗歌令人感觉清新质朴，具有浓郁的民族风情。如其《吉林土风杂咏十二首》即是此类，他在自序中称："吉林在盛京东北，我朝发祥所自。旧俗流传，有先民遗风焉。甲戌东巡，驻跸连日。江城山郭，庐旅语言，想见岐颁式郭之始。"他写诗的目的是为抒发对先民的仰慕怀想之情，

---

[1] 梁启超著《中国近三百年学术史》第四章《清代学术变迁与政治的影响》，东方出版社2012年6月第1版，第29页。
[2] （清）弘历撰《御制诗三集》卷四十八，《景印文渊阁四库全书》第1306册，第72页。

提醒自己不忘祖宗根本。所以他诗中用了大量的满蒙语词，这是他诗歌创作的一个特点，当然这样做也使得诗歌别具民族风情。他还仿照《吉林风土杂咏十二首》作《盛京风土十二咏》，如其二《呼兰》云：

> 齗岐家室屡为迁，时处恒依旧俗然。
> 水火每资叩昏户，爨炊常看引朝烟。
> 疏风避雨安而稳，直外通中朴且坚。
> 玉食寄言惟辟者，莫忘陶复九章绵。①

"呼兰"是个满语词，乾隆诗题后注为"灶突"，即"烟囱"。这个词还可能是女真语"扈伦"的音译，"扈伦"又译为"呼喇温"，古地名。乾隆在诗中以注释的形式向我们描述了这种"灶突"的形式，"截中空之木刳使直达，树之檐外，引出炕烟，覆荆筐其上以护雨雪，而旁窍仍通，满洲旧制如此"，但随着时代的发展、生活水平的进步，像乾隆诗中所描述的这类建筑在房屋旁边用以引出炕烟的烟囱在北方地区也越来越少了。

第三节　"高宗体"的渊源及影响

乾隆一生写了几万首诗，堪称"诗帝"，但可惜他的诗除被朝臣追捧外，几乎没有什么好评。尤其是辛亥革命后，舆论所向，更是对这位皇帝连带他的诗歌大加批评。的确，若单从传统诗歌艺术的角度看，乾隆诗的确有很多"粗制滥造"之作。作为帝王，随便一句言论都可能扭转文化的走向，那乾隆这些"粗制滥造"之诗对乾嘉诗坛究竟产生了怎样的影响？

一　"高宗体"的渊源

目前谈乾隆诗歌的人很多，但多是关注其诗展现的社会内容，侧重肯定乾隆诗歌具有的史料价值和史学意义，较少关注诗歌艺术和创作手法，以及它在清中后期诗坛上产生的影响。下面我们就讨论一下"高宗体"具有怎样的特点以及影响。

乾隆喜作诗，他在《初集诗小序》中说："几务之暇，无他可娱，往往作为诗古文赋，文赋不数十篇，诗则托兴寄情，朝吟夕讽。其间天时农事之宜，莅朝将祀之典，以及时巡所至，

---

① （清）弘历撰《御制诗四集》卷五十四，《景印文渊阁四库全书》第1308册，第223页。

山川名胜，风土淳漓，罔不形诸咏歌，纪其梗概。"① 他自道"平生结习最于诗"，"笑予结习未忘诗"，因为诗写得如痴如醉，大臣李慎修劝他不要沉迷于此，恐会妨碍政务。乾隆对这样的劝谏欣然接受，但最后却还是写了一首诗来认错，诗云："慎修劝我莫为诗，我亦知诗可不为。但是几余清宴际，却将何事遣闲时。"② 乾隆写诗还很快，多的时候每天可作十几首。他的诗之所以写得快，与他作诗习尚有关。他喜欢以史为诗、以文为诗，故其诗说教讲理的成分多，抒情描写的因素少。并且，他对诗艺技巧的锤炼似乎也没什么耐心。但这样的诗歌，因出皇帝之手，竟被朝臣着意追捧，一时谓其"高宗体"，对当时诗歌创作和诗坛发展产生了很大影响。从取法上看，乾隆最喜韩、白，下面就分别对这两种取向略作讨论。

（一）对韩愈诗歌的借鉴

众所周知，沈德潜受乾隆知遇乃由诗而始。他之所以能得到乾隆看重，与他阐扬的诗歌风格和理论一定程度上符合这位年轻皇帝对诗歌创作和审美的要求有关，另外一个比较重要的原因是这位皇帝崇拜他的祖父，希望像康熙那样通过对文士的优擢来显示自己崇儒佑文之意，而年老又德高望重的沈德潜就成为这个受到命运青睐的人。乾隆自己说得明白，"朕自来加恩于沈德潜者，特因其暮年晚遇，人亦谨，愿无他"③，可见沈德潜因诗受眷仅是原因之一罢了。但我们不可否认的是，沈德潜主张的诗学思想，很符合这位皇帝的统治胃口。乾隆在《学诗堂记》中说："学诗者岂以骈四俪六，叶声韵，练词藻，为能尽诗之道哉？"④ 沈德潜也有类似论述，他说："世之专以诗名者，谈格律，整对仗，校量字句，拟议声病，以求言语之工。言语亦既工矣，而么弦孤韵，终难当夫作者。"⑤ 内意大体一致。乾隆喜杜、韩之诗，他对杜甫推崇备至，如"大雅止姬周，何人继三百。卓哉杜陵翁，允擅词场伯。歌谣写忠悃，灏气浑郁积。李韩望后尘，鲍谢让前席"⑥，将杜甫地位提得很高，但他对韩愈诗歌的阐扬却为多数人所忽视。

乾隆虽没有像推重杜甫一样写专文专诗推重韩愈，但从他的一些诗文表现中却足以说明他对韩愈诗歌的重视程度并不较杜甫低。《沈德潜归愚集序》中他说："德潜之诗远陶铸乎李杜，而近伯仲乎高王矣，乃独取义于昌黎，归愚之云者则所谓去华就实，君子之道也。"⑦ 其中所云"取义于昌黎"之"义"是韩诗最具代表性的特点——重视诗歌的社会功用，也是乾隆重

---

① （清）弘历撰《御制诗初集》卷首，《景印文渊阁四库全书》第1302册，第1页。
② （清）弘历撰《御制诗初集》卷二十四《李慎修奏对，劝勿以诗为能，甚韪其言，而结习未忘焉，因题以志吾过》，《景印文渊阁四库全书》第1302册，第398页。
③ 《清实录·高宗纯皇帝实录》卷六百四十八，中华书局1986年2月第1版，总第17册第251页。
④ （清）弘历撰《御制文二集》卷十一《学诗堂记》，《景印文渊阁四库全书》第1301册，第350页。
⑤ （清）沈德潜撰，潘务正、李言编辑点校《沈德潜诗文集·归愚文钞》卷十二《缪少司寇诗序》，人民文学出版社2011年10月第1版，第3册第1318页。
⑥ （清）弘历撰《御制乐善堂全集定本》卷十五《读杜诗》，《景印文渊阁四库全书》第1300册，第410页。
⑦ （清）弘历撰《御制文初集》卷十一《沈德潜归愚集序》，《景印文渊阁四库全书》第1301册，第108页。

第五章　帝王诗与"高宗体"

视并学习韩诗的重要因素。沈德潜在《唐诗别裁集》中评价韩愈时说："昌黎诗不免好尽,要之意归于正,规模宏阔,骨格整顿,原本《雅》《颂》,而不规工于风人也。品为大家,谁曰不宜。"① 在这一层面上,沈氏诗论推尚的"诗教"就很合乎乾隆的脾胃。乾隆《御选唐宋诗醇》中仅收唐宋诗六家:李白、杜甫、白居易、韩愈、苏轼、陆游,乾隆对韩愈的肯定意味着韩诗地位在清中叶的极大提升。

"六家"之选也呈现出清代诗风的演变过程。纪昀《四库全书总目提要·御选唐宋诗醇》梳理了清初迄乾隆时诗学变化的情况,其实这也是从康熙到乾隆帝王意志影响诗学发展走向的转变过程:

> 盖李白源出《离骚》,而才华超妙,为唐人第一;杜甫源出于《国风》、二《雅》,而性情真挚,亦为唐人第一。自是而外,平易而最近乎情者,无过白居易;奇创而不诡于理者,无过韩愈。录此四集,已足包括众长。至于北宋之诗,苏黄并骛;南宋之诗,范陆齐名。……考国初诸家选本,惟王士禛书最为学者所传。其《古诗选》,五言不录杜甫、白居易、韩愈、苏轼、陆游,七言不录白居易,已自为一家之言。至《唐贤三昧集》,非惟白居易、韩愈皆所不载,即李白、杜甫亦一字不登。盖明诗摹拟之弊,极于太仓、历城;纤佻之弊,极于公安、竟陵。物穷则变,故国初多以宋诗为宗。宋诗又弊,士禛乃持严羽余论,倡神韵之说以救之。故其推为极轨者,惟王孟韦柳诸家。然诗三百篇,尼山所定,其论诗一则谓归于温柔敦厚,一则谓可以兴观群怨。原非以品题泉石,摹绘烟霞。洎乎畸士逸人,各标幽赏,乃别为山水清音,实诗之一体,不足以尽诗之全也。宋人惟不解温柔敦厚之意,故意言并尽,流而为钝根。士禛又不究兴观群怨之原,故光景流连,变而为虚响。……兹逢我皇上圣学高深,精研六义,以孔门删定之旨,品评作者。定此六家,乃共识风雅之正轨。臣等循环浴诵,实深为诗教幸。②

明末清初诗风宗宋,至康熙诗坛王士禛为盟主,转尚唐诗。至乾隆朝,时代不同,文化策略出现变化。乾隆编四库书,大有借保存文献为名行整肃思想为实的目的,所以纪昀等编纂官的"提要"中体现出的文风宗尚和学术品评,就有着特殊的时代痕迹和政治意味。他历数清初诗风流弊,诋宋诗派是不解温柔敦厚的"钝根",斥王士禛独崇王孟韦柳一派,流连风景,有乖风雅。纪昀的文学批评,显有帝王意志在其中。可见,康熙中期后的"神韵"之说,至此开始转变。这种风格转变的幕后推手,无疑是帝王。

接下来要说韩愈诗歌创作上的一些特点,以及乾隆对这些特点的继承和发扬。韩诗有这样

---

① (清)沈德潜选注《唐诗别裁集》卷四,上海古籍出版社1979年1月第1版,上册第117页。
② (清)永瑢等撰《四库全书总目》卷一百九十《集部·总集类五》,中华书局1965年6月第1版,下册第1728页。

几个特征：气势凌厉、格局阔达；意象新颖、敢于突破；以文为诗、喜用虚词。乾隆独学最后一点：以文为诗，当然也成为"高宗体"最为人所诟病之处。宋诗大凡由杜韩两家变化而来。韩愈在宋代被推崇到极致，"韩昌黎之在北宋，可谓千秋万岁，名不寂寞者矣。欧阳永叔尊之为文宗，石徂徕列之于道统"①。这种情况，与时代因素有关，他的人品、思想、创作最适应那个朝代发展的趋向。钱锺书先生所举之"文宗""道统"，侧重的是韩愈的政统地位，乾隆对韩愈的肯定则无疑是看重其诗歌的社会功用。

韩愈"以文为诗"是唐诗一大创格，虽然末流偏离了这一主张的宗旨，但他对诗歌意境和表现力的开拓功不可没。而其"以文为诗"的两大特点，以虚词入诗和以古文入诗，也因为打破了诗歌传统而为人所诟病。其实，以虚词（特别是语助词）入诗早有先例，并不是韩愈的创造，如陆机的"邈矣垂天景，壮哉奋地雷"②、鲍照的"伤哉良永矣，驰光不再中"③等，只是经过韩愈的大加运用和积极导扬，遂于宋代大行其道，由变格而为常格。兹举韩愈诗一首，可与乾隆"高宗体"诗歌作一比较：

> 去年落一牙，今年落一齿。俄然落六七，落势殊未已。余存皆动摇，尽落应始止。忆初落一时，但念豁可耻。及至落二三，始忧衰即死。每一将落时，懔懔恒在己。叉牙妨食物，颠倒怯漱水。终焉舍我落，意与崩山比。今来落既熟，见落空相似。余存二十余，次第知落矣。倘常岁落一，自足支两纪。如其落并空，与渐亦同指。人言齿之落，寿命理难恃。我言生有涯，长短俱死尔。人言齿之豁，左右惊谛视。我言庄周云，木雁各有喜。语讹默固好，嚼废软还美。因歌遂成诗，持用诧妻子。④

乾隆《海神庙谢贶并成是什志慰，用壬午观海塘志事诗韵》云：

> 壬午观海塘，无非求民宁。并携督抚臣，畴咨阅情形。忆自庚辰年，沙势已渐更。然尚去塘远，未致大工兴。壬午至庚子，北坍水铺平。略无涨沙意，日夕萦念恒。长此其奚穷，民生关匪轻。戴家桥迤东，犹有鱼鳞屏。迤西惟柴塘，安足护桑耕。……⑤

乾隆"以文为诗"的情况极为明显，甚至达到通篇直叙的地步，有时为了迁就诗歌格律

---

① 钱锺书著《谈艺录》第十六则"宋人论韩昌黎"，（北京）三联书店2001年1月第1版，上册第187页。
② （西晋）陆机撰，金涛声点校《陆机集》卷七《折杨柳》，中华书局1982年1月第1版，第76页。
③ （南朝）鲍照撰，丁福林、丛玲玲校注《鲍明远集》卷五《从拜陵登京岘》，中华书局2012年4月第1版，上册第470页。
④ （唐）韩愈撰，钱仲联、马茂元校点《韩愈全集·诗集》卷二《落齿》，上海古籍出版社1997年10月第1版，第16页。
⑤ （清）弘历撰《御制诗五集》卷五，《景印文渊阁四库全书》第1309册，第318页。

或字数的限制，尤其是后者，他不惜将句子或者成词割裂剪裁，大大削减了诗歌的可读性。有时以虚字入诗，竟然连篇累牍，如"漠不关心岂卿也，愁因致疾究忠乎？考终入祀夫何恨，宁识怀贤痛惜吾"，这样的例子在在皆是。已故钱锺书先生在谈诗用虚字时曾说："理学家用虚字，见其真率容易，故冗而腐；竟陵派用虚字，出于矫揉造作，故险而酸。一则文理通而不似诗，一则苦做诗而文理不通。兼酸与腐，极以文为诗之丑态者，为清高宗之六集。"① 这里，对乾隆诗歌的评价也的确是事实，他对"以文为诗"的运用的确走到了韩愈所倡导的"以文为诗"的末流，甚至说是弊端。

但诗歌发展的过程又如此有趣。诗歌从《诗经》的"民歌""民谣"发展到同样来自乡间田野、市井大众的"乐府"，再发展至渐趋程式化，合辙押韵的律诗，而再在程式化的结构中寻求思想和精神的突破，最后再次打破程式化的限制，从格律中解放出来，发展为近代社会兴起的"新诗"或称"白话诗"，诗歌的生命历程似乎一直在不破不立的传统中寻求着突破。其实，反观乾隆诗歌，或许也是在进行着某种尝试，只是没有形成气候便随着王朝的结束而湮没。在康熙时代甚嚣尘上的"神韵诗"，在乾隆走上历史舞台后，不也慢慢销声匿迹了么？

（二）对白居易诗歌的继承

乾隆喜白诗，他在《读白居易诗》前有小序："人咸谓香山之诗伤于易，不知其易处正难及也。"接下来诗云："儒雅曾闻白乐天，漫将率易议前贤。但从性地中流出，月露风云总道诠。"在他看来，诗歌若华而不实反不及独道性情而无所雕饰。其《读白乐天集》又云："元白夙齐名，并号能诗者。后来趋向殊，品格别高下。以此评其诗，我爱香山社。况复无绳削，体裁极闲雅。吟咏摅性灵，后人继者寡。"② 白居易、元稹因共同提倡"新乐府"运动齐名，但创作风格却截然不同。元诗善刻画，秾词丽句，显然与乾隆审美大异其趣，故而才有"品格别高下"之句。

对文学审美和创作风格的选择，本身就是仁者见仁、智者见智的事，有人倾向于工整严密的诗歌创作理念，而有人偏以自然流泻全无阻滞为宗，这就是诗歌流派变幻纷呈的原始动力。乾隆喜浅近直白之诗，在创作上也流于"直率""浅俗"。其实，这种"白话诗"不是乾隆专利，早在唐朝便有著名的"白话诗人"王梵志，其《兴生市郭儿》诗云：

> 兴生市郭儿，从头市内坐。例有百余千，火下三五个。行行皆有铺，铺里有杂货。山郭贵物来，巧语能相和。眼勾稳物著，不肯遣放过。意尽端坐取，得利过一倍。③

---

① 钱锺书著《谈艺录》第十八则"荆公用昌黎诗，诗用语助"，（北京）三联书店2001年1月第1版，上册第217页。
② （清）弘历撰《乾隆御制诗文全集·乐善堂全集定本》卷十七《读白乐天集》，中国人民大学出版社2013年版，第一册第196页。
③ （唐）王梵志撰，项楚校注《王梵志诗校注》，上海古籍出版社2010年6月第1版，上册第165页。

若从正统诗歌审美的角度看，怕也算一首"恶诗"。但追求通俗、简朴、流畅，到白居易手中终成为一种风格，并对后世的诗歌发展产生深远影响，如其《感逝寄远》云：

> 昨日闻甲死，今朝闻乙死。知识三分中，二分化为鬼。逝者不复见，悲哉长已矣。存者今如何，去我皆万里。平生知心者，屈指能有几。通果澧凤州，眇然四君子。相思俱老大，浮世如流水。应叹旧交游，凋零日如此。何当一杯酒，开眼笑相视。①

白诗崇尚质朴，语言明白如话，老妪能解。当然，喜欢卖弄学问的乾隆是绝然不会让自己的诗达到这一程度的。他对白诗的学习有其心得，他所理解到的白诗之易，不是语言通俗之易，而是能够以最为简练的方式表达自己想要表达的内容，其《偶为五君子图仍叠旧韵题句》云：

> 飞潜动植质纵殊，何一弗具天地性。植中君子数有五，贞介宁随众草病。各各图貌传其神，玉磬真称善起兴。譬三百皆属风人，此是二南非卫郑。螭蚴绨几延清伴，色映祥霙春始孟。几余命笔聊仿为，寓意要不失乎正。艺林偶涉那求工，玩物诚恕妨于政。②

"高宗体"特点：散文化、用虚词、炫学问。这样的诗乾隆一天可以作十几首甚至几十首，他说"拙速由来我所能"③，"我闻古人语，诗以道性情。题韵随手拈，易如翻手成"④。正因"易如翻手成"，他的诗不假雕琢、不甚推敲也就必然了。作为皇帝，他在诗艺技巧上显然不想花费力气，反正也不会有人指责他，所以他的诗缺乏韵味，诗不似诗。

二 "高宗体"的影响

依上文所述，乾隆这一令人"费解"的"高宗体"并非空穴来风，而是学有本源。况且，清朝皇子学养之丰赡不必殆言，若以其学力运诗，相信可以写出不错的"学人之诗"。"高宗体"风格的形成，相信是乾隆刻意为之。他的诗写得好与不好，都不能影响他对国家的统治，但却可以影响到这个国家文化和思想的发展。《谈艺录》论及钱载诗时说："清高宗亦以文为诗，语助拖沓，令人作呕。箨石既入翰林，应制赓歌，颇仿御制。长君恶以结主知，诗遂大

---

① （唐）白居易撰，朱金城笺校《白居易集笺校》卷十，上海古籍出版社1988年12月第1版，第1册第509页。
② （清）弘历撰《御制诗三集》卷一，《景印文渊阁四库全书》第1305册，第295页。
③ （清）弘历撰《御制诗五集》卷八《再游平山堂》，《景印文渊阁四库全书》第1309册，第364页。
④ （清）弘历撰《乐善堂全集定本》卷二十《遣兴》五首之五，《景印文渊阁四库全书》第1300册，第450页。

第五章 帝王诗与"高宗体"

坏。"又讲:"清高宗七律对仗多纠绕堆叠,廷臣赓歌,每效其体。"[1] 钱先生对乾隆诗歌艺术的评价是中肯的,同时,也为我们提出一个问题:乾隆诗歌除了给钱载、翁方纲、刘墉等人的诗集中带来诸多"恶诗"外,是否可以向更深层面去挖掘?首先,我们需要先检视下乾隆诗坛的整体风格趋向。

诗歌经历了盛唐的风华绝代后,就成为矗立在后代诗人面前不可逾越的高峰。在欧阳修、苏轼、黄庭坚等人付出巨大努力后,宋诗终于有了堪与唐诗并峙的资本。但随之而来的,是唐诗宋诗孰优孰劣的问题。于是,终南宋、元、明,以迄于清,唐宋诗之辩一直都是诗坛争论的焦点。明末清初,宗唐者仍步前、后七子余绪,扬高华绮丽之余波,而遗民诗人则因为家国之变将学习的目光转向爱国主义诗人杜甫。开清诗宗宋风气的要数钱谦益(1582—1664),但他并不是扬宋抑唐而是采取唐宋兼师的姿态,对二者进行有益的调和。同时,遗民诗人黄宗羲(1610—1695)继续导扬宋诗风,协助吴之振(1640—1717)编成《宋诗钞》并引入京师,带起京师宗宋风气的浪潮。但这股浪潮兴起未久,便败给了象征康熙朝雅音的盛唐风度。于是,以师唐为主的王士禛(1634—1711)及其"神韵诗"独步康熙诗坛。雍乾之际,沈德潜(1673—1769)仍旧沿袭唐诗体正格高之风,与此同时,宋诗风也未甘示弱。至乾隆中期,唐宋之争更为激烈,袁枚(1716—1797)在南方调和唐宋,高倡性灵,而翁方纲(1733—1818)在北方力举宋诗大旗,以馆阁词臣之尊援引后进,宋诗渐成气候。但在我们所熟知的翁方纲之外,还有一些人为宋诗在乾隆朝的繁荣提供了或明或隐的支持。

钱载(1708—1793),字坤一,号萚石、匏尊、万松居士、百幅老人,秀水(今浙江嘉兴)人。他与翁方纲同为乾隆十七年壬申(1752)进士,但年纪却较翁氏长二十六岁。翁方纲入翰林时年岁方少,而"秀水派"诗人钱载早已名噪诗坛。"秀水派"的主要作家有钱载、诸锦、王又曾、金德瑛、朱休度、万光泰等,其中钱载以长者身份领袖此派有年。"秀水派"诗人多学识渊博之士,诸锦、金德瑛、钱载、钱仪吉、钱泰吉皆擅金石考据之学,钱载在乾隆四十五年庚子(1780),险些因与皇帝辩论帝尧陵之所在而获罪,但因"本系晚达,且其事只系考古,是以不加深咎"[2]。正因如此,"秀水派"诗歌一大特点就是援考据入诗即"以学为诗",所以他们厌弃神韵之虚无、格调之肤廓、性灵之纤佻,力图以"实"济之。在诗歌技巧上,"秀水派"喜奇变,受宋诗"以文为诗"的影响,多用伸缩顿挫句式,惯以虚字入诗,且喜复沓、叠用、对比手法。如"人生本逆旅,逆旅乃如是。适来讵无因,适去竟何似。徒令相见频,遄署卧于此。去年客扣户,今年车过市。市中与户中,影响渺咫尺"[3]、和乾隆作于二

---

[1] 钱锺书著《谈艺录》第五十四则"萚石诗以文为诗用语助",(北京)三联书店2001年1月第1版,下册第545页。
[2] 《清实录·高宗纯皇帝实录》卷一千一百二十一,中华书局1985年8月第1版,总第22册第969页。
[3] (清)钱载撰,丁小明整理《萚石斋诗集》卷十四《兴隆店》,《〈萚石斋诗集〉〈萚石斋文集〉》,上海古籍出版社2012年3月第1版,上册第228页。

十五年庚辰（1760）的《待月》较相类：

> 秋月实可怜，秋月抑堪惜。过望才三日，清光犹溢魄。应尚阔于弦，已自缺于璧。对此不驻景，可更孤今夕。今夕云净收，碧宇澄浏浏。船泊近西岸，东望图纵眸。苍然刚半刻，明放树梢头。金轮徐吐出，向我冰辉流。世界一广寒，星斗空罗稠。月既如人意，人当为月留。而我戒流连，亟命旋兰舟。①

乾隆诗歌与钱载存在着很大的相似性，钱锺书先生言钱氏"应制赓歌，颇仿御制，长君恶以结主知"，这种情况在其仕宦后的确存在，但是否单纯出于"结主知"就不得而知。钱载乾隆十七年壬申（1752）进士及第，年已四十五岁，诗学范式和创作基本成型，而与他年纪相仿的乾隆"以文为诗"也早是传统。他们之间这种契合，说明二人在诗学创作及取法上有着当时的学术环境和诗歌自身发展演变规律所赋予的共通性。

乾隆对宋诗风的兴盛起到了非常重要的作用。或许他对诗的热爱是真诚的，只是他把这份热爱过度政治化，令诗歌成为一种政治手段，从而抹杀了诗歌所独有的抒情本质。但从一个帝王的角度看，这种做法却也无可厚非。他一生多次出巡，各省都会有士子献诗，多人曾因此被赏识拔擢。乾隆三十年乙酉（1765），"江苏、安徽进献诗赋诸生，考取一等之举人郑沄、张熙纯，俱著授为内阁中书，遇缺即补。鲍之钟、金榜、秦潮、周发春、吴楷、洪朴、陈希哲、蒋宽、刘种之，俱著特赐举人，授为内阁中书，学习行走"②。写诗便能博得天下士子寒窗苦读若干年才能获得的出身，这是多么便捷的青云之路！同年，他路过山东，圣谕："原任刑部尚书王士正，绩学工诗，在本朝诗人中，流派颇正，从前未邀易名之典，宜示褒荣，以为稽古者劝。著大学士察例议谥具奏。寻谥文简。"③皇帝的这种姿态，明显向天下昭示着写诗歌可以进身，亦可以荣身，是可以致身贵盛的工具。如果这些还算隐秘不宣的话，那将诗作为科举考试的内容，就是明白昭示天下——想在乾隆朝做官，必须会作诗。

"试帖诗"作为考试之用始于唐朝，一般为四韵或六韵，宋神宗时被王安石取消，至乾隆朝再次恢复。乾隆朝的"试帖诗"在形式上有所改变，为五言八韵，且皆用仄起格，之所以用八韵是为了配合"八股文"考试的形制。每韵上下两句为一联，每联为一股，首联破题，次相继为承题、起股、中股、后股及束股，略等同于起承转合，但束股必须颂圣。出题范围限制在经史子集之中，必用前人诗句或成语。"试帖诗"除了要贴合题目，讲求对仗和格式的工稳，最难者便是如何在诗句中体现学识，即如何用典。"试帖诗"的再度回魂，虽为皇帝以文

---

① （清）弘历撰《御制诗三集》卷六，《景印文渊阁四库全书》第1305册，第372页。
② 《清实录·高宗纯皇帝实录》卷七百三十二，中华书局1986年3月第1版，总第18册第60页。
③ 《清实录·高宗纯皇帝实录》卷七百三十三，中华书局1986年3月第1版，总第18册第82页。

化禁锢精神和思想提供了另一手段，但客观上也起到了促进诗学发展的作用。

利用诗歌进行思想和文化统治似乎是清代帝王十分乐做之事，尤其是康、乾二帝，在这方面的尝试简直不遗余力。康熙诗坛王士禛导扬风气在先，乾隆诗坛沈德潜、翁方纲踵继其后，三大诗派皆在皇帝有意无意地携扬下渐成气候。康熙一代英主，乾隆对他极为崇拜。在即位之初他各方面都效法祖父，其中包括对擅诗大臣的提携以及以诗教入政统的治国理念。乾隆十分清楚诗歌导扬风气的作用，尤其是御制诗，更具垂范。乾隆三十年乙酉（1765）他命两江总督尹继善将其《御制诗初集》《二集》《文集》一体刊行，号称要"广为刊布，以式士林"，① 就是让天下士子以他的诗为榜样。同时，他还需要一个代理人，帮助他传达自己的诗教，这时，翁方纲以及他的"肌理说"便应运而出。

翁方纲（1733—1818），字正三，又字忠叙，号覃溪，因喜苏轼遂晚号苏斋。他精金石词章之学，尤擅书法，历任广东、江西、山东等省学政。翁方纲曾与钱载论诗达十年之久，他在《萚石斋诗钞序》中说："方纲与萚石相知，在通籍之前，而谈艺知心，于同年中为最。自己卯（乾隆二十四年，1759）春，萚石自藜光桥移居宣南坊，方纲得与晨夕过从……方纲于萚石，则固敢谓粗喻矣。"② 我们审视翁方纲的诗学主张，发现钱载对他影响明显。如前所述，乾隆和钱载在诗学主张上较一致，乾隆用政主实用，弃虚文，他说：

> 朕所作诗文，皆关政教。大而考镜得失，小而廑念民依，无不归于纪实。御制集俱在，试随手披阅，有一连数首内专属寻常流览、吟弄风月浮泛之词，而于政治民生毫无涉者乎？是朕所好者载道之文，非世俗徒尚虚车之文。③

这点与翁方纲所言"诗必研诸肌理，而文必求其实际。夫非仅为空谈格韵者言也，持此足以定人品、学问矣。……《乐记》'声音之道与政通'，则文章即政事也。泥于言法者，或为绳墨所窘；矜言才藻者，或外绳墨而驰，是皆不知文词与事境合而为一者也"④，两者几如出一辙。翁氏对"学人之诗"的阐发诚然是看中宋诗尚"质实"的诗歌特点，但有俾政教的特点相信对他更具吸引力。翁氏给其"肌理说"之"理"所下之定义可谓相当模糊，但正因其模糊性，故无论是文理、法理、还是儒家核心的伦理，皆能全然该之。再加之他所主张"考订训诂之事与词章之事，未可判为二途"⑤的诗学倾向，提出在实学考据成为乾嘉学术主流的时期，其诗学主张之真实倾向性了然可见。翁氏审时度势，顺应潮流的眼光的确令人钦佩，作为

---

① 《清实录·高宗纯皇帝实录》卷七百三十一，中华书局1986年3月第1版，总第18册第49页。
② （清）翁方纲撰《复初斋文集》卷四，《续修四库全书》第1455册，第378页。
③ 《清实录·高宗纯皇帝实录》卷一千三百零一，中华书局1986年5月第1版，总第25册第495页。
④ （清）翁方纲《复初斋文集》卷四《延晖阁集序》，《续修四库全书》第1455册，第390页。
⑤ （清）翁方纲《复初斋文集》卷四《蛾术集序》，《续修四库全书》第1455册，第386页。

一个典型的"纱帽气"的诗学理论家,他当之无愧。

翁方纲政才平庸,乾隆二十八年癸未(1763)大考翰詹,翁诗仅列三等,处罚俸一年,皇帝谓其"平常"。五十七年壬子(1792)圣谕云"翁方纲学问亦止中平,不过在直隶科甲人员内,相形尚见其优,是以简用学政,并非必不可少之人"①,可见乾隆对他的评价不高。言此种种的目的无非是想证明,翁方纲"肌理说"的提出以及他对"以文为诗"身体力行的提倡,很可能是想通过"结主知"而保全自己既得的地位。当然,有可能的话他也希望像王士禛一样,在皇帝授意下成为诗坛盟主。

当然,翁方纲的"肌理诗"在皇帝默认下风行朝野,但该理论的缺陷性也的确带给他更多批评。洪亮吉作诗讽刺"只觉时流好尚偏,并将考证入诗篇。美人香草都删却,长短皆摩击壤编"②;袁枚讥其"误把抄书当作诗"③;朱庭珍说其考据诗"饾饤书卷,死气满纸,了无性情",这些都直击其诗的致命症结。相信,这些问题他自己也清楚,他的门人吴嵩梁在其认可的情况下将其诗分为两类,"性情风格气味音节得诗人之正者为内集,考据博雅以文为诗者曰外集",泾渭分明。这种分法,也可看作是他对其诗学主张和创作的一种自省。

虽然乾隆及祖若父以及周围一干臣僚,都极力鼓吹儒家诗教精神,但我们清楚,在皇权专制愈加严密的封建社会后期,统治者们早已无须借助诗的力量来采风观俗。诗于他们而言,不再是美刺的工具,而是验证皇权意志是否被得以执行的试金石。他们喜闻乐见的是文学创作能按照他们的意志发展演变,诗人们能写出与时代政治、帝王意志表里相协的作品。如果说清初李光地等人对儒家传统大加揄扬,并鼓动康熙以儒家思想治国的目的或许有为汉族士子取容,并渐渐异化满族统治者为我儒家精神所用的话,那康雍乾三帝对儒家传统神乎其技的运用并把无数汉族士子摆弄于股掌之上,想必是他始料未及的。清朝诗歌发展的历史,就像一面镜子,映照出清朝历代皇帝对文化发展所产生的强大干预力。

最后,不妨再附论一点,乾隆诗未必皆是不忍卒读之作,如《雪猎十韵》:

> 塞云低暖魂,朔雪洒雱霏。万嶂增岩气,千林缬素辉。月同光不湿,风似定还飞。压帽轻于絮,堆衣幻作玑。藩王群扈跸,漠岭早张围。谁肯毡裘著,都欣王策挥。衬蹄致马疾,刷羽益雕威。搜穴虎呈迹,炙鲜鹿荐肥。弥漫迷涧户,飘瞥婳林扉。乞相寒江上,一蓑披得归。④

清诗中写北方风俗的作品不多,这首写塞外围猎的场景,就很有地域风情。虽然不脱帝王

---

① 《清实录·高宗纯皇帝实录》卷一千四百一十八,中华书局1985年8月第1版,总第26册第1079页。
② 洪亮吉撰《更生斋诗》卷二《道中无事,偶作论诗截句二十首》之二十,《续修四库全书》第1468册,第132页。
③ (清)朱庭珍撰《筱园诗话》卷二,《清诗话续编》本,上海古籍出版社1983年12月第1版,第4册2364页。
④ (清)弘历撰《御制诗三集》卷八,《景印文渊阁四库全书》第1305册,第394页。

口吻，时用僻字，喜掉书袋，但比他那些堆砌学问满口之乎者也的诗还是好多了。

以上可以看出，康乾诗坛的发展演变，受帝王意志影响极大。无论是康熙的尚唐还是乾隆的倾宋，都对当时诗风产生至关重要的影响。比较此前历代，清初四帝对文化发展的控制力可谓空前。诚然，这里或许过分夸大个体人物对历史的作用力，但在高度集权的清代前中期，皇帝已然不再是个体人物，而代表着极端意志，甚至可以说是政体和国体的代名词。一喜一怒，直接关系世道国运，带给社会以极大的震荡。已故严迪昌先生曾有过这样一段论述："在中国诗史上从未有像清王朝那样，以皇权之力全面介入对诗歌领域的热衷和控制的。……而诗作为心灵之窗，作为高层面文化之一种，特别又与科举文化密相复合，实在是变演风气、制约心态的关键之环，足以带动其他文艺之事。在'文治'之长链中，制控住诗这一最敏捷、最灵动、最易导播的抒情文体，对制约、网罗、笼络、消纳汉族士子的心性，也就把握了一种主动性和制控权。"[1] 的确，作为封建社会统治者的帝王们，不仅支配着权力、物质，某种程度上，也支配着思想。而文学，尤其是诗歌，是内在思想最直观的表现形式之一，更难以避免被打上帝王意志的烙印。帝王们以其独有的政治优势可以轻而易举地扭转一代风气，更遑论说文学发展的走向。长久以来，我们在观照文学演进的历史时，过多地关注作为创作主体的作家及其作品，虽对当时的政治环境有所参考，却往往忽略封建政治统治中那些重要人物们的言论、思想、创作对文学发展所产生的影响，尤其是帝王意志对文学发展的影响力。如果缺失了这一环，就很难从深层次上较明确解释清诗发展变化的过程。

---

[1] 严迪昌著《清诗史·绪论二》，人民文学出版社 2011 年 11 月第 1 版，上册第 16—17 页。

第六章　雍乾之际的八旗诗坛

雍乾时期，当为数众多的诗人歌唱着盛世王朝的文成武德时，八旗诗人内部却发出一缕缕与盛世风光颇不协调的音符。他们或才不见用，或淡泊功名，游离于朝阙之外，徜徉于山水之中，终日啸咏，以诗会友，形成了一个与八旗朝士诗人集团并峙的布衣诗人群体。这一群体中既有因受打击，避祸隐居的以李锴为首的"辽东三老"；也有不慕荣利，主动远离权力世界的以长海、永宁为首的"燕山十布衣"。他们以相似的诗歌风格和诗学取向以及较一致的人生经历和旨趣追求，形成了一个范围广且影响大的八旗布衣诗派。他们的存在，为八旗诗坛添注了一抹颇具异趣的色彩。

第一节　"辽东三老"

关于"辽东三老"，历来说法不一。本师朱则杰先生曾就此问题做过深入的考辨，确定"辽东三老"为李锴、戴亨、陈景元三人，具体内容这里不再赘述①。"辽东三老"中以李锴名声最著，翼之陈景元和戴亨，在当时便引起诗坛关注。法式善在《梧门诗话》中说："陈石闾景元、李铁君锴、戴通乾亨称辽东三子，作诗皆以汉魏为宗。"② 这里，就说一下"辽东三老"及他们的"布衣诗"。

---

① 参见本师朱则杰先生著《清诗考证》第三辑《作家作品类》第六十六篇《"辽东三老"及其他》，人民文学出版社2012年5月第1版，下册第1061—1072页。亦可参看则杰师所撰《"辽东三老"考辨》，《社会科学战线》2009年第3期，第166—170页。
② （清）法式善撰，张寅彭、强迪艺编校《梧门诗话合校》卷六第五十则，凤凰出版社2005年10月第1版，第205页。

一 李 锴

李锴（1686—1755），字铁君，又字眉山，号豸青山人，隶正黄旗汉军。锴为宁远伯李成梁之后，祖父恒忠是皇太极侍卫，父李辉祖任湖广总督，岳父是权震朝野的索额图。李锴自幼颖悟，精于小篆，喜读书，中岁遭遇家变后辞官，隐于盘山豸青峰下，读书著述，一岁一入城市。为人慷慨，不拘小节，尤精于史，曾历时十六年纂辑《尚史》一百零七卷，此书"用旧文剪裁排比，使事迹联属，语意贯通，体如诗家之集句，于历代史家特为创格"①，与当时史学家陈梓有"南陈北李"之誉。

李锴耽诗，先有《含中集》五卷，后删改增添厘为六卷，易名《睫巢集》，并《后集》一卷。李锴诗在当时就已有名气，他与铁保、法式善、英廉、毕沅，以及宗室允禧、弘晓、恒仁等皆有交游。他的诗古奥峭奇，力追汉魏盛唐，陈景元谓其"有汉魏陶谢风，其它得少陵神采"②，沈德潜赞其"古奥峭削，自僻门径，高者胎源杜陵，次亦近孟东野"③。他曾总结他的诗学观，谓"三代迄汉，则渊而雅，宏而肆，琅琅乎可诵矣。时再降，靡曼旖旎之声几作，而元音几亡"④。虽然，他认为"三代以下，一切可废"⑤的主张颇显偏激，实际创作上也有很大局限，但力追高格古调以纠正当时诗坛浮躁浅白等弊端的努力有其积极意义。

他的诗在内容上以描写山水田园之美和乡野生活之乐为主，辅以友朋唱和之作和南北游历时的作品。李锴为世家子，很难说父兄功业不对他人生理想与道路选择产生影响。田晓春先生曾归纳过"盛世"布衣诗群的文化性格，"本多有用世之雄心，但多在中年前后因各自的缘由便已被消磨殆尽"⑥，李锴、陈景元、戴亨皆属此类。比如，他曾在给方苞的诗中说："丈夫弧矢志，少小应征徭。屯边隶充国，代马惨不骄。二十走淮徐，畚锸尝自操。"⑦ 在回忆年轻时为国效力的经历中，全然看不出奔走辛劳的痛苦无奈，反而能感受到些许的自豪。将这类诗句和他后半生常以"弃物"自比的消极语汇结合来看，内蕴可知。清楚这一点，对我们理解他的其余诗歌创作是有帮助的。

作为一个众口皆碑的"隐士"，他接受的似乎并不情愿。他在给洪时懋的诗中说"衰废勿

---

① （清）永瑢等撰《四库全书总目》卷五十《史部·别史类存目》，中华书局 1965 年 6 月第 1 版，上册第 453 页。
② （清）盛昱、杨钟羲辑，马甫生等标校《八旗文经》卷五十一《李眉山先生传》，辽沈书社 1988 年 10 月第 1 版，第 419 页。
③ （清）沈德潜等辑《清诗别裁集》卷三十，上海古籍出版社 1984 年 3 月第 1 版，下册第 1257 页。
④ （清）李锴撰《李铁君文钞》卷上《陈石闾选诗序》，《辽海丛书》第 3 册，辽沈书社 1985 年 3 月第 1 版，第 1969 页。
⑤ （清）夏之蓉撰《半舫斋古文》卷四《与李鹰青书》，《四库未收书辑刊》第九辑第 26 册，第 45 页
⑥ 田晓春撰《清代"盛世"布衣诗群文化性格论》，《苏州大学学报》1999 年第 4 期，第 52 页。
⑦ （清）李锴撰《睫巢集》卷五《呈望溪老人》，《四库全书存目丛书》集部 282 册，第 414 页。

复道，寸心怀国恩。相逢无厚薄，努力尽深言。沙碛黔黎苦，边城风俗淳。君如敷德化，抚字莫辞烦"①，由此可见，在心理认同上，他可能更接近那种因壮志难酬或是有所回避而不得不株守田园的失意文人，戴亨与陈景元在这点上基本与李锴相同。或许，这正是"辽东三老"与下节所谈的田园诗人长海、永宁不同之处。"辽东三老"诗歌内容多抒写人生失意、摹写困顿生活，兼及刻画风景人物，归根到底多少都显示出"名心未灭"的特征。而长海与永宁作为另外一类的"布衣诗人"，是从最开始就远离庙堂，自觉选择一条与名利决裂的道路。前者被动后者自发，心怀可想。或许正是这种并不相似的心路历程，造成他们诗歌风格的些微区别。前者古淡中蕴含着沉郁萧骚，以悲慨健朗胜；后者则处处体现出萧然出尘、与世无争的精神态度，以疏阔澹荡胜。

李锴作为"辽东三老"中声名最著者，创作数量最多成就也最大的是他的古体诗。如其《画鹰歌》：

> 岂有长风动荫壑，白日霜棱惨相薄。由来焦墨枯燥行，碧海苍鹰眼中落。清骹玉立嘴金削，猛鸷谁能甘束缚。深目如愁西域胡，杀机或伏条支雀。盖州傅君技精妙，且园创始君继作。甲匀迭翼腕有神，纸上蟛蜞声郭索。裁成万象聊斯须，三年一叶徒穿凿。五陵公子见鹰喜，走马街头贾生鹗。绿绒绦丝红锦韝，臂向南山看攫搏。傅君劝汝一杯酒，此画虽奇人不取。君不见，屠龙手。②

杨载在《诗法家数》中谈到古诗创作的技法问题，他说："凡作古诗，体格、句法俱要苍古，且先立大意，铺叙既定，然后下笔。则文脉贯通，意无断续，整然客观。"③ 李锴此诗苍老古朴，涵韵深厚，具汉魏诗气骨格调，最能体现李锴诗歌创作的复古主张。除却古体诗外他在一些近体诗中也有对追求高古诗风的尝试，如其《野望》：

> 燕赵悲凉俗，唐虞揖让风。
> 古怀缘酒热，老眼得秋空。
> 易水销神剑，尧山泯故宫。
> 几多凭吊意，徒倚落晖中。④

李锴自觉地追求那类在清丽脱俗中蕴藏深沉浑厚之美的风格取向，着力营造一种萧散幽谧

---

① （清）李锴撰《睫巢集》卷三《西宁令洪时懋见过赋赠》，《四库全书存目丛书》集部第282册，第386页。
② （清）李锴撰《睫巢后集》，《四库全书存目丛书》集部第282册，第437页。
③ （元）杨载撰《诗法家数》，丁文焕辑《历代诗话》，中华书局1981年4月第1版，下册第731页。
④ （清）李锴撰《睫巢集》卷三《野望》，《四库全书存目丛书》集部第282册，第379页。

与沉郁雄浑相融合的意境。他对汉魏六朝诗歌的领会是深刻的，但事物皆有两面性，追求高风古意的初衷本没有错，但过于拘泥古人，在创作上就不免受限。正如《四库全书总目提要》中说"其诗意思萧散，挺然拔俗，大都有古松奇石之态"，但过于"刻意求高，务思摆脱，往往有剔削骨立、斧凿留痕"① 之弊。如其《兔丝》：

> 纤纤兔丝草，袅袅引蔓长。谁云无根株，可以绿众芳。绸缪事冯藉，所缠成萎黄。尝闻人有言，李树代桃僵。美人步南园，采采归兰房。缠我金步摇，绞切双凤皇。随手寸寸断，私心异有常。江上生蘼芜，北风天阴霜。②

他这类拟古诗很多，虽然在"形"上达到一定高度，但"神"却仍不足与古人比肩。形神兼备是拟古最难之处，最考验作者功力。四库馆臣谓其"古人音节既不可得，乃诘屈其词以意为之"③，指出了李锴诗歌上的明显缺失。

李锴半生隐于盘山，生活比戴亨和陈景元优裕，所以他的诗中少戴陈二人忧贫叹老之什。他的诗虽缺乏对社会底层人民生活的关切，但毕竟在农村周旋日久，所以对农村生活情况也有反映。其《观村人刈稼》写的是一户村民经历了"冬春糠麸暂糊口"④ 的困苦生活后，好不容易盼来秋天的丰收，但这边还在刈稼收粮，那边里正已经在敲门催租了，这是李锴集中为数很少的算得上揭露时弊的一首诗。虽对现实关注不多，但他一些描写乡间土俗的诗却很有真趣，展现出乡村生活的美好可爱，如其《夏日山居即事书怀三首》之一：

> 村径通荒寂，悠哉此一隅。
> 晚凉移暑湿，空翠落处无。
> 山意含深境，天然畀老夫。
> 君看黄雀思，自与白鸥殊。⑤

诗中乡村的安静幽谧与诗人萧疏散澹融合为一，他在自然中得到了心境的平和，自然在他的笔下焕发出生机活力，李锴在盘山隐居期间的创作大致都体现出类似的风格面貌。

李锴辞官前奔走南北操劳王事，辞官后携家游历，无疑开阔了诗人的眼界和诗境。李锴的

---

① （清）永瑢等撰《四库全书总目》卷一百八十五《集部·别集类存目一二》，中华书局1965年6月第1版，下册第1683页。
② （清）李锴撰《睫巢集》卷四，《四库全书存目丛书》集部第282册，第402页。
③ （清）永瑢等撰《四库全书总目》卷一百八十五《集部·别集类存目一二》，中华书局1965年6月第1版，下册第1683页。
④ （清）李锴撰《睫巢集》卷四，《四库全书存目丛书》集部第282册，第385页。
⑤ （清）李锴撰《睫巢集》卷四，《四库全书存目丛书》集部第282册，第394页。

这类诗为我们了解其行迹交游提供佐证，同时也可以作为考察其不同诗歌风格的依据。他的一些游历诗气象雄浑、逸兴飙发，显示出超绝的骨力和气势，展露出深厚的创作技巧，尤其是出关北行时创作的一些边塞诗，如《瀚海》云：

瀚海赤沙赤如赭，绵亘大漠无端倪。星汉界天海界地，其广千里狭半之。飞鸟解羽或傅会，游鱼蕴石良神奇。红嵯曝日水咸苦，谓陆为海其以兹。革囊载水乃可渡，不者人马皆渴饥。汉家健儿数绝此，几人生全几人死？海西落日大如轮，故鬼啾啾叫新鬼。①

这首诗意象开阔、包举壮观，但含蕴低沉悲凉。诗人对景物和地理特征的描述真切细致，他由目前之景遥想联翩，生发出悲慨万端的吊古幽情，全诗沉郁哀徊，令人动容。而与李锴同一阵营的陈景元和戴亨，诗歌虽也力求复古，但因生活境遇、个性气质等方面的差异，创作风格有所不同。

二 陈景元

陈景元（1696—1752），字石闾，又字子文，号不其山人，原籍琅琊，后迁奉天海城，隶镶红旗汉军。为人豪爽、尚气节、善辩论，耽诗，于贫困中不废吟咏，李锴序其诗集谓"绝不作近语，又欲以其所得者觉人，而后援俗。于是乎上自轩辕，逮唐初、盛，汇为一集"②。这点和李锴的上溯汉魏，迹踪三唐大体一致。法式善《八旗诗话》中称："诗与李铁君类，字画亦酷肖。骤览之，觉豪气未除，熟读细玩，知其自骚迄唐，枕藉之功深矣。沉挚又近曲江，超忽近太白，而妙不袭其皮貌。"③ 著有《石闾集》三十卷，又名《居白堂集》。

陈景元出身世家，可到他这辈家族早已没落。他空有报国之心和立业之志，却不得其门而入，"乘舟不破浪，游目何能长。屠狗不屠龙，壮志何能强"④。他厌恶世界的真假相杂，谓"时趋多变更，古道亦反覆。真赝相纷拏，倾囊购鱼目。夜光畏人指，高明但雌伏。藏器待佳候，潜身远凌辱"⑤，对不公和虚伪相当愤慨。"士有不得志，托兴归林泉"⑥，可陈景元好像并没有在田园中获得预期的宁静，"宝剑不在手，魑魅来为祟。黄金不在腰，壮士亦憔悴"⑦，

---

① （清）李锴撰《睫巢集》卷二《瀚海》，《四库全书存目丛书》集部第282册，第373页。
② （清）李锴撰《李铁君文钞》卷上，《辽海丛书》第3册，辽沈书社1985年3月第1版，第1969页。
③ （清）法式善撰，张寅彭、强迪艺编校《梧门诗话合校》附《八旗诗话》第一百四十六则，凤凰出版社2005年10月第1版，第504页。
④ （清）陈景元撰《陈石闾诗》卷十一《咏怀》二十首之四，《四库全书存目丛书》集部第282册，第535页。
⑤ （清）陈景元撰《陈石闾诗》卷三十《卖珠行寄李铁君》，《四库全书存目丛书》集部第282册，第649页。
⑥ （清）陈景元撰《陈石闾诗》卷九《还山吟送李铁君》，《四库全书存目丛书》集部第282册，第518页。
⑦ （清）陈景元撰《陈石闾诗》卷二《长歌行》，《四库全书存目丛书》集部第282册，第470页。

第六章 雍乾之际的八旗诗坛

现实生活的艰辛令诗人日益凋零,但他从未放弃自己高洁的志向追求,他在《李眉山柱顾敝居有作》中写道:

> 乞食从吾道,先生走击蒙。
> 可知何氏女,不入宋王宫。
> 薇蕨千秋饱,行藏一代空。
> 平生耽傲岸,只是耻雷同。①

陈景元诗求复古,他在《偶然作》中云:"大雅久湮沉,管弦变协律。濮上有新声,遂使元音失。"这不仅是在讲诗歌传统的丧失,其实也是在感叹伦理道德的丧失。在他心中,"大雅"和"大道"是统一的,而清明雅正的文化环境正为晦暗压抑的文化环境所替代,这不正是他感慨的"宫徵易清商,千秋昧真实"②么?由此可见,陈景元的诗学复古,其实也是一种道德的复古。

或许是因为有志难展,所以他的诗大多充满抑郁不平之气,笼罩穷愁失路之悲,他爱古风,喜作古乐府,尝以《行路难》为题作诗数十首,多半抒发自己不为世用的悲哀:

> 桃花不照脸,常恐娥眉妒。芙蓉出水长,惧为淤泥污。拂人之性患及身,顺亦不能完我真,直欲脱尘绝俗万古常如新。良瞑不畏崎岖而失路,烈士不同颠沛而改度。上有仓浪天,下有百丈渊。王乔跨鹤缑山去,白云与世相周旋。③

在诗中,陈景元以桃花和芙蓉比喻高尚美好的品格,认为古往今来那些有志难伸的饱学之士,人生道路都是坎坷的。陈景元不比李锴,李虽辞官但毕竟家业仍在,在其诗中,我们知道他置有田产,经济比较宽裕。而陈景元则不然,他无数次哀叹"穷途谋亦拙,身老病兼催"④、"风尘摧老病,儿女辱提携"、"途穷不敢哭,相对各含凄"⑤。年近五十归乡时,家人仍寄居南京,无力一起携还。回京后又赁房居住,他的弟弟陈景中为支持家计,远赴边陲宦游天涯,其《癸亥闰四月二日入都,宿石东村居赋赠三首》其二云:

> 久坐定惊魂,凭君仔细论。

---

① (清)陈景元撰《陈石闾诗》卷十三,《四库全书存目丛书》集部第 282 册,第 545 页。
② (清)陈景元撰《陈石闾诗》卷十四《偶然作》二首之一,《四库全书存目丛书》集部第 282 册,第 551 页。
③ (清)陈景元撰《陈石闾诗》卷二《行路难》十首之三,《四库全书存目丛书》集部第 282 册,第 466 页。
④ (清)陈景元撰《陈石闾诗》卷七《豸青山人见过三首》,《四库全书存目丛书》集部第 282 册,第 510 页。
⑤ (清)陈景元撰《陈石闾诗》卷七《移居城中,送橘洲弟先发》,《四库全书存目丛书》集部第 282 册,第 506 页。

家贫十口寄，天幸一身存。
眠食宜朋友，辛勤老弟昆。
始终期不偶，深负信陵恩。①

正如李锴在赠诗中写道："君走黄河西，舆彼江海乡。归来一何有，所得鬓眉苍。"② 陈景元年未五十，却已须发皆白。贫愁生活带给他极大痛苦，南北奔波的幕府生涯令他倍加憔悴，"远道事干谒，千里不知长"③、"我生倦行役，白发寄征途"④，几乎终其一生，他都活在这样的境况中。

陈景元一生游历之处甚多，南游诗清丽淡雅，北行诗慷慨壮美，是两种截然不同的风格。如《棹歌行》，既体现南游诗的婉美，也展露出他古体诗创作的较深功力，诗云：

江南五六月，芙蓉齐作花。顾影欲生爱，临流只自嗟。采莲到前浦，丝向中肠吐。莲实自来甘，莲心何太苦。

素质映流光，罗衣拂暗香。水珠迎棹拨，正溅双鸳鸯。鸳鸯尚有匹，离合人难忘。团扇憎秋风，盛颜能几日。

君在陇水头，妾住白蘋洲。远水思近水，各自东西流。阑干久寂寞，殊方不可托。郎若渡江归，莫畏风波恶。⑤

诗歌以口语流出，不事雕琢，没有繁词拗句，又极具南朝乐府的蕴藉风致。或比或兴，寄寓悠远，托辞温厚。陈景元还有一些悲愁沉郁、气象雄浑的抒怀之作，如《出山海关》：

左右连山海，雄关第一重。
草肥堪牧马，人杰喜从龙。
王气东来满，泥丸北极封。
百年思往烈，行处问遗踪。⑥

这首诗颇具八旗风力，既有开阔式的景物描写，也融入了深厚的民族情感和历史意识。

---

① （清）陈景元撰《陈石闾诗》卷十，《四库全书存目丛书》集部第282册，第527页。
② （清）李锴撰《睫巢后集》卷一《答陈石闾》，《四库全书存目丛书》集部第282册，第442页。
③ （清）陈景元撰《陈石闾集》卷二《车遥遥行》，《四库全书存目丛书》集部第282册，第468页。
④ （清）陈景元撰《陈石闾集》卷七《先至京城留眷属寓白下……寄两儿》四首之一，《四库全书存目丛书》集部第282册，第527页。
⑤ （清）陈景元撰《陈石闾集》卷三，《四库全书存目丛书》集部第282册，第477页。
⑥ （清）陈景元撰《陈石闾诗》卷二十八，《四库全书存目丛书》集部第282册，第638页。

陈景元创作丰富但缺乏裁汰，颇显芜杂。他集中多组诗，如以《拟古》《绍古》《学古》《古曲》为题的诗歌，动辄十几首。还有《感兴》《遣怀》《咏怀》《杂兴》等组诗以及以古乐府为题的拟古之作，不胜枚举。在《石间诗集》卷三十中，他以《杂兴》为题一气作诗二十首，这还不算最多的。这类诗歌多半没有太大的欣赏价值，正如法式善《八旗诗话》中谈到陈景元、陈景中诗歌时说"石间工取势，橘洲工取致。取势者诗其才，取致者存乎养。橘洲作诗矜重，稿多不存，视石间又有异矣"①。陈景中作诗矜重，稿多不存，陈景元作诗流于率易，存稿太多，我们在读他的诗歌时就需要注意甄别。

三 戴 亨

戴亨（1691—1760），字通乾，号遂堂，原籍浙江钱塘，其父戴梓被诬发配沈阳，遂居辽东隶汉军旗。戴亨家境贫苦，少时病目，十五岁痊愈始读书。从其父学诗，以《古诗十九首》为源头，论诗根柢《毛诗》《楚辞》，仅学汉魏李杜盛唐，以下皆不取。起法虽高，但不免自缚手脚。康熙六十年辛丑（1721）进士，但却没能让家境有所改变。戴亨是"辽东三老"中唯一进士出身又历官较久者，却也是身世最为曲折困顿的一个，陈景元在其诗序中说"通乾数十年破屋冷铫，力战于风雨震电之中而学乃成。……世皆欲杀而余独怜其才，又叹其穷以老也"②。有《庆芝堂诗集》十八卷。

戴亨诗歌数量丰富，内容也较为多元。除为官时与友朋大量酬唱之作外，他的诗多抒发自己怀才不遇的坎坷命运，兼及关心社会现实、反映底层生活的作品。戴亨幼时随父遣戍东北，从此便生活于穷愁困厄之中，进士及第的殊荣也没能改变他的生活困境。雍正三年乙巳（1725），戴梓去世，他在朋友的接济下才能回乡奔丧。雍正八年庚戌（1730）至乾隆二年丁巳（1737）任顺天府教授，是他人生中最悠闲的一段时光。后出任齐河知县，不到两年便因个性耿直、不善逢迎而被陷害罢官。其间连遭母丧等变故，一家又再度陷入穷困潦倒的境地。此后，他在北京授徒为业，乾隆十九年甲戌（1754）侄儿戴秉瑛出任仪征知县，他才就养于扬州，直至去世。

戴亨描写穷愁生活的诗非常多，其《连夜不寐因成苦调》云：

……忆昨返家门，妻孥令我怕。憔悴非人形，悬鹑仅掩胯。战栗向我言，口嗫艰出话。室内静炊烟，盎底积尘堁。绕膝黄口儿，苦道腹饥饿。哀哀哭叫娘，顿足裂衣破。相

---

① （清）法式善撰，张寅彭、强迪艺编校《梧门诗话合校》附《八旗诗话》第一百四十七则，凤凰出版社2005年10月第1版，第504页。
② （清）戴亨撰《庆芝堂诗集》陈景元序，上海书店《丛书集成续编》第129册，第469页。

顾正彷徨，高呼索租课。(原注：房租。)婉语丐迟期，嗔怒杂嫚骂。身贫世所欺，非关性怯懦。此境谁能堪，听者足惊讶。①

戴亨不求闻达，尝谓"无求贱亦尊，无贪贫亦乐"②，但终日面对幼小儿女衣不蔽体、食不果腹的凄惨景况，清高耿直的诗人又常常感到自责，"缅彼蒙袂子，困厄尝如斯。嗟来耻不食，沟壑分所宜。奈何小儿女，亦通惧此危"③。自己因为个性遭受穷愁困厄的折磨是自己的事，但连累年幼的孩子们"亦同惧此危"不免令他极为难过。

除感慨生活贫困外，他的诗更多是抒发自己甘于淡泊、不求闻达的志趣追求。戴氏一家历尽波折，戴梓虽对子孙仕进以重振家声怀有期望，但戴亨似乎对功名利禄并不那么热衷。他在《自笑》一诗中曾这样表达人生志趣：

自笑平生志，常思赋遂初。
升沉今已定，踪迹竟何如。
岩穴怀高侣，风尘寄索居。
几时归皂帽，闭室注虫鱼。④

之所以出仕，不过是为养家糊口而已。他对自己的个性认识十分深刻，"方枘而圆凿，龃龉讵相适？所守诚拘墟，所遇宁不逆。世情苦未练，疏懒成离索。名虽擢礼闱，宦途实云隔"⑤，这样的性格如何能在官场春风得意？果然，他在齐河知县任上终因直忤上官被下狱。

戴亨是自负的，虽不善逢迎官场的虚伪黑暗，但对父母官这份责任却从不怠慢。在任上，他极尽全力为民谋福，这使他成为"三老"中最关注民生的一个。其《查验任丘被水山庄》《悯流亡》《苦雨行》《旱》等诗，都展露出对民生的深切关心，如其《悯流亡》云：

龙沙风雪道，资斧怯前程。
忍见流亡像，哀闻乞命声。
饥寒方切己，胞与复关情。
我欲将图绘，风尘隔帝京。⑥

---

① （清）戴亨撰《庆芝堂诗集》卷五，上海书店《丛书集成续编》第129册，第496页。
② （清）戴亨撰《庆芝堂诗集》卷三《述怀》六首之一，上海书店《丛书集成续编》第129册，第484页。
③ （清）戴亨撰《庆芝堂诗集》卷四《儿女》，上海书店《丛书集成续编》第129册，第490页。
④ （清）戴亨撰《庆芝堂诗集》卷十，上海书店《丛书集成续编》第129册，第523页。
⑤ （清）戴亨撰《庆芝堂诗集》卷四《感遇》十首之一，上海书店《丛书集成续编》第129册，第487页。
⑥ （清）戴亨撰《庆芝堂诗集》卷十一，上海书店《丛书集成续编》第129册，第527页。

第六章 雍乾之际的八旗诗坛

这样直观并深情描绘流民惨象的作品在李锴和陈景元的诗集中是没有的。他还关心边疆战事，诗歌展现的范围远超李、陈。总体而言，"辽东三老"的诗歌过于注重刻画自我感受，较少对社会现实进行描写。雍乾迭兴文字狱，或许他们惧于罹祸，刻意回避。所以，戴亨的这类作品就显得弥足珍贵。

戴亨诗歌"根柢《毛诗》《楚辞》，涉于汉魏李杜盛唐以上，他不必效"，论诗讲性情，谓"托体于明道，而语发乎性情"①。金兆燕《庆芝堂诗集跋》谓："先生诗上自汉魏，下逮初盛唐诸大家，皆撷精取液，如金入冶而熔铸之，不肯稍降一格。"② 这些复古追求和实践与李锴、陈景元一致。总体看，戴亨诗古体胜近体，尤其长篇古诗可谓气势奔宕，如《云峰歌》：

> 自古夏云多奇峰，奇峰乃在山之中。披襟临风向山坐，山峰云峰争插空。初如群仙戏山麓，山中有石若琼玉。初平叱之欲成羊，崭然石上生头角。鬼物狰狞杂还来，飙轮火炬空中排。紫焰光腾赤蛇走，仙灵奄忽遭焚摧。目眩心摇骇奇绝，淅淅凉飙起天末。怪形诡状须臾间，纷纷落落归澌灭。我因述作云峰歌，云峰变幻亦何多。眼前荣悴速如此，古来万事复如何。③

古体诗在长短、用韵、平仄等方面较近体诗自由，虽没有那么多限制，但想写得好也并不容易。首先在题材选择、篇章布局、风格倾向上要做到古雅典质就相当难。刘熙载在讨论古体诗时说，古体宜"劲而质"，七古尤应"炜煜而谲狂"，以此来看，戴亨的这首诗不遑多让。

戴亨交游遍天下，他的酬赠诗在表现深沉真挚的友情时，也体现出戴亨超然世外、不染尘俗的个性特点。如："群鸟游芳洲，同类自相呼。和鸣成匹俦，岁久终不渝。"④ 再如："黄钟废已久，秋兰在虚谷。古音谁复考，孤芳媚幽独。人生不相知，深情向谁诉。"⑤ 其中尤以《赠陈石闾五首》最为忧挚，兹举其一：

> 古乐久沦丧，抱瑟犹孤鸣。宫商郁不舒，中含万古情。情深世莫测，哀怨难为听。孤鸾慕俦侣，翱翔遍九宇。雌雄倘颉颃，高飞戢毛羽。季女婉鸾姿，出入长苦饥。容华坐消尽，翻为媒母嗤。安能结同心，生死不相离。⑥

---

① （清）戴亨撰《庆芝堂诗集》自序，上海书店《丛书集成续编》第 129 册，第 471 页。
② （清）金兆燕撰《棕亭古文钞》卷十，《续修四库全书》第 1442 册，第 364 页。
③ （清）戴亨撰《庆芝堂诗集》卷七，上海书店《丛书集成续编》第 129 册，第 506 页。
④ （清）戴亨撰《庆芝堂诗集》卷五《送孙在原回黔南龙泉任》，上海书店《丛书集成续编》第 129 册，第 492 页。
⑤ （清）戴亨撰《庆芝堂诗集》卷五《送单青俟煜任龙门令》，上海书店《丛书集成续编》第 129 册，第 493 页。
⑥ （清）戴亨撰《庆芝堂诗集》卷五，上海书店《丛书集成续编》第 129 册，第 491 页。

李锴、陈景元、戴亨三人在个性上有相似处，都甘于淡泊、不慕荣利，青年时代都有报国之心，却因不同的原因遭受磨折，最后选取不与当世合作的生活道路。他们都有着强烈的自我意识，力求保持独立的人格不为外部环境所影响。但从细微上看三人又存在不同。陈景元恃才傲物、孤芳自赏，李锴淡泊恬静、谨守本分，戴亨磊落负气、个性耿直，这也造成他们在诗歌风格上的差异。李锴诗风清丽缠绵、韵味悠长，陈景元悲慨不羁、雄浑豪宕，戴亨则表现出一种更为复杂多变的风格特征，既有清新淡雅儒韵风流，也有沉郁顿挫意蕴绵邈，这也说明戴亨在诗学取径上虽与李、陈有一致，但在具体实践上却超出他的理论主张，较李锴和陈景元更为灵活。

第二节 长海与八旗田园诗

当李锴、陈景元、戴亨以"辽东三老"之名擅步诗坛时，还有这样一群八旗诗人，以其孤洁耿直、不与世和的清介品质，抒写着另一种诗歌传奇，那就是由长海等人组成的八旗田园诗人群。如果说"辽东三老"之诗力追古调从而呈现出古朴雅正、沉郁悲慨的风格气质，那这群田园诗人就以疏荡静谧、萧散空灵的自然之笔在另辟蹊径。

一 长海的山水田园诗

长海（1667—1744），那兰氏，字汇川，号清痴。先祖为乌拉部长，高祖苏伯海在太宗时率所部归附，其父马期官至都统，授镇安将军。长海生于世族，但个性孤介，喜文艺，青年时曾与姜宸英、朱彝尊、赵执信、洪昇、查慎行等人同预张霖的遂闲堂雅集。因看不惯官场的尔虞我诈，最终没有走上仕途，选择了"千金浑脱屣，一卧竟终身"①的人生道路。长海爱诗画，精鉴赏，遇当意的作品便倾囊购得。因喜雷溪景色秀美，遂筑"大钵庵"以居，自号"雷溪居士""大钵庵主"，乾隆九年甲子（1744）卒于家中，著有《雷溪草堂集》。

（一）长海的诗学取向

"先生论诗，以性情为主。一切斗花丽叶、蛙绿皱红之习，悉举而空之"②、"诗固出乎穷达之外，而根乎性灵"③，在这些对长海的评价中，我们可以看出他的诗歌创作对真实、自我、

---

① （清）李锴撰《睫巢后集·哭马汇川隐居》二首之二，《四库全书存目丛书》集部第282册，第447页。
② （清）长海撰，杨开丽校注《雷溪草堂集》查克殚跋，《长白丛书》第五集，吉林文史出版社1991年8月第1版，第92页。
③ （清）长海撰，杨开丽校注《雷溪草堂集》鄂尔泰序，《长白丛书》第五集，吉林文史出版社1991年8月第1版，第12页。

质朴的追求。长海没有专篇讨论诗歌理论的文字,但他很注意对诗歌风格的甄别和选择,并对不同时代的诗人诗作进行评价。他曾效仿元好问作论诗绝句四十七首,这组诗比较集中地体现了他的诗学宗尚。他论诗主张自然天真、平凡入妙、神韵超脱,"左司高格任天真,古质闲情似晋人"①、"元和风骨居然妙,得意输他冷淡中"②,从中可以看出他欣赏任情写实的自然之笔。另外,他对司空图、严羽以及周密也十分钦佩,他称周氏之诗"春霞染岫品高流,神韵多于风调求"③,评价很高。

长海学诗取径也较宽松,不似李锴等人固守复古之论,唐以降之诗不取,以至于极大地限制了诗歌创作的发挥空间。他这组论诗绝句上至汉魏六朝,下逮本朝诗家,均有选入。比如,对本朝诗人他选取朱彝尊、杜濬、王士禛等,认为他们能够自成面目。此外,他重视民歌俚曲,认为其最能反映民情,"里谣巷语自言情,治乱污隆系此声"④,在他看来,这些民歌俚曲直承《诗经》传统,具有质朴真淳、妙趣天成的特点,也最能体现"兴观群怨"的诗道精神。他自己的创作也着意秉持这一理念,如其《渔家词》八首,兹举其四云:

溪上女儿花不如,日日溪头来卖鱼。
得钱换得青铜镜,自疑身在镜中居。⑤

这首民歌清新流丽,充满生趣。他深深为这样祥和宁静的气氛所陶醉:"雷溪白发老渔郎,自诩能歌水调长。旧曲人前歌不得,新声让与柳枝娘。"⑥ 正如他自己所说,民歌与文人诗都是绝妙词,在很大程度上有着异曲同工之妙。

(二)长海的人生旨趣

长海个性高标孤傲,不与世合,坚决拒绝做官。他在《与巢寄斋尚书》诗中说:"风波阻前修,荐止免溺沉。憯焉抱幽素,修洁如郁愔。仕已无悕喜,忧患何能侵。湖穷牛角涯,山抉

---

① (清)长海撰,杨开丽校注《雷溪草堂集·七言绝句·效元遗山论诗绝句》四十七首之十八,《长白丛书》第五集,吉林文史出版社1991年8月第1版,第78页。
② (清)长海撰,杨开丽校注《雷溪草堂集·七言绝句·效元遗山论诗绝句》四十七首之二十,《长白丛书》第五集,吉林文史出版社1991年8月第1版,第79页。
③ (清)长海撰,杨开丽校注《雷溪草堂集·七言绝句·效元遗山论诗绝句》四十七首之三十三,《长白丛书》第五集,吉林文史出版社1991年8月第1版,第83页。
④ (清)长海撰,杨开丽校注《雷溪草堂集·七言绝句·效元遗山论诗绝句》四十七首之一,《长白丛书》第五集,吉林文史出版社1991年8月第1版,第74页。
⑤ (清)长海撰,杨开丽校注《雷溪草堂集·七言绝句》,《长白丛书》第五集,吉林文史出版社1991年8月第1版,第88页。
⑥ (清)长海撰,杨开丽校注《雷溪草堂集·七言绝句·渔家词》八首之六,《长白丛书》第五集,吉林文史出版社1991年8月第1版,第88页。

幽岚岑。弋钓寂可托，林庐孚所欣。悠悠人间世，回睇无古今。"① 在他看来，人生所有的悲苦动荡、不可测的命运都来自仕途，正如曹寅在《东皋草堂记》中说："仕宦，古今之畏途也。"② 长海是在刻意逃避仕宦，尤其面对雍乾之际严酷的精神钳制和文化打击，以及一波波为排除异己而进行的血腥镇压，他决然选择隐遁于世外。当我们意识到这一点，也就能够理解缘何在雍乾之际的八旗内部，功臣勋旧之家会出现许多的"隐士"和"山人"。

对权势更替、祸福无常，很多人能够看得明白，但又有几人能够甘心无视这些诱惑，选择平淡人生？长海是智者，他在《闭迹》中说：

　　绝迹荒村自掩扉，萧疏原与世情违。
　　已成白首谁容老，纵买青山不许归。
　　林杪乍昏回雨气，炊烟欲敛带云霏。
　　那能更得闲无事，一卷楞伽拥衲衣。③

他对不为五斗米折腰的陶渊明钦佩有加，给予那些抛弃荣华富贵而隐居的隐者以唱颂。他称赞陶渊明"拱手领宰相，掉头仍山庐。白云何怡悦，玄鹤何容舆。千古仰德音，缅焉思其余"④。他与李锴、陈景元等人交游甚欢，尤与李锴更亲密。李锴有赠长海诗："二月轻寒拥鹿皮，人间独有马卿痴。夜来爨底无烟火，自咏梅花绝调诗。"⑤ 长海"返璞归真""抱朴守静"的人生态度，是他诗歌的主要风格，如其《和万授一见寄》和《娄山幽居寄唐静岩》等。前诗云："醉翁曾著归田录，君得归田是上乘。龙井云香双涧水，虎林梅破一溪冰。稻秧蚕叶民生在，社酒春灯乐事仍。天下于今谁好士，一鞲闲系九秋鹰。"

长海出身世族，但不善营生，中年不到便家业荡然。由富贵到贫穷的巨大落差，让他有机会接触到社会底层人民的真实生活，这既丰富了他的阅历，也丰富了他的诗歌。他在《秋村怀友》中记载与一个农人交往的事，"故交不可见，田父日相亲。添犊牛栏喜，谈经马肆新。溪钟长啸侣，风叶叩关人。感慨思良友，情言谁更论"，自然深挚。尤其《苦雨》一诗，直击民瘼，饱含关切与深情：

---

① （清）长海撰，杨开丽校注《雷溪草堂集·五言古诗》，《长白丛书》第五集，吉林文史出版社1991年8月第1版，第20页。
② （清）曹寅撰，胡绍棠笺注《楝亭集笺注·楝亭文钞·东皋草堂记》，北京图书馆出版社2007年11月第1版，第576页。
③ （清）长海撰，杨开丽校注《雷溪草堂集·七言律诗》，《长白丛书》第五集，吉林文史出版社1991年8月第1版，第54页。
④ （清）长海撰，杨开丽校注《雷溪草堂集·五言古诗·陶隐居》，《长白丛书》第五集，吉林文史出版社1991年8月第1版，第21页。
⑤ （清）李锴撰《睫巢后集·怀人七绝句》，《四库全书存目丛书》集部第282册，第436页。

第六章　雍乾之际的八旗诗坛

白昔夜见缠太阴，阳景闭藏天四沉。天江伸芒河鼓暗，倾注无处无秋霪。横流倒泻深泥滓，当轩半落秋江水。东家西家似渔舟，我屋直如鸥鹭浮。日愁蒸薪爨难给，夜移床榻避淋湿。儿女房中且莫啼，天乎天乎，毋使秋原绝民粒。①

末句"天乎天乎，毋使秋原绝民粒"，与杜甫"安得广厦千万间，大庇天下寒士俱欢颜"的理想相类。

但长海毕竟是达观的，其《秋日访房山老人不值》云：

居处林泉俨画屏，尚书清节好仪型。
月来古屋生虚白，云去秋山出淡青。
几卷诗传辽海雪，一家禅诵大雷经。
昔年曾与香山社，惭愧狂歌许性灵。②

他选择了诗酒书画咏写闲情的人生，"诗传辽海雪，禅诵大雷经"，便最终在"画笔诗情两共闲"中度过了充满诗意又富有传奇的一生。

（三）"画笔诗情两共闲"：长海的田园诗创作

长海诗歌学宗诸家，"矩矱古人而不胶于固，断句尤冠绝一时"③，其中成就最高的是他清新澹远、幽深静谧的山水田园诗。这类诗学王孟却不固守成法，能随性而作随感而出，故能自成一格。

长海的"逃祸非逃官""逃死非逃富"与王维"微官易得罪"④ 的心曲相近，在诗风转变轨迹上，从最初之沉雄奇丽到后期之清微幽眇，两人也有类似。王维在将目光转向山水田园和禅趣哲理之前，作品中颇有气象雄浑、壮丽豪宕的诗笔，如"汉家天将才且雄，来时谒帝明光宫。……誓辞甲第金门里，身作长城玉塞中"⑤；"出身仕汉羽林郎，初随骠骑战渔洋。孰知不向边庭苦，纵死犹闻侠骨香"⑥ 等，都显示出他志向深远，欲有作为的豪宕意气。长海初期诗作中，类似作品也有不少。他对仕宦虽没什么好感，但毕竟流淌着满洲民族好勇的血液，促使

---

① （清）长海撰，杨开丽校注《雷溪草堂集·七言古诗》，《长白丛书》第五集，吉林文史出版社1991年8月第1版，第29页。
② （清）长海撰，杨开丽校注《雷溪草堂集·七言律诗》，《长白丛书》第五集，吉林文史出版社1991年8月第1版，第49页。
③ （清）李锴撰《李铁君文钞》卷下《马山人传》，《辽海丛书》本，辽沈书社1985年3月第1版，第3册第1984页。
④ （唐）王维撰，陈铁民校注《王维集校注》卷一《被出济州》，中华书局1997年8月第1版，第1册第37页。
⑤ （唐）王维撰，陈铁民校注《王维集校注》卷一《燕支行》，中华书局1997年8月第1版，第1册第29页。
⑥ （唐）王维撰，陈铁民校注《王维集校注》卷一《少年行四首》之二，中华书局1997年8月第1版，第1册第34页。

他对建功疆场也有着某种莫名的重视。他创作了很多边塞诗和咏古诗，沉郁苍凉，悲慨健举，如《大同怀古》：

> 岩疆冲剧古云州，风土荒凉只似秋。
> 四月花来萧后苑，百年春在武宗楼。
> 塞横句注惟参照，水绕桑干有浊流。
> 解袂自沽桑落酒，暮笳哀雁两悠悠。①

长海这类诗展现出的精神面貌虽与他的隐逸之心偶有悖离，但却不会成为我们认识其精神世界的阻碍，反而让我们可以从更多的角度去加深对他的理解，从而在涵咏这类作品时得到更多的讶然和喜悦。

山水田园诗在王维、孟浩然手中走上巅峰，他们以其豁达闲静的胸襟气度、深幽细腻的情感思维，创作出一幅幅静谧悠远、淡泊宁静的山水图卷，同时也折射出安详平和、辉煌壮美的盛唐气象。沉溺于名利羁绊中的诗人写不出从容不迫、幽谧静美的山水诗，因为怀着欲望的眼看不出人世的自然和美好。有怎样的情才会有怎样的景，有怎样的襟怀才会有怎样的山光水趣。写景诗最难做到情景交融，如何在幽美静谧的景物描写中包涵丰富的情感内蕴，是历代诗人们一直关注的问题。长海的山水田园诗清美自然，富有情思，有时又颇含禅理禅趣。如《山中杂咏·泉》：

> 殷雷落岩端，雌霓贯松顶。
> 希耳自成喧，我心虚已静。
> 明月满空林，一道秋河影。②

作者将视觉、听觉、触觉同时调动起来，营造出情景交融、宁谧谐美的意境。长海爱自然的清幽，也爱自然的生趣。在他诗情画意两相融的诗歌中，其出尘之意飘萧而出，不肖工笔细磨，就已淋漓尽致。

作为一个长年隐居田园的诗人，他的作品大多咏写乡间景色和自然环境。他将自己对自然和人生的热爱融汇在他的艺术创作中，如《石阙》云：

---

① （清）长海撰，杨开丽校注《雷溪草堂集·七言律诗》，《长白丛书》第五集，吉林文史出版社1991年8月第1版，第49页。
② （清）长海撰，杨开丽校注《雷溪草堂集·五言古诗》，《长白丛书》第五集，吉林文史出版社1991年8月第1版，第22页。

夕阳淡远天，岚影昏石阙。
采药独归来，青林吐初月。①

这首诗意境浑然，物我俱忘。长海善画，他的画清幽淡远，与其诗风类似，这首诗可谓达到了苏轼对王维"诗中有画""画中有诗"的评价。长海诗有明显向王维学习的痕迹，尤其是在意象选择和意境营造上，在平淡质朴的描写中不时流露禅机，如《潭柘寺赠德彰上人》：

竹木生灵籁，云泉远世喧。
月圆今夜磬，风动昔时幡。
野性忘机鸟，冥心入定猿。
桂花千百树，无隐复无言。②

慎郡王允禧与长海交甚笃，他在《题马大钵山人诗后》二首之一中有"一卷瑶华满把香，马卿才调压词场"③之句。著名的八旗诗人、文献家铁保也曾写诗称赞："一片雷溪月，清辉映草堂。长留居士影，不改布衣装。五字传衣钵，余生托老庄。波涛春易水，巨响撼雷硠。"④他们都对长海其人其诗给出高度评价。长海之诗，豪雄者壮美奇丽、沉郁慷慨；蕴藉者清丽幽深、静谧淡远，作品数量不多但艺术价值颇高。正如刘承幹在其诗集序中说："先生之诗，冲襟远标，胜气直上。怀古则白云遐契；述怀则绿雨豪吟。馨逸自成，卓哉可传。"⑤

二　八旗山水田园诗人永宁

在八旗山水田园诗派中，还有一人如今处于被忽略的地位，但他在当时诗坛却颇著声名，诸如方苞、塞尔赫、长海、李锴、雷铉、戴亨、郑板桥、陈景元、允禧、裘曰修、陶元藻等人都与其交游，即永宁。

永宁，字东村，号在山，又号白山氓，满洲人，索绰络氏，康熙钦赐石姓，隶内务府正白

---

① （清）长海撰，杨开丽校注《雷溪草堂集·五言绝句》，《长白丛书》第五集，吉林文史出版社1991年8月第1版，第64页。
② （清）长海撰，杨开丽校注《雷溪草堂集·五言律诗》，《长白丛书》第五集，吉林文史出版社1991年8月第1版，第39页。
③ （清）允禧撰《花间堂诗钞》，《四库未收书辑刊》第九辑，第22册第70页。
④ （清）铁保撰《惟清斋全集·梅庵诗钞》卷三《读乡前辈遗诗，感赋十二首》之二《马处士大钵》，《续修四库全书》第1476册，第310页。
⑤ （清）长海撰，杨开丽校注《雷溪草堂集》刘承幹序，《长白丛书》第五集，吉林文史出版社1991年8月第1版，第14页。

旗。祖、父皆以军功起家，至永宁一辈方始读书。永宁个性与长海相似，"少豪举，好声色狗马，年三十始折节读书"①，终身不仕。其兄弟富宁、明德先后亡故，他代抚孤儿，教育其子观保和侄儿德保先后考取进士。德保子英和，英和子奎照，奎照子锡祉，亦皆进士出身，时有一门五翰林之誉，属典型的八旗科举世家。英和尝编辑富宁、永宁、明德、观保、德保五人诗集为家族总集，嘱王昶序之，可谓一门风雅②。

永宁个性亦狷介，五十岁时将半生创作一焚而尽，他说："余抱疾多年，词无诠次，本既不丰，荡以思虑，念将老也，不复为文，好事君子共取其心辄题数句以为欢笑。今我不述，后生何闻，虽文妙不足，庶不谬作者之意乎。"并作一诗云：

弱年逢家乏，岂不寒与饥。量力守故辙，举目情凄洏。中道逢嘉友，兴言遂赋诗。怀此颇有年，不知竟何之。开岁倏五十（原注：时年四十有九），奄去靡归期。六籍无一亲，永为世笑嗤。念之动中怀，旋驾怅迟迟。诗书塞座外，已矣何所悲。一朝成灰尘，得失不复知。人事固以拙，得酒莫苟辞。醒醉还相笑，情随万化遗。③

这里，他回忆少年时遭遇变故家道中落后潜心读书，后得遇知音良友的人生历程。他的想法与绝大多数诗人不同，当人们多方经营刊刻诗集以留诸后人的时候，他却"不欲以诗自见"④。郑板桥得知此事后，寄诗一首云："闻说东村万首诗，一时烧去更无遗。板桥居士重饶舌，诗到烦君并火之。"⑤ 其间既有朋友间的谐趣调侃，也有惋惜。郑谓永宁之诗有万首之数，应是约举，但其创作数量应也十分可观。永宁焚诗之后，子观保搜罗焚余之稿名之为《铸陶》，存诗八十余首，略可见其创作之一斑。

永宁诗多咏写田园生活之美、朋友交游之趣，也偶有叹贫叹老之作。这仅是从他遗存不多的诗歌来看，实际上他的创作内容应该还更丰富一些。正如李日初所说："东村先生耽于诗，积二十年苦心孤诣而不以为工，忽一旦尽焚旧稿，亦莫窥其所际，不啻游云霄任情有无者已。"李氏《跋》中还幸存永宁两首佚诗，暂录一首于此，聊示雪泥鸿爪，《赏枸橼》云：

春匹壶柑绿，秋光橄实黄。

---

① （清）方苞撰《望溪先生文集》卷八《二山人传》，《续修四库全书》第1420册，第394页。
② （清）王昶撰《春融堂集》卷三十九《索绰罗氏家集序》，《续修四库全书》第1438册，第72页。
③ （清）永宁撰《铸陶集》，清抄本，第4b—5a页。
④ （清）法式善撰，张寅彭、强迪艺编校《梧门诗话合校》卷四第五十四则，凤凰出版社2005年10月第1版，第143页。
⑤ （清）郑燮撰，王锡荣注《郑板桥集详注》诗钞《寄题东村焚诗二十八字》，吉林文史出版社1986年11月第1版，第152页。

第六章 雍乾之际的八旗诗坛

了无人嗜味,鲍系一生香。①

这首诗以自适自然出之,清新澹远。永宁爱陶诗,并着意效法,如其集陶诗《把菊独酌》云:

芳菊开林耀,众草没奇姿。寒暑有代谢,霜露荣悴之。草木得常理,人道每如兹。所以贵我身,感物愿及时。况此忘忧物,顾盼莫谁知。若复不快饮,寥落将赊迟。古人惜寸阴,但恐时我遗。或有数斗酒,日夕欢相持。栖迟讵为拙,在昔余多师。②

永宁还善于在诗中抒发人生旨趣,他爱咏水仙、翠竹、秋菊等具有高洁品质的物象,以突显自己的精神境界。他还与当时著名的僧人隐士往来,谈经论道,写诗作画,自谓"无多生计初开圃,有限知交半在山"③,并自号在山居士。他个性孤清,好静多思,所以诗歌也刻意营造清幽寂静、物我两忘的境界,如其《移居盘山诗》:

山僻祇园古,人闲话易深。
莺花骚客兴,泉石老僧心。
杯泛东村酒,弦调西涧琴。
相歌复相笑,世事任升沉。④

永宁在当时诗坛交游颇著,德保在其挽诗中有"海内师儒望,吾宗旧典型""声价长安重,田盘托隐沦""骨肉情偏笃,交游谊最真"等句,相信颇能概括永宁生平志趣。

三 雍乾之际的其他八旗田园诗人

雍乾二朝声名颇著的八旗田园诗人群体,除上文谈到的"辽东三老"、长海、永宁外,还有陈景中(字橘洲)、朱暾(字抱光)、图清格(字月坡)、陈五达(字九皋)、马苏臣(字湘灵)、金士瑚(字潞庄)、黄树谷(字松石)、王长住(字兰谷)⑤、允禧、法式善、查郎阿等

---

① (清)永宁撰《铸陶集》李日初跋,清抄本,第23b—24a页。
② (清)永宁撰《铸陶集》,清抄本,第15a—15b页。
③ (清)永宁撰《铸陶集·忆盘山东西两涧上人》,清抄本,第11a页。
④ (清)永宁撰《铸陶集》,清抄本,第18b页。
⑤ 杨钟羲《雪桥诗话》卷五载:"王兰谷长住,原名莲,字松侪,号柳溪,世居马兰峪,以包衣监生任景陵八品茶上人。由慎郡王荐举鸿博,累官内务府郎中,管理官学。诗才清绮,李铁君称其少年勇干于学,有一日千里之势。尝有诗云:'万石既醇谨,二马还通方。少年事古处,更得琅邪王。'"知王为包衣旗籍。

人。他们来自不同身份和地位阶层，但他们通过相似的诗学观念、创作旨趣、人生追求、行为品格走在一起，成为一个表面松散，实则过从甚密的独特诗人群体。其中，"辽东三老"与"布衣十友"几乎同时，并且关系密切，从诗学取法上，他们中的多数人以汉魏盛唐为宗，取法乎上，不学唐后作者。正如戴亨所言："论诗也，根柢毛诗、楚辞，涉于汉魏、李杜、盛唐以上，他不必效也。"长海虽遍采诸家，但总体看，仍不脱离这个基本轨迹。这些诗人，在人生经历、创作追求等方面呈现出高度的一致性。

在人生经历上，无论是"辽东三老""布衣十友"还是允禧、法式善，他们的人生理想都建筑在一种超越现实却又难以脱离现实的基础上。这种情况造成诗人内心最根本的矛盾，明明是有才有识，却才不得用，志不得伸。这种压抑、苦闷是其诗歌风格的基本格调，也是他们写怀抒情诗中展露出的基本内容。即便如长海从未出仕，但也非全面忘世、一心隐居，毕竟他对家国政治还是关心的。

在诗歌内容上，他们的诗歌主要咏写山林之乐，但在艺术手法上却十分多元。陈景元以其朔方豪宕之笔咏写困厄人生和高洁志趣，李锴与戴亨则以清幽澹荡之笔摹写一己情怀。长海与永宁皆一生不仕，在湖光山色中陶冶灵魂人格，创作出一篇篇优美静谧的乐章。他们或师汉魏，或学盛唐，但却未脱北方诗人苍刚健举、清丽古朴的创作风格，以其实际创作为清代诗坛描画下瑰丽一笔，对八旗诗歌的发展和深化有着深远影响。

这些自觉或非自觉远离政治的八旗田园诗人们，选择了一条与多数八旗诗人不同的人生道路——隐逸山林。这既是一种对现实的反抗，也打破八旗诗坛由达官显贵一统天下的固有格局，令创作呈现出多元化趋势。其中"辽东三老"甚至得到当时主流诗坛的认可，而长海、永宁以其布衣身份得到诗坛的赞许称扬。他们的创作代表寒士阶层的思想和审美，与盛世之音格格不入，却为清中叶的八旗诗坛带来了新的气象。

第三节 英廉的"宰相诗"

英廉（1707—1783），字计六，号梦堂，汉姓冯，自署福余[①]人，隶内务府镶黄旗汉军。雍正十年壬子（1732）举人，自笔帖式起家，历任河道、内务府大臣、户部侍郎、协办大学士等职，官至户部尚书、东阁大学士，以汉军授汉大学士之例自英廉始。康熙四十八年己丑（1709）卒，谥"文肃"。英廉博学多闻，书画皆善，工诗，有《梦堂诗稿》十五卷，乾隆四十八年子延福刻本，以年编次。英廉官做得很大，近些年随着有关和珅的历史剧风行南北，作

---

① 本为卫名，于明代洪武二十二年己巳（1389）设置，是兀良哈三卫之一，在今黑龙江省嫩江下游，至明永乐后期迁至今辽宁新民一带地区。

为野史所载的"和珅祖丈人"的英廉日渐为人所熟知。以下就对英廉诗歌创作的基本内容及风格简要介绍。

一 英廉诗歌的主要内容

英廉一生"诗凡数千百首"①，今存《梦堂诗稿》之九百余首显非全貌。英廉历宦南北，远出塞外，又位至枢要，交游遍天下，其诗歌创作基本是他一生遭际的反映。这里，选择其中最具代表性的交游诗、出塞诗、讽喻诗，稍作论述。

英廉交游极广，早年颇讲义气并喜急人之难，对身世坎坷而又多才之士关照有加。他与李锴、塞尔赫、查为仁、李宏、金甡、罗聘、钱维城、钦琏、阮葵生、沈德潜、孙星衍、厉鹗、钱陈群、毕沅、钱载、纪晓岚、翁方纲、鲍之钟等人皆有交游，与查为仁、罗聘、钱载交尤深。英廉在乾隆六年辛酉（1741）至十年乙丑（1745）间曾任职天津，在那里他不仅结识很多好文之士，还参加查氏家族诗人主持的"水西庄雅集"，其社集之盛况，"翰墨飞腾，虽江左风流，不是过也"②。《梦堂诗稿》多次记载他在天津的诗酒集会活动，其给他留下深刻的印象，以致十年后他还时常回想并创作了《寄怀津门故人》《津门感旧三首》等诗歌作品。后者分别怀写天津诗友周焯、符曾、查为仁三人，其一云：

> 七十守委巷，华门常不开。
> 诗得味外味，人居材不材。
> 一朝化异物，何处寻蒿莱。
> 故旧别如雨，古今同此哀。③

周焯，字月东，号七峰，有《卜砚山房诗钞》。英廉曾为其诗集作序，称其为"强项人"，李锴亦为之作传。周焯性情坦直，家贫但嗜书画，授徒自给，好诗成癖，一字不安即不眠。如其《赠李眉山先生》云："先生霞外老，壮即脱尘鞅。山水心成癖，行藏世岂知？吟来五字古，到处一铛随。只恐重相访，白云居又移。"④ 其诗清音流转，意蕴圆融，与英廉有些类似。

英廉曾出山海关一直到黑龙江松花江沿岸，其间他写下一系列涉及东北地方气候、民俗、物产的诗歌，为我们展现了乾隆年间东北地区的地域风貌。如《东行诗七首》《宿察汗和屯》

---

① （清）英廉撰《梦堂诗稿》延福跋，《四库未收书辑刊》第九辑第26册，第481页。
② （清）王昶《湖海诗传》卷五，《续修四库全书》第1625册，第575页。
③ （清）英廉撰《梦堂诗稿》卷十，《四库未收书辑刊》第九辑第26册，第443页。
④ （清）梅成栋辑，卞僧慧、濮文起校点《津门诗钞》卷二，天津古籍出版社1993年1月第1版，上册第43页、第36页。

《北镇祠》《入山海关》《偏凉汀买鱼》等。他目睹了那里的山光水色、风土人情,并热情地付诸歌咏,如《松花江》云:

> 松花江水绿何如?一泓澄波漾碧虚。
> 派接神峰分远瀑(原注:松花与鸭绿、土门三江同发源与长白山巅湖中),
> 势围雄镇散春渠(原注:水自吉林西南来,抱城三面,折回东北去)。
> 雪消才报桃花涨,冰解争叉蔗露鱼。
> 多少凫鸥沙渚外,问津人欲澣尘裾。①

诗人内心的轻松自豪,都在作品中积极地展现着。他还饶有兴致地记载当地的风土人情,对我们认识当时人们的日常生活有很大的帮助。其《塞上四时词》记载塞外四季的景色特征,很有民族风味;《泰宁即事四首》则描述了泰宁地区(今黑龙江东南部牡丹江附近)的地理、水文、风俗、历史、土产等问题,颇资考证;《入贡行》细致描绘了荷轸(赫哲)族人的民族习惯、日用习俗,这都是古代诗人极少涉及的歌咏题材,读来令人耳目一新。

他还真实地记载了北方的严寒和大风等极端气候,他这样描述大风的威力:

> ……飒飒初若敛,寥寥渐乃放。惊飙蹴飞埃,白日忽焉障。沙砾莽腾掷,屋茅去如掠。摧树林尽偃,趣波川猝涨。……②

对自幼生长京师,后又宦居江南颇久的英廉而言,这种摧折万物的大风或为平生仅见。我们从英廉的这些记载中,既可以通过他作为一个"外来者"的目光去了解东北这片神奇的土地,也更为直观地了解到在清中后期,八旗子弟的汉化已经达到了怎样的程度。英廉的先祖就是出生在这片土地上,而他当时之所见、所闻、所载,已经完全看不出他对"故乡"的认可程度,他似乎更像一个"闯入者"。

英廉的一些讽喻诗,含蓄中蕴劝世之意,颇具风人之旨。"讽喻诗"通过作者对历史、世态、人生的探索与评价,揭露政治的黑暗和民生之疾苦,以"美刺"之功能体现作者对社会、政治、民生的关切感和责任感。"讽喻"的历史由来已久,从《诗经》中的《南山》《黄鸟》到李、杜揭露现实的诗篇,直至元、白倡起的"新乐府运动"而达到高潮。白居易以其"兼济天下"的人生目标发出"文章合为时而著,歌诗合为事而作"的文学主张,将矛头直对统治阶层,反映出很多政治问题和社会问题。在这一诗歌传统的影响下,英廉也创作了一些具有

---

① (清)英廉撰《梦堂诗稿》卷九,《四库未收书辑刊》第九辑第 26 册,第 434 页。
② (清)英廉撰《梦堂诗稿》卷九,《四库未收书辑刊》第九辑第 26 册,第 435 页。

现实主义精神的诗歌作品,如其《洗象行》:

> 赤云燎空六月六,人间何处非旸谷。宣武门外洗象来,锦鞯油壁争相逐。城阴闸水鸣锵锵,两旁立者如堵墙。亦有高楼连大屋,俨然翠羽与明珰。旗仗须臾来小队,礌硌蹒跚十二辈。鼻长齿铣岸然高,前者临崖后者待。洄流一没不闻声,潮平微露江豚背。喷起银花十丈涛,猛雨横飞万人退。一象顾盼昂鼻来,鱼游巨壑张髻颐。复有一象踊而下,頦山陛坠重渊开。后有二象忽腾跃,两雄戏向浪中角。岸摇波立人喧阗,似奏钱塘破阵乐。大声直撼冯夷宫,蛟鼍詟伏逃鱼龙。千目不瞬万耳聋,鼓声坎坎旗影红。旗影徐开鼓声止,一象一象自出水。象自归坊人转家,儿女喁喁沿路语。我闻此物生荒徼,作贡遥从日南到。绝无仗马一鸣忧,饱食天家三品料。①

明清两代,都有三伏日为皇宫畜养的大象洗浴的习俗,诸多诗人歌咏其事。王士禛也有《洗象行》,诗歌前半部分极尽铺陈之能事,以体现洗象场景的壮观。后半部分内容多点缀升平、歌功颂德之语,但诗末"绝无仗马一鸣忧,饱食天家三品料"之句,显有讽喻之意。"仗马"即为皇帝仪仗所用的马匹,是不能鸣叫的。《新唐书·奸臣传》中载李林甫"居相位凡十九年,固宠市权,蔽欺天子耳目,谏官皆持禄养资,无敢正言者。补阙杜琎上书言政事,斥为下邽令。因以语动其余曰:'明主在上,群臣将顺不暇,亦何所论?君等独不见立仗马乎?终日无声,而饫三品刍豆。一鸣,则黜之矣。后虽欲不鸣,得乎?'由是谏争路绝"②。联系乾隆后期用人失当、言路闭塞,他这句话或许也意有所指。

二 英廉诗歌的风格特点

英廉诗大抵呈现出"温润缜密,超然意象之表"的风格特征,正如洪亮吉评价时说:"自然超脱,虽不作富贵语,而必非酸寒人所能到者。"③ 如他在十几岁时所作的《步月用东坡先生梵天寺韵》云:

> 隐隐闻疏钟,遑忆隔溪寺。
> 行吟不知远,虫声随芒屦。
> 偶踏明月来,还踏明月去。④

---

① (清)英廉撰《梦堂诗稿》卷二,《四库未收书辑刊》第九辑第26册,第387页。
② (宋)欧阳修、宋祁《新唐书》卷二百二十三,中华书局1975年2月第1版,第20册第6347页。
③ (清)洪亮吉《北江诗话》卷二第六十八则,人民文学出版社1983年7月第1版,第42页。
④ (清)英廉撰《梦堂诗稿》卷一,《四库未收书辑刊》第九辑第26册,第379页。

这类早期创作虽不够老练,因循模仿的痕迹较明显,但他所展露的对意境的营造和情感的体悟,还是值得肯定的。这种淡远清幽、超脱尘外的风格基本持续到他晚年。英廉后来虽位至卿相,其诗却多清疏澹荡,如《野意》云:

> 行去人多适,秋来病况轻。
> 世情到野尽,老眼得山明。
> 昨夜闻疏雨,高原见晓耕。
> 田翁占宿麦,意向与云平。①

他在这种"柳风吹雨作萧晨,直到柴门不惹尘。茅舍称心由地僻,花枝随意见天真"② 的生活中,摆脱俗务的纷扰,于山光水色中涵养性情。

英廉这种诗风的形成,或与其个性有关,也或许有更为深层的原因。乾嘉时期的政治环境极为复杂:朝堂之上派系斗争暗潮汹涌,旗汉大臣之间的矛盾也从未得到根本的解决,再加上乾隆好大喜功、铲除异己以及对思想界的极端钳制,导致文化和思想界的无比荒芜和空疏。英廉的谨小慎微和无为处事,或许是他面对宦海风波的保身之法。越是接近权力的中心,越能体会到人欲的无止无尽,达观慧黠者自会产生一种疏离和淡漠。或许,正是这种高处不胜寒的危机意识,令英廉从不轻易表露自己的政治倾向和一己好恶。正如洪亮吉所言:"冯文肃英廉诗,如申、韩著书,刻深自喜。"③ 这种深刻自喜的诗风,即其诗歌语言的游离、朦胧、蕴藉,较具代表性的就是他那些"多清言见道"的作品,如《净业湖》云:

> 高柳带斜晖,依依浮万井。步入荷香中,心目忽幽冷。红蕖多半放,白鹭时延颈。风动绿萍开,微微见天影。忘言立曲岸,渐觉双桥冥。何处棹歌声,烟中有渔艇。④

英廉诗中这种浮漫着的禅理禅趣和朦胧疏淡之美,在在皆是。故而袁枚称其"诗才清绝",并举诗以阐释:"萧寺廊回水一层,阑干闲处有人凭。书生自咲酸寒甚,不看春灯看佛灯。"⑤ 味其意,想必也是在称许英廉这种清幽致远,意在言外的诗歌风格。

当然,英廉毕竟是旗人,是乾嘉时期北方诗派的代表人物之一,所以他的诗歌中也不乏沉郁苍楚、气韵豪宕的作品。如其《华山鸟道歌》:

---

① (清)英廉撰《梦堂诗稿》卷十一,《四库未收书辑刊》第九辑第 26 册,第 450 页。
② (清)英廉撰《梦堂诗稿》卷十四《微雨至西郭草堂》,《四库未收书辑刊》第九辑第 26 册,第 469 页。
③ (清)洪亮吉撰《北江诗话》卷一第十则,人民文学出版社 1983 年 7 月第 1 版,第 4 页。
④ (清)英廉撰《梦堂诗稿》卷三,《四库未收书辑刊》第九辑第 26 册,第 379 页。
⑤ (清)袁枚撰,顾学颉校点《随园诗话》卷三第十五则,人民文学出版社 1982 年第 2 版,第 73 页。

群龙拔地奋欲起，掉臂抟云怒未已。细看鸟道夹苍髻，矫首天门怅烧尾。脚底一声何处雷，蹒跚刺眼惊青能（原注：有地雷泉渴龟石）。飞空冰雪欲相溅，夺路虎黑胡为来。解我紫茸裘，佐以青藤杖。奇石异松有如此，人生宁惜屐几两。危梯亦不危，兴到无艰劳。绝壁亦不绝，高立穷纤毫。海气苍茫海天迥，何论震泽之水三万六千顷。帆樯台榭阛阓城，尺幅高堂揭烟景。昨日孤舟系何处，烟际浮图细如箸。始知我亦扰攘尘海中，曾被山僧叹迷误。噫嘻，安得尽将春雨化春醅，仰探北斗为深杯。百年盘礴青蠃堆，一树松前醉一回，鼠肝虫臂奚为哉。①

铁保在《选刻八旗诗集序》中列举著名八旗诗家时称英廉诗如"韩潮苏海，宋艳班香，近法三唐，远追两汉，不愧燕许手笔"②，并作诗赞曰"竹井老人老，古音谁复弹。怒龙喫雨骤，奇鬼搏人寒。墨气凝烟紫，诗痕带血干。苦吟成别调，风雅振台端"③。其所肯定之作概指英廉那些深具辽东气象的作品。洪亮吉评价乾嘉诗坛时说："近时九列中诗，以钱宗伯载为第一，纪尚书昀次之。宗伯以古体胜，尚书以近体胜。汉军英廉相国，亦其次也。"④ 近人王逸塘引用沈涛论诗诗"味和家世席韦平，白燕沉吟俱独清。崛起梦堂跻九列，颇疑相度逊诗名"来说明英廉诗超过高其倬等著名八旗诗人，并认为英廉若"专以诗才论，则又在梧门（法式善）、竹坡（宝廷）之上"⑤。

英廉诗情韵逼真，题材广泛，还展现出较强的创作技巧。他琢字炼句之才，受到诸多诗评家的肯定，其"气逼长鬐动，声连万叶嚣""河声怒欲驱舟转，夜气严锋禁酒温""酒沽双屐雨，菊卖一肩秋"等被法式善目为警句，称其"妙绝一世"。五、七言近体，如裘曰修所言"读梦堂五律，不过片纸耳，觉有压手之重。七律气健神完，风骨清圆，往往有大苏气味"。其古体，不落前人窠臼，"诗格高远，新夐独造"⑥有强烈的主观意识，虽不似近体萧疏淡远，意蕴深长，却展露出极强的北方诗派的气格，最能代表他作为北地诗人的特色。毕沅在给英廉的赠诗中云："格律由来老益工，瓣香应自浣花翁。江山朋辈消磨尽，云海风襟浩荡同。高座每多青眼客，盛名不数黑头公。重帘暖阁春先到，烛穗垂垂照酒红。"⑦ 若将英廉的一生及其诗歌创作放在一起评价，用这首诗来略作概括，也算恰当。

---

① （清）英廉撰《梦堂诗稿》卷五，《四库未收书辑刊》第九辑第 26 册，第 405 页。
② （清）铁保撰《惟清斋全集·梅庵文钞》卷三，《续修四库全书》第 1476 册，第 231 页。
③ （清）铁保撰《惟清斋全集·梅庵诗钞》卷三《英相国梦堂》，《续修四库全书》第 1467 册，第 310 页。
④ （清）洪亮吉撰《北江诗话》卷一第四十九则，人民文学出版社 1983 年 7 月第 1 版，第 19 页。
⑤ （清）王逸塘撰，张寅彭、李剑冰校点《今传是楼诗话》第二二二则，张寅彭主编《民国诗话丛编》，上海书店出版社 2002 年 12 月第 1 版，第 3 册第 348 页。
⑥ （清）英廉撰《梦堂诗稿》胡文铨跋，《四库未收书辑刊》第九辑第 26 册，第 481 页。
⑦ （清）毕沅撰《灵岩山人诗集》卷十六《赠英梦堂少司农》二首之二，《续修四库全书》1450 册，第 152 页。

第七章　乾嘉时期的八旗诗坛

乾隆朝于清代诗歌而言是转折期，于八旗诗坛而言未尝不如是。在乾隆统治的六十余年中，八旗诗歌经历了深刻内敛而又颇具爆发性的转变。从高门贵胄甘心为山野布衣，从雅颂之音到泉林之曲，为"北方诗派"平添一抹异彩。同时，前期八旗诗人们的探索和尝试，也为此后的八旗诗人树立了榜样。他们在诗歌创作和理论探讨上，既有继承也有开拓，让八旗诗向着更深更广的方向发展。

第一节　"由来吏隐一身兼"的鲍钤

鲍钤（1690—1748），字冠亭、西冈，号辛浦、梦崦居士，原籍山西应州。高祖鲍崇德、曾祖鲍承先皆系武将，尤其是鲍承先，后金时归顺努尔哈赤后隶正红旗汉军，在清朝建国战争中屡立功勋，官至显爵，鲍氏遂成为清初显赫一时的汉军旗人世家。鲍钤出身华胄，先以贡生分发浙江长兴任知县，后署理海防任海塘通判，雍正十二年甲寅（1734）署嘉兴海防同知。他勤政爱民、清廉审慎，任职期间有清名。鲍钤自幼笃嗜读书，尤以作诗为乐，时有"诗癖"之称，今存《道腴堂诗编》《道腴堂诗续》《道腴堂杂著》《道腴堂杂编》《俊逸亭新编》《小簌园新编》《小簌园续编》《道腴堂脞录》《雪泥鸿爪录》《裨勺》等。

一　鲍钤的诗学观念

八旗诗学宗尚向来宽博，不囿于朝代、宗派、流风，这是由"八旗"群体的特殊个性决定的。"求同存异"既是他们解决内部民族问题的法宝，也是他们处理文学宗尚问题的核心标准。清代诗歌的发展历程，是通过宗宋和宗唐两种诗风取向此消彼长的过程实现的。八旗诗歌作为清诗的一支,处于清诗大气候的笼罩下,整体看它的发展并未跳脱清诗发展的大思路。但可喜的是他们在这个"大思路"中能够不断探索,力求走出一条属于自己的、敢于质疑的、有所创获的发展之路。他们以自身个性和审美体验为参照去选取适合自己的诗风取向,而不为周遭环境和流风所囿,属实难得。鲍钦的诗学观极好地印证着这一点。

鲍钦论诗不分唐宋,极少摆出"兴观群怨"的诗教理论。相比诗歌的社会功用,他更在乎诗歌的艺术审美和由诗人气质所决定的诗歌风格,他说:

> 诗自三百篇而降,世运迁移,风雅代变。五言古诗、乐府盛于汉魏,变于六朝;七言歌行、律、绝句盛于唐,变于宋;元明以还,江河日下,识者无讥焉。由今泝昔源流,正变体制具备,评骘详悉,复安能驾出古人之上哉?……且古人有一句一联如"枫落吴江冷""微云淡河汉""疏雨滴梧桐"之类,当时赞诵,后世脍炙,已卓然不能泯灭于天壤间,由是而言诗顾在多耶?惟是诗道虽峻,而其途甚坦;诗法虽严,而其用甚宽。以言言志,以言道性情,志之所之,性情之所寄,有不能已于诗。①

鲍钦历数诗歌发展流变,对古之作者作品给予极高评价。他认为真诗如天籁,可遇不可求,正因如此,强学古人便了无益处。这种强调独立,不落窠臼的观点在《叶人可诗序》中也有表达,序中他说"后世拈须叉于,斤斤以古人为矩步者,往往去古人益远。盖诗本无体,袭古人之诗以为体;诗本无法,秉古人之诗以为法。体与法莫不备于古人范围,宇宙而无有过之,惟善用其性情者能使诗中有我,我自成我之诗,而不为古人之所掩,会心成趣,信手拈弄。"② 由此可见,鲍钦对"师古"的一贯立场。他强调诗写"真我",诗言"道性情"等与其主张的"诗道虽峻,而其途甚坦,诗法虽严,而其用甚宽"相辅相成,构成其诗歌创作和诗学主张的基本理路。值得注意的是,他对诗主性情这一理论的提出似要早于袁枚,虽袁枚主"性灵"而鲍钦主"性情",但要皆归于对个体气质和个人情感的重视。他这种我诗抒我情,我诗写我口的创作理念与那些分宗别派、自树城墙而又森严壁垒的谈诗家相比,包容性和进步性不言而喻。他并非不主张学习古人,他只是不想与古人相比而去刻意追攀,在他看来,诗是发于情,来于心的情感表达的产物,正所谓"志之所之,性情之所寄,有不能已"者,便自然而然地以诗的语言表述出来。这种表达,与门派风格无关,也与政教无涉。这点,综合起来就是他所倡导的"诗亦何预于人事"③ 的创作主张。

以上是从创作主体来谈鲍钦对诗歌创作的基本看法,以及其学古而不为古人所囿的诗学主

---

① (清)鲍钦撰《道腴堂诗编》,《清代诗文集汇编》第267册,第2页。
② (清)鲍钦撰《道腴堂胜录》,《清代诗文集汇编》第799册,第251页。
③ (清)鲍钦撰《道腴堂杂编·乙卷·沈萩林远风亭诗稿序》,《清代诗文集汇编》第799册,第114页。

张。在肯定诗歌创作所必须的主观性情外，他对可以触发性情感知而发之于诗的客观环境的作用也十分重视。《慎斋诗集序》中他就谈道："诗以道性情，而性情之流露未有不藉耳目足迹之资者。使徒流连于风云花鸟而无名山大川以荡其气，奇闻异见以旷其怀，则诗境局矣。"①他的大半生都在浙江的奇山秀水中度过，山川助诗兴在他身上体现备至。其《山行遣兴》四首之一云："为爱溪山尚服官，一官消受此溪山。若教闲领溪山胜，便掷微官似草菅。"② 可见，山水畅游在他生命中所占地位之重。他写吴兴地区的诗歌尤多，曾结集为《吴兴集》，自序中说：

> 长兴隶湖州，湖州故吴兴郡。郡邑相距不百里，可以朝发而夕至，而风土人物不逮湖州远甚。惟山川秀丽，见称于《陈书》。以故骚人闻士，往往乐道之。虽云僻在一隅，大略不离乎吴兴者近是。余也幼而志学，长而遨游四方，山水之事，在在不废。独是一行作吏，此事遂束之高阁。然案牍之暇，间作五七字诗以见志，抑或迎谒上官，履勘讼狱，以及课农验死，无旬日之安居焉。尝构一舟，取张志和"往来苕云间"语铭之，又于县治东偏其室曰"不负溪山"。以见余守此一官，不独薄书丛脞之劳人，抑且山水应接之不暇矣。风土人物姑置之勿论，其山川秀丽不实有以移我情哉。③

法式善在评价鲍钦时曾作论诗诗，云："自宰吴兴后，吟情逐日增。桑皋咏蚕箔，蒹馆赋鱼罾。诗话江湖播，丛谈远近征。归家理残业，稗勺有人称。"④ 看来，正是这片奇丽的山水成就了鲍钦一生的万首之诗。

二　鲍钦的诗歌创作

鲍钦著述丰富，笃嗜诗歌，但却鲜少有人关注。鲍钦爱诗，他用诗歌记录一生行藏和朋友深谊。他官爵不显，也不结交达官显贵，多少局限了他作品流传的时间和范围。他的诗在有清诗人中或许不算出类拔萃，但他对诗歌痴狂的喜好，他儒雅好义、急人所难的君子之风，对文学事业的无私贡献，皆见于诗，这也是这些古之诗人今日仍旧值得我们去审视的一大原因。诗史皆心史。

鲍钦诗歌长篇古体堪称佳作，笔力横绝，睥睨一切，气骨风范皆属上乘，杨钟羲称其"模

---

① （清）鲍钦撰《道腴堂杂著》，《清代诗文集汇编》第799册，第261页。
② （清）鲍钦撰《道腴堂杂编·丁卷》，《清代诗文集汇编》第799册，第145页。
③ （清）鲍钦撰《道腴堂杂著》，《清代诗文集汇编》第799册，第260页。
④ （清）法式善撰《存素堂诗初集录存》卷十四，《奉校八旗人诗集……成诗五十首》之三十二《道腴堂诗集》，《续修四库全书》第1476册，第571页。

第七章　乾嘉时期的八旗诗坛

山范水，裂月撑霆"，并赞其《铜雀半砚为王秋驾赋》"笔力足以凌厉一切"①，这一评价是很高的。他也很善于用古体诗揭露时政，抨击社会黑暗，如其《漕政叹》《捉船行》《征漕行》《观纳粮悯农叙志》等，都针对清代中期普遍存在的社会问题有感而发。其《漕政叹》云："登数书，嚼糠秕，辊运丁，蚀精米。微漕县官苦伶仃，脂膏不润徒膻腥。震来虩虩督储道，苍蝇薨薨监兑厅。南漕老黑当关卧，獾子逡巡那敢过。北漕侍郎兼坐粮，壮哉鼠雀耗太仓。漕政从来成弊薮，层层剥削相纠纽。塞流端要清其源，黄河水自昆仑浑。"②作者晚年任漕官，如果没有对行漕内幕的深刻认识，没有对劳苦大众的深切同情，没有对黑暗和不公的无比憎恨，作为当权官员的他不可能也似乎没有必要写出这样具有现实意义的诗歌作品。尤其是诗歌末句"塞流端要清其源，黄河水自昆仑浑"，则直接将讨伐的矛头对准了最高统治阶层。再有他的《捉船行》：

> 昨者羽书至，诸道齐征兵。荆州及江浙，虎贲三千名。备边向滇蜀，万里从军行。水道历常润，刻期促登程。上司亟申令，捉船载行营。长吏性火烈，咄嗟无留停。伍伯纵鹰犬，扁长如游侦。大索逮旬日，四境喧且惊。千艘连舳舻，齐集杭州城。城下方鞠旅，沿塘列桅旌。历历津埭塞，森森刁斗鸣。健儿气骄猛，抢攘势莫撄。嗟哉刺船翁，白头送长征。何时达江浒，鞍马任骁腾。……③

清初诗人吴伟业亦有同题诗歌，为一时名作。鲍钤此诗，同样是反映清政府无端抓丁，强行征船之事。吴伟业的诗其情感基调建立在国破家亡、江山易代的时代背景下，诗歌在历史现实的记述中夹杂着亡国之悲和易主之恨。而鲍钤则不同，他是新朝成长起来的特权阶层的一分子、勋臣之后，他对朝廷和君主不存在仇恨，但他却能对这种官吏如狼似虎、以势欺人的暴虐行径进行客观揭露，忠耿之性可见一斑。

鲍钤于康熙五十八年己亥（1719）往福建赴官，路上所作诗结集为《闽江集》，他在自序中说："夫余之境何境也？穷非止窘于财，苦仅免惧于祸，忧愁困辱有什倍于寻常穷苦者。……方其宰长兴也，若不自知其为宰也，但觉无负于心焉。而人乃非之笑之甚至群起而谗之，以至夺余官。及其罢官也，又若不自知其罢官也，亦只尽其在我焉耳。而向之非之笑之谗之者，今则莫余如何也。……忧愁困辱所以激励余为诗，而感发余性灵者也，无往而不成其为余，则亦无往而非余诗之神益也，欷歔云乎哉，穷苦云乎哉。闽江之行所以能赋诗成集者大率如此，若夫古今之感慨，山川之形胜，风物之诡异，则史乘图经俱在，余序余诗之意盖无取诸

---

① 杨钟羲著，雷恩海、姜朝晖校点《雪桥诗话》卷五第八则，《雪桥诗话全编》本，人民文学出版社2011年7月第1版，第1册第249页。
② （清）鲍钤撰《道腴堂杂编·庚卷》，《清代诗文集汇编》第799册，第179页。
③ （清）鲍钤撰《道腴堂诗编》卷七，《清代诗文集汇编》第267册，第56页。

此焉。"① 小序隐约道出了他此行福建的背景,也向我们表述了《闽江集》创作的缘起。这一集中的古体诗较多,成就很高,兹如其《下滩行》:

> 闽中滩多多且奇,水石块圠无端倪。九天云垂四海立,鲸牙撑突龙蹷跐。蚓结虫镂走万窍,衡绪螺糅纷披丽。俨然宓羲画卦象,满者如坎虚如离。初来尺步几战栗,久之渐觉形神疲。建溪以北水清浅,系篙徐徐抵其蠵。剑津南来势浸阔,涛山浪屋堆溅溅。很石狰狞匝碕岸,骇波电激还飙驰。纸船有谣况须虑,筮命不藉蓍与龟。敢云恺悌神所劳,潜心默祷若有知。万山过眼不留滞,一生九死争毫厘。曾闻人心更叵测,风波陆地尤艰危。造物用意亦良厚,特设险阻为箴规。燕非无函越无镈,谓闽无滩曰亦宜。②

诗人将自己的人生感悟和对客观景物的描写巧妙结合在一起,滩险途长,危机四伏,"纸船有谣况须虑,筮命不藉蓍与龟",造物主对命运的摆布根本不以人们的意愿为转移,这不仅是在写江行途中山川地理之险,也是在写鲍钦心中为官作宰的宦途人生之险。诗末,他发出"曾闻人心更叵测,风波陆地尤艰危",综观他的仕宦生涯,难道不是这样么?

鲍钦"清真澹荡,廉洁自持,山水友朋,嗜若性命,异乎俗吏之为"③,他在弥留之际写给全祖望的信中总结自己:"一生偃蹇,毫无可录,只操履粗堪自信,吟咏聊以自娱。"④ 接到这封短信后,这位当时以不阿附权贵、多臧否人物,甚至因直言敢说而有"好骂"之名的大学问家为之失声痛哭累日。鲍钦以对朋友的拳拳赤子之爱、对诗歌创作的全神贯注之情,以及不阿谀奉承于权贵,不追名逐利于官场而得到艺林敬重。全祖望、金农、厉鹗、高凤翰、诸锦、文昭等人皆将其引为知己,他和厉鹗在其初宰长兴时相识,厉鹗举鸿博不第,鲍钦写诗安慰,中有"百鸟讵能如一鹗,今时何意失斯人"⑤ 之句,为其大鸣不平。

鲍钦出身贵族门庭,未参加科举考试便以荫生出任县令,但不久家道中落,门庭消歇,鲍氏门中多有因此不能自存者,但鲍钦安之若素。他生性淡然,不喜与达官贵人交游,所与交游者多单门寒素之辈,喜急人之难,脱人之困,喜山水之乐,重友朋之谊。公事之余,读书吟咏,"一官拓落,终身不得有力者之仗庇"⑥,沉郁下僚,三任长兴知县将近二十年,民望隆重但不得升迁。他对自己的久任不调,有着清醒的认识,他在《知县论》中说"古之作令优于

---

① (清)鲍钦撰《道腴堂杂著》,《清代诗文集汇编》第799册,第260—261页。
② (清)鲍钦撰《道腴堂诗编》卷八,《清代诗文集汇编》第267册,第66页。
③ (清)杨凤苞撰《秋室集》卷五《书鲍辛浦遗事》,《续修四库全书》第1467册,第66页。
④ (清)全祖望撰,朱铸禹校注《全祖望集汇校集注·鲒埼亭集内编》卷十九《杭州海防草塘通判辛浦鲍君墓志铭》,上海古籍出版社2000年12月第1版,上册第348页。
⑤ (清)鲍钦撰《道腴堂杂编·庚卷·怀厉太鸿孝廉》,《清代诗文集汇编》第799册,第178页。
⑥ (清)全祖望撰,朱铸禹校注《全祖望集汇校集注·鲒埼亭集内编》卷十九《杭州海防草塘通判辛浦鲍君墓志铭》,上海古籍出版社2000年12月第1版,上册第348页。

第七章 乾嘉时期的八旗诗坛

今,今之作令难于古",其原因不是古今人物才能的区别,是因为"任之之法与察之之责有不善耳",古之人选官以能,选择的过程也极为慎重,但今之选官只看科举考试的成绩,"其人而例当作令也,则令之任之,而其才不胜,然后从而易之",这种结果必然是县令不会尽心竭力为百姓服务。除了"任之之法"外,他还强调了"察之之责",认为"令之臧否系于上官之察识,上官而贤也,则臧者陟而否者黜,苟非其人则举枉措直有之矣,欲求县理民安可得乎"①,这一言论之所发,显然是有所指的。他曾写过《雁门太守行》一诗:

> 不见雁门高,安知太守骄。雁门高,雁不可度;太守骄,新不如故。堂堂复堂堂,汉家重循良。几人考上上,承恩奏明光。几人考下下,贬窜之他邦。五马煌煌二千石,河间姹女同朝夕。徒手相将拜路尘,清寒逼人太守嗔。②

这首诗虽为拟古,却是他的亲身所历。他三任知县不调,性格固有关系,但正如他诗末所云"徒手相将拜路尘,清寒逼人太守嗔",他这种性格怎能忍心剜却民脂民膏以贿赂上官为自己铺就青云之路呢?"学步未遑文法吏,效颦不逮绮罗人"③,既不会逢迎拍马又没有钱财烧香的小县令,能够有什么出人头地的资本呢?

但他的内心毕竟是不平的。"落拓十年曾不调,苍浪两鬓竟谁怜""早知门阀皆纨绔,错把才名与仲宣"④,是这种抑郁情绪的直接抒发,而其《狂歌》更是将这种才不见用的愤懑压抑、沉郁下僚的无奈和凄怆抒发到了极致:

> 一官蕉萃且尘埃,世事悠悠莫漫猜。
> 令色游声今上考,孤情直节故中材。
> 乾坤潆荡江河下,岁月峥嵘鬓发催。
> 廿载酒情因病沮,狂歌今欲倒樽罍。⑤

"英俊沉下僚"就像一句谶语,预见多少才学忠耿之士的人生悲剧。"一令蹉跎二十年,朱颜回首渐苍然。才猷敢语中人上,心术宁居太古前。集霰开头难进艇,浮云舍我便归田。平生清濯沧浪水,只结蓑衣渔父缘"⑥,是他在半百后对半生仕宦生涯的总结,其中辛酸苦楚,

---

① (清)鲍桢撰《道腴堂賸录》,《清代诗文集汇编》第 799 册,第 250 页。
② (清)鲍桢撰《道腴堂诗编》卷八,《清代诗文集汇编》第 267 册,第 70 页。
③ (清)鲍桢撰《道腴堂杂编·戊卷·井养斋落成漫兴》,《清代诗文集汇编》第 799 册,第 150 页。
④ (清)鲍桢撰《道腴堂杂编·己卷·纳凉感兴》,《清代诗文集汇编》第 799 册,第 166 页。
⑤ (清)鲍桢撰《道腴堂杂编·庚卷》,《清代诗文集汇编》第 799 册,第 178 页。
⑥ (清)鲍桢撰《道腴堂杂编·乙卷·舟中偶感》,《清代诗文集汇编》第 799 册,第 119 页。

如鱼饮水,冷暖自知。其《自题小照》云:

> 食采于鲍,名余曰钤;三朝七品,仕路逡巡。
> 鬤鬤者鬓,苍苍其发;发为诗斑,鬓为吟枯。
> 舟车所至,不负溪山;秉知仁乐,处廉让间。
> 虫雕艺囿,蠡测笔海;挂颊魁头,裣襫邑宰。①

宦海沉沦半生的鲍钤,在人生后期为官心态渐归平静,或许是出于对这种闲来作吏、诗会友朋生活的由衷热爱,或许是对现实世界和仕宦人生的彻底看透,他开始安然于现世的生活。其《与安吉州牧高东雅尺牍》中说:"人生行乐,山水为佳;载酒判花,更偕同志。消摇于折腰束带之余,解脱于绾绶缨冠之日。吏胥随侍,农圃观瞻,游不旷时,雅不违俗,服官数年仅有者,谅吾兄大抵亦然。"② 显然,他终于与现实握手言和。此后"一城如斗吾专领,便作山中宰相看"③,他在长兴这片祥和宁静的氛围中找到了灵魂安放的归宿:

> 青山白水记逢迎,相识何尝道姓名。
> 我自乘车君戴笠,莺能求友鹭寻盟。
> 萍蓬随地俄相聚,裘葛经时忽已更。
> 正是林香黄橘柚,物华满眼若为情。④

鲍钤曾称赞王藻的诗歌"师资兼秀水,宗派本新城",其实他本人又何尝不是。鲍钤与紫幢王孙文昭交游深厚,两人在京时谈诗学艺,往还赠答,文昭《秋晓次鲍西冈韵》中有"适有新秋句,侵晨来扣关"⑤ 之句,可见两人对诗歌的深爱如出一辙。文昭曾问诗于王士禛,鲍钤在《书紫幢轩诗后》中谓文昭"髫龄爱重于玉池,弱冠接引于渔洋,丝绣平原,顶礼阆仙,奉南丰之瓣香,衍西江之宗派",对文昭诗学源流大致进行了梳理,此外还记载了文昭曾绘制王士禛像供奉于净室之事。两个诗人能走到一起,风格取向多少存在某种相似性,鲍钤也师法王士禛颇多。他在《自题辛卯诗卷六首》之二中曾说:"诗家宗派太纷争,捉鼻羞为老婢声。不薄西昆三十六,朱弦疏越爱新城。"⑥ 鲍钤显然不是宗唐或者宗宋的单纯拥护者,他的诗法

---

① (清)鲍钤撰《道腴堂杂编·戊卷》,《清代诗文集汇编》第799册,第153页。
② (清)鲍钤撰《道腴堂杂编·戊卷·与安吉州牧高东雅尺牍》,《清代诗文集汇编》第799册,第156页。
③ (清)鲍钤撰《小簌园新编·亭午》,《清代诗文集汇编》第799册,第210页。按,何洁堂为康熙六年进士何天宠子,素有家学,为鲍钤师。
④ (清)鲍钤撰《道腴堂杂编·庚卷·示客》,《清代诗文集汇编》第799册,第175页。
⑤ (清)文昭撰《紫幢轩诗集·艾集下·秋晓次鲍西冈韵》,《四库未收书辑刊》第八辑第22册,第341页。
⑥ (清)鲍钤撰《道腴堂诗编》卷七,《清代诗文集汇编》第267册,第55页。

理路很宽博，但却始终承认对王士禛的仰慕，其《红豆庄诗钞序》中记载少时学诗事：

> 余年甫弱冠，时获从山阴何洁堂先生游，文章之暇研究风雅，先生首举陶渊明、李太白、杜子美、苏子瞻四家之诗授余卒业，谓其洪纤毕具，枯菀兼资，学与性情并致者也。今海内以诗名者不可指数，而先生独推渔洋为风雅正始，亦此意焉。余深维其训，服膺而不敢忘。后见严沧浪诗话云：诗有别材，非关书也；诗有别趣，非关理也。然非多读书多穷理，则不能极其至。旨哉言乎。乃益信先生之说有原本矣。①

鲍钲五七律绝中的言情写景之作，最似渔洋家法，兹各举一例，五言如《临平道中》云：

> 一棹临平路，汀洲问藕花。
> 好风吹水竹，晓色自清华。
> 石鼓桐鱼寂，人家聚落斜。
> 坐看山翠滴，幽思此无涯。②

七言如《登北固多景楼》云：

> 飞楼飘渺逼层霄，楚望苍茫万里遥。
> 帆影鳞鳞迷沉瀍，江流滚滚抱金焦。
> 旗开玉帐春调马，草偃汀沙午上潮。
> 记取荀郎旧时语，凌云顿觉旅愁销。③

鲍钲诗五言萧疏澹宕、回韵悠长，多言情写景；七言整练苍朴、沉雄激慨，多吊古伤今。其《冬夕效谢康乐》云："樊禽遗谷音，池鳞谢川冰。翔集岂异时，浮沉或殊性。萧林无温樾，寒魄多凄映。了了烟庭清，槭槭风廊净。霁心顺卑位，恬目委定命。释彼珥组情，叶我云泉兴。独静阙偶欢，山谯鼓三竟。"④该诗巧有神韵，在意境的营造和心绪抒发上又甚著魏晋竹林风致。

"西冈吐属自然，不假雕绘，而冲淡简远之意即十章妥句适中得之。其章妥句适者，用力尚也；其自然而冲淡简远者，性情止也。性定，故不可炫以物；情达，故不可牵以俗。当其喜

---

① （清）鲍钲撰《道腴堂杂著》，《清代诗文集汇编》第 799 册，第 272 页。
② （清）鲍钲撰《道腴堂诗编》卷七《清代诗文集汇编》第 267 册，第 58 页。
③ （清）鲍钲撰《道腴堂诗编》卷二，《清代诗文集汇编》第 267 册，第 7 页。
④ （清）鲍钲撰《道腴堂杂编·甲卷》，《清代诗文集汇编》第 799 册，第 106 页。

与乐，可以使人气充志溢，而不失之淫也；及其哀与怒，可以使人悲愁忧思，而不失之怼也。非风人之典则，而大雅之遗音欤？"① 上天给人们多少聪明智慧，就会给他多少磨难以练其成材，这就是所谓艰难苦困，玉汝于成吧。嗜诗成魔的鲍钦曾谓杭州为"东南诗国"②，他在《灵隐寺》中写道："打钟扫地如相许，愿傍稽留过此生。"③ 生前不能如愿长住杭州，与湖山俱老，所以曾与友人约定，死后要葬于杭州。鲍钦去世，应其生前之愿，葬于杭州青芝坞。青芝坞左近玉泉寺，近有地名曰鲍家田，相传为鲍庆臣的采地，今此地犹存，在浙江大学玉泉校区附近。

第二节　"蒙古诗杰"梦麟

蒙古作者早在元代就已经创作出精美圆融的汉文学作品，至清代，蒙古族汉文学创作在冷寂多年后，再度绽放出光芒。

八旗蒙古大军随多尔衮入关后，与汉族文化又进行了一次超越以往各代的碰撞。在有清近三百年的民族文化大融合中，蒙古八旗诗人和满、汉八旗诗人共同缔造了八旗文学的璀璨夜空。早在顺治十二年乙未（1655），就有蒙古旗人色冷考中进士，后官至刑部侍郎。他的诗被清初诗选家邓汉仪誉为"雅丽深秀，当属骚坛宗匠"。但可惜色冷的诗歌现仅能在陶煊等辑的《国朝诗的》与铁保等辑《熙朝雅颂集》中得见二首，其《题春山欲雨图》云：

漠漠轻阴极望迷，遥山浅黛一痕低。
方塘水涨鱼争出，曲径烟寒鸟倦啼。
似有人来芳树外，更无舟枻画桥西。
明朝倘践寻春约，多恐残红逐马蹄。④

此为题画之作，清新淡雅，意韵悠长，显示出作者汉文诗歌创作的娴熟程度。色冷的出现为八旗蒙古诗人的创作开了个好头。十八世纪，清王朝的统治日益稳定，国势全盛，蒙古族汉文学创作也迎来了继元之后的又一个高潮。蒙古族诗人梦麟以其高卓的创作成就、蜚声文坛的影响力和对民生疾苦、社会问题的深切关心，成为蒙古汉文学创作的杰出代表。

---

① （清）鲍钦撰《道腴堂诗编》唐绍祖序，《清代诗文集汇编》第267册，第1页。
② （清）鲍钦撰《道腴堂杂著·赠金寿门序》，《清代诗文集汇编》第799册，第264页。
③ （清）鲍钦撰《道腴堂诗编》，《清代诗文集汇编》第267册，第6页。
④ （清）铁保辑，赵志辉校点补《钦定熙朝雅颂集》卷一，辽宁大学出版社1992年6月第1版，第350页。

第七章　乾嘉时期的八旗诗坛

梦麟（1728—1758），字瑞古、文子，号谢山、午塘、藕堂、喜塘等，西鲁特氏，祖先世居科尔沁，后隶正白旗。父宪德，历宦南北，梦麟生于其父的成都官舍，六岁方随父回京。他自幼聪明颖异，被视为神童，七岁习作已得名士称许。乾隆十年乙丑（1745）进士及第时年仅十八岁，后历任侍讲学士、祭酒、礼部侍郎、工部侍郎、学政等职，乾隆十八年癸酉（1753）出任江南乡试主考官，"蒙古人典试外省自午塘始"①。乾隆二十一年（1756）在军机处学习行走，不久任翰林院掌院学士、军机大臣，乾隆二十三年戊寅（1758）卒于官，年仅三十一岁。梦麟和纳兰性德一样，属天纵英才型的诗人，生命短暂，却成就了很高的文坛地位。梦麟诗歌在未入仕前结集为《行余堂诗集》，进士及第入词馆后诗结集为《红梨斋集》，二者似都已失传，现存乾隆间刻《梦喜堂诗》六卷本以及刘承幹嘉业堂雕版《辽东三家集》本《大谷山堂集》六卷本②。

梦麟办事谨慎，又乐奖掖后进。曹仁虎、严长明、吴省钦、王太岳、桑调元、王鸣盛、王昶等多为其所识拔或援引。梦麟论诗崇"正雅"抑"邪音"，主张博采众长、融会贯通。他和沈德潜交好，对沈氏十分推扬，但却完全不为"格调"所束，在很多层面上超越了格调派的限制。实际创作中，面对抒发真实情感和规模于旧法的两难，他毫不犹豫地牺牲后者而选择前者。这是他性情的流露，也是其诗歌宗尚的一种体现。他曾这样总结乾隆诗坛之弊："琼枝玉树务雕饰，婉丽但可娱嫔嫱。……慨自元音日凋丧，乃以筝笛淆笙簧。春撞钟鼓叶琴瑟，斯道岂以浮淡将。摘挦云露失真宰，华虫藻绘咸秕糠。滥觞排比学酬酢，如人值虎兹其伥。鹞鹞斥鹨竞鸣聒，遂合终古无鸾凰。"③ 批判得毫不客气，但的确切中肯綮。

梦麟诗中近体颇少，多为五、七言古诗，且多长篇巨制，可见他对古体诗创作之热衷。其近体诗虽不似古体擅名天下，但也不乏佳作，其《西堂秋夕》云：

> 云影度银浦，碧天横数星。
> 幽人眷良夜，捉席暮山青。
> 荷动触虚籁，竹深流暗萤。
> 遥思潞西客，翠袖倚风棂。④

该类诗歌清幽淡远，全不似古体奔放浩荡。沈德潜曾谓其近体诗"不落大历以下"，是指

---

① （清）福格撰《听雨丛谈》卷十，中华书局1984年8月第2版，第204页。
② 两种诗集比勘，其中重复者共计一百六十六题（题目与内容相同）；题目略有改动但内容一致者共计十二题；见于《梦喜堂诗》而不见于《大谷山堂集》中者共计二十五题；见于《大谷山堂集》而不见于《梦喜堂诗》中者共计八十三题。
③ （清）梦麟撰《大谷山堂集》卷六《长歌赠陈生宗达》，《续修四库全书》第1438册，第430页。
④ （清）梦麟撰《大谷山堂集》卷二，《续修四库全书》第1438册，第384页。

其七律而言，梦麟七律宗法杜甫，如其《冬日观象台二首》之一云：

> 木落风高画角哀，霜浓野阔一登台。
> 云旗天转桑乾出，日驭烟横碣石开。
> 黑水遐封思禹迹，金方借箸失边才。
> 汉家养士恩如海，谁伏青蒲请剑来。①

这首诗无论是形与意，几乎都从老杜化出。全诗整洁俊逸、音节铿锵、风神俊朗，法式善谓此诗"沉雄瑰丽，独出冠时，百余年来，北学者未能抗手"②，评价相当高。

梦麟的五、七言古诗，尤其是乐府歌行最为擅场。他认为"五言必从悟入，而七言古诗忽起忽落，信手拈来，纵横如意"③。实际创作中，他也同样贯彻这一主张并体现着这样的特点，五古萧寥澄旷，七古激楚苍凉。其五古如《登燕子矶望大江》云：

> 危矶尽天地，独立悲风多。落日送大江，万里明颓波。四顾何茫茫，孤鸟飞江沱。川原接杳霭，秋色来岷峨。西望峨眉山，奔涛胡坡陁。遥思大海东，万代同此过。来者固未已，逝者将奈何。我怀在古人，但见山与河。谁当识予意，泪落空山阿。④

沈德潜称其诗："乐府宗汉人，五古宗三谢，七古宗杜韩，虽不能至，心向往之，不必议其不醇也。近日台阁中无逾作者。倘天假以年，乌容量其所到。"⑤ 与梦麟同时稍后的阮葵生、杨凤苞以同代人的眼光评价，"今日称诗者，推沈宗伯、梦司空两家"，"八旗才人，自成容若而外，未见其匹"。可见，梦麟诗歌在时人眼中是堪与纳兰性德、沈德潜抗手的。可惜，容若以填词垂名青史，沈德潜以诗独步当世，梦麟却几乎无闻。

梦麟七古尤汇聚诸家之长，将李白的浪漫瑰奇、杜甫的沉雄顿挫、韩愈的奇矫嵯峨、苏轼的豁达澹荡冶为一炉，成其特有之面目。如其《登长干浮图绝顶放歌》云：

> 脱我薜荔之衣，切云之冠，翱翔何必凌霜翰。贾勇直上二千尺，微躯径造青云端。云端猎猎秋风酸，欲堕不堕身蹒跚。我足蹀蹀衣翩翩，天乎天乎吾其仙。仿佛来双童，乘风骑紫鸾。招我游太虚，下见万里之波涛，千里之关山。阊风元圃置眼前，奔流东去何时

---

① （清）梦麟撰《大谷山堂集》，《续修四库全书》第1438册，第374页。
② （清）法式善撰，张寅彭、强迪艺编校《梧门诗话》卷一第十三则，凤凰出版社2005年10月第1版，第36页。
③ （清）王昶辑《湖海诗传》卷十，《续修四库全书》第1625册，第625页。
④ （清）梦麟撰《大谷山堂集》，《续修四库全书》第1438册，第411页。
⑤ （清）沈德潜等辑《清诗别裁集》卷二十九，上海古籍出版社1984年3月第1版，下册第1209页。

第七章　乾嘉时期的八旗诗坛

还。城郭良是人变迁，但见秋晖日日悬。不见昔人颜再丹，王气无复生紫峦。鳞鳞万室长江干，下则背城一迸之洪波，上则万古不歇之飞烟。波动烟移坐变灭，琼枝璧月歌空残。昨夜微霜金井阑，长谣霜晓朝秋天。余冠岌岌凌天关，天关不开天风寒。七星在户如弹丸，羲和鞭日敲琅玕，中有仙人奏管弦。红罗绮组纡当筵，流光何术永尔年，顾我不答空长叹。道逢两黄雀，引我回长安。长安何许云漫漫，云漫漫兮不可攀，立而望之摧心肝。①

诗人登上塔顶纵目瞭望，不禁浮想联翩。全诗句式长短不拘，错落有致，用韵铿锵，流转如弹丸，无凝涩滞郁之感。诗人的骋怀联想、用语寄情，深得李白歌行体风致。而其雄伟奇崛、磅礴变幻，又深得昌黎诗旨。诗人将郁结于心的低沉心绪，遥不可攀的用世理想，以及萧疏寥旷的景物特征有机融合在一起，浪漫瑰玮、奇情飙举。王昶曾评价其诗曰："先生乐府力追汉、魏，五言古诗取则盛唐，兼宗工部，七言古诗于李、杜、韩、苏无有不仿，无所不工，风驰电掣，海立云垂。正如项王救赵，呼声动地；又如昆阳夜战，雷雨交惊。虽系多才，实由天纵。归愚宗伯序之，谓：'胸次足以包罗众有，笔力足以摧挫古今。'盖知言也。"②

梦麟诗歌独到之处有这样两点：首先，于诗学取径上看，他不拘一格，兼师兼得，正如沈德潜所言之"贯穿百家，其胸次足以包罗众有"③。其乐府源出汉魏，杂以杜甫之沉郁、李白之豪宕，成为集大成者。尤为难得之处在于，他能力除模拟蹈袭之习，取其神髓，去其形貌，成就自己的风格，展示自己的精神世界和创作水平。其次，即其诗歌中体现出的强烈的现实主义精神。梦麟古体中有两类诗歌最值得我们注意：一是抒发一己情怀的感遇之作，一则为揭露时弊、对贫苦人民寄予深切同情的哀时感事之诗。

我们先看梦麟的感遇诗。梦麟虽出身仕宦之家，但祖辈恩荣到他时已所剩无几。贫寒的家境让他过早体会到人间冷暖，同时也令他对底层人民的生活境遇产生深切同情。他对自己贫寒生活的描述集中体现在其自述体长诗《中元旧县驿夜歌二首》和《今年别》中。前首哭母之逝，后首悲妻之亡，既是悼亡之作，也是自伤之诗。前诗云："去年南顿月之日，白六来闻我母卒……独客闻之黯无色，欲见丘陇那可得。四年此节在异国，但见他人供酒食。孤儿何曾在亲侧，灵不见我应叹息。"后诗云："我妻嫁我十年半，十日啼饥九无饭。苦忆严冬一破裳，嫁衣鬻尽供炊爨。年余饱暖抵何事？奄歘销沉魂已断。"④"十日啼哭九无饭"，贫寒可想而知。待到诗人终于功成名就，可妻子却离世了，不由让人想到元稹《遣悲怀三首》，其间情愫悲慨，千载而下如出一辙。同样在母亲和妻子故去后写下的《今年别》，悲恸更是溢于言表：

---

① （清）梦麟撰《大谷山堂集》卷五，《续修四库全书》第1438册，第413页。
② （清）王昶辑《湖海诗传》卷十，《续修四库全书》第1625册，第625页。
③ （清）梦麟撰《大谷山堂集》沈德潜序，《续修四库全书》第1438册，第362页。
④ （清）梦麟撰《大谷山堂集》卷四，《续修四库全书》第1438册，第406页。

前年别，泪填臆，卷舌入喉啼不得。上有白发母，下有扶病室。忍啼作笑笑无力，出门三日不能食。今年别，苦复苦，出门无悸，入门无主，不见我母送我，但见儿女盈前，泪下如雨。……呜呼，前年别，啼不得，今年别，哭无力。①

诗人多情，梦麟尤如是。他为王事奔走不能尽人子之孝、人夫之责，对比今昔，伤悼不已。整首诗深婉真挚、悲摧凄婉。梦麟对亲人有深爱，对朋友也深情。他生性耿直率真，不矫揉造作，他写给朋友、后辈的诗歌，既有坦言相告的恳切，也有婉语相劝的真诚。其《古诗二章示四生、娄县孟烈、华亭王鼎、上海赵文哲、张熙纯，兼寄曹来殷》云："……庸人羡荣宠，得之则欣欣。不知负荷难，十倍于常伦。况彼众女妒，谣诼工笑颦。细行露微罅，排击生众纷。庸流或幸免，不恕非常人。涤虑归至洁，实主名则宾。白鹭宁不白，腥膻啄游鳞。努力匪崇德，以全吾本真。"梦麟将在官场所见的尔虞我诈的现实向此四生坦诚以告，宦途即畏途，宦途多风波，这是师长对后辈的谆谆告诫，同时也饱含着期望和劝勉。

梦麟最为得意，也是思想成就最高的，是他的哀时感事之诗。"先生以词苑英贤入参枢要，生平勋绩尤在河渠。"② 王昶曾云："公之在工也……昧旦而兴，指挥董率，日在泥淖中，与丁卒同劳勤，故告成较捷，然公之疾亦自此始矣。"③ 或许，正是有其身先士卒，并与其甘苦与共的经历，令梦麟最深切地接触到底层人民的真实生活境遇，并表而出之。乾隆二十一年丙子（1756）黄河在孙家集决口，梦麟奉命治河。他屡次上疏议行治河方案，深得乾隆赞许，这期间，他创作了著名长篇如《触目行》《河决行》《沁河涨》《嶅阳夜大风雪歌》《悲泥涂》《舆人哭》《哀临淮》等。

其《沁河涨》描述洪水泛滥带给人民的巨大苦难，"东家携孩稚，西家呼爷娘，苍茫未识天地意，夫挽妻袖牵儿裳。传闻泽州水更大，冥冥暴雨连宵堕。沁源村户数千室，十家遭水死五个"，这是怎样沉痛悲戚的场景？诗人的目光是敏锐的也是深情的，他意识到无论地方官做出怎样救灾的样子，国家如何赈济和救护，仍旧是"室家再造良复难"，惨剧都无法避免。如果说《河决行》和《哀临淮》还只是对洪水过时和过后的百姓困苦遭遇现实记录，仍旧将救护的希望寄托在官僚和皇帝身上的话，那之后的《舆人哭》和《嶅阳夜大风雪歌》就具有了明显的战斗性，其中充溢着对统治者虚伪赈灾行为的揭露和对皇权、官吏自私自利行为的洞察和思辨。其《舆人哭》将关切的目光投注在一个社会底层的舆夫身上，梦麟饱含深情地述写了他惨痛的人生命运。舆夫是一个孤儿，因为不见容于兄嫂，只得出门寻求生路，依靠出苦力赚钱维生，但突如其来的大水令他家破人亡。沉浸在悲痛中的舆人还没有从家败妻丧的阴影中

---

① （清）梦麟撰《大谷山堂集》卷四，《续修四库全书》第1438册，第404页。
② （清）梦麟撰《大谷山堂集》刘承幹序，《续修四库全书》第1438册，第363页。
③ （清）王昶撰《春融堂集》卷五十二《户部侍郎署翰林院掌院学士梦公神道碑》，《续修四库全书》第1438册，第187页。

第七章　乾嘉时期的八旗诗坛

走出来，便又面临着新的生活磨难：

> ……昨日县帖下，说道官今来。驿吏备马匹，县吏呼舆抬。……天明发铜山，午至桃山驿。不道五十里，泥深没腰膝。足下着菲登顿滑，赤脚肉痛畏倾仄。泥深没我身，触石伤我骨。前日抬官来，听道往江西。彼时雨虽落，大道犹平夷。今日抬官去，言往江南浒。那知步步难，举动皆辛楚。回首我家亦何许，足无完肤苦复苦。不怨行路难，但愿苍天莫下连宵雨。……①

梦麟笔下的这个舆夫是极有代表性的普通大众之一，其悲惨的命运何尝不是封建集权统治下千百万劳苦大众的缩影？诗人用第一人称的述事手法，既展现其悲苦之深，也可以用舆夫自道的方式加强诗歌的感染力和情感穿透力。这种质朴真实的写作方法在梦麟的运用下，承载着无限的同情和无奈。底层人民生活的艰辛，梦麟是深知的。正因为有着如此深厚的同情，他的诗才饱含着真诚的关切和强烈的现实意义。

时隔不久，诗人再次亲临水患现场，在与工卒共抗洪水的过程中，他看透了地方官员和治河官员间沆瀣一气的丑恶嘴脸。这一时期的诗歌针对性和揭露性更强。其《敖阳夜大风雪歌》就是这样的一首作品：

> 山风吹山山夜号，雷硠霄霓奔崩涛。地轴挫折鸣巨鳌，攫挐老树鸦雀逃。夜入万族掀蓬茅，砂砾旋舞雪疾作，鹅毛万片如手落。东邻墙塌西叫呼，夜半抢攘声势恶。雪片转粗风转急，长空叫啸坤轴裂。仓卒真同海水翻，敲铿时见檐瓦掷。毋乃下民干风伯，不然行者丁奇劫。冬尽知无雨雹来，夜昏疑有鬼神入。双扉龛燄塞无力，僮仆涸丧妇走匿。娇儿顾我意惶惑，挲袿呱呱傍爷泣。嗟乎，儿泣尚可休，无衣之人何以活。君不见，铜山县东四十里，筑堤十日工方起。呼集丁壮谐汝声，下扫日仅尺与咫。手僵脚冻扫不稳，眼见千夫万夫死。我乞天神愿神已，此风莫入黄河水。呜呼，此风莫入黄河水。②

同样，梦麟没有选择直接对洪水决堤和官员修堤过程进行描写，而选择夜中大风雪这一事件作为切入角。洪水过后的灾区一片狼藉，但屋漏偏逢连夜雨，突如其来的暴风雪，令灾民生活几陷绝境。作为一个正受皇帝知遇、前程一片大好的年轻官员，梦麟将犀利的诗笔触及残酷但却广泛存在的社会现实中，毫无隐藏。这样希图以一枝如椽大笔揭露黑暗现实的人，令人不禁想起远在唐朝的白居易和元稹。

---

① （清）梦麟撰《大谷山堂集》，《续修四库全书》第1438册，第409页。
② （清）梦麟撰《大谷山堂集》卷五，《续修四库全书》第1438册，第418页。

"元白"倡导的"新乐府运动"主张"补察时政,泄导人情",提倡诗歌的"美刺"作用。这种"感于哀乐,缘事而发"的作品以"但歌生民病"为旨归,后来成为古典诗歌创作的重要传统。乾隆中后期,清王朝在盛世的辉煌中不可逆转地走向衰败,但绝大多数的人对隐藏的危机却毫无感知。诗坛一片歌舞升平,朝局一片祥和瑞气,只有那些先知先觉的人嗅到潜藏的危险。梦麟如此,曹雪芹亦如此。

作为一个以汉文写作的蒙古族诗人,梦麟的出现有着重要意义。在清代历史上,八旗蒙古诗人的数量、成就、创作皆落后于满洲和汉军。但是乾嘉时期,法式善、梦麟、和瑛等人集中涌现,在诗学理论、诗歌创作、诗境开拓上都做出了较大贡献。法式善以其诗坛地位汇聚天下诗人学士,组成一个庞大的诗人群体,创作出闻名于世的《梧门诗话》;和瑛以其特殊经历和身份,开拓了八旗边塞诗的新境界,拓展了边塞诗表现的领域、深度、范围,意义重大;而梦麟,以其不世之才,在三十年的生命历程中,焕发出巨大的创作生命力。他的诗时而热情奔放、豪情四射,时而沉郁顿挫、慷慨悲壮,时而逸兴飙飞,时而淡泊出尘,展示出多层面的情感境界。

第三节 "辽海诗豪"朱孝纯

朱孝纯(1735—1801),字子颖,号思堂、海愚,隶正红旗汉军,其父为清代著名的指画家朱伦瀚,舅祖为指画家、诗人高其倬。朱孝纯是乾隆二十七年壬午(1762)科举人,后历宦川、鲁等地,官至两淮盐运使。他热衷风雅,承其家学,精于绘事,还曾师从桐城派大家刘大櫆学习古文。出身武将世家的他生性伉爽,重节义,喜急人之困,倜傥风流,与王文治、姚鼐为莫逆交。其《海愚诗钞》序以及其父朱伦瀚之《闲青堂诗》序并伦瀚墓铭皆出姚鼐手。孝纯工诗,有《海愚诗钞》十二卷。

朱孝纯少颖异,尤以诗得名。乡试时,考官得其卷惊叹说:"此即为'万山青到马蹄前'者耶?"① 刘大櫆为其所作诗序中说:"子颖奇男子也。其胸中浩浩焉,常有担荷一世之心。文辞章句,非其所措意,而其为诗古文,乃能高出昔贤之上。"② 他的诗集是他去世后由姚鼐等人选辑而成,去取较严。孝纯二十出头便因家庭贫寒远游幕府,朱伦瀚诗中有"汝为饥驱不自安,念亲心力晚年殚"③、"男儿不得志,四方游作客。客处更无常,宛转悲行役"④ 等赠子之

---

① (清)包世臣撰《小倦游阁集》卷十四正集十四《清故江安督粮道署江宁布政使,除名戍伊犁放还汉军朱君行状》,《续修四库全书》第1500册,第488页。
② (清)刘大櫆撰《海峰文集》卷四《朱子颖诗集序》,《续修四库全书》第1427册,第410页。
③ (清)朱伦瀚撰《闲青堂诗集》卷十《得纯儿家书》,《四库未收书辑刊》第八辑第25册,第451页。
④ (清)朱伦瀚《闲青堂诗集》卷十《寄子纯》,《四库未收书辑刊》第八辑第25册,第451页。

句。朱孝纯少有豪气，喜任侠，常思有所作为，其《成都逢杨竹堂》有句云"与子结交十载前，我时意气横幽燕"①，并慷慨悲歌："许国曾经万里身，平蛮那靖千云垒。偶向边风听鼓鼙，倚剑悲歌不能已。他日报恩趋北风，依然盘马旧英雄。"尤其是他的《仲松岚席上戏作》一首，更浇心中块垒：

谈兵不武真凡庸，要如阵鼓猛气横江东。饥酒不豪非英雄，安能口鼻呼吸成长虹。我本燕市悲歌者，豪竹哀丝和亦寡。淹蹇科名事偶然，吏人刀笔聊相假。忽然醉卧沙场月，万里边风动萧瑟。手挽军储十万车，身躯铁马三千匹。边风梦远头毛白，飘飘犹作蚕丛客。……男儿威动四夷力，格虎据地一吼如狻猊。何事颓唐倒筵侧，坐畏酒兵甚强敌。看我泰山一掷髯如戟，洒面英风横白日。②

诗中虽对自己仕途淹蹇，不获识拔感到痛苦，但他相信这不过偶然之事，今日的"颓唐倒筵侧"也是暂时的。诗歌奇想天外，壮烈情怀呼之欲出。但所谓希望越大失望也就越大，科名不遂、游幕四方的日子里，他寄情诗酒，感慨颇多，"烦君寄语烟中树，头白羁臣最可怜"③、"逝者不可追，来者倏已过。对此金尊酒，慷慨当悲歌"④。所以，在这段消沉苦闷的岁月中，他创作了很多蕴意深婉而又豪情满溢的诗歌作品，"赋到沧桑诗便工"或即谓此。他与姚鼐的相识，也在这一时期。对姚鼐的青眼相向，并引其为知音，朱孝纯铭感五内，并为这段友谊赋诗一首：

我挂轻帆一片云，南游楚越西入秦。烟波浩荡几万里，日月中流有吐吞。九州历遍空自笑，落花飞絮徒纷纷。归来醉卧不出户，日日敧侧头上巾。自喜能高咏，无人可其论。与君未识面，千里叩我门。相逢握手一大笑，言语荒谬君不嗔。呜呼，男儿生平不快意，黄金难酬知己恩。拔剑真欲剖肝胆，区区肯数夷门人。君不见，锦貂儿，翠幰宾，权势一朝去，谁复致殷勤。世情凉薄乃如此，何用琼瑶始报君。愿为歌诗十万首，劝君日尽花下樽。⑤

二人颇有"相逢意气为君饮"的知己之情，也隐隐透露着惺惺相惜的志士之悲。姚氏称

---

① （清）朱孝纯撰《海愚诗钞》卷三，《四库未收书辑刊》第十辑第 26 册，第 597 页。
② （清）朱孝纯撰《海愚诗钞》卷三，《四库未收书辑刊》第十辑第 26 册，第 598 页。
③ （清）朱孝纯撰《海愚诗钞》卷三《为姚兰坡题富阳董宗伯〈晴川烟树卷〉》，《四库未收书辑刊》第十辑第 26 册，第 594 页。
④ （清）朱孝纯撰《海愚诗钞》卷一《对酒二首》之一，《四库未收书辑刊》第十辑第 26 册，第 576 页。
⑤ （清）朱孝纯撰《海愚诗钞》卷二《赠姚孝廉姬传》，《四库未收书辑刊》第十辑第 26 册，第 584 页。

"今世诗人足称雄才者,其辽东朱子颀乎。即之而光升焉,诵之而声闳焉,循之而不可一世之气勃然动乎纸上,而不可御焉。味之而奇思异趣,角立而横出焉"①。与朱孝纯关系亦非寻常的王文治尝以八音论诗,他说朱氏之诗类金钟,感激而豪宕。朱孝纯的老师刘大櫆更是赞誉其诗歌 "以飞扬生动之笔,为波澜层叠之文",简直是 "滉漾自恣"。

整体上看,朱孝纯无论是游幕四方的创作初期还是为官各地的创作后期,诗歌风格较为一致。以沉雄绮丽、汪洋恣肆、豪情跌宕为主的辽东诗风含蕴其间,使其诗歌颇见骨力。在其后半生,历官各处,尤其是几番入蜀和任职期间曾参与镇压叛乱,其诗苍劲挺拔、伉壮雄豪,无尘俗气和儿女态,以金钟大吕喻之亦不为过,其此期之创作当为八旗诗歌中之上品。同样是长篇古体,后期较之前期更为峭立绝俗,气逸神飞,如其《毕阳吏人持纸乞画,戏题长歌》云:

> 昔年赤手缚贼乌,蛮城短衣匹马趋。承明天子诏我拂绢素,要写嵯峨剑阁烟雨秋。纵横是时意气云霄薄,解剑挥毫众惊愕。论功受赏数亦奇,感激温纶沛丘壑。讵料来此川黔陬,牛马奔走无时休。薄书鞅掌日繁剧,生憎笔墨同仇雠。偶忆大罗天上事,云泥梦断三千秋。毕阳小吏尔何知,谒我乞画兼乞诗。今我把笔三叹息,松煤欲泼还自惜。人生遭际东流水,戏弄丹青聊复尔。朱繇道元久不择,玉轴飞烟那容拟。但因所遇试能事,奇气沾沾自堪喜。君不见,男儿铁槊大如椽,也共毛锥羞涩矣。②

朱孝纯承其家学,亦善画,但名气不若乃父。这首诗是友人向他乞画他的答赠诗。诗人从年少时期匹马试猎的英姿豪气回忆到目今为官多事导致荒芜笔墨,其间有自豪也有失落。自豪的是当年承命作画,不辱家风;失落的是,而今笔墨荒芜,难寻旧日心怀。前尘往事如云泥之隔,这幅画究竟画还是不画,他也颇费踌躇。朱孝纯是想有所建树的,株守冷局的官僚生活显然不是他志向所在。所以,他才发出 "男儿铁槊大如椽,也共毛锥羞涩矣" 的感慨。

法式善曾有诗评价朱孝纯诗歌创作:"近传谪仙派,推是海愚翁。老得山川助,狂增魄力雄。"③ 此论,即发之于他为官蜀中时创作的那些逸兴飙发、奇想天外之作。如其《夔门放舟入峡》云:

> 虎须怒进江波高,顽马劣象纷腾逃。惟余白盐与赤甲,峡门对立如相招。千寻石壁束江口,破壁江声之字走。轻舟性命委波涛,舵师叫绝篙工吼。蜀江之险天下无,在昔几辈侈雄图。鱼复故宫遗瓦砾,龙湫古井生莓芜。谋臣猛士知何在,到眼邱墟已千载。可怜陆

---

① (清)朱孝纯撰《海愚诗钞》姚鼐序,《四库未收书辑刊》第十辑第26册,第572页。
② (清)朱孝纯撰《海愚诗钞》卷三,《四库未收书辑刊》第十辑第26册,第594页。
③ (清)法式善撰《存素堂诗初集录存》卷十四《奉校八旗人诗集,意有所属辄为题咏,不专论诗也,得诗五十首》之四十五《海愚诗钞》,《续修四库全书》第1476册,第572页。

第七章 乾嘉时期的八旗诗坛

子亦吾曹，辛苦夔州鬓丝改。①

夔门又称瞿塘峡，是三峡中最窄的一个，两边断崖高耸，水流最急，但风景之独绝、形势之险要令人叹为观止。朱孝纯起笔用"虎须怒迸江波高，顽马劣象纷腾逃"来形容峡谷的险峻，气势上就压人一等。全诗飞奔流荡、一气呵成，既有面对此景的神奇想象，也有对历史长河哀婉的追怀。

朱孝纯古体长篇正如法式善所评"近传谪仙派"，的确有如此意味。李白的古体诗创作，尤其是长篇乐府歌行最具风神，也最能体现出他风华遒丽、豪放飘逸的创作特点。李白之诗，游走在乐观豪放的风格、洒脱不羁的个性、孑然独立的精神之间，时出悲愤不平，时有傲世之语，全以神行，绝无斧凿痕迹。他还善用抑扬顿挫的语调变换去配合情感的抒发，令读者无时无刻都能感受到灵魂的震颤。朱孝纯诗中的情感抒发完全是李白式的，大气磅礴、海立云垂、发想无端，将一个又一个的联想以意脉连结在一起。诗歌随着情绪流动而不以时间、事件作为线索，惝恍离奇，变幻莫测。他似乎只对雄壮的事物感兴趣，所以诗境营造气势宏大，壮阔辽远，超乎寻常。"天都飞瀑一千丈，莲花倒影青天上。石笋嶙峋手拄颐，胸生大海云摩荡"②、"中原回首一千里，塞门落日苍烟孤"③、"悬崖飞溜势争雄，一线微茫指汉中。紫霭倒垂霜涧日，白波横卷雪山峰"④ 等，如此气象，不逊唐人。

朱孝纯对唐诗的学习极为用力，且十分专一，古体宗李白，近体学杜甫，惟妙惟肖之余，又能独出胸臆，不徒袭其皮毛。以上多谈的是朱孝纯的古体诗创作，其实他的近体诗尤其是七言律诗也十分不错。风格上亦以沉郁厚重为主，但句法更为整炼，气格也更为旷达。兹举两例：

  西过潼水见三峰，险扼秦关百二重。
  紫塞长风吹苜蓿，青天积雪落芙蓉。
  曾闻守御思完甲，难向希夷觅旧踪。
  薄宦天崖同酒监，欲乘云气驾茅龙。
  ——《潼关望华山》⑤

  重镇遥连塞曲深，灵旗虎卫望森森。

---

① （清）朱孝纯撰《海愚诗钞》卷三，《四库未收书辑刊》第十辑第 26 册，第 601 页。
② （清）朱孝纯撰《海愚诗钞》卷三《将去广安，潘兰口州牧坐中听洪西圃吴吟，并话黄山之胜》，《四库未收书辑刊》第十辑第 26 册，第 600 页。
③ （清）朱孝纯撰《海愚诗钞》卷三《天舍山》，《四库未收书辑刊》第十辑第 26 册，第 602 页。
④ （清）朱孝纯撰《海愚诗钞》卷七《晓过柴关》，《四库未收书辑刊》第十辑第 26 册，第 631 页。
⑤ （清）朱孝纯撰《海愚诗钞》卷七，《四库未收书辑刊》第十辑第 26 册，第 629 页。

边风压地黄云动,朔气横关白日阴。
杨业庙荒鸦去远,明昌碑断草痕侵。
请缨旧有封侯志,慷慨还为出塞吟。
——《宿古北关下作》①

此类作品苍古老辣,迹踪杜甫,但能形神俱备,十分难得。

朱孝纯家学湛深,其父朱伦瀚虽以画艺名重当时,但于诗歌一道也颇有心得。朱伦瀚(1680—1760),字涵斋,号亦轩、一三,明宗室后裔,本居山东历城,明末迁辽东,隶正红旗汉军。康熙五十一年壬辰(1712)武进士,官侍卫,出为宁波知府,升粮储道。乾隆二年丁巳(1737)以御史用,署湖北盐驿道,官至给事中、副都统。有《闲青堂诗集》。

朱伦瀚少时应科举,不称意,遂投笔从戎,成侍卫。在禁中时,为皇帝所赏,时人谓其"画诗书称三绝"。诗不宗一家,前后风格凡数变,"阙廷供奉、酬言答赠之什,或入沈宋之新声,或入钱郎之雅调,或如元白温李之穷极变态",而其"边塞从猎之篇,一变为东坡、放翁之开爽逸俊,而元人靓容丽语亦时时流溢笔墨间"②。朱伦瀚弓马娴熟,有志功业,"男儿重豪侠,慷慨话封侯"③,但幼年丧母、少年丧父,为家境所困,不得不奔走南北,在困顿失路中挣扎。故其诗呈现出沉郁苍凉、抑郁难伸的特点,其《述怀》云:

日归日归将何归,居无寸田日啼饥。日游日游成孤飞,稻粱谋拙将谁依。依篱固非丈夫志,阮籍穷哭亦鄙事。上天下地九万里,人生岂得无所之。拊膺一叹独徘徊,高堂有人怀抱开。④

这首诗展现出诗人欲归不得归,无田无居的生活困境。最难的时候,家中甚至需要典质妻子的衣服换米为炊⑤。但他毕竟豁达,虽面对如此困境,仍发出了"上天下地九万里,人生岂得无所之"的浩叹,认为不遇终究不会长久。其《纪别》云:"丈夫志四海,岂甘守门阀。仗剑出门始,何当叹离别。努力事征途,好坚壮游节。"⑥正是带着这样的豪情壮志,朱伦瀚开始了他将近二十年的宦游旅程。

他早期诗歌多记宦游之苦、失路之悲、别亲之痛,其怀亲诗最令人动容。朱伦瀚最笃兄弟

---

① (清)朱孝纯撰《海愚诗钞》卷六,《四库未收书辑刊》第十辑第 26 册,第 620 页。
② (清)朱伦瀚撰《闲青堂诗集》徐琰序,《四库未收书辑刊》第八辑第 25 册,第 354 页。
③ (清)朱伦瀚撰《闲青堂诗集》卷一《夜坐》,《四库未收书辑刊》第八辑第 25 册,第 358 页。
④ (清)朱伦瀚撰《闲青堂诗集》卷一,《四库未收书辑刊》第八辑第 25 册,第 365 页。
⑤ (清)朱伦瀚撰《闲青堂诗集》卷一《晨兴既久,而炊烟未起,抚卷欷歔,计无所措,室人以衣易粟具食,时方雪霁,有慨漫成》,《四库未收书辑刊》第八辑第 25 册,第 366 页。
⑥ (清)朱伦瀚撰《闲青堂诗集》卷一《纪别》,《四库未收书辑刊》第八辑第 25 册,第 366 页。

之谊，程晋芳为其撰《行状》中写道："兄弟四人，各以宦游不得合并，公每一念及，辄浡浡泪下。"① 他常寄诗怀念天各一方的兄弟，"年来两度得君书，尽是愁中与病余"②、"数千里外同辛苦，三十年来半别离"③；他还倾诉远宦之苦，"欲知书债何由是，道路奔驰又十年"④、"江山别骨肉，诗酒老英雄"⑤，在这些饱含抑郁牢骚、磊落不平之气的诗句中，我们可以想见一位满怀抱负而不得施展，满腹才华却无用武之地的失意男子形象。

但朱伦瀚也写下了很多饶有风致的田园小诗，如其《春烟》云：

> 漠漠悠悠出水隈，疑云疑雨故徘徊。
> 栖鸦窥晓啼初远，岸柳飘风拂又来。
> 淡抹青痕披藻野，轻牵缟带缚章台。
> 几番断续微茫意，却被双双燕翦开。⑥

这种江南风情浓郁的画卷，非亲身所历不易描摹。作为北人，他对这些与他成长环境风格大异的风土人情由衷好奇，觉得澄净幽淡，所以诗也写得清幽澹荡，避免刻意修饰。

康熙五十一年壬辰（1712）他终于考取武进士，入宫成侍卫，家境得到改善，也离他实现壮志近了一步。这种心境上的转变，影响到他的创作风格。此前，虽有志于报国却不得门径，虽诗歌蕴含慷慨，却总有着挥不去的郁塞之气。此后，虽也远离家乡，但心绪远不似当年那般茫然和忧愁，"三年三度出边城，扈猎寻常塞外行。重向天门一回首，千山风雨马蹄声"⑦，诗中有了自豪，有了生机和希望。

朱伦瀚诗初学杜甫，后期兼习韩愈、白居易、苏轼、陆游等人，但不为流派所拘，自写胸臆。其《别友》云：

> 骊歌一曲咽漳湄，握手临风订后期。
> 情泣鬼神方得句，心将天地敢言知。
> 筵前浩叹真成别，坂下长鸣更向谁。

---

① （清）朱伦瀚撰《闲青堂诗集·附录》程晋芳撰《诰授光禄大夫正黄旗汉军副都统涵斋朱公行状》，《四库未收书辑刊》第八辑第 25 册，第 457 页。
② （清）朱伦瀚撰《闲青堂诗集》卷一《怀沛弟在楚，柬之》，《四库未收书辑刊》第八辑第 25 册，第 366 页。
③ （清）朱伦瀚撰《闲青堂诗集》卷二《阅家书寄怀兄弟辈二首》之二，《四库未收书辑刊》第八辑第 25 册，第 374 页。
④ （清）朱伦瀚撰《闲青堂诗集》卷一《舟中即事》，《四库未收书辑刊》第八辑第 25 册，第 362 页。
⑤ （清）朱伦瀚撰《闲青堂诗集》卷一《客任城中秋夜忆黎夫子还豫章兼及沛弟都下》，《四库未收书辑刊》第八辑第 25 册，第 361 页。
⑥ （清）朱伦瀚撰《闲青堂诗集》卷一，《四库未收书辑刊》第八辑第 25 册，第 367 页。
⑦ （清）朱伦瀚撰《闲青堂诗集》卷三《三年三度出塞三首》之一，《四库未收书辑刊》第八辑第 25 册，第 380 页。

万里相逢应有日，千秋心事数行诗。①

这首是他的前期作品，其"万里""千秋"之句，踪迹杜甫不言而喻。诗为离别而作，力求沉郁慷慨，但格调总体是乐观明朗的，尤其是末句，一反相见无期的低沉哀怨，期以再见之希望。同样写送别，其后期风格已发生明显的改变：

三年海峤与山城，诗结生涯酒结盟。
黄叶青霞秋老日，红樽白雪岁寒情。
江干梅树空留约，湖上歌篇和未成。
忽向离筵愁别路，一帆春水正盈盈。②

这首诗无论是从情感的抒发、诗歌的整炼程度，还是谋篇布局都已较此前更为浑融，显示出诗人创作技巧的成熟。

朱伦瀚虽也曾出塞入塞，足迹遍及南方多省，历览壮美山河，但其诗歌的骨力气格显然不如其子朱孝纯，其《早发固关》云：

路入雄关草木秋，幽州迢递度并州。
三秦城郭仍天表，两晋云山到马头。
寒瀑遥随残月下，空林斜带断烟浮。
经年旅舍闻鸡舞，绝塞崎岖几度游。③

与前所举朱孝纯《晓过柴关》《潼关望华山》《宿古北关下作》等都是咏写雄关古道，但气势雄浑高下立见。

与朱伦瀚交谊很好的唐英也是清代著名画家、陶艺家、戏曲家、诗人。英字俊公，又字叔子，号蜗寄老人，隶正白旗汉军。他在雍乾之际于景德镇督陶，所制作的陶瓷十分精美，世称"唐窑"。他还是一个戏曲家，有《古柏堂传奇》，又名《灯月闲情》，存剧十七种。因热爱陶艺，自名"陶人"，遂名其诗集为《陶人心语》。唐英诗歌宗宋调，喜言性理，通俗明了，朴素自然，多记督陶之事以及与友朋交游之作。朱伦瀚内弟王秉韬亦善诗，集中与之赠答之作甚夥。秉韬，字含溪，隶镶红旗汉军，乾隆十二年丁卯（1747）举人，官至河东河道总督，有

---

① （清）朱伦瀚撰《闲青堂诗集》卷二，《四库未收书辑刊》第八辑第25册，第376页。
② （清）朱伦瀚撰《闲青堂诗集》卷四《送别卢沧州归白下二首》之一，《四库未收书辑刊》第八辑第25册，第391页。
③ （清）朱伦瀚撰《闲青堂诗集》卷二，《四库未收书辑刊》第八辑第25册，第375页。

《含溪诗草》二十卷，又分为《中州行草》《滇南行草》《山右行草》《皖中行草》《江苏行草》五种。其诗多纪程、酬赠之作。性淡泊、不求名利，故其诗风澹荡自然，以真趣胜。

第四节 和瑛、松筠与八旗边塞诗

"边塞"泛指边疆设防之地，"边"即"边陲"，"塞"指"军垒、要塞"，凡表现国家各处边陲生活、军事、民俗题材的诗歌在广义上来说都可算边塞诗。但这个范围未免过大，这里限定为足迹至于边塞，且有相当一段边塞生活经历的诗人，其创作的有关边疆风土民情、历史地理、宗教信仰等方面的诗歌作品为研究对象，范围就小些。清代八旗诗人足迹遍天下，但凡西藏、新疆、内蒙、云贵、塞北，都有他们热情的歌咏，这里选取两个较为重要的地区——西藏和新疆——作为论述的主要对象。与其他边陲地区相比，这里更具民俗风情和文化特色；再者，以八旗边塞诗创作而论，涉及此二地的作品成就也最为突出。

边塞诗一般具有较强的社会性和时代性，是时代和政治的产物，一般只有在中央政权大力对边疆地区着力经营的时候边塞诗才特别发达。清代对新疆和西藏的经营经过康熙和乾隆两朝的前后用兵，渐渐确定了中央的有效管理，对现有中华民族大家庭的形成做出巨大贡献。清代边塞诗歌是汉、唐后又一个边塞诗创作的高峰。清代八旗边塞诗人，以其豪宕的胸襟气度和开阔的眼界，创作了很多极富民族风情又蕴含爱国思想的边塞诗作。

一 和瑛等人写西域风情的诗歌[①]

清代对西域地区的用兵从清初直到乾隆统一新疆才告一段落，其间不管是清初随军征战的武将还是后来守土一方的官员，都留下一定数量的或反映清初战争，或记载守土卫边的国政方针，或描写西域民族风情的诗歌作品，极大地丰富了清诗的殿堂。同时，清代西域诗无论从数量还是质量上，称其为继盛唐边塞诗后的另一个高峰也并不为过。这里，就以年代为序，例举几位八旗西域诗作者并对其作品稍作介绍。

（一）阿克敦

阿克敦（1685—1756），字仲和，章佳氏，隶正蓝旗满洲，乾隆名臣阿桂之父，他的《德

[①] "新疆"这一名称是乾隆二十七年（1762）年设立伊犁将军之后始设，而本书所涉的诗歌部分是"新疆"正式纳入清代版图之前的作品，为论述方便起见，故而沿用"西域"这一颇为古老的地理名称。而关于"西域"这一地理名称的沿革和具体指代，以及"西域"与"新疆"之间的关系问题，详情参见星汉著《清代西域诗研究》第一章第一节《历代西域地理范围概说》一节，上海古籍出版社 2009 年 12 月第 1 版，第 1—5 页。

荫堂集》卷八《奉使西域集》所收即其西域诗作。西域地区本是我国旧疆，在汉唐时期与中央政权的关系一直比较紧密，至明朝一度与中央政权相游离。清代对西域地区的收复和统一是我国历史上的大事，但这个过程并不顺利。西蒙古四卫拉特，由和硕特、准噶尔、杜尔伯特、土尔扈特四部组成，随着准噶尔部的日益强大，先后迫令和硕特、土尔扈特远徙，并在吞并和侵略的过程中触及清王朝的利益，导致刀兵相见。清朝对准噶尔的用兵持续了康雍乾三朝，康熙三十五年丙子（1696）收复哈密后，清廷先后在新疆设置台站进行统治。康熙五十六年丁酉（1717）靖远将军驻兵巴里坤，六十年辛丑（1721）吐鲁番内附，西域开始了统一的步伐。至雍正朝，岳钟琪、查郎阿先后率西路军在巴里坤建立大本营。但连年的征战，双方皆困苦不堪，雍正十二年甲寅（1734）噶尔丹遣使入京议和，雍正遂遣傅鼐赴伊犁，阿克敦作为副使随行，他的西域诗创作就是这次出使的产物。

阿克敦的出使虽然是以军事斗争为背景，但他毕竟不是武将，他的西域诗中没有刀光剑影，有的只是雄奇壮美的塞外风光和肩负的历史使命，其《出嘉峪关》云：

酒泉边郡设关雄，险障三秦一线通。
势带层山绵积雪，界连大漠鼓长风。
五原据地犹居内，万里营城远在东。
今日田庐平野阔，伊州车马日忽忽。①

阿克敦的西域诗多描写西域地区在清廷有效经营下的农业发展、人民富足的田园景致。如"引水能知稼，分畦善种瓜"②、"雪满荒芜连野涧，春回林木带流清"③等，若不点明是在西域的话，说是中原地区的乡村景致也不差。这说明在彼时，新疆地区的农业经济发展已经达到了相当的规模。

如果说汉、唐边塞诗人多以一种壮阔的眼光和雄奇的笔触对西域风景人文进行宏观性质的描述，那时至清代，边塞诗发展的传统便从宏观转向具体而微的层面。也就是说，清代的边塞诗包括西域诗在内，其表现触及社会生活的方方面面，这也是清代诗歌表现领域更为深化、具体、细致这一特点在边塞诗创作上的反映。

阿克敦毕竟只是作为使节暂入西域，所以他对该地历史、地理、民俗、宗教等问题远不如此后的和瑛、国梁、成书等人了解细致，故而他的诗常有舛错，如《十一月十九日过阳关》：

---

① （清）阿克敦撰《德荫堂集》卷八，《续修四库全书》第1423册，第352页。
② （清）阿克敦撰《德荫堂集》卷八《哈密》，《续修四库全书》第1423册，第352页。
③ （清）阿克敦撰《德荫堂集》卷八《宿乌鲁木齐》，《续修四库全书》第1423册，第353页。

第七章　乾嘉时期的八旗诗坛　　181

　　　　古人离别重阳关，西出于今过此间。
　　　　只有颓城依乱草，更堪寒日下空山。
　　　　千秋事业抛荒塞，万里风尘老客颜。
　　　　定远勋名无片石，一杯清酒吊河湾。①

　　诗后自注："阳关之西有河名玛纳斯，其流甚巨，南带天山，北据瀚海，设关以此为险。""阳关"是西域诗歌中出现频率很高的一个地理名词，在今敦煌市玉门关之南。而玛纳斯河在乌鲁木齐以西，据郭平梁先生考证，这个阳关可能是玛纳斯县境内的阳噶尔八逊古城。类似这样的情况在阿克敦的西域诗中还有不少，读其诗的时候需要一些必要的甄别。

　　（二）国梁

　　国梁，榜名纳国栋，奉旨改国梁，字隆吉、丹中，号笠民，隶正黄旗满洲，乾隆二年丁巳（1737）进士，曾任兰州府同知。乾隆三十年乙酉（1765）他从甘肃任满，得知迪化（今乌鲁木齐）府同知任满出缺，主动请缨，自愿出关，遣妻子儿女自行回京，只身赴任。这种主动宣力塞外的事极为少见，并且他当时年近五十，不算年轻，若不是怀着对西域的热爱，想要有所建树的话，这种行为不可想象。他的西域诗收在其《澄悦堂诗集》中的《玉塞集》《轮台集》中。

　　或许是主动请缨之故，国梁行进西域的一路上都十分激昂、兴致勃勃，"自是壮怀轻道远，敢因白发恼青衫"②、"按部书生还较远，春光唯有玉关浓"③、"相思莫念边庭苦，胜作无端五岳游"④。可见，他是带着造福一方的豪情壮志上路的。事实上，国梁对西域尤其是对当地的水利兴修和农业屯垦贡献非常大。历史上各个王朝在西域进行统治时，都曾兴办屯田，但像清王朝一样屯田规模之大、地域之广、形式之多的则绝无仅有。清初因为一系列的战事问题，屯田发展受到限制，但西域统一后，屯田事业达到了鼎盛。军屯、民屯、旗屯、回屯、犯屯等加在一起，共有田地二百七十多万亩，西域地区的经济达到了封建时代最繁荣的阶段。国梁及其诗歌就是清王朝西域屯田鼎盛时代的见证者。

　　在此项国政的指引下，国梁四处访求水源，引水灌田，足迹遍布天山南北，辛苦程度可想而知，尤其是为乌鲁木齐附近的屯田工作做出了巨大的努力。"天边老荄际天黄，引溉成田十倍穰。拟向天山探乳窦，月钩新晕海心凉"⑤，"淖尔"即蒙语"湖泊"意，昂吉尔图淖尔在今

---

① （清）阿克敦撰《德荫堂集》卷一，《续修四库全书》第1423册，第352页。
② （清）国梁撰《澄悦堂诗集》卷五《奉调赴乌鲁木齐二首》之一，《清代诗文集汇编》第342册，第83页。
③ （清）国梁撰《澄悦堂诗集》卷五《得旨调授乌鲁木齐丞再成二律》之二，《清代诗文集汇编》第342册，第84页。
④ （清）国梁撰《澄悦堂诗集》卷五《答曾明府饯别诗》，《清代诗文集汇编》第342册，第83页。
⑤ （清）国梁撰《澄悦堂诗集》卷六《过昂吉尔图诺尔》，《清代诗文集汇编》第342册，第108页。

乌鲁木齐市柴窝堡机场一带，又名鄂门泊，是距离乌鲁木齐较近的一带水域，这首诗就是记载国梁考察乌鲁木齐附近屯田的事。星汉先生曾评价他是"历史上进入西域管理屯田并歌颂屯田的第一人"①，他的这些诗歌让我们看到了他对西域这片神奇的土地所怀有的真挚热爱。

国梁在任期间为西域地区的繁荣和发展所做出的努力，有目共睹。他有《之新屯》一诗：

> 农人终岁瘏，卒瘏腹未果。农事丛百忧，丰凶如转柁。水旱姑勿论，么麽总阶祸。鼠子尔何物，穴田饱粟颗。蟊贼乘蚚来，飞跃亦纷夥。所伤虽无多，坐视呜呼可。哀此新迁氓，讵比富人贺。所当急捕捉，投水秉畀火。安知彼苍仁，兹事非咎我。吏奸凭社墟，胥蠹虐闾左。涓涓苟不塞，浸假江有沱。我是用大戒，永念心无惰。政虎倘犹猛，田貌那不惰。②

诗歌表现出诗人对屯田工作的重视，也展露出对曾经流离失所的屯民的同情。国梁任乌鲁木齐同知时，这个职位设立不过五年。他说"燕然勒石非吾事，看取周民颂柞柮"，所以他的诗没有官僚气，却有着浓厚的人情味。他不抱怨边疆生活的苦楚，表现得洒脱和豁达，他的边疆诗充满对民生的热切关注，着眼于些细小事，满怀热情地歌唱他治理下的西域田园。他这样描写"野烧"：

> 卧闻河水涨秋滩，车铎声中夜色阑。
> 归路不愁明月尽，照人野烧落霞残。③

"野烧"，即指烧荒，现在农村还经常在秋收后将土地上的杂草和秸秆点燃，用其草木灰作肥料。"宁边"即今昌吉回族自治州政府所在地昌吉市，诗人巡查工作到了夜晚，还要连续赶路，他虽然疲惫但心情大好，因为野烧的景象只有丰收之后才会如此壮观。如果所有官吏都能像国梁一样，那人民该多么幸福。

（三）和瑛

和瑛（1741—1821），原名和宁，避道光皇帝旻宁讳改名和瑛，字太庵，额尔德特氏，隶镶黄旗蒙古。乾隆三十六年辛卯（1771）进士，历官盛京、西藏、新疆等地，嘉庆二十三年戊寅（1818）授军机大臣，充上书房总谙达。道光元年辛巳（1821）卒，谥"简勤"。从他嘉庆七年壬戌（1802）巡抚山东，因勘案失察遣戍新疆乌鲁木齐开始，在新疆时间长达八年，先后

---

① 星汉撰《试论国梁西域诗及其在新疆的贡献》，《民族文学研究》1999年第2期，第50页。
② （清）国梁撰《澄悦堂诗集》卷六《清代诗文集汇编》第342册，第105页。
③ （清）国梁撰《澄悦堂诗集》卷六《八月二十九日夜之宁边晦夜却回》，《清代诗文集汇编》第342册，第107页。

第七章　乾嘉时期的八旗诗坛　　183

担任过叶尔羌（今新疆莎车）办事大臣、喀什噶尔（今新疆喀什）参赞大臣、乌鲁木齐都统等职。和瑛在边疆时留下多种著述，与西域地区有关的如《回疆通志》《三州辑略》《续〈水经〉》等。和瑛精通曲律，尤喜诗歌，有《太庵诗稿》《易简斋诗钞》传世，其中《太庵诗稿》为作者手订之稿本，未刊行，收诗一千余首。《易简斋诗钞》收录诗歌五百余首，部分与《太庵诗稿》重合，多是其历官各处的记录，他的西域诗就收录在此集之中，约占本集诗歌总数的五分之一。

和瑛留心风雅，无论在哪里做官，都注重地方文化建设，与当地文士往来唱和，吟诗作赋。他对文学的痴迷令老友们对其仕途颇为忧心，法式善就曾劝诫他不要因文废职。事实证明他们的这种担心并不多余，他就因"日事文墨，废弛政务"①而被皇帝申斥并解职。塞翁失马，焉知非福，这件事成为一个契机，成就了和瑛和新疆的一段姻缘，也为我们留下了许多的八旗西域诗作品。

和瑛赴西域的时候已经六十三岁，他对路途的遥远、环境的艰辛并没有展露出消极悲观的情绪，反而带着豁达豪迈的心情欣然上路。其《鸭子泉和常中丞原韵》云：

> 祁连巑岏驻冰颜，诗板遥摹霄汉间。
> 驿客停骖弦月皎，羌儿叱犊戍楼间。
> 不观海市游沙市，才别金山到玉山。
> 六十年来风景换，阳春万里出阳关。②

这种达观和苏轼"莫听穿林打叶声，何妨吟啸且徐行。竹杖芒鞋轻胜马，谁怕，一蓑烟雨任平生"，有着强烈的共鸣。他对苏轼的喜爱不仅是对其诗词的崇拜，也有个性上的相似。和瑛诗多宗宋调，尤对黄庭坚颇有心得。其在西域时正是这一地区较为和平稳定的时候，所以他的诗没有剑拔弩张的战争描写，也没有慷慨赴边的军旅风格，他的诗是一个封建传统文人对西域文化历史、宗教等问题的客观记录。

他的诗歌对西域地区承平气象、闲适生活的描写，很有田园风味。如他在嘉庆十年乙丑（1805）巡查各城时写下的《城堞春阴》《山房晚照》《澄碧新秋》《百尺垂虹》《孤舟钓雪》等，景物刻画与中原别无二致，这也从侧面说明当时西域人民生活的安康富足。他还对西域的民俗风情了解颇深，其《观回俗贺节》云：

> 怪道花门节，刲羊血溅腥。

---

① 赵尔巽等《清史稿》卷三百五十三，中华书局1977年7月第1版，第37册第11282页。
② （清）和瑛撰《易简斋诗钞》卷三，《续修四库全书》第1460册，第511页

羯鸡充羖里,娄鼓震羌庭。
酋拜摩尼寺,僧宣穆护经。
火祆如啖蜜,石榴信通灵。①

花门节就是西域地区重大的传统节日古尔邦节,又名宰牲节,这天穆斯林信徒集会在清真寺或宽阔的郊野举行盛大的会礼仪式,诵读《古兰经》,之后要宰杀牛、羊、驼,并将肉类共食。和瑛对这类宗教节日的记载真实详细,还加了注解,可见其对西域民俗历史的熟悉程度,是超过早期八旗诗人的。

作为一方守土大吏的和瑛,在诗歌中也经常歌咏清王朝统一天山南北的宏图伟业,如其《题巴里坤南山唐碑》:

库舍图岭天关壮,沙陀瀚海南北障。七十二盘转翠螺,马首车轮顶踵望。高昌昔并两车师,五世百年名号妄。雉伏于菁鼠噍穴,骄而无礼不知量。寒风如刀热风烧,易而无备胥沦丧。贤哉柱国侯将军,王师堂堂革而当。吁嗟,韩碑已仆段碑残,犹有姜碑勒青嶂。岂知日月霜雪今一家,俯仰骞岑共惆怅。②

他在诗中对侯君集、姜行本等人平定西域的战功给予崇高评价,他认为无论哪朝哪代,分裂国家统一的行径都不会取得最后的成功,其实这也是在赞美清朝统一新疆这一历史功绩。他怀着对国家大一统的自豪,热情歌颂在平准、平大小和卓战争中英勇无畏的将军和士兵们,如其《英吉沙尔》《叶尔羌城》等皆是。

和瑛诗歌也暴露出很多现实问题,尤其是清中后期地方驻防部队的腐败,可谓触目惊心。其《食蟹二首》之二:

秦关不识蟹堪茹,百计邮传似羽书。
帅幕一餐千户赋,军中省得匦驮鱼。③

诗人注云"川陕用兵,巨贾贩活蟹入连云栈达军营",这种奢靡和浪费在清代中后期达到鼎盛。昭梿《啸亭杂录》卷八《军营之奢》中记载:"……诸将帅会饮,多在深箐荒麓间,人迹之所罕至者,其蟹鱼珍羞之属,每品皆用五六两,一席多至三四十品。……军中奢靡之风,

---

① (清)和瑛撰《易简斋诗钞》卷三,《续修四库全书》第1460册,第514页。
② (清)和瑛撰《易简斋诗钞》卷三,《续修四库全书》第1460册,第518页。
③ (清)和瑛撰《易简斋诗钞》卷三,《续修四库全书》第1460册,第521页。

实古今之所未有也。"① 清中后期社会风气的转变,是清王朝经济达到鼎盛的产物,也是这个王朝走向衰亡的开始。

总体说,清人的西域诗写实性强,由于他们对西域风情、地理、民俗的真实记录,使得那些从未足至西域的人们对西域的认识更加真实可靠。与前代西域诗比较言,清人西域诗少了意想天外之笔,多了对细小事物的描绘欣赏。如成书(1760—1821),字倬云,号误庵,他在西域期间作有《伊吾绝句》三十首、《咏禽兽草木果产》二十首、《莎车纪事》诸诗,大凡西域地区大事小情,皆能入诗,尤其对哈密等地经济物产、民俗宗教等的记载,简直可作民俗志来看。这些特点都是前代西域诗中难见的。

二 松筠等人写西藏民俗的诗歌

清朝一直都重视西藏地区的安定,所以实行驻藏大臣制,以管理藏地军事、政治、民事等问题。康熙四十八年己丑(1709),康熙派吏部左侍郎赫寿往藏协同办事,这是清朝向西藏派员的开始。此后又陆续派僧格、玛喇等入藏办事,并在雍正六年戊申(1728)平定阿尔布巴事件后专门设驻藏大臣衙门,同时设立腾格里、达木防线和系列关卡。乾隆五十五年庚戌(1790),和珅会同理藩院正式订立驻藏大臣职责,清代驻藏大臣制度趋于完备。清朝从设置驻藏大臣至清末,实际到任者一百一十多位,其中以满、蒙八旗为主。这些驻藏大臣中有不少能诗者,如官保、奎林、和琳、松筠、文干、瑞元、文康、崇恩、崇实、锡缜、文硕、尚贤、升泰、联豫等,皆有诗文集传世。其中,以诗歌记载西藏地区历史、地理、宗教、军事等方面价值最高的就要属松筠了。

(一)松筠及其咏藏诗

松筠(1752—1835),字湘浦,号百二老人,玛拉特氏,隶止蓝旗蒙古。由翻译生员笔帖式出身,乾隆四十八年癸卯(1783)由户部员外郎超擢内阁学士,历官两广总督、热河都统、吏部尚书、驻藏大臣、伊犁将军等职。松筠一生宦海沉浮五十余年,在边疆地区就将近二十年,治边之功最大。同时,他也是八旗蒙古中优于文史者,更是清朝边臣中著述最为宏富者,有《西陲总统事略》《绥服纪略图诗》《古品节录》《百二老人语》《伊犁总统事略》《西藏巡边记》《镇抚事宜》(包括《西招图略》一卷、《西招纪行诗》一卷、《秋阅吟》一卷、《西藏图说》一卷、附《路程》一卷、《绥服纪略》一卷)等,其所创作,皆"非事吟咏,特以注疏地方情形"② 为主。清代八旗边塞诗特点之一,就是作者多为边臣,故其创作多政治家的思

---

① (清)昭梿撰,何英芳点校《啸亭杂录》卷八,中华书局 1980 年 12 月第 1 版,第 258 页。
② (清)松筠撰《松筠杂著五种·绥服纪略序》,《北京图书馆古籍珍本丛刊》第 79 册,书目文献出版社 1998 年版,第 764 页。

想和眼光。松筠的咏藏诗如《西招纪行诗》和《丁巳秋阅吟》，亦以有裨政教为目的，内容有这样几方面：表达施政理想和治边策略、对边疆军事的筹划和军队操练、藏区特有的风土人情和宗教特色、藏区人民的生活实况、对边疆文化事业的关心和建设等。

松筠诗体现出明确的治边思想和施政理念，有强烈的稳定边疆和令人民富足的责任感和使命感，如"卫藏番民累，实因频耗蠹。……度地招流亡，游手拾农具。……安边惟自治，莫使民时误。"① 在诗注中他说："所属番民，如果家给人足，外患何由而生，是以安边之策，莫若自治。"诗人认为藏区的百姓之所以困苦，其中很重要的原因就是贵族和寺庙的联合压迫，其《西招图略·抑强》中说："藏地相沿，世家最贵。布施以献达赖班禅，藉势以残卑下番众，至于遣人边地，贸易往还，所需背夫驮牛以及食物草料皆出于百姓，而毫不与值，此盖达赖班禅不知番庶疾苦，率与噶舒克之所致也。"② 正因如此的巧取豪夺，藏区百姓流离失所、饥寒交迫，几乎无以为生。他这类诗具有极强的写实性：

> ……昔有千余户，今惟二百强。一是苦征输，荡析任逃亡。……伊昔半逃亡，往往弃田间。甘心为乞丐，庶得稍安舒。乃因差徭繁，频年增役夫。出夫复不役，更欲折膏腴。凡居通衢户，乌拉鞭催呼。耕牛尽为役，番庶果何辜。③

地方土司和宗教势力的双重榨取，繁重的徭役和税赋，令多半的藏民不堪重压背井离乡成为乞丐。松筠诗注记载："此地早年原有百姓一千余户，牛羊亦本番孳，实因赋纳过重，人口日渐逃亡，以致萨喀桑萨偏溪三处共止翻有百姓二百九十六户，人户既少，所蓄牛羊较前止有十分之二，查其应纳正项酥油及抽取牛羊税银外，尚有数千两无名税赋，种种苦累，民不堪命。"松筠意识到这种流离失所的悲惨景象对清朝的统治十分不利，有鉴于此，他征求班禅和达赖的意见，蠲免赋税，减轻徭役，招徕流民，一定程度上缓解了政民间的尖锐矛盾。

松筠不仅重视民生，对边防事务更是留心。他认为边防"贵在审势而行权，盖势有强弱，强甚而不已则折，弱甚而不已则屈"④，所以对周边威胁从不掉以轻心，严明军纪，操练军队，其《丁巳秋阅吟》就是巡查边防和军队演武时所作。其《江孜》云：

---

① （清）松筠撰《松筠杂著五种·西招纪行诗》，《北京图书馆古籍珍本丛刊》第79册，书目文献出版社1998年版，第711页。
② （清）松筠撰《松筠杂著五种·西招图略》，《北京图书馆古籍珍本丛刊》第79册，书目文献出版社1998年版，第678页。
③ （清）松筠撰《松筠杂著五种·西招纪行诗》，《北京图书馆古籍珍本丛刊》第79册，书目文献出版社1998年版，第717页。
④ （清）松筠撰《松筠杂著五种·西招图略》，《北京图书馆古籍珍本丛刊》第79册，书目文献出版社1998年版，第674页。

第七章　乾嘉时期的八旗诗坛

秋阅江孜汛，蛮戎演战图。炮声发震旦，鼓气跃争驱。锐技惟螯进，雄师在令呼。百年虽不用，一日未应无。训练能循制，屏藩足镇隔。赏颁嘉壮健，感激饮醍醐。①

驻藏大臣每年有巡查边界防卫和观看兵武演习的职责，虽属例行公事，但意义不可小觑。松筠对无战备战的观点极为支持，他认为只有勤加操练、加强军队的战斗力，才能随时上阵杀敌，保家卫国，捍卫疆土的完整和安定。在松筠任期内，藏区的军事战备和边疆防务都更系统化，这是他治边功绩之一。其《定日闻操》《达木观兵》等诗都是描写八旗军训练、演习、驻防等问题的。松筠是清代边臣中有居安思危意识的人，他秉持的"既安莫忘危，慎初且慎终"②的理念和行动，令其任期内的边疆一直保持稳定发展的状态。

松筠还十分注意对西藏地区地形地貌的考察，他说："守边之术，宜乎审隘绘图，使各汛官兵熟悉道里阨塞，方于缓急。"③他是很有战略眼光的，也很有远见。他吸取廓尔喀人入侵西藏地区的经验教训，认为设置关卡隘口对一个国家的边疆防御至关重要，所以他审时度势、依地设防，进行了有效的防御守备④。曲水是他十分重视的隘口之一，《曲水》云：

曲水即褚湑，汉晋非蛮语。关隘依岩道，江岸环幽围。形似阵长蛇，是谓百夫御。岂独地势佳，随在多粮糈。且喜近前招，程仅两日许。欲久乐升平，治以同胞与。惟期善时保，万载堪安处。⑤

松筠注意到曲水这一天然屏障形势险固，地多农田，有兵数百人便可万人难逾。他考察干坝时曾写诗云"更有干坝隘，迤西定结连。路皆称险要，防边宜慎焉"，并注明："定结、干坝两处隘口，相距札什伦布程途仅四五日，外通廓尔喀，最为险要。"这都是松筠卓越的边防思想在诗歌中的体现。

松筠在藏期间，还十分留意育化藏民、兴办教育、支持边疆文化事业，他著有的多部涉及藏区历史、地理、文化等问题的书籍就是最好证明。他说："夫处一方，宜悉一方故事，述而

---

① （清）松筠撰《松筠杂著五种·西招纪行诗》，《北京图书馆古籍珍本丛刊》第79册，书目文献出版社1998年版，第720页。
② （清）松筠撰《松筠杂著五种·西招纪行诗》，《北京图书馆古籍珍本丛刊》第79册，书目文献出版社1998年版，第713页。
③ （清）松筠撰《松筠杂著五种·西招图略》，《北京图书馆古籍珍本丛刊》第79册，书目文献出版社1998年版，第685页。
④ 廓尔喀即尼泊尔人，清乾隆时期曾在红教活佛的唆使下两度入侵我国西藏地区，第一次议和后虽然撤回但背信弃义，次年进行了更大规模的侵略抢劫，被福康安以及海兰察击退至喜马拉雅山南麓，接近其首都阳布（今尼泊尔首都加德满都），后廓尔喀五年向清廷朝贡一次，直至十九世纪初。
⑤ （清）松筠撰《松筠杂著五种·丁巳秋阅吟》，《北京图书馆古籍珍本丛刊》第79册，书目文献出版社1998年版，第719页。

书之便览焉。自国朝崇德七年（壬午，1642），达赖、班禅同厄鲁特图什汗遣使进贡以来，事迹无不载在典籍，夫复何述。然典籍在朝而不在藏，今唐古忒久安，其老者既稀，少者无闻，而圣朝覆育之德日久不可不知也。"① 虽然宣扬中央皇权恩施普济的思想是其支持文教的出发点，但结果却促成了藏民文化教养的大力普及和相关书籍的涌现，"副作用"显然更有意义。松筠可能是驻边大员中最关心民瘼的一位，他在新疆时曾上疏奏请在新疆开矿，增加人民收入，但遭到嘉庆皇帝的驳回；又请增加牧民牧地以改善贫苦牧民生活，被皇帝申斥，谓其"素喜布恩邀誉"②。他历经多次打击，痴心不改，在藏时多次蠲免税赋，与民休养生息，极大改善了藏民的生活条件。同时，因为西藏地区宗教形势复杂，他还极为留心地区宗教事务，促进民族团结，其《郎噶孜》云：

层巅郎噶孜，高耸佛头青。
官寨惟僧主，番民好听经。
时和人乐业，岁稔稻连町。
暂宿安行帐，晨征尚带星。③

佛教是藏区人民赖以生存的精神支持，松筠清楚知道宗教在藏区管理上的重要性，所以他说"俗尚不应鄙，情推可易治"，这和和琳对藏区宗教所持的态度便有所不同。他虽然对佛教信仰并不以为然，但他知道稳定藏区，班禅和达赖具有非常的领导力量，所以他对待二者十分尊敬。其《班禅》云："智慧生成缘性天，现身此辈可光前。幼龄说法莲花座，奕世经传仙鹿年。衍教屏藩遐城固，安生普渡用心虔。信知释道能行远，神妙圆通本精专。"④ 此诗介绍了藏区人民所信奉的黄教两大活佛之一班禅幼龄说法之事，在他看来处理好宗教事务对守土卫疆的意义重大，所以他对藏区宗教问题采取"固不必信，亦不可鄙"的态度，这是开明而具有前瞻性的。

松筠诗歌也不全都是涉及国计民生、宗教信仰、边疆防务等国家政事，他对藏区自然景物的瑰玮、民族风情的特殊、自然气候的奇异都有强烈的好奇。他的这类诗歌格调轻松，"层巅

---

① （清）松筠撰《松筠杂著五种·西招图略》，《北京图书馆古籍珍本丛刊》第79册，书目文献出版社1998年版，第684页。
② 《清实录·仁宗睿皇帝皇帝实录》卷一百六十三，中华书局1986年7月第1版，总第30册第124页。
③ （清）松筠撰《松筠杂著五种·丁巳秋阅吟》，《北京图书馆古籍珍本丛刊》第79册，书目文献出版社1998年版，第720页。
④ （清）松筠撰《松筠杂著五种·丁巳秋阅吟》，《北京图书馆古籍珍本丛刊》第79册，书目文献出版社1998年版，第722页。

无瘴迥非前,淡荡微风晴日妍。拉布卧雪天咫尺,炙羊温饱各陶然"①,这种悠闲自得的氛围就很可喜。再如其写《白朗》周围的乡土风情"白朗山村阔,耕田四野饶。壶浆长路献,鞑乐土音调"②,除了沿途歌舞以献壶浆与中原不同之外,简直就与中原地区乡村风景图一般无二。

松筠为诗主"性情",他认为诗之道应以性情为本,参之以学问,但不可逞才示学,涉猎剽窃,流于浮华。这点上,他和本民族诗学理论家法式善不谋而合。基于此,他的诗歌虽有着极强的现实主义精神,但皆自然生动,不尚雕琢。尤其是揭露藏区人民生活流离失所的诗歌,置之于以"歌功颂德"为主调的乾嘉庙堂诗坛就很难得。松筠的咏藏诗具有极强的民族性和地域性,也间杂丰富的历史文献资料和对真实地理环境的记载,是我们研究清代藏区历史、文化、军事等问题的珍贵史料。但松筠的诗歌从欣赏角度而言,也存在一些较为严重的问题,比如口语性太强,过于侧重写实纪事,而忽略了艺术美的雕琢。这就显得质量粗糙,影响了作品的文学价值。

(二) 高述明、和琳的咏藏诗

高述明(?—1723),字东瞻,高斌兄,官凉州总兵官。高氏家族本隶镶黄旗汉军,后因高斌之女封贵妃抬旗为镶黄旗满洲。高述明勇武善战,长驻边陲,曾两入西藏,因军功名播西海,雍正元年癸卯(1723)旧创发作,卒于军营。有《积翠轩诗集》,乃其子高晋在其去世后,于军营箱箧中捡拾所得,仅两卷。

高述明虽为武将,但雅善文学,他不以文字谋生,故而其诗既少刻意营情造景之语又少词句雕琢藻绘之弊,纯以自然真挚取胜,并且有浓郁的军旅气,继承了清初八旗军旅诗昂扬壮烈、清刚健举的传统,如《黑水军中》云:

> 黑水风沙骑几群,笳声悲壮不堪闻。
> 通宵羯鼓浑惊鸟,尽日征帆欲遏云。
> 细柳营中频督阵,燕然山上想铭勋。
> 可怜慷慨从军士,倚剑旗门日又曛。③

陶士僙曾评价其在藏期间的军旅诗,谓:"秋霜剑气春花管,儒将雍容信不虚。路窅孤军飞鸟外,诗酬百战枕戈余。壮图宛绘风云阵,异俗疑观山海书。却忆张骞持汉节,西行未遍历

---

① (清)松筠撰《松筠杂著五种·丁巳秋阅吟·甲错山》,《北京图书馆古籍珍本丛刊》第79册,书目文献出版社1998年版,第723页。
② (清)松筠撰《松筠杂著五种·丁巳秋阅吟》,《北京图书馆古籍珍本丛刊》第79册,书目文献出版社1998年版,第721页。
③ (清)高述明撰《积翠轩诗集》卷下,《四库未收书辑刊》第九辑第20册,第671页。

穹庐。"① 得旨之言。

　　唐英为其所作序中称："今先生身踰绝塞，转战千里，当夫朔风裂面，剑戟如林，俱足助其才思而增其豪兴，盖从军出塞之作，昔人得之拟古者，而先生身亲见之，故其诗格益恢奇，声益宏壮。"② 其《将军出猎西海》云：

　　　　十万出关雄，深机运掌中。
　　　　剑锋直拂旄头气，旗角斜侵海面风。
　　　　珍重雕弓留射马，肯将一矢贯双鸿。③

　　高述明诗以沉雄胜，人谓其多类杜甫，观其创作，虽在艺术锤炼上还时显欠缺，但在气骨上却实属清诗中俊逸之作。这首诗短短几句，将军队所向披靡的勇武精神展露无遗，这是康熙朝盛世精神的体现，也是清初八旗精神的表现。

　　当然，高述明的诗也并非都是金戈铁马、慷慨铙歌，他在藏区时还写了一些涉及西藏风土民情的作品，如《答人问藏中风景二首》：

　　　　君问西天极乐方，果然风景不寻常。
　　　　枫林遍地皆红叶，番寺悬岩尽白墙。
　　　　尖帽圣僧身着锦，平头羌女面涂糖。
　　　　相传种是槃瓠类，窦蒂时看堆髻妆。（其一）

　　　　峨然白帽是官形，头戴珠冠夸嫋婷。
　　　　群妇行讴虫出穴，众僧坐讽药飞瓶。
　　　　乳酥调麦称佳味，青稞为醅酿绿醽。
　　　　最是林园堪异处，鹅声忽绕水心亭。（其二）④

　　这是诗人回答友人提问所作的诗歌，对藏区寺庙、僧人、藏族女子的妆扮等都有涉及，充满新奇趣味，风格清新，语言质朴，和那些昂藏军旅之诗格调迥异。

---

① （清）邓显鹤辑《沅湘耆旧集》卷七十五《读高东瞻总镇征藏诸诗，激昂清壮，西域风土，历历如绘，马上率题一章》，《续修四库全书》第 1691 册，第 470 页。
② （清）唐英撰，张发颖主编《唐英全集·陶人心语》卷六《积翠轩诗集叙》，学苑出版社 2008 年 1 月第 1 版，第 1 册第 95 页。
③ （清）高述明撰《积翠轩诗集》卷下《将军出猎西海》，《四库未收书辑刊》第九辑第 20 册，第 673 页。
④ （清）高述明撰《积翠轩诗集》卷下，《四库未收书辑刊》第九辑第 20 册，第 673 页。

第七章　乾嘉时期的八旗诗坛

和琳（1753—1796），字希斋，钮祜禄氏，隶正红旗满洲，和珅之弟。由笔帖式起家，不数年擢至四川总督、兵部尚书，有《芸香堂诗集》。和琳统兵入藏时也作有一些咏藏诗，如其《藏中杂感》《西招四时吟》等，皆记藏区风物人情，滋味隽永，其《藏中杂感四首》之三云：

　　独上碉楼望眼宽，四山积皓雪漫漫。
　　一声冈洞僧茶罢，半万更登鸟食残。
　　灯样仅传公主履，龟形犹仿尉迟冠。
　　黄金铺地谁饶舌，致累阇黎色相难。①

这里涉及藏区宗教仪式和习俗问题，一些特有名词皆有作者自注，如"冈洞"是指"人腿骨，吹之其声似喇叭"，"更登"指"僧侣"，值得注意的是末句自注云"番僧无不爱钱"，这反映出当时西藏宗教集团内部的奢靡和腐朽已经到了一定程度。这句评语，在视宗教为天的西藏地区，可不是谁都敢说的。和琳对藏区宗教问题的认识和处理，显得较为随意，甚至不时有些"不恭"之语，这就和松筠等人不同。事实上，他在西藏地区时对文化、宗教、民生疾苦等问题理解的深度和关注的程度也的确不如松筠。

和琳作为边疆重臣，治边业绩不甚著，但其附庸风雅的性格令其面对雄奇景物时也不免诗兴大发，其《西招四时吟》对藏区四季景色进行了富有诗意刻画描写，写春天：

　　莫讶春来后，寒容转似添。
　　小窗欣日色，大漠渺人烟。
　　风怒沙能语，山危雪弄权。
　　略应桃柳意，塞上忕争妍。②

藏区的春天来得晚，即便时令已入春，但很可能发生"倒春寒"的现象。诗人从节令入手，将描写范围扩大到了春日的山原景色和草木特征，为我们展现出初春藏区特有的景象。

清代驻藏大臣中八旗占绝大多数，且能诗善文夙好风雅者不少，他们创作的有关藏区风土人情、宗教民俗、军事斗争的作品成为八旗边塞诗中的重要部分。如果说此前边塞诗多以西域为创作背景，清代八旗驻防遍及各地，创作从地域上则扩展到祖国西北、西南、东北的绝大多数地方，甚至随着军队的征拔到了更为辽远的区域。而在表现层面上看，清代八旗边塞诗叙写边疆风情则不仅局限于军旅诗和风景诗，大凡边疆地区生产生活的细枝末节均可入诗，极大拓

---

① （清）和琳撰《芸香堂诗集》，《四库未收书辑刊》第十辑第 28 册，第 539 页。
② （清）和琳撰《芸香堂诗集·西招四时吟四首》之一，《四库未收书辑刊》第十辑第 28 册，第 549 页。

展了清代诗歌的表现领域，成为清诗不可或缺的一部分。但从进取精神上看，清不如唐之昂扬激慨。时至清代，封建中央集权制度达至极盛，却全然没有了盛唐时期的那种青春的生命活力，整个国家体制及思想领域都笼罩在荒芜和寂寞中。在这样的创作氛围里，八旗边塞诗也概莫能免，但他们终究在乾嘉空疏的诗风中走出了一片别样天地，已属难得。边塞景物的新奇壮美，特殊的历史人文，为清中后期的诗坛注入了很大的生机和活力。

第八章 "北方三才子"

　　八旗诗人从清朝建立之初便在文学创作方面表现出巨大的领悟力和学习力，相继涌现出大批取得相当成就的诗人。经过了顺、康、雍三朝百余年的学习积淀、创作体验以及异质文化间的协调与融合后，乾嘉八旗诗坛更是呈现出多侧面、多角度、多层次的发展格局。朝野间情质互异的风云际会、民族间日益协调的文化交融、诗歌创作领域的不断拓展、盛唐边塞诗达至巅峰后在清中叶的再次崛起、八旗诗歌总集编纂的热情高涨、八旗诗学理论的集中总结，都是极有个性又极富特色的表现形式。其中，"北方三才子"——法式善、铁保、百龄堪称乾嘉八旗诗人中的翘楚。法式善以其诗学理论、诗话编纂、诗歌创作成为乾嘉八旗诗坛的领军人物。铁保及其家族以优秀的诗歌创作傲立诗坛若干年，子若孙世代书香传家，终成为八旗文学一大世家。百龄以封疆大吏之尊写傲然独立、孤标健举的书生襟怀，磊落豪雄之气堪称冠冕。他们各以其身份、地位、实际创作为八旗诗歌的繁荣贡献着力量。

第一节　法式善与"八旗诗话"

　　法式善（1753—1813），原名运昌，乾隆帝为其改今名，有"奋勉""竭力有为"之意[①]。字开文，号时帆、梧门、陶庐、小西涯居士，伍尧氏，隶内务府正黄旗蒙古。法式善父祖辈皆任职于内务府，但官位较低。父广顺早卒，他由母亲韩太淑人教养成人。韩氏工诗能文，亲授法式善诗书，对他影响极大。乾隆四十五年庚子（1780）科进士，庶吉士散馆授检讨，历任国子监司业、侍讲学士、祭酒、《四库全书》提调官等职。嘉庆四年己未（1799）因修书不慎，贬为庶子，遂告病，九年甲子（1804）以洗马充文渊阁校理，后以庶子致仕。他一生著述勤

[①]　（清）昭梿撰，何英芳点校《啸亭杂录》卷九"诗龛"条，中华书局1980年12月第1版，第275页。

奋，有《存素堂诗初集录存》二十四卷、《存素堂诗稿》二卷、《存素堂诗二集》八卷、《续集》一卷，以及《诗龛咏物诗》等，存诗约三千五百首之多。还著有《存素堂文集》四卷、《续集》四卷、《清秘述闻》十六卷、《陶庐杂录》六卷、《梧门诗话》十二卷、《八旗诗话》不分卷、《槐厅载笔》二十卷，成就之大，在蒙古作家的汉文创作中可谓绝无仅有。在繁星丽天、百家争鸣的八旗诗坛，法式善以旗帜鲜明的诗歌理论以及集八旗诗学大成的《梧门诗话》，开创了八旗诗学系统研究的先河，为清末杨钟羲的《雪桥诗话》这一皇皇巨著树立了榜样。他还以其身体力行的诗歌创作，多方援引后辈，以举办诗酒文会等形式，极大地带动了八旗诗坛的创作热情。

一　法式善的诗学主张与诗歌创作

八旗诗学理论向来比较通达，少见门派之见，也不拘谨于唐宋之分，但他们中有一个很鲜明的共同点即多主"诗以言情"之说。康熙皇帝倡导"诗者心之声也，原于性而发于情，触于境而宣于言"[1]；性德推崇"诗本性情"；刘廷玑主张取"我性情相近者"，创作需"眼前意中，自然清真"[2]，都是提倡诗歌创作本乎性情，出于真实之论。法式善诗学理论也基本沿袭了这样的发展脉络。

他在其《蔚嵫山房诗集序》提出"诗者何？性情而已矣"[3]，成为他诗学理论的总纲领。之后，他又不断对这一主张深化拓展，他说"余维诗以道性情，哀乐寄焉，诚虚殊焉"[4]、"性之所近，情之所遗，非诗焉，乌乎见"[5]、"有情乃有诗，此语吾深信"[6]，反复强调诗歌是抒发性情的工具。法式善无论是在自己的创作中还是评价他人作品时，都十分注意诗人个体气质的表现。在他看来，诗歌之所以具有不同的美感特质，正是不同诗人的气质、秉赋、遭遇、学养等内、外因共同作用的结果。他极端反感"为文而造情"[7]式的创作，于"抒情"与"工致"二者间，他选择"要使性情见，弗求笔墨工"[8]，反对为迁就诗歌的格律而影响诗歌情感的抒发。在他看来，创作的目的是为了表情达意，"但勿失性情，格调姑弗论。字字出胸臆，一洗

---

[1] （清）玄烨撰《圣祖仁皇帝御制文》卷二十一《诗说》，《景印文渊阁四库全书》第1298册，第198页。
[2] （清）刘廷玑撰《在园杂志》卷二"学诗"条，中华书局2005年1月第1版，第59—60页。
[3] （清）法式善撰《存素堂文集》卷一《蔚嵫山房诗集序》，《续修四库全书》第1476册，第680页。
[4] （清）法式善撰《存素堂文集》卷二《兰雪堂诗集序》，《续修四库全书》第1476册，第692页。
[5] （清）法式善撰《存素堂文集》卷一《钱南园诗序》，《续修四库全书》第1476册，第679页。
[6] （清）法式善撰《存素堂诗初集录存》卷十三《题孙子潇原湘〈双红豆词〉后》，《续修四库全书》第1476册，第567页。
[7] （梁）刘勰撰，陆侃如、牟世金译注《文心雕龙译注》第三十一篇《情采》，齐鲁书社1995年4月第1版，第300页。
[8] （清）法式善撰《存素堂诗二集》卷一《朱文正、纪文达、彭文勤三公手迹合卷》二首之二，《清代诗文集汇编》第435册，第218页。

雕琢痕"①，这才是创作的至高境界。

他曾多次重申"性情"在创作中的重要性，他自颜"诗龛"云："情有不容已，语有不自知。天籁与人籁，感召而成诗。"法式善认为，诗歌是情感的自然流露，不可勉强压制和隐忍不发。并且在诸多诗歌中也提到诗是展示性情的重要手段，比如"无术辞贫贱，有诗存性情"②、"未敢论风雅，还期理性情"③。尤其是他在《傅竹庄玉书明府偕徐立亭检讨过访不值，留诗订看花之约次韵》中，明确地揭示出这一理论提出的原因：

……
我无好句播江湖，君有深情寄幽独。
言者心声千古事，传人一代凡几辈。
人人皆有真性情，皮毛伐尽精神在。
……④

这里，法式善不仅重申"性情"作为诗歌创作的第一要素，其"言者心声"之句还阐明了性情乃艺术创作灵魂的原因——即发之以真情，只有蕴含真情实感的作品才能感人且传世。诚然，"诗以道性情"并不是法式善的发明，但他却在百派竞秀的清代诗坛将这题旨发扬光大，并身体力行三十余年，造成了深广的影响。

清代是诗学理论大昌的时代，派别林立，前后相续。继清初王士禛"神韵说"后，沈德潜、袁枚、翁方纲以"格调""性灵""肌理"各擅一区，并各有系统的理论著作传世。法式善中进士时年未三十，袁枚已是六旬老者，翁方纲也已年届五旬，他与二人皆有往来，其诗集就曾嘱袁枚裁定，事见其《存素堂诗初集自序》。从"诗关性情"的角度说，他与袁枚确有诸多相近之处。他尊袁氏为前辈，论诗倡性情，但"性情"与"性灵"并不完全一致。他曾这样解释这个问题：

随园论诗，专主"性灵"。余谓"性灵"与"性情"相似，而不同远甚。门人鲍鸿起文逵辩之尤力，尝云："取性情者，发乎情，止乎礼义，而泽之以《风》《骚》。汉、魏、唐、宋大家俾情文相生，辞意兼至以求其合，若易情为灵，凡天事稍优者，皆枵腹可办，

---

① （清）法式善撰《存素堂诗初集录存》卷二十一《〈桐阴诗思图〉赋赠彭石夫寿山秀才》，《续修四库全书》第1476册，第624页。
② （清）法式善撰《存素堂诗初集录存》卷一《阮吾山葵生司寇以〈一咏轩诗〉见贻，秋夜展读题后》，《续修四库全书》第1476册，第473页。
③ （清）法式善撰《存素堂诗初集录存》卷三《作诗画属同人广为采录》，《续修四库全书》第1476册，第488页。
④ （清）法式善撰《存素堂诗初集录存》卷四，《续修四库全书》第1476册，第491页。

由是街谈俚语，无所不可，苛秽轻薄，流弊将不可胜言矣。"余深是之。①

此虽出自其门人之口，但无疑与法式善的观点十分契合。法式善在《鲍鸿起野云集序》中也谈道："诗之为道也，从性灵出者不深之以学问，则其失也纤俗。从学问出者，不本之以性情，则其失也庞杂。兼其得而无其失，甚矣其难也。"② 鲍氏指出"性灵派"的弊端，即流于俚俗和轻薄，与法式善所主张的文风雅韵很难相容，这也是袁、法之间最大分歧所在。但他们毕竟同主"性情"之说，提倡"真""情"，所以也有相通之处，比如他们都反对区唐别宋。袁枚对于唐宋之争，这样评述："夫诗，无所谓唐宋也。唐宋者，一代之国号耳，与诗无与也。诗者，各人之性情耳，与唐宋无与也。若拘拘焉持唐宋以相敌，是子之胸有已亡之国号，而无自得之性情，于诗之本旨已失矣。"③ 法式善亦云："今之士大夫竞言诗，或唐或宋，各执所尚，抗不相下。余曰诗以道性情已耳。苟能出于性情，勿论唐可，宋亦可也。如其不出于性情，勿论宋非，唐亦非也。"④ 二人所论，如出一辙。

法式善一生未与袁枚谋面，但与翁方纲却有通家之谊。他的父亲广顺出翁氏门下，法式善以诗请益翁方纲的机会是很多的，但这并不意味着他对翁氏"肌理说"深具好感。他在《容雅堂诗集序》中说："有学人之诗，有才人之诗。学人之诗，通训诂、精考据，而性情或不传。才人之诗，神悟天解，清微超旷，不可羁绁。"⑤ 显然，他对所谓"学问之诗"并不感冒，甚至可以说是否定。"学问入诗"自宋而来，影响很大，翁方纲标举学人之诗，高倡肌理之说，在当时甚有影响。学问与诗，本无天然鸿沟，甚至，学问对诗歌创作而言，是一种基本技能。但若过多逞才炫学，刻意在诗中用生僻之典和难解之辞，那就另当别论了。翁氏之"肌理说"主张以韵语作考据，以学问为诗歌，虽然是对"神韵说"和"格调说"弊端的一种修正，援质实以救空灵，但结果却走向另外一个弊端。这是法式善所不能接受的。他不盲从权威，敢于独自树立的个性于此可见一斑。

从溯源的角度看，法式善"诗主性情"之论，可以说是集"神韵""格调""性灵"三家之长，力避其短而成。在讨论诗歌本质为言志抒情这一问题时，有两种倾向值得注意：一者为符合儒家传统伦理道德，以鼓吹休明的言志抒情；一者为重视作家个体情感，为抒发一己性情，又能对时事有所裨益的创作。法式善在总结前人的基础上，尽量对二者进行调和，既符

---

① （清）法式善撰，张寅彭、强迪艺编校《梧门诗话合校》卷七第五则，凤凰出版社 2005 年 10 月第 1 版，第 209 页。
② （清）法式善撰《存素堂文集》卷二，《续修四库全书》第 1476 册，第 690 页。
③ （清）袁枚撰，周本淳标校《小仓山房诗文集·小仓山房文集》卷十七《答施兰垞论诗书》，上海古籍出版社 1988 年 1 月第 1 版，第 3 册第 1506 页。
④ （清）法式善撰，张寅彭、强迪艺编校《梧门诗话合校》卷六第二十三则，凤凰出版社 2005 年 10 月第 1 版，第 188 页。
⑤ （清）法式善撰《存素堂文续集》卷二，《续修四库全书》第 1476 册，第 744 页。

儒家传统的约束，又能在最大限度上抒发真实的感情。他曾谓"于本朝诗人中，则深嗜渔洋先生"①，时距王士禛去世有年，这种话当不含谀美的成分在内。他所追求的诗歌妙谛如含蓄蕴藉、韵味幽远、自然清真，都可视为"神韵诗"的知音。从创作上看，他的诗基本践行了他的理论，博采众长、融会贯通，既有对真情实感的抒发也不会忽视诗歌本身的艺术特性和社会意义，这点较为难得。

在"诗主性情"的基础上，法式善提出以"清""淡""真""幽"为主的诗歌审美理念。关于"清淡"他说："天地之大也，万物之纷华靡丽也，而方寸之地淡与泊相遭而已。"②"诗者，心之声也；声者，由内而发于外者也。惟清为最难。"③ 并在此言论的基础上总结说："天下事惟平淡可以感人，真切可以行远，而诗尤甚。"④ 关于他论诗和创作中皆主张"清淡"之美这一问题，当时和之后的许多诗人也都有关注，"清远绝俗""清矫不凡""清而能绮""清峭刻削"等，都是人们对其这一风格取向的评价。

法式善这一风格取向既植根于他所倡导的"诗主性情"之说，也与其创作师法有关。首先，"诗主性情"决定了他对诗歌创作的基本要求是真实自然。在他的《梧门诗话》中用到"自然"和"真"的评价极多，如"自然入妙""自然超妙""自然入古"，总之，"自然"成为他评骘是否是好诗的一个重要原则。而诸如"真挚有味""情真语挚""真趣""真切""情真"等，则成为他品评诗歌创作成功与否的必要条件。事实上，他自己的创作也基本呈现出这样一个"清""真"为主的美学特点。其次，从创作师法上看，法式善曾请罗聘绘《诗龛向往图》，上有五人：陶渊明、王维、孟浩然、韦应物、柳宗元，五人之下，法式善沉吟不绝。图画是表达他对此五人的向往追寻之情，同时，也凸显出其诗学主张——即踪迹王孟韦柳一派，这一诗派的风格正是以清幽淡远、意蕴遥深、真趣禅理见长。

法式善踪迹王孟诗派早成定论。《啸亭杂录》谓其"好吟小诗，入韦柳之室，颇多逸趣"，《海天琴思续录》中讲"吟怀澄淡似苏州，三昧都从五字求。气义云霞诗性命，梅花尊酒话清愁"，《晚晴簃诗汇》则说"时帆论诗主渔洋三昧之说，出入王孟韦柳，工为五言"⑤。此外，他诗学王孟一派似乎也与他的性格有关。法式善一生不慕名利，性格恬淡，曾说"吾人嗜好，一切以淡为贵"⑥，这不仅是他对人生的感悟，也是对创作的体会。他曾写有《立夏后二日，时雨初霁，邀同人晨出西直门，憩极乐寺，抵万泉庄，游长河诸寺》，其诗云：

---

① （清）法式善撰《存素堂文集》卷一《王子文秀才诗序》，《续修四库全书》第1476册，第678页。
② （清）法式善撰《存素堂文续集》卷一《谷西阿诗集序》，《续修四库全书》第1476册，第744页。
③ （清）法式善撰《存素堂文集》卷三《涵碧山房诗集序》，《续修四库全书》第1476册，第700页。
④ （清）法式善撰《存素堂文集》卷三《寄闲堂诗集序》，《续修四库全书》第1476册，第700页。
⑤ （清）昭梿撰，何英芳点校《啸亭杂录》卷九"诗龛"条，中华书局1980年12月第1版，第275页。
⑥ （清）法式善撰《陶庐杂录》卷五第七十六则，中华书局1959年12月第1版，第160页。

> 文士爱名誉，高人志淡泊。性情虽弗同，要都怕束缚。生长太平日，吾自具吾乐。停杯看鸟还，坐石待花落。委心任天运，何事费穿凿。萧然退院僧，安禅胜行脚。①

他既是文士，也是高人，作为一个毕生在朝为官的封建士大夫，他不曾像马长海一样与政治、官声、权力决裂，就证明他仍有名心。只不过现实的际遇总是让他失望，于是不得已退而求其次，在山水园林间寻求精神的归宿和性灵的解放，寄托着他用世理想幻灭后的失落。正是这太平世道，让他无论是在政治建树还是人生阅历上，都显得匮乏和浅薄，或许，这也是他将目光投注于山水的另一个原因。毕竟，除却山水作为歌咏对象之外，诸如战争、民生、边事等题材都基本与他无缘。所以，他选择身边最容易接近、最符合其性格特征、最适合其创作理路的山水田园诗作为学习的对象。他曾自道："余最爱孟襄阳诗，每寒夜挑灯读之，至四鼓不倦。拟作十余章，愧弗肖。"② 并一再申明自己对陶渊明诗歌的喜爱程度，"我喜柴桑诗，摹拟总不当。自写己性情，出语却闲旷"③。正是在陶、谢、王、孟、韦、柳等人的影响下，形成他以"清""淡""真""幽"为主的创作风格。

他绝大多数的山水田园诗，都呈现出这样一种清淡幽美、含蓄蕴藉的美感，如其《始春游昆明湖》云：

> 春波平不流，孤棹寒烟下。初旭入空林，饥鸟噪平野。残雪露松梢，斜阳动蓬颗。傍城四五家，冷翠扑檐瓦。村醪何处沽，一角山如写。④

潺潺的河流、河边的孤舟、远处的森林、招摇的酒肆，初日、飞鸟、残雪、茅屋，这些意象组合起来，就是一幅意味悠长的山水画。没有高超的取景设色、结构布局的能力，断不能写出如此深幽静寂又生趣盎然的作品。这首诗位于《存素堂诗初集录存》卷一第一首的位置，在其诗集中，此类诗歌在在皆是。他对明代"茶陵诗派"李东阳推崇备至，自号"小西涯居士"，并曾遍寻西涯旧址，这些在他的《西涯考》一文中说得十分清楚。"茶陵诗派"主性情反模拟，这点深为法式善所服膺。并且，在命运和个性上，他认为李东阳和自己十分相似：二人都居于京师，仕宦后一直不出国门，并且门生众多。他常说"前身我是李宾之"⑤，可见其钦佩程度。

---

① （清）法式善撰《存素堂诗初集录存》卷十一，《续修四库全书》第1476册，第554页。
② （清）法式善撰，张寅彭、强迪艺编校《梧门诗话合校》卷四第二十三则，凤凰出版社2005年10月第1版，第128页。
③ （清）法式善撰《存素堂诗初集录存》卷八《重阳日余榜所居曰陶庐，……亦有诗见示二首》之一，《续修四库全书》第1476册，第529页。
④ （清）法式善撰《存素堂诗初集录存》卷一，《续修四库全书》第1476册，第464页。
⑤ （清）法式善撰《存素堂诗初集录存》卷十一《题白石翁移竹图后》，《续修四库全书》第1476册，第548页。

第八章 "北方三才子"

和那些汲汲于一官之求的人不同,法式善对于仕宦之巅峰和低谷都秉持一种处之泰然、安之若素的态度。他曾说:"士之遇不遇,天也。不诡于遇而夷然于不遇者,人也。夫不诡于遇,则其责已也重;夷然于不遇,则其视势位富厚也轻。"① 他在翰林院时曾写有"地真清似水,心更冷于官"②这样的诗句,和那种"身在江湖,心存魏阙"的文人相反,法式善身处庙堂却有着娴静幽雅的山野之趣,他虽没有遁迹于泉林,却在仕宦与隐沦之间寻求到了某种平衡,在颠危困顿的官场生涯中秉持着一种超然拔俗的姿态潜心于创作,如这首《溪上》:

> 孤磬一声落,闲鸥无数翻。
> 官贫诗渐富,春冷酒频温。
> 柳色绿侵袂,桃花红到门。
> 莫嫌境幽僻,石屋胜江村。③

这首诗情景交融、恬淡蕴藉,诗人以清幽涵宕的景物描写凸显他淡泊安素的品格,虽然他一生仕途坎坷,但在作品中毫不见抑郁难伸之气和磊落不平之语,这种境界非有高深的学识修养和旷博胸怀不能够。

法式善的山水田园诗,善于借景言情、寓情于景,并且无论写景还是言情,都极力凸显他所持论的"清""真""淡""泊"之风格。黄培芳在他的《香石诗话》中曾称赞他的"黄叶打门响,青山生暮寒"之句,谓之"因论诗清,如先生可谓清到骨矣"④。他的诗还善于营造意境浑融的美感,他说"诗以浑融蕴藉出之,乃佳"⑤,所以他注重诗歌内涵丰富与否,认为这与诗人的性情、秉赋、经历息息相关,同时,也成为他营造深幽清美意境的重要条件,兹举其《黄村道中》:

> 沙痕映黄日,杏花红一半。柳根卧断桥,春水啮不烂。江南载酒船,昨宵已抵岸。老翁赊残酒,坐听幽禽唤。鱼虾散晚市,微风腥过闲。村女刚十龄,客来学执爨。⑥

类似这样的诗,充满生机与活力,以及深厚唯美的艺术情趣,丝毫不见当时诗坛"以学问为诗"的影响。他的诗没有刻意雕琢,更没有难懂偏僻的字眼和词藻,没有繁复缛丽的用典和

---

① (清)法式善撰《存素堂诗初集录存》卷一《金青侪环中庐诗序》,《续修四库全书》第1476册,第677页。
② (清)法式善撰《存素堂诗初集录存》卷三,《续修四库全书》第1476册,第499页。
③ (清)法式善撰《存素堂诗初集录存》卷二,《续修四库全书》第1476册,第475页。
④ (清)黄培芳撰,管林标点《黄培芳诗话三种·香石诗话》,广东高等教育出版社1995年3月第1版,第48页。
⑤ (清)法式善撰,张寅彭、强迪艺编校《梧门诗话合校》卷四第十则,凤凰出版社2005年10月第1版,第122页。
⑥ (清)法式善撰《存素堂诗初集录存》卷五,《续修四库全书》第1476册,第499页。

修饰，有的只是一种和谐自然、清新幽旷的美感意境。正如他在《答友》中所云："诗到能工大是难，几人执戟几登坛。近来一事差堪信，不遣铅华上笔端。"① 这种幽深却不冷峭、醇厚却不雕琢、冲淡质朴、韵味悠长的诗歌作品，是乾嘉诗坛宗学王孟诗派的代表之作。法式善以其淡泊的人性品格和清新质朴的诗歌风貌，展现出他学习前人优势和将自己的情思襟怀融会贯通的超凡能力。这种能力，也是清代诗歌之所以自树一帜，独具个性的原因之一。

法式善在对人生哲理的感知、淡泊虚静的人生态度、委运自然的出仕哲学方面，具有一种超凡脱俗的气质。当他在面对理想与现实间的不和谐时，也会生出暂避红尘、超脱世外之念，以期在内心中寻求宁静和满足。如其《僧寮听雪》云：

> 寺深惟有树，入夜益孤清。
> 松叶偶然响，栖禽时一惊。
> 隔窗猜月上，归院少僧行。
> 侵早开门看，谁知雪满城。②

这首诗的意境营造手法相当高明，既有静态描述，也有动态抒情，呈现一种孤清淡泊冷寂之美。既符合诗人的创作情感，也衬托出一种高标独立、超然尘外的高逸之致。由此我们也可以看出，法式善在向王孟学习的过程中，对"诗中有画，画中有诗"这一审美理想的追求可谓不遗余力。

从为官的角度看法式善，他的一生并不得意。身处翰林却不受重用，屡升屡踬，终生官未过四品，但这并不代表他没有用世之志。嘉庆四年己未（1799），乾隆帝病死，和珅伏诛，嘉庆皇帝下求言诏，以体现其兼听之贤。这给了法式善上疏言政的机会，他疏陈六事，皆指摘时弊。但这件奏疏嘉庆帝留中不发，不了了之。不久，与法式善关系密切的洪亮吉因上疏言事过于切直，被拟大不敬之罪，本拟论斩，后改遣戍伊犁。法式善前此上疏之事也被揪出，虽保住官位，却再也没有机会受重用。显然，对于保守、刚愎、喜听谀言的嘉庆帝来说，"疏陈时弊"是对他皇权的质疑。法式善积极用世的理想破灭了。这种壮志难酬的落寞和悲伤，在其《射雕行》中表现得淋漓尽致。法式善以五言短制见长，偶作长篇，但成就并不突出。这篇古体诗，体现出他在理想、现实间那种两难心态，对我们理解其用世之心和为官之志有一定帮助：

> 世间惟有弄笔苦，我愿掉头去学武。雕弓骏马驰平沙，紫塞看遍秋园花。大风猎猎平

---

① （清）法式善撰《存素堂诗初集录存》卷二，《续修四库全书》第1476册，第476页。
② （清）法式善撰《存素堂诗初集录存》卷十五，《续修四库全书》第1476册，第578页。

原起，我马向空鸣不已。一雕忽在云中旋，马蹄未到人心先。尔雕尔雕性太挚，虎狼侧目鹰鹯忌，祸机已伏尔弗避。我终不忍伤此才，让尔矫翼天山来，追逐狐兔清群埃。血战归田两臂痛，腰间长箭全无用，敢矜百步穿杨中。高歌沉醉酒家楼，同辈少年皆封侯，我今不乐将何求。惟恨西南贼未灭，焉敢偷闲告驽劣。一片酬恩肝胆热，争挽昔年五石弓，豪杰果出兜鍪中。君不见，将军射雕亦射虎，朝平秦还暮平楚。①

以清丽幽淡的田园诗风擅名乾嘉诗坛的法式善，这类激楚慷慨的作品并不多见。诗人想象着自己弯弓射雕的勇猛武力，同时，又叹惜大雕虽猛烈无敌，但终因倨傲不羁对危机毫无防范，最终导致"祸机已伏尔弗避"的结局，这哪里是写雕，明明写的是自己。他感慨自己人生大半"长箭无用"，昔日少年皆功成名就，反观自己一生跌踬，屡遇颠危。嘉庆十五年庚午（1810），五十八岁的法式善在诗中写道："少年同学侣，多在青云上。治国平天下，旦暮诸公望。……人谁甘废弃，忍饿示高旷。"并寄语儿子，诗云："鸿奋与犊强，努力当从今。不然视汝父，老至徒悲吟。"悲凉、凄楚、失落交融其中，令人不胜唏嘘。

作为既是诗人又是诗论家的法式善，还有意在诗歌创作中袒露自己的诗学观点和创作心得，所以，他的论诗诗也颇具特色，并常以组诗的形式出现。如其《奉校八旗人诗集，意有所属，辄为题咏，不专论诗也，得诗五十首》，专论八旗人诗，简要概述了他们诗歌的主要特点和诗坛地位，对研究八旗诗歌有一定帮助。再如其《诗弊十六首和汪星石》，分别列举"分门户、别唐宋、填故实、习俚俗、押险韵、集成句、点秾艳、立教条、狥声病、假高古、伪穷愁、务关系、多忌讳、袭句调、喜冗长、好垒韵"等创作弊端，这些都是他结合具体创作总结出来的，具有现实的指导意义。此类作品很多，不赘述。

法式善以"诗龛"和"梧门书屋"为重镇，招揽四方之士论诗于京师。他爱惜人才，奖拔后进，与袁枚南北两地各自为宗，时有"南袁北法"之称。他的文化成就表现在文学创作、文艺理论、文献编纂和整理等方面，是值得我们认真审视的乾嘉大家。他的一生既没有经历过社会动荡的家国之悲，也没有一身奔波的宦途之累。基于此，他的诗从题材和内容上来看，的确没有特别的惊喜。但乾嘉诗坛，这种情况是一种普遍存在，如果我们非要从他们的作品和精神世界中挖掘"盛世"中蕴藏着的衰败的话，结果很可能徒劳。诗歌毕竟是艺术，并不是历史和哲学，虽然从它可以反观历史和验证哲学。所以，我们在研读任何时代的作家作品时，不能带着预设去寻求和解决问题，更不能以现代人的思维来强求古人的远见卓识与超凡睿智。仅从诗歌艺术性的角度上看，乾嘉诗坛在艺术表现力上已经不错，尤其是法式善等人的那些优美澹荡、情韵深远的山水田园诗，读来令人不尽回味。

---

① （清）法式善撰《存素堂诗初集录存》卷十二，《续修四库全书》第1476册，第558页。

二 《梧门诗话》与《八旗诗话》

法式善作为诗学理论家，其《梧门诗话》《八旗诗话》及一系列诗文集序跋，集中展现了他的诗歌理论成就。尤其《梧门诗话》，是其一生诗学观、文学观的总结。

《梧门诗话》十六卷，因成于作者晚年，未及刊刻，故以稿本行世。近人张寅彭、强迪艺二先生对勘国图藏十二卷本和台湾藏十六卷本，点校出版《梧门诗话合校》附《八旗诗话》一书，是目前《梧门诗话》最完备的本子。是书卷一至十四品评康熙五十六年丁酉（1717）后诗人，卷十五、十六为闺秀卷。《梧门诗话》的编排体例和纂辑初衷，基本体现在他的《梧门诗话例言》中。《例言》共涉及六点，首开张名义，即本书编纂的目的是"以诗存史"。他以诗歌作为媒介，或存人，或存事，"皆与诗相发明，间出数语评骘"①，这是辑录此书的根本动机。其后五点从时代断限、选诗地域、作者甄选、评价方式及风格、选诗标准这五个方面对《梧门诗话》的体例进行限定。

《梧门诗话》的编排体现了法式善对文献整理的认真精神和严肃的史学意识。他在"例言"中说："数十年来，师友投赠，朋旧谈说，钞存箧笥者颇夥，非敢作《韵语阳秋》，聊使所见所闻弗遽与烟云变灭云尔。"② 此乃作者自谦之词，但明显透露出想要以此存人、存事、存诗的编纂初衷。此前诗话中，对边省诗人尤其是东北籍诗人所录甚少，但事实上从清初开始，随着八旗诗人在清代诗坛上的崛起，东北籍诗人早已在诗坛占据一席之地。法式善有意识地对所谓"边省"诗人进行搜集，既有以闳著作之意，也充满他留存乡邦文献、弘扬八旗诗学的积极体认。同时，法式善对"无名"诗人或是"位不显名不彰"的诗人收录甚多，称"寒畯遗才，声誉不彰，孤芳自赏，零珠碎璧，偶布人间，若不亟为录存，则声沉响绝，几于飘风好音之过耳矣"。从其诗话收录不同地域诗人数量来看，对北方诗人的侧重尤为明显，其中，奉天诗人共计六十二位，次于浙江和江苏，位居第三，这种情况在此前所有诗话和诗选中绝无仅有③。另外，《梧门诗话》收录时间是从康熙五十六年丁酉（1717）开始，截至其生活的嘉庆朝，共经历康熙、雍正、乾隆、嘉庆四个朝代，但事实上却是以收录乾隆时期作家作品为主，对乾嘉诗坛的反映既深且广。

《八旗诗话》是法式善在协助铁保董理《熙朝雅颂集》的过程中写定的，其《奉校八旗人诗集，意有所属，辄为题咏，不专论诗也，得诗五十首》即一证。是编不分卷，共计二百四十

---

① （清）法式善撰，张寅彭、强迪艺编校《梧门诗话合校》卷首梧门诗话例言，凤凰出版社2005年10月第1版，第27页。
② （清）法式善撰，张寅彭、强迪艺编校《梧门诗话合校》卷首梧门诗话例言，凤凰出版社2005年10月第1版，第27页。
③ 数据参照强迪艺所撰写的硕士论文《法式善〈梧门诗话〉研究》，上海大学2004年5月。

九则,则无标目,略以作家时代顺序排列,著录诗人二百五十余位,其中包括女性诗人十余位,著录八旗诗人别集二百一十余部。作者以满洲为主,占总数的百分之六十强。诚然,《八旗诗话》展现的仅是清初至乾嘉时期八旗诗坛的一角,但其间蕴意颇深。此外,《八旗诗话》的编写动机与《梧门诗话》有诸多类似,都是本着"以诗存史"的目的来收录诗人作品,也对那些名不甚著的作家作品收录偏多。总之,《八旗诗话》大致廓清了从清初至乾嘉时期八旗诗坛发展演进的基本轨迹,例如一朝之作者、诗歌之宗尚、风格之取向等问题,权可作一诗歌发展史看。

诗话是诗学理念的有力载体。《梧门诗话》和《八旗诗话》的选人与选诗,都体现出作者的风格宗尚。法式善喜唐诗,他在《诗话》中注意揭示从清初到乾嘉八旗诗坛对唐音宋调的流变性选择。并且,出于对唐音的偏好,他在诗话中对那些学唐者给予了较高赞扬。比如他论及曹寅的诗歌创作时就谓其"于唐诗涉猎之功甚深","朱竹垞谓其浏览全唐诗派,多师以为师。姜宸英谓其出入开宝之间,尤以少陵为滥觞",其倾向十分明了。

其次,《梧门诗话》和《八旗诗话》是其"性情"说的呈现载体。关于"性情"说的本质、表现等问题前有详述,这里仅列举一些诗话内容对"性情"说的阐发和扬厉。例如,他赞扬赫奕的诗"自写性情,不以刻划为工,亦有萧疏淡远之致"①,评价明仁"天机潇洒,纯乎性情"②,谓女诗人巩年"诗写性情,不加雕琢"③。并评价当时诗坛:"今之为诗者,争以新丽相尚。夫新与丽非诗人之旨也,古人间亦有之,亦自然而新,自然而丽,而无容心焉。若求新与丽,而转以蔽性情之真,则不知其诗为何人作也。"④ 可见,他评价诗人创作高低、作品优劣,"真挚""性情"是极为重要的参考条件。

再次,《梧门诗话》及《八旗诗话》中体现出明显的"求新求变"的创作宗尚。他主张"诗贵神似,不贵形似"⑤,反对复古式的摹拟,生搬硬套,导致失去性情。他在论及陈景元创作时说"沉挚近曲江,超乎近太白,而妙不袭其皮貌"⑥,对其推崇备至, 则是他们诗风略近,皆擅山水田园诗;二则在创作上赞扬其遗貌取神,一无依傍,独辟蹊径的创作宗旨。比如

---

① (清)法式善撰,张寅彭、强迪艺编校《梧门诗话合校》附《八旗诗话》第四十七则,凤凰出版社2005年10月第1版,第479页。
② (清)法式善撰,张寅彭、强迪艺编校《梧门诗话合校》附《八旗诗话》第二百一十八则,凤凰出版社2005年10月第1版,第524页。
③ (清)法式善撰,张寅彭、强迪艺编校《梧门诗话合校》附《八旗诗话》第二百四十五则,凤凰出版社2005年10月第1版,第530页。
④ (清)法式善撰,张寅彭、强迪艺编校《梧门诗话合校》卷十一第二十二则,凤凰出版社2005年10月第1版,第332页。
⑤ (清)法式善撰,张寅彭、强迪艺编校《梧门诗话合校》卷四第四则,凤凰出版社2005年10月第1版,第120页。
⑥ (清)法式善撰,张寅彭、强迪艺编校《梧门诗话合校》附《八旗诗话》第一百四十六则,凤凰出版社2005年10月第1版,第504页。

他评价八旗诗人国栋的诗"不落人窠臼,亦不傍人门户,可谓豪杰之士"[1],赞扬明萧之诗"搜奇剔异,戛戛独造。推其意,不欲一语犹人,亦吾党一诗豪也"[2],志趣可见。

另外,他在诗话创作和作家作品选择时,体现出宽容的襟怀。虽嗣响唐音,却并不因此绝弃宋调。他评价伊福讷之诗"虽得力于宋人,而辞意琢炼"[3],虽有惋惜之意,但也中肯。他说:"诗家宗派不同,各有所至。世之执一以例百者,观此当爽矣。"[4] 所以,他对不同门派的特点,既有积极的阐扬,也有细致的批评,并且不以尊亲讳,评论中肯翔实,对我们今日审视乾嘉诗坛的一些具体情况,帮助尤多。

再者,在《梧门诗话》以及《八旗诗话》中,他对女性诗人的关注颇多。这点,或许与法式善自幼接受母亲韩太淑人的教导有关,以致对女性文学才能产生尊重的心理。他盛赞"本朝闺秀之盛,前代不及"[5],并以热情的口吻赞颂女诗人的创作甚至超过一般男性诗人。他的诗话中收录女诗人一百余位,在男性作者创作的诗话作品中收录数量上算多的,甚至超过了以广收女弟子著名的袁枚所撰的《随园诗话》[6]。从这点上看来,法式善在对待女性文学创作这一问题上是很开明的。

第二节　铁保与《熙朝雅颂集》

铁保(1752—1824),字冶亭、铁卿,号梅庵,旧谱为觉罗氏,后改栋鄂氏,隶正黄旗满洲。他出身世代武将的家庭,父诚泰历任甘肃镇海营参将、陕西郭木协副总兵、直隶泰宁镇总兵。铁保十岁延师读书,十九中举,二十一岁成进士,历官吏部尚书、山东巡抚和两江总督。嘉庆间曾两度遭谴戍,先后发往新疆和吉林效力。他宦海沉浮五十年,最高时官居一品,最后却仅以三品衔休致。《清史稿》称其"慷慨论事,高宗谓其有大臣风,及居外任,自欲有所表现,倨傲,意为爱憎,屡以措施失当被黜。然优于文学,词翰并美",他也承认自己性格急躁,且溺于浮名。但他个性豁达,无论身处顺境逆境,都表现出满洲人豪放旷远的胸怀,荣辱等

---

[1] (清)法式善撰,张寅彭、强迪艺编校《梧门诗话合校》附《八旗诗话》第一百五十三则,凤凰出版社2005年10月第1版,第506页。
[2] (清)法式善撰,张寅彭、强迪艺编校《梧门诗话合校》附《八旗诗话》第六十六则,凤凰出版社2005年10月第1版,第484页。
[3] (清)法式善撰,张寅彭、强迪艺编校《梧门诗话合校》附《八旗诗话》第一百零八则,凤凰出版社2005年10月第1版,第494页。
[4] (清)法式善撰,张寅彭、强迪艺编校《梧门诗话合校》卷六第三十六则,凤凰出版社2005年10月第1版,第198页。
[5] (清)法式善撰,张寅彭、强迪艺编校《梧门诗话合校》卷十六第四十二则,凤凰出版社2005年10月第1版,第461页。
[6] 数据统计参见陈少松撰《评法式善〈梧门诗话〉》,《南京师大学报》(社会科学版),第133—138页。

视，安然处之。铁保与法式善、百龄并称"北方三才子"，他集诗人、书法家、编辑家于一身，曾出任《八旗通志》总裁。他还以深厚的民族情感搜集编纂八旗人的著述为《白山诗介》十卷、《熙朝雅颂集》一百三十四卷，为保留八旗文化遗产做出了卓越的贡献。他本人诗词造诣也十分深厚，其《惟清斋全集》中诗有七卷，又精书法，与成亲王永瑆以及翁方纲、刘墉并称清代"书法四大家"。

一 铁保的诗学思想及其诗歌的"辽东气象"

作为乾嘉八旗诗人中的佼佼者，铁保的诗歌无论是创作还是理论都体现出相当的特色与价值。铁保曾这样阐述自己的诗学观点：

> 余尝论诗，贵气体深厚。气体不厚，虽极力雕琢，于诗无当也。又谓诗贵说实话。古来诗人不下数百家，诗不下数千万首，一作虚语敷衍，必落前人窠臼，欲不雷同，直道其实而已。盖天地变化不测，随时随境，各出新意，所过之境界不同，则所陈之理趣各异，果能直书所见，则以造物之布置，为吾诗之波澜。时不同，境不同，人亦不同，虽有千万古人，不能笼罩我矣。[①]

这里体现铁保的诗学主张大致有这样几方面：首先，他提出诗歌贵在"深厚"的气格论；其次，反对毫无意义的剿袭古人，强调诗歌的真实性，主张"直道其实"；再次，他认为环境对诗人创作的影响作用很大，"境不同"则"人不同"，那诗歌所体现的气质便也存在差别。下面，就对这几点稍作解释：

首先，诗歌气格贵在"深厚"，体格俊逸。这点与其地域性、民族性关系密切。他曾在《白山诗介·凡例》中说："诗以气味品格为上，词藻次之。然老杜谓'语不惊人死不休'，未尝不以炼字炼句为先务。是集遇清新奇逸之句，每多收入，非徒取悦人目，实不没作者苦心。"[②] 可见，他所看重的诗歌是以风骨清新奇逸为标准的。乾嘉诗坛，对诗歌气格各有所宗，王士禛讲求"神韵"、沈德潜注重"格调"、袁枚力主"性情"、翁方纲高倡"肌理"，铁保虽与袁枚、翁方纲私交均不错，但并未受其左右。虽然，他推重袁枚的"性灵"之说，但却也仅限于部分接受。作为满洲后裔，八旗武将之子，铁保的血液中有着浓厚的尚武基因。他的诗歌充溢着阳刚壮烈之气，是"北方三才子"中最能体现八旗诗派风格的一个。他的诗歌创作

[①] （清）铁保撰《惟清斋全集·梅庵年谱》卷一"嘉庆九年"，《续修四库全书》第1476册，第164页。
[②] （清）铁保撰、杨钟羲辑，李亚超校注《白山诗词·白山诗介》凡例第九款，吉林文史出版社1991年6月第1版，第3页。

是其所主张气格深厚、气质俊逸的诗风的最好诠释。

其次，他反对袭古，强调性情。清初诗坛对明人拟古之失多有反正，从顾炎武、黄宗羲、王夫之三家开始，继之而起的陈维崧、叶燮、王士禛、袁枚等人，虽在具体的诗学主张上各有侧重，但却有着一个相似点，就是"诗关性情"。同样，这种风气在八旗诗人内部也多有知音，最明确的就属纳兰性德，其主张抒写性情的诗歌理论前已有述，此不赘言。时至乾嘉，这种倾向亦复如是，正如鄂尔泰在《雷溪草堂诗集序》中言诗"根于性灵"①，法式善谓"诗者何？性情而已矣"②，铁保也同样。他说："诗之为道，所以言性情也。"③ 在他看来，诗歌的本质是抒写性情，所指的性情范畴又极广，"诗以述事，纪君恩，缅祖德，申屺岵之思，写棠棣之乐，笃室家之爱，联友朋之情，推之山水奇踪，风云变态，鸟兽草木，托兴适怀，诗存则境存"④。由力主性情引出的就是不剿袭古人，自有面目的问题。以上是他作诗论诗的基本原则，也是其选诗评诗的标准。其《白山诗介·凡例》中说："诗贵真，各随其性之所近，不可一律相绳。……是集之选，就当时之际遇，写本地之风光，真景实情，自然入妙。不但体裁不拘一格，即偶有粗率之句，亦不妨存之，以见瑕瑜不掩之意。"⑤ 他所强调的"真情实景"，就是"诗贵真"。

再次，铁保主张"诗"随"境"变，情境相生。他在《秀钟堂诗钞序》中说："性情随境遇为转移。乐者不可使哀，必强作慷慨激烈之语以为学古，失之愈远。故穷愁落拓草野寒士之咏，不可施之庙堂；高旷闲达名山隐逸之作，不可出之显宦。"⑥ 他认为诗歌创作的内容和风格都是随诗人的经历而变化的，每个创作主体在经历不同的人和事之后，都会产生不同的心理映射，也就会呈现出不同的文学格调，即他所谓的"诗随境变，境迁而诗亦迁"⑦。他认为，客观环境与所处生活的变化势必会引起诗歌的变化，并以自己的创作实践来说明他的理论，从少年时代的悲歌慷慨到初中进士的力图振发，再到中年之后对人生体认的加深，不同的人生阶段都会产生不同的诗歌作品，这就是"境"的不同造成的"诗"的差异。当然，这里所谓的"境"涵括的范围也是比较宽的，大到社会环境，中至人生环境，细至心绪情怀，都可视为"境"的范畴。诗歌作为诗人内心情感的真实流露，主、客观环境对创作产生的影响是至关重要的因素，从这点上看来，铁保是一位唯物主义的诗学理论家。

---

① （清）马长海撰，杨开丽校注《雷溪草堂诗集》鄂尔泰序，《长白丛书》第五集，吉林文史出版社1991年8月第1版，第13页。
② （清）法式善撰《存素堂文集》卷一《蔚岏山房诗钞序》，《续修四库全书》第1476册，第680页。
③ （清）铁保撰《惟清斋全集·梅庵文钞》卷三，《续修四库全书》第1476册，第234—235页。
④ （清）铁保撰《惟清斋全集·梅庵文钞》卷三《梅庵诗钞自序》，《续修四库全书》第1476册，第233页。
⑤ （清）铁保撰、杨钟羲辑，李亚超校注《白山诗词·白山诗介》凡例第六款，吉林文史出版社1991年6月第1版，第2页。
⑥ （清）铁保撰《惟清斋全集·梅庵文钞》卷三，《续修四库全书》第1476册，第234页。
⑦ （清）铁保撰《惟清斋全集·梅庵文钞》卷三《梅庵诗钞自序》，《续修四库全书》第1476册，第232页。

第八章 "北方三才子"

对铁保的诗文，刘凤诰评价说："其诗与文，不屑摹某家某格，而自无不隐括而精到者。"① 笪立枢谓其诗："另辟一格，情随事迁，亦自写其真境而已。"② 他也曾从"诗"与"境"的角度评价自己的诗歌创作，他说：

> 余自髫龀随先大夫官于易，易为古名区，多慷慨悲歌之士。涉荆卿颓波，登金台故址，少年意气，动与古会。然，时方攻举子业，不专事吟律，偶有所作，率写胸臆，不拘拘于绳墨。故其诗出于性情流露者居多，此一境也。二十后通籍成进士，观政吏部，筮仕之始，志气发扬，不知天下有难处事。抑塞磊落不减少时，此一境也。后擢詹事，镌级家居，初列校书之班，再迁农曹之秩。入世渐深，意气初敛，诗格亦为之稍变，此又一境也。戊申冬，余年三十有七，膺广庭相国之荐，廷试第一。不四十日，由翰林学士擢礼侍与经筵兼都统，典试事，感荷殊荣，自惭非分，此又一境也。③

这段话大致概括出他诗歌的变化阶段和原因。铁保诗歌有"北方诗派"的豪宕、萧疏、秀逸之气，这与他民族个性、家庭出身、生活历练有密切关系。他出身武将世家，青少年时代在父亲的影响下，精骑善射。他的诗歌中多次提到"骑射"之事，与诸多八旗子弟是在皇帝三令五申的严饬下骑马射箭不同，他对骑射的热爱发于本性，英武之气也表现得更为真实。如其"何人射虎北平北，有客截蛟东海东"④、"健笔快驰千里马，奇书饱袄五侯鲭"⑤ 等。其《试马》诗云：

> 行空天马脱羁勒，驾我如坐云雾中。
> 茂林丰草没短影，左旋右抽争长雄。
> 燕昭台上骨已朽，伯乐眼中群复空。
> 骄嘶重汝铁蹄踝，千里百里谁能穷！⑥

这种极具北方健儿特质、生机勃发的诗歌既凸显出他高超的骑术，也充满高昂激烈的民族精神。对骑射生活的亲身体验和热爱，令其诗具有感人的力量。"左旋右抽"仅仅数字，便能将马上健儿的英姿勃勃表现得淋漓尽致。

---

① （清）铁保撰《惟清斋全集》刘凤诰序，《续修四库全书》第1476册，第140页。
② （清）铁保撰《惟清斋全集·玉门诗钞》笪立枢跋，《续修四库全书》第1476册，第361页。
③ （清）铁保撰《惟清斋全集·梅庵文钞》卷三《梅庵诗钞自序》，《续修四库全书》第1476册，第233页。
④ （清）铁保撰《惟清斋全集·梅庵诗钞》卷四《放歌》，《续修四库全书》第1476册，第323页。
⑤ （清）铁保撰《惟清斋全集·梅庵诗钞》卷四《偶成》，《续修四库全书》第1476册，第322页。
⑥ （清）铁保撰《惟清斋全集·梅庵诗钞》卷四《试马》二首之二，《续修四库全书》第1476册，第322页。

铁保诗充满阳刚健美、动魄惊心的狂野气质和浪漫主义精神。这种精神不会因为暂时的失意而低沉，更不会因外界环境的恶劣削弱其思想的自由和秀逸，其《放歌行》最有代表性：

> 惊飙为轮云为旗，出门大笑穷攀跻。章亥有步不能测，凌虚飞蹑昆仑西。昆仑西遇浮邱子，携我直上万仞缥缈青云梯。走眼尽八荒，俯首瞰四夷。八荒四夷小如粟，向误芥子为须弥。江海等勺水，泰岱如丸泥。举头天日近，测身云雾低。吁嗟乎！古来蛮触斗蚊睫，朝为吴越暮楚齐。六经戈戈剩糟粕，二十一史全无稽。划然发长啸，巨响訇岩溪。青天高尺五，吐气成虹霓。十洲三岛罗眼底，琼楼玉阙鸣天鸡。归来为补壮游事，茫茫春梦无端倪。①

该诗逸兴遄飞，妙想天外，是一首浪漫主义的杰作。诗全以神行，不以事件、人物为脉络，凸显出作者构思和联想的高超。这首诗是他被遣戍新疆时创作的，但丝毫不见哀馁之气，只见诗人飙奇高举的精神品格、驰骋云霓的张扬个性。他享受的是精神的自有任性、逍遥无倚的状态。这样驰驱天地之间，与古往今来沟通的喜悦，冲淡了他对现实的失望和无奈。

铁保中岁前的创作中，颇值得注意的是他一系列的歌行体作品，法式善在《梧门诗话》中说："冶亭侍郎少负逸才，为人阔达有奇气。所作当以七言古体为最。"② 如其《前画虎行》《后画虎行》《题倪文贞公疏林远岫图》《古赤铜刀歌》等。兹举其《前画虎行》以飨读者：

> 何人怕虎更爱虎，摹拟虎势作虎谱。狞狞据险如写生，白日虚堂噀腥雨。耽耽裂眦疑阚人，鬼母却走愁虎嗔。齿牙嚼啮拳爪伸，衻血犹吮猩猩唇。长林丰草骎奔马，千里雄风振大野。如何龌蹉尺壁间，蜎缩斑毛威莫假。儿童戏搏如等闲，狐兔跳跃难追攀。几见南山豹隐雾，日日变化超烟寰。君不见，古人画龙飞天上，今人画虎失虎状。安能破壁排长风，八极云山任奔放。虎兮虎兮自有真，万古丹青气凋丧。③

这首诗笔调雄奇，铺张扬厉，光音朗畅，极有北方诗派气格雄厚、奇豪跌宕的特点。另外一些歌行很有乐府遗意，显系承袭元白歌诗和梅村体的创作而来，如其《李老人歌》《腾禧殿词》《玉熙宫词》等。这类作品都是以历史上的真实人物为歌咏对象，将人物的身世之感融入历史宏阔背景之下，哀感顽艳，缠绵凄恻。

中年后，他对待世界和人生的看法都更趋于成熟。尤其是遭遇仕途波磔起伏，屡遭压抑，

---

① （清）铁保撰《惟清斋全集·玉门诗钞》卷二《放歌行》，《续修四库全书》第1476册，第357页。
② （清）法式善撰，张寅彭、强迪艺编校《梧门诗话合校》卷三第十五则，凤凰出版社2005年10月第1版，第97页。
③ （清）铁保撰《惟清斋全集·梅庵诗钞》卷二，《续修四库全书》第1476册，第297页。

第八章 "北方三才子"

诗风转向雄浑沉郁、感慨多气，内容上更加厚重和深幽。他后半生两被贬谪，一为塞北，一为西域，因此他的诗歌涉及的地方、人物、风俗，较之前更为广阔。"诗"随"境"迁这一创作规律表现得十分明显，这里就说一下他谪戍新疆期间的诗歌创作及特色。

他在新疆期间的诗歌主要写被遣戍的心怀及对西域壮阔景物的描写，还有对新疆风土人情的赞美。铁保心性豁达，虽远戍新疆但心中积郁、不舍、牵挂之情，仍以澹荡之语出之。其出关时作《车中口占四首》之一云：

> 平原千里路茫茫，积雪连天入大荒。
> 坦坦王程沙碛远，玉门关外有康庄。①

诗人的视野是广阔的，尤其见到一望无际的戈壁、巍峨的雪山、连天的朔漠，令他的心情为之震撼。铁保在西域期间创作的边塞诗气象壮阔、骨力遒劲，如其《玉关行》：

> 玉门关上人如蚁，玉门关外平如砥。丈夫不出玉门关，笑杀闺中儿女子。黄沙白草天茫茫，南北两路通穷荒。伊江乌垒俨都会，规模壮阔天一方。我生作客戍红庙，八月欣承赐环诏。移节南来疏勒城，万里回疆握冲要。翰林参赞从古无，书生坐镇操兵符。生憎倚马称佳士，始信雕虫不壮夫。即今远释边陲寄，归伴山公同启事。扬鞭笑入玉门关，白头差遂四方志。②

诗中"翰林参赞从古无，书生坐镇操兵符"体现出的自豪荣耀之感是如此明显。出身武将世家，却以翰林清华掌戎马之权钥，做到的人的确不多，他一直以文武兼擅为豪。新疆地理寥廓，风景雄奇，其壮阔山河与江南的绮丽秀美全然不同，他的《忆旧游》中有几句曾写道"天山本天然，屹立自雄贵。回视吴越山，都增脂粉气"③。其《叶尔羌道中》描写了壮丽的西域山河和秋后野烧景象：

> 万里星轺到叶城，深林密树少人行。
> 惊沙障日云阴黑，怒马嘶风虎气横。
> 塞路枯槎埋故辙，燎原野烧阻前旌。
> 长途里数无从问，只计军垒不计程。④

---

① （清）铁保撰《惟清斋全集·玉门诗钞》卷一，《续修四库全书》第1476册，第349页。
② （清）铁保撰《惟清斋全集·玉门诗钞》卷二，《续修四库全书》第1476册，第359页。
③ （清）铁保撰《惟清斋全集·玉门诗钞》卷一《忆旧游》十二首之十，《续修四库全书》第1476册，第351页。
④ （清）铁保撰《惟清斋全集·玉门诗钞》卷二，《续修四库全书》第1476册，第354—355页。

深林密树、障日阴云、怒马嘶风、燎原野烧，这样的情景只能在西域和塞北才能看得到吧。中原诗坛，写西域风物的诗不多，汉唐时代那些慷慨激昂的从军诗和边塞诗，有一些涉及西域的风土人情，但境界毕竟狭窄。清代边塞诗中专写风土、地理、民俗的诗歌蓦地多了起来，这是清诗的一个重要特征。

铁保在疆效力时，勤于政务，备武修文，得到很好的评价，遣戍不到八个月便被任命为参赞大臣。他在喀什时，对那里的风土人情十分感兴趣，很多新奇事物都被载入诗中。他欣赏美丽婀娜的新疆舞蹈，对回教的礼拜仪式也有兴趣，他还以传神的笔法记录当地的民俗节日。伊斯兰教历的十月一日过开斋节（新疆地区又称"肉孜节"），其意义有点类似汉地的春节，铁保在其《回俗过年口占》中云"我到履端酬令节，一年人是两年人"①，讲的就是他一年过了两次"春节"的事。他写本地特产和民风民俗，也从侧面烘托出清代新疆东西贸易的繁荣景象：

> 七日日中市，欣从把杂来。（原注：七日一市谓之把杂尔。）
> 中原货争积，重译客无猜。
> 贸易联西藏，舟车洞八垓。
> 回疆真富庶，烟户萃荒莱。
> ——《徕宁杂诗十首》之八②

徕宁即今新疆西部的疏勒城（镇），属喀什市，铁保曾任职喀什噶尔，故对当地风物如数家珍。他在《徕宁杂诗》中记载"阿浑谈经"、每日礼拜和回俗新年等事。该诗描绘了徕宁的"把杂尔"，即波斯语的集市，现在新疆也将集市称为巴扎。从唐代开始，中西通商要道都被粟特人垄断，此后，位于喀什地区的疏勒人受粟特人的熏陶也开始经商贸易，喀什便成了丝绸之路的"国际商埠"，敦煌、月氏、大宛、乌孙、康居、罗宾、印度的商人均在此贸易和休憩，可见，喀什的"把杂尔"文化由来已久。

铁保《梅庵诗钞》虽经筛选编辑，但其中一些作品仍显然缺乏甄汰。以"斋中十咏"为题，《破寺》《废冢》《坏桥》《断碑》《败垒》《崩崖》《缺岸》《废宅》《空城》《枯井》《蠹简》《破砚》《残画》《败裘》《旧剑》《尘镜》《废檗》《卧钟》，一口气写下几十首，简直不知这些诗有什么意义，逞才的成分显然大于诗歌本身的艺术价值。总之，铁保作为一名北方诗人，无论是从自身气质还是人生阅历上，都有着强烈的北地精神。他早年的诗歌风华遒丽、豪劲澹荡、逸兴飙举，后期辗转西北、东北，却不因困境磨灭英武之气，诗风亦沉雄老辣，不输壮年风度。

---

① （清）铁保撰《惟清斋全集·玉门诗钞》卷一，《续修四库全书》第1476册，第355页。
② （清）铁保撰《惟清斋全集·玉门诗钞》卷一，《续修四库全书》第1476册，第352页。

二 铁保与八旗诗歌总集的编纂

铁保在八旗诗史上的地位，不仅在于自身的诗歌创作及诗学理论的建构，还在于他对八旗文献整理所付出的努力和取得的成就。他最大的文化功绩就是主持编纂了最大的一部八旗诗歌总集——《熙朝雅颂集》。

铁保有相当深厚的民族情结，对乡邦文献的搜辑整理可谓不遗余力。他在《刻八旗诗集序》（集成赐名《熙朝雅颂集》）一文中，历数自开国到乾嘉时杰出八旗诗人数十位，同时阐明自己编辑《熙朝雅颂集》的初衷。八旗诗歌总集的编纂，从康熙朝便已经开始，如玛尔珲的《宸襟集》、文昭的《宸萼集》、伊福讷的《白山诗钞》以及卓奇图的《白山诗存》，但四者在"体大思精"的各个层面上都难以与《熙朝雅颂集》一论高下①。

编辑《熙朝雅颂集》前，铁保已经着手编辑八旗诗歌，法式善《陶庐杂录》记载：

> 铁冶亭漕督向藏《长白诗存》《诗钞》二书，后奉命辑《八旗通志》，又得递钞八旗人诗，合旧存得二百余家，题曰《大东景运集》。余又为增八十余人；就余所知，为立小传一百八九十家，诗之源流、人之梗概一一及之。冶亭治漕，携入行箧。闻近又有所增，将来勒为全书，彬彬乎足以和声鸣盛矣。②

铁保在《白山诗介》中也曾说："余性嗜诗，尝编辑八旗满洲、蒙古、汉军诸遗集，上溯崇德二百年间，得作者百八十余人，古近体诗五十余卷，欲效《山左诗钞》《金华诗萃》诸刻，为《大东诸家诗选》，卷帙繁富，卒业为难。兹撮其精粹脍炙人口者，为分体一编，以供同好。质之翁覃溪、纪晓岚、彭云楣、陆耳山诸先生，咸谓有裨风雅，亟宜付梓，遂颜其集曰《白山诗介》。"③可见，《白山诗介》是《大东景运集》的精编本。

法式善与铁保交善，铁保名为《熙朝雅颂集》编纂者，事实上董其事者是法式善。法式善对铁保编辑八旗总集的过程十分清楚，他所言《长白诗存》与《诗钞》即为卓奇图的《白

---

① 关于这四种早期八旗诗歌总集以及下文所涉《大东景运集》，可参见朱则杰师著《清诗考证》第二辑《总集别集类》第十五篇《八旗诗歌总集丛考》，人民文学出版社2012年5月第1版，上册第639—664页。亦可参见则杰师所撰《玛尔珲〈宸襟集〉与文昭〈宸萼集〉——两种清朝宗室诗歌总集及其编者考辨》一文，载《社会科学战线》2011年第1期，第173—176页；《卓奇图〈白山诗存〉与伊福纳〈白山诗钞〉——两种早期八旗诗歌总集及其编者考辨》，载《浙江大学学报》2011年第3期，第91—96页；《清代八旗诗歌丛考》"铁保辑《大东景运集》稿本"条，载《西北师大学报》2010年第6期，第33—34页。
② （清）法式善撰《陶庐杂录》卷三第七十八则，中华书局1959年12月第1版，第91页。
③ （清）铁保撰、杨钟羲辑，李亚超校注《白山诗词·白山诗介》铁保自序，吉林文史出版社1991年6月第1版，第1页。

山诗存》与伊福纳的《白山诗钞》。铁保在两书的基础上又有增加，编成《大东诸家诗选》，法式善又在其基础上再增八十余人，为之后最大部的八旗诗歌总集《熙朝雅颂集》的编纂奠定了文献基础。

在《熙朝雅颂集》编辑完成前，铁保已经完成了他另外一部八旗诗歌总集的编辑工作，即《白山诗介》。本书收录作者一百四十多人，辑诗近八百首，八旗诗歌于此始有可观。他在《白山诗介》序言中称：

> 本朝以武功定天下，鹰扬虎视，云蒸霞蔚，类皆乘运，会为功名。其后名臣辈出，鸿谟巨制，煜耀史册。又以文章为政事，不沾沾于章句之末，疑于风雅一道，或多阙如。及观诸先辈所为诗，雄伟瑰琦，汪洋浩瀚，则又长白、混同磅礴郁积之余气所结成者也。余尝谓：读古诗不如读今诗，读今诗不如读乡先生诗。里井与余同，风俗与余同，饮食起居与余同，气息易通，瓣香可接。其引人人胜，较汉魏六朝为尤捷，此物此志也。①

铁保肯定了八旗子弟勇猛尚武的精神，赞扬了入关后一百多年中八旗文学取得的辉煌成就。他指出八旗文学"不沾沾于章句之末"的特点和"雄伟瑰琦，汪洋浩瀚"的个性特征，是八旗诗歌价值独到之处。于民族文学的重视及整理编辑文献之初衷，亦于此可见。

另外，《白山诗介》的编辑还突出渐进式的发展过程，其梳理文献的方法，既凸显了先期成就的回顾也有对未来创作的展望，他说：

> 本朝文治之盛，崇德间，鄂公麟阁即以诗雄于辽沈，开风气之先。其后扬风抡雅，作者继兴。又以取士不拘科目，各途并进，擐甲之英，枕戈之士，俱娴吟咏，名章隽语，焜耀词坛。保或耳目未周，遗珠之憾，负疚前贤，同志补传，窃有望焉。②

铁保认为，八旗子弟具有相同的根基血脉和品性风格，有相似的饮食起居习惯，所以气息相通。正因此，他们之间可以更深入地理解彼此的思想，更能深入体会八旗精神的内涵。这些更贴近八旗子弟生活的影响，远比古人、古诗对今人的影响来得直接和强烈。他观察到，至乾隆末期，全国各地几乎都有地方诗文总集编辑刊刻，独八旗尚无。"诗以地名者，如《山左诗钞》《金华诗粹》《晋风选》《蜀雅》各集，俱刻录同里诸前辈之作。本朝满洲、蒙古、汉军，

---

① （清）铁保撰、杨钟羲辑，李亚超校注《白山诗词·白山诗介》铁保自序，吉林文史出版社1991年6月第1版，第1页。
② （清）铁保撰、杨钟羲辑，李亚超校注《白山诗词·白山诗介》凡例第七款，吉林文史出版社1991年6月第1版，第2页。

既系从龙之彦，更生首善之区，名作如林，岂容缺略。"[1] 这成为他着手搜集八旗诗人别集，汇为一部的最直接动因。

《熙朝雅颂集》是八旗诗歌的集大成者，全书首列天潢宗室、次满蒙汉八旗诸家、次闺秀，共一百三十四卷，收诗人五百余位，诗歌计六千余首，展现出嘉庆朝之前八旗诗歌的基本面貌。这部皇皇巨著的编辑完成，是对清初以来八旗诗歌的一次总结，具有很高的文学史料价值和文化史、民族史意义。

第三节　汉军诗人百龄

"北方三才子"皆出身世家，他们以文学相标榜，以诗文创作相砥砺。其中百龄和铁保均官至督抚，为一方之封疆大吏，法式善虽一生备位翰林，但文名卓著。三人各以其地位优势，吸引一大批文学之士在其左右，形成范围颇大的交游圈，在当时的八旗诗坛乃至乾嘉诗坛均产生较大影响。"三才子"中铁保与法式善二人，文名隆著，而百龄文学为勋名所掩，一直不被重视。百龄（1748—1816），本姓张，字子颐，号菊隐、菊溪，承德府张三营人，隶正黄旗汉军。乾隆三十七年壬辰（1772）进士，官至两江总督、协办大学士，谥"文敏"。其父为陈州知府法良，兄弟共七人，皆有才略。百龄工诗，有《守意龛诗集》二十八卷，道光二十六年丙午（1846）刊本，收诗二千四百余首。另有《爱日堂诗钞》六卷，钞本，藏中科院文研所。据《八旗艺文编目》可知其尚有《除邪纪略》一种，今亦存。另据吴锡麒《有正味斋集》骈体文续集卷一《百菊溪前辈平海投赠集序》一文可知，他还有《平海投赠集》一种，今未见。

百龄诗以嘉庆四年己未（1799）受皇帝知遇为界，前期是创作的高峰期，在约二十二年的时间内写诗一千八百余首，后期至其去世的十八年中存诗六百有奇，仅为其前期创作的三分之一。应是后半生究心宦途，无暇亦无心于创作之故。其前期诗歌虽处逆境却不见颓唐衰败气，反而襟怀磊落、豁达爽朗，更显英姿飒爽、气格高隽。后期诗歌多言时政、记时事，颇多闲情之笔，虽萧疏淡远，笔致悠闲，却难见早期磊落豪雄之概，笔意趋于苍老。

一　困守冷局时的诗人之诗

百龄是创作型的诗人，他对诗学取向很少直接阐明，但通过他的诗歌我们能对他的创作取法、大致师承有大体的认识。百龄、铁保、法式善三人在诗歌创作上各擅其场：法式善取法王

---

[1] （清）铁保撰、杨钟羲辑，李亚超校注《白山诗词·白山诗介》凡例第一款，吉林文史出版社1991年6月第1版，第2页。

孟韦柳，在诗歌理论和创作上均推崇静谧萧疏的诗歌风格；铁保论诗和创作均讲求骨力风神，追求豪宕俊逸之美；百龄博采众长，兼师百家，对陶渊明、杜甫、李白、苏轼、陆游、高启以及本朝王士禛、查慎行等均有涉猎。风格上，百龄追求明白晓畅、自然合度、质朴浑厚的境界，他的诗不尚雕琢、高华遒劲，较铁保那些尽显"朔方气"的诗歌而言骨力稍弱，却较法式善的田园诗气格为高。

百龄以能吏名世，文名不彰，但其诗较法式善、铁保二人实不遑多让。吴嵩梁在其《读〈守意斋诗集〉呈制府百菊溪先生二首》之一中赞云：

诗教古所尊，采风有专职。相感惟性情，其用达家国。后人炫华藻，高者负标格。本原苟未探，虽工叹何益。我公起三韩，间气钟秀特。天授将相资，命以忠孝植。论诗乃绪余，所造必臻极。上希周召风，下拔杜韩帜。古今几坛坫，生面许重辟。亦如名世人，五百年一觌。霸才时岂无，嗜奇矜创获。骤雨盈沟渠，狂花委朝夕。矫枉或过之，甘受古人役。不穷海岳观，焉知见闻僻。才大公独兼，变化泯绳墨。胸无一丝尘，腕有万钧力。①

诗中有诸多溢美之词，但也的确说出百龄在诗歌宗法、风格上的某些重要特点。百龄出纪昀门，诗多少受其影响。纪昀作为一个学问家，对诗歌的把握更为客观，不会流于偏激。纪昀诗歌学习理路较为宽阔，但大抵是以宋诗入手，这体现在他对江西诗派的肯定上。他在《二樟诗钞序》中谈到杜甫和宋诗，尤其是和江西诗派间的传承关系，说："余初学诗从《玉溪集》入，后颇涉猎于苏黄，于江西宗派亦略窥涯涘。"②并且当有人说他曾诋毁江西诗派时，他进行明确的反击，说明他诗学江西的事实。百龄也多倾向宋诗，这既有师门风气的影响，也与乾隆后期至嘉庆宋诗风占诗坛主流的大气候有关，其《赠周希甫太郡》云：

一笑澜沧江水深，东来击楫发高吟。
不教茵露征衣染，已见秋霜鬓发侵。
入境云山曾识面，怀人风雨定关心。
东坡未厌居夷久，载路频闻韶濩音。③

这首诗襟怀磊落，气格豪迈，很能体现百龄的个性气质。像他这样出身翰林，又一直身处权力中心的人，较少纱帽气的作品很难得。史载百龄"负才自守，不干进"，立朝正直，忠懋

---

① （清）吴嵩梁撰《香苏山馆诗集·古体诗钞》卷十，《续修四库全书》第1490册，第64页。
② （清）纪昀撰《纪文达公遗集》卷九，《续修四库全书》第1535册，第369页。
③ （清）百龄撰《守意龛诗集》卷二十一，《续修四库全书》第1474册，第272页。

第八章 "北方三才子"

耿介，为阿桂所赏识。嵩龄在为其诗集所作序中称："先生文名久超流辈，复研贯史册，经济宏深，名称益著。时当路方用事，颇欲延揽英贤以峻声望，乃先生官闲于云，操尚愈厉，觚棱自喜，不屑转圜，以故株守冷局者十有余年。"这里的"当路"即指和珅。

从中进士到入翰林，他一直困守冷局，到嘉庆帝亲政，情况才开始好转。虽然仕宦之途不尽如人意，但他似乎并未压抑消沉。乾隆末年，他外放山西学政，没多久便解任，留别诗云：

> 文坛笔阵几纵横，甲乙殷勤与细评。
> 风雅自惭周太史，衣冠不让鲁诸生。
> 牛毛就日能高举，大器惊人爱晚成。
> 珍重朱丝调玉轸，莫教低首爨桐声。①

这首虽是激扬士子上进，饱含劝勉鼓励的诗歌，其实何尝不是自己的情感倾诉。这类以酬赠为名，实写自己胸中块垒的诗在他前期创作中比比皆是，"吾交豪杰遍称雄，众美能兼属个中。器以大来成便晚，诗宁穷后句才工。月明何处开珊网，秋老无心检药笼。独使青钱输上选，为君惆怅恨冬烘"②。百龄在此期间不仅有才难用，而且因为"立朝矜戆直，部式尊亲德"③的耿介自傲和直言个性又经常为同僚所排斥或弹劾，其《即事志慨》云：

> 谁云相应是同声，覆雨翻云计屡更。
> 未必人谋能造命，若邀天鉴定原情。
> 绝交有论何须广，缄口无方转自惊。
> 抬眼上林春日暖，近光草木荷生成。④

这首诗没有说"翻云覆雨""缄口无方"为何事，但无可奈何又不甘消极的精神却十分明显。在朝为官，人事间的钩心斗角，异己间的貌合神离，如不能虚与委蛇，处境可想而知。百龄对那些刻意抨击他的人和事十分愤慨，他深知自己"平生未省三缄戒，出口谁云玷可磨"⑤的性格一定会导致"铸错年来总不知"⑥的状况。"蛇虽善画难安足，蝇不能钻漫出头。赖有

---

① （清）百龄撰《守意龛诗集》卷一《答晋阳诸生赠别之作二首》之二，《续修四库全书》第1474册，第105页。
② （清）百龄撰《守意龛诗集》卷一《又简菱溪》，《续修四库全书》第1474册，第100页。
③ （清）百龄撰《守意龛诗集》卷三《陈州卧治阁》，《续修四库全书》第1474册，第118页。
④ （清）百龄撰《守意龛诗集》卷八，《续修四库全书》第1474册，第174页。
⑤ （清）百龄撰《守意龛诗集》卷二十四《札介庭勋伯斋中宴集次韵》，《续修四库全书》第1474册，第281页。
⑥ （清）百龄撰《守意龛诗集》卷二十四《雨窗制府招饮次见赠韵》，《续修四库全书》第1474册，第281页。

朋侪为保障，屡将书札解烦忧"①，幸好他的朋友们给予他巨大的精神支持，这些朋友如图敏、铁保、英和、法式善等人的交相唱和，也多少治愈百龄心理上的创伤，缓解他对世事的无奈和悲慨。所以，他对这些朋友怀有深沉的谢意，无话不言，他以马赠图敏，并写诗以寄，中云："老骥伏枥志千里，对之昂藏心骨悲。平生负异辟万马，服盐折坂非所期。一朝剪拂饰金勒，挝地当与风云驰。"②诗中不甘沉沦，却又抱负难展的抑郁心情呼之欲出。

百龄是"不可知者天，不可夺者志"③、"但使斗牛能辨气，不辞韬晦向丰城"④的人物，却身处尔虞我诈，又满是趋炎附势、逢迎拍马之人的乾隆后期政坛，这是矛盾和悲哀的。或许正因有了对官场宦途不可预见性的深刻感知，连及他对世事纷纭的现实人生有了清醒的认识，所以他在诗歌中喜欢以凝练的语言总结人生哲理，如"宦境短长行处有，人情冷暖过来知"⑤、"士逢知己更何恨，交到忘形焉用文"⑥、"天为人情喜向热，故教冷面相送迎"⑦，这些"警句"都是他的"心得"。他在给朋友的一封信中说："事之未成，局外者畏难而观其败；及事之甫成，局外者又怀忌而訾其隙，从古皆然，固无足怪。"⑧可见，百龄也并非只是"戆直"，他对世事是练达通脱的。

能于十几年的冷曹中得以自保自安，如果仅靠"激昂语"和"牢骚语"是决然熬不过来的。在这个过程中，诗歌创作和文友之会给了他巨大的支持，为他营造了相对静谧的心灵处境。"吾爱吾庐好，萧然俯仰宽。年华催社酒，风雨入诗坛"⑨、"料君诗思好，输我宦情闲"⑩、"无方苏渴疾，有客引诗魔"⑪，其《代友人题南村别墅图》是他这段人生的写照：

> 更于何处着吟身，马背车檐十丈尘。
> 诗好不嫌官职冷，眼明如见故园春。
> 麦田量雨呼同社，花径开樽约比邻。
> 惆怅葛仙峰畔景，可能容易作闲人。⑫

---

① （清）百龄撰《守意龛诗集》卷七《予适有不惬意事，时泉、芝轩两先生书来具道解纷之意，漫赋一首，时立春前一日也》，《续修四库全书》第1474册，第172页。
② （清）百龄撰《守意龛诗集》卷五《以马赠时泉，系之以诗》，《续修四库全书》第1474册，第142页。
③ （清）百龄撰《守意龛诗集》卷十七《谒夷齐庙》，《续修四库全书》第1474册，第243页。
④ （清）百龄撰《守意龛诗集》卷三《延津口号》，《续修四库全书》第1474册，第119页。
⑤ （清）百龄撰《守意龛诗集》卷一《秋兴四首同菱溪作》四首之二，《续修四库全书》第1474册，第99页。
⑥ （清）百龄撰《守意龛诗集》卷一《寄别费观察筠圃》二首之一，《续修四库全书》第1474册，第105页。
⑦ （清）百龄撰《守意龛诗集》卷一《辽州道中》，《续修四库全书》第1474册，第101页。
⑧ 顾廷龙著《顾廷龙文集·上编·跋百文敏书札》，上海科学技术文献出版社2002年7月第1版，第298页。
⑨ （清）百龄撰《守意龛诗集》卷一《守意龛独坐》，《续修四库全书》第1474册，第107页。
⑩ （清）百龄撰《守意龛诗集》卷九《时泉别匝月矣，计其程当在秦晋之交，作此怀之》，《续修四库全书》第1474册，第185页。
⑪ （清）百龄撰《守意龛诗集》卷四《次韵答芝轩侍讲见赐》二首之一，《续修四库全书》第1474册，第122页。
⑫ （清）百龄撰《守意龛诗集》卷八，《续修四库全书》第1474册，第180页。

百龄的七言律诗是其创作成就的代表。从诗歌体现出的气质个性上看，他与苏轼最近。或许百龄有着与苏轼相近的人生处境和个性特质，所以对苏诗体会颇深，他的诗中不时采苏轼成句入诗，偶尔还会效其诗意，如其《秋夜遣兴》三首之二后就直道"用坡公诗意"，诗云：

> 三间老屋市声远，半亩荒园秋气清。
> 土锉生烟书幌暖，庭梢脱叶纸窗明。
> 世途曲折羊肠坂，宦径翔回蜗角名。
> 赖有麹生能引睡，撼邻鼻息任雷鸣。①

这里化用苏轼"少思多睡无如我，鼻息雷鸣撼四邻"②之句，想必二人的心境也相仿吧。

百龄在一首诗中说"讵以迍遭羞骨相，每于疏放见天真。傲霜好在黄花朵，料理清尊浣俗尘"③，借咏花抒怀的同时，也对未来抱以深切的希望。"壮气横秋诗笔健，长吟休作雁声哀"④、"器以大来成便晚，诗宁穷后句才工"⑤，在他看来真正的才华是不会被湮没的，总有一天会有所成就。百龄诗沉雄豪迈、激奋昂扬，切实地表现出融政治家和诗人于一身的独特品质。

二 历任封疆时的写怀之诗

嘉庆帝亲政，百龄"骨高官自冷"⑥的迍遭境遇总算过去了。在纪昀、刘墉等人的交相荐举下，百龄不断受到重用。初被外放为顺天府府丞，不到半年便被授湖南按察使，同年调浙江按察使。嘉庆六年辛酉（1801）擢贵州布政使，八年癸亥（1803）升广西巡抚，十年乙丑（1805）任湖广总督，后更官至刑部尚书、大学士。以仕途论，他是"北方三才子"中最幸运的一位。百龄出身汉军，却是清朝历史上为数不多的以汉军用满缺的几人之一，其余用满缺者皆属辽东巨族，开国功臣之后，可见其宠眷之隆⑦。百龄六十余岁生第一子，这件事惊动了皇帝，皇帝赐名为扎拉芬，满语为"福寿"意，并御书"天赐麟儿"，史给这个孩子以六品荫生

---

① （清）百龄撰《守意龛诗集》卷五，《续修四库全书》第1474册，第140页。
② （宋）苏轼撰，王文诰辑注《苏轼诗集》卷十三《次韵刘贡父、李公择见寄》二首之一，中华书局1982年版，第2册第645页。
③ （清）百龄撰《守意龛诗集》卷九《西苑直庐夜话，次兰岩韵兼简树堂》二首之一，《续修四库全书》第1474册，第188页。
④ （清）百龄撰《守意龛诗集》卷四《可惜，次祝芷塘先生韵》二首之二，《续修四库全书》第1474册，第125页。
⑤ （清）百龄撰《守意龛诗集》卷一《又简菱溪》，《续修四库全书》第1474册，第100页。
⑥ （清）百龄撰《守意龛诗集》卷八《我马》，《续修四库全书》第1474册，第174页。
⑦ （清）昭梿撰，何英芳点校《啸亭杂录》卷七"汉军用满缺"条，中华书局1980年12月第1版，第224页。

的头衔，这种恩遇一般大员是不敢想象的。

嘉庆帝的迭次恩命，给胸怀壮志的百龄打开了实现人生理想的大门。于是，已近天命之年的百龄开始了他风尘仆仆、鞍马劳顿的后半生。赴任时他写诗给诸弟"君恩重山岳，此是驰驱始"①，看得出他十分珍惜为国效力、为君分忧、为自己树功名的大好机会。诗人的心情是自豪而愉快的，所以即便有离家的哀愁也被这种愉悦所冲淡，就连历来被歌咏的沉郁悲凉的"榆关"在他笔下也被写得慷慨激昂、清华澹宕：

> 天上星榆照戍楼，一关名向北平留。
> 闻鸡茅店五更起，饮马长城万古愁。
> 兄弟食薇能让国，将军射虎不封侯。
> 寥寥翠巘丹枫外，放眼燕云十六州。②

诗中没有宦行千里带来的哀愁，相反，壮志昂扬的精神喷薄欲出。在鞍马驱驰的晚年，他的壮怀没有因为年纪渐老而稍有松懈，无论是崎岖之路还是坦荡之途，他都一腔热血积极对待。百龄是清代诸多官僚且能诗者中很少不抱怨仕宦奔波之苦的一个人，和那些终日抱怨"客路倦行役，山楼强一登"③、"岂不惮行役，颇随汗漫游"④、"冲寒行役苦难言，扑面风多裘不温"⑤之苦却又难离仕路的人们比较，百龄的这个官做得既勤劳又真诚。性情中人的百龄，悲欢喜乐全无掩饰，他在赴任途中被大雪阻隔在板桥驿，面对泥泞不堪又艰险无比的路途，他写出"出门大笑西向顾，万笏青山别烟雾"⑥这样乐观豁达的诗句，令人佩服其豪情。

百龄个性戆直，但名心颇重，加之他历来恃才傲物、锋芒毕露、不肯转圜，每到一任，总喜独揽大权，不与人合作，故所之处，皆结怨恨。但他又的确是个不可多得的实心任事且极有政治才干的官员，惩办贪墨、平反冤狱、打击劣绅，为他赢得了官声和口碑，也树立无数政敌。任上，百龄曾被参滥用私刑、收受贿赂、截留奏折等事，吏部拟将其革职发往伊犁，但嘉庆帝因他上任以来尽心整饬吏治、平反冤狱等功劳，免其革职发配，命其在实录馆效力。不久他就再被起用为福建汀漳龙道，次年便升湖南按察使，再调江苏按察使。嘉庆十三年戊辰（1808），就任山东巡抚，开始他的督抚生涯。山东任内，他查办了震惊朝野的广兴案。广兴为

---

① （清）百龄撰《守意龛诗集》卷十三《壬子冬月之任沈阳留别舍弟》四首之三，《续修四库全书》第1474册，第225页。
② （清）百龄撰《守意龛诗集》卷十三《榆关》，《续修四库全书》第1474册，第225页。
③ （清）博尔都撰《问亭诗集·白燕栖草》卷三《登别山》，《四库未收书辑刊》第八辑第23册，第453页。
④ （清）成书撰《多岁堂诗集》卷一《蓟州道中三首》之一，《续修四库全书》第1483册，第418页。
⑤ （清）宝廷撰，聂世美校点《偶斋诗草·偶斋诗草外集》卷四《青驼桥》，上海古籍出版社2005年12月第1版，下册第520页。
⑥ （清）百龄撰《守意龛诗集》卷二十一《板桥驿阻雪》，《续修四库全书》第1474册，第270页。

第八章 "北方三才子"

大学士高晋之子，贪赃枉法，收受巨额贿赂，仅在山东查济宁李临、李瀚一案内，就受贿八万两，挥霍白银一万五千余两。百龄顶住各方压力，明断此案，广兴被处以绞刑。百龄因此案，赏二品顶戴，以兵部侍郎衔补授两广总督。嘉庆十四年己巳（1809），百龄平定猖獗海上的张保海盗集团，从此广东洋面趋于安定，百龄因平盗有功，加太子少保，赏戴双眼花翎，受赐二等轻车都尉世职。百龄诗歌反映时事的作品不多，最具代表性也最具有史料价值的是他督师海上，剿灭海盗一事的作品，如《督师海上忽闻贼遁，不胜懊愤，作此遣怀》二首之一云：

> 塞港焚舟莫更论，望洋惊叹哑无言。
> 寇穷已是鱼游釜，将懦何期豕突藩。
> 难得其时乖上策，不宣尔力负深恩。
> 士民尚作擒渠想，舸舰旌旗蔽海门。①

这首诗记载的是他利用断绝粮草的办法迫使避退老巢的张保出现，最后将其收服，并使他协助百龄歼灭其余海盗的事迹。这类诗歌除了有些史料作用，艺术效果平平。

百龄在《永安桥寄别瑚少司寇云庄》二首之二中有"只惭弼教全无术，陈皋何能使狱平"②之句，可见平反冤狱在他看来是衡量官员是否尽职的重要标准。史载百龄在任内平反的冤狱很多。著名的如嘉庆九年甲子（1804）广西巡抚任上重审黄万镠毁尸诬告被拟绞案。百龄不仅为黄氏洗刷清白，还严惩了收受贿赂、伪造证据而造成冤案的大批涉案官员，牵涉之大震惊朝野。嘉庆帝对百龄不畏权势的为官态度给予嘉奖，赏戴花翎，并加太子少保衔，以示光宠。

晚年的百龄，仕宦奔走，他对家庭和亲人的思念也更为强烈。百龄得子很晚，他的长女最得其欢心，他经常写诗寄给女儿。诗句如"颇有悬弧志，何殊咏絮才。出门无百里，忆汝已千回"③、"报国只愁年向老，承家每恨汝非男"④，展露出深厚的父女感情。这个女儿知书识礼，能诗善画，颇有胆略，其《寄大女》云：

> 忆我颠危狱竟成，上书直欲学缇萦。
> 忽传贳罪纶音下，顿觉瞻天泪眼明。
> 井臼频年修妇职，絮盐少日说诗名。

---

① （清）百龄撰《守意龛诗集》卷二十六，《续修四库全书》第1474册，第289页。
② （清）百龄撰《守意龛诗集》卷十八，《续修四库全书》第1474册，246页。
③ （清）百龄撰《守意龛诗集》卷十七《烟郊旅夜寄大女》，《续修四库全书》第1474册，第242页。
④ （清）百龄撰《守意龛诗集》卷十八《留别大女》，《续修四库全书》第1474册，第247页。

白头吟望今思汝，无限悲欢旅宦情。①

百龄被弹劾时女儿想效法缇萦为父上疏，洗雪冤屈，百龄对女儿的孝心和胆识十分自豪。他赞美女儿幼年能诗的才华，表达自己虽远在万里却时刻不能忘怀对女儿的思念。百龄性情急暴，但对亲朋故旧却一往情深。挚友图敏去世后，他写下悼亡组诗八首，声泪俱下。图敏，字熙文，号时泉，耽嗜风雅，友爱弟兄，让出所有家产，自己家徒四壁，贫病而亡。图敏有诗集《百一草》，是其子永铭在其身后编辑，道光七年刻。百龄悼图敏的组诗虽非至佳之作，但足见性情，有元稹《遣悲怀》之况味，如其六云：

同榜交亲二十年，上心陈迹总凄然。
闻鸡野寺书灯共，射虎秋郊猎骑连。
每事赠言思药石，往时题句爱云烟。
而今憔悴空留我，却为怜君益自怜。②

再如写景怀人的诗如《汾河秋渡》二首之一：

秋风袅袅白云飞，野岸孤篷载落晖。
安稳一篙风便过，浪花千尺不沾衣。③

他的写景诗善白描，精于造境，能抓住景色细节，清词丽句，足堪吟咏。好句如"山容到眼连天阔，草色霑衣特地娇"④、"莫谓闲心无住着，一畦春韭便生涯"⑤、"四围寒叶赤，一带宿苗青。日脚低垂屋，茶烟细入棂"⑥ 等，皆情境兼备，颇堪入画。

法式善晚年在写给百龄的诗中说："官尊下笔严，非是文墨疏。军中一息怒，存亡及万夫。……与求诗句好，毋宁民气苏。诗好自娱耳，民苏天下娱。公今社稷臣，小事宜糊涂。"百龄晚年绝大多数时间忙于政务，诗歌创作明显减少，前期那种"官冷骨偏傲，境闲情自

---

① （清）百龄撰《守意龛诗集》卷二十四，《续修四库全书》第1474册，第281页。
② （清）百龄撰《守意龛诗集》卷十一《哭时泉同年》八首，《续修四库全书》第1474册，第203页。
③ （清）百龄撰《守意龛诗集》卷一，《续修四库全书》第1474册，第99页。
④ （清）百龄撰《守意龛诗集》卷一《雨晴春望》二首之一，《续修四库全书》第1474册，第102页。
⑤ （清）百龄撰《守意龛诗集》卷二《偶作》，《续修四库全书》第1474册，第107页。
⑥ （清）百龄撰《守意龛诗集》卷一《津阳驿亭》，《续修四库全书》第1474册，第94页。

宜"①、"淡友论心清似水,冷官得句静如禅"②的心境不再,对诗歌创作的细致雕琢和沉心推敲也不若早年,挚友法式善深知其故。但百龄骨子里仍旧有浓厚的诗人气质,闲暇之余,仍诗酒不断,其《雨窗制府见招论诗,归读大集作》就表现了这样的生活氛围:

> 了事公家兴未阑,梅花东阁伴清寒。
> 书生嗜好酸咸外,夜半青灯结古欢。
> 碧空如洗月如钩,一抹微云澹不收。
> 从此梦游清净域,把君试卷破牢愁。③

百龄为官颇能自守,身后萧条,没有留给子孙万贯家财,足以见那些参奏之事多系出于打击报复的捕风捉影。这点,嘉庆帝也十分理解。百龄曾先后被陈凤翔等人劾奏贪墨公款、滥用私刑、纵奴聚敛、截留谕旨、贪赃枉法等事,又有马履泰、吴云等上疏参劾百龄性情阴险、操守平常、结党营私等,都在皇帝亲派大员核查后予以驳回,嘉庆说:"百龄性情褊急,遇事专尚严厉,同官每失和衷,是其气质之偏。然平日办事认真,不避嫌怨,能使属员畏惮。"嘉庆帝曾引乾隆帝处理李侍尧案,说百龄:"自擢用督抚以来,所到之处,俱能实心任事,整顿地方。国家办理刑章,八议中原有议能之条,从前李侍尧在总督任内,宣力最久,其后不自检束,有营私殖货之事,并于办理军务,亦有贻误。曾经问拟大辟,仰蒙皇考高宗纯皇帝悯念勤劳,特援议能之典,屡加赦宥。今百龄才具与李侍尧相去不远,而伊所获咎戾,则视李侍尧婪索赃私、贻误军国者,其情节罪名轻重悬殊,尚可量加宽宥。百龄著免其发往伊犁,加恩在实录馆效力行走。"④维护之心,十分明了。倘百龄不是有功之臣、实干之吏,嘉庆帝绝不能对他再包容。正如秦瀛写给百龄的挽诗中写道:"节制东南五载余,一生心力尽河渠。盈廷谤议公难免,经世才名我不如。"⑤每个人的是非功过,历史都自有公论。

---

① (清)百龄撰《守意龛诗集》卷八《祝芷塘前辈过访留诗,次答》二首之二,《续修四库全书》第 1474 册,第 175 页。
② (清)百龄撰《守意龛诗集》卷二《清秘堂雨后答时帆太史》,《续修四库全书》第 1474 册,第 107 页。
③ (清)百龄撰《守意龛诗集》卷二十四,《续修四库全书》第 1474 册,第 283 页。
④ 《清实录·仁宗睿皇帝实录》卷一百五十五,中华书局 1985 年 8 月第 1 版,总第 29 册第 1137 页。
⑤ (清)秦瀛撰《小岘山人集》诗集卷二十六《闻菊溪制府之讣以诗志悼》,《续修四库全书》第 1465 册,第 44 页。

第九章 乾嘉时期的宗室诗坛

满洲族的形成壮大，是在血与火的洗礼中逐步完成的。努尔哈赤作为满洲族的奠基人，为巩固权力，曾诛戮妻子、鸩杀兄弟、处决爱子。之后，从皇太极到顺康雍三帝，无不曾出于稳固皇权考虑，一次次骨肉相残，酿成爱新觉罗家族史上一幕幕悲剧。乾隆中期，政权经过近百年发展稳固后，国势强盛，家族悲剧虽未再度上演，但遭受迫害的宗室子弟却再难踏入统治阶层的核心。从雕梁画栋到陋巷空堂、从爵秩高显到市井小民、从天潢一脉到革黜宗籍，这种动荡不安、荣枯不定、人生如幻的意识成为此期内宗室诗歌创作的基调。

第一节 永忠和敦诚

如果说清初宗室诗表现出的是淡泊宁静中的些许愁闷失落，那么此期的宗室诗则由始至终充溢着苦闷的哀愁和狂诞不羁的高歌；如果说前期宗室诗人把注意力更多集中在书斋和文艺上，那此期的宗室子弟则将目光投向宽广的田园和郊野，他们在侍花弄草、灌园种菜、采菊酿酒这种近似于"魏晋风度"的行为中寻求精神解脱与灵魂安慰。这些被权力边缘化的宗室子弟，经过改君换代的血腥斗争，已注定与权力中心无缘。他们仕而不官、朝而不政，整日诗酒书画狂歌度日，在人们眼中不正不邪又亦正亦邪，放诞不羁又才华横溢，构成清代诗坛上的一道另类风景线，也成就了八旗诗坛一抹忧伤又绚丽的色彩。

一 永忠

永忠（1735—1793），字良辅，号臞仙、栟榈道人、延芬居士等，祖父是康熙帝第十四子允禵，雍正帝的同胞弟。因允禵在雍正夺位过程中与之对立，雍正即位后便将其革爵幽禁，直到乾隆即位才被释，允禵在精神与肉体上饱受摧残，于是将身心投入释老以求解脱。允禵给孙子命名为"永忠"，这显然具有深意，或许是想向皇帝表示家族的忠诚以求自保。同时，晚年皈依佛教的允禵还教导子孙也参悟佛理，他请剩山和尚、雪亭上人做永忠的老师。永忠回忆幼年时说："余自童时，即承先王祖训诲，以佛法不可思议，留心梵典，向上提撕，故于佛理，入之最深。……水边林下，时遇高人，茶话之余，必伸参请。"① 永忠诗、书、画、琴、射皆擅长，尤喜诗词，今存《延芬室集》是永忠诗集残本和《熙朝雅颂集》中所录永忠诗的合订本，分诗文两部分。文多小品和纪游之作，意味隽永，清丽脱俗。诗以年编次，自乾隆十二年丁卯（1747）十三岁起至乾隆五十七年壬子（1792）五十八岁止。十七岁以前诗编为《志学草外存稿》，十八至二十一岁编为《觉尘堂志学草》，二十二岁以后诗手抄存册。《志学草》前有乾隆十九年甲戌（1754）边继祖序，二十四年己卯（1759）成桂序，三十年乙酉（1765）储麟趾序，由上海古籍出版社在1990年影印出版。

《延芬室集》重要的价值，就是折射出乾隆时期宗室诗群内部的精神风貌和心理状态。尤其是其"题红诗"历来为红学研究者所重。他写此诗时曹雪芹去世已五年，他从额尔赫宣（字墨香，敦诚叔父，明义姻兄）处得读《红楼梦》后，遂作《因墨香得观〈红楼梦〉小说，吊雪芹三绝句》：

    传神文笔足千秋，不是情人不泪流。
    可恨同时不相识，几回掩卷哭曹侯。（其一）

    颦颦宝玉两情痴，儿女闺房语笑私。
    三寸柔毫能写尽，欲哭才鬼一中之。（其二）

    都来眼底复心头，辛苦才人用意搜。
    混沌一时七窍凿，争教天不赋穷愁。（其三）②

这三首诗显然熔铸了永忠的真情实感，字里行间对曹雪芹充满敬佩，其实又何尝不是四大家族兴衰荣辱的故事引起他对自己家族历史的深切体认和强烈共鸣。

清中后期的宗室文人，浓厚的隐逸情绪与佛道情结、消极避世的思想倾向、文辞中挥之不去的厚重忧愁以及字里行间的衰飒之气，无不预示清王朝无可避免走向衰落的历史命运。而《红楼梦》的悲剧也不仅是两个主人公的爱情悲剧以及贾家从盛而衰直至覆灭的悲剧，更是一

---

① （清）永忠撰《延芬室集·延芬室文集·粹如纯禅师语录序》，上海古籍出版社1990年7月第1版，第61页。
② （清）永忠撰《延芬室集·延芬室诗集·乾隆三十三年戊子》，上海古籍出版社1990年7月第1版，第778页。

个王朝命运的缩影。相传乾隆帝初读《红楼梦》十分欣赏，继而转悲，最后愤然将书掷之于地，并将之列为禁书，或许就是因为这本书揭示了太多光鲜外衣下隐藏着的衰败和凋零。而我们在读《红楼梦》时曾有过的所有感知，无一不在这些宗室文人的创作中找到对应——繁华生活下的空虚、精神禁锢下的悲伤、遍寻出路而无出路的处境、对情欲的追逐、对文艺的痴迷。如果说《红楼梦》是清代贵族家族生活的历史长卷，那这些名不载诗史的宗室诗人在作品中展示的社会史和心灵史就是对《红楼梦》更深更广的延伸。本着这样的体认，我们应对清代中后期宗室诗人的创作进行更深层次地解读。

允禵的一生是悲剧，作为雍正同母胞弟，他又比较幸运，没有像允禩、允禟、允䄉那样不得善终。他留住了性命也保住了封爵。永忠为允禵第五子弘明之长子，出生时已是乾隆朝，他没有经历过人生起伏和生死考验，所谓的兴衰荣辱只是从长辈那里听来的"故事"。但祖父晚年对佛道两教尤其是佛教的沉浸对他影响却极深，他一生与北京周边寺庙中的僧道往来不绝，剩山和尚、雪亭上人、粹如禅师、永闻禅师、奕文上人、二憨禅师、仁化和尚等都是他的座上宾，尤其是剩山和尚作为他的启蒙导师，更影响了他的一生。他的父亲弘明幼时备受康熙帝喜爱，却成为"罪人之后"，所以弘明和允禵一样，都力求在佛教中寻求精神寄托。永忠三十岁时，弘明赐其棕衣棕帽及拂尘一柄，寓意已极为明显。祖父二人在经受痛苦卓绝的人生教训后，给永忠设立了未来的人生轨迹，永忠也的确沿着他们所预置的人生道路而行。我们看他的别号如臞仙、且憨、香园、觉尘、纯素、龙华道人、玉海生、栟榈道人、如幻居士、龙禅等，无不有着浓厚的佛道气息。所以，他的诗集中谈佛论道、与僧道酬赠往来的篇什几占一半，就连一般写景咏物之诗也都饱含义理，如其《伤花卉》云：

> 春花好颜色，照日何芬芳。游人见花爱，折枝配珠珰。珍重簪绿鬓，蜂蝶竞随香。转瞬红颜衰，弃花途路旁。狼藉涴泥土，风雨埋容光。保色莫保恩，为花一断肠。回头望松柏，郁郁千尺长。大化运无歇，隆替靡有常。勿恃少年姿，老至亦可伤。愿将松柏意，寄语冶游郎。①

永忠个性疏狂，性嗜酒，永橚曾这样描述他："臞仙盖吾宗之异人也。同余游二十年，余未能梗概其生平惟何如人。何则？痴时极痴，慧时极慧，当其痴慧两忘之际，彼亦不自知其身为何物。然其事亲也，蔼然有赤子之风；其平居也，澹然好与禅客羽流俱；其行文也，飒然如列子之御风。往往口不能言者，笔反能书之。"②他所结交的也多是一些放任达观之士，如李锴、戴亨、兆勋、成桂、郑板桥等，他曾为郑板桥题诗：

---

① （清）永忠撰《延芬室集·延芬室诗集》，上海古籍出版社1990年7月第1版，第472—473页。
② （清）永忠撰《延芬室集·延芬室文集·永橚跋》，上海古籍出版社1990年7月第1版，第20页。

第九章　乾嘉时期的宗室诗坛

> 暂借吟编坐夜分，读来口角挹清芬。
> 雄才玩世鹏岳翼，杰句惊人鹤唳云。
> 子美穷愁悲落魄，季鹰淹滞叹离群。
> 从来名士多沉寂，白发萧萧有广文。①

他对郑板桥的赞美是由衷的。郑燮是清代著名画家，能诗工书，有"三绝"之称，他不慕荣利，性情耿介，与旗内李锴、陈景元、允禧、图清格、伊福讷等人为友。这些人都是八旗中才艺卓绝且淡泊名利的那类，他们也多与永忠友善。从永忠诗歌的编年来看，他与这些人交往时不到二十岁，可见他的人生旨趣那时便已然确定。

永忠诗歌创作的内容狭窄，他"但以枵腹乏诗书，目未睹佳山水。日惟周旋一室，品花拾草，如黄鸟之遇春，候虫之得秋，自鸣其鸣，固未识天地之大，品类之繁与夫时会之转移也"②，有清规定宗室无旨不得离京，所以宗室诗歌创作的境界都很狭窄，题材单一，此乃一大症候。永忠诗歌除吟风弄月、写景咏物、交往赠答外，咏怀述志诗对我们研究他的思想和生活较为重要。乾隆二十五年庚辰（1760），袭爵没多久他写下《述怀》二首之一云：

> 吾生已听天，触处任目绿。
> 官散朝参简，身闲诗酒牵。
> 勘书红杏里，较射绿杨边。
> 即此为幽事，犹嫌未自然。③

永忠虽有爵位和朝职，但正如他所说的，一个"闲散人员"有之可无之亦可，朝廷不会对他有要求，他的存在只是为了显示皇帝的浩荡洪恩。朝中宗室基本没有实权，这是清朝政治的一个特征，也决定了清朝宗室文学的一个基本倾向——在萧散闲适之中隐藏着愁郁和愤懑。像永忠这样的宗室还有很多，如弘旿、书诚、永奎等。

永奎（1729—1790），字嵩山，康修亲王崇安子，礼亲王昭梿叔父，封镇国将军，有《神清室诗稿》。永奎自幼聪颖，文武双全，具豪侠气，但和大多数失势的宗室一样，他的一生也没有实现抱负的机会，只能郁郁而终。永奎的晚年隐居乡村，种菜酿酒，分赠友人，还经常邀请朋友雅集赋诗。书诚，字季和、子玉，号樗仙，郑献亲王济尔哈朗六世孙，辅国将军长恒子，袭封奉国将军，有诗集《静虚堂集》《诗瓢》。永忠、书诚、永奎、弘旿等在诗酒狂歌的人

---

① （清）永忠撰《延芬室集·延芬室诗集·读郑板桥诗率题其后》二首之一，上海古籍出版社1990年7月第1版，第405页。
② （清）永忠撰《延芬室集·延芬室文集·志学草自序》，上海古籍出版社1990年7月第1版，第25页。
③ （清）永忠撰《延芬室集·延芬室诗集》，上海古籍出版社1990年7月第1版，第696页。

生中，得到了片刻的宁静。他们有着共同的性格特质，自重自爱，在意品行，不会趋炎附势地奔走豪门，更不耻与小人为伍，这是血脉留给他们的基因特质，使得他们成为一群"宗室之异人"，与那些整日不学无术，只知道斗鸡遛狗的纨绔子弟形成鲜明的对比。

二 敦　诚

敦诚（1734—1792），字敬亭，号松堂，敦敏弟，英亲王阿济格后裔。敦诚十一岁入宗学，二十二岁宗学考试名列优等，二十四岁与兄敦敏一同随父宦于山海关监管税务，二十六岁返京后任宗人府笔帖式，后授太庙献爵，四十丁母忧，此后一直闲居，年五十八岁卒。有《四松堂集》，刻于嘉庆元年丙辰（1796），卷一、二为诗，卷三、四为文，卷五为《鹪鹩庵笔尘》，纪昀为之序，敦敏为其作传，皆附于书末。

敦诚个性颇近魏晋名士，曾仿照陶渊明的《五柳先生传》写《闲慵子传》，自谓："自少废学，百无一成，汩长，不乐荣进，缘家贫亲老，出捧一檄，亲亡复有痼疾，即告归。傍城有荒园数亩，半为菜畦，老屋三间，残书数卷而已。"① 敦诚的朋友也多有和他相似的命运、个性、人生旨趣，"半皆高阳徒"。他们时常聚会喝酒，谈文吟诗。敦诚性嗜山水，却碍于宗室无君命不得出国门的禁令一生不得远游，但他稍有余暇，便邀朋友游玩京郊各处，写诗纪念，这些诗清新俊秀，充满浓郁的田园气息。如《田家乐》云：

　　一村西崦下，二顷南山阳。春犁得时雨，麦陇耘其莨。小儿牧犊豕，大儿筑圃场。老妻上机杼，阿女缝衣裳。雏孙护鸡埘，中妇炊黄粱。男女各有役，好乐贵无荒。既毕我公赋，乃盈我仓箱。丰年足衣食，野人奚所望。②

敦诚诗长篇古体较多，成就也最高。纪昀曾评价说其"古体胜今体，古体七言又胜于五言，高者摩韩苏之垒，次亦与剑南、遗山方轨并行"③，颉颃苏韩，或有过誉之嫌，但敦诚的七言古诗的确写得不错，如他写给曹雪芹的《佩刀质酒歌》云：

　　我闻贺鉴湖，不惜金龟掷酒垆；又闻阮遥集，直卸金貂作鲸吸。嗟余本非二子狂，腰间更无黄金珰。秋气酿寒风雨恶，满园榆柳飞苍黄。主人未出童子睡，挈干瓮涩何可当？相逢况是淳于辈，一石差可温枯肠。身外长物亦何有？鸾刀昨夜磨秋霜。且酤满眼作软

---

① （清）敦诚撰《四松堂集》卷四《闲慵子传》，上海古籍出版社1984年4月第1版，第310页。
② （清）敦诚撰《四松堂集》卷一，上海古籍出版社1984年4月第1版，第143页。
③ （清）敦诚撰《四松堂集》纪昀序，上海古籍出版社1984年4月第1版，第131页。

第九章 乾嘉时期的宗室诗坛

饱,谁暇齐禹分低昂。元忠两襦何妨质,孙济缊袍须先偿。我今此刀空作佩,岂是吕虔遗王祥。欲耕不能买犍犊,杀贼何能临边疆。未若一斗复一斗,令此肝肺生角芒。曹子大笑称快哉!击石作歌声琅琅。知君诗胆昔如铁,堪与刀颖交寒光。我有古剑尚在匣,一条秋水苍波凉。君才抑塞倘欲拔,不妨斫地歌王郎。①

前有小序:"秋晓,遇雪芹于槐园,风雨淋涔,朝寒袭袂。时主人未出,雪芹酒渴如狂。余因解佩刀,沽酒而饮之。雪芹欢甚,作长歌以谢余,余亦作此答之。"曹雪芹答诗今已不传,所幸敦诚的诗为我们了解其诗其人留下宝贵资料。敦诚的慷慨好客,雪芹的放达狂肆,如在目前。这首诗虽是七古,但韵律和气质多受盛唐歌行影响,宛转灵动,自成妙逸,纵横捭阖,逸兴激湍,很符合敦诚的个性气质。

敦诚辞官前是太庙献爵,让我们想起唐朝天才诗人李贺。李贺亦是李唐宗室苗裔,但至他家已衰微,可性情中的自豪却没有减少。他饱怀一腔抱负,却处处碰壁,考进士时遭谗毁不售,最后只能做一个"奉礼郎"。李贺出身及一生遭际和敦诚何其相似,这引起了敦诚的强烈共鸣。他的诗也似李贺一般抒发自己的抱负和失落,喜用瑰奇澹宕的词语和笔法营造波谲云诡的诗境,抒发对人生如幻、世事无常的感慨,如其《自蓟下石门北赴松亭寄子明兄次苏韵》云:

大河溽沉山聿兀,征轺远向松亭发。朝辞蓟下暮石门,谁与征人同落寞。春来鸿雁关山隔,远岫寒云自出没。东风吹冷青衫薄,古驿斜阳茅店月。对此茫茫惨不乐,天涯对酒恒凄恻。眉山颖滨常离别,古人先我悲漂忽。人生鸿爪今犹昔,我心何为频萧瑟。但得多钱压酒囊,不愿人间好官职。②

从少年意气的慷慨激昂,到"但得多钱压酒囊,不愿人间好官职"的失望落寞,或许,正是由于身处特权阶层之中,更能目睹这一阶层的日渐沦落;也或许,正因为在皇室内部目睹太多的升沉荣辱和兴衰成败,于是看透了纸醉金迷和圣眷隆宠。辉煌终会过去,就像《红楼梦》一样,即便有烈火烹油、鲜花着锦之盛,但若大厦将倾,又岂是一木可支?

这种繁华瞬息之感、富贵一瞬的生命观,来自其家族命运和个体命运的人生体验。他在答给兄长敦敏的信中写道:

经云:一切有为法,如梦幻泡影,如露亦如电,应作如是观。又云:过去心不可得,

---

① (清)敦诚撰《四松堂集》卷一,上海古籍出版社1984年4月第1版,第171—172页。
② (清)敦诚撰《四松堂集》卷一,上海古籍出版社1984年4月第1版,第151页。

现在心不可得,未来心不可得。于不可得中寻位置处,正如札中所云:幽窗小话茗碗炉香可也,泥土之欢市井之游亦可也,类而推之,策高足据要津坐金张之室享耆颐之年可也,拙言乞食三旬九餐原宪之贫黔娄之死亦可也。即此,十八九年作百年消遣可也,十八九年作刹那速尽亦可也。所谓无入而不自得也,忧劳愁苦此是我相人相俱未能离,"出门即有碍,谁谓天地宽",是其胸中自作地狱。见鱼跃鸢飞,欣然自得,看苔滋草苗,皆有生机,此便是活泼泼地无所住而生其心也。到此时,并如是观亦用不着,又安用所谓位置哉?因兄下问,故以昧见奉覆,究之亦都无是处。①

他诗歌中所记载的璞翁将军即席库特,年八十三家贫无可度日,只得变卖棺材,以供菜饭。"祭丰不如养之薄,呼儿速鬻供加餐。况乃青山可埋骨,黄肠安用惊愚顽。……杨枝已别乐天去,朝云竟死东坡先。以翁视之等梦幻,此理洞彻非关禅。"② 荣枯咫尺之间在清代中后期已十分普遍。敦诚的《赠罗西园泰先生》亦写此类故事,"西园先生昔在官,宾客满堂童仆欢。先生去官贫且老,门巷萧条生乱草"③,盛衰无常、人生如幻的强烈对比,形成一直萦绕在这些宗室诗人头脑中的悲剧意识和固执的悲剧心态,一种深沉的带着忧伤的人生审美。这里,不免脑海里回荡起《红楼梦》开篇那首参透百态人生的《好了歌注》:

陋室空堂,当年笏满床。衰草枯杨,曾为歌舞场。蛛丝儿结满雕梁,绿纱今又在蓬窗上。说甚么脂正浓、粉正香,如何两鬓又成霜?昨日黄土陇头埋白骨,今宵红灯帐底卧鸳鸯。金满箱,银满箱,转眼乞丐人皆谤。正叹他人命不长,那知自己归来丧!训有方,保不定日后作强梁。择膏粱,谁承望流落在烟花巷!因嫌纱帽小,致使锁枷杠,昨怜破袄寒,今嫌紫蟒长。乱烘烘你方唱罢我登场,反认他乡是故乡。甚荒唐,到头来都是为他人作嫁衣裳。④

这不仅是乾隆时代没落贵族阶层的人生缩影,也是大千世界百态人生的经典描述。曹雪芹之所以伟大,在于他通过一部小说揭露了一个阶级、一个社会、一段历史,甚至揭示了整个人类历史所具有的必然命运。这种必然的命运,在八旗这一特殊族群身上体现得尤为集中和深刻。

---

① (清)敦诚撰《四松堂集》卷三《答子明兄札》,上海古籍出版社1984年4月第1版,第307—308页。
② (清)敦诚撰《四松堂集》卷二《璞翁将军年八十三卖棺度日,诗以咏之》,上海古籍出版社1984年4月第1版,第197—198页。
③ (清)敦诚撰《四松堂集》卷二,上海古籍出版社1984年4月第1版,第155页。
④ (清)曹雪芹撰,无名氏续撰,程伟元、高鹗整理《红楼梦》第一回《甄士隐梦幻识通灵,贾雨村风尘怀闺秀》,人民文学出版社1982年3月第1版,上册第18页。

第九章　乾嘉时期的宗室诗坛

敦敏（1729—1796），字子明，号懋斋，理事官瑚玪长子，敦诚兄。敦敏有《懋斋诗钞》，本以抄本流传，后由上海古籍出版社影印出版，收诗作二百四十余首，非敦敏诗集完璧。其中涉及曹雪芹的诗有《题芹圃画石》《赠芹圃》《小诗代柬寄曹雪芹》《访曹雪芹不值》等。敦敏对曹雪芹的记载历来为红学家看重，他写曹雪芹"傲骨如君世已奇，嶙峋更见此支离。醉余奋扫如椽笔，写出胸中块垒时"①、"燕市哭歌悲遇合，秦淮风月忆繁华"② 等，对解决《红楼梦》写作中存在的很多争端都有帮助。尤其他的《芹圃曹君霑别来已一载余矣，偶过明君琳养石轩，隔院闻高谈声，疑是曹君，急就相访，惊喜意外，因呼酒话旧事，感成长句》一诗，尤为人重视：

> 可知野鹤在鸡群，隔院惊呼意倍殷。
> 雅识我惭褚太傅，高谈君是孟参军。
> 秦淮旧梦人犹在，燕市悲歌酒易醺。
> 忽漫相逢频把袂，年来聚散感浮云。③

敦敏、敦诚与曹雪芹的相识应从入宗学学习时开始，他们因有共同的兴趣爱好以及相似的性情禀赋走在一起。兄弟二人对曹雪芹家族历史十分感慨，并对曹雪芹竭力著书给予热情的赞扬。敦敏、敦诚及其叔父墨香、姻亲明义都对曹雪芹的事迹颇为熟悉，他们诗歌记录的曹雪芹生活创作基本情况应可信。

敦敏个性较之敦诚稍为内敛，许是家中长子的缘故。他夙性聪慧，十六岁入宗学，并在宗学考试中名列优等，曾先后做过税务官、宗学副管、总管等职，中年因病辞官家居，终日诗酒唱酬闭户读书。敦敏诗歌格调晦暗低沉，如《敬亭同贻谋村宿见忆有作次韵答之》：

> 天高平野望无垠，人在南郊卧白云。
> 落叶引风填废井，老狐拜月入孤坟。
> 荒村薄酒应思我，夜火寒窗正忆君。
> 遥想对床联旧约，可能病念沈休文。④

诗风苍郁悲戚、萧瑟幽僻，尤其颔联"落叶引风填废井，老狐拜月入孤坟"句，几类鬼语。敦敏诗牢骚萧瑟语极多，尤其面对历史陈迹的登临咏怀之作，更是愤懑之情溢于言表，其

---

① （清）敦敏撰《懋斋诗钞·题芹圃画石》，上海古籍出版社1984年4月第1版，第38页。
② （清）敦敏撰《懋斋诗钞·赠芹圃》，上海古籍出版社1984年4月第1版，第54页。
③ （清）敦敏撰《懋斋诗钞》，上海古籍出版社1984年4月第1版，第38页。
④ （清）敦敏撰《懋斋诗钞》，上海古籍出版社1984年4月第1版，第21页。

《登观音阁吊安亲王故园》云：

> 落木响萧飗，遥登古佛楼。
> 白云樵子径，黄叶废园秋。
> 台榭啼鸟恨，邱林落日愁。
> 临风吊遗迹，竹外梵声幽。①

安亲王一系是努尔哈赤第七子饶余郡王阿巴泰之后，岳乐袭爵后因军功卓著改封亲王，并世袭罔替。雍正元年癸卯（1723），以岳乐罪停止世袭，直至乾隆四十三年（1778）追任前功，由岳乐元孙复袭爵。岳乐即著名宗室诗人岳端之父。敦敏此诗，虽吊安亲王故园，未必没有伤悼自己家族之恨在内。他的先祖阿济格在清初战功赫赫，是清代建国功臣，但结局却是被幽禁至死。敦敏个性较敦诚怯懦，他的诗中从不写及家族历史，最多是这种借咏他物以言己怀，但敦诚就不同，他写有《谒始祖故英亲王墓恭纪》诗：

> 英风赫赫溯天人，广路松楸寝庙新。
> 百载劳勋逢圣主，九泉施泽到宗臣。
> 宝刀金甲犹悬壁，桂醑椒浆独怆神。
> 惆怅诸孙秋上冢，西风吹叶潞河滨。②

顺治八年辛卯（1651）阿济格被讦欲乱政，后被"议削爵，幽禁。逾月，复议系别室，籍其家，诸子皆黜为庶人。……后以其二子傅勒赫无罪，仍入宗室"③，其余阿济格的后代是在乾隆四十三年戊戌（1778）再次收入宗谱的。敦诚诗中对阿济格在清初开国的军事贡献极为称颂，谓其"天人"，崇念之情不言而喻，但这位功劳盖世的太祖之子的后代却沦为庶人，这种心理落差是极大的。即便过去将近百年，回想起来仍不胜感慨。

或许正是基于这样的情感体认，敦敏诗中悲愤哀伤的情绪也就说得出理由了。毕竟，作为"曾经"的罪人之后，他们不可能受到朝廷重用，不管才华多么出众，不管志向多么高远，都会折翼在雕笼之中。敦敏诗"闲窗看罢添惆怅，三十年前莫漫论"④、"西园歌舞久荒凉，小部

---

① （清）敦敏撰《懋斋诗钞》，上海古籍出版社1984年4月第1版，第10页。
② （清）敦诚撰《四松堂集》卷二，上海古籍出版社1984年4月第1版，第169页。
③ 赵尔巽等撰《清史稿》卷二百一十七阿济格本传，中华书局1977年8月第1版，第30册第9018页。
④ （清）敦敏撰《懋斋诗钞·题敬亭弟松崖披卷图》四首之一，上海古籍出版社1984年4月第1版，第9页。

第九章 乾嘉时期的宗室诗坛

梨园作散场。漫谱新声谁识得,商音别调断人肠"①、"忆昨西风秋力健,看人鹏翮快云程"②、"少志未能兼射虎,壮心还欲屠蛟"③ 诸句,也是这种愁苦心态的体现。

阿济格一系的后人虽再没有出过声名没世的政治军事人才,但是却出了好几位宗室诗人。除敦敏、敦诚之外,还有著名诗人恒仁。

恒仁(1713—1747),字育万,号月山,英亲王阿济格四世孙,辅国公普照之子。恒仁少颖异,袭封辅国公,后被废,乾隆三年戊午(1738)入宗学,但又因曾受封爵不得入宗学学习,在宗学实不足一月。其间他师从沈廷芳学古文,并借此机会向沈德潜习唐诗之法,沈称其"吐属皆山水清音,北方之诗人"④。恒仁出身世胄,却遭逢不偶,愁苦悆懑郁结于心,故英年早逝,年仅二十四岁。他著有《月山诗集》,后附《月山诗话》三十四则。恒仁诗宗唐调,诗话也多针对王士禛《渔洋诗话》进行阐发,数量不多,但时有妙悟。恒仁感慨身世、自伤己怀的诗非常多,其《枯柳叹》云:

> 闲清堂畔柳枝新,昔年长条低拂尘。夭桃秾李各斗艳,此树袅袅偏依人。岂知中路颜色改,根株半死当青春。草堂无色感杜甫,枯棕病柏同悲辛。婆娑生意几略尽,穿穴虫蚁难完神。一枝旁抽独娟好,亦有狂絮飞来频。人生宁无金城感,过情悲喜伤吾真。且把杯酒酹木本,荣枯过眼安足论。⑤

这首诗借叹枯柳实是作者自伤。从高高在上的国公沦为一般宗室,备受冷眼和刁难,可谓云泥之别。诗分前后两部分,前半部分感慨婀娜的柳枝颜色改、委路旁的凄惨结局,后半部分是诗人自解之句,兴衰成败、升沉荣辱本就无常,过分萦于内心只会更加痛苦,不如看开。初入宗学,以为青云有路可以"莫恨岁华空老大,遗经尚想继家声"⑥ 的恒仁,不到三十天心愿就破灭了,他怀着悲愤的心情写下《寄孙载黄、沈椒园两先生》这一首最直接剖白心迹的作品:

> ……
> 一废便终身,再来真觍面。
> 上孤明师训,下负平生愿。

---

① (清)敦敏撰《懋斋诗钞·题敬亭琵琶行填词后》二首之一,上海古籍出版社1984年4月第1版,第80页。
② (清)敦敏撰《懋斋诗钞·闭门闷坐感怀》,上海古籍出版社1984年4月第1版,第33页。
③ (清)敦敏撰《懋斋诗钞·秋夜感怀》,上海古籍出版社1984年4月第1版,第82页。
④ (清)沈德潜等辑《清诗别裁集》卷三十,上海古籍出版社1984年3月第1版,下册第1253页。
⑤ (清)恒仁《月山诗集》卷一,《四库未收书辑刊》第十辑第18册,第232页。
⑥ (清)恒仁撰《月山诗集》卷二《戊午正月余具状请问业于宗学,以三月十一日得入书呈同志》,《四库未收书辑刊》第十辑第18册,第237页。

元豹行当隐,犹龙不可见。
回首望宫墙,邈然隔云汉。①

这是他短暂一生中最大声音的一次反抗。清中后期落魄宗室的命运,原多如此可悲。

此后,他将全部精神投注在读书写作上面,开始追求精神自由和生活适意。法式善评价他:"一邱复一壑,别自具神通。年少识奇字,身闲似野翁。天怀溯苏白,儿辈有咸戎。明月前生悟,山居兴不穷。"②纪昀谓其诗:"吐言天拔如空山寂历,孤鹤长鸣以为世外幽人,岩栖谷饮不食人间烟火者。"③他的诗如《夏夜即事》:

藤床竹簟生风漪,单衣小扇夜坐时。
上有扬辉之古月,下有无波之绿池。
洗盏池边自斟酌,幽怀独惬无人觉。
飞鼠捎檐月下翻,流萤度槛花间落。④

清疏澹宕,韵致幽美,但颇显冷寂,或与心境有关。他的诗中最能体现本期宗室诗人们魏晋风流的作品莫过于《我有平生好》二首:

我有平生好,嵯峨苍翠边。
游心惟木石,过眼足云烟。
不觉牵诗思,真堪作画传。
何当结茅屋,习静谢尘缘。(其一)

我有平生好,清涟浩渺边。
笑堪鱼戏藻,坐爱鹭翻烟。
沙莲缨堪濯,堤平缆可牵。
何当罗酒蟹,拍伏单家船。(其二)⑤

---

① (清)恒仁撰《月山诗集》卷一,《四库未收书辑刊》第十辑第18册,第237页。
② (清)法式善撰《存素堂诗初集录存》卷十四《奉校八旗人诗集,意有所属辄为题咏,不专论诗也,得诗五十首》之十《月山诗集》,《续修四库全书》第1476册,第570页。
③ (清)恒仁撰《月山诗集》纪昀序,《四库未收书辑刊》第十辑第18册,第224页。
④ (清)恒仁撰《月山诗集》卷一,《四库未收书辑刊》第十辑第18册,第235页。
⑤ (清)恒仁撰《月山诗集》卷二,《四库未收书辑刊》第十辑第18册,第236页。

恒仁勤奋好学，喜欢思索，对诗歌流变有自己的看法。他的诗学观点集中体现在《月山诗话》中，品评清初宗室诗人他说："本朝宗室诗人当以文昭子晋为第一，红兰格卑，问亭体涩，皆不及也。子晋诗凡数变，予尤爱其少壮时作，清新俊逸，具体古人，晚年诗流于率易，盖自古诗人通病，免此者鲜矣。"① 事实上，他的诗歌也趋于这种格调，以清新流丽、幽逸自然为宗，尤其在诗格韵味上，看得出是下了功夫的。

第二节　昭梿与《啸亭杂录》

昭梿（1776—1829），自号汲修主人、檀樽主人，清太祖努尔哈赤第二子代善之后，礼亲王永恩子。初封不入八分辅国公，后授散秩大臣，嘉庆十年乙丑（1805）承袭礼亲王爵。嘉庆帝即位，对亲贵颇多忌惮，昭梿虽为无权闲王，却因时常与文士往来，喜议论时政，于朝中权贵多所臧否，尤其是对朝政得失评价激烈而为嘉庆帝所不满。嘉庆二十年乙亥（1815），嘉庆帝借口其凌辱大臣、滥用私刑等罪，将其削爵圈禁。昭梿虽在次年六月被提前释放，却一直不被起用，于道光九年己丑（1829）郁郁而终，享年五十三岁。昭梿博学，尤喜历史，其笔记《啸亭杂录》文风老成，内容丰富，为清史研究者所看重。昭梿也喜作诗，他的诗歌在嘉庆二十年乙亥曾被编辑为三十卷，袁枚、赵怀玉为之序，但诗稿在他获罪后为仆从所焚毁。后来，综合幸存之作及凭记忆所得，厘为二卷，存诗三百余，名之《蕙荪堂烬存草》，以抄本传世，今藏北京图书馆。尚有《蕙荪堂集》一卷，亦为抄本，藏上海图书馆。《清代诗文集汇编》将此两种本子合璧影印，使用起来方便许多。

一　昭梿的崇实诗学观

昭梿不以诗名，但自谓"少耽吟咏，寒暑不辍"②，可见用力颇勤。他现存诗歌中，除写景、咏物、酬赠等作外，有两类诗歌颇值关注：一种是表达对时局统治的不满，反映社会现状，揭露社会阴暗面的作品；另一种是他在遭遇削爵打击后，于宗教中寻求解脱时的一系列"禅趣诗"。前者体现他在思想层面的进步性和批判性，后者体现出他对人生哲学、诗境选择等艺术层面的探索和追求。

---

① （清）恒仁撰《月山诗集》附《月山诗话》第二则，《四库未收书辑刊》第十辑，第18册第259页。
② （清）昭梿撰《蕙荪堂烬存草》自序，《清代诗文集汇编》第517册，第55页。

昭梿诗学主张以正雅博丽、温柔敦厚为主，他说"诗之正宗，自沈归愚尚书没后，日见其衰"①，可知他是以沈氏"格调说"为鹄的。沈氏论诗鼓吹休明，宏扬教化，在强调诗歌的政治功用上符合统治阶层的品位，昭梿对他的接受或也基于此。他还曾对乾嘉诗坛整体风气进行了阐述，他说：

> 嗜学之士，皆以考证见长，无复为骚坛祭酒。袁子才、蒋心余、赵瓯北三家，恃其渊博，矜才骋辩，不遵正轨。昆陵诸家，自立旗帜，殊少剪裁。惟吴谷人株守浙西故调，不失查、朱风范。其余皆人各为学，正变杂陈，不相统一。近日惟吴兰雪舍人诗才清隽，落笔超脱，古诗原本道渊，近体取裁范陆，实为一时独步。他若鲍双五之继躅七子，陈云伯之接踵西昆，法时帆之规摹王孟，翁覃溪之瓣香苏氏，非不各有所长，然于正宗法眼，殊无取焉。②

这段论述的确揭示出乾嘉诗坛的某些特点，对所选取的诗人创作特点的把握较为准确。乾嘉诗坛以学问、考证为诗的倾向已成定断，无需多言。他谓袁枚、蒋士铨、赵翼三家诗不遵正轨，说鲍桂星、法式善、陈文述、翁方纲等人"于正宗法眼，殊无取焉"的评价却有失偏颇。诚然，文学评论是仁者见仁，智者见智，但过于以一己之见作为"正宗"，有失公允。昭梿对吴嵩梁诗尤其服膺，因为他本身在创作上与吴氏便相近，尤其他的"禅趣诗"，与吴氏为知音。昭梿惟对吴锡麒、吴嵩梁二人给予了肯定，并不是他们的诗歌遵守他所谓的"正轨"，而是在诗歌创作的取法和达成的审美意境与之相近而已。

事实上，理论并不能与创作完全等同。昭梿追求雅丽、端重、平和的庙堂之音，却在实际创作中体现出清刚、隽逸、朗畅等北方诗人的显著特色。清定制，"应封宗室及近支宗室十岁以上者小考。于十月中，钦派皇子、王、公、军机大臣等亲为考试清语、弓马，而先命皇子较射，以为诸宗室所遵式。……其劣者，停其应封之爵以耻之"③。昭梿虽生于承平之世，但因满洲"国语骑射"的祖训，所以他自幼弓马娴熟。诚然，他不能和建国之初跃马弯弧、浴血疆场的先辈相比。他既没有那样的成长环境，也缺乏初入关时爱新觉罗家族勇武好胜的精神。但在民族传统的熏染、严格的家族教育及祖训家法对个体性格成长所产生的影响下，文学创作中的清刚之气和他提倡的正雅博丽的审美标准实则并不相悖，他的《出塞曲》就是这一创作实践的明显体现：

---

① （清）昭梿撰，何英芳点校《啸亭杂录·啸亭续录》卷五"近代诗人"条，中华书局1980年12月第1版，第519页。
② （清）昭梿撰，何英芳点校《啸亭杂录·啸亭续录》卷五"近代诗人"条，中华书局1980年12月第1版，第519页。
③ （清）昭梿撰，何英芳点校《啸亭杂录》卷七"宗室小考"条，中华书局1980年12月第1版，第206页。

第九章　乾嘉时期的宗室诗坛　　235

> 短剑向边城，天山月正明。
> 塞云连断岭，野火照荒营。
> 虎帐朝吹角，鸾钗夜弄筝。
> 龙庭犁有日，端合请长缨。①

这首诗较有盛唐边塞诗的风韵。类似风格气质的作品，在其集中比比皆是。除却后期的"禅诗"体现出一种飘然出世、物我两忘的绵邈境界外，他其余的诗歌几乎都秉持了这种豪宕、清刚、隽逸、朗畅的特征，就连那些酬赠之作也同样如此。

昭梿对博学耿介之士如朱珪、刘墉、姚鼐、刘大櫆、鲍桂星、吴嵩梁等十分钦佩。他赞朱珪及其兄一门风雅"文名冀北联华萼，会见光芒射斗墟"②，回忆曾受学姚鼐时说"忆昔承欢鲤庭侧，朝夕谈文示轨则"③。他虽不认可法式善的诗歌创作，却对其学问人品由衷仰慕，经常与之朝夕讲论，"忆昔同君订缟纻，胶亲兰契肝肠露。……从今激切同谁论，素车白马空招魂。人琴俱碎我何叹，斯人早丧诸君存"④。在这首悼诗中，他以伯牙、子期的典故比喻两人友谊。法式善关心时政，嘉庆登基时上疏推行新政，被嘉庆帝降级处分，一生胸怀未展。对于昭梿来讲，法式善这样想要有所作为又敢于直言进谏的人物是他的同调。同样，对于鲍桂星、谢阶树、吴嵩梁等人，昭梿亦是以"同志"相期许的。

嘉道之际，为振起国运，林则徐等"以风雅之才，求康济之学"的朝士结"宣南诗社"，讨论国政，探索中兴之路，谢阶树、鲍桂星、吴嵩梁等人皆是社中人物。昭梿在送谢阶树赴陕西典试时有"三秦兵燹初销歇，慎抚哀黎倍可伤"⑤之句，叮嘱其体谅乱后人民的困苦境遇。他视鲍桂星为畏友，嘉庆十九年甲戌（1814），鲍为人陷害，嘉庆帝令其闭门思过并派御史监察，昭梿对此大为不满，他发出这样的感叹：

> 温室讳不言，皇居应慎密。煌煌宽大诏，臣子宜宣述。君性本飒爽，蛾眉遭众嫉。劾海属吏语，忠诚贯天日。奈何鬼蜮徒，谋孽何匆疾。三人势成虎，隐衷谁代质。堪惜干将材，明时遭废黜。旨酒可盈樽，匡床宜鼓瑟。杜门独恬荡，琴书自暇逸。佇见召陆逊，终难隐李泌。岂容梗概臣，蜗庐久抱膝。⑥

---

① （清）昭梿撰《啸亭堂烬存草》卷二，《清代诗文集汇编》第 517 册，第 75 页。
② （清）昭梿撰《啸亭堂烬存草·挽朱文正公》四首其三，《清代诗文集汇编》第 517 册，第 56 页。
③ （清）昭梿撰《啸亭堂集·挽姚姬传先生》，《清代诗文集汇编》第 517 册，第 44 页。
④ （清）昭梿撰《啸亭堂集·挽法时帆》，《清代诗文集汇编》第 517 册，第 45 页。
⑤ （清）昭梿撰《啸亭堂烬存草·送谢芗泉典试陕西》，《清代诗文集汇编》第 517 册，第 72 页。
⑥ （清）昭梿撰《啸亭堂烬存草·慰双五司空》，《清代诗文集汇编》第 517 册，第 63 页。

诗歌摆明对皇帝处置结果的不满，言语铿锵，句句刀矛。对臣子而言，这样大不敬的口吻，实属大胆。次年，他也被这些"鬼蜮徒"以"三人势成虎"的伎俩陷罪革爵。此类诗句，和他提倡的典丽庄重、温柔敦厚相去甚远。当然，想要反映"忠而被谤"的激愤之情，温柔敦厚是远远不够的。读此诗，也大概理解为何昭梿被降罪后仆人忙于烧书了，想必诗稿中此类"激愤"之语甚多。

昭梿对清王朝是忠诚的，但他揭露时弊的诗歌，评判朝政得失的言论，与激进分子改革派的亲密交往，成为日后嘉庆帝对其严厉打击的导火索。你很难相信一个堂堂铁帽子王会因为对大臣言语攻击和殴打属下等罪而被彻底革爵。但联系到昭梿一系列的言行，尤其是鲍桂星案后他诗歌中流露出的对皇帝及一干大臣明显的不满，嘉庆对他的严厉打击怕也是事出有因的。毕竟，亲王挑战皇权，一定会激发皇帝的回击。此前诸多因权势斗争无端受黜的宗室，在历经磨难后，寄情诗酒，远离现实。但昭梿不同，经历打击之后，他的性格并未收敛，反倒因为没有荣名的束缚更加放诞狂妄，其《感怀二首》之二云：

  鬼难风灾惯坎坷，偷闲鼓缶自高歌。
  剑埋黑狱光仍烛，骥负盐车志不磨。
  孟敏甑罂心莫恋，嵇康造锻性原颇。
  赋成鹏鸟谁相惜，婞直何须吊汨罗。①

他的《啸亭杂录》就是在此后渐次编成，里面体现出的孤高耿介、直录无隐的史家精神是这种"剑埋黑狱光仍烛，骥负盐车志不磨"精神的再现。

昭梿诗歌中还有一类作品清新蕴藉，瓣香王、孟，尤对王维继承得更为直接，我们可以视这类诗为"禅诗"。禅诗，在我国古代文学传统中占据比较重要的位置，自佛教传入我国，每个朝代都会涌现出禅诗圣手，著名者如王维、李白、王梵志、寒山、苏轼等。禅诗内容大致可分为两类：一是用于开示众人参佛义理的作品，具有哲学性和思辨性；一是文人雅士或者修行人描写修心悟道生活的作品，可以是景物诗也可以是哲理诗，不一而足。兹举一例，以飨读者：

  寂寂禅堂日夕曛，眼前红叶坠纷纷。
  数声寒雁过前岭，一抹秋山掩暮云。
  瓯绿芸窗新茗试，炉红蒲座炷香焚。

---

① （清）昭梿撰《蕙苏堂烬存草·感怀》二首其二，《清代诗文集汇编》第517册，第73页。

静中众妙须参悟，缥缈霜钟隔涧闻。①

他在诗中描写田园隐居之趣，也融入对人生哲理的深沉思考，力求在山林幽谷间寻求超凡脱俗、淡泊宁静的幽远意境。昭梿在创作中将两种截然不同的风格运用自如，与他学贯今古，融会贯通有关，也与诗人的天赋秉性有一定关系。吴乔在《围炉诗话》中说："诗贵有含蓄不尽之意，尤以不着意见、声色、故事、议论者为最上。"② 在昭梿诗中，远处，夕曛下的红叶、寒雁后的暮云；近处，芸窗新茗、红炉香烬，都在诗人的冥想中与缥缈的钟声合为一体，这是禅悟的境界，也是物我两忘的诗的境界。

二 昭梿的"实录"诗

昭梿好笔记，常谈历史掌故，对历史事件有自己的判断标准。他在《啸亭杂录》"古史笔多缘饰"条中谈道："余素怪前代正人君子名节隆重，指不胜屈，近时人材寥寥，何古今之不相及若此。尝与毕子筠孝廉谈及，子筠曰：'君泥诸史册语，故视古今异宜，不知本朝人才之盛，为前代所不及。……使史笔有所润饰，皆一代名臣也。'余韪其言。近读王文正笔记，丁鹤相言：'古今所谓忠臣孝子，皆未足深信，乃史笔缘饰，欲为后代美谈耳！'言虽出于奸邪，未必无因而发也。"③ 可见，他主张记载历史人物应该本诸事实，不要为保持人物美好形象取悦后人而刻意掩盖缺点，独独夸大其优点，这便是实录精神。他不仅在《啸亭杂录》中秉持这一原则，在诗歌创作中也将这种客观无隐，秉笔直书的风格贯彻始终。

他一些诗歌涉及嘉庆朝很多历史事实。白莲教在嘉庆初起于湖北武昌，本是一种邪教的鼓动宣传，但因官府想借此大发横财，所以乱肆缉拿，造成民怨沸腾，导致大规模的农民武装起义，史称"川楚教匪之乱"。起义军风势本劲，加之官员和前线将领畏战昏聩，战火很快便烧遍了河南、陕西、四川、甘肃等地。清朝各级官吏的丑恶嘴脸和无耻行径在这场起义中暴露无遗。一方面，官吏大发国难财，时值和珅当政，哪位官吏或将领送的礼多，就选谁去前线；另一方面，谋得"军前效力"机会的官员或将领，借打仗之机横征暴敛，冒赏邀功。湖北巡抚惠龄仗打了半年几乎按兵不动，原因说"天气不好"；陕西巡抚承恩则只知读书，迂腐不堪，昭梿对这些官员，毫不容情地予以批判和揭露，其《闻道》十首之十云：

由来群盗起，大半迫饥寒。

---

① （清）昭梿撰《蕙荪堂烬存草·秋日龙泉庵晚坐》，《清代诗文集汇编》第517册，第80页。
② （清）吴乔撰《围炉诗话》卷一，《清诗话续编》本，上海古籍出版社1983年12月第1版，第1册第476页。
③ （清）昭梿撰，何英芳点校《啸亭杂录·啸亭续录》卷三，中华书局1980年12月第1版，第450页。

何事陶猗富，生心首祸端。
禁军驱暴殂，天语受降宽。
浩叹巴陵土，秋风血未干。①

他将起义的肇因直接定义为"官逼民反"，"由来群盗起，大半因饥寒"，这对于天潢一族而言无异于石破天惊之语。他不满前线指挥者"白面坐谈兵"②贻误战机而导致"经年兵渐老"③，更对官军节节败退无比失望。最后，竟将矛头直指当朝天子，认为他滥施封赏，不问缘由。说到皇帝滥施封赏的问题，《南阳民》揭露得更具代表性和针对性：

南阳民，生何苦！中丞苛虐猛如虎，威令稍迟立挞楚。双沟贼首驱民来，千呼万唤门不开。中丞匍匐若鼹鼠，偃旗息鼓藏草莱。朝献捷，暮献捷，捷书日上马汗血。官军四合三万人，何尝与贼一相接！今日掳民妇，明日捉生人。贼徒屠研饱飏去，护送出境争策勋。中丞凯还喜变嗔，督责供给胡不均？朝征羊豕，晚索金银，囊橐饱载，马行骖骖。中丞未至贼肆掳，中丞既至逃无所。昔曾畏贼今官府，南阳民，生何苦！④

诗中的"中丞"就是嘉庆二十年乙亥（1815）昭梿凌辱大臣案的主角：景安。景安是和珅族孙，历任内阁中书、甘肃巡抚、河南按察使等职，在这场起义中，景安为邀功请赏，斩杀难民充当俘虏，却以捷报上奏，被赏戴双眼花翎，封三等伯。事实上，景安在阵前屯兵不战，"何尝与贼一日接"。对手前来，他就敌进则退，敌退则追，时人号为"迎送伯"，可他又每日多次快马向朝廷报捷。昭梿正是带着对这种行为的痛恨写的这首诗，毫不隐讳，言辞尖锐。尤其是"中丞"形象的对照，在起义军面前的"中丞匍匐若鼹鼠"到班师回朝的"中丞凯旋喜变嗔，督责供给胡不均。朝征羊豕，暮索金银"之态度的转变，丑恶嘴脸昭然若揭。如果前一首诗昭梿还略有顾忌稍作隐讳的话，后诗简直可作一封讨伐檄文。这样具有强烈革命性的作品出于皇亲国戚笔下，是值得佩服的。昭梿对景安无耻行径的揭露和痛恨，也解释了为何昭梿一直针对景安，并上演了嘉庆二十年乙亥所谓"凌辱大臣"的那一幕。

《啸亭杂录》记载很多清朝官吏的腐败事迹和他们的丑恶行径。乾隆期，吏治腐败的情况已极为严重，他的《纪李大令》涉及的就是嘉庆时震惊朝野的四大奇案之一"淮安奇案"。嘉庆十四年己巳（1809），进士出身的李毓昌被两江总督铁保派往山阳县（今江苏淮安）查核赈灾粮款被贪墨事，但李毓昌拒绝被山阳县令王伸汉收买，被毒杀身亡，王收买仵作等数人以自

---

① （清）昭梿撰《蕙苏堂烬存草·闻道》其十，《清代诗文集汇编》第517册，第59页。
② （清）昭梿撰《蕙苏堂烬存草·闻道》其二，《清代诗文集汇编》第517册，第58页。
③ （清）昭梿撰《蕙苏堂烬存草·闻道》其三，《清代诗文集汇编》第517册，第58页。
④ （清）昭梿撰《蕙苏堂集·南阳民》，《清代诗文集汇编》第517册，第47页。

第九章 乾嘉时期的宗室诗坛

杀上报。李毓昌族叔遍告不成,最后上京告御状,此案由嘉庆帝亲自过问才得以昭雪,总督铁保被发往新疆效力,王伸汉抄家斩立决,其余涉案人等皆被重罚。这首长诗纪实性极强,充满"诗史"精神,《纪李大令》诗云:

> 黄河倒灌浸两淮,大吏赈恤纾民灾。有司把持俨奇货,鳞册萃集名浮开。维公查核窥弊窦,痌瘝在抱萦心怀。百万化鱼悲赤子,何可琴堂纵奸宄。走马挟册控高辕,直诉民情重差委。馈赂投赠挥手斥,贪夫垂颈难施伎。何来黠仆恶熏天,阴谋密订逆党联。中宵杯酒置酖毒,孤臣耿耿身弃捐。苌宏冤愤化碧血,清臣含殓犹握拳。幸有空箱血衣证,族人阍告爰书定。弥缝终未逃网罗,王章究竟除枭獍。官阶褒赠慰重泉,旌冤淑慝由君圣。或传异辞何渺茫,伯有示警尤荒唐。睢阳厉鬼誓非爽,循环天理真昭彰。丰碑墓道表奇节,过客千秋吊国殇。①

全诗交代整个事件的发生、发展、尾声,为读者刻画了忠奸两面对立的形象,我们在诗中既看到李毓昌勤劳王事、不畏强暴、拒不受贿的忠肝赤胆,也看到以王伸汉为首那些腐败官僚狼狈为奸、颠倒黑白、置民生于不顾还从饥口夺食的无耻嘴脸。昭梿和时任两江总督的铁保关系颇密,"束发与冶亭尚书交,已廿余年"②,但在这一事件中,铁保渎职严重。在他被发往新疆时,昭梿赠诗,中有"纵使吞舟漏,终强政体伤"③ 之句,不为尊者讳、评断公正的性格在这件事上可见一斑。

昭梿从不因自己的身份而为统治者和腐败官僚唱赞歌,而是本着一位史学家的良知真实记录。他是清宗室中最为耿直也具学术精神的一位诗人。但毕竟出身皇族,贵为亲王,即便对民生疾苦多有关注,但出发点还是为了贵族统治,是为了爱新觉罗的江山与基业。所以,他的先进性只能停留在"关注"和"实录"层面,他有对官逼民反的认识,有对改革弊政的看法和希望,但他不能透视到清代统治面临的最根本的危机。这点,我们并不能强求,作为亲王的昭梿表达出对民间疾苦的关心程度已远超前几朝的宗室诗人,已属难得了。

昭梿这些充满现实主义精神的诗歌作品,完全可以当作他的代表作来读,最能展示他的创作风范和个性特征。他的这类诗歌风格朴素,不在字句上刻意雕琢,但却自然天成。这些诗歌多古体长篇,尤其是他的《蕙荪堂集》,基本都是古体,韵律铿锵,声气琳琅,展现了昭梿高超的写作技巧。

---

① (清)昭梿撰《蕙荪堂集·纪李大令》,《清代诗文集汇编》第517册,第47页。
② (清)昭梿撰,何英芳点校《啸亭杂录·啸亭续录》卷三"铁冶亭尚书"条,中华书局1980年12月第1版,第442页。
③ (清)昭梿撰《蕙荪堂烬存草·送冶亭制府谪戍西域》,《清代诗文集汇编》第517册,第79页。

三 昭梿的《啸亭杂录》

《啸亭杂录》是经过长期写作历次完成的，包括《正录》十卷，《续录》五卷，内容涉及清朝尤其嘉道时期社会、政治、历史、人物、文学、风俗等多方面。比起一个诗人，昭梿更像历史学家。龚自珍对昭梿的史学造诣很推重，他在《与人笺》中记载昭梿对修史的看法：

> 史例随代变迁，因时而创。国朝满洲人名，易同难辟，其以国语为名者如那丹珠、穆克登布、瑚图礼、扎拉芬、色卜星额、福珠灵阿之类，相袭以万计；其以汉语为名者则取诸福德吉祥之字，不过数十字而止，其相袭以十万计。贤不肖、智愚、贵贱、显晦，后世疑不能明，此读国史一难也。宜创一例，使各附其始祖之传合为一篇，则《汉书·楚元王传》例也。而可以代《魏书·官氏志》，可以代《唐书·宰相世系表》，兼古史之众长，亦因亦创。①

昭梿所言涉及"清史"修纂的一个难题，即八旗人名字重复过多的问题。旗人名字或直接从满语译成汉语，如努尔哈赤、多尔衮、塞尔赫、固鲁铿等，或以汉字命名，但前面多不冠姓，如文昭、恒仁、百龄、铁保等，百龄是汉军，汉姓张，铁保氏栋鄂，史书上也写作董鄂，但称其名字的时候一般不加姓。这样的话，旗人同名的概率就很高。昭梿提出将本人各附"其始祖之传合为一篇"，这样可详其本系，不会导致张冠李戴。而更令素来恃才傲物的龚自珍"怖服"的是他对清史正变沿革、政体掌故如数家珍。

昭梿《啸亭杂录》的历史价值，早被史学界关注。邓之诚先生在《骨董琐记》中评价其"于有清一代掌故，可资考据者甚多，旗族记述尤详"②。这部书对宗室内一些肮脏无耻的勾当敢于大胆揭露，如写权贵之贪淫、王公之暴虐、皇亲国戚的仗权生事、宗藩内部的血腥斗争等，十分大胆，就连雍正帝设立缇骑这一特务机关侦察大臣言行，史书不敢载笔之事他亦直陈无隐。其余如乾隆帝信用和珅导致朝政混乱事，在去时未远的情况下他也敢于秉笔直书。笔记中还记载清朝后期吏治腐败的例子，尤其是写"军营之奢"："有建昌道石作瑞，曾侵蚀帑银至五十余万两。然其奢费亦属糜滥，延诸将帅会饮，多在深箐荒麓间，人迹之所罕至者。其蟹鱼珍羞之属，每品皆用五六两，一席多至三四十品。"③ 此乃宗室子弟东林亲身经历目睹，回来向昭梿讲述之事，应极可靠。由一点可及其余，清廷吏治腐败的程度实已深入骨髓，末世

---
① （清）龚自珍撰《龚自珍全集·第五辑·附复札》，上海人民出版社1975年2月第1版，第343页。
② 邓之诚著，邓珂增订点校《骨董琐记》卷三"礼亲王"条，中国书店1991年7月第1版，第83页。
③ （清）昭梿撰，何英芳点校《啸亭杂录》卷八，中华书局1980年12月第1版，第258页。

之兆，国运衰亡之迹已历历毕陈。其写官场黑暗、官员贪腐的例子还有很多，这些揭露需要胆识，也需要历史的巨眼，这都是《啸亭杂录》的闪光点。

《啸亭杂录》记载嘉道二朝的历史真实尤为史学界所重视，昭梿作为很多历史事件的目睹者和亲历者，决定了这些记载的真实性。比如清史中著名的"癸酉之变"，为昭梿亲身所历、亲眼所见，并且亲自指挥参加镇压，所以可靠性极强。这是其他历史资料无法比拟的。端方《啸亭杂录序》中言此书之采是为"近世史作参考之用"①，清代诸多史书的修纂如《圣武记》《清史稿》也对此书予以借鉴，以故该书成为研究清史者的必备书籍。

昭梿博学，大凡政体沿革、国家教育、军事斗争、金石考据、历史考证、诗文书画、小说戏曲等，皆涵括一书之内，且多能止本清源。史载昭梿喜戏曲，尤爱昆曲，能自演自唱，家中的杂役都是苏州人。《啸亭杂录》记载了一些嘉道年间的京城戏曲故实，对我们研究清代戏曲发展问题也大有裨益。另外，昭梿也喜欢小说，他评价通俗文学的章节，对我们研究清代小说史也能够提供一些有益的资料。

第三节　多情王孙奕绘

奕绘（1799—1838），字子章，号太素，别号妙莲居士、幻园居十。乾隆第五子荣纯亲王永琪之孙。父绵亿受封荣恪郡王，雅爱文学，对奕绘的影响很大。奕绘自幼喜文艺，除通经博史、能诗善赋外，还热衷西学，对西方建筑、历史、语言都很感兴趣。他十七岁袭爵封贝勒，先后出任正白旗汉军都统、东陵守护大臣、内大臣、管理宗学事务大臣等职，但三十多岁便辞去所有公职，半俸闲居。嫡福晋妙华夫人是一名才女，之后他又冲破各种阻力迎娶满洲第一才女西林春（顾太清）为侧福晋，成就一段文学史上的佳话。奕绘对文人学士极为敬重，府中文风极盛，据说连丫鬟奴仆都能随口作诗。他是清中后期宗室子弟中才识兼善的人物，被称为"没世奇才"，曾与王引之合编《康熙字典考证》，著有词集《南谷樵唱》《写春精舍词》，诗集《观古斋妙莲集》《流水编》。《观古斋妙莲集》是他十二岁至二十一岁的诗歌作品，《南谷樵唱》与《流水编》合编为《明善堂文集》，为二十二岁至去世的诗词作品。另外还有《子章子》《吟余偶记》《集陶集》《南韵斋宝翰录》等著作。

一　奕绘的写情之诗

奕绘走进近代文学研究的视野，不是因为他的诗词，而是因为他与满洲第一女词人西林春

---

① （清）昭梿撰，何英芳点校《啸亭杂录》，中华书局1980年12月第1版，序言第2页。

跌宕曲折的爱情故事。西林春乃"罪人之后",祖父鄂昌是鄂尔泰之侄,鄂尔泰去世后,西林觉罗家族也渐趋衰落,乾隆朝鄂尔泰门生胡中藻"坚磨生诗案"发,牵连师友,鄂昌被赐自尽。家败后,西林春之父沦落天涯,为人幕僚,后回北京定居。西林氏家虽败但诗书未败,西林春自幼学习诗书,精通音律,因与荣纯亲王府有旧亲,故时有往来。奕绘和西林春相识后互相爱慕,但碍于限制和压力,没有能够马上结合,奕绘《浣溪沙·题天游阁》三首之二云:

此日天游阁里人,当年尝遍苦酸辛。定交犹记甲申春。　旷劫因缘成眷属,半生词赋损精神。相看俱是梦中身。①

按,甲申年应为道光四年(1824),奕绘时年26岁,与西林春同庚,此年西林春更顾姓,并嫁入王府,成为奕绘侧室,故此"定交"之意应为结婚。但他们相识的时间应很早,奕绘《南谷樵唱》卷一《生查子·记梦中句》有"相见十年前,相思十年后"之句,显系情词,但绝不是写给妙华夫人,应是写给西林春的。再如《绮罗香》云:

绿颤钗虫,红移绣凤,犹记那人娇小。瘦削身量,容下春愁多少?凭寄取,两线三针,便见透,千灵百巧。直回伊,几句相思,今番拼得被花恼。　新诗温李格调,写在衍波笺上,签儿封好。蜜意蜂情,埋怨不来青鸟。消宿业,七卷《莲华》,践旧盟,一年芳草。算从头,雨梦风怀,有情天亦老。②

一句"犹记"可见时间过去已然不短,整首词也基本都是作者的回忆,这种氛围和格调,显然是在追忆往昔的甜蜜爱情故事。

可以这样说,奕绘和西林春的婚姻是建立在互相倾慕尊重、自由爱恋的基础上的。在封建礼教森严的古代社会,他们的结合不仅打破门第身份的限制,也冲破了礼教的束缚。据张菊玲先生《旷代才女顾太清》一书统计,两人互相唱和的诗词有一百一十余题,数量极多。兹举一题,西林春《春日忆南谷》云:

去年三月游南谷,满涧夭桃散绮霞。
今日山中春几许,料应开到野棠花。
微荫小阁凝青霭,细溜仙源漱白沙。

---

① (清)奕绘撰《南谷樵唱》卷一《浣溪沙·题天游阁》三首之二,张璋编校《顾太清奕绘诗词合集》,上海古籍出版社1998年12月第1版,第655页。
② (清)奕绘撰《写春精舍词》,张璋编校《顾太清奕绘诗词合集》,上海古籍出版社1998年12月第1版,第410页。

第九章 乾嘉时期的宗室诗坛

拟欲藏书南北洞，洞庭禹穴不须夸。①

再看奕绘的和作：

去岁春游大南峪，楼梯栏对蜜蜂房。
六株银杏初生叶，两树红梨正放香。
秋半兴工拆佛宇，春来督役起玄堂。
斧斤莫损前朝柏，绕屋清荫十丈长。②

南谷即大南峪，是两人驻足流连的地方，最后被选定为他们死后的墓地。奕绘和西林春为日后陵寝的选址、设计、建筑花费巨大的精力，南谷陵寝有所谓的"大南峪十景"，其中他们最喜欢的如信述山楼、霏云馆、清风阁、大槐宫等，时见吟咏中。

奕绘和西林春两人感情深挚，但看他们各自字号和诗词集的命名，即可觇见："太素贝勒奕绘，荣纯亲王永琪之孙也。风流文采，结识名流。侧室顾太清氏，才华绝世，所为词《东海渔歌》，与贝勒之《西山樵唱》（实为《南谷樵唱》）取名对偶。闺房韵事，堪比赵管。"他们的诗集起名亦同此类，西林春诗集《天游阁集》、奕绘则为《明善堂集》；西林春字子春，号太清、云槎外史，奕绘字子章，号太素、幻园居士。这种对仗绝对不是巧合，而是故意为之。

奕绘嫡福晋妙华夫人，赫舍里氏，父福勒洪阿，字乐斋，能诗，惜未见诗集传世。徐松《西域水道记》卷五载其诗一首："久戍边城客似家，而今雁爪尽天涯。殷勤说与残翁仲，不是前朝旧鼓笳。"这是福勒洪阿任伊犁领队大臣时所作，时嘉庆二十一年丙子（1816），他再次出使伊犁，奕绘写诗赠行，他有答诗一首，今附奕绘《观古斋妙莲集》原诗后。福勒洪阿无子，妙华夫人为其爱女，也颇知文学。但不见有诗，也未见奕绘与其赠答之作。她去世时，奕绘写下《鼓盆歌》悼之，兹取两首：

一十八年空怅望，百千万劫偶遭逢。
有情居士无生法，手把金经和泪封。（其三）

惆怅当年玉马歌，龙文一寸水生波。
与君暂作黄泉佩，金碗人间故事多。（其六）

---

① （清）顾太清撰《天游阁诗集》卷三，张璋编校《顾太清奕绘诗词合集》，上海古籍出版社1998年12月第1版，第48页。
② （清）奕绘撰《流水编》卷九，张璋编校《顾太清奕绘诗词合集》，上海古籍出版社1998年12月第1版，第575页。

奕绘对佛、道两家皆有研究，妙华夫人也笃信佛教，所以他将夫人亲手所抄《遗教经》及二人年轻时共同喜爱的白玉马随妻殉葬，作为黄泉相见的信物，以期再结来生之缘。就在妙华夫人去世七年之后，奕绘偶见旧日铜瓶，想起十六年前妻子曾瓶插兰桂秋棠各一枝寄送之事，不胜感怀，作诗一首云：

兰与桂兮秋之棠，高士美人秾澹装。
十里惠予秋色远，三分平占晚风凉。
同衾骨肉为黄土，隔世欢娱付北邙。
今日看花满眼泪，天长地久恨茫茫。①

前四句是旧时所作，诗稿不存，作者但凭记忆想起，内中充满往昔甜美生活的回忆。后四句对比今昔，昔日娇怯的妻子早成泉下之人，一忆及此，悲怆满怀。奕绘作此诗时三十八岁，两年之后他亦随妙华夫人于泉下。

奕绘还善于在诗中抒写心境对人事的看法。末世将至，痴顽愚钝者仍沉浸在纸醉金迷中寻找感观和物质的刺激，而通达哲慧之人却早已预见安定现实下的波涛汹涌和不可逆转必然倾覆的命运。清后期宗室子弟集中展现了这两类精神风貌：一类不惜倾家荡产以追求繁华的刺激，醉生梦死；一类怀着深刻的洞察早早脱离权力的漩涡，抽身隐退，淡然自守。奕绘是后者。他的《古诗》三十首之十一云：

人生若朝露，中年念将老。阅世怀孤愤，浮名安足道。文章诚末技，称心固为好。神仙信有之，下士苦不晓。既闻还丹诀，愿餐金光草。超然返大化，独立万物表。②

相信，在道经佛偈中寻求安然，不是奕绘的本愿。但国势日衰，战事日起，被边缘化的宗室子弟报国无门，又不时被排挤和压制，稍有作为，就有可能转瞬祸起。奕绘虽为乾隆嫡系子孙，但他周围的宗室子弟所遭受的对待，他不可能不知道。这样的现实，或许只有采取消极不作为的生活方式，才能够得到现世安稳。况且，奕绘一支系出永琪，永琪二十六岁薨，其子绵亿幼孤，身体羸弱，亦仅生奕绘一子，奕绘也不是很健康，经常生病。这种家族历史带给他对人生无常和生死的哲理性思考也令他对建功立业没有什么大的期待，他的《莺啼序·池上言志》云：

---

① （清）奕绘撰《流水编》卷十二《道光元年秋日入直，……默忆旧诗前四句，补成一章》，张璋编校《顾太清奕绘诗词合集》，上海古籍出版社1998年12月第1版，第606页。
② （清）奕绘撰《流水编》卷五，张璋编校《顾太清奕绘诗词合集》，上海古籍出版社1998年12月第1版，第511页。

第九章　乾嘉时期的宗室诗坛

清池夜来雨过，长新萍无数。破凝碧，款款蜻蜓，飞来还又飞去。映画阁，光浮藻影，花梢冉冉斜阳暮。感人生，无异朝露。　子夜登车，丁年佩印，受寒风暑雾。每自问，半世羸躯，殉人何事自苦。官初成，仲翁病告；秩未熟，渊明词赋。古之人，思重其身，渺焉予慕。　莎阶蚁战，蜜桶蜂酣，尚决然出处。君不见，云间野鹤，独远尘世；水里游鱼，不思林麓。任天者逸，知天者乐，狂吟大醉三千首。尽风流，文彩惊人句。朝簪脱后，镜中未见霜毛，俯仰一笑今古。　南山种豆，曲水流觞，引高情趣。却远胜，羔裘五緎，退食委蛇；虎钮三斤，铃书旁午。悠游万卷，商量千载，孟光喜逐梁鸿隐，更门生、儿子同欢聚。殷勤问字人来，载酒相看，定然不拒。①

《莺啼序》是长调中的巨制，奕绘将其心境娓娓谈述。第一叠是为总起，一句"感人生，无异朝露"托兴全篇；第二、三、四叠分别历述他对权力、理想、出处、亲情、友朋等的看法。奕绘是淡然的，甚至可以说在富贵荣华和生死之间他是觉悟的。他在人生的最后一个生日那天写道："往古阿僧只数劫，现今三十九年人。眼前富贵虚浮影，腹里诗书浩荡春。沧海会移陵作谷，岘山何必泪沾巾。道场来处维摩诘，歌舞丛中示化身。"②不知这首诗算作达观，还是算作谶语。

二　奕绘的写实之诗

奕绘之所以被称为"没世奇才"，不仅因他敢于突破限制和爱恋的女子结合，对功名利禄的淡然超脱，对友朋肝胆相照，更表现在他对隐藏的社会危机的敏锐感知，以及对社会黑暗现状的无情揭露。奕绘生活的嘉道时期，虽还没有掀起风起云涌的起义风潮，但此起彼伏的内外危机已使国家走入衰落的轨道，八旗内部以及汉族官僚阶层无不弥漫着奢靡纵欲的风气。奕绘在《两富翁》中写道：

昔识两富翁，不欲其名传。一翁官最显，起宅东华门。庖厨拟六局，郊西有名园。身死无十载，奇穷不可言。诸孙长纨绔，能富不能贫。遗金如雨散，积债若云屯。日昨有债师，迫见中堂间。空床铺破席，瓦灶倚沙盆。问胡不觍面，苦乏买水钱。何不洗于池，不惯凉水浑。但知卖老宅，广聚优伶人。一翁官太守，苏广历大藩。任满抽身归，起宅皇城根。长箫截翡翠，年老花枝新。两儿肖其为，豪华艳神仙。十年家渐落，廿载赤若焚。

---

① （清）奕绘撰《南谷樵唱》卷二，张璋编校《顾太清奕绘诗词合集》，上海古籍出版社1998年12月第1版，第672页。
② （清）奕绘撰《流水编》卷十三《生日次太清韵》，张璋编校《顾太清奕绘诗词合集》，上海古籍出版社1998年12月第1版，第616页。

……我年未四十,世事阙见闻。然如两翁比,弗克一一陈。①

奕绘所言为其亲眼所见,诗中更有"然如两翁比,弗克一一陈"句,这样的例子太多了。正如他所说"弓矢与农工,可以保家身。文章与道德,可以活万民。金银与田宅,可以殃子孙",奕绘的清醒是值得佩服的,但可惜他也没能生个好儿子。他的长子载钧在其去世后,赶其庶母弟妹出府,败家挥霍,奕绘最爱之泉被他填死不说,就连奕绘生前亲手设计并建造的安息之地,都被他拆毁。西林春《七月七日先夫子小祥,率儿女恭谒南谷,痛成二律》小注:"南谷丙舍有大安山堂、霨云馆、清风阁、红叶庵、大槐宫、平安精舍,皆先夫子度其山势,因其树木而构之。及阑干、窗棂,皆自画图而制,并题额赋诗。予每从游,皆宿于清风阁。今大槐宫、平安精舍尽为长子载钧所毁,且延番僧在清风阁作法以祓除。"②

奕绘用诗描写末世贵族家庭兴衰成败的脸谱,为世人敲响警钟,他的《江神子·听梨园太监陈进朝弹琴》借陈进朝之口说:"牢记乾隆、嘉庆受恩深。一曲汉宫秋月晓,颜色惨、泪涔涔。老奴空抱爱君心,借长吟,献规箴。遍弹《鹿鸣》《鱼丽》戒荒淫。"③像这样描写现实,加以劝谏的诗还有如《苦旱》六首,其六云:

辛卯旱无麦,壬辰旱无禾。新疆再出师,永州新弄戈。三江两湖水,饥民飘荡多。军需与赈费,奈此凶年何?我生百无补,悲来聊永歌。预恐明年旱,大树成枯柯。④

诗歌表达他对家国命运的担心,同时对社会底层人民的命运也给予深切同情。其《恤灾》云:"奴隶厌粱肉,薰莸杂臭馨。恤灾兼愤世,无术解天刑。"⑤ 但限于认识程度,他虽有"愤世"之心,却仍旧不能透视所面对的这一切的根本原因,将之归于"天刑"。奕绘信奉佛教,众生平等的思想对他影响很深,他对普通下层百姓和市井小人物也倾注了关切。他在《食瓜》中云:"云何最苦蒂,甘露从中来。王侯达乞丐,释渴同一枚。证我平等观,题诗告婴孩。"⑥

---

① (清)奕绘撰《流水编》卷八,张璋编校《顾太清奕绘诗词合集》,上海古籍出版社1998年12月第1版,第548页。
② (清)顾太清撰《天游阁诗集》卷五,张璋编校《顾太清奕绘诗词合集》,上海古籍出版社1998年12月第1版,第106页。
③ (清)奕绘撰《南谷樵唱》卷三,张璋编校《顾太清奕绘诗词合集》,上海古籍出版社1998年12月第1版,第686页。
④ (清)奕绘撰《流水编》卷五,张璋编校《顾太清奕绘诗词合集》,上海古籍出版社1998年12月第1版,第516页。
⑤ (清)奕绘撰《流水编》卷六《恤灾》,张璋编校《顾太清奕绘诗词合集》,上海古籍出版社1998年12月第1版,第527页。
⑥ (清)奕绘撰《流水编》卷四,张璋编校《顾太清奕绘诗词合集》,上海古籍出版社1998年12月第1版,第500页。

他的诗歌还记载很多"市井小民"的感人故事，如《棒儿李》讲述的是一位南京卖艺人襄助一位福建驻防旗人归乡的感人故事，诗云："我时年少心肠热，许助东归鸭绿水。三木地上支鼓腔，三棒空中落还起。一日度长江，十日度黄河。食分患难友，口唱凤阳歌。……友人中途已抱病，扶持到家亦天命。入门三日死正寝，恸哭声摧鼓皮迸。……东京往还十五年，南京流落北京边。有兄有嫂不得见，旅食他乡谁见怜。"诗人怀着满腔的同情如实记述棒儿李的故事，最后他感叹"世间翻云覆雨诸君子，远愧街头棒儿李"①。另外，他对贫苦大众充满同情和无奈的诗还有《挖煤叹》：

山间一簇人耶鬼？头上荧荧灯焰紫。木鞍压背绳系腰，俯身出入人相尾。穴门逼狭中能容，青灰石炭生其中。盘旋蚁穴人如虫。移时驼背负煤出，漆身椒眼头蓬松。我立穴上看，深怜此辈苦。因令僮仆前，转责煤窑主。汝坐享其利，视彼陷网罟。人无恻隐心，何以为人父。窑主依我言，按分青钱数。数付挖煤人，令彼去息午。挖煤人得钱，足蹈而手舞。饥不市糕馍，劳不息茂树。且去向村头，酒肉充馋肚。腹果有余钱，聚伴群相赌。移时钱尽心如灰，又向窑中去挖煤。②

显然，奕绘继承了元白新乐府写实讽喻的精神，但生活在十九世纪初的他，诗歌中又体现另外一种倾向。白居易也有类似题材的歌咏，描写了卖炭翁伐薪烧炭的艰苦生活，和锦衣玉食的贵族阶层形成鲜明的对照，来表达对剥削的控诉。奕绘不然，诗中他对挖煤工人寄予深刻的同情，并勒令窑主发给他们工钱，但工人们没有将这些辛苦劳作换来的钱用去生活，而是大鱼大肉饱餐一顿。奕绘并没有直接表达对这一现象的看法，但显然，这结尾是寄托着深意的。这让我们想起孙中山，想起鲁迅，造成中国积贫积弱这种现象的难道只有穷奢极欲的统治阶级么？正是带着这样的问题，二位先生放弃学医转而投入革命。国人最需要治疗的不是身体上的病，而是精神上的"病"！民智不开，国家和民族哪有希望和未来？仅靠一些外来的扶持和救济，是不可行之永久的。

---

① （清）奕绘撰《流水编》卷十，张璋编校《顾太清奕绘诗词合集》，上海古籍出版社1998年12月第1版，第586页。
② （清）奕绘撰《流水编》卷二，张璋编校《顾太清奕绘诗词合集》，上海古籍出版社1998年12月第1版，第363页。

第十章 西林春与八旗女性诗歌

清代的女性诗坛可谓人才辈出，百花并艳，仅胡文楷先生《历代妇女著作考》中著录的清代女性作者就达三千六百余家，是之前所有朝代女性作者总和的十倍，其繁荣程度，足可想见。这也直接影响到八旗女性诗歌创作，从清初的乌云珠、纳兰氏、蔡琬、高景芳，到清中期的希光、佟佳氏、莹川、于修儒，再到清末的西林春、百保友兰、那逊兰保，创作各具神韵。其中如蔡琬、高景芳、西林春、那逊兰保等的创作得到了主流诗坛的认可和赞誉。她们温柔多感、清丽脱俗的吟唱，为八旗诗坛的雄伟壮丽、浩瀚跌宕平添了一抹秀丽和婉美。

第一节 汉军女诗人蔡琬与高景芳

八旗汉军的诗歌创作在清初几十年中，成就是突出的，其中亦不乏一些女性诗歌创作。若以成就和影响而论，蔡琬和高景芳是清初八旗女性诗人的代表。

一 蔡 琬

蔡琬（1695—1755），字季玉，绥远将军蔡毓荣女，户部尚书高其倬继妻，隶汉军正白旗，自署籍贯为辽阳。传说蔡琬之母是吴三桂的宠妾八面观音，与陈圆圆并为国色，后归蔡毓荣，生蔡琬[1]。是否真实不得而知，但蔡琬生而明艳，无书不读，贤明识大体。据李岳瑞《春冰室野乘》所载："夫人濡染家学，诗词之外，兼通政术，文良扬历中外，奏书文移，出自闺房中者居多。"足见蔡琬博学多识，淹通群籍，尤以一介女子却深谙政道，可谓难矣。袁枚《随园

---

[1] （清）王培荀撰，魏尧西点校《听雨楼随笔》卷一"八面观音"条，巴蜀书社1987年10月第1版，第6页。

第十章 西林春与八旗女性诗歌

诗话》中还曾记:"公(高其倬)巡抚苏州,与总督某不合,屡为所倾,而公卓然孤立。咏《白燕》第五句云'有色何曾相假借',沉思未对。适夫人至,代握笔曰:'不群仍恐太分明。'盖规之也。"说明蔡琬才思藻绘,更体现出她练达人情,洞悉世态的能力。她的诗由其子高书勋等辑成《蕴真轩小草》二卷。

蔡琬诗存世较少,但颇多精品,尤其那些咏史怀古之作,大气磅礴、意韵凛然,不似闺阁手笔。其《辰龙关》《江西坡》《九峰寺》《关锁岭》等是回忆其父蔡毓荣当年征战事迹的诗章,悲壮慷慨,沉郁跌宕,如《辰龙关》云:

> 一径登危独悯然,重关寂寂锁寒烟。
> 遗民老剩头间雪,战地秋闲郭外田。
> 闻道万人随匹马,曾经六月堕飞鸢。
> 残碑漉尽诸军泪,苔蚀尘封四十年。①

毓荣乃清初名将,大破辰龙关为清军长驱直入,歼灭吴三桂余部立下赫赫功勋。蔡琬经过此地,回首当年事,写下此诗。诗写辰龙关"一径登危"的险要,大有"一夫当关,万夫莫开"之势,侧面烘托出蔡毓荣当年这场恶仗的激烈程度。她感慨今夕,想起父亲当年功勋,和今日被罪之对比,不禁悲从中来。蔡琬吊古咏怀诗苍劲慷慨,沉郁悲壮,笔力雄健,格调深婉,在女性作者中罕有其匹。另如《关锁岭》云:

> 山从绝域势遥分,天限西南自昔闻。
> 烽静戍楼狐上屋,风喧古木鹤惊群。
> 横盘石磴危通马,深锁雄关冷护云。
> 叱驭升平犹觉险,挥戈谁忆旧将军。②

这首较上作起笔更为高绝,气势可比拟"天门中断楚江开,碧水东流至此回",恢弘壮阔的场景描写,如在眼前。这样的"燕许大手笔",放在男性诗人手中,能以此峻嶒骨力出之者,相信也不多。

蔡氏一门皆尚风雅。蔡琬祖父蔡士英,字伯彦,号魁吾,明末随祖大寿降清,历官至漕运总督、兵部尚书,谥襄勤,在巡抚江西时曾辑录历代歌咏滕王阁诗为《滕王阁集》十三卷。蔡毓荣,字仁庵,历官至湖广总督,康熙十七年戊午(1678)授绥远将军征云贵,后因事革

---

① (清)铁保辑,赵志辉校点补《熙朝雅颂集》余集卷一,辽宁大学出版社1992年6月第1版,第1668页。
② (清)铁保辑,赵志辉校点补《熙朝雅颂集》余集卷一,辽宁大学出版社1992年6月第1版,第1669页。

职，有《通鉴本末纪要》八十一卷，史学著述中也属洋洋大观者。蔡琬之兄蔡珽，字若璞，号禹功、无动居士、松山季子，康熙三十六年丁丑（1697）进士，累官至吏部尚书兼翰林院掌院学士，有《守素堂诗集》。琬博闻多识，诗文兼擅，与其家学有关。类似蔡氏家族这样接连几代都雅擅文艺的八旗世家不胜枚举，完全可以做更加集中、深入的研究，此不赘述。

当然，作为贵族女性，这些雄浑壮美的作品并不是她创作的主流。她的一些写景抒情、咏物记事的小诗秀美中蕴端庄、清丽中有古气、寂历中含深婉，更能突显她柔美端丽的闺秀气质，兹举两例：

> 云遮碧落远濛濛，海静波澄望欲空。
> 几簇亭台烟树里，一痕山色有无中。
> 可胜细草漫天绿，胜见孤莲照水红。
> 郑重危楼休竟倚，朱栏西角有凉风。
> ——《登海天阁》

> 九蕊真珠百叶鲜，半含清露半笼烟。
> 十分春占清明后，一种妍争芍药先。
> 舞袖乍飘翻锦绣，彩云不散拥神仙。
> 生花未梦江淹笔，敢拟转裁五色笺。
> ——《牡丹》①

这类诗谐美婉约，澄澹清丽，虽不如那些溢满豪气的作品，但却是闺秀诗人创作的主流。

二　高景芳

比蔡琬略晚，汉军旗中出现一位备受瞩目，诗才卓荦的女诗人高景芳。景芳为高其倬之兄高其位的曾孙女，字远芬，闽浙总督高琦之女，一等侯张宗仁妻，有《红雪轩诗文集》六卷，康熙五十八年己亥（1719）精刊本。其弟高钦辑评，前有张宗仁、高钦序及自序，共收诗五百多首。

高景芳不仅是位诗人，也是位散文家。她的诗文集各体兼备，尤工骈体文，其自序骈文言辞典丽凝重，显示了她的博学多识。景芳幼承家学，自谓"幼即耽古什"，并且恪守女教，"才知雒诵，早删郑卫之邪；初解微吟，便嗜韦陶之洁，所以在笥在架，丹黄悉是雅音；因而

---

① （清）铁保辑，赵志辉校点补《熙朝雅颂集》余集卷一，辽宁大学出版社1992年6月第1版，第1670页。

第十章 西林春与八旗女性诗歌

随笔随心，挥洒无非妙景"①，可见，她对所读书籍的取舍十分严格。出嫁后，主持家政之余不辍吟咏，其夫张宗仁常与之"商榷声调，推敲字句"，称其为"闺中益友"②。

高景芳诗歌大多为思念亲友之作。她自远嫁江南，便与亲人万里隔绝。她怀念已逝父母长兄、思念远乡弟妹的诗作动辄三五首，且多以组诗面目出现，如《七思》就是追忆七位亲人的作品。这些诗歌展现了女诗人情深意厚、哀婉缠绵的情思，细腻平实。其《思亲》云："白云盼断海南天，衰绖何心整翠钿。属纩未临官署里，招魂应在大江边。阳关重叠生离曲，蒿里凄凉死别篇。尘世光阴真电露，思亲脉脉泪潸然。"③ 描写她接到亲人去世消息时那种痛彻心扉的感受和欲吊难行的无奈。这种悲怀难禁、遥思深寄的情感基调是她思亲诗基本的风格特点。她的这类诗善于抓住微小细节对人物感情、心理进行刻画，颇具感人力量。其《寄王氏大姊》中云"戏调脂粉曾涂额，笑赌金珠亦握拳。本谓相将似形影，讵知分散隔山川"④，通过回忆二人幼时生活琐事，将儿时的形影相伴和现在的关山阻绝做了鲜明的对比，凸显而今思念关切之情。她规诫子女的诗歌，温婉中蕴庄严，端穆温清，又不失慈母的和蔼和望子成龙的热切，"既见尔生，渐望尔长。保抱携持，如珠在掌"⑤、"勤习纂组，考求诗篇。言勿外出，事无自专"⑥，谆谆叮嘱，如在耳旁。其《女宜男年甫七龄，颇知孝敬，因予诗二首》其一，更将细节刻画和语言功力发挥到极致，诗云：

> 步趋安雅性和同，朝夕依依绣阁中。
> 字识一函将就传，衣胜三尺乍成童。
> 聪明已解娱亲意，娇小宁烦课女工。
> 闲向妆台学涂抹，细将珠翠比玲珑。⑦

诗中既将自幼教养有加的侯门小姐所具有的温柔娴静的个性点明，还将小女儿天性中爱美的娇憨之态栩栩托出，自然生动。

高景芳作为一个颇有识见的贵族才女，通达经史，对历史上著名女性关注深入。她记述历代优秀女性的诗篇尤多，她以这些女性的品格行动作为自己言行之楷模，也以此为家中女子立范。但碍于限制，她的一些观点远不能脱离封建伦理的枷锁，她在《伤清照》诗中评价李清

---

① （清）高景芳撰《红雪轩稿》自叙，《四库未收书辑刊》第八辑第 28 册，第 10 页。
② （清）高景芳撰《红雪轩稿》张宗仁叙，《四库未收书辑刊》第八辑第 28 册，第 2 页。
③ （清）高景芳撰《红雪轩稿》卷四《思亲》，《四库未收书辑刊》第八辑第 28 册，第 124 页。
④ （清）高景芳撰《红雪轩稿》卷三，《四库未收书辑刊》第八辑第 28 册，第 91 页。
⑤ （清）高景芳撰《红雪轩稿》卷二《示谦儿四章》之三，《四库未收书辑刊》第八辑第 28 册，第 58 页。
⑥ （清）高景芳撰《红雪轩稿》卷二《示女四章》之一，《四库未收书辑刊》第八辑第 28 册，第 59 页。
⑦ （清）高景芳撰《红雪轩稿》卷四，《四库未收书辑刊》第八辑第 28 册，第 125 页。

照再醮的行为,"翀天而绝诚上策,不然缟素甘长只"①,她认为李清照在丈夫死后要么以死相殉,要么就应该缟衣守节,总之再嫁是不对的。这种论调显然不进步,但联系时代背景,也似乎不能过于苛责。她有些思想也较为开明,如她赞赏缇萦救父,使得肉刑得以废除,称其"闺门异人"②。在赞赏谢道韫时,对她"拔刀怒升车,杀贼不旋踵。方知大经纬,谬以风絮重"③的英勇行为赞不绝口。可见,高景芳虽然礼教上难脱枷锁,但不乏八旗女性的热血豪情,毕竟这种民族个性是与生俱来的。

她的豪迈个性还体现在她的古体诗创作上。她的古体诗历来为世所重,《名媛诗话》中称"古诗闺阁擅场者虽不甚少,而畅论时事,恍如目睹者甚难多得。汉军高景芳……笔力雄健,巾帼中巨擘也"。其《输租行》极得赞誉,诗云:

驴驼口袋牛挽车,天阴防雨宜重遮。农人惜米如珠宝,官府视米同泥沙。不辞淋尖与加耗,早赐收取容归家。愿存升斗买粗布,聊与妻儿补破袴。尽情倾倒实堪怜,羞涩反遭仓吏怒。驱牛出城口吻干,无钱沽酒挡风寒。辛苦回来夜将半,细嚼筐中草头饭。④

沈善宝评此诗时说"切中民间疾苦,与四川西充马韫雪士琪《大梁霪雨吟》相似。……高夫人写官吏之横暴,马、黄二夫人写小民之流亡,皆不失忠厚之旨"⑤。她的七言古诗格调深婉,意味隽永,尤能借古喻今,其夫张宗仁十分欣赏,称其"间有讽喻,莫不忠厚悱恻,能使闻者憬然自悟,确乎古风人之遗"⑥。如其《结交行》:

骈阗车马喧朝暾,主人金多位亦尊。广筵清歌夜继日,日中酒醒犹惛惛。此时看君重意气,千金一掷不惜费。捧槃执耳皆时髦,促膝倾心尽朝贵。忽然失势家渐贫,朱门昼闭无一人。邻翁借问当年客,趋炎又向金张宅。⑦

高景芳是女子中有识见者。张宗仁是清初名将靖逆侯张勇之孙,张云翼之子,好客乐施,挥金如土,不到二十年家产几挥霍殆尽。高景芳预先在家资充盈时埋于花园三十万金,才使得

---

① (清)高景芳撰《红雪轩稿》卷二,《四库未收书辑刊》第八辑第 28 册,第 76 页。
② (清)高景芳撰《红雪轩稿》卷二《怀古》十首之五,《四库未收书辑刊》第八辑第 28 册,第 67 页。
③ (清)高景芳撰《红雪轩稿》卷二《怀古》十首之七,《四库未收书辑刊》第八辑第 28 册,第 67 页。
④ (清)高景芳撰《红雪轩稿》卷二,《四库未收书辑刊》第八辑第 28 册,第 73 页。
⑤ (清)沈善宝撰《名媛诗话》卷二,王英志主编《清代闺秀诗话丛刊》,凤凰出版社 2010 年 4 月第 1 版,第 1 册第 371 页。
⑥ (清)高景芳撰《红雪轩稿》张宗仁叙,《四库未收书辑刊》第八辑第 28 册,第 3 页。
⑦ (清)高景芳撰《红雪轩稿》卷二,《四库未收书辑刊》第八辑第 28 册,第 71 页。

第十章　西林春与八旗女性诗歌

张氏后人免遭困厄，得以袭爵①。"闺秀诗集，开卷每多律绝，古体恒不多见，气力究有所不胜也"②，高景芳则不然，她的诗中古诗体不少，且艺术价值和思想价值都较高。她的一些讽世寓言体诗歌，借古写今，阐明人生道理，具有一定的思想深度。如《黔之驴》，诗人先讲述黔之驴的寓言故事，既而联系到世间"俗士"大多为"大言欺人腹栩然，不知何事为匡济"③之人，可谓针砭之语。

作为贵族女性，她足不出户，接触社会的程度和范围都比较有限。但她诗中表露的生活点滴，对我们了解清初贵族女性日常生活、精神娱乐等，很有帮助。如其《食指甚众，月需口粮顷因点金无术，偶尔过期，而一二老成反多怨咨之语，赋此志感》诗中有云："人惟求旧语相传，蒙养恩深数十年。况是餐飨原不废，岂因升斗便哗然。……门墙巍焕橐囊虚，此际踌躇计已疏。月削日朘愁薄俸，朝三暮四愧群狙。"④是对自己嫁入张门前后二三十年间家势兴衰的客观记录，从繁花锦簇到生计益难，多像《红楼梦》中贾府的命运。兴衰成败，千古一辙。

还有一诗颇堪玩味，康熙朝多次对西域用兵，其间张宗仁本有意请缨前往，但高景芳力阻之，尝作规劝诗一首：

　　文弱难如定远班，况闻西域近犹艰。
　　寒能堕指欺貂锦，远要犁庭过玉关。
　　水草并非边地土，燕支还是汉家山。
　　封侯已足承先泽，欲报恩惟书卷间。⑤

这首诗本身并不起眼，但内容颇值深思。我们知道，八旗铁骑横扫南北靠的就是勇武之力，这本是八旗世家，尤其是将门之后的看家本领。但看高景芳怎么说，"文弱难如定远班，况闻西域近尤艰"，飞虎卜将的后人不出三代就已文弱不堪盔甲，其余更不必侍言。尾联云"封侯已足承先泽，欲报恩惟书卷间"，可以看出，自康熙中期开始，上层贵族阶级就已经从入关初期那种踊跃从戎、跃马弯弓的气格，日益趋向偃武修文了。

"不管是伤春悲秋，还是国破家广，不一定都是生活的常态。在一个女子的生命历程中，她要面对的是更为琐细的内容。琐细的内容可能没有什么诗意，因此往往不会引起特别的关

---

① （清）袁枚撰《袁枚闺秀诗话》卷一第二十二则，王英志主编《清代闺秀诗话丛刊》，凤凰出版社 2010 年 4 月第 1 版，第 1 册第 67 页。
② （清）雷瑨、雷瑊辑《闺秀诗话》卷六，王英志主编《清代闺秀诗话丛刊》，凤凰出版社 2010 年 4 月第 1 版，第 2 册第 1046 页。
③ （清）高景芳撰《红雪轩稿》卷二《黔之驴》，《四库未收书辑刊》第八辑第 28 册，第 72 页。
④ （清）高景芳撰《红雪轩稿》卷四，《四库未收书辑刊》第八辑第 28 册，第 129 页。
⑤ （清）高景芳撰《红雪轩稿》卷四《良人有请缨之意，诗以阻之》，《四库未收书辑刊》第八辑第 28 册，第 128 页。

注,然而,从理论上说,诗意是无穷的,如果有女作家能在这个看似平淡的生活中进行开掘,当然也就能建立新的文学传统。"① 张宏生先生的这段论述颇中肯綮,尤其是对清代女性文学的细致研究、深度挖掘、逆向思维上,都具有极好的指导意义。作为承平时期的贵族女性,她们没有经历亡国易代之悲,也没能经历刻骨铭心之爱,她们的创作来之于最为日常的生活。也正因此,她们的作品不会比附任何形式的感情,而是真实记录生活中的点滴,胜人之处反就在于日用和平凡。高景芳诗歌既有对日常起居的记录,也有温雅风趣的闺阁生活,她一首观画小诗就这样写道:

> 乱峰高下拥云鬟,烟树迷离水郭间。
> 记得舟从京口过,雨中细认米家山。②

米芾是北宋著名书画家,擅长枯木竹石和山水,其画风烟云掩映,天真平淡。高景芳不愧多才,起首两句便可深谙米芾画作的神髓,诗境与画境相得益彰。末两句诗人将思绪拉回过去,从回忆中探寻画作在脑海中的痕迹,在感官上将过去与现在结合起来,手法新奇。她的一些咏物摹景的小诗,借所咏事物展现自己的性格品质,如《芳兰》《松涛》等,以其坚贞雅静的品质自励,格调高洁,风格清丽肃穆,较有特色。

高景芳还是优秀的女词人,现存词作一百七十多首。她的词与诗一样,多描写闺阁日常琐事,赏花看月、针黹女红、训儿诫女、思亲念友等。但一些词也颇有古意,悲慨沉郁,其《曲游春·清凉山》上阕云:"虎踞关前路,近土冈西去,青山相接。古寺残碑,纪当年曾是,六朝宫阙。旧事浑难觅,剩一片、夕阳黄叶。更几堆、破瓦颓垣。不见望仙踪迹。"③ 虽然,高景芳没有经历朝代更迭,对王朝易代之悲的理解并不深刻,但面对遗迹,对比今夕,仍不免生出历史兴替的深沉慨叹。这首词是她较为优秀的作品,和一些典型的女性词比较,艺术上的意境也都还可取。

第二节 满洲女诗人西林春

西林春(1799—1877),又名顾太清、顾春,创作诗、词、小说、绘画等作品时,又自署

---

① 张宏生《日常化与女性词境的拓展——从高景芳说到清代女性词的空间》,《清华大学学报》(哲学社会科学版),2008 年第 5 期,第 80 页。
② (清)高景芳撰《红雪轩稿》卷五《观米海岳山水》,《四库未收书辑刊》第八辑第 28 册,第 135 页。
③ (清)高景芳撰《红雪轩稿》卷六《清凉山》,《四库未收书辑刊》第八辑第 28 册,第 190 页。

过西林太清、西林春太清、太清春、太清西林春、云槎外史等，晚年署太清老人椿、天游老人。她字梅仙，本西林觉罗氏，隶镶蓝旗满洲，因是罪人之后①，又非府中包衣，所以在成为贝勒奕绘侧室时，报送宗人府冒顾姓。又因奕绘字子章，号太素，为与之相配，遂字子春，号太清。西林春雅善诗词、工绘画，著有诗集《天游阁集》，词集《东海渔歌》，小说《红楼梦影》，传奇《桃园记》《梅花引》。

西林春家族在其父辈便已中落，到她这一代生计更为艰难，她少女时期与父亲为了生活到处奔波，足迹遍及江南、福建、广东等地。其间虽历尽困苦，却增长了她的阅历和对社会人生理解观察的深广度，也成就了她宽广豁达、乐观处世的情怀。虽家中穷困，父亲鄂实峰并没有放松对西林春兄妹的教育，她与兄长鄂少峰、妹妹西林旭都工文墨，尤其是她妹妹西林旭，沈善宝曾称赞其诗"颇堪压倒元白"②。西林春今存词三百多阙，诗八百多首。词主要是题赠、纪游、咏物，与高景芳相较，西林春诗歌表现范围就深广得多，大凡生活琐事、情感起伏、人生经历、处世感悟皆能入诗。西林春赋性温婉贤淑、坚强客观、见识超拔，诗歌语言真淳清丽、质朴浑成、生动形象，她的创作"清水出芙蓉，天然去雕饰"，具有极强的感染力和鲜明的气质特点。

一 西林春景物诗的清俊之美

西林春一生经历嘉、道、咸、同、光五朝，二十六岁嫁奕绘前颠沛流离，过了十五年幸福的婚姻生活后就一直寡居到老。她的创作以奕绘去世为界，可分前后两期，诗歌内容和风格差别都很大。她与奕绘感情极深，互相倾慕彼此的才华。奕绘去世后，她正沉浸在哀伤无助的愁云惨雾时，又遇家难发作，被逼出府另居，这对孀妇孤子而言可谓雪上加霜。中年后的西林春以抚养儿女、恪尽妇道为生活的全部内容，时而和闺友吟诗出游，以遣愁闷，就是她的娱乐方式。

西林春的诗多半创作于生活的前半期，后期创作数量虽不及前期，但思想性和艺术性都有很大提升。她的诗中体现出对友情的重视、对子女的教育抚养、对山川景色的由衷热爱，尤其是她纪游摹景之作，体现出清新质朴、澹远悠长的境界，具有很高的审美价值。如《东山草堂二首》之一云：

> 春水满池塘，春光入草堂。
> 黄茅初盖顶，紫燕欲窥梁。

---

① 西林春祖父名鄂昌，为清代名臣鄂尔泰侄子，因乾隆胡中藻案牵连被赐自尽，之后其家遂败。
② （清）沈善宝撰《名媛诗话》卷八，王英志主编《清代闺秀诗话丛刊》，第1册第480页。

> 卉木见真趣，图书森古香。
> 濛濛新雨歇，花萼婉清扬。①

东山草堂地处马兰峪清东陵守护府中。这首诗代表她前期创作的基本风格，因生活美满，诗风也轻松愉快，雅丽秀逸，情景浑成，谈不上华丽修饰和深奥的用语，一切出于自然，像一种心灵咏叹。西林春才情很高，沈善宝曾评价她："全以神行，绝不拘拘绳墨。"② 她的语言表达能力极强，不刻意雕琢，却能够在不经意间用最质朴和清丽的语言将深挚复杂的情感表达得淋漓尽致。看似平平无奇，实则大巧若拙。

西林春的诗有着难得的清灵秀逸冲淡之美，这既属于她诗歌风格的体现，也是她对艺术境界的追求，或者也可以说是她人格精神的外化。兹如《上元同过白云观戏赠许云林》：

> 蓬壶阆苑云中见，熟径重来未觉遥。
> 雪裹微山青一抹，风前乍绿柳千条。
> 今无丘祖那能见，世有飞琼竟可邀。
> 谁信神仙才咫尺，更从何处望鸾轺。③

许云林是西林春闺中挚友，亦是"秋红吟社"的始创者之一。这首诗冲淡和平，典丽庄雅，读来竟如瑞雪扑面，清灵非常。胡应麟《诗薮·外编》中曾言："诗最可贵者清，然有格清，有调清，有思清，有才清。……若格不清则凡，调不清则冗，思不清则俗。"④ 凡作诗者，雕镂精美用语华瞻容易，调格清丽意境秀逸反而困难。前者可以靠苦工得到，后者则极需天分秉赋，西林春清逸冲淡之美恰属于后者。诗风之清，是基于其气质之清；诗风之秀，更是基于其人格之秀，与其说是她的诗在感染人，毋宁说是她的人格魅力在感染和吸引读者。

冲淡之美既指语言的娴静优雅，也指意境的超脱隽永，无论是哪一点，在西林春的诗歌中都有着明显体现。奕绘的中道骤逝，对西林春的打击太大，此后她的诗歌创作相当长一段时间都沉浸在痛苦中，弥漫着哀伤和晦暗的气息。同样是南谷美景，在幸福的西林春眼中是"微阴小阁凝青霭，细溜仙源漱白沙"⑤，在悲伤的西林春眼中则变成"阴阴山影下斜阳，惨惨风吹

---

① （清）顾太清撰，金启孮、金适校笺《顾太清集校笺》卷一，中华书局 2012 年 11 月第 1 版，上册第 23 页。
② （清）沈善宝撰《名媛诗话》卷八，王英志主编《清代闺秀诗话丛刊》，第 1 册第 479 页。
③ （清）顾太清撰，金启孮、金适校笺《顾太清集校笺》卷四，中华书局 2012 年 11 月第 1 版，上册第 192 页。
④ （明）胡应麟撰《诗薮·外编》卷四《唐下》，中华书局 1958 年 10 月第 1 版，第 177 页。
⑤ （清）顾太清撰，金启孮、金适校笺《顾太清集校笺》卷二《春日忆南谷》，中华书局 2012 年 11 月第 1 版，上册第 104 页。

缟袂凉"①，前后心怀于此可见。但所幸，因她自幼便饱经悲欢，对痛苦、困顿、无奈都有清醒的认识，对世事无常也有深刻的体察，再加上友谊、亲情的帮助，她渐渐从阴郁中走了出来，没有任一片性灵让愁苦生活磨灭。但心态毕竟是变了，她的诗歌很难再见当年的清灵唯美、俊逸流丽，取而代之的是淡淡的忧愁。即便是一些摹景纪游之作，也染上些许寂寞，蕴藏着洞彻后的禅机哲理，反令她的诗境更上一楼。如《四月八日同屏山、云林、湘佩、家霞仙游翠微山次湘佩韵》云：

> 问水登山几度临，壮游聊可解烦襟。
> 千岩苍翠疑风雨，万木婆娑认浅深。
> 略彴斜通石路曲，远村遥指夕阳沉。
> 相期更约看红叶，敢负同来此日心。②

这首诗清灵隽逸不见了，深沉低回的气韵徐徐而来。西林春这首诗无论是艺术手法还是内蕴风格都较前作更为老成。

二　西林春咏怀诗的感伤之美

西林春早年生活动荡不安，奕绘就曾经感叹"此日天游阁里人，当年尝遍苦酸辛"③。虽然历尽艰难嫁得有情人，但最终未能白头偕老。毕竟，此前的艰苦困厄只是生活状态的不如意，而爱人死亡和亲人背弃则令她备尝世事冷暖。所幸西林春心胸豁达，在经历暂时的低谷后，她带着深刻的人生体验和对社会历史更深切的体认，重新开始一段人生。从此她的创作中感悟沧桑、淡泊名利的超然之心由此而生。

奕绘去世不久，她便受"堂上命"出府另居。出府时无处容身，不得已变卖金凤钗典房一处，母子得以居停。当年春节，家门冷落，多亏（许滇生）赠送银鱼和螃蟹才稍有新年气息。对丈夫去世后的生活惨景，她多次写诗描述，"肠断空有恨，难寄到君前"④、"伤心怕对

---

① （清）顾太清撰，金启孮、金适校笺《顾太清集校笺》卷五《七月七日先夫子小祥，率四儿女恭谒南谷痛成二律》之一，中华书局2012年11月第1版，上册第240页。
② （清）顾太清撰，金启孮、金适校笺《顾太清集校笺》卷五，中华书局2012年11月第1版，上册第258页。
③ （清）奕绘撰《南谷樵唱》卷一《浣溪沙·题天游阁三首》，张璋编校《顾太清奕绘诗词合集》，上海古籍出版社1998年12月第1版，第655页。
④ （清）顾太清撰，金启孮、金适校笺《顾太清集校笺》卷五《己亥生日哭先夫子》，中华书局2012年11月第1版，上册第236页。

闲花柳，泪洒东风不欲生"①、"此情此景言不尽，寒蝉老树哭西风"②。这类诗不仅是抒发自己的悲苦，更是对人情冷暖世态炎凉的人间进行控诉。奕绘长子具体行径已经难知，我们仅能从西林春的一些记载中看出，她被迫出府恐与世子刁难有关，不然也不会在诗歌中用"斗粟尺布"之典。她曾有一诗，诗名较长，可作小序来读，《自先夫子薨逝后意不为诗，冬窗检点遗稿，卷中诗多唱和，触目感怀，结习难忘，道赋数字，非敢有所怨，聊记余生之不幸也。兼示钊、初两儿》，诗如下：

>昏昏天欲雪，围炉坐南荣。开卷读遗编，痛极不成声。况此衰病身，泪多眼不明。仙人自登仙，飘然归玉京。有儿性痴顽，有女年尚婴。斗粟与尺布，有所不能行。陋巷数椽屋，何异空谷情。呜呜儿女啼，哀哀摇心旌。几欲殉泉下，此身不敢轻。贱妾岂自惜，为君教儿成。③

诗中苦闷、委屈、无奈、困顿逐一呈现，诗歌仍旧秉持着她一贯的述事风格，没有雕饰，也没有激愤语，平平述来却足以动人。在这种情况下，兄妹的无间慰问，闺友的无私帮助，给了她莫大的安慰。在他们的体贴照顾下，她终于走出丧夫的阴影。她在《四月十四同家少峰兄、霞仙妹携钊、初两儿游八宝山，以首夏犹清和为韵，成此五首》之三中云：

>晓日笼阴午日晴，近山云敛远山清。
>凭凌院宇神仙界，淡荡风光客子情。
>花发千岩攒锦绣，鸟和百籁听箫笙。
>年来不减登临兴，收拾烟霞过此生。④

寄情山水和注重友情令西林春的晚年生活没有像多数寡居女性一样孤苦无助，备尝凄凉。她重情重义，性情豪爽，尤其与巾帼领袖沈善宝一见相亲，友情持续达三十年。沈善宝先她去世，在为沈氏作的挽诗中，她无比哀伤地写下《哭湘佩三妹五首》，其中两首云：

>卅载情如手足亲，问天何故丧斯人。

---

① （清）顾太清撰，金启孮、金适校笺《顾太清集校笺》卷五《己亥清明率载钊恭谒先夫子园寝痛成一律》，中华书局 2012 年 11 月第 1 版，上册第 237 页。
② （清）顾太清撰，金启孮、金适校笺《顾太清集校笺》卷五《七月七日先夫子小祥率儿女恭谒南谷痛成二律》，中华书局 2012 年 11 月第 1 版，上册第 240 页。
③ （清）顾太清撰，金启孮、金适校笺《顾太清集校笺》卷五，中华书局 2012 年 11 月第 1 版，上册第 233 页。
④ （清）顾太清撰，金启孮、金适校笺《顾太清集校笺》卷五，中华书局 2012 年 11 月第 1 版，上册第 260 页。

第十章　西林春与八旗女性诗歌

平生心性多豪侠，辜负雄才是女身。（其一）

谈心每恨隔重城，执手依依不愿行。
一语竟成今日谶，与君世世为弟兄。（其三）①

沈善宝与西林春皆才高缘悭，命途多舛。相似的身世、个性，令她们成为金兰之交。一句"平生心性多豪侠，辜负雄才是女身"不仅是对两人相似遭遇的悲情诉说，更道出千百年来多少豪情女子才情命运两相妨的惨痛事实。

西林春的诗歌创作，无论是前期还是后期，都可见一种感伤忧郁之美。前期的感伤更多是对人生聚散、时序更替的一种女性敏感思维的触发，她喜爱一切美好的事物，正因为钟情，所以一旦这些美好逝去，就会生出绵邈的忧愁。但她人生后半期，除因为敏感多情引起的伤春悲秋外，爱人病逝、家难陡作、国事艰危等一系列的不美好接踵而来，前期作品中那种隐约的愁郁骤然变得明显且多发。这种伤感是浓重的，切实而深刻的，更是难以言表的，如其《遣怀》云：

造化牢笼触处迷，问谁刮目有金鎞。
本来心似鱼游水，何事身如马絷蹄。
道窘难医原宪病，途穷聊效阮生啼。
幽窗风雨愁思结，几度拈毫不忍题。②

句句无悲愁却句句说悲愁。西林春晚年病目，又为家事所困日夜悲郁。这种愁怀难伸，不仅是她自己的人生写照，更是所有有着自主思想、不愿将人格附加于男子身上、要冲破束缚的女性的内心写照。从精神关怀的角度来看，她们的悲伤和无助如出一辙。

总体而言，她的创作清丽优雅、婉妙多思、清新自然、不尚雕琢，充满女性特质。她的诗将对人生的体验、对自然的热爱、对世事的洞彻、对爱人的痴情、对友谊的真诚熔铸一炉，但却在创作上恪守真我纯粹的特质，不为男性文坛审美理念所拘囿，保持着最真实的气质风格。她在很多时候是忧伤而易感的，但却绝不软弱。她从不轻言放弃，无论是对待生活还是对待爱情，她坚定而认真。尤其在奕绘去世后的几年困顿生活中，她坚强生活，笔耕不辍，生活磨炼了她的意志，她回馈给生活美丽的诗篇。这样的女子不能不让人肃然起敬。

---

① （清）顾太清撰，金启孮、金适校笺《顾太清集校笺》卷七，中华书局2012年11月第1版，上册第356页。
② （清）顾太清撰，金启孮、金适校笺《顾太清集校笺》卷六，中华书局2012年11月第1版，上册第320页。

三 西林春与"秋红吟社"

西林春组织成立的"秋红吟社",是一个突破了血缘、地缘、民族畛域限制,以女性情趣爱好为基础,具有明显的独立创作意识的女性诗社。它正式成立于道光十九年己亥(1839),其实早在道光十四年甲午(1834)便已初步具有诗社的规模。创立初期的成员主要有西林春、项章、沈善宝、许延礽、钱继芬五人,之后又陆续加入了许延锦、栋阿珍庄、富察棟楼、栋阿武庄、西林旭、余庭璧、吴孟芬、张祥、西林春之女以文等,算起来至少有成员十四位。这在女性诗社中,已属于成员较多的了。

"秋红吟社"从立社一直到社事渐歇,大约经历了四年时间,但将诗社的前奏期与尾声期加起来的话历时十多年,生命期已经很长。处于男性话语权社会中的一个女性结社有如此旺盛生命力的原因之一就是这些女诗人之间深厚、牢固的友谊和互助互慰的情感关系。"秋红吟社"是基于友谊和亲谊的双重基础建立起来的,关系也颇为复杂,比如西林春和栋鄂珍庄、富察棟楼之间属姻亲关系,而她与许延锦姊妹则在闺谊的基础上发展成为契亲。"秋红吟社"对西林春来讲已不仅是一个诗社,更是她丧夫的精神避难所,社中姊妹就是她的精神支柱。她们之间的深厚友谊,从诗歌中可见一斑,其晚年所作《雨窗感旧》抚今追昔,前系一序云:"同治元年壬戌(1862)长夏,红雨轩乱书中,捡得《咏盆中海棠》诸作。旧游胜事,竟成天际浮云;暮景羸躯,有若花间晓露。海棠堆案,红雨轩争咏盆花;柳絮翻阶,天游阁分题佳句。今许云姜随任湖北,钱伯芳随任西川,栋阿少如就养甘肃,富察蕊仙、栋阿武庄、许云林、沈湘佩已作泉下人,社中姊妹,惟项屏山与春二人矣!二十年来,星流云散,得不伤心耶!"诗云:

> 最难解处是萦牵,往事思量在眼前。
> 小院连阴成积潦,幽窗兀坐似枯禅。
> 书能引困消长昼,境不如心促短年。
> 回忆旧时诸姊妹,几游宦海几归泉。①

作者时年已六十四岁,诸多好友如许延礽、沈善宝等已然离世,在世的栋阿珍庄、钱继芬也随宦各地,有生之年难得再聚。思及此,西林春不禁泪眼滂沱。友谊是她一生中宝贵的财富,是她在困厄时的心灵归宿。而今老矣,旧友去矣,任是再豁达的人面对此情此景如何不伤悲。这首诗之后,直至去世,她很少再作诗了。

---

① (清)顾太清撰,金启孮、金适校笺《顾太清集校笺》卷七,中华书局2012年11月第1版,上册第357页。

作为一个女性诗社，她们在形制上更为宽泛自由，采取的诗社活动如赏花、绘画、鼓琴、宴饮、寻古探幽、踏青修禊等，也都有着明显的女性色彩。西林春作为诗社的灵魂人物，社集活动多在其居住的"天游阁"与"红雨轩"举行。"秋红吟社"在道光十九年己亥（1839）秋至二十年庚子（1840）春约半年时间内，社集最为频繁。道光二十二年壬寅（1842）西林春举行"海棠诗会"后，社中诸友开始随家人宦居各地，社事渐渐消歇，这个名噪一时的京师女性诗人群体也日益沉寂。

"秋红吟社"是在无男性诗人鼓吹的情况下，全由创作热情和对同志者惺惺相惜的情感结合在一起的一个纯粹的女性结社。虽然还未能彻底脱离家族、门第、地域限制，有一定家族结社习气的残留，但已在很大程度上实现了意识、创作、思想的突围。作为封建女性，自幼接受传统礼教的熏染桎梏，想彻底转变还需要时间、空间等外力的推助。但她们在有意无意中，开创出的这条具有独立色彩的女性文学道路，透露出时代即将剧变前的诸多信号，难能可贵。可以这样说，她们隐约敲响了封建女性文学向近代女性文学迈进的钟声。以太清为中心的这个京师满汉女性诗人圈在女性诗歌发展历史上，也留下浓墨重彩的一页，这是对女性文学创作的巨大贡献，也是对八旗诗歌发展和深化的巨大贡献。

西林春的一生，亲历清王朝由盛转衰的过程，既体验着生死的别离，也体验着战争和动荡，正是在这样的处境中，她的诗才具有不同于男性的深切的生命体验，具有超越一般女子的视野和思维，更拥有颇具女性觉醒意味的自我意识。她以真实内心抒发真情实感，用特有的深婉细腻的感观抒写一个女子的情感体验。她凭借着自信大方、深稳绵丽的创作风格，成为女性文学史上的一朵奇葩。但是，或许正是因为她过于注重描写周围事物和自己的情感而忽视了外部环境的变化，令其诗歌稍显与时代脱节。她所处的时代正是中国发生剧变的前夕，很多矛盾都在酝酿和深化，她在这方面的敏感程度显得不如同时期的一些女性诗人，但这些毕竟不必苛求。

第三节 蒙古女诗人那逊兰保与百保友兰

在八旗汉军、满洲女性诗人竞擅风骚的时候，八旗蒙古中也出现了一些优秀的女性诗人，声名较著者如成峦、杏芬、那逊兰保、百保友兰等，其中那逊兰保和百保友兰成就较高。那逊兰保（1824—1873），字莲友，自署"喀尔喀部女史"，博尔济吉特氏，嫁宗室恒恩[①]。她四岁

[①] 关于那逊兰保的生平问题，杜家骥先生在《清代蒙古族女诗人那逊兰保及其相关问题考证》一文中对其家世、生平等问题进行了详尽的考证。通过查证《玉牒》记载，推翻了前人一直沿袭的那逊兰保为阿拉善王女之说，证明其父为蒙古二等台吉多尔济万楚克。见《民族研究》2006年第31期，第86—93页。

入京居住，七岁入塾，十三岁能诗文，有《芸香馆遗诗》。其外祖母是著名的八旗女性诗人完颜金墀，字韵香，有《绿云轩诗钞》。那逊兰保还曾拜内阁中书巴尼浑的妻子归真道人为师，"我幸身居弟子名，执经问字早心倾"①。其子盛昱晚清政声文名重一时，是著名的八旗文献整理者、诗人、社会活动家，有《郁华阁集》《雪屐寻碑录》《蒙古世系谱》《八旗文经》等。

一 那逊兰保的诗歌内容

那逊兰保自幼聪颖，李慈铭谓其"蕙性夙成，苕华绝出"②，今存诗皆同治五年丙寅（1866）前所作，之后，"内事摒挡，外御忧患，境日以困，遂绝不复为诗"③。她的儿女曾请将其诗刊刻留存，她不赞同，认为自己的诗歌多为"少年所作，率多浮响，不足为后人效"，并说如果能活得长久些，且少家事之累，会益加钻研，"复举所学，陶镕而出之，宜乎可媲于作者"④。中年以后那逊兰保虽不为诗歌，但专读"有用之书"，说明她关心国家大事，专注于经世之学。

那逊兰保现存诗九十多首，咏物占多数，其次就是与亲友交往的酬赠诗，以及抒写一己情怀的咏怀诗。那逊兰保嗜诗成癖，即便写闺情的诗也记载很多她苦吟的情境。她在春天的夜里不忘"闲来得句费推敲"⑤，还曾"偶耽薄饮忘家务，每为微吟误女红"⑥，这些"不务正业"恰恰说明那逊兰保对诗歌的着迷程度。她的《小斋宴坐》，诗情画意两相融：

> 青琴一曲日斜阳，庭院沉沉苔径凉。
> 薜荔青摇花侣雨，琅玕翠脱粉如霜。
> 心清自得诗书味，室静时闻翰墨香。
> 燕子不来春事尽，鬓丝禅榻两苍茫。⑦

这首诗描写闺阁写意生活，突显那逊兰保与翰墨为伴、书香满室的气质。她作诗不当交际工具和名利载体，纯任性情，自肺腑而出，浑然天成。她也不像高景芳，在诗中大量描写闺门针黹刺绣、训儿诲女，也很少说教那些"忠君爱国""贞女节烈"的故事，她的日常生活是在

---

① （清）那逊兰保撰《芸香馆遗诗》卷上《题冰雪堂诗稿》，同治十三年刻本，第11a页。
② （清）那逊兰保撰《芸香馆遗诗》李慈铭序，同治十三年刻本，第3a页。
③ （清）那逊兰保撰《芸香馆遗诗》盛昱跋，同治十三年刻本，第1a页。
④ （清）那逊兰保撰《芸香馆遗诗》盛昱跋，同治十三年刻本，第1a页。
⑤ （清）那逊兰保撰《芸香馆遗诗》卷上《春夜》，同治十三年刻本，第6a页。
⑥ （清）那逊兰保撰《芸香馆遗诗》卷上《春日三首》之三，同治十三年刻本，第6b页。
⑦ （清）那逊兰保撰《芸香馆遗诗》卷上，同治十三年刻本，第10b页。

第十章　西林春与八旗女性诗歌

"拈针权当笔生花"① 和 "身闲又为赋诗忙"② 中度过的。当然，我们也不能因她嗜诗耽搁闺事就说她受封建思想的浸染变少，只能说她在很大程度上对伦理道德进行了有意识的取舍。那逊兰保不以"女子无才便是德"作为立身楷范，对于"才"与"德"，那逊兰保认为："……国风周南冠四始，吟咏由来闺阁起。漫言女子贵无才，从古诗人属女子。诗人世每谓多穷，我道穷时诗乃工。请看后世流传者，多在忧愁愤激中。……"③ 这不仅对"女子无才便是德"的陈腔滥调直予抨击，还显露出她明晰的诗学观。虽然她的这种观点没有独创性，是承袭前人"穷而后工"而言，但无疑比绝大多数女诗人眼界开阔得多。这种与传统观念产生的悖离，是为追求更高的创作成就，也是一种典型的完善自我价值意识的觉醒。李慈铭在诗序中说"才思非妇人之事，华藻乖福寿之征"④，此言若为那逊兰保所见，未必认同。

那逊兰保重情守信，对人真诚，她思念亲人，怀恋故旧的诗篇数量不少，成就颇高。她和百保称姊妹，百保随子赴任杭州时，那逊兰保为之饯行，并作诗奉赠，其《五月廿八日即席再别友兰三姊》云：

> 离筵相对暗伤神，总觉衷情话未真。
> 握手殷勤无别嘱，尺书早寄故乡人。⑤

她和百保唱和最多，她们惺惺相惜的不独是命运，更是才情。百保在杭期间，那逊兰保时刻关注局势变化和她的安危，"干戈满地相离远，搔首青天可奈何""休回念我能添病，除却怀君不赋诗"⑥。百保在杭州殉难后，那逊兰保为其整理旧作，汇集付梓，不仅是存诗更是存人。她在序中历数百保的优秀品质和她以身殉国的忠烈行为，并写道："此其人岂非天之生是，使独以为我旗籍女子光哉。"⑦ 谓百保为"旗籍"女子之英杰，她本身重视民族情感和民族精神的心理亦可见一斑。

地位与阶层并不能阻碍真情流露。那逊兰保虽出身贵族，但她柔婉善良、颇具同情的个性在对家中仆妇李氏的关怀和深情上体现出来。李氏跟随她六七年，两人积累了深厚的感情，后李氏被诗人的大嫂携往盛京（今沈阳），她在给李氏的送别诗中说"聚散原无定，亲疏各有缘。料应难惜别，无那总情牵"，还殷切嘱咐她"旧主思休切，新知礼欲虔"⑧，告诫李氏不要

---

① （清）那逊兰保撰《芸香馆遗诗》卷上《夏日即事》，同治十三年刻本，第10b页。
② （清）那逊兰保撰《芸香馆遗诗》卷下《夏日》，同治十三年刻本，第3a页。
③ （清）那逊兰保撰《芸香馆遗诗》卷上《题冰雪堂诗稿》，同治十三年刻本，第11a页。
④ （清）那逊兰保撰《芸香馆遗诗》李慈铭序，同治十三年刻本，第3b页。
⑤ （清）那逊兰保撰《芸香馆遗诗》卷下，同治十三年刻本，第8b页。
⑥ （清）那逊兰保撰《芸香馆遗诗》卷下《和友兰三姊杭州见怀原韵》，同治十三年刻本，第8b页。
⑦ （清）百保撰《冷红轩诗集》那逊兰保序，同治刻本，第2b页。
⑧ （清）那逊兰保撰《芸香馆遗诗》卷上《仆妇李氏……，成十韵以畀之》，同治十三年刻本，第7b页。

因为和她亲密惯了,而疏于对大嫂的恭敬顺从。除赠诗外,她还将一袭布衣送与李氏,并附诗一首:

> 缕缕丝牵别绪真,布衣一袭赠离人。
> 前途冷暖原难料,借得斯名要谨身。①

如果上诗以惜别为主,那这首诗浓重的担忧挂念就更强烈和直白。布衣不知是诗人亲手缝制还是倩人而做,但衣虽有价情无价。更难得的是那逊兰保在诗中丝毫不见主子对仆人那种居高临下的颐指气使,取而代之的是视之为姊妹般的殷殷叮咛。半臂俗名"紧身",这里诗人借用这个名字,叮嘱李氏要保重身体,平安归来。

总之,那逊兰保的诗歌在内容上虽未脱离闺阁诗传统主题,但已经在情绪、思想等诸多方面有了新的尝试,这发生在一位蒙古贵族女性身上,是难得的进步。

二 那逊兰保的诗歌风格

诗如其人,那逊兰保的诗如同她的人一样,明朗爽洁、自然流畅,有着大家闺秀的落落大方和端庄娴雅,也有蒙古女儿的豪迈奔放和大气磅礴。少了学究气,多了本色美,八旗女性诗歌的一大特色,就在于此。那逊兰保诗歌较多时候呈现出"清雄绮丽"的特点,是她民族性格的体现,如下诗:

> 四岁来京师,卅载辞故乡。故乡在何所,塞北云茫茫。成吉有遗谱,库伦余故疆。弯弧十万众,天骄自古强。夕宿便毡幕,朝餐甘湩浆。……自笑闺阁质,早易时世妆。无梦到鞍马,有意工文章。绿窗事粉黛,红灯勤缥缃。华夷隔风气,故国为殊方。问以啁啾语,逊谢称全忘。我兄承使命,将归昼锦堂。乃作异域视,举家心彷徨。我独有一言,临行奉离觞。天子守四夷,原为捍要荒。近闻颇柔懦,醇俗醨其常。所愧非男儿,归愿无由偿。冀兄加振厉,旧业须重光。勿为儿女泣,相对徒悲伤。②

诗人四岁辞乡来京已整整三十年,在语言、服饰、习俗上早已离蒙古草原太远太远,但她内心中对作为一代天骄成吉思汗后代的荣耀是绝不可能因为"早易时世妆"就发生改变的。

---

① (清)那逊兰保撰《芸香馆遗诗》卷上《以布衣一袭赠仆妇李氏》,同治十三年刻本,第8a页。
② (清)那逊兰保撰《芸香馆遗诗》卷下《瀛俊二兄奉使库伦,故吾家也,送行之日,率成此诗》,同治十三年刻本,第1a—1b页。

第十章 西林春与八旗女性诗歌

虽"华夷隔风气,故国为殊方",但民族性在民族精神和民族性格上,存留的时间更长,影响作用也更为巨大和深远。正因如此,她劝勉兄长不悖祖德、不忘祖制,要像草原儿女一样去纵横驰骋,"勿为儿女泣,相对徒悲伤",是如此豁达,如此高标健格。清代后期,帝国主义各国日益加快侵略我国领土的步伐,沙皇俄国尤其对蒙古地区虎视眈眈。她在诗中对奉命守边的兄长既有祝福也有劝勉,全诗洋溢着浓厚的民族情感和激昂豪壮的爱国主义精神。尤其是她对满蒙军士武备废弛的情况有所觉察,谓其"近闻颇柔懦,醇俗醨其常",深具清醒的头脑和眼光。

除这首壮怀激烈的爱国长诗外,她的一些小诗也时有清刚俊逸之气。雷瑨《闺秀诗话》中这样慨叹:"吾国右文轻武久矣。男儿且乏铁骨嶙峋之血性,欲于脂粉队中,求有尚武心之女子,尤寥寥如晨星焉。"① 这是事实。但在一些女诗人的手中,也时有豪放之作。如那逊兰保的《赏雪》云:

> 朝来大地换新妆,压尽尘埃气自芳。
> 竹叶敲余银有韵,梅花著遍玉生香。
> 拥篲扫径儿童喜,拨火烹茶姊妹忙。
> 尊酒未终明月上,爱他天地一般凉。②

该诗从头至尾没有一句写雪的形貌,而是利用一切与雪有关的对象进行侧面烘托。多数人在咏雪诗上侧重对意象的描写,或写雪景的宏大,或写景致的雅洁,那逊兰保一改旧习,从触觉和视觉相融合的角度来写,既在手法上出了新意,也展示出诗人性情爽洁,诗风清逸的性格特质。尤其尾联"尊酒未终明月上,爱他天地一般凉",胸怀和境界都比较宏阔。

那逊兰保性格豪爽大气,有酒必有诗,吟诗必酌酒。其"高标异俗流"的气质在这些诗中表现得淋漓尽致,其《咏菊》云:

> 清标傲骨绝群流,凡卉输君一百筹。
> 似此丰姿应爱我,算来心性只宜秋。
> 愁生北地霜千里,梦落东篱月半钩。
> 点缀兰闺成韵事,不辞斗酒为君谋。③

---

① (清)雷瑨、雷瑊辑《闺秀诗话》卷六,王英志主编《清代闺秀诗话丛刊》,凤凰出版社 2010 年 4 月第 1 版,第 2 册第 1058 页。
② (清)那逊兰保撰《芸香馆遗诗》卷上《赏雪》,同治十三年刻本,第 4b 页。
③ (清)那逊兰保撰《芸香馆遗诗》卷上《咏菊》,同治十三年刻本,第 3b—4a 页。

这首诗格调高标,骨气凛然,没有扭捏造作的儿女之态,也一反着意歌颂菊花的品质,而将诗人主体摒弃在外。诗人和歌咏对象,你中有我,我中有你,借咏菊抒一己之情怀。这不再是泛化的咏物诗,而是融合作者情感精神,寄兴抒怀的作品。

作为一名闺阁诗人,她的诗还表现为雅致的描摹和深度的刻画,体现出女性善于捕捉细节的特点,也突出了她追求美感和意境的特质。李慈铭说她的诗"清而弥韵,丽而不佻。高格出于自然,深情托以遥旨"①,如其《天光一碧楼》云:"夜来微雨晓添凉,一枕迟人春梦长。料峭风吹深巷里,卖花声似催晨妆。"写景雅致,意蕴悠然,足以体现大家闺秀恬静优美的风格气质。

女性诗人创作多短制少长篇,偶有所作,也难得流畅贯穿,不涩不滞。古诗如是,歌行则更少,尤其是纪事抒情合二为一且形貌兼美者实难多得。那逊兰保的《题宋女史张玉娘〈兰雪集〉》是一首十分难得的女性歌行作品:

> 松阳山下埋香土,一枝红豆生无主。春风未许作鸳鸯,秋雨先教泣鹦鹉。鹦鹉娇藏绮阁深,玉孃生小春无心。分来翠珥教妆裹,敲断金钗学苦吟。月未全圆花未谢,碧玉盈盈犹待嫁。谁下姑家玉镜台,温郎中表才堪亚。婚期犹未指三星,偕计郎偏进上京。春暖侍儿娇有伴,天寒翠鸟噤无声。讵道相思不相见,沧桑顷刻能生变。合欢庭树未成花,连理绣丝偏绝线。飞语忽传到绣闱,金刀不惜断鸳机。百年已阅人间梦,一死何妨地下随。锦囊一卷编遗集,翠椀三旬绝玉粒。风惊桂苑青霜飞,梦断枫林红雨泣。侍儿娇小号双娥,一缕情牵誓不他。荒冢一抔添婢子,雕笼半夜殉鹦哥。千秋此是伤心事,主自死节奴死义。合卺虽教凤愿偿,旁观犹洒多情泪。自今溯宋迨千年,兰雪清吟剩一编。读罢空成鹦鹉赋,冢荒何处暮云边。②

我们知道,"放情长言,杂而无方者曰'歌';步骤驰骋,疏而不滞者曰'行'"③,这首诗声情并茂,音节琅琅,首尾贯穿,一气呵成,既有音韵流动之美,也有语言变化、情感抒发的艺术之美。尤其难得的是,诸多男性诗人着意学习仿效却难得精髓的"梅村体"在这位闺阁诗人手中得到完美的传承。"梅村体"有着强烈的主观抒情性,不单纯以叙事为主。正因如此,人物的塑造和结构安排也常受主观抒情的影响,表现出极大的思维情感上的跳跃。人评"梅村体"声律妍美,明艳动人,"格律本乎四杰而情韵为深,叙述类乎香山而风华为胜,韵协宫商,感均顽艳",那逊兰保单凭这首诗,便足以在女性诗史上占据一席之地。那逊兰保诗

---

① (清)那逊兰保撰《芸香馆遗诗》卷首《李慈铭序》,同治十三年刻本,第3a页。
② (清)那逊兰保撰《芸香馆遗诗》卷上,同治十三年刻本,第9a—10a页。
③ (明)徐师曾撰,罗根泽校点《文体明辨序说·乐府》,人民文学出版社1962年8月第1版,第104页。

第十章 西林春与八旗女性诗歌

歌创作的成功,是她勤学苦思的结果,性格秉赋也是重要原因之一。如果她没有豪爽坦荡的气质,也绝对写不出气势恢宏、流畅跌宕的作品。

三 百保友兰的诗歌创作

百保,字友兰,号长白女史,萨克达氏,满洲人。关于百保,史书记载极少,这种情况在古代女诗人研究领域十分常见。历来女性文学研究面临的困境,一则限于"闺言不出于阃",很少女诗人有诗文集流传。其二就是长久以来女性地位较低,作为男性附庸的她们很少有传记文献留存,就造成相关研究资料的极度匮乏。

所幸百保夫家在清门第显赫,她的公爹是清末大学士桂良。桂良之父玉德,字达斋,号他山,官至闽浙总督,著有《余荫堂诗稿》,有子六人,俊良、斌良、桂良、岳良、徵良、法良。斌良,字吉甫,又字笠耕,累官至刑部侍郎、驻藏大臣,有《抱冲斋诗钞》三十六卷,诗五千多首。法良,字可庵,官至江南河库道,有《沤罗庵诗稿》十六卷。岳良,字崧亭,官安徽臬台,后为乌什办事大臣,有《潼关倡和诗草》。百保之子名麟趾,字蕉园,"美风仪,娴骑射,能挽两石弓"①,是文武兼备的人物,于咸丰十一年辛酉(1861),太平天国攻破杭州时殉难,年仅三十二岁。时人许瑶光(字雪门)有诗赞曰:"重任维藩寄,中朝宰相孙。病多常卧阁,寇急自当门。薇署无余饷,椒房有旧恩。少年殉节死,宝马泣莶孙。"②麟趾死难后,百保怀其布政使印鉴投水死,成了又一个忠孝节义的闺门烈女。

百保诗歌由那逊兰保在其死后搜辑整理而成,诗二卷共计二百二十余首,词八阕,名之《冷红轩诗集》。她和那逊兰保"以戚里为文字性命交",并且"同声相应,同气相求",经常"聚谈多至深夜,历数古来节义事"③,个性中的豪迈和侃侃大节很相似。百保"研经贯史,为诗为词,作绘弹琴,弈棋女红无不能无不精"④,还和那逊兰保一样皆耽诗爱酒,曾写《自嘲》诗云:"

笑我诗成癖,推敲意自怡。
闲时吟弗辍,午夜卷仍披。
研露圈《周易》,焚香读《楚词》。
何妨呼獭祭,乐此不曾疲。⑤

---

① 浙江采访忠义局编《浙江忠义录》卷二上"麟趾"条,《清代传记丛刊》本,第61册第95页。
② 钱仲联主编《清诗纪事·道光朝卷》,江苏古籍出版社1989年5月第1版,第15册第10522页。
③ (清)百保撰《冷红轩诗集》那逊兰保序,同治刻本,第2a页。
④ (清)百保撰《冷红轩诗集》那逊兰保序,同治刻本,第2b页。
⑤ (清)百保撰《冷红轩诗集》卷上,同治刻本,第11b页。

诗中她自笑嗜书成癖，不知疲倦。百保一生酷好诗书，时刻不离，在最苦难的日子里，她不得不用大量的时间为人家做针线贴补家用，"针黹匆忙诵读疏，每愁几席负三余""匆忙针黹诗章废，琐碎齑盐俗虑牵"①，离开诗书的日子令她痛苦不堪。她说"缥缃万卷何时毕，愿乞来生作蠹鱼"，"蠹鱼"代指书虫。陆游《灯下读书戏作》云"吾生如蠹鱼，亦复类熠耀。一生守断简，微火寒自照。区区心所乐，那顾世间笑。闭门谢俗子，与汝不同调"，千载而下，百保是他隔世知音。

作为一个二十出头便守寡育孤的女性而言，百保一生悲多于乐。尤其是她为了生存天南海北如浮萍般漂泊的时候，迷茫、愁苦、困顿可想而知。"西蜀崎岖路，年来数往还""素衣到处染征尘，漂泊天涯剧苦辛"②，这种生活对百保而言，成为一种常态。世事的无常，世态的炎凉，令她心生感喟：

> 世态轻如纸，人情重在金。
> 炎凉多幻相，感慨付微吟。
> 教子他年志，营斋此日心。
> 向平婚嫁了，泉下好相寻。③

百保的公爹桂良，字燕山，累官至文华殿大学士、军机大臣，他两个女儿一个给亲王做了福晋，一个嫁给广州将军长善。所娶子妇亦当出自名门，而百保之父只是山海关副都统，那逊兰保谓百保自幼家贫，所以丈夫延祚死后，她在夫家的日子并不好过。那逊兰保曾说百保："骨肉中又多不谐。调护幼子，奉侍高堂，较之贫家妇苦更十倍。中间随文端任所数年，文端疾，夫人刲臂以疗。文端获愈，会文端调任他省，乃置夫人于家。伶仃独立，不复能与族众居，赁舍陋巷，为屋数椽，亲操井臼，衣食或不继，如此者二十年。"④ 不为家族所容，没有倚仗，这就是百保寡居后的生活实况，直到其子麟趾入仕，她的生活才好转。这样的经历，令其发出"世态轻如纸，人情重在金"的感叹。但她毕竟是坚强的，这些困难并没有阻碍她教子成人的步伐，反而给了她更多的思想启迪和生活经历作为创作的素材。

百保一生随宦南北，见识不少名山大川，对开阔她的眼界，拓展她的创作十分有益。她每到一处都会留诗，闽、粤、川、陕、云、贵，这些诗题贯穿起来，就是她的一生游踪。她的诗中涉及不同地域的风土人情，有景物描写，有怀念亲人，有临别赠友，相比那些身处闺阁，足不出闺户的女子而言，百保又无疑是幸运的。她就曾在《述怀》中写道：

---

① （清）百保撰《冷红轩诗集》卷下《十月一日夜窗书怀》，同治刻本，第6a页。
② （清）百保撰《冷红轩诗集》卷上《感怀》二首之一，同治刻本，第8a页。
③ （清）百保撰《冷红轩诗集》卷上《感怀口号》四首之一，同治刻本，第7a页。
④ （清）百保撰《冷红轩诗集》那逊兰保序，同治刻本，第1b页。

第十章　西林春与八旗女性诗歌

> 马蹄帆影事长征，楚水秦关路几程。
> 放浪江湖诗易就，揽愁风雨梦难成。
> 牵情绿草间荣悴，引恨青山日送迎。
> 底是乡心消不得，每随归雁入云横。①

诗中记载她旅途的艰辛，但不见悲苦哀怜，她以一种豁达的襟怀道出"放浪江湖诗易得"之句，何其豪壮。在这南来北往的遥遥路途中，她创作了很多清丽婉美的写景小诗，兹举一例：

> 一幅云林景，天公设色匀。
> 树鸦团暮霭，村犬趁归人。
> 参照平山外，余霞远水滨。
> 欲成图画出，粉本妙无伦。②

写景诗难得情景交融，更难得可堪入画。在百保看来，目前美景就是一幅设色均匀，婉妙清幽的山水画，村烟暮霭、流水归人，她把章江夜晚的美景写活了，写进诗里，更写进画里。如果不看诗题，我们会认为这就是一首题画诗。类似诗歌，体现出女诗人缜密细致的感知力，也体现出她经久历练出的描写功底。

百保的词数量虽少，但成就不算低。兹举其《扬州慢》一阕：

> 鹦鹉洲边，汉阳江口，繁华不减扬州。忆髫龄，随侍此地旧曾游。几度征帆重过，缘悭意懒，风阻扁舟。笑半生弹指声中，欲白人头。　者番重到，数佳辰将入初秋。念山水依稀，林亭潇洒，胜迹仍留。十二年来旧梦，凭栏望，烟霭共浮。喜布帆无恙，闲看江上沙鸥。③

诗人童年时代曾游扬州，后半生虽悲苦，但千帆过尽，她以一种对历史谦卑、对往昔眷恋的浅笑低吟谱出一曲对生命过程的礼赞。

百保是幸运的，她有着一位生死相托的闺门知己，不然在举家丧亡后，她一生心血也会随之泯灭。那逊兰保是深情而惜才的，正因如此，才有这本《冷红轩诗集》留存于世。

---

① （清）百保撰《冷红轩诗集》卷上，同治刻本，第6b页。
② （清）百保撰《冷红轩诗集》卷上《章江晚泊》二首之一，同治刻本，第8a页。
③ （清）百保撰《冷红轩诗集·附词》，同治刻本，第2b页。

第十一章 宗室诗人之冠冕宝廷

宝廷（1840—1890），原名宝贤，字少溪，号竹坡。后改今名，字仲献，号难斋、三痴居士，晚年自号偶斋。清宗室，隶满洲镶蓝旗，为郑献亲王济尔哈朗八世孙。同治七年戊辰（1868）进士，选庶吉士，散馆授编修，累迁侍读。光绪初年，曾接连上疏指陈时弊，与张之洞等人同主清议，为"四谏"之一①。他性情疏狂，放浪不羁，终因出典乡试归程纳江山船女事罢官，不复起用，穷愁终老。宝廷耽诗好酒，以友朋为性命，创作甚富，有《尚书持平》《竹坡侍郎奏议》《庭闻忆略》《偶斋诗草》等。宝廷诗歌从内容、形式、思想各方面，都可算清宗室诗人的冠军，也是清末诗坛的翘楚。另外，宝廷还曾与文海、志润、宗韶等共组"探骊吟社"（又名"日下联吟社"），是清末最为著名的八旗诗社，或许也是清代与社成员最多、影响最大的一个八旗诗社。

第一节 宝廷的穷愁悲慨之诗

宝廷一生最能代表晚清没落宗室的生存现状。他的一生几乎都在贫穷困顿中度过，所谓"宗室"头衔除了能给他的人生一点虚幻的自豪和骄傲，再无其他。宝廷系出努尔哈赤弟舒尔哈齐一支，二世祖济尔哈朗封和硕简纯亲王，三世祖雅布为和硕简修亲王，四世祖阿札兰为辅国将军，依次降封至五世祖德崇便已无封爵，至宝廷祖父时已经是一个小小的笔帖式，这个昔日亲王家族已经彻底衰落。到宝廷，其困厄程度甚至不及庶人。或许正因亲身所经历了困苦穷

---

① 关于"四谏"，说法不一。黄濬《花随人圣庵摭忆》以张佩纶、宝廷、陈宝琛、邓承修为"四谏"；陈宝琛《洞于集后序》谓"四谏"为黄体芳、宝廷、张佩纶、何金寿；《清史稿》所载"四谏"为黄体芳、宝廷、张佩纶、张之洞。见杨实生《晚清"四谏"考辨》，《求索》2010 年第 11 期。但无论是哪一种，宝廷均包含在内则是无疑的。

愁,这才提供给宝廷不同一般纨绔宗室的思想和视角。他笔下有对困苦生活的描述,也有对劳苦大众的同情,更有忧国忧民和时事艰危之悲。宝廷门生林纾在《偶斋诗草序》中说:"公诗巧于叙悲,析辞述情与查初白为近,间入长庆。未尝繁杂失统,则骨胜耳。"①

宝廷父亲名常禄,字莲溪,道光十一年辛卯(1831)进士,官至翰林院侍读,中途革职。宝廷子寿富为宝廷所编《年谱》对宝廷一生所历的困厄遭际记述颇详,常禄革职后,曾携宝廷依亲友而居,无力为宝廷请师学习,只能父授子学。咸丰六年丙辰(1856),宝廷十七岁,遇火灾,家业荡然无存,仆人尽去,宝廷只能"自操洒扫之事"。庚申之乱,宝廷父子避乱遇逃军,被伤及额,颠沛流离,惨不忍睹。回京后,宝廷娶妻,家徒四壁,一桌喜酒都摆不起,后来他的两位朋友典衣为之置酒。此后生活日窘,同治八年己巳(1869)父常禄去世无以为殓,靠向邻居求借才能葬父。"三十年来成底事,穷愁疾病两相摧"②,对生活中的困厄苦难,他都一一以诗记述。他的《我生》《续穷乐府》《病中》《人言》等,哀婉悲切,失路之穷,生活之困,尽在诗人笔下展现:

  朝断炊,典寒衣,空空两袖寒侵肌。
  寒侵肌,不足叹,老父葛衣不掩骭。
    ——《无衣叹》

  炉无火,委席左,父子缩首迎阳坐。
  朝阳微微无暖气,老父今年六十二。
    ——《无火叹》

  朔风吹骨冷难苏,饮泣中宵泪欲枯。
  无药无医三月病,有妻有子一身孤。
    ——《卧病》③

这是宝廷生活的纪实。人生无常,富贵难计,谁能想到谱出玉牒的宗室子弟竟过着"炉无火,委席左,父子缩首迎阳坐"这样穷困潦倒的人生?宝廷的叹贫写穷之诗,给我们一个清晰的角度来观察晚清没落宗室的具体生活情状。

---

① (清)宝廷撰,聂世美校点《偶斋诗草》林纾序,上海古籍出版社2005年12月第1版,上册序言第3页。
② (清)宝廷撰,聂世美校点《偶斋诗草·偶斋诗草内集》卷二《题壁》,上海古籍出版社2005年12月第1版,上册第31页。
③ (清)宝廷撰,聂世美校点《偶斋诗草·偶斋诗草内集》卷二,上海古籍出版社2005年12月第1版,上册第20页、第21页、第31页。

宝廷旷达，物质的穷苦，带给他的不过饥寒之痛，不会让他感觉精神空虚和落寞。但志士失路，却会带给他无尽而深刻的悲凉。他在面对穷愁打击时仍旧写下："但使身常在，何愁气不伸。乱离三载运，生死一家人。"① 更学陶潜："瓶中尚有酒，夜寒且饮之。酒尽身已温，即我当眠时。人生天地中，贫富皆如斯。随时可行乐，乐尽何必悲。乘化以待尽，感慨欲胡为？"② 所以，我们不能认为穷愁沦落的宝廷对待出仕为官、一展抱负这条青云路是消极无谓的。他的豪情壮志在其《七乐》篇中有明确的体现：

……男儿生不立名真虚生，丈夫死不成功亦徒死。块然苟活天地间，式饮式食良可耻。靡肌烂骨何足云，留得英风镇青史。岂惟窦宪乃可铭燕然？岂惟祖逖乃可夺中原？岂惟介子乃可诛楼兰？岂惟马援乃可平诸蛮？我生不幸后人后，我心欲过前人前。途原润草亦悠忽，要将姓字留人寰。空拳可鏖战，何劳仁贵三条箭。赤手可开疆，岂借哥舒半段枪。书勋蘸尽尾闾水，纪功凿碎昆仑冈。云台制卑枉图像，麟阁基陿难流芳。会当作十二万年不朽事，岂与成名竖子旦夕争低昂。……③

昂然奋发、激慨雄杰的情怀借其风华健举的笔触喷薄而出。可是命运弄人，满腔才华的宝廷四应科举都铩羽而归。咸丰八年戊午（1858）初应试，之后六年一直到同治三年甲子（1864）经三次举考后终成举人。其间，家道艰难，亲衰子弱，他承受着巨大的压力。

同治七年戊辰（1868），宝廷终以二甲第六名进士及第，礼部试为魁首，随即被授翰林院庶吉士。但贫苦仍是他家面临的主要问题，放榜当日，他没有意想中的欣喜雀跃，回忆每一步的人生历程，悲上心头，写下《放榜日作》：

……喜极反成悲，涕泣双涟洏。……父子迫饥寒，廿载同游离。……今年更窘迫，已拼是死期。疾病并灾殃，安有求名思。友朋共推挽，勉强同入闱。……含泣入试院，强力搜文辞。深宵纳卷返，未黜心已灰。今日当揭晓，境迫心愈危。父子默相对，痴望头同垂。傍午勉出门，曳履行迟迟。路逢相识者，贺捷称元魁。木立不敢信，问答形如迷。逡巡候榜发，随众偷一窥。恍惚见名姓，返首行如驰。旁人环相贺，如惭复如疑。狂奔返蓬

---

① （清）宝廷撰，聂世美校点《偶斋诗草·偶斋诗草内集》卷一，上海古籍出版社 2005 年 12 月第 1 版，上册第 9 页。
② （清）宝廷撰，聂世美校点《偶斋诗草·偶斋诗草内集》卷一《饮酒学陶二首》之一，上海古籍出版社 2005 年 12 月第 1 版，上册第 6 页。
③ （清）宝廷撰，聂世美校点《偶斋诗草·偶斋诗草外集》卷七，上海古籍出版社 2005 年 12 月第 1 版，下册第 572—573 页。

第十一章　宗室诗人之冠冕宝廷

门，金贴生光辉。上堂拜老父，相向忘言辞。……回头念旧事，倍觉心凄凄。……①

可以想见，孜孜以求却难以得到的一切，在本以为不可能成功的情况下成功了，该多么令人激动。但宝廷却想起自幼与父亲颠沛流离，寄人篱下，食不果腹、衣不保暖的人生，大喜之日却悲从中来。

考中进士其实并没给这个穷困家庭带来任何改变，仍旧是"一家同冻馁""穷愁泪早干"。放榜后因不能备办贺礼，他不能前往座主那里拜谒师门。次年，父常禄病卒于家，家甚贫，"衣衾棺椁皆不具"②，宝廷恸哭声动四邻，后在邻居的帮助下方能成殓。对此，宝廷无比悲怆愤懑，他说："夫士之学古入官，非图富贵以自娱也。今官卑秩散，既不能宣力朝廷，复不足以为养，徒藉此玉堂金马以炫耀闾里，不亦可笑乎？"③ 其实清初宗室的待遇很好，但从乾隆中期开始，宗室内贫穷困苦者比比。家族衰落、被黜宗爵、籍没家产此原因之一。但最重要的是世家子弟一般都拙于生计，一遭变故，就会陷入穷苦困境。正如《红楼梦》中所称："富贵不知乐业，贫穷难耐凄凉。"宝廷有《穷乐府》组诗，试举两首：

纨袴纨袴，身垂败絮。日之西矣，粥饘未茹。
昔日黄金鞍，今日易早餐。
一餐尚不足，更摘冠头玉。
厨无米兮灶无薪。门前索租客，多于当时堂上宾。（其一《纨袴》）

贫无屋，借寺住。贫无被，裹毡睡。
出门行沽，路逢故奴。奴前屈身问起居。
奴衣烂如锦，主衣膝不掩。（其九《贫无庐》）④

有钱时但全使，无钱时只穷愁，就是这些没落宗室子弟的生活常态。常禄罢官时宝廷家中尚有些产业，但一介书生又出身世族，不会计算生活，只出不进，不久便败落。后一首，奴大欺主，也是清代中后期八旗没落贵族中常见之事。

---

① （清）宝廷撰，聂世美校点《偶斋诗草·偶斋诗草内集》卷一，上海古籍出版社2005年12月第1版，上册第22页。
② （清）宝廷撰，聂世美校点《偶斋诗草·附录四·先考侍郎公年谱》，上海古籍出版社2005年12月第1版，下册第995页。
③ （清）宝廷撰，聂世美校点《偶斋诗草·偶斋诗草内集》卷一，上海古籍出版社2005年12月第1版，上册第26页。
④ （清）宝廷撰，聂世美校点《偶斋诗草·偶斋诗草内次集》卷二《穷乐府》九首，上海古籍出版社2005年12月第1版，上册第175页、第177页。

他的《秋日田家》云："暮秋百谷成，田家多乐事。村醪近可沽，日日饱复醉。鸡黍招近邻，觞酌无伦次。醉后坐荒田，时共儿童戏。春苗种已遍，青青满平地。衣食幸无虞，高枕可安睡。"① 这种生活是他羡慕的。虽然他身陷穷愁困病，却对与他同样命运的人们感到惋惜同情。他的《经三叉河口有感》《质女行》《水灾行》《平阳贾》《朔州贼》《河间民》《中州女》等就展现出与《秋日田家》截然不同的社会长卷。尤其是《中州女》，惨痛呜咽令人读来垂泪：

> 吴客来中州，息辕投旅次。入门见二女，涕泣求为婢。客言旅囊拙，路远难携带。大女跪不起，苦求救厥妹。与其同一死，不如各为计。虽难延继嗣，骨肉子遗在。客出买衣归，小女独垂泪。问女何为泣？道姊归屠肆。疾趋共往视，女尸卧平地。泥血半模糊，面目犹可记。始知家无食，二女肉已卖。小女幸逃死，大女充羹脔。哀哉复哀哉，人命如犬彘。大吏解组归，儿女饱酒食。②

宝廷写作此诗的时间是光绪三年丁丑（1877）至四年戊寅（1878），此间发生了中国历史上一场罕见的特大旱灾，史称"丁戊奇荒"，这场灾难造成一千万人饿死，二千万人逃离家乡，曾国荃称之为"二百余年未有之灾"。读这首诗时，或以为诗人有意夸张，但若对这场灾难的实况稍作了解，就决然不会这样想。宝廷类似的诗歌作品在他集中为数不少，从诗歌创作本身来看，体现他创作的较高水平，是现实主义诗学传统精神的再现。尤其是《平阳贾》《朔州贼》《河间民》《中州女》四篇，是集中佳作。

另外，宝廷虽身为宗室，但长期的贫困生活，让他对底层人民寄予关切和同情。他在典试福建途中，见一位舆夫因暑热病死，他写下《舆夫感暑死，哀之有作》："舆夫为微利，冒暑猝殒毙。岂无妻与子，一朝两决绝。死虽非我迫，其端自我发。致彼罹灾殃，愧我图安逸。祸福本无凭，贵贱同一辙。"③ 这种超越阶级的同情和自讼，是宝廷可贵之处。张佳生先生曾关注到宝廷前后诗风的不同，他说："宝廷罢官前，其诗多豪放之语，写景酬人之作较多。罢官后，诗从豪放转向了沉郁。……[他]描写贫民凄惨生活的诗作，呈现出强烈的现实主义精神的诗歌风格。"④ 从诗歌所反映的现实看，他不讳言掩饰，对赤裸裸的人吃人的社会现实给予无情的揭露，作为宗室较为难得。

---

① （清）宝廷撰，聂世美校点《偶斋诗草·偶斋诗草外次集》卷三，上海古籍出版社2005年12月第1版，下册第657页。
② （清）宝廷撰，聂世美校点《偶斋诗草·偶斋诗草内集》卷三，上海古籍出版社2005年12月第1版，上册第47页。
③ （清）宝廷撰，聂世美校点《偶斋诗草·偶斋诗草内次集》卷三，上海古籍出版社2005年12月第1版，上册第248页。
④ 张佳生著《清代满族诗词十论·清代满族诗歌概论》，辽宁民族出版社1993年2月第1版，第32—33页。

第十一章 宗室诗人之冠冕宝廷

宝廷从光绪九年癸未（1883）结束仕宦生涯后，便开始他人生后期诗酒沉醉的生活。《年谱》载："[是年]结'消寒社'，明岁又结'消夏社'，公为之平定甲乙，指示诗法。有以时事问者，则默默不答。而数岁中，凡遇时事之艰，一发之于诗，或酒酣高歌，继以泣下。"相信宝廷此日所泣，该不是为所谓的仕宦之苦，或也不是为救亡图存，他悲愤的应是三百年前来自白山黑水这一支骁勇善战、质朴勤劳的民族最终在自己人的手里毁灭了。晚年宝廷每日纵酒酣饮，似乎只有这样才能忘却愁怀，但前一刻高歌，下一刻落泪，光绪十六年庚寅（1890），他写下人生的最后一首诗《贺汪静海六旬寿》：

> 忆昔岱宗观日出，同登日观之峰巅。
> 五更晓霞赤于血，一抹海水清如烟。
> 名山再到悬虚愿，仙境偕游感盛年。
> 两地闲身犹契阔，祝君老壮我穷坚。①

无力补天，这位闪耀在晚清政局和诗坛上"穷且益坚"的宗室诗人宝廷，最终在内外交困的时局中结束了他穷愁潦倒的一生。

汪辟疆先生说："偶斋诗格，在河北为别派，和平冲澹，自写天机，于唐宋兼有乡先正邵击壤之长，在《熙朝雅颂集》则与味和堂、太古山堂为近，语近代旗籍诗人，偶斋高踞一席尤愧也。"②宝廷也曾论及自己的诗学取向，"侵陶伐谢盟杜韩"③、"小臣诗笔近王维，却喜诗名类巨源"④。他的诗强调诗教，注重表达正声，同时不废精气骨力，诗集以内、内次、外、外次即以思想性、教化性的强弱高低依次编排。宝廷诗兼能各体，尤以歌行为擅场，沉郁激楚、气势豪宕、语韵贯穿、酣畅淋漓，代表他创作的最高成就。他的诗风繁复多变，早年力求登汉魏六朝之堂，晚岁罢官则进而入王孟之室。具体到创作上，既有健举豪宕之歌，亦间有清逸出尘之气，但总体来讲多质朴少雕缋。

---

① （清）宝廷撰，聂世美校点《偶斋诗草·偶斋诗草内集》卷六，上海古籍出版社2005年12月第1版，上册第107页。
② 汪辟疆著《汪辟疆说近代诗·近代诗派与地域·河北派》，上海古籍出版社2001年12月第1版，第33页。
③ （清）宝廷撰，聂世美校点《偶斋诗草·偶斋诗草内次集》卷一《答文镜寰先生》，上海古籍出版社2005年12月第1版，上册第149页。
④ （清）宝廷撰，聂世美校点《偶斋诗草·偶斋诗草外次集》卷五《大考左迁戏作》，上海古籍出版社2005年12月第1版，下册第736页。

第二节　宝廷的写实感事之诗

　　宝廷被目为"清流",世所公认,他敢于言事,不畏权势,尤其对待帝国主义侵略者的威胁大胆主战,在当时敢于违以慈禧为代表的守旧言和派之势很难得。"清流派"的一些主张存在很多致命的缺点,比如可行性差,尚空谈,不切实际。越到后期,这种不合时宜就越表现出来,直到最后被迫退出历史舞台。但宝廷与其中一些纯属沽名钓誉之辈还有很多不同。他处于清朝内忧外患交迫之时,作为宗室,他的家国之感、志士之悲要比多数官员强烈。他屡次上疏言政,语言质朴真醇,情意殷切,所言之涉及国计民生、用人行政、教育选材、广开言路等摺,铁骨铮铮,探撅时弊,表现了卓越的见识和胆量。针对八旗日趋没落的现状,他上《奏请整顿八旗人才摺》《奏请严申京察旧章摺》《奏请旨饬内外诸臣共持危局摺》《奏请饬留李鸿章详议大局片》《大员声名劣甚请开缺另简摺》《广言路片》等,慷慨陈词,不避权贵,所言多切中肯綮。

　　宝廷诗歌反映晚清政局和外国侵略丑恶行径的作品极多,因其身处当世,并曾与晚清政局息息相关,故他这类诗不仅具有艺术欣赏价值,也具有极高的历史研究价值。如其《经三叉河口有感》云:

　　　　霹雳一声洋楼折,万户千窗喷妖血。魍呼魑号鬼胆裂,火光照河龙宫热。壮哉王五人中杰,奋身急难探虎穴。豪士千百同勇决,大呼杀贼肆奔突。火焰腾霞刀飞雪,触火者焦触刀缺。北楼未烬南楼发,烈焰缘何腾迅疾。……事过论罪无惊怛,引颈就死甘屠割。义士捐金营幽室,英雄愤名表气节。五人墓事同一辙,古今互映光日月。……其人虽轻其事烈,匹夫义勇胜贤哲。……①

　　王五,又名王正谊,字子斌,清末侠士。与谭嗣同交谊深厚,在"戊戌变法"中帮助协调谭嗣同起居安全等事。变法失败,谭嗣同被捕入狱,王五积极奔走,联络武林同道,营救谭嗣同,未果。谭嗣同就义后,王五开始他后半生的刺杀活动,光绪二十六年庚子(1900)被八国联军枪杀。王五虽为义士,但在正统官僚的眼中不过一介微民,他的死不足为道。但宝廷对这位武林人士的侠义行为给予了热情的歌颂,甚至发出"其人虽轻其事烈,匹夫义勇胜贤哲"的浩叹。这种超越阶层和身份地位的惋惜,说明宝廷内心中对帝国主义侵略势力的无比痛恨,

---

① (清)宝廷撰,聂世美校点《偶斋诗草·偶斋诗草内集》卷一,上海古籍出版社2005年12月第1版,上册第34页。

第十一章　宗室诗人之冠冕宝廷　　　277

以及对中国民众反抗斗争的深切支持。像王五这样的"乱臣贼子"极少能出现在朝臣的诗中，并得到如此高的评价，这正是宝廷不同流俗的证据。

宝廷曾写数首《拟杜》，皆针对时事而作，如"中法战争"、"中日战争"、新疆问题、沙俄问题等，宝廷将对战争的看法、对时事的预测、对朝政的担忧都融入诗中。如《拟杜感事》四首中的两首：

　　　　万里悬军入，千艘破浪来。
　　　　岛夷多远略，残寇有奇才。
　　　　黑闵心空壮，包胥哭枉哀。
　　　　老成谋国善，边衅肯轻开。（其一）

　　　　无备难为国，因循莫用兵。
　　　　江头方破敌，城下已求盟。
　　　　不道藩篱撤，犹云蛮触争。
　　　　筹边推德裕，妙算几时成？（其二）①

这组诗是针对法国不胜而胜，中国不败而败的"中法战争"而写的。光绪九年癸未（1883）至十一年乙酉（1885），法国逐步侵略并占领越南，将战场推进至中国内境。法军虽在武器装备上优于中国，但在中国将士的强烈抵抗下，一直没取得实质性的进展。并且，在"杭州湾防卫战"以及"镇南关"战役中，中国的胜利直接促成法国费里政权的垮台，对法国造成极大的影响。但以慈禧为首、李鸿章为翼的避战派不仅没乘胜追击，反而主动要求和谈，"镇南关"大捷的胜利果实没有带给中国光荣反而成了屈辱求和的筹码，晚清的卑躬屈膝以及当权官吏的无能至此已极。"中法战争"遂成为中国近代史上最为屈辱的战争之一。

晚清，李鸿章以股肱重臣之尊主持大局几十年，兴起"洋务运动"，创办中国海军，功劳有目共睹。但"中法战争"的屈辱求和以及一系列丧权辱国条约经由他手签订、放弃新疆等，让他在中国历史上不能不背负骂名。"中法战争"如是，"中日战争"如是，"新疆问题"仍如是。宝廷面对如此昏暗腐败的朝局，有心无力，只能将满腔悲愤融化在一句句深深的悲叹之中。他感慨："男儿各有一腔血，不洒边庭洒京阙。赤手无能报国恩，一枝柔毫二寸舌。"②

---

① （清）宝廷撰，聂世美校点《偶斋诗草·偶斋诗草内集》卷四，上海古籍出版社2005年12月第1版，上册第68页。
② （清）宝廷撰，聂世美校点《偶斋诗草·偶斋诗草内集》卷六《既作前诗余意未尽再赋一首》，上海古籍出版社2005年12月第1版，上册第54页。

《冬兴十首》之二云："闽峤微闻灯作塔，津沽但诩铁为船。闲居何事多忧甚，讲武防边已有年。"① 这样的时事，这样的社会，无论是君还是臣，都没能拿出真正的勇气面对现实，解决问题，更遑论挽狂澜于既倒呢？

宝廷对日本的狼子野心早有察觉，他在《福州》中云：

> 白龙飞去越王死，千载荒台犹此名。
> 一水翻山趋大海，万峰拔地束孤城。
> 虎门漫说真天险，鹿港空闻有重兵。
> 试上风涛亭远望，长崎咫尺接东瀛。②

这是宝廷在光绪八年壬午（1882）典试福建时所作。当时还没有爆发"中日甲午战争"，但登山临海之际他想到福州与日本长崎咫尺相望，同时又想起身处重重困境下的清朝政权，忧从中来。虎门烟尘还没散去，林则徐的一场大火没有点燃中国富强的未来，却开启割地赔款的先河，也拉开屈辱的中国近代历史的帷幕。虎门即便有天险之利，但政权庸懦无能，天险又有何用。"鸦片战争"后，台湾成为通商口岸，同治十三年甲戌（1874）更被日本侵占。宝廷看出日本的狼子野心，但他还不知道，他的担忧没引起重视。在他去世后第四年，光绪二十年甲午（1894），"中日战争"爆发，中国走入更为屈辱的历史。

或许，正因宝廷看透清王朝的未来，所以才有了近代政治史和文学史上宝廷好色丢官一事。关于宝廷娶江山船女之事，近代诗话、史书等多有记载，他好色之名似成定论。宝廷生平磊落，不愧君父，尤对人生"污点"——"多情""好色"毫不讳言，"我性素放荡，风月劳心神""微臣好色原天性，只爱蛾眉不爱官"，尤其是《之江行》，更是表现坦诚：

> 多情万古之江水，粉腻脂香六百里。照人有影总成双，一片迷津连业海。渔船九姓溯前明，嫂妹同年旧著名。月卿星使往来惯，阿谁不乐之江行。之江女儿年二九，生性痴憨世无偶。强斟螺盏怯沾唇，勉学昆弦慵上手。（原注：不善饮，琵琶粗解弹。）缘悭难得周郎顾，主人偏爱工调护。……一帆风雪返杭州，已登彼岸不回头。孤山月老良多事，爱与诗人作謇修。湖山美处续前缘，扇坠携来过别船。鹊巢暂借鸳鸯宿，两觉杭州梦十年。一误何妨成再误，织缣果否能如素。使星从此化牵牛，之江改作银河渡。东坡迁谪挈朝云，越女招尤漫效颦。沼襄西施应破涕，未能倾国枉佳人。狂奴故态天下传，狂来竟欲闻

---

① （清）宝廷撰，聂世美校点《偶斋诗草·偶斋诗草内集》卷八，上海古籍出版社 2005 年 12 月第 1 版，上册第 142 页。
② （清）宝廷撰，聂世美校点《偶斋诗草·偶斋诗草内集》卷四，上海古籍出版社 2005 年 12 月第 1 版，上册第 62 页。

第十一章 宗室诗人之冠冕宝廷 279

上天。回望之江四千里，虚船随浪摇苍烟。①

"江山船女"为宝廷第四位妾室。宝廷重情，虽自谓"好色"其实不妨说"多情"，他在《我生》诗中写道："我生本情痴，思得有情人。……有情贵以真，何须论其色。妙丽纵如花，真心亦难得。有情贵以真，何须论其才。才调纵超群，未必真倾怀。"② 光绪七年戊辰（1881）宝廷被授礼部右侍郎，他具疏不受。他已经对鱼烂的晚清政局感到失望，但还没有下定最后的决心。八年己巳（1882）他出任福建乡试正考官，得朝鲜之变，忧愤交集，归途即纳江山船女为妾，随即上疏自劾，选择以"自诬"的方式了结仕宦生涯。其实，宝廷早有抽身远离之愿。他《逐婢篇》中云："承恩招怨忌，恃宠忘罪愆。一朝致驱逐，积时去不还。"③《拟杜》云："射影含沙已可危，况将矛盾自相持。李牛遂恐终分党，洛蜀须知共一碑。只合鹰鹯驱鸟雀，何图狻豸触熊罴。内忧外患皆堪虑，未到诸君角胜时。"④ 在送别与他同是"清流派"的张佩纶时写下《立夏前一日，送张幼樵之军台五首》，其三云：

> 圣朝开言路，讲帷有四友。忽忽六年间，凋零怯回首。何逊死扬州，全终名不朽。叔度幸贵显，在外已成叟。公虽得奇祸，天数亦非偶。功过公论在，何劳强分剖。……时艰国易误，累重贫难守。无聊惟自促，妇人复醇酒。忧辱脱生前，褒诛听死后。了此无用身，庶免增戾咎。……⑤

张佩纶（1848—1903），字幼樵、绳庵，为晚清"清流派"骨干。"中法战争"初起，张佩纶认为中国和越南唇齿相依，而法国占领越南，中国必受其害，所以反对和谈，力主宣战。张佩纶身临前线，主张以沉船堵塞闽江口岸，清廷不许，随即人纵法舰进入闽江，导致福建水师全军覆没。战后，一些与张佩纶不睦，或他此前曾经参劾过的朝中大臣群起而攻之，光绪十一年乙酉（1885），张佩纶被从严惩处罚往军台效力，彻底被排挤出朝堂。同年，黄体芳也因参劾李鸿章引起慈禧震怒，官降二级为通政使司通政。其实，早在张佩纶、黄体芳得罪前一年，"清流派"首领张之洞便被外放督抚，虽有自主实权，但已无朝堂谏诤之途，"清流派"

---

① （清）宝廷撰，聂世美校点《偶斋诗草·偶斋诗草外集》卷七，上海古籍出版社 2005 年 12 月第 1 版，下册第 561—562 页。
② （清）宝廷撰，聂世美校点《偶斋诗草·偶斋诗草外次集》卷二，上海古籍出版社 2005 年 12 月第 1 版，下册第 655 页。
③ （清）宝廷撰，聂世美校点《偶斋诗草·偶斋诗草内集》卷五，上海古籍出版社 2005 年 12 月第 1 版，上册第 71 页。
④ （清）宝廷撰，聂世美校点《偶斋诗草·偶斋诗草内集》卷五，上海古籍出版社 2005 年 12 月第 1 版，上册第 78 页。
⑤ （清）宝廷撰，聂世美校点《偶斋诗草·偶斋诗草内集》卷五，上海古籍出版社 2005 年 12 月第 1 版，上册第 84 页。

实际已被瓦解。

宝廷同治八年己巳（1869）罢官，不到三年"前清流"便烟消云散，这是"后党"的胜利，是忠臣的悲剧。正如他在《与夏伯定书》中说："别后诸事瓦裂，一败涂地。忌恨者笑骂，不一而足，而仆皆不以为意。扪心自问，惟觉上难对朝廷，下难对足下耳。仆乖谬疏狂，上负天恩，下孤众望，贻笑天下，得罪后世。然仆四十四岁矣，阅历亦不为不久矣，纵结习不尽，亦岂若少年场沉溺不能自解乎？"① 是啊，这个年纪的他，怎么可能因红颜而弃家国于不顾？他的《得汝明寄诗，答之代柬》云：

  人生无弗难早死，少小穷愁老不已。丈夫虚生七尺身，人间万事难由己。少年放荡颇自喜，此生惟期作名士。一朝侥幸登仕途，抱负始知无可恃。为臣大义当致身，况复同姓殊众人。时艰才短性乖僻，回头事事辜深恩。罢官三载如醒梦，此身自悟元无用。若教权重位更尊，误国殃民罪增重。……我生自误首在诗，诗虽胜人安用之？聪明才力尽虚掷，老近自悔时已迟。……②

"为臣大义当致身，况复同姓殊众人"，的确，大清王朝是爱新觉罗家的王朝，没有人会比爱新觉罗家的子孙更希望这个王朝永远强大。宝廷罢职后的诗中有着浓重的忧患意识，或许正因他对清朝的未来有了明晰的预见。

宝廷早已对腐朽的清王朝不抱希望，他喜用拟古的方式表达对时局的看法。其《拟古》云：

  巍巍一华屋，创造数百年。风飘更雨摧，颓然已不坚。方期屋中人，修葺俾周全。反同窃椽梲，忻忻易帛钱。愚人忘庇身，只求快目前。目前尔暂快，谁云尔不然。

这分明即以"华屋"比喻风雨飘摇的清王朝，而愚人自不必说，谓卖国求安的慈禧一派无疑。再如：

  汉京多显宦，要路同争先。权势虽赫奕，其中恒沸然。既畏近臣怒，复求人主欢。谋贿思弥苦，望迁眠难安。妄念与私情，日夜心旌悬。富贵匪不乐，心劳亦可怜。③

---

① （清）宝廷撰，聂世美校点《偶斋诗草·附录三》，上海古籍出版社2005年12月第1版，下册第986页。
② （清）宝廷撰，聂世美校点《偶斋诗草·偶斋诗草内集》卷五，上海古籍出版社2005年12月第1版，上册第93页。
③ （清）宝廷撰，聂世美校点《偶斋诗草·偶斋诗草内次集》卷一《拟古》，上海古籍出版社2005年12月第1版，上册第146页、第148页。

第十一章　宗室诗人之冠冕宝廷

以上是从统治集团内部而言,就外部而言的如《拟古三首》之三云:

> 主弱难为仆,客强难为邻。邻强与人事,实暴名假仁。吁嗟世风变,变局日益新。祭政两分主,强邻如权臣。一邻肆欺陵,众邻同解纷。解纷岂排难,有利沾欲均。谋深术易堕,势众力难分。奴仆何足争,所志在主人。①

诗歌对清朝后期诸多帝国主义借"解纷"之名行"瓜分"之实的无耻嘴脸给予无情的揭露,也对清朝的实际统治者慈禧予以辛辣的嘲讽。宝廷的诗对时政的抨击十分明显,毫不隐讳。魏元旷《焦庵诗话》中说:"侍郎(宝廷)负才,在宗室中与祭酒盛昱齐名,侍郎尤慷慨言事,尝上疏痛陈时局之艰,云:'元亡犹可北归,国家若亡,并不得如元!'后竟以佯狂死。祭酒初无子,不以为意,曰:'吾即有子,亦终灭亡人手。'数十年间,宗室之具有远识者,独此两人。皆长于文学,故道德之次,文学为足贵也。"②宝廷《六月二日作》,诗云:

> 孤愤填胸怒不禁,一阳安得退群阴。
> 有怀报国知何日,无力回天剩此心。
> 草欲当风惭弱质,葵思向日抱愚忱。
> 举头阊阖高千丈,路绝丹梯迥莫寻。③

所谓"远识",当指国之必亡也,"无力回天"句尤显悲凉。

宝廷嗜游,游必有诗,集中纪游之作,几至太半。他到过福建、浙江、山东等,对武夷山、西湖、金山、太湖、泰山等风景名胜游历殆遍。京畿近郊,更是无地不曾涉足。风景流连之际,他写下大量既富有美感又饱含情思的纪游之作。他的纪游诗善摹写景物,拟人联想,千奇万状,百态淋漓。如其《西山纪游行》《田盘歌》等巨制,在中国诗史上并不多见。尤其《西山纪游诗》多达三千字,风格恣肆。陈衍评价他的《田盘歌》"可当游记古赋读"④,的确,他的《田盘歌》气势逼人,造语奇崛,语言瑰丽,想象奇特。这首诗很长,现摘录部分如下:

---

① (清)宝廷撰,聂世美校点《偶斋诗草·偶斋诗草内集》卷四,上海古籍出版社2005年12月第1版,上册第71页。
② 魏元旷撰《焦庵诗话》卷三,张寅彭主编《民国诗话丛编》,上海书店出版社2002年12月第1版,第2册第16页。
③ (清)宝廷撰,聂世美校点《偶斋诗草·偶斋诗草内集》卷三,上海古籍出版社2005年12月第1版,上册第44页。
④ 陈衍撰《石遗室诗话》卷一第三十一则,张寅彭主编《民国诗话丛编》,上海书店出版社2002年12月第1版,第1册第35页。

巍巍乎！莽莽乎！太行之高不知其几万丈，太行之大不知其几千里。群峰众岭绕神京，一片灵奇萃于此。卓哉田盘山，独立雄幽燕。见石不见地，登寺如登天。木肥土瘦虎难穴，天近人远猿愁攀。五峰八石七十有二寺，奇景异境自昔纷流传。晋唐碑碣至今在，仙踪佛迹垂千年。大河以北名山不可计，古今屈指推三盘。争衡竞岱麈嵩斗华抗恒岳，岿然作镇渔阳间。……①

宝廷的这首诗写得清刚俊朗、豪迈秀逸，蕴刚于柔，和衷济美，整首诗纵横捭阖，探古论今，蕴超凡的想象于对现实景物描写之中，将神话、历史、名胜、典故、情感糅合在一起，堪称纪游诗中的佳作。

宝廷长子寿富（1865—1900），字伯茀，幼从父学，后师事张佩纶、张之洞。光绪二十四年（1898）进士，入翰林，官大学堂分教习，曾赴日本考校章程，著《日本风土志》。戊戌之变，杜门谢客，读书著述，自号菊客。庚子难起，八国联军入城，寿富自题绝命词投缳死，同死者一弟一妹。寿富著有《读经札记》《菊客文集》《东游笔记》《天元演草》等。林纾、赵炳麟、唐晏（又名震钧）皆曾为其作传。

第三节　宝廷与"探骊吟社"

"探骊吟社"又名"日下联吟社"，是以宝廷为中心参与者的重要的八旗诗社。该社参与人数众多，前后有两本社诗总集，后种收录诗歌达一千余首，规模可想而知。但这一诗社，很少引起人们注意。

一　"探骊吟社"的成员组成

同治三年甲子（1864），"探骊吟社"（又称"日下联吟社"）在宝廷、志润、宗韶等人倡议下成立于北京，成员基本上是满洲宗室、蒙古旗人以及汉军旗人，间有一般官吏。从主倡者及诗社核心人物看，八旗人占绝大部分，所以，该诗社可以定义为八旗诗社。

"探骊吟社"成立的基础，除创社伊始三人有通家之谊，且都喜爱诗词外，相似的个性和遭遇，以及对家国天下事的看法，也是将这些诗人联结起来的重要因素。宜垕在《日下联吟集》序中说：

---

① （清）宝廷撰，聂世美校点《偶斋诗草·偶斋诗草外集》卷八，上海古籍出版社2005年12月第1版，下册第585页。

第十一章　宗室诗人之冠冕宝廷

　　太上立德立功，其次立言。吾侪不得志，不能献可替否，致君泽民，不得已发为歌诗。虽不足以当立言之事，然亦未必非立言之一端也。或陶写性情，以抒抑郁；或有所寄托，以备采风。要之不失风人之旨，即可当立言之事。扬雄谓"雕虫小技，壮夫不为"，吾以其言不可信也。友人宗子美，与余为总角交，其人倜傥有奇志，后侍宦入蜀。洎岁癸亥（同治二年，1863），始归京师，复纳资为戎部吏。居恒郁郁，约同志廿余人，率皆当时俊彦，结社联吟。越二年，积成巨帙，请人选定，手录若干卷。余适过其斋，披览竟日，爱不释手，乃携归，捐资矫命以付剞劂。嗟乎！使诸君生于百余年前，得遇阮亭、归愚二尚书者，则此诗久已不胫而走矣。又何待余为之刻耶？垔也无才，人贱言轻。必有谓我阿其所好者，亦不暇顾也。刻既成，爰志数语，以为之叙。①

　　是选著录诗人二十七名，宝廷、成□、志润、俞士彦、宗韶、文海、戬谷、李湘、启名、宝昌、延秀、德准、寿英、豫丰、遐龄、英瑞、文悌、廷彦、荣光、载本、荣祺、文峻、志觐、佑善、贵荣、孙广顺、王裕芬。这些成员中宝廷、德准、戬谷、载本、佑善、遐龄、王裕芬皆是没落的爱新觉罗宗室，其余成员也大都遭遇不偶、有志难济，正如宝廷写给宗韶的诗中说"我无官守空羁绊，君官六品秩亦微"②，这大概就是这些诗社成员们的基本写照。

　　虽然，上序对著录成员有着明确的参考，但目前"探骊吟社"成员人数仍旧存在很多不同的说法。如董文成先生在《清代满族文学史论》一书中称"探骊吟社"是一个"拥有二十余人的诗歌团体"③；钱仲联先生主编的《中国文学家大辞典·清代卷》中称"社员有俞士彦、文海……等二十余人"④；杨钟羲《雪桥诗话》卷十二中记载："哲尔德子美兵部宗韶，尝与竹坡宗伯、伊尔根觉罗静轩、侍郎宝昌、秋渔居士延秀、兰生户部锺祺、宗室宜之将军戬谷、生庵居士德准、博尔济吉特香雨观詧、桂霖、杏岑、将军果勒敏、索佳镜寰上舍文海、瓜尔佳子乘工部文㭍、杭阿檀金甫孝廉寿英、兆佳凤冈大理英瑞、他塔剌白石太守志润、秋宸太守志觐、纳剌絮庵户部如格结社联吟，凡五十余人。"⑤宝廷诗歌中涉及"探骊吟社"的如《和子美韵，示芷亭、伯时》：

　　当年君始分戎曹，探骊社开联雅交。满城诗酒尽名士，廿载回首嗟寂寥。晨星零落剩

---

① （清）宜垔辑，简宗杰选《日下联吟集》，同治五年丙寅（1866）刻本，宜序第1a—2a页。
② （清）宝廷撰，聂世美校点《偶斋诗草·偶斋诗草外集》卷五，上海古籍出版社2005年12月第1版，下册第526页。
③ 董文成主编《清代满族文学史论·清代满族文学大观》第五章"探骊吟社"，中国文联出版社2000年3月第1版，第214页。
④ 钱仲联等主编《中国文学大辞典·清代卷》，中华书局1996年10月第1版，第1314页。
⑤ 杨钟羲著，雷恩海、姜朝晖校点《雪桥诗话》卷十二第八十则，《雪桥诗话全编》，人民文学出版社2011年7月第1版，第1册第711页。

我辈,莫叹霜雪添鬓毛。儒道仕隐纵异辙,落花一样随风飘。长生不朽两难望,诗坛树帜姑解嘲。古今传人亦有命,苦吟争胜心先劳。古人代哭聊长歌,其如世事堪哭多。中原人物有几许,大地四面张网罗,不死不醉将奈何?①

另外,还有《同白石宿芷亭观中偶成》:

酒醉喜不眠,挑灯话老屋。今夕同故人,来就故人宿。忆昔我与君,诗酒相征逐。我少君正壮,豪迈越流俗。君今忽白首,人生老何速。及今俱未死,骚坛幸重续。连床夜说诗,居然成鼎足。莫视事寻常,难得即为福。②

前诗原注说:"甲子,子美补兵部笔政,与伯时三人立'探骊吟社',同社甚伙。今止余芷亭、镜寰数人。"后一诗原注说:"癸亥甲子[同治二年(1863)至三年(1864)]间,与芷、白诸君结'探骊吟社',同人廿余。今年复结'消夏诗社',故人存者不过数人矣。"前后两处交待诗社成立的时间,还说明了诗社的主创人。"探骊吟社"成立于同治二、三年间,由宝廷、宗韶、志润三人主倡创立,参加人有二十余。这一记载基本与《日下联吟集》中所收录的成员数基本一致。那这是否就是"探骊吟社"参与成员的基本情况了呢?也未必如此。

我们知道,一个诗社,它的参与人员并非一直固定,每次社集参加的人员都可能不同。志润之弟志觐在写给宗韶《四松草堂诗略》的序中曾说:"吟社日下,总持风雅。宝竹坡廷、文仲恭悌、王芷亭道士,暨先庆远兄迭为宾主,达官、词客、山人之以五七言鸣者罔不集,集必十数人,人或三五艺,传钞遍京华,故先庆远兄有《日下联吟诗词集》之刻。"③这里所言的"达官、词客、山人"并不是确指,而每集的十数人也并非固定。举一个例子,志润《寄影轩诗集》卷二记载一次集会,该日与社者有"宗子美兵部、俞德甫户部、宝竹坡、清皆平二孝廉、冯云浦、隆小村、芷亭道人、秋宸弟",并该次社集以"帘卷西风,人比黄花瘦"的"瘦"字为韵。可见,此为诗社活动无疑,参与人员除宗韶、俞士彦、宝廷、王裕芬、志觐外,清揆、冯呈霖,还有一个难考姓名的隆小村都未见收入《日下联吟集》。可见,除骨干人员外,诗社的一般参与成员可能每次都有所不同。正如简宗杰序中所说:"丙寅岁,从政农曹,公余无事,志伯时员外、宗子美戎部出探骊吟社诗一卷见示,并授以选政。余……择其尤者得

---

① (清)宝廷撰,聂世美校点《偶斋诗草·偶斋诗草外次集》卷六,上海古籍出版社 2005 年 12 月第 1 版,下册第 794 页。
② (清)宝廷撰,聂世美校点《偶斋诗草·偶斋诗草内次集》卷七,上海古籍出版社 2005 年 12 月第 1 版,上册第 342 页。
③ (清)宗韶撰《四松草堂诗略》志觐序,《清代诗文集汇编》第 753 册,第 108 页。

第十一章　宗室诗人之冠冕宝廷

若干首。"① 可见，《日下联吟集》之选，是将所有曾参与诗社唱和之人的社诗总归一处，再依照创作水准进行选择，则该集所选二十七人就绝非诗社成员的总和，只可能是其中成就较高的一部分。

除同治刊本外，还有另外一种"探骊吟社"社诗总集，亦名《日下联吟集》。该书刊于光绪五年己卯（1879），距前一版本相差近十四年。该集版本信息、收录诗人姓名、作品数量及其他相关信息俱见《续修四库全书总目提要》（稿本），提要如下：

> 宗韶字子美……著有《子美诗集》《斜月杏花屋词稿》等。……尝与同好结诗社，唱酬赠答，历时十年。此《日下联吟集》者，即当日唱酬之集也。据自序谓光绪癸亥岁，与宝竹坡詹事、志白石太守结社联吟，招集名士，上自公侯，下而布衣，凡五十余人，一时称盛。厥后白石出守通州，山川远隔；竹坡荐升侍读，补拾关心。予则落拓无俦，抗尘走俗，诗朋云散，雅事消亡。顾念曩时，茫如隔世。云云。是则唱酬之始，乃在光绪癸亥之岁，而唱酬者，皆一时之名彦也。厥后，昆明简南坪（简宗杰）、铁岭冯云甫（冯呈霖）为选定诗词若干首，析为八卷，名曰《日下联吟集》。

首先需要纠正的一点——"提要"谓诗社立于"光绪癸亥"是不对的，光绪朝无"癸亥"年，诗社成立的同治朝，倒是有一个癸亥年，即同治二年（1863）。那么，由以上文字得出这样几条信息：首先，从所引宗韶自序看，是选乃宗韶所倡，其目的有追忆旧游，感慨今昔之意。同时，或也有以集存事，保存文献之心。该书较同治刊本规模有明显增加，收录诗人计五十位，仅诗歌（未含词）就有五百余首，提要还将每卷收录诗人及作品情况予以详列：

> 卷一录宗韶诗百首，卷二录宝廷、俞士彦诗百首，卷三录致泽、延秀、文海、文铭、陈宝琛等诗九十首，卷四录钟琪、戬谷、溥哲、豫丰、果勒敏、穆清、郭应中、宝昌、荣光、李湘、德准、希元等诗九十首，卷五录寿英、王晋之、吴起鸿、启名、文悌、王者香、英瑞、贵荣、音德讷、希贤、增元、载铧、諲龄、孙广顺、锡珍、如格、杜霖、增镛、志觐、廷彦、希文、容照、文峻、载本、佑善、嵩申、刘葆光等诗七十二首，卷六录志润、王裕芬、雅珍诗百首有四，卷七之八则皆词也。词之作者同于诗，而多寡亦相掊。盖集中所选，作者五十余家，诗词达千首。马韩肇霖序是集谓"展读既竟，爱不忍释，尝闻山谷云：诗者，人之性情也，非强谏争于廷、怨愁诟于道，怒邻骂坐之为。今观是集，满目琳琅，无美不备。虽其中取径不一，各欲争胜，而要其所发，皆有一种温厚和平之旨，无剑拔弩张之习。非与山谷之言若有符合者耶。诸君多贵介胄，连襟台省，师友之切

---

① （清）宜垕辑，简宗杰选《日下联吟集》，同治五年丙寅（1866）刻本，简序第1b页。

磋，耳目之观感，所居所养当有不俟者"，云云。①

这一社诗总集应更能说明该诗社的成员规模和创作情况。当然，该集仍是选本，收录诗人和作品也绝对不能说是全备。即便如此，以"探骊吟社"的规模在清代结社史上也不容小觑了。

二 "探骊吟社"主要成员的诗歌创作

"探骊吟社"中除宝廷外，宗韶的诗歌创作成就最高，其次如志润、英瑞、豫本、遐龄、文铬、增镥、音德讷、尚贤、果勒敏等虽风格互异，但皆有诗集传世。这里，大略介绍一下宗韶、志润的诗歌创作情况。

(一) 宗韶与《四松草堂诗略》

宗韶（1844—1899），字子美，号石君，别号梦石道人、漱霞庵主，哲尔德氏，隶镶蓝旗满洲，官兵部笔帖式，累官至员外郎，有《四松草堂诗略》，光绪三十年甲辰（1904）上海新昌书局排印本。宗韶狷介不苟，耿慨多气，不与人合，"嗜酒傲物，外肆而中狷，屡忤长官，如燕赵之士，慷慨悲歌"②。戴启文谓其："淡交一二，郎署沉浮，不随一物。举朝抗议建白则独立鸡群，千里招魂动感则飞来素鹤。"③杨振镐称其："性狷介，尚气节，落落寡合，有睥睨一世之概。惟与日下诸名流结吟社，觞咏自得。游历所至，亦多以歌啸寄慨。官兵部有年，郎署浮沉，不得一展抱负，益纵情于诗酒。"④这些评价，可见宗韶个性。

宗韶与宝廷乃贫贱交，情深厚。同治三年甲子（1864），宝廷生活极困，他的老师冯霖（字云浦）举荐他教授学生于灵寿家，宝廷得以结识灵寿及宗韶昆仲。宝廷长宗韶四岁，故当时宝廷所教的应是比宗韶小十龄的弟弟。宗韶之父灵寿，在宝廷最穷困时曾助其养亲，宝廷一生不忘⑤。或许就是入灵寿家塾之后，宝廷、志润、宗韶三人倡立诗社。宗韶与宝廷唱和之诗极多，如同年所作同题的《质女行》：

> 耕无田，织无机，无衣苦寒无食苦饥。质女得资以置食与衣。阿母别女乃戒之，曰，汝行为人奴，莫似在家日。女别阿母问，何时当归。汝但行，归自有时。归有时，阿母何

---

① 中国科学院图书馆整理《续修四库全书总目提要》（稿本），齐鲁书社1996年12月第1版，第27册第464—465页。
② 徐世昌编，闻石点校《晚晴簃诗汇》卷一百五十八，中华书局1990年10月第1版，第7册第6883页。
③ （清）宗韶撰《四松草堂诗略》戴启文序，《清代诗文集汇编》第753册，第105页。
④ （清）宗韶撰《四松草堂诗略》杨振镐序，《清代诗文集汇编》第753册，第106页。
⑤ （清）宝廷撰，聂世美校点《偶斋诗草·附录四·先考侍郎公年谱》，上海古籍出版社2005年12月第1版，下册第993页。

第十一章 宗室诗人之冠冕宝廷

事悲且啼。出门登车为朱门奴,公子娇贵若凤雏。偶一忤之主人鞭挞无完肤。阿母何处,思之不敢呼。呜呼,噫嘻,无衣苦寒,无食苦饥。寒谁致之,仰首问天天不知。①

宝廷的同名诗作云:

> 送女将出门,女悲不忍行,牵阿娘衣哭嘤嘤。娘泣告女:非娘弃尔,娘不弃尔,娘与尔俱死。娘为尔补衣,娘为尔裹头。速从人去,勿使娘心烦忧。尔勿懒,主人将詈尔;尔勿傲,主人将捶尔。詈尔捶尔尔勿号,尔号人以为不祥,主人将逐尔。尔勿思娘,尔爷归,娘使赎尔。女泣告娘:娘勿思儿,思儿亦不能归。思儿亦无益,思儿恐娘得疾,儿归将何依?女别娘,去至主人家。主人有女娇如花。小怒唾詈,大怒鞭棰加,终日饮泣,难见阿娘与阿爷。②

类似这类唱和的诗还有很多,如《诗鬼》《冬猎行》等。风格上看,宗韶与宝廷各具特点,宗韶重客观描述,宝廷重情感刻画,但都力趋古朴质实。两人作此诗时宝廷年二十五岁,宗韶年二十一岁,可看出彼时他们对诗歌艺术的探索已经比较深入。

诗如其人,宗韶诗"侘傺幽忧,寄怀深远……数十年中,人材之盛衰,时政之修废,身世骨肉之遭遇,……寄之于诗"③。志润之弟志覨在宗韶故后将其诗整理付梓,并为其作序,将宗韶一生不偶的遭遇和狷介耿直的个性进行了悲慨的描述,他说:

> 君实社中巨擘。平居恃气节,嗜酒傲物,外肆而中狷,落落若寡合。诸君先后陟通显,宦辙南北,君意善感慨,又清贫甚,屡忤长官,浮湛竟卒……君遭际昌期,当播□箭籥之奏,以鼓吹休明。即不然流连诗酒,陶写中年,亦不失贫以自贺之概。胡为乎郁伊苍茫,时露衰飒之音于不自觉,岂有感于气运之先者耶?于嚱,君之殁三年于兹,京师陆沉,皇居未奠,他族嚣凌,十室而九空,益非君畴曩如有知其烦冤悲愤,又奚若乎?④

"探骊吟社"多为没落宗室以及八旗下层有志难伸的知识分子组成,他们担忧国事、关注政治,面对庸懦朝臣、鱼烂朝局,悲愤激宕全以诗词出之。宝廷、宗韶恰是其中之尤者,故其抑郁难伸,愁结于心,发之于诗,皆磊落不群,悲慨激宕,如其《对酒行》二首之二:

---

① (清) 宗韶撰《四松草堂诗略》卷一,《清代诗文集汇编》第753册,第118页。
② (清) 宝廷撰,聂世美校点《偶斋诗草·偶斋诗草内集》卷一,上海古籍出版社2005年12月第1版,上册第15页。
③ (清) 宗韶撰《四松草堂诗略》端方序,《清代诗文集汇编》第753册,第108页。
④ (清) 宗韶撰《四松草堂诗略》志覨序,《清代诗文集汇编》第753册,第108—109页。

> 三年碌碌尘中走，雨笠烟蓑复何有。驱驰傍晚始归来，赖有新醅一壶酒。比邻日夜足笙歌，骏马轻裘奈乐何？古来富贵与贫贱，千秋至竟归山阿。君不见，蓬门朱户两寂寞，白杨萧瑟悲风多。①

他还曾写有《穷绪》四首，其一云："傲骨生来瘦，清狂本性天。男儿自贫贱，不肯受人怜。"正是受其个性气质的影响，他的诗悲慨之气多，欢娱之情少；豪宕之言多，柔靡之音少。宗韶喜杜诗，其沉郁顿挫之情性尤似，故杨振镐谓其"学杜而能得其真"，或即谓此。

（二）志润与《寄影轩诗钞》

志润（1837—1894），字伯时、白石，号雨苍，他塔拉氏，隶镶红旗满洲，历官四川绥定府知府、广西庆远府知府，有《寄影轩诗钞》《暗香疏影斋词》。俞樾为其诗集作序，中称其诗："模山范水之笔，写芳芬悱恻之思，缒幽凿险，而无謷牙之句；倡妍酬丽，而无冶荡之辞；感怀身世，而无拔剑斫地、抑塞磊落之狂态；摹写景物，而无霜白月赤、龙褒才子之俚语。行间字里，皆有清气盘旋其中。"② 其诗如《古剑篇》：

> 君不闻，欧冶铸剑何其精，阳文阴缦如练明。铸成进与勾吴主，把剑一挥三楚平。又不闻，张华望气丰城邑，得剑狱中珍什袭。佩之革带生光芒，宵深焕耀鬼神泣。阖闾既殁茂先死，三尺芙蓉今已矣。姑苏白虎踞荒丘，延平神龙隐深水。从来神物出有时，风尘埋没何嫌迟。敛藏宝气待知己，倚天啸海诛蛟螭。吁嗟乎，千金声价须自珍，不逢奇士休轻身。归来弹铗亦可耻，游侠之儿敌一人。③

志润个性雄杰，嗜诗好酒却不能饮，饮辄醉。仕途偃蹇，一生不达。为人磊落有奇气，淡视功名。闲居家中时，日与友朋联吟唱和。志润诗甚少涉及时事政治，一己之怀、流连景物、诗友唱和、家居生活成为他诗歌创作的主体。或正为此，故志润极善写情。发妻病故后，他连赋悼亡，回忆与妻子生活十二年的点点滴滴，成诗三十余首，触目悲凉，其《哭亡室费莫恭人》三首之三云：

> 到此谁能悟夙因，伤心旧迹已成尘。
> 黄泉有路空埋恨，白首无缘最怆神。
> 痛定始知身是累，醒时深悔梦非真。

---

① （清）宗韶撰《四松草堂诗略》卷一，《清代诗文集汇编》第753册，第124页。
② （清）志润撰《寄影轩诗钞》俞樾序，《清代诗文集汇编》第733册，第338页。
③ （清）志润撰《寄影轩诗钞》卷一，《清代诗文集汇编》第733册，第367页。

可怜苦雨凄风夜,冷落寒窗影伴人。①

志润妻,自出嫁便一生勤苦,辛劳持家,更知书达理,能诗善词。她去世后留下一箧诗稿,志润对此倍感伤神。妻子的离去,也是一位知己、诗友的离去,这对本就饱受穷愁生活之苦、鞍马驱驰之累的志润来讲,无异雪上加霜。故而其悼亡之作,悲愁呜咽,令人不忍卒读。

但处于末世又身处朝堂的他,似乎对现实又不能毫无介怀。他涉及时事的诗作虽不多,但也颇有佳构,如《废宅行》:

长安城隅多颓垣,颓垣高下如邱山。塞巷横街失径路,纷纷瓦砾埋荒烟。不因水火伤零落,不因兵燹悲离索。目断魂销欲语难,穷究转使情怀恶。一从阳九厄长安,十室萧条九室寒。衣裳典尽少长物,卖宅鬻屋求盘餐。卖鬻人多买无几,残命将填沟壑死。崇楼峻宇不能留,折栋摧梁售诸市。商舶年年海上来,连橦归去多良材。一兽再售不知止,致令城郭生蒿莱。于嗟乎,巨室已然倾大厦,黎庶安能留片瓦。达官简出无见闻,依旧笙歌醉游冶。辇下荒凉最可怜,谁将此意图冰纨。年来不见轮台诏,犹闻敕使修骊山。②

这首诗没有剑拔弩张的批判,只向我们描绘兵燹之厄后的京城实况。生死难料,富贵无常,尤其是处于乱世的人们,所谓"宁做太平犬,不做乱离人"。战后北京一片萧条,可是统治者们根本"无暇"顾及百姓的生死悲欢。志润这首诗写得"温柔敦厚",但稍有政治触觉的人都能读出这首诗背后的用意。他将口诛笔伐的对象直指慈禧,"年来不见轮台诏,犹闻敕使修骊山",就在煌煌帝都一片疮痍的时刻,她还能有心情修园林建陵墓。这种强烈的对比,诗人根本无需更多的语言。

志润精于词道,有《暗香疏影斋词钞》,收词一百三十余阕。志润为"探骊吟社"词人第一,其词悲慨遥深,工于造语,善写哀情,如其《念奴娇·有怀偶斋》:

故乡东望,历多少,千里风尘满眼。好友迢迢,传鼷耗,堪叹故人难见。雨阻灵光,瘴迷龙隐,两地凄凉遍。招魂何处,楚些那忍频看。　　遥忆撷秀山房,挑灯独坐,应记曾同玩。君已残年,余更老,憔悴蛮疆途远。书纵常通,梦难常会,街鼓空相伴。十年旧约,吟魂休更重断。③

---

① (清)志润撰《寄影轩诗钞》卷二,《清代诗文集汇编》第733册,第383页。
② (清)志润撰《寄影轩诗钞》卷三,《清代诗文集汇编》第733册,第404页。
③ (清)志润撰《暗香疏影斋词钞》,《清代诗文集汇编》第733册,第485页。

中年后，志润远宦广西庆远，临行曾与宝廷约定以十年为期，重聚诗社。宝廷在《岁暮怀人八首》中第一首便写给志润："北风吹雪冻云垂，岁暮燕京感别离。正忆故人贫太守，频年同作消寒诗。穷摭远宦仍多病，老幸重逢剩几时。但得今生续酬唱，归期十载敢嫌迟。"诗歌原注："志白石太守，曾定十年之约。"① 虽有约定，但路途遥远，宦囊萧然，这个约定一直没有实现。但两人的友情并未因山河遥阻而中断，宝廷在北京立"消寒社"，志润在异地他方遥遥唱和，这样的友谊一生未变。

---

① （清）宝廷撰，聂世美校点《偶斋诗草·偶斋诗草内集》卷七，上海古籍出版社 2005 年 12 月第 1 版，上册第 116 页。

第十二章 晚清八旗诗坛的变徵之音

晚清动荡时局笼罩下的八旗诗坛，从创作上较前、中期相比，更具有质的变化。诗人们不幸生在此时艰国危之世，对内要面对积弱的国势和庸懦的朝臣，对外则需忍受列强的肆意欺凌和压榨。于此环境之下，部分诗人选择以"诗笔"承载历史和记忆，谱写出一曲曲现实主义的动人篇章；部分诗人则选择以实际行动自强和反击，他们走出国门，面对世界，在暴风骤雨似的改革中目睹了新世界的到来。在此协力作用之下，晚清八旗诗坛响起一片虽不和谐却又具有相同意志和情结的变徵之音。

第一节 斌椿及其诗歌中的欧洲世界

八旗诗歌一个突出特点就是对时代特征的及时反映。从清初反映建国武功的那些雄浑豪宕的诗篇，到康乾盛世大气磅礴、雍容端丽的雅颂之音，再到嘉道以降饱含忧患意识和反抗精神的作品，无一不反映现实环境。同样，鸦片战争后的诗歌更是从各个侧面折射出那个时代瞬息万变的特点，其中，反映欧美先进科学技术和政治文化的外国游历诗即属此类。

一 斌椿出访的时代背景

清朝从康熙开始缔造的盛世景象，在经过雍正、乾隆、嘉庆几代皇帝的经营后，没有变得更为强大，反而渐趋衰败。对衰落的原因，学者们从思想、文化、政治、经济等多方面提出不同观点，但往深层次上面考量，有一点共性，即多少与清朝统治者的民族心理有关。就比如文字狱这种满洲皇帝使用的严苛的文化钳制方式，就体现出他们对先进文化既崇拜又自卑畏惧的心理。但经过清初到清中叶一百五十年的文化积累，他们在文化心理上渐由自卑走向自满，尤其从乾隆这个自诩"十全"的皇帝开始,以一种近乎自大的姿态打量这个世界,沉浸在"天朝上国"的美梦中不肯醒来①。就在自卑到自满的合力作用下,"闭关锁国"成为清王朝中、后期的基本外交国策。直到鸦片战争的隆隆炮响、圆明园一炬焦土,少部分清醒的中国人才明白这个国家已病入膏肓,并开始寻求治疗的良方。而与此同时,西方世界的产业革命方兴未艾,资本主义历史进入了机器时代,新的世界格局正轰轰烈烈地形成。

国家是不幸的,但这个不幸却带给一位年逾花甲的老儒生以一生最大的幸运——有幸成为"东土西来第一人"——斌椿。斌椿(1804—?),字友松,内务府正白旗汉军,自幼熟读经书,喜诗文。他的官不大,只当过几任知县,但却极喜游历,兴趣广泛,交游如李善兰、徐继畬等都是晚清具有先进思想的人物,正因如此,他的见识比那些坐困名利之局的封建官僚略开明。同治三年甲子(1864)他成为中国税务司长官英国人赫德(1835—1911)的文案,并结识了晚清外交界颇有名气的美国使馆参赞卫廉士(S·W·Williams)以及同文馆教习丁韪良(W·A·P·Martin)等,慢慢接受西方科学技术和一些基本的天文地理常识,改变了传统以来"天圆地方"的中国式天文观。同治五年丙寅(1866),赫德请假回国完婚,他建议清朝借此机会派使者考察欧洲各国,并推荐斌椿为赴欧洲"游历团"的"团长"。

斌椿的赴欧之行颇为曲折。首先,他官小位卑,让他作为"团长",身份尴尬;再者,经历过两次鸦片战争后的中国,与欧美国家在外交问题上时有交恶,很多朝官不乐出行是怕被扣为人质。"或云风涛险,恐君不堪此。此行古未有,祸福畴能许?或云虎狼秦,待人以刀俎,又如使匈奴,被留等苏武",是事件背景的真实写照。但落后便只能挨打。当时主办洋务运动的亲王奕䜣在给朝廷的折子里说:"查自各国换约以来,洋人往来中国,于各省一切情形,至臻熟悉。而外国情形,中国未能周知,于办理交涉事件,终虞隔膜。臣等久拟奏请派员前往各国,探其利弊,以期稍识端倪,藉资筹计。……即令其沿途留心,将该国一切山川形势,风土人情,随时记载,带回中国,以资印证。"② 在这样的内外局面下,斌椿一行人开始向西方进发。

与斌椿同行的还有三名同文馆学生,张德彝、凤仪、彦慧,以及斌椿之子广英,这几个皆

---

① 当时中国的思想界十分闭塞,在经历了历次与欧美列强的谈判和立约之后,道光皇帝还对英吉利这个国家没有基本的了解。钟叔河先生在《两千年岁月,五万里行程——从〈史记·大宛列传〉到〈乘槎笔记〉》一文中曾谈到这样一个故事,他说当欧洲国家要求在广州通商时,一位满洲大员对此十分不以为意,并说:"蒲萄有牙,西班也有牙,世界上哪有这么多国家?还不是洋鬼子捏出来吓唬咱们的吗?"这种封闭自守,对外界毫无了解的情况在清中后期应该是十分普遍的现象。即便是那些头脑比较清醒,对外部威胁有着明确感知者如林则徐、魏源等人,虽主张了解西方各国的情况,也着手进行文献的整理工作,但究未尝亲临其地,对于一些情况仍旧是人云亦云,难得根本。所以,他评价斌椿的《乘槎笔记》等著作,谓其"冲破了两千年来一直未能克服的局限和偏见,对一直被认为是神秘荒唐的西方世界,开始有了直接的接触"。参见斌椿著,谷及世校点《乘槎笔记(外一种)》,湖南人民出版社1981年4月第1版,第10页。
② (清)宝鋆等《筹办夷务始末》(同治朝)卷三十九《奏请派斌椿等随赫德出国往泰西游历折》,台湾文海出版社1971年版,第1—2页。

为旗人，且都处于弱冠之年。此次出行，斌椿除写下具有官方色彩、为回国交差用的《乘槎笔记》外，还写了两卷诗——《海国胜游草》与《天外归帆草》。以下，我们就谈谈他在旅途中和在国外游历时所写下的这些诗歌作品。

二　斌椿诗歌中的欧陆风情

虽然此次斌椿的欧洲之行打着的并不是国家使团正式出访的名义，而是一次"考察"，但从斌椿自己的理解和欧洲一些国家对其接待的规格和态度上，都将其当作一个正式访问来对待。首先，斌椿绝对是将自己当作了"使节"，"道路喧传天节明，使星昨夜到占城"[1]、"两度辎轩驻海滨，云山缺处见冰轮"[2]、"十洲游遍使车停，海上高楼住客星"[3]，全以"天子使节"自命。再者，所访国中的几位君主皆以国宾之礼待之，如英国的维多利亚女王为斌椿的到来主办规模盛大的宫廷舞会，瑞典国王及王妃、俄国亲王、比利时国王等都亲自接见他。此外，斌椿每到一国都会先拜访驻该国的领事，互相照会，以上足以表明这次"考察"从意义上就等同一次正式的出访。

斌椿的欧洲之行，在国内没有什么反应，但在国外却引起轰动效应。除以上各国君主的重视外，其在普通民众中也产生极大反响。德国媒体将斌椿一行称为"中国天使"，这个天使显然不是基督教中的天使，乃天子使臣之意。在英国，他们更受到有力追捧，报纸因为报道他们的消息印量大增，甚至还有人出重金购买斌椿的照片[4]。

初到异国他乡的斌椿，最让他眼花缭乱的是壮美、洁净、繁华的都市景色。他到欧洲的第一站是法国港口城市马赛。这里高楼林立，马路两边是煤气路灯，车辆络绎不绝，他这样描述这里的夜景："到处光如画，真同不夜城。珠灯千盏合，火树万株明。昼槛云中列，香车镜里行。夜游须达旦，何必问鼍更。"[5] 不像中国夜间少行人，甚至会宵禁，西方都市的夜生活最为繁华，这令斌椿既感新奇也十分赞叹。到巴黎，此前马赛、里昂的景象又略逊一筹，他这样描述这个世界大都会，其《二十二日戌刻由里昂登车，未明即至巴黎斯》二首云：

康衢如砥净无埃，骏马香车杂还来。

画阁雕栏空际立，地衣帘额镜中裁。

---

[1]（清）斌椿撰《海国胜游草·越南国杂咏》十二首之一，《续修四库全书》第1532册，第211页。
[2]（清）斌椿撰《天外归帆草·中秋月》三首之一，《续修四库全书》第1532册，第229页。
[3]（清）斌椿撰《天外归帆草·逆旅主人博来氏子官印度，婿亦贾岛中，距此千里，指点全岛图见赠》，《续修四库全书》第1532册，第227页。
[4]（清）斌椿撰《海国胜游草·西洋照像法摄人影入镜中，以药汁印出纸上，千百本无不毕肖》，《续修四库全书》第1532册，第215页。
[5]（清）斌椿撰《海国胜游草·至马塞……煤气然灯万盏交辉，街市如昼》，《续修四库全书》第1532册，第214页。

明灯对照琉璃帐,美醖频斟玛瑙杯。
醉里不知身作客,梦魂疑是住蓬莱。(其一)

入门问俗始称奇,事与中华竟两歧。
脱帽共称修礼节,坦怀何用设藩篱。
简编不惜频飞溷,瓜李无嫌弗致疑。
最是绮纨长扫地,裙裾五色叹离披。① (其二)

显然,斌椿是以一种纯粹中国式抒写来描述巴黎。这是必然的,作为一个此前从未涉足国外的老人来讲,对目前景物的表述只能通过以中国景物的比拟来完成。用古典的、传统的中国式样的语言和情感来抒发他对巴黎的惊叹和喜爱,是斌椿欧洲之行诗歌创作的最基本的特色。他用"琼楼""雕栏""朱阁"借以形容欧洲的高楼大厦,"翡翠""玛瑙""琉璃"成为他形容一切华美物件的代名词。也难怪斌椿对欧洲都市之宏丽壮美感到无比震惊,当西方城市的公交、水电煤气、街区绿化、公共设施,对比起中国的黄尘土路、水沟暗渠、荒凉闭塞时,无论是谁都会产生这种感觉。

欧洲城市的繁华令他感到无比惊讶,先进科技更令他叹为观止。虽然,当时的中国已经知道有轮船、火车等交通工具,但亲身尝试的人很少。斌椿一行,可贵之处就在于对一些领先世界的科学技术,他们是亲身观摩者也是实践者,所记显然比二手资料真实。此外,诸如电梯、电报、自行车、按铃、显微镜、照相技术、纺织机、铸币机等,都经过他们的介绍被国人所知。在英国,斌椿还有幸参观了第一次世界博览会会址——水晶宫,加深了他对西方世界科技领先地位的认识。

在欧洲,斌椿最感兴趣的是火轮车,即火车。考察过程中,他共计乘坐火车达四十多次,他对火车的便捷、快速、舒适给予极高的评价,发出"若使穆王知此法,定教车辙遍寰区"的慨叹。但事实上,火车在中国的推行可谓举步维艰,英国人曾修筑从吴淞口到上海的铁路,但迫于封建势力的压力,这段铁路被清政府收购并拆除,就连车头也被推入黄浦江。斌椿不仅喜欢乘车,还记载火车的外观、原理、功用等,他说:"轮车之制首车载火轮器具,火然水沸,气由管出,激轮行,次车载石炭及御者四五人,后可带车三五十辆,车广八尺,长二丈有奇,分三间,每间两旁皆有门窗,嵌以玻璃,设木炕二铺,设厚软华美为贵客坐也。次则载行李货物,又次则空其中,载木石牛马骆驼各物,皆用铁轮六。前车启行,后车衔尾随之,一日夜可行三千里,然非铁路不能。"② 他写诗感叹火车的极速和舒适程度,如《四月三十日夜瞻者斯

---

① (清)斌椿撰《海国胜游草》,《续修四库全书》第1532册,第214页。
② (清)斌椿撰《海国胜游草·至埃及国都初乘火轮车》,《续修四库全书》第1532册,第213页。

(都北大镇)登车,次早即至伦敦,计程六百里》云:

> ……形制类厂轩,卧榻环四面。地主送客归,欹枕我亦倦。御者整器具,膏车然石炭。初闻风啸声,俄顷似飞箭。前车如兔脱,后乘亦鱼贯。对床尚高谈,不作抚髀叹。忽闻入山腹,轻雷来耳畔。有时过村镇,灯火似奔电。迨度伦敦关,鸡人甫戒旦。瞬息六百程,飞仙应我羡。①

这首诗既写临发车前的准备工作,也对车厢的内部构造有所描绘,乘车肯定比骑马和坐马车舒服多了,所以他显得那么悠闲自得。他记载乘车经历的诗很多,可见他对火车的喜爱。除火车外,他还参观了当时欧洲最大的纺织厂,并对纺织技术生产力之高和产能之大尤其赞叹。

这次欧洲之行,先进科技对斌椿的世界观产生很大的影响,他通过显微镜使用对生物学产生初步的兴趣,知道世界上还有如此微小的事物存在,一滴水中的世界竟如此美妙。他还通过自己的亲身经历验证了地圆说的可信,并学习了地球自转的理论:

> 汉时铸仪象,璿玑用以传。七政属右转,天体实左旋。穹窿大无外,其象难窥瞻。何得日一转,终古无息肩。西法近愈邃,乃云殊不然。地球系自转,一日一周天。闻兹初甚惑,管见费钻研。若云地广厚,旋转焉能便。一转九万里,人民苦倒悬。岂无倾覆患,宫室多危颠。不知真力满,大气包八埏。我行球过半,高卑判天渊(予此行极西至英国伦敦,当在地球侧面)。中华日正午,英国鸡鸣前(所携时辰表每正午,伦敦鸡初鸣也)。欹侧人未觉,可证形团圆。天体亿万倍,宗动何能然。地转良可信,破的在一言。②

中国旧有的天体运行之说,与西方的天文学有很大差别。斌椿欧洲一行,不仅亲身实践了地球是圆的这个真理,还接受了最新关于天体运行的科学,尤其是1851年由傅科证实的地球自转说,改变了斌椿此前的天文观念。他就自转说提出疑问,"一转九万里,人民苦倒悬",之后人们又对他解释了大气知识,他终于弄清楚地球自转的基本原理。

斌椿在诗中还重点描写中西礼节、民俗等方面的不同。斌椿的思想中没有国内守旧大臣所谓的"华夷之辨",所以,在他面对诸多与中国不同的风俗礼节时,并没有表达出过多惊讶,最明显的就是西方女性地位比东方女性地位高这一现象。很多人评价斌椿的笔记和诗中过多记载城市设施、宴会、女性美貌和精美服饰,指责他根本没有尽到考察责任。其实,这些对民俗风情、社会现象、饮食穿用的记载和对比何尝不是一种考察。

---

① (清)斌椿撰《海国胜游草》,《续修四库全书》第1532册,第216页。
② (清)斌椿撰《天外归帆草·与太西人谈地球自转理有可信》,《续修四库全书》第1532册,第220页。

他意识到东西方女性地位的差异,在当时的中国足以引起争议,可斌椿对此并不以为意。作为一个六十多岁的老儒生,他甚至都没有表现出明显反感。他初乘轮船远航,途中意识到西方女性的独立开放,他这样记载:"每起则扶掖登船楼,偃卧长藤椅上。而夫日伺其侧,颐指气使,若婢媵然。两餐后,或掖以行百余武。倦则横两椅并卧,耳语如梁燕之呢喃,如鸳鸯之戢翼,天真烂漫,了不忌人。"① 他笔下的这位西方女性和她的丈夫不会像在当时中国一样男尊女卑,他不但不反感,味其"天真烂漫"似乎还有那么一点羡慕,这种无道学说教气的记载很不容易。此后,随着与西方女性接触时间和范围的增多,他对西方女性开放大胆、热情活泼的个性渐从惊异到喜欢,这种转变也颇有意味。

斌椿的诗中不仅涉及东西女性地位差异,如其《书所见》三首之一小注有"西俗最敬妇人"的解释,可见他对此已有较深领会。此外,他还描写很多天真浪漫、美丽善良的西方女子,如其《包姓别墅》四首之二云:

弥思小字是安拏,明慧堪称解语花。
呖呖莺声夸百啭,方言最喜学中华。②

他怀着喜爱的心情,记载了这位聪明可爱、平易近人的贵族小姐,他在诗中使用英语的译音,"弥思"即英文的 miss,是对未婚女士的尊称,斌椿的这首诗写得中外合璧,饶有情趣,是较有"洋味"的一首诗。他这种将西语运用到汉文学创作的方法,属创例。

来去欧洲途中,他接触了很多新鲜事物,并怀着浓厚的兴趣将其记录下来。他写飞鱼"洪涛飞白雪,丛树恋斜阳。水母成群戏,鲸鱼跃水忙"③,写午夜海景"莫讶重昏能夜晓,莲灯亿万吐奇光"④,写海中的怪鱼"兹鱼何莹澈,游泳万顷洋。俨如水晶碗,中有冰雪肠。爱兹洁白体,放归不忍伤"⑤,这些事在今日不足为奇,但却足以引起他的兴奋。他还特别注意在诗中以小序的方式介绍各国的地理位置、特产风俗、历史沿革,如其《红海苦热》记载芬兰的地理位置和当时归属情况,这些知识在当时的中国极少有人关注。其沿途所见所闻,皆以诗存之,他趁着在埃及换乘火车的间隙游览法老墓(金字塔)事便值得我们一说:

航海逾五旬,又蜡游山屐。未明戒徒御,策蹇历田陌。行见村舍稀,黄沙少人迹。古

---

① (清)斌椿撰《乘槎笔记(外一种)》"二月二十五日",湖南人民出版社 1981 年 4 月第 1 版,第 11 页。
② (清)斌椿撰《海国胜游草·包姓别墅四首》之一,《续修四库全书》第 1532 册,第 216 页。
③ (清)斌椿撰《天外归帆草·过苏门答腊》,《续修四库全书》第 1532 册,第 228 页。
④ (清)斌椿撰《天外归帆草·前夜海中如积雪,八月朔夜半忽有白光如莲花灯亿万盏,平铺海面,楼船织芥毕照,亦一奇也》,《续修四库全书》第 1532 册,第 227 页。
⑤ (清)斌椿撰《天外归帆草·红海滨多怪鱼,有表里通明形正圆如玻璃碗,覆水中者,无首尾》,《续修四库全书》第 1532 册,第 225 页。

冢魏然存，高高四千尺。北向有墓门，藓花埋洞额。不知何王陵，鸟篆扪断碣。土人劝客进，篝灯照幽窟。深入二里遥，蛇行觅空隙。中有石椟存，扣之韵清越。翁仲卧千年，苍然土花碧。①

这首诗以一种带着想象、夸张的手法对法老墓进行描写，他的《乘槎笔记》可与此印证："又十余里，至古王陵。相连三座，北一陵极大，志载基阔五里，顶高五十丈，信不诬也。方下锐上，皆白石垒成。石之大者，高五六尺、阔七八尺不等。北向有石洞一，蛇形入，土人篝灯前导。窄处仅容一人，曲折上下，穷极幽险。中有石槽一，叩之作磬声，云古石棺也。洞口高十余丈，横石刻字，计十行，约百余字，如古钟鼎文，可辨者十之二三，余则苔藓剥蚀不可识。洞之上下两旁，有石刻，皆泰西文字。山下有方池，石砌未竟。旁竖巨石，凿佛头如浙江西湖大佛寺像，洵成巨观。"② 这里他对金字塔外观、内部的描写十分细致，这或许是我们国家对埃及法老陵墓的最早记载。

但斌椿的诗歌在内容上也存在不足，限于见闻和旧式思想局限，他在一些事的记载上存在错误，对一些问题仍以"天朝"自居，漠视文化思想以及科技进步。如《七月初六日（为外国八月十五日，法国主是日生辰）街衢皆悬旗祝寿，明灯亿万盏，绵亘十数里，光可烛天，烟火百戏极盛，四方观者甚众》就属前者。斌椿出访时在位的法国皇帝是拿破仑三世，即路易·拿破仑·波拿巴，他生于1808年4月20日，但斌椿此处记载其生日是8月15日，事实上，8月15日在西方是纪念耶稣之母升天的圣母升天节。另外，囿于自幼生活学习以及为官经历，他在思想深处仍将中国视为"天朝上国"，他承认西方科技有先进之处，却以"奇技机巧"概括之，认为再先进发达的技术也不如泱泱华夏文明，殊不知，正是他所谓的泱泱华夏的"文明"限制了中国的发展，造成被动挨打的局面。他在比利时曾受到国王亲自接见，作诗记载，中有"称说中华恩礼重，至今额首感怀柔"之句。

三 斌椿诗歌的意义

总体而言，斌椿诗体现出两个明显特点：语言运用真实质朴、明白如话；风格气质雄浑豪放、峭奇壮美。

斌椿一些反映各地风俗的诗不善雕饰，口语性强，类似于"竹枝词"类的民歌，如《越南国杂咏》十二首之八：

---

① （清）斌椿撰《海国胜游草·古王陵》，《续修四库全书》第1532册，第214页。
② （清）斌椿撰《乘槎笔记（外一种）》"三月十一日"，湖南人民出版社1981年4月第1版，第15页。

青衫短短发垂丝，跣足科头一样姿。
郎已及笄侬未冠，谁能辨我是雄雌。①

诗末附小注，"男蓄发，多无髭；女赤足，不施簪珥。戴笠，真莫辨雌雄也"。这首诗有着浓郁的异国风情，没有语言修饰，也没有刻意的雕琢和细腻的刻画，但热带风情的画卷却呼之欲出。

整体看，他的诗多散体化，少对偶和排比，隶事用典很少，读起来通俗易懂。他回程途中所作的这首诗就是这样：

我行六阅月，凡五万里地。越国十有五，浮海亦历四。言语重译通，人物具奇致。鸟兽与虫鱼，大半多怪异。所见既已夥，束装作归计。异邦人送别，亦有黯然意。轮车如斗室，群坐无位次。驰驱不知劳，谈笑杂酣睡。一夜途二千，迅速逾飞骑。明日挂帆去，书补舆地志。②

全诗把他一路行程观感以简单朴素的语言表达出来。除此之外，斌椿喜欢将新词语用在诗歌中，前面谈到他在诗中用"弥思"这个英文词汇，类似例子还有不少，如"昨发丹麻尔，今日至瑞颠。扬帆出海口，百里如游仙"③、"趋来马塞正新秋，万里欧罗记胜游"④ 等。历来谈晚清诗发展演变时都会提到黄遵宪及其倡导的"诗界革命"，他们要求诗人反映新的时代思潮，要求诗歌语言通俗易懂，使用新词汇，融合新思想，这是光绪二十四年戊戌变法（1898）后的事。反观斌椿同治五年（1866）出使时的创作早已突显出类似特征，说明这次出行对他的影响之大，也似乎昭示着新时代的到来。

从风格上来看，斌椿诗歌柔曼婉丽者少，雄浑豪宕者多，抒发一己情怀、伤今吊古的作品尤能体现这一特点。他在回国途中，路过伶仃洋时曾作《零丁洋大风》：

男儿生有抑塞不平之奇气，俯仰尘寰不适意。骑鲸忽作海上游，翩然直过爪哇地。满胸磊块出喉中，一吐抑郁消无踪。天风吹入沧溟里，化为巨浪腾晴空。吁嗟乎，天公欲试书生胆，万里平波作坑坎。世途咫尺千哀斜，康庄更比风涛险。⑤

---

① （清）斌椿撰《海国胜游草》，《续修四库全书》第1532册，第211页。
② （清）斌椿撰《天外归帆草·七月初八日戌刻，自巴黎斯（法国都城）乘轮车，初九日巳刻至马塞》，《续修四库全书》第1532册，第223页。
③ （清）斌椿撰《海国胜游草·二十五日夜住云居平次日至瑞典国》，《续修四库全书》第1532册，第218页。
④ （清）斌椿撰《天外归帆草·舟中即景》，《续修四库全书》第1532册，第223页。
⑤ （清）斌椿撰《天外归帆草》，《续修四库全书》第1532册，第229页。

第十二章 晚清八旗诗坛的变徵之音

诗歌洋溢着一种发自内心的自豪感,当然,这或许是由于他完成了艰难的出使使命,并且顺利归国所致。但我们不能否认,斌椿放达适意、不受羁绊的气质对这种洒脱豪放的诗风形成也有一定影响。他的一些诗歌也写得恬静优美、色彩娟丽,《舟中偶吟》三首之三云:

> 两岸芦花水一湾,田家无事野人闲。
> 板桥小立逢樵子,笑指斜阳话远山。①

这类作品不多,但体现出的静谧安适的风格,倒也与斌椿不求闻达,但求适意的个性较符。

斌椿对这次欧洲行极为自豪,他在《乘槎笔记》卷末说:"外洋各国,自道光庚子通商,来中华者争先恐后。而中国士大夫,从无至彼国者。……所经各国山川险塞,与夫建国疆域,治乱兴衰,详加采访,逐日登记。其国人之官爵姓字,以及鸟兽虫鱼草木之奇异者,其名多非汉文所能译,姑从其阙。至宫室街衢之壮丽、士卒之整肃、器用之机巧、风俗之异同,亦皆据实书,无敢傅会。"② 在斌椿一行没有亲历西欧各国进行实地考察前,中国对西方世界的了解都几乎"道听途书",比如《四洲志》《海国图志》《瀛环志略》等,虽是最早介绍西方科技文化的读物,但基本采取现成文献进行加工,其价值充其量不过是工具书。但斌椿的《乘槎笔记》和他的诗歌以及同行者的笔记资料,却是"实地考察"和"亲身经历"的结果。斌椿尽可能客观叙述,虽然他的文化结构、知识层面、身份地位、年龄都决定了他存在极大的认知局限,他的思想不可能像王韬等人那么豁达开放,也不可能更大限度的接受西方文化、科技、思想等各方面的先进之处。作为封建官僚,不能指望他对改革、学西有多大的理想和建树,虽然他也开朗健谈、豪放洒脱,但思想仍旧比较保守。虽然,在我们今日的思维和定义下,他的出游并没给积贫积弱的清政府注入多么有力的强心剂,不过就是走马观花像模像样地游览一番,但他却着实成为中国近代以来难得的开眼看世界的第一人。

从实际的外交意义上来说,斌椿此行不会给中国社会带来什么真正的帮助,哪怕是一种美好的希望。清政府的此次派遣,是在列强的坚船利炮将"天朝上国"的虚假外衣生生撕碎后,不得已的选择。换言之,这并不是发自内心的主动自发的行为,在中国皇帝的骨子里,仍旧做着"第一帝"的美梦。就在《北京条约》签订,外国公使入驻北京后,他们仍将各国使节拒绝在紫禁城外,原因就是各国公使不肯行跪拜礼。他们的心里顽固地认为中国皇帝的地位和外国君主的地位绝不平等。这种夜郎自大的狂妄自尊和斌椿出访时维多利亚女王在门口迎接的场景是多么巨大的反差和讽刺。妄自尊大、裹足不前、闭关自守所带来的毁灭是一种必然。正如

---

① (清)斌椿撰《天外归帆草》,《续修四库全书》第1532册,第233页。
② (清)斌椿撰《乘槎笔记(外一种)》卷末识语,湖南人民出版社1981年4月第1版,第56页。

钱实甫先生称斌椿此行说："是清政府的官僚被派去西方各国的开端，也可以说是后来通使的前哨。"① 但这一尝试，毕竟为近代中国外交史奠下第一块基石。随后张德彝（1847—1918），字在初，又字俊峰，也是旗人，一生先后出国八次，在外任职近三十年，写了八部日记介绍西方文化，为国人开眼看世界做出了巨大的贡献。基本上，斌椿等人一行，完成了应有使命，毕竟富国强民之路任重而道远。

第二节　八旗现实主义诗人延清

延清（1846—?），字子澄、紫丞，号铁君，晚号阁笔老人。巴里（哩）克氏，驻防京口（今江苏镇江京口区）镶白旗蒙古人。延清少时父母双亡，寄食姑丈家中，这种生活经历养成他刻苦认真的性格。同治九年庚午（1870）补贡生，十二年癸酉（1873）中举，次年会试成进士。他任职工部达三十年，历掌司务厅、屯田司、营缮司、都水司、宝源局等印。光绪三十年甲辰（1904）被任命为翰林院侍讲学士，宣统二年庚戌（1910）为翰林院侍读学士，同年充六班大臣。延清著述丰富，有《蝶仙小史汇编》六卷、《蓬莱仙馆诗》二卷、《丙午春正倡和诗》、《锦官堂七十二候试律诗》、《庚子都门纪事诗》及《诗补》，他还辑有《遗逸清音集》，是研究清末民初八旗诗歌的一部较为重要的诗歌总集。

一　延清的《庚子都门纪事诗》

延清的诗歌，在庚子之变前刊行的有《蓬莱仙馆诗》二卷、《丙午春正倡和诗》、《锦官堂七十二候试律诗》、《锦官堂诗草》。庚子之变后，他又写有《庚子都门纪事诗》、《奉使车臣汗纪程诗》三卷、《锦官堂诗续集》。《庚子都门纪事诗》凡六卷，包括虎口、鸿毛、蛇足、鲂尾、豹皮、狐腋六集，卷首叙四篇，集评十一则，卷末跋五篇，收诗三百八十九首（附录同人诗一百六十九首）。此书在光绪二十八年壬寅（1902）刊刻时名为《巴里客余生草》，再版时更名为《庚子都门纪事诗》。后来应友人要求将庚子春至六月间的数十首诗，汇为一集，名曰《鸡肋集》，又称作《庚子都门纪事诗补》，于宣统三年辛亥（1911）刊行。王育梁曾在诗中推崇延清的《庚子都门纪事诗》为"后来作者推诗史，想见当年杜少陵"。延清作为庚子事件的亲历者，将事件的发生、发展、激化、斗争、结果，生动详细地予以记载，四百余首诗可作日记读。阿英所编《庚子事变文学集》中收录延清诗五十余首，并做了重点介绍和详细分析，

---

① 钱实甫著《清代的外交机关》，生活·读书·新知三联书店1959年7月第1版，第236页。

认为这是近代中国文坛上以诗歌形式对庚子事变进行描述的首推之作,具有很高的史学和文学价值。张宝森序中称:"凡骄兵悍卒之搜牢,氐帅羌豪之蹂躏,志士忠臣之慷慨,贞姬烈媛之从容,冷官薄宦之颠流,谊友良朋之讯慰,莫不绘形镂态,揣色摹声。组辞则俯拾齐梁,叙事则仰宗汉魏,又岂仅括遗山之野史,续相之宫词已哉。"① 曹福源谓"事核词哀,独抒忠爱,论者以杜少陵、白香山《新乐府》例之,诚哉无忝"②,是对延清《庚子都门纪事诗》的"诗史"精神的肯定。

文学研究界对延清及其创作不甚关注,但他的《庚子都门纪事诗》因记载中国近代历史上一次至关重要的事变,成为历史研究者看重的一种文献。其实除历史价值外,诗歌本身具有杜诗的沉郁顿挫、悲慨苍凉的厚重感,也值得我们一读。延清好诗,曾与朋友延松岩、崇仲蟾、李钟豫等在光绪元年(1875)至光绪二年(1876)结"七曲诗社",当时反响颇大。但其早期诗歌不外吟风弄月、流连光景、酬唱赠答之什,可读性不强。他后期的诗,无论是内容还是艺术风格,都趋于成熟厚重。下面我们就探讨下延清《庚子都门纪事诗》的主要内容和风格特点。

延清《庚子都门纪事诗》反映的内容大致可分为这几类:对庚子事变发生情况的记载、对帝国主义罪行的揭露、对义和团的客观描写、对慈禧等仓皇出逃狼狈景象的刻画、对民生困苦的深沉同情、对家人朋友的关心和挂念等,以下我们稍作介绍。

(一) 对庚子事变发生情况的记载

光绪二十六年庚子(1900),帝国主义打着帮助清政府镇压义和团的旗号实际阴谋瓜分中国,组成英、美、法、德、俄、日、意、奥八国联军,大举侵华。七月陷天津,八月陷北京,即著名的庚子事变。庚子事变是中国近代史上继"甲午战争"后又一次丧权辱国的重大历史事件。延清时在北京,目睹了事变发生和激化的过程。

义和团运动是我国近代史上一次由农民自发组织的反帝爱国主义运动。这次运动极大地促进了中国人民反剥削反压迫意识的觉醒。但与生俱来的小农意识、对封建迷信的过度崇信,以及对统治阶层的过度依赖造成了这次运动的最终失败。其间,义和团中也混入不少对权力和财富无比贪婪的野心家,他们打着义和团的幌子为非作歹,欺压良善,延清的诗中就对此有着真实的记录,如其《纪事杂诗》三十首之一云:

> 庚子夏五月,民教仇相攻。十七日逾午,喧传街市中。团民纠党羽,闯入都城东。义和揭旗帜,拂拂飘薰风。赤帕裹其首,纷如兵交讧。军刃各在手,外观真英雄。跳舞假神道,咄咄频书空。天方万千厦,一炬腾烟虹。化城灭俄顷,搜捕男女童。杀人竟如草,血

---

① (清)延清撰《庚子都门纪事诗》,《清代诗文集汇编》第 765 册,第 149 页。
② (清)延清撰《庚子都门纪事诗》,《清代诗文集汇编》第 765 册,第 149 页。

染刀光红。[1]

延清起笔没有写八国联军进城后的烧杀抢掠，反而先写义和团屠杀无辜百姓之事。"军刀各在手，外观真英雄"句，带着明显的嘲讽意味。这群看似是帮助百姓的"英雄部队"本应该值得人们尊重，但诗人笔锋一转，"跳舞假神道，呐呐频书空""搜捕男女童""血染刀光红"等句一出，"英雄"的真实面目就昭然若揭了。义和团进京是慈禧太后的授意，他们进京后大肆烧杀抢掠，在庙宇府邸中设立教坛，对普通百姓造成的伤害和困扰或许更甚于洋人，延清的诗歌基本上证明了这一点。

他的诗也反映出当时民智不开的情况，义和团以邪教、戏法等迷信活动吸引信众，很多人大上其当。北京城破日，义和团占据庄王府，开坛设法，很多群众慕名而来：

> 设坛就庄邸，府第何高庞。黄绫饰幡盖，碧纱糊轩窗。殿中鼎炉峙，门外戈戟搋。乡愚杂沓至，如水之赴江。乾坎分二派，大书书于幢。水乳欠融洽，种杂言愈哤。炊饭米难济，济之以弓双。满拟得其力，远人柔万邦。岂识众难恃，金钲徒击撞。一闻赴前敌，心胆先已降。[2]

诗歌描写乡民愚昧的同时，也对拳民的外强中干进行了揭露。与此同时，他还在客观公正的立场上，对义和团抨击天主教专主淫祀、肆意阉割童男童女等事给予澄清，谓其"传闻多虚诬"[3]。说明延清在当时的情况下，还是保持着头脑清醒的。

（二）对帝国主义罪行的揭露

帝国主义宣称自己是文明的国度，要帮助落后的中国寻求进步富强。可是，庚子之变一出，帝国主义烧杀抢掠毫不客气，虚假的文明嘴脸立刻呈现。延清的诗歌中旗帜鲜明地揭露帝国主义侵略者杀人放火的罪行："……海疆险要地，久矣居九夷。通商四十载，事事甘受欺。……顷以民教故，辄兴无礼师。戈铤竟北指，飙轮纷交驰。"[4] 他在谴责帝国主义侵略者擅开边衅的同时，还对他们带给中国人民的浩劫进行深刻揭露和忠实记录。如其《纪事杂诗三十首》之九：

> 城南富庶地，商贾多生涯。闾阎若鳞次，一条顿绣街。珍错萃山海，镠琳来江淮。膏腴甲辇下，讵料成祸阶。如遇楚人炬，烛天腾烟霾。蔓延数千户，拉杂同燔柴。货财付灰

---

[1] （清）延清撰《庚子都门纪事诗》卷一，《清代诗文集汇编》第765册，第152页。
[2] （清）延清撰《庚子都门纪事诗》卷一《纪事杂诗》三十首之三，《清代诗文集汇编》第765册，第152页。
[3] （清）延清撰《庚子都门纪事诗》卷一《纪事杂诗》三十首之七，《清代诗文集汇编》第765册，第153页。
[4] （清）延清撰《庚子都门纪事诗》卷一《纪事杂诗》三十首之四，《清代诗文集汇编》第765册，第152页。

第十二章 晚清八旗诗坛的变徵之音

烬,一例焦土埋。悲哉逐末子,居积空安排。盛极衰便伏,谁云天道乖。止火竟无术,老团羞满怀。①

这条往昔繁盛的街衢成为灰土,但这还不是侵略者带给中国人民最大的痛苦,随着局势恶化,八国联军气焰日益嚣张,他们主动寻衅烧杀抢掠,杀害拳民的同时也开始残杀普通民众。正如《纪事杂诗》中描绘的那样:"东隅四门启,敌进如春潮。草木失依附,难藏狐鼠妖。穷搜遍城社,遇者何曾饶。衣并积尸委,杵随流血漂。"这是诗人对正阳门、前门一带惨遭帝国主义侵略军蹂躏后景象的真实记录。

强盗行径至此并没有达到极致,更无耻的是他们公然瓜分中国领土,如《纪事杂诗》三十首之二十一云:

> 茫茫尽尘土,浩劫遭红羊。昔日五都市,今为争战场。京城六国据,画界先分疆。地自择肥瘠,人惟矜富强。俨然拔旧帜,新帜纷飘扬。亦复事要结,各营城一方。朝来下新令,安堵如寻常。抢劫有严禁,深谋宵小防。用夷或变夏,礼义几销亡。……②

侵占领土,掠夺财富,屠杀人民,又再去瓜分疆域,这就是号称"文明"的八国联军的真实嘴脸。随着清军节节败退,慈禧太后仓促逃亡,八国联军开始动手搜刮中华财宝。"金穴铜山外,难穷府库财""不独求珍宝,图书内府多",侵略者们不仅将紫禁城内的奇珍异宝搜掠殆尽,在洗劫万园之园圆明园后,还将这座举世闻名的皇家园林付之一炬。庚子事变应作为国人永远铭记的教训,时刻提醒我们不要忘记历史。

(三)对慈禧太后仓皇出逃以及变节官僚的嘲讽

清朝末年,政治鱼烂,尤其是以慈禧为首的最高统治阶层,在此国家危亡的紧要关头却只图剥削聚敛、贪淫逸乐,置家国臣民于不顾。她在义和团和洋人之间周旋,最后导致八国联军入城,几将北京城毁于一旦。延清对慈禧所谓的"西狩"行为不加掩饰地予以嘲讽,他说:"河山真似一枰棋,着子全输信可悲。黑白未分争道候,苍黄犹记出宫时。"③ 延清习读孔孟之书,忠君爱国自是深矣,但他将批判矛头直接对准当时的最高统治者,胆子不能说不大。《纪事杂诗》三十首之十一云:

> ……都门得噩耗,逃窜徒纷纷。闻说备车驾,仓皇谋出奔。公卿力谏阻,传述非无

---

① (清)延清撰《庚子都门纪事诗》卷一《纪事杂诗》三十首,《清代诗文集汇编》第765册,第153页。
② (清)延清撰《庚子都门纪事诗》卷一,《清代诗文集汇编》第765册,第155页。
③ (清)延清撰《庚子都门纪事诗》卷三《秋日感事用少陵秋兴八首韵》八首之四,《清代诗文集汇编》第765册,第165页。

根。出入禁奸宄，于焉讥九门。诸曹挂冠去，苟且图自存。修墓固虚语，省亲尤伪言。临难多假托，无乃忘君恩。……我四犬马报，谁效鹓鸿鸾。生死听天命，去留凭至尊。腥膻誓一洗，何日清乾坤。①

这里虽没直接点出这位"谋出奔"的人是谁，但"公卿力谏阻"的人肯定比公卿要大，当时光绪帝已被软禁，这位肯定是慈禧无疑。庚子事变是国耻，延清对事变的记载，并没有停留在揭露批判上，还对事变的原因进行反思。他认为统治者采取两面派手法，引狼入室，利用列强镇压义和团的手段极不明智。他们的不抵抗和侥幸心理导致了事变的直接后果。延清是清朝大臣，但并不讳言，他针对荣禄趁机发国难财的行径和慈禧、光绪仓皇出逃的丑态写出了一首首批判性极强的诗歌。

京城沦陷后留下的奸佞之辈，演出一幕幕无耻闹剧。延清满怀悲愤地刻画他们的丑态，如《危城》五首之三云：

翩翩年少半衣冠，面目而今顿改观。
横鼻镜夸新样小，称身袍厌旧时宽。
巾沾瑞露香殊佳，卷吸名烟臭胜兰。
不识人间羞耻事，乘车戴笠满长安。②

诗人将这个洋装洋服、乘车戴笠、招摇过市的无耻汉奸嘴脸刻画得淋漓尽致。此外，延清诗中对忠臣烈士进行了热情歌颂，对人民的深切痛苦进行细致的描写。同时，延清还通过诗歌记载自己以及与他同样处境的人们在庚子事变期间的所思所感。

延清文名早著，盛昱曾称赞其："午塘（梦麟其号）梧门（法式善其号）久不作，燕支山色空烟云。东部贵种射生手，南朝才子熟券军。磬磬大集厚一尺，何如雕弓开六钧。缘边战事方日棘，能作吴语吾不闻。"③ 延清不仅工赋，诗也早受瞩目，"尤擅长者则为七律，先后凡数刻，固已脍炙人口久矣""讽诵吟咏，殆无虚日"，吸收借鉴前代诗人的长处，不时与诗友唱和切磋。他的诗不仅思想丰富，艺术成就也较高，时人称其为"诗兴特豪""诗名海内"。

延清诗歌具有的现实主义精神历来为人称颂，他对杜甫十分服膺，二人有相似之处：同样是身处动乱频仍，同样是民不聊生，同样是飘零沦落，他们在创作时注重实录，也就是诗史精神。安史之乱给唐王朝带来巨大打击，晚清政局何尝不是如此，甚至在某些方面，较唐时更

---

① （清）延清撰《庚子都门纪事诗》卷一，《清代诗文集汇编》第765册，第153页。
② （清）延清撰《庚子都门纪事诗》卷一，《清代诗文集汇编》第765册，第158页。
③ （清）盛昱撰《郁华阁遗集》卷一《题子澄同年锦官堂赋钞》，《续修四库全书》第1567册，第219页。

甚。伟大的作品，总是具有典型性和概括性，这种典型性和概括性如果没有创作者的亲身经历，也就没有意义。延清的诗选择最具代表性的场景和事件，不对当时的环境作宏观壮阔的描写，而是通过对事件本身具体细致的刻画，展示出更多更深层次的内涵。延清运用细节刻画、形象描摹、语言描写等手法，让所述之人物个性跃然纸上，使得诗歌具有较高的真实性与可读感。再者，在用韵上以所表达的内容为基准。因为多抒发抑郁之思，故其多择仄声韵，以突出沉郁悲慨的氛围和语调铿鸣的节奏。这样做不仅是对杜诗用韵的着意模仿，客观结果上也的确起到增强诗歌感染力的作用。同时，延清在语言上不涉生僻怪涩，力求简单通俗，就避免了滞涩诗人情感的发挥，也不会影响读者阅读情绪的连贯性。这些特点，都是他针对诗歌创作的现实主义精神进行的必要调整。

二 延清的《奉使车臣汗纪行诗》

光绪三十四年戊申（1908），延清奉使往喀尔喀蒙古车臣汗部祭奠多罗贝勒蕴端多尔济，万里行程中，他饱览蒙古的自然风光、土俗民情，拓展视野的同时也激发了创作热情。这一路上他写下几百首诗歌，结集为《奉使车臣汗纪程诗》三卷，他是用诗歌描写塞北蒙古自然风光及风俗习惯最多的人，这也进一步拓展了他现实主义创作的表现范围。

车臣汗部，又名为格根车臣汗部，或称喀尔喀东路、克鲁伦巴尔和屯盟，是我国清朝及民国时期所谓的"喀尔喀蒙古四部"之一，康熙三十年辛未（1691）设置，地域相当于今蒙古国东方省、肯特省、戈壁苏木贝尔省以及苏赫巴特尔省、东戈壁省的部分地区。延清是蒙古族，但从祖辈开始便长居江南，这是他第一次涉足外蒙古草原。但延清对本民族怀着深厚的感情，对蒙古民族语言文字、历史沿革、地理面貌、土俗民情都有较深研究。他的《奉使车臣汗纪程诗》不但为我们描绘了宽广辽阔的塞外风光，还兼之考证，使得这些诗歌在艺术性之外兼具史学价值。从他的《读〈蒙古游牧记〉，知喀尔喀各部归来始末，为题一律》诗可见，在行进的路上他一直对边疆史地进行研究，与他以往所学相印证。此类诗还有《鄂兰胡笃克五排十二韵》《望和林作》《又沙城午尖四十六韵》等，皆涉考证外蒙古地区地理、历史、民俗。如描写外蒙地区风土民情的《初见鄂博用宝文靖公诗韵》：

> 高杆矗立岭头堆，迎面惊看眼界开。
> 省识蒙民心佞佛，漫疑拜石米颠来。①

"鄂博"就是常听说的"敖包"，是蒙古语的音译。它由木材、石料或土堆砌成，以前在

---

① （清）延清撰《奉使车臣汗纪程诗》卷二，《清代诗文集汇编》第765册，第107页。

蒙古草原随处可见。最早是作为路标或者边界的标志，后来演变成祭奠山神、路神的象征。延清从未曾踏足蒙古，他初见鄂博显得饶多兴趣。

恶劣的气候环境、道途的艰难险阻，都没有影响延清此行的兴致。他的《宝文靖公有〈四马驾杆其行益速，赴鄂拉胡笃克作〉，爰依韵仿而作之》诗云：

> 壮游梦想不到此，何屑拘拘老乡里。今年奉使车臣汗，不意奇观得如是。坡陀大炕（有大岭极其平远，横亘一百二十里，土人呼为大炕）横遥天，一转瞬间来眼前。细草蒙茸马蹄衬，青青盈望浮晴烟。起伏龙堆覆如盎，居然矫首现真象。北人使马如使船，控纵两骖胜双桨。挟辀何处无雄豪，左右何容差一毫。脱杆笑尔乌拉契，把握如何都不牢。①

很明显他因为怀着欣然就道之情，所以即便在草原上遇见狂风大作、暴雪肆虐、路途泥泞、缺水少粮，他也未表现出埋怨和怠惰。在干旱少水、风沙飞走的石滩上，延清停下车马，捡拾路上的五色石，在所作长诗中自嘲说"笑我归途车满载，压船也抵郁林装"②，这种乐观也传递到他的一些写景小诗中，如《布鲁图早发，仍用宝文靖公行字韵》：

> 忍与青山别，青山送我行。
> 意将千里适，幸不一尘惊。
> 路距龙堆近，沙连雁碛平。
> 胡笳声可听，入耳似吹笙。③

"一切景语皆情语"。在延清笔下，青山、龙堆、雁碛都成为有情之物，多数诗人悲凉不忍听的胡笳，在延清听来多似悦耳的竹笙，这种开朗畚积的情绪在历来出使塞外穷边的诗人中比较少见。

延清的诗为我们展现出独具民族特色的民俗风貌和草原风情，如饮食习惯、居住特点、服饰容妆等，可以说他在这部诗集中将蒙古民族的一些基本习俗都做了简要的介绍。此外，他的诗还涉及中原人到草原行商贸易的情景，这是清代诗歌中比较少见的，如其《路过买卖街，商人陈列货物，招人购买，诗以纪之三首》，举其中两首：

> 不须询物价，无复有便宜。

---

① （清）延清撰《奉使车臣汗纪程诗》卷二，《清代诗文集汇编》第 765 册，第 115 页。
② （清）延清撰《奉使车臣汗纪程诗》卷二《戈壁石五色斑斓，遍地皆是，仆人掇拾太多，命再汰之，为赋七排二十韵》，《清代诗文集汇编》第 765 册，第 115 页。
③ （清）延清撰《奉使车臣汗纪程诗》卷二，《清代诗文集汇编》第 765 册，第 114 页。

第十二章 晚清八旗诗坛的变徵之音

利或逾三倍,偿非责一时。
账多添鼠尾,钱贵薄羊皮。
交易成宾主,非徒贸布丝。(其二)

颇获经营益,遑辞转运劳。
招徕支野幕,出入敷泉刀。
吸彼膏兼血,酬他革与毛。
通商非下策,安得尽弦高。(其三)①

这类诗歌展现出清末民初中原地区和外蒙地区易货贸易中的人员组成、贸易习惯、贸易方式、交易货品和结算方法等。第二首诗原注:"凡蒙古各台站居人所需米面等物,皆贷之商贾,今年购者须偿之次年。"外蒙地处偏远,难于耕作,靠游牧为生,他们生活日用品几乎全靠游商供给。这些商人大多来自张家口和山西等处,他们长途跋涉、历尽艰险,以获取财富。正如延清诗中说,一般货物的利润都在三倍以上,如是紧俏物资则奇货可居,索值更昂。商人和草原牧民不以货币交易,这与当时社会环境有关。时局不稳,货币交换远不如实物交换来的稳妥,商人更可借此机会大赚一笔。延清的这些诗,包含的信息量还是较大的。

辛亥革命后宣统帝逊位,清朝覆亡。延清退隐不出,自号"阁笔老人",连续六年不进行诗歌创作。但出于对故国的怀念和对朋友的系念之心,他搜集旧朝文献,编辑八旗诗人选集《遗逸清音集》,为传承八旗文化做贡献。《遗逸清音集》共四卷,收光绪、宣统、民国间八旗诗人一百余,诗歌计一千余首。集中附诗人小传,很多诗集失传(或不易见)的诗人及作品赖此以传。延清编选《遗逸清音集》的初衷大致与杨钟羲编辑《雪桥诗话》、盛昱编辑《八旗文经》一致。民国六年(1917)后,他又重新开始诗歌创作,但风格与此前截然不同。此期的创作虽饱含故国之思,但以前的英飒之气荡然无存。诗人也渐入老境,作品多以酬赠互答、描花写月为主,时有对时事的观照,但远不及《庚子都门纪事诗》一般慷慨激昂。

总体来说,延清作为清末民初八旗现实主义诗人的代表,用他的诗歌创作展现动乱时期的社会现实和人民生活的真实情况。但作为封建士大夫的他,在立场上存在偏激之处,所言未必确的,但他毕竟试图对"庚子事变"的北京进行较为客观的记载,为我们研究那段历史提供了相对准确的材料,就很难得。延清的诗歌风格多样:纪事诗沉雄遒丽,写景诗质朴清新,展现出较高的创作水平,在清末八旗诗人中是较有特色的一位。

---

① (清)延清撰《奉使车臣汗纪程诗》卷三,《清代诗文集汇编》第765册,第125页。

第三节　清末诗人盛昱与唐晏

在晚清诗坛盛昱和唐晏（又名震钧）均以能文著名，但两人侧重各有不同：盛昱长于经济之学，是"清流派"骨干，屡次上疏言事、弹劾贪官、反对侵略、主张变法自强；震钧宦途不偶，屡试不中，一生勤于著述，是文字、书画、诗文等多方面的人才。盛昱与震钧因对文学创作和金石考证方面的共同兴趣，成为知交，于国之末造，担负起搜集整理乡邦文献的重任，他们对八旗文献整理和保存，居功厥伟。

一　盛　昱

盛昱（1850—1900），别字如伯熙、伯兮、伯羲、伯蕴、韵莳，号意园，清宗室，镶白旗满洲人，肃武亲王豪格之后。父恒恩，字雨亭，都察院左副都御使。母亲是八旗著名女诗人那逊兰保。文学氛围浓厚的家庭给盛昱提供了绝好的学习环境，他自少聪敏，同治九年庚午（1870）中举，光绪二年丙子（1876）进士及第。散馆后历任翰林院官，其间兴办新学、提携后进，并主持清议，上疏言事，直声动朝野。但正因如此，引来对手的打击，被迫辞官家居。家居十余年中，他沉浸于学术研究和文献整理以及诗文创作中，留下《郁华阁遗集》、《意园文略》（杨钟羲编辑）、《伯熙杂记》、《成均课士录》、《雪屐寻碑录》、《蒙古世系谱》等书，他还主倡编辑《八旗文经》，后由杨钟羲玉成，为收录八旗文之最全总集。

盛昱之《郁华阁遗集》为杨钟羲在其去世后汇集旧作编辑而成，计四卷，诗三卷，词一卷，编年为序。收录诗词计一百余首，有蒯光典、柯绍忞、郑孝胥等人所作序跋。盛昱出身贵族，家族到他仍不算没落。贵公子出身的他，早期诗风受个性、环境、母教影响较大。诗歌语言精美华丽、玉润珠圆，有富贵气，如《题素芬女史小照应梅兄教》四首之二云：

但从图画见真真，已诧清波有洛神。
十斛明珠等闲事，可教长作镜中人。[1]

诗近香奁，不脱纨绔习气。及仕宦后，目睹时艰，奋力国事，诗风为之大变。一扫此前绮罗旖旎之习，转而抑愤激昂、慷慨悲凉。汪辟疆在论《近代诗派与地域》时说："伯希（盛昱

---

[1] （清）盛昱撰《郁华阁遗集》卷一，《续修四库全书》第1567册，第219页。

第十二章 晚清八旗诗坛的变徵之音

其字）以清刚劲上之才，抒悯时念乱之情，寄兴于写物，抒抱以论文，虽嵩目艰虞，持论未衡于世议，然胸怀坦白，寓感每谅于后贤；轶世清才，郁华为最。"① 光绪九年庚辰（1883），中法战争爆发，李鸿章力主议和，同为清流大臣的梁鼎芬抗言直疏，力诋李鸿章六大必可杀之罪，引起慈禧震怒，将梁氏连降五级。梁鼎芬一面对朝局失去信心，一面则不甘受辱，愤然辞官归里，盛昱有《金缕曲》三首相赠，其一云：

> 此汉铮铮铁，是当时，呼天无路，目眥皆裂。欲斩长鲸东海外，先恨上方剑缺。便一疏，轻投丹阙。东市朝衣皆意计，赖圣明续尔头颅绝。尔不见，彼东澈。　　天心早许孤臣节，只徘徊，谪书一纸，已经年月。门籍不除身许便，如此重恩山岳。除感激，更当何说。悟主从知非幸直，恐浮名尚罪湘垒窃，洒何地，一腔血。②

当此时，清流派在朝言事，风头正劲。盛昱没有为梁鼎芬等人的遭遇所吓退，光绪九年癸未（1883）至十年甲申（1884）他连上十疏，纵论国事，力黜和谈，坚主开战。以今日眼光看来，盛昱所上之疏更多时候流于书生意气，缺乏对国情的认真审视，更不用说对世界形势的充分估计。但在朝臣多左右观望的当时，他能坚定站住自己的立场，力求国家振兴图强，心情可以理解。

可惜当时清朝的实际掌权人慈禧，置国家未来于不顾，一心只想办万寿庆典。她对开战没有丝毫兴趣，盛昱等所有主战派的谏议都未被采纳。并因其言过于激烈，并牵涉朝局中的"重要人物"（他未明言，猜测应为李鸿章一党），多次被谗言陷害，他在《金缕曲·王弢甫同年属题太夫人〈焦尾阁遗稿〉》中曾有"小人有母称班媛，只年来遗墨，流传残简"句，句后自注："今年春，某学士承要人旨，摭吾母集中送兄诗谓为'忘本'，请旨削版，以倾昱也。仰荷天恩，不允所请。"③可以想见，他面临的处境如何险恶。盛昱毕竟与那些只知玩乐的贵族子弟不同，他对于国家积贫积弱现状深有感触，加之忠君爱国之心以及身为宗室的使命感，所以他有着强烈的改革意愿。但忠言不为采纳，国势日益窘困，与其志同道合之人相继被谗而去。盛昱最终是因为彻底失望，还是参透大清朝的未来而辞官家居，就不得而知了。

他和宝廷选择了同样的做人原则——立朝耿直，不阿权贵，敢于直言，最终的结局都是借故隐退，家居终老，不谈国事，但却愁情满怀，无可消抑，最终郁愤而死。或许这就是晚清鱼烂朝局下，具有进取心的宗室子弟的最后下场。盛昱家居时写下最多的是友朋酬赠之作，这些诗不明言所指，亦不加以批判，如实抒情，但含蕴悲苦，如《杜鹃行，哀杨生也》诗：

---

① 汪辟疆著《汪辟疆说近代诗·近代诗派与地域·河北派》，上海古籍出版社2001年12月第1版，第33页。
② （清）盛昱撰《郁华阁遗集》卷四，《续修四库全书》第1567册，第235页。
③ （清）盛昱撰《郁华阁遗集》卷四，《续修四库全书》第1567册，第234页。

杜鹃啼血声不止，白衣少年佐天子。翻云覆雨骤雷霆，竟与迁人同日死。死竟无名世尚疑，朝衣仓卒就刑时。似闻唐代永贞际，刘柳诸人有狱词。经史蟠胸掌固熟，鳌氏未诛苏氏族。归隐泉明奔姊丧，解官亦欲持兄服。隐忍徘徊恋主恩，主恩深厚敢深论。茂陵遗稿分明在，异议篇篇血泪痕。剧怜六馆夸高第，亦复城南饮文字。黄李当时皆伟人，与尔论交折年辈。万里魂归蜀道难，舳舻晓日自年年。杜陵漫洒云安泪，从此西洲有杜鹃。①

此诗作于光绪二十四年戊戌（1898），是年发生了震惊中外的"戊戌变法"，这一救国图强的运动不足百天即告夭折，"戊戌六君子"为这一改革殉葬。六人中有杨姓者二：杨锐和杨深秀。但从"与尔论交折年辈，万里魂归蜀道难"之句看，应是写给籍贯四川绵竹的杨锐。杨锐早年受张之洞赏识入其幕府，后为清流陈宝琛荐举，为光绪帝重用，变法失败后，杨锐慷慨就义。盛昱对"戊戌变法"寄予厚望，在变法失败后，他对以身殉难的革命志士给予了至高评价。

盛昱谢病家居后，日事登山临水、吟诗作赋、课女读书、从事著述。其《游西山和王廉生》云："官职声名亦偶然，百年鬓雪不能坚。衰迟语爱邛灵鞠，闲适诗吟白乐天。小女解编成画籍，门生时送买书钱。短衣匹马西山下，好逐春风一放颠。"②但正如宝廷一样，虽口不谈时事，却一听时事便泪落潸潸。其《送门人张季直南归》二首之一云：

同是忧君国，吾生早自捐。
纷纭今日极，涕泪十年前。
诗稿怀中字，琴心海上天。
愿赊干净土，跣足看耕田。③

这首诗亦作于戊戌变法后。张季直，即清末实业家张謇。变法失败，拥护光绪帝的清流中人翁同龢被慈禧罢官，而张謇为翁所一手提拔，两人感情极深。翁氏罢官后，目睹时事、深知国事不可为的张謇亦随之请假南归，开始他实业救国的后半生。盛昱将张謇视为同道，对一班清流派友朋的遭遇痛心疾首。"同是忧君国，吾生早自捐"之句，无比沉痛。十年前的朝局已不可为，今日更加纷纭复杂、变幻莫测的局势又将如何？盛昱一生都处在这种"欲有为而难为"的尴尬境地，正如他在《赠云门》中感慨的"漫学湘垒呵壁问，吾曹位置本来难"④那样，处积贫积弱国家之末世，加之固步自封、只考虑一己利益的统治集团，这个国怎么可能不

---

① （清）盛昱撰《郁华阁遗集》卷三，《续修四库全书》第1567册，第232页。
② （清）盛昱撰《郁华阁遗集》卷一，《续修四库全书》第1567册，第222页。
③ （清）盛昱撰《郁华阁遗集》卷三，《续修四库全书》第1567册，第230页。
④ （清）盛昱撰《郁华阁遗集》卷二，《续修四库全书》第1567册，第227页。

第十二章　晚清八旗诗坛的变徵之音

亡，而仁人志士又怎么可能不难呢？

盛昱在晚清为培育八旗人才不遗余力，他主张在教育及人才培养上要向西方学习，不仅学习他们的科学技术，更重要的是学习他们探索求知、毫无懈怠的学习精神。他在《八旗复官学议》中说：

> ……今之议者动曰经费难筹，然而督抚浪掷数百万，无人过问。朝廷有所施为，则计臣阻之不遗余力。今之聚学开黉，大政也，计臣必谓无款，然则筹款先自计臣始。……今泰西各国不吝金钱，广开学舍，其居京师者，虽在衢路，手不释卷。郭筠仙前辈谓其有三代教士之遗风，诚为过论，然昱深观默察，以为洋人之可畏，不在机器铁路，而在人人向学，其君其相刻刻以培养人才为念，其士其民时时以不若人为耻。……是在救时复古之大君子，不歧视满汉之真大臣，竭心力而为之，为满洲养出千百读书人，即为我国家培养数百年之气运。①

在当时固步自封的社会环境中，作为宗室贵族的盛昱对教育和国家未来关系的体认，能有如此深刻的洞观性，实属难得。盛昱重视教育，着意培养人才，故其门下士极多。这些人在他潜移默化的影响下，大多在中国发展前进的道路上做出了贡献。

光绪二十五年己亥（1899），盛昱突染疾病，一卧不起，其绝命诗云："怕死作为已死，有生本是无生。纵然百有余岁，不过多得浮名。"②对时局彻底失望的盛昱万念俱灰，走完了人生五十年的历程，含恨而终。《左庵琐语》中谓其"未竟其志而卒"，在那个时代中，真正"竟"其志的又有谁呢？

盛昱是学人，尤精清朝掌故、边疆舆地之学以及金石考据。政治失意的盛昱对国家命运已不抱期望，他开始关注乡邦文献的搜集整理。光绪十七年辛卯（1891），盛昱于友人程棫林处初见杨钟羲，言谈下两人竟是中表兄弟。此后，杨钟羲朝夕过从向盛昱问学，两人皆有感世乱无常，"遂有第录三百年八旗文字之约"③。盛昱在《次韵答杨子勤表弟》诗中有"桑梓文章谁可托，乱离亲故不相知"④之句，后杨钟羲出任外官，盛昱作有《梦横塘·送子勤表弟乞外》二首，之二云：

> 三百年来，吾乡文献，丛残谁与收拾。隐轸千门，气郁郁，图书熏习。不道而今，改

---

① （清）盛昱撰《意园文略》卷二，《续修四库全书》第 1567 册，第 260 页。
② （清）盛昱撰《郁华阁遗集》卷三《病革口号》，《续修四库全书》第 1567 册，第 233 页。
③ 杨钟羲著，雷恩海、姜朝晖校点《雪桥自订年谱（又名〈来室家乘〉）·光绪十七年》，《雪桥诗话全编》，人民文学出版社 2011 年 7 月第 1 版，第 4 册第 2858 页。
④ （清）盛昱撰《郁华阁遗集》卷四，《续修四库全书》第 1567 册，第 230 页。

柯易叶，都非畴昔。想虫沙猨鹤，万劫苍茫，剩对尔，无声泣。　　年年雪屐寻碑，更风裳阅肆，寸铢哀集。何幸得君，吾此愿，居然能毕。那比得，修书欧宋，双影松窗语凄咽。野史亭孤，中州集就，怛遗山胸臆。①

盛昱心心念念嘱托杨钟羲必成此事的就是《八旗文经》的编辑和整理。《八旗文经》五十六卷，收录一百九十七人，各文体计六百五十余篇，后有杨钟羲撰《八旗文经作者考》三卷，以及盛昱与杨钟羲合撰的叙录。此前，嘉庆朝铁保、法式善曾合作搜辑八旗诗歌成《熙朝雅颂集》，而《八旗文经》是继《熙朝雅颂集》后收录八旗人作品最多的皇皇巨作，于保存八旗文献而言极有价值。

盛昱是晚清宗室中具有开明意识和进取精神的代表，在向西方学习这个观点上，他较宝廷更为进步。他敢于直接支持变法，坚定拥护光绪帝的统治，立场鲜明。同时，他以求真务实的精神从事撰述，留下了很多宝贵的文献资料。

二　唐　晏

唐晏（1857—1920）原名震钧，字在廷（亭），瓜尔佳氏，隶镶红旗满洲。清时历任微官，名不甚显，宣统二年庚戌（1910）曾执教京师大学堂，不久入铁良幕府。辛亥革命后避乱海上，入道籍并改名唐晏，字元素。他是一名画家、诗人、学者，精于画兰竹，喜收藏。一生著述甚丰，有《渤海国志》《国朝书人辑略》《涉江先生文钞》《涉江先生诗钞》《海上嘉月楼诗稿》《大愚堂诗集》《洛阳伽蓝记钩沉》《八旗诗媛小传》《八旗人著述存目》《天咫偶闻》等十余种。

唐晏这个名字，可能令人感到陌生。但《天咫偶闻》这本书，无论研究清代文学还是清代历史的人都很熟悉。对唐晏的生平，早有太田辰夫先生的《〈天咫偶闻〉作者震钧生平考》和王重民先生的《唐晏传》，现将《唐晏传》中较重要内容移录如下：

唐晏字元素，号涉江道人，又号溧川居士，原名震钧，字在亭（一作载亭），号恟庵，姓瓜尔佳氏，满洲镶黄旗人。入民国，改今名。始祖以天命二年（丁巳，1617）归清，扈跸入关，至先生凡十三世，历仕中外，皆以清德著称，故未臻丰厚。父式梁公，以举人官户部郎，出守杭州。同治七年（戊辰，1868），先生年十岁，随父之江南，犹及见何绍基。光绪六年（庚辰，1880）返京师，八年（壬午，1882）中顺天乡试，益勤学好古，从濮文暹问词章，从张度（号抱蜀老人，长兴人）讲书画。屡上春官不第，然颇为

---

① （清）盛昱撰《郁华阁遗集》卷四，《续修四库全书》第1567册，第236页。

第十二章 晚清八旗诗坛的变徵之音

座师潘祖荫、嵩申等所赏识，遂深于金石考据之学。……二十六年庚子（1900），车驾西狩，先生敝衣破车，奔赴行在。二十八年（壬寅，1902），于役汝宁。三十二年（丙午，1906），知甘泉县事，未逾年，辞去，嗣迁陕西道员。宣统二年［庚戌，1910］，执教于京师大学堂，与喻长霖、章梫等相契。时江宁将军铁良，聘先生为江宁八旗学堂总办……未几，民国革命成功，乃隐居上海。授读龙溪郑氏，为校刻《龙溪精舍丛书》百二十册，间亦为刘承幹襄校对役。……宝熙在清史馆，介缪荃孙奉币请协修篡事，婉辞以谢。结丽泽文社于沪滨，与梁鼎芬、朱孝臧、郑孝胥相唱和，张志沂、刘朝叙、刘之泗、叶元等，咸入社称弟子。一九二零年夏以痢卒，年六十有四。①

传记后半部分主要记载唐晏的学术成就，以此，唐晏生平大略廓清。唐晏自鼎革后闭门著述，未曾参与任何一个政权，既没有入民国为官，更没有北上觐见伪满洲国的溥仪皇帝，他怀着一颗真挚的遗民之心，从事著述、文献考据、教授生徒、写作诗歌。唐晏的遗民生活，没有跌宕反复地为前朝奔走求援，更没有愤世嫉俗地大骂新政，他只是默默地哀悼着已经亡了的大清朝。宝熙曾致信给他请他参与清史修篡，他这样回复：

辛亥以后，装束已改，从道家非久，尚当荷锸采苓，云山独往，岂可以此状复入长安尘土中乎？则不当来者也。况自来海上，不自修饬，往往任意直前，不顾阬堑，旁观侧目了不为意，使以此态而入于尘世网中能不取祸？……阁下推情见爱，宜矜而释之，必不强以所难，谨将聘书原函缴上，闻有路费存尚存缪艺风处，未之敢领，托其缴还，庶几留此残躯偷生草泽亦仁人之赐也。然今日之命为修《清史》而来，仆清人也，敢忘其祖，它日者史馆若有咨询，苟折简下逮不举所闻以刘，故分所应尔也。②

一改旧装从容入道，自称清人，或许清末遗老中，唐晏算较为真心的。唐晏是一个颇有见解和觉悟的知识分子，他并不盲目也不固守旧途，就如他对章梫所谈到的："吾中国千百年来名曰尊孔，实则文章焉耳，利禄焉耳。士生斯世，亦遂相倾相轧而争出于功名富贵。语言文字之一途，叛道离经，遂成为不可收拾之天下，宜乎外人诋我为无教之国也。是岂孔教之初衷端使之然哉？"③ 虽处末世，但这种振聋发聩的言论，也算大胆了。更名换姓后的唐晏深居简出，很多朋友都不知这个唐晏就是当年的震钧，民国四年（1915），劳乃宣在上海章梫寓所，听闻有唐道人过访，见面后才知为旧交震钧。鼎革后的两位故人握手相对，"时事无可言，惟谈文

---

① 卞孝萱、唐文权编《民国人物碑传集》卷七王重民撰《唐晏传》，团结出版社1995年2月第1版，第495页。
② （清）唐晏撰《涉江先生文钞·答宝瑞臣书》，《清代诗文集汇编》第784册，第20页。
③ （清）唐晏撰《涉江先生文钞·送章一山之青岛序》，《清代诗文集汇编》第784册，第15页。

字"①，这几乎成为当时寓居上海的所有遗民的共同心曲。

唐晏诗歌今存《大愚堂诗集》二卷、《海上嘉月楼诗稿》不分卷，后一种全为辛亥后作。郑孝胥《海上嘉月楼诗稿》序中称："涉江道人之诗，不甚为诗学所囿，而莽苍博诡，任心而扬，探喉而满，其器操于人而声赋于天者。"②吴鼎云序中谓："……皇帝冲幼徇诸武臣请诏下巽位，涉江乃息交绝游，辟地海上，……故自行役至于遁栖，触于境，感于事，勃然而发于言者，皆其幽愤悲悯所倾洩而不可遏止者也。"③汪辟疆评价唐晏诗说："故国之痛，时见篇章，身世之感，绝类金之元裕之、元之丁鹤年。其诗莽苍诡博，哀愤无端，绵缈之中，归诸简质。"④

唐晏诗歌以宣统退位为限，大致分为前后两期。前期诗包括随父宦游江南和蛰居北京二十余年的作品如《秋至西湖》《雨中游龙井》《钱王祠》《中秋前与夏燧卿、宋澄之小饮剧谈，赋赠二君》《雍和宫》等，还有诗人对生活、思想、交游的记载。唐晏的前期诗歌关注国计民生，担忧时政，曾有《述怀》十四首，其十一云：

> 衮衮田间士，相招入仕来。
> 拜官因纳粟，择位岂程材。
> 既蓄荣身计，焉知强项才。
> 经邦关梢入，成局久难回。⑤

虽然清朝早开捐纳之例，但还存有限制。至晚清则卖官鬻爵，无所不有，且无人纠劾。本身职缺有限造成入仕途径比较狭窄，这样一来有钱人拿钱买官，无须读书识礼，更无所谓经邦济国，而真正有才之士却沉郁下僚，没有进身之阶。唐晏之父为官清廉，没有存下家产，他回京的时候，家徒四壁。面对这样的社会现实，唐晏也清楚大清朝的颓败之势很难挽回。

唐晏早期诗歌多长篇，且多抒发自己抑郁难伸的穷愁悲慨，如《雪夜感赋再呈同社诸君》诗云：

> 我年二十游金陵，正值江左初休兵。人才济济古亦少，曾胡左李彭马丁。略观布置见大意，武功文治皆殊称。大憝既除井闾复，细故不宥官途清。侧闻诸公重元气，不使暑雨嗟黎氓。九州四海次第定，词人为撰熙丰行。我时少年未解事，目睹岱华思蓬瀛。那知已

---

① （清）唐晏撰《涉江先生文钞》劳乃宣跋，《清代诗文集汇编》第784册，第32页。
② （清）唐晏撰《海上嘉月楼诗稿》卷首，《清代诗文集汇编》第784册，第29页。
③ （清）唐晏撰《海上嘉月楼诗稿》卷首，《清代诗文集汇编》第784册，第30页。
④ 汪辟疆著《汪辟疆说近代诗·近代诗派与地域·河北派》，上海古籍出版社2001年12月第1版，第33页。
⑤ （清）震钧（又名唐晏）撰《大愚堂诗集》卷二，清抄本，第3b页。

是古韩范,犹执大义相轩衡。先君深喜志足尚,往往经济闻趋庭。口谈指画天下事,如数手掌罗纹呈。……自从北归二十载,坐见岁月来峥嵘。闭门兀坐破屋底,窘如饥鼠缘空罍。多年老屋挂敧朽,那禁风雪来纵横。……童奴次第进拙计,征逐子母趋蝇营。此时忽忆少年事,始悟皓月无全盈。……①

这哪里是诗人在说自己的破屋需要修补,明明是隐喻即将坍塌的清朝基业,已是再补无益。虽然唐晏对清朝的未来已有洞见,但毕竟出身世家,自小所学即为忠君爱国之道。所以也就可以理解,为何具有先进意识的唐晏在民国时期,要以遗老之名终其身,不肯出仕了。

《海上嘉月楼诗稿》是唐晏隐居上海时所作,存诗约两百。唐晏壁居海上,所交游者也多为前清遗老,如杨钟羲、郑孝胥等。所为诗多充溢着浓厚的遗民情绪,如《崇陵永远奉安敬赋二十八韵》,简直就是清王朝简史:

绝代兴王运,终焉最可伤。凄凉一抔土,关系万民望。忆昔曼珠始,时逢帝道昌。承天继明代,出震肇东方。身白高山畔,送花巨水旁。八方归宝历,九服仰休覆。金镜开天命,戎衣定顺康。爱民歌子惠,饬吏警官常。永不加租赋,人都足稻粱。北征惊彼得,西伐叶戎羌。台海收荒略,天山入版章。遗书求四库,奇字考三仓。博学征儒彦,登贤任老苍。特开千叟宴,罔替八家王。……致寇风云变,中兴将相匡。客来悬度域,祸肇太平洋。极力更新政,齐声唱自强。那堪战胜术,翻作土崩亡。……②

全诗充满对故国的悼思,回想清初八旗铁骑势如破竹打下江山,再回想不久之前努尔哈赤的子子孙孙又将这江山拱手于人,这种复杂心理,怕是五味俱全。唐晏一生,身历兵燹之祸四次,"我生五十年,四见戎马逼",人处乱世,身不由己。他只能从与他有一样经历的遗民中寻求精神和情感的寄托。

清末民初,避地上海的八旗文人很多,他们在上海从事著述,刻印典籍,唐晏是其中一位。他的《渤海国志》《国朝书人辑略》《八旗诗媛小传》《八旗人著述存目》《天咫偶闻》等,尤其是后四种,对研究八旗文化尤有助益。

---

① (清)震钧(又名唐晏)撰《大愚堂诗集》卷一,清抄本,第19b—20a页。
② (清)唐晏撰《海上嘉月楼诗稿》,《清代诗文集汇编》第784册,第37页。

第十三章　八旗诗歌的余响

辛亥革命结束了清王朝近三百年的统治，也促生大批"胜国遗民"。他们或坚守节义，寓门著述，为倾覆后的帝国留存文献，保存历史；或南北奔走，期图东山再起，协助已然逊位的宣统帝重登大宝，做着复兴的迷梦。于是，一部交织着血泪的诗史再度上演，成就八旗诗歌三百年历程的凄凉尾声。

第一节　杨钟羲及其遗民文学创作

杨钟羲（1865—1940）[①]，原名钟广，戊戌政变后改今名，复杨姓。字慏庵、子勤，又作子晴、芷晴等，号留垞、梓励，又号雪桥（或作雪樵），晚年以清朝遗老自居，故又号圣遗居士。杨钟羲先祖世居辽阳，天聪间归顺，隶正黄旗满洲，任包衣管领。始祖讨塞（《八旗满洲氏族通谱》作陶色）[②]官正黄旗内管领，世袭。与曹雪芹家族一样，杨氏家族名列《八旗满洲氏族通谱》之满洲旗内尼堪（"满语"，意为"汉"）姓氏之下，和八旗汉军旗不同，地位较高。他的高祖虔礼宝，乾隆间觐见时因不能以满语奏对，遂命改隶正黄旗汉军。

杨钟羲生于官宦世家，少年随父居武昌。光绪十一年乙酉（1885）中举，出翁同龢、潘祖荫之门。光绪十五年己丑（1889）进士及第，授翰林院庶吉士，散馆授编修。此后，历任襄

[①] 杨钟羲的生卒年问题，江庆柏《清代人物生卒年表》记录的是同治四年乙丑（1865）生，民国二十八年（1939）卒，见人民文学出版社2005年12月第1版，第254页。李灵年、杨忠《清人别集总目》与上同。柯愈春《清人诗文集总目提要》记录杨钟羲生于咸丰四年甲寅（1854），卒于民国二十九年（1940），见北京古籍出版社2001年11月第1版，中册第1861页。按，《收藏家》杂志1998年第2期有《杨钟羲逝后讣告诸友名录》一文，其中确载杨钟羲生卒年分别为同治四年乙丑（1865）及民国二十九年农历七月八日，即公元1940年8月11日。以此看来，以上诸家提法都不够正确。

[②] （清）弘昼等编《八旗满洲氏族通谱》卷七十六，辽沈书社1989年10月第1版，第829页。

阳、淮安、江宁知府。辛亥革命起,由江宁避居上海,闭门著述的同时为生活所迫替刘承幹担任校书。这期间与沈曾植、樊增祥等遗老结社唱和,还曾与王国维同任宣统帝溥仪的南书房行走一职。民国二十二年(1933)应邀出访日本,遍求汉籍,回国后出任伪满奉天(今沈阳)博物馆馆长。杨钟羲为官清廉,宦囊如洗,母卒卖书以葬。一生著述甚丰,除与表兄盛昱合辑《八旗文经》五十六卷外,还辑有《白山词介》《留垞丛刻》《日知荟说讲义》等书。另外撰有《圣遗诗集》《雪桥词》,尤其是他的《雪桥诗话》四集计四十卷,博大精深,蜚声学界。

一　杨钟羲的《圣遗诗集》

"圣遗"是杨钟羲在宣统帝逊位、清朝宣告覆亡后所取之号,既暗示自己的身份和思想,也表达自己不忘故国故君之情,并视自己的民族身份为莫大荣誉。《雪桥自订年谱》中载:"余辛亥中秋(宣统三年,1911)病疟者五旬,几致不起,惜未能从五柳先生后也。"此后,他便以"圣遗"自号,民国二年(1913)他为《铁史余习》作序所署名即为"圣遗写记"。

《圣遗诗集》共分为甲、乙、丙、丁、戊五卷,收宣统三年辛亥(1911)至民国二十四年(1935)间诗作。甲集起宣统辛亥十月迄壬子(民国元年,1912)九月;乙集起乙卯(民国四年,1915)正月迄戊午(民国七年,1918)十二月;丙集起己未(民国八年,1919)三月迄壬戌(民国十一年,1922)十二月;丁集起癸亥(民国十二年,1923)三月迄戊辰(民国十七年,1928)十二月;戊集起己巳年(民国十八年,1929)正月迄乙亥年(民国二十四年,1935)五月。前有陈诗序,序称:

> 岁甲寅(民国三年,1914),邂逅吴市,从游湘湖,拍浮酒船,亲炙言论,因得读先生所为《雪桥诗话》,俯仰盛衰,综核名物,纷纶治教,卓有典型。采薇西山,窃用咏叹,时赵公领修史事,礼聘先生,高蹈掩关,赋诗见志。江东春韭,无庾氏之畦蓟;高楸下□鱼之泪,都邑五噫楮墨劳瘁,陶翟一致,菽藿登年,求仁得仁,古今同慨。……先生国变后之诗,出入风雅比迹庄骚,唐醇宋肆,奄有其趣,盖浸渍意园,回翔画省,汉上题襟,蒋州舍盖其所酝酿者深矣。十年淞上,世难铄心,语必由衷,言皆有物,遗山铸史,汐社联吟,播厥芳徽,阐其贞志,疾风劲草,足支世宙,崞阳孤桐,音中律吕。非先生而谁欤?①

据小序可知杨钟羲编著《雪桥诗话》以及写作《圣遗诗集》的目的,不外是抒发故国之

---

① 杨钟羲撰《圣遗诗集》陈诗序,《民国诗集丛刊》(第一编)第61册,台中文听阁图书公司2009年9月第1版,序言第1—2页。

思、易代之悲和黍离之感。其《圣遗诗集·圣遗诗甲》第一首诗就属此类：

> 病起惊秋晚，楼高觉夜凉。
> 众星争的皪，残月损光芒。
> 药裹关心久，书签脱手亡。
> 吾生同落叶，飘堕知何乡。①

八旗遗老入民国后基本都会在姓名、自号、著述称名上做些文章，如延清辛亥后自号"阁笔老人"，震钧则更激烈，直接改名换姓，甚至入了道，每天着道装，杨钟羲自号"圣遗"也是这样。《圣遗诗集》从民国元年（1912）开始创作，但涉及时序并不使用民国纪元，仍旧采取干支纪年，这点和延清等遗老基本一致。延清曾有"万姓人犹冬令纪，一家独我夏时行"之句，就是指入民国后，人们都采取公元纪年即所谓的公历，而延清仍旧采用他所说的"夏历"，就是指当时所采用的农历或称阴历纪年。

杨钟羲既自定义为一介遗民，故其对历代遗民的高风亮节都表示出极高的崇敬。他对顾炎武十分钦佩，时常在诗中或是化用顾氏的成句，或是运用他的典故。其《即事用庚戌长至诗韵示逊翁》云：

> 并出谁弯射日弓，睫巢蜷伏过余冬。
> 闲看云海空中市，枉说寒山夜半钟。
> 耳语旧曾轻不识，心情难遂愧山松。
> 禹汤肯信同刑尹，笑杀云间陆士龙。②

此诗颈联后有作者原注："亭林诗'两世心情知不遂，待谁更奋鲁阳戈'，为武陵杨公子山松作也。"诗人作此诗时宣统帝还未退位，但各处接连起事，革命如火如荼，清朝大势已去。作为世受皇恩的八旗子弟，杨钟羲显然对清朝卷土重来怀有希望，所以才会用到顾氏"待谁更奋鲁阳戈"这一典，并以"臣节终期百炼霜"③、"八王自召金墉祸，谁是琅琊再造才"等词语互相激励。时局急转直下，清王朝的覆灭只是早晚的问题，所以，他在《元旦试笔和孝笙》中写道：

---

① 杨钟羲撰《圣遗诗集》，《民国诗集丛刊》（第一编）第61册，台中文听阁图书公司2009年9月第1版，第1页。
② 杨钟羲撰《圣遗诗集·圣遗诗甲》，《民国诗集丛刊》（第一编）第61册，台中文听阁图书公司2009年9月第1版，第2页。
③ 杨钟羲撰《圣遗诗集·圣遗诗甲·身云居士出示〈十一月朔初度自述诗〉二首奉和元韵》之一，《民国诗集丛刊》（第一编）第61册，台中文听阁图书公司2009年9月第1版，第3页。

第十三章 八旗诗歌的余响

抱瓮相将且息机，拔心终自恋春晖。
亭林同志惟青主，商隐酬诗爱紫薇。
负米夕葵情独苦，衔泥大厦愿偏违。
几年不与元正会，地坼天崩事事非。①

整首诗弥漫着浓厚的末世之感。没过多久，宣统帝逊位，清王朝三百年的历史宣告落幕，杨钟羲在名义和事实上都成为一个遗民。

清末民初上海遗民圈有着浓重的"崇陵"情结。"崇陵"是光绪帝陵寝，唐晏、杨钟羲等人的诗中皆有涉及崇陵的内容，杨钟羲的《崇陵补树图为翰怡题》就是其中之一：

赵家举族北辕去，六陵黯惨冬青树。岂有河阳出狩年，秦人已发成康墓。旧京留守贤与亲，万事伯始堪咨询。理遣情恕事则已，囊括席卷吾何嚄。戈矛同室森相向，道逢矫跖翻交让。若非玉碗出人间，昭陵石马知何状。东陵卖树几经春，西陵补树泣孤臣。五噫歌后无生气，越石并州是可人。②

这里所讲的补树人就是光绪帝的老师梁鼎芬。光绪帝入葬崇陵时因经费紧张，崇陵基本没有绿化，作为老师和臣子的梁鼎芬主动请缨为崇陵种树。经过不懈努力，崇陵终于种满松柏，他的这一举动，在清朝遗民界产生重要反响。李瑞清将这一事迹绘制成图，这就是《崇陵种树图》。

此外，杨钟羲《圣遗诗集》还涉及清末民初遗民诗社"逸社"在上海活动的一些情况。清末民初的上海遗民诗社主要有超社、逸社等，超社是逸社的前身。超社的主倡者是樊增祥，但在樊氏放弃遗民气节出仕民国后，超社瓦解。此后，诸社友虽亦时常唱酬集会，但显然已颇失声誉的遗民诗社如果再沿袭前名，影响肯定不好，所以便更名为逸社。逸社成员的遗民节气就稳定得多。清史馆召开，曾全国范围内网罗前朝能文之士，杨钟羲、唐晏等人皆在被揽之列。杨钟羲在写给唐晏的诗中写道："此乐几人有，与君何处归。衣冠兵后尽，桑柘意中肥。看画当携屐，诵经还忍饥。敲冰笑相视，莫使素心违。"③ 面对清史馆的招徕，杨钟羲和唐晏都采取婉辞方法，保住自己的遗民气节。

---

① 杨钟羲撰《圣遗诗集·圣遗诗甲》，《民国诗集丛刊》（第一编）第61册，台中文听阁图书公司2009年9月第1版，第23页。
② 杨钟羲撰《圣遗诗集·圣遗诗丁》，《民国诗集丛刊》（第一编）第61册，台中文听阁图书公司2009年9月第1版，第215—216页。
③ 杨钟羲撰《圣遗诗集·圣遗诗乙·为元素题元陈仲美清溪耕桑图》，《民国诗集丛刊》（第一编）第61册，台中文听阁图书公司2009年9月第1版，第86页。

杨钟羲诗学宗法复杂，不专主一家。同时，他的诗歌作于丧乱，多沉郁之音，少浏亮之气。正如李宣龚在跋语中说："先生自言少为文选学，喜读韦孟讽谏仲宣越石伤乱诸诗，于公宴游览之作不数为，为亦不求工。比长，浏览群集，于近代喜亭林谢山箨石笥河，论诗喜《石洲诗话》。晚遭艰屯，似致光皋羽，然所作亦殊不相类，浩浩落落，取达己意。闲为小赋及长短句参错卷中，聊识其时与地而已。宣龚曰先生负经世之学，以余事作诗，非诗人也。变风变雅，王者之迹存焉尔。要之于温柔敦厚之教，兴观群怨事父事君之旨，三致意焉。后之读其诗者，因以论其世，知其人可矣。"[1]

二 杨钟羲的《雪桥诗话》

杨钟羲对八旗文献的研究、整理、保存居功厥伟。他除编有《八旗文经》（虽名为盛昱所编，但董其事者实为杨钟羲，是书编成后他著有《作者考》三卷）、《白山词介》外，还编著了对八旗诗歌研究具有重要意义的《雪桥诗话》。

《雪桥诗话》先后成四集，包括《雪桥诗话》（1912—1913）、《雪桥诗话续集》（1916）、《雪桥诗话三集》（1919）、《雪桥诗话余集》（1922），计四十卷。《雪桥诗话》虽名为诗话，但与传统意义上的诗话又不尽一致。缪荃孙《雪桥诗话》序中称：

> 此虽名诗话，固国朝之掌故书也。由采诗而及事实，尤详于满洲。直于刘京叔之《归潜志》、元遗山之《中州集》相垺。即其论诗，推重国初之朱、王、叶、沈，采取正声，而不甚扬袁、蒋、赵之流波，郢说歧途，扫除净尽，于诗学亦甚有补益。[2]

这段话着重强调的是杨钟羲《雪桥诗话》的文献精神，将其与《归潜志》《中州集》相并称的同时，即承认《雪桥诗话》在保存"前朝"创作方面具有的重要意义，这恰也是杨钟羲本人遗民情结的展现。

吴宓先生在《空轩诗话》中也曾谈到杨钟羲及其《雪桥诗话》的创作问题，他说：

> ……陈寅恪尝劝予读此书（谓《雪桥诗话》），谓作者熟悉清朝掌故，此书虽诗话，而一代文章学派风气之变迁，皆寓焉。予读后摘记数条。按作者系汉军旗人，与王静安先生（国维）同直清南书房。……作者为前清遗老，故书中对于明末遗士孤臣特为表彰。

---

[1] 杨钟羲撰《圣遗诗集》卷末，《民国诗集丛刊》（第一编）第61册，台中文听阁图书公司2009年9月第1版，第277—278页。
[2] 杨钟羲著，雷恩海、姜朝晖校点《雪桥诗话》卷首，《雪桥诗话全编》，人民文学出版社2011年7月第1版，第1册第5页。

第十三章 八旗诗歌的余响

而清代各朝死节殉难之人，苟有诗文可采，亦皆著录褒异，所以见志也。正集卷十二末条，述本书撰集大旨，谓"大抵论诗者十之二三，因人及诗。因诗及事，居十之七八。……不卷括一代之诗之全。而朝章国故，前言往行，学问之渊源，文章之流别，亦略可考见"云云。正集卷七，述良乡县有昊天塔。俗说杨六郎盗骨处，琉璃河在县境。（今并为京汉车站。）文文山集，有《过雪桥琉璃桥》诗。又谓"吾家自先高祖侍郎公以下，墓田均在良乡。……文山所过雪桥，今不能实指其所在。度不逾琉璃河水左右，取以名吾诗话。誓墓未能，聊志北风之思。"此《雪桥诗话》一书之所以名也。

吴宓先生通过陈寅恪先生的介绍通读此书，可见，《雪桥诗话》在当时的文化圈中已有相当名气，而这种"名气"的来源之一可能就是诸遗老遗少的遗民情结。这段记载也基本廓清《雪桥诗话》的创作动机及写作宗旨。同时，吴宓先生还注意到《雪桥诗话》保存八旗文献的功绩，他说：

> 《雪桥诗话》于清宗室及八旗文学，著录特多。自成容若至志伯愚，后先辉映。寅恪尝谓唐代以异族入主中原，以新兴之精神，强健活泼之血脉，注入于久远而陈腐之文化，故其结灿烂辉煌，有欧洲骑士文学 Chivalry 之盛况，而唐代文学特富想像，亦由于此云云。予按清之宗室八旗文学，实同于此。大率考据训诂等炫博求深之事，非其所长。但其诗常多清新天真、慧心独造之句，而词尤杰出。凡此悉由于天才秉赋，而不系于学力者也。又皆成于自然，而非刻意求工者也。惟彼初染文化之生力种族能之耳。①

《雪桥诗话》著录旗人及创作甚夥，杨氏作为旗族之一员，保存本民族文献的心理更为迫切，意义也更为深刻。其实，只要我们稍作横向的观览就会发现，清末旗族编选总集以及撰写民族文献的人很多，如盛昱的《八旗文经》、延清的《遗逸清音集》、恩丰所汇编的《八旗丛书》、震钧（唐晏）的《天咫偶闻》等，皆属此类。

关于《雪桥诗话》的命名，他曾这样说："良乡，汉县，唐改固节，有昊天塔，俗说杨六郎盗骨处。……有圣水，出广阳郡，见《水经注》。旧志谓即今琉璃河，宋敏求《入蕃记》作六里河，《金史》谓之刘李河。……《文文山集》有《过雪桥琉璃桥》诗。……吾家自先高祖侍郎公以下，墓田均在良乡，伯熙祭酒和余诗，所谓'丙舍邮亭最名胜，更须西上作比邻'者也。文山所过雪桥，今不能实指其所在，度不逾琉璃河水左右，取以名吾《诗话》，誓墓未

---

① 吴宓著《吴宓诗话·空轩诗话》第一则，商务印书馆2005年5月第1版，第174页。

能，聊志北风之思。"① 这段话，表面看是追念先人，从更深刻的层面来看，杨钟羲所一直贯彻的遗民情结应该更为重要。

对创作追求的包容性和对审美理念的调和性是八旗诗学理论的核心特点，这种特点的形成，可以归纳为两个原因。首先，八旗本身无深厚文化根基，故而濡染积习不深。并且这个多民族形成的共同体具有个性开放、自由、包容等特点。第二，入关后，他们对汉文化采取兼收并蓄的态度，取其精华，去其糟粕，有选择性地进行借鉴，而非全面的抄袭。故而，八旗诗学理论建构在一定程度上体现宽博、涵括、兼收并蓄的民族诗学特性。杨钟羲在诗话选人选诗中，无不体现出八旗诗学理论的这些特色。

杨钟羲一生都在整理、保存、刊布文献，除以上说到的《八旗文经》《雪桥诗话》外，还辑有《白山词介》《辽东三家集》等。《白山词介》收录八旗人词计五卷，虽非大观，但旗族词作成就略可一观。《辽东三家集》收录荣可民、房仲南、刘东阁三人作品，三人皆属辽东。另外，他还刊刻很多八旗人的文学作品，如虔礼宝《椿荫堂存稿》，姚斌桐《还初堂词钞》，盛昱《意园文略》《郁华阁遗集》，博明《西斋偶得》等，这些都可表明他重视乡邦文献。杨钟羲晚年生活陷入困窘，伦明《辛亥以来藏书纪事诗》中曾载："汉军杨子勤钟羲，与盛伯希为中表，辛亥后流寓上海，为刘翰怡校书，成《雪桥诗话》四集。未几，归京师。贫甚，尽货其书，惟存翁覃溪手写唐诗选六册，楷书绝精。"② 一代藏书家、文献家结局如此悲凉，实在可惜。

第二节　"辽海诗杰"成多禄的末世绝唱

成多禄（1864—1928），祖籍山西，清初迁北京，遂隶汉军旗。康熙朝由北京迁乌拉街北查里巴屯实边，后又迁其塔木（今九台县其塔木乡成家村）。其父荣泰，字保卿，曾任打牲乌拉总管衙门六品骁骑校，也通文学。成多禄原名恩龄（岭），字竹山，一作祝三，号澹堪、淡厂、澹厂、澹庵，是近代文坛著名书法家、诗人、教育家。今有《成多禄集》。

成多禄对于中国近代史，尤其是东北近代史而言，很有研究价值。他的一生身处乱世，饱受磨难，但为人性情忠介，笃情好义，交游满天下。他与孙雄、钟广生、王树枏、林纾、郑孝胥、张朝墉、李葆光、三多、徐世昌、陈宝琛、柯绍忞、宋小濂、傅增湘、樊增祥、徐鼐霖、朱祖谋等近代文化名人为知交。他们在成多禄在世时和去世后，都给予成氏极高评价。今翟立

---

① 杨钟羲著，雷恩海、姜朝晖校点《雪桥诗话》卷七第十则，《雪桥诗话全编》，人民文学出版社2011年7月第1版，第1册第369页。
② 伦明著，杨琥点校《辛亥以来藏书纪事诗》第三十五条，北京燕山出版社2008年5月第2版，第33页。

第十三章 八旗诗歌的余响

伟、成其昌二先生所编注的《成多禄集附录》① 中搜集时人对成多禄的评价较为全面,并辑有"交往录"一种,对成氏之交游进行了细致的梳理。

成多禄自幼在父亲的影响下立志向学,光绪十六年庚寅(1890)入吉林崇文书院读书,组"雪蕉诗社",二十一年乙未(1895)刊《澹堪诗草》,存诗九十八首,开始他的诗歌创作生涯。十六岁以童子试第一名入泮,二十一岁补廪膳生,次年以极为优异的成绩拔贡,但迫于家计困窘,直到三十一岁才参加顺天乡试,却又不幸在试场晕倒,不能终场。接二连三的打击令成多禄最终放弃科举仕进之路,回乡攻读经史,留心经世致用之学。光绪二十五年己亥(1899),三十七岁的成多禄为家计所迫,随内兄魁星阶前往依克唐阿幕府主持文书工作。次年庚子(1900)遇拳乱,吉林被波及,不得已奉母入蒙古。一路屡遇危急,贫无一钱,生存境遇困苦不堪,赖内兄魁星阶帮助得以保全家族。时遇严冬,成多禄好友敬宜长途跋涉、屡犯险阻为他一家送来衣服毡帽鞋履。此后他还曾在幕主程德全的保举下出任黑龙江绥化府知府,但因性情耿直,与上官不和,不久辞官。

成多禄家族自清初入旗,民族情感早已熔铸在血液中,清朝的覆灭对成多禄的心理造成巨大的冲击。但他毕竟不像唐晏、杨钟羲等出身宦族并"世受皇恩",与这些人比较,他对国家命运的判断显得客观冷静。光绪三十二年丙午(1906),他在自撰《年谱》中写道:"惟当时朝廷方讲求新政,袭宪法之皮毛,舐欧洲之余唾,余心惧焉。而且贿赂公行,亲贵用事,知其去末季不远矣。"② 这种识见或在清朝遗民中有之,但如成多禄般能将见解明言的却着实不多。看透未来发展走向的成多禄,于次年改号"澹堪",有乱世之中澹然处之之意。

宣统帝即位,成多禄随程德全赴任江苏,遂结识郑孝胥、朱祖谋、郑文焯、夏剑丞、吴昌硕、陈锐等,开始与他们唱和。未二年,辛亥革命爆发,程德全跟从革命党人准备起义,成多禄再三劝诫,坚称:"孙文,一穷竖子耳,成则侯王,败则仍为亡赖,公能之乎?……今朝廷待公何如?以秀才而为开府,以汉人而为将军,无一事非破格之恩,即无一处不非常之遇。一旦反颜相向,似于良心终有未安……以一介之难容,遂失大臣忠贞之体。"③ 成多禄言论虽属守旧,但对程德全的劝谏却出于朋友立场的担忧。他的建议没被采纳,他唯有不与其合作。他辗转离开程氏幕府来到苏州,给程德全最后一次上书,自称"大清绥化府知府成多禄",并尽返程氏所赠之资。他在宣统三年辛亥(1911)《年谱》中说:"十二月二十五日,皇帝逊位,国体改为共和,此千古未有之变局也。以为犹此国,而吾土安在?以为非此国,而吾君固存。凡百臣子实饮恨焉。吾甚不愿为得新忘故者引为口实,故纪此编,即以本朝年月为终始,后则非所追也。"

---

① 此《附录》为单独一册,未附于《成多禄集》后。
② 成多禄撰,翟立伟、成其昌编注《成多禄集·自订年谱》,吉林文史出版社1988年11月第1版,第36页。
③ 成多禄撰,翟立伟、成其昌编注《成多禄集·自订年谱》,吉林文史出版社1988年11月第1版,第41页。

入民国后，成多禄先后出任了一些职务，如吉林省参议院议员、图书馆副馆长等，看得出他对"另仕"还是颇有忌讳。在北京寓居的晚年时光，他为徐世昌编写过《清诗汇》（即《晚晴簃诗汇》），因之参与到徐氏的"晚晴簃诗社"和此后的"漫社""嘤社"唱和中。民国十七年（1928）成多禄病逝于吉林故居，享年六十有六。他的公祭仪式十分隆重，张学良曾亲派随从致奠。

成多禄一生以辛亥革命为界，可分前后两期，前期的他雄心勃勃，希冀有所建树，但历经丧乱，他不得不面对清朝的衰朽形势和必将覆亡的命运，在朝代更替、内忧外患、生灵涂炭的现实面前，他写下很多具有现实意义的诗篇，"十万苍生同一哭，欧风亚雨虎狼邻"是这个时代背景下诗人们难以逃脱的社会环境。成多禄一生只在绥化知府任上做过实官，其间他励精图治、希图能利国利民，但黑暗的现实、腐朽的官场，令他最终挂冠而去。

成多禄早年诗歌侧重对现实生活的描述、对社会环境的写实以及激越情感的抒发，故而沉雄慷慨，颇有辽海之气，如《送刘仲兰之呼兰》云：

> ……
> 男儿生长天地间，不能为将宜为使。
> 鬓发将凋可奈何，坐令勋业久蹉跎。
> 我闻此语为君壮，燕赵相逢慷慨多。
> 金源自古称雄郡，残碑断碣无人问。
> 偶然名士著名邦，斗觉山川增气韵。①

诗歌虽为酬赠之作，但可视作诗人对自己理想的抒发。结合成多禄早年的科考经历，看得出他年轻时是希望建立功业的。英年意气的成多禄饱尝时事艰难，于内忧外辱、颠沛流离中提炼出诸多好诗，但毕竟功名坎坷，所以诗中不免郁愤牢骚之气，如《生日有感》四首之四："何处桃源好避秦，淮王鸡犬已如神。中年哀乐增新感，全局安危付几人。悔向诗书销白日，怕看天地老黄尘。思量蓬矢桑弧意，未免蹉跎负此身。"②

在程德全幕府中时，成多禄也不废风雅，与幕中宋小濂诸友人迭相唱和。宋小濂在为其诗集所作序中称：

> 岁甲辰（光绪三十年，1904），余佐黑龙江军莫，适获与澹堪共事……暇索其诗，则谓庚子遭乱，稿尽失。间忆数首写读，如《庚子塞上》诸作，苍凉悲感，不减放翁。……

---

① 成多禄撰，翟立伟、成其昌编注《成多禄集·澹堪诗草》卷一，吉林文史出版社1988年11月第1版，第131页。
② 成多禄撰，翟立伟、成其昌编注《成多禄集·澹庵诗草》，吉林文史出版社1988年11月第1版，第119页。

第十三章 八旗诗歌的余响

澹堪此游,得于江山之助,友朋之益,与夫世变之感以增长其识力者,为不少也。……澹堪之诗之佳,在乎原本性情,而山川之助,友朋之益,与夫世变之感,不过壮其波澜藉抒怀抱焉耳。……澹堪独能孤怀远迈,逸想横飞,抗衡中原,未遑多让,洵足壮江山之色,增吾党之光矣。①

成多禄诗歌胎源杜甫,上溯汉魏,博采众长。但观其作品,几无拟古之作,可见他对此道不乐为之。他在东北期间创作很多吊古伤今的古体长篇,如《沙研斋过访作》《冬十月送庆咸姻弟赴奉征倭,即席成四十韵》《巨族行》《自题吴缶庐郑大鹤商笙白合作设色胡卢》,其中《巨族行》一诗分上下两部分,上部分写某辽东大族在甲午战争时期,带全家携巨量财宝逃跑,下部分写一位地方官面临敌军,置百姓安危不顾弃城而逃的真实故事,兹举下半部分:

男儿不能上马杀贼师,也应固守尔我之城池。睢阳许远虽往矣,石头褚渊生何为?忆昔开元全盛年,世家故态何淋漓。出门大笑缨索绝,指画天地鸣瑰奇。倘使风尘起西北,定有决策能平夷。或如子仪负威略,泾阳见房单辔骑。或如子房抱义愤,破产不惜千金资。生生世世沐深泽,敢以我无官守辞。英雄髀肉坐长叹,苍茫今古知者谁?一旦哗言禄山至,初闻直视犹狐疑。欲去不敢留不可,终日相向空涕洟。满城啧啧尽叹息,老成真系人安危。群倚太山作屏障,曰仁人也休失之。贤豪举动不可测,密谋岂令旁人知。楚师从此作宵遁,萧相何人能夜追。吾侪小人思又思,孤城安忍须臾离。保身之哲今已远,但愿长守发祥万世皇王基。②

此期内的现实主义诗歌作品,要么以中日甲午战争为背景,要么以庚子事变为背景。在历史长卷之下,看底层百姓对政治、社会现实的反应,是晚清八旗诗坛诗歌创作的一个主要特点。这里,他以一个小城守作为歌咏对象,但并未对此人着过多笔墨,他想突出的并不是一个城守,而是千千万万个面临危机仓皇逃命的无耻官僚。

成多禄向往成为上马杀敌的英雄,他的《生日有感》四首之二云:"自来名将出关东,投笔难从次日戎。燕市纵余屠狗辈,齐门不逐斗鸡风。每因母老思元直,且喜妻顽胜敬通。笑掷樗蒲三十万,始知豪举是英雄。"③直到晚年,诗人的这种豪情都没消减,其《腊八日自寿》云:"少年小杜喜谈兵,绝漠风霜仗剑行。终古难移山突兀,到今犹望海澄清。摩天黄鹄深秋影,皓月荒鸡午夜声。笑看吴钩思底事,壮心奇气未全凭。"④ 或许就是成多禄这种自少至老

---

① 成多禄撰,翟立伟、成其昌编注《成多禄集·澹堪诗草》卷首,吉林文史出版社1988年11月第1版,第123页。
② 成多禄撰,翟立伟、成其昌编注《成多禄集·澹庵诗草》,吉林文史出版社1988年11月第1版,第106—107页。
③ 成多禄撰,翟立伟、成其昌编注《成多禄集·澹庵诗草》,吉林文史出版社1988年11月第1版,第118页。
④ 成多禄撰,翟立伟、成其昌编注《成多禄集·澹堪诗草》卷二,吉林文史出版社1988年11月第1版,第227页。

都未尝改变的勇猛辽东精神,造就了他诗歌磅礴恢弘、浩气淋漓的风格特点。较能代表这一风格特色的如《乌剌古台歌》:

> 城峨峨,台巍巍,风云苍莽天四垂。霸业王气盘今古,金耶辽耶主者谁?繁昔东京上京路,宁江长春几节度。元明往矣清室兴,太祖亲征乌剌部。乌剌部、贝勒家,层楼复殿飞丹霞。粉侯昆弟夸兀术,雌将风流说不花。我来胜地作重九,独立千载谁为友。荒屯败垒人烟稀,吊古安能记谁某。鸭江西浸天倒吞,凤山北下云直走。欲将往事问荒台,七百年来一回首。君不见,辽妆楼,元左掖,五国放海青,混同渡赭白,故宫禾黍无人迹。又不见两京哀,三陵愁,乌剌独镇东海头。开创守成皆已矣,此台乃与辉发叶赫哈达名同留。①

这首诗充满历史的沧桑感和今昔对比的悲凉。诗人在外敌环伺、内政衰微的清末,登临满洲发祥之地,遥想当年的金戈铁马、英勇豪迈,对比今日的庸懦无能,不由发出无限感慨。这种情感还体现在他在庚子一役时写下的《纪事》《汉家》《庚子塞上作》等诗歌内,如其《庚子塞上作》四首之一云:

> 万帐貔貅大野开,风声怒挟阵云回。
> 天留一线容西上,地尽中原此北来。
> 谈笑公卿王猛意,仓皇戎马李纲才。
> 深宵无限关心事,卷入胡天画角哀。②

大厦将倾,空有豪情壮志是没用的。再如《纪事两首》其一云:"极北狼烽照两京,将军犹自喜谈兵。书投子玉诸君戏,将拜淮阴战士惊。前席每多神鬼问,谰言偏笑触蛮争。可怜呜咽辽南水,已作秋风万马声。"其二:"九衢白日莽烟尘,铁牡横飞昼少人。尚说狂澜迴碧海,岂知祸水兆黄巾。能军可有宗留守?变姓何如梅子真。十万苍生同一哭,欧风亚雨虎狼邻。"③诗人不仅表现出战败的哀痛,也展现出他对当时世界形势的清醒认识。成多禄并不是痴愚书生,从他对当权者的质问和愤怒就能看出来。需要指出的是成多禄虽没在朝为官,但他依旧忠诚希图有所作为力求强国的光绪帝,他的诗中对慈禧昏庸误国、骄奢淫逸的抨击从不掩饰。艺术上,成多禄的这类律诗慷慨激昂、沉郁雄沉,最近老杜。

---

① 成多禄撰,翟立伟、成其昌编注《成多禄集·澹堪诗草》卷二,吉林文史出版社1988年11月第1版,第210页。
② 成多禄撰,翟立伟、成其昌编注《成多禄集·澹堪诗草》卷一,吉林文史出版社1988年11月第1版,第148页。
③ 成多禄撰,翟立伟、成其昌编注《成多禄集·澹堪诗草》卷一,吉林文史出版社1988年11月第1版,第146页。

第十三章　八旗诗歌的余响

宣统朝，随程德全南下与南中诸文人交游的这段时间，是成多禄一生最快意的时期。其《同朱古微侍郎、刘伯崇殿撰、郑叔问中翰、胡右皆观察集沧浪亭二首》之一云："六一吟残世已遥，孤亭寂寂草萧萧。秋随天上卿云到，人共山中旧雨招。拔薜细寻墙角字，惜花深立藕边桥。它年谁作沧浪长，词客风流问六朝。"① 成多禄是至情至性之人，与之相交者皆谓其交友真诚，剖心沥胆，宋小濂夫人去世，他写诗四首慰藉，深情厚谊倾注笔端。他在安慰宋小濂时想起自己身历忧患的悲戚，此诗既是劝友诗也是自我开解，诗云：

> 壮心奇气未全灰，恸哭苍生日几回。
> 鸾镜纵然生死去，鹿车终胜乱离来。
> 田园有约泉明隐，身世无端庾信哀。
> 新雁一行书万里，笑颜应向酒边开。（其二）

> 几回清梦绕莼鲈，话到还乡一怆神。
> 欲去又存知己感，无才偏是受恩身。
> 头颅渐老难为客，肝胆惊寒尚照人。
> 同是天涯古怀抱，与君仔细话根因。（其四）②

诗人在酬赠诗中融入自己对人生和命运的领悟，就令这些本属应酬之作的作品少了寒暄客套之语，多了真实磊落之情。徐世昌曾谓成多禄"性情和易……超然自异，不肯苟同"③，但却对朋友肝胆相照，重义守信。成多禄与宋小濂师出同门，个性相似。在清末民初，"吉林三杰"宋小濂、成多禄、徐鼐霖在北方地区有着显赫的文学地位，不仅是因为他们的文学创作，还因为他们全力维护国家主权的完整，反对侵略和压迫。幕府期间，成多禄与宋小濂力抗沙俄入侵，同时，作为清朝遗民，虽怀故国之思和忠君之念，却始终在形式和心理上都不与伪满政权为伍。

成多禄作诗甚多但所存很少，与他择选标准严格有关。成多禄早年诗歌以雄豪健举为主，格调苍古，侧重现实描写，关心民生疾苦，忧国忧民之心切切于字里行间。晚年多数时间留在北京，偶尔会回吉林，诗风发生转变。成多禄晚年之作渐入老境，创作许多效法"梅村体"的作品，为人瞩目的如《题沈卿井梧怀旧图》《昆明曲》《洞箫曲》等，文思斐然、奇情飙举、华丽低回，尤其《昆明曲》，风骨遒上、语句华赡、波折跌宕，极富有动态美：

---

① 成多禄撰，翟立伟、成其昌编注《成多禄集·澹堪诗草》卷一，吉林文史出版社1988年11月第1版，第168页。
② 成多禄撰，翟立伟、成其昌编注《成多禄集·澹堪诗草》卷一，吉林文史出版社1988年11月第1版，第179页。
③ 徐世昌撰，闻石点校《晚晴簃诗汇》卷一百七十五，中华书局1990年10月第1版，第8册第7644页。

昆明湖边春草生，昆明湖上春波平。一波一草皆春梦，莫将桑海证昆明。昆明开凿当全盛，瀛寰涤荡清如镜。侧闻车驾骋清游，南巡归仿西湖胜。西湖胜处对西山，山色湖光缥缈间。偏是鱼龙邀睿赏，也如鸳鹭点朝班。翠华当日临幸地，淀南淀北纷车骑。无限嬉春曲水情，却存习战滇池意。玉泉绝顶万泉飞，万寿回看烟雾霏。不独九成堪避暑，年年还打木兰围。谁知劫火圆明后，明德忽称天下母。侍臣方进游仙诗，海客又斟祝厘酒。奇肱车与宛渠船，经营不惜水衡钱。费尽海军四百万，好歌慈寿八千年。长廊香阁排云殿，宝月琼花开曲宴。歌管春镫燕子词，彩缯夜光萤儿苑。濯龙门外好楼台，趋值车声晓若雷。记得羽林仙仗外，曾随舅氏入园来。蓬瀛清浅呼仙吏，君早金銮留秘记。引见开元各一时，回头二十余年事。汉家歌舞召黄巾，鼓鼙惊破湖中春。秋词那忍谈庚子，国变无端又甲申。乘舆归后山河改，老锁离宫对三海。但见苍头小吏来，更无白发宫人在。荒坡野艇夕阳低，行尽山前山后堤。漱玉泉声迷石舫，渗金山色冷铜犀。伤心今有林宗老，重来眷恋湖山好。鹃泪空怜帝子花，莺飞又长王孙草。我亦茫茫百感增，何须松柏怨山陵。一天春水容消长，百代苍烟任废兴。废兴消长亦寻常，过眼风花似梦凉。何怪诗人严节度，已成当代鲁灵光。古欢老人亦不俗，冷抱湖云吸山渌。十日春寒不出门，听我昆明歌一曲。[1]

诗歌创作于民国七年（1918），前有小序："戊午二月，与郭侗白使君同游颐和园，记少时曾随舅氏荣润庭通侯入观，风景不殊而山河顿异矣。园有湖，曰'昆明'，作《昆明曲》。"《昆明曲》的创作代表成多禄晚年心境的一种转变，成多禄对清朝亡国和君主失位，是充满悲愤的。他用诗歌作为媒介来抒发这种情绪，故而其诗沉郁慷慨、格调雄浑苍厚、语意悲凉。从他自记年谱也能够看出，日记只记到辛亥革命当年，对此，他这样说：

皇帝逊位，国体改为共和，此千古未有之变局也。以为犹此国而吾土安在？以为非此国而吾君固存，凡百臣子实饮恨焉。吾甚不愿为得新忘故者引为口实，故纪此篇，即以本朝年月为终始，后则非所知也。……即至八十、九十，亦不过一忍辱翁，长乐老耳，虽有甲子，曷足纪哉！世有知我，其亦鉴此心焉可矣。[2]

经过十几年亲眼所见、亲身所历后，成多禄的思想渐渐发生变化。虽然北洋军阀仍旧是混战无比，政治势力的昏聩程度并不比清末有所好转，但他似乎感觉到一个新时代的孕育，他对清朝覆亡的悲伤与愤慨在历史、现实、时间交互作用下渐渐淡薄。诗中虽仍有对故国的感念，

---

[1] 成多禄撰，翟立伟、成其昌编注《成多禄集·澹堪诗草》卷三，吉林文史出版社1988年11月第1版，第236页。
[2] 成多禄撰，翟立伟、成其昌编注《成多禄集·自订年谱》，吉林文史出版社1988年11月第1版，第20页。

但这种感念已不再是怀念不舍,更多的是一种历史的反思。昆明湖营建于乾隆十六年辛未(1751),耗费巨资,但毕竟处于乾隆盛世,虽奢靡过费终究不会动摇一国根基。但光绪二十年甲午(1894),慈禧挪用海军军费重修颐和园,引起朝中大臣的反对,所以她不得不打出修筑昆明湖以操练水军这个可笑的借口。昆明湖修缮完毕,她命令李鸿章安排北洋水师官兵在昆明湖进行军事演习,慈禧就在台上看着小火轮船在湖面上来来去去,向她欢呼膜拜。这个可笑的场景,在成多禄的《昆明曲》中永远地定了格。

成多禄诗中还有一处较有价值,就是他描写哈尔滨地域风情的作品。民国十年(1921)他应宋小濂之请前往哈尔滨并参与其"遁园吟社"唱和。诗人目睹了深受欧洲生活方式影响的哈尔滨的繁华热闹,写下《西洋曲于行》《哈尔滨竹枝词》《南岗偶成》《马遁厂生圹二首》等作品,试看《哈尔滨竹枝词》:

酒泛蒲萄作冷餐,龛肩羊胛蠹杯盘。
旁人大嚼先生笑,冰雪满胸寒不寒?(其四)

清钟振耳教堂敲,新月盈盈上柳梢。
来践星期前日约,公园深处看花苞。(其六)①

第一首记载诗人吃西餐的情景,显然他对西餐是初步接触,所以满怀新奇。第二首记载哈尔滨的宗教情况,天主教在哈尔滨非常普遍,现存的索菲亚教堂建成于1907年,是哈尔滨的地标性建筑。这几首颇具异国风情的诗作,尤其描写当时东北地区的风土人情,是近代诗歌史上较难见到的。

成多禄是近代东北地区著名书法家、社会名流、诗人,他的诗在展现自己的心灵困境和生命历程的同时,也展现当时波澜壮阔的战争场面和波谲云诡的社会环境,有着较高的认识价值和欣赏价值,值得我们挖掘。

第三节 驻防八旗诗人三多与"柳营"文献

清军入关后,将精锐师旅集中于京师以镇守中央,即所谓京畿八旗。余则分驻全国重要城市、军事重镇和水陆交通要冲,形成严密的军事网络,即驻防八旗。这里,我们关注的对象,

---

① 成多禄撰,翟立伟、成其昌编注《成多禄集·澹堪诗草》卷三,吉林文史出版社1988年11月第1版,第302页、第302页、第303页。

是杭州驻防诗人三多及他的诗歌创作和文献编纂,并对清代八旗驻防诗歌创作略作介绍。

一 三多的诗歌创作

三多(1871—?),字六桥,号鹿樵、可园、瓜园。杭州驻防蒙古正白旗人,姓钟木依氏,汉姓张,"三多"之名本为蒙古语,音译为"三多戈"。三多家族早在顺治二年乙酉(1645)便驻防杭州,到三多时家族已经在杭州生活二百多年。光绪十年甲申(1884)三多袭三等轻车都尉,二十二年丙申(1896)署正白旗佐领,二十七年辛丑(1901)稽查商税事务,次年充京师大学堂提调,三十二年丙午(1906)署杭州知府,光绪三十四年戊申(1908)出任归化城副都统,次年充库伦办事大臣,直至宣统三年辛亥(1911)。辛亥革命爆发,杭达多尔济兼程赶回库伦宣布外蒙独立并成立临时衙门,随即向三多提出最后通牒勒令其离境,三多遂间道由西伯利亚回到家乡。此时,中国早已改旗易帜,清政府垮台。在民国和伪满洲时期,三多也曾出任官职,但多数被边缘化,没有什么政治作为。清末,目睹国家弊政,三多亦曾满怀抱负。任库伦大臣时,他曾将一生珍藏变卖,想要修筑一条从张家口到恰克图的铁路,但最终没能实现。其珍藏中最富价值的有《西溪梅竹山庄画册》《纳兰性德画像》及《红楼梦》后三十回,现《西溪梅竹山庄画册》藏于杭州,《纳兰性德画像》收故宫博物院,唯有《红楼梦》残本成为一桩学界公案,至今没有定论。

三多出身武将世家,但文化氛围浓厚。外祖父凤瑞,字桐山,七岁能诗,官副都统,作战勇猛,有《如如老人灰余诗草》十卷。凤瑞之女、三多的姨母画梁,工画能诗,有《超范室画范》。三多岳父文元,字济川,善琴,有《桐雅轩琴谱》二卷。三多有《外舅文济川公偕梦薇师于文殊诞日合琴社、蘋香吟社于湖舫作展春第二集即席赋呈》[①]诗,可见当时旗营内不仅有琴社,还有诗社。他的《柳营谣》一百首之九十七云:"声名文物合推今,精绝诗书画与琴。莫笑管弦闻比户,武城自古有知音。"原注曰:"吾营以诗传者,赫藕香方伯有《白华馆遗稿》、外王父乙垣公有《铸庐诗草》、舅祖文吟香公有《亦芳草堂诗稿》、善雨人寺丞有《自芳斋诗稿》、贵镜泉观察有《灵石山房诗草》;以书名者,善寺丞之行书、固画臣姻伯之楷书、杏襄侯姻丈之隶书;以画名者,祥瑞亭协戎之马、家大人之山水、牡丹、乔云织云两夫人之花卉;工琴者,盛恺亭观察、外舅文济川公、家六叔保子云公、柏研香、杏襄侯姻丈,皆精绝灵妙,远近言琴者莫不以吾营为领袖。数年以来,甚至垂髫儿女尽解操缦,亦吾营中一韵事也。"[②] 言语之间,足显出对旗营风雅盛况的自豪之情。

在这样的氛围熏陶下,三多养成爱书爱诗喜弹琴的习惯。他在《可园诗钞外》自序中说:

---

① 三多撰《可园诗钞》卷一,《清代诗文集汇编》第792册,第592页。
② 三多撰《可园诗钞外集》卷二,《清代诗文集汇编》第792册,第666页。

第十三章 八旗诗歌的余响

"余于乙酉岁（光绪十一年，1885）始学诗，与二三知己更唱迭和，殆无虚日。"① 三多有《可园诗钞》四卷、《可园外集》、《可园文集》、《柳营谣》、《库伦奏议》、《粉云庵词》，还曾辑杭营诗歌为《柳营诗传》四卷。三多初从王廷鼎学诗，后学樊增祥。钱仲联先生称其："当举世宗江西派之时，独传樊氏衣钵，可贵也。"② 郑逸梅先生则更将其与纳兰性德并论："饮水侧帽之词，出于黑水白山间之纳兰容若手笔。惊才绝艳，传诵中原人士。不意晚清三六桥，为韦鞲毳幕中人，居然作雅颂之声，篇什流播，足与纳兰后先辉映。虽不谓之佳话，不可得已。"③ 清末诗人宗舜年称美三多："风流侧帽成公子，香火诗龛法翰林。失喜相逢山水窟，从君满拟掩斜簪。"④ 都对三多在近代诗坛的地位给以高度评价。

三多诗歌以戊戌变法为界分二境。早年诗典雅流丽、贵气逼人，如《春日偶成》云：

> 静与红鹦证辟支，云山为友竹为师。
> 砭邢古玉琴三尺，浇块新醇酒一卮。
> 移枕簟来花好处，倚阑干趁月明时。
> 封侯万里浑闲事，且效樊川杜牧之。⑤

该诗作于光绪十二年丙戌（1886），作者时年十六。虽属少作，语涉稚嫩，但遣词用语及炼字对偶等技巧运用上，颇见用意。这首诗反映了清末世家子的日常生活。三多老师王廷鼎为其《可园诗钞》所作序，可作三多小传来读：

> 长白三多六桥系出蒙古钟木依氏，于汉为张姓，六桥其号也。少聪慧，年十七精骑射。承其世叔父难荫，得袭三等轻车都尉，食三品俸。姿干娴雅，见者佥以秀士目之。六桥亦揽镜顾影，窃自语曰："我朝家法，文武并习，顾独以韬钤自囿耶？"遂奋志读书。欲就试，格于例不得与，去而学诗、学琴、学书画，因执贽从余游。诗笔清丽，可出入石湖、剑南间，又喜读玉溪、西昆诸集，故能情景兼备，不仅以摹山绘水为工。偶填小令，亦清峭动人。书习魏齐造像诸碑及曹景完志；作八分书，得三公山及校官碑笔意，皆苍秀有致。间调丹青，点染花果，尽态极妍。蓄一琴名"丹凤"，鼓《梅花三弄》，珠圆玉朗，听者情移。家有小圃，剔草蔓，剪丛棘，叠石引泉，杂栽梅杏兰桂棠薇蕉竹，高下疏密，莳插悉当，结茅盖亭，修广容二席，花晨月夕，沦茗焚香，抚琴奏曲，曲罢长吟声出户

---

① 三多撰《可园诗钞外集》，《清代诗文集汇编》第 792 册，第 649 页。
② 钱仲联著《当代学者自选集·钱仲联卷·近百年诗坛点将录》，安徽教育出版社 1999 年 12 月第 1 版，第 682 页。
③ 郑逸梅著《郑逸梅选集·蒙古诗人三六桥》，黑龙江人民出版社 2001 年版 1 月第 1 版，第四卷第 173 页。
④ 三多撰《可园诗钞》宗舜年题辞，《清代诗文集汇编》第 792 册，第 583 页。
⑤ 三多撰《可园诗钞》卷一，《清代诗文集汇编》第 792 册，第 584 页。

外,榜其门曰"可园"。每当春融秋爽,或骑桃花高丽马,锦鞍玉勒,扬鞭出城,沿西子湖行,唤垂髫俊童携酒榼尾之,徜徉于苏堤、白社间,轻衫长带与花片柳丝相掩映。归则倾锦囊检新什,横琴调之,韵有未惬,辄推敲至夜半方歇,此《可园诗钞》之所由作也。①

此序对了解三多少年时代的生活经历极有帮助,尤其介绍他学诗"出入石湖、剑南间",又喜"玉溪、西昆"诸集,对研读三多诗歌并把握其风格取向有一定指导意义。

针对三多早年诗风,俞樾曾说:"六桥年少而才美,得吾说,深思之,与其师瓠楼互相切磋,以求其深而又深,又求其显而又显,有一唱三叹之音,而无千辟万灌之迹,合杜韩韦柳而炉冶之,以自成一家,则虽香山剑南可以驾而上之。"② 谭献谓其"清超拔俗","有意无意间已骎骎乎入香山室"③ 等,序跋难免溢美之词,但对其宗尚的赅括应大体可信。对自己的诗学喜好,三多有《题唐宋人诗集》二首云:

> 唐到韩潮宋到苏,诗坛健将可言无。
> 他人纵有通身胆,不似偏裨便武夫。(其一)

> 除却坡公与谪仙,低头止拜杜樊川。
> 性灵偶有相同处,范陆无心类乐天。(其二)④

据此可知他对李白、韩愈、杜牧、苏轼极为仰慕,其诗学入手也一目了然。三多初学诗时不脱纨绔气,此乃环境使然,这些习气在他作诗日久、师学益多、眼界日宽后,有了不小改观。

光绪十三年丁亥(1887),三多以"自此分袂吟,云山隔万重"⑤ 一诗暂别亲友,赴京引见,路经黄海时写下他第一首长诗《过黑水洋放歌》:

> 一夜飙轮行不已,瀛洲烟岛程千里。吾昔曾闻海之奇,今忽置身奇境里。黑风陡卷银山来,滔滔滚滚如奔雷。既不能大声喝倒走,又不能赤手施挽回。鼓轮逆浪浪颠簸,瞥眼

---

① 三多撰《可园诗钞》王廷鼎序,《清代诗文集汇编》第792册,第581页。
② 三多撰《可园诗钞》俞樾序,《清代诗文集汇编》第792册,第579页。
③ 三多撰《可园诗钞》谭献序,《清代诗文集汇编》第792册,第580页。
④ 三多撰《可园诗钞》卷二,《清代诗文集汇编》第792册,第596页。
⑤ 三多撰《可园诗钞》卷一《家大人秩满述职,适多承袭世荫引见,及期随侍北上,荣竹农勋暨内兄守彝斋典赠诗送行,赋此留别》,《清代诗文集汇编》第792册,第584页。

第十三章　八旗诗歌的余响

雪山乱飞过。东舱西舱客尽呕，我似谢安仍独坐。忽而吟啸彻太空，忽而叱咤生长风。忽而竟欲蹋波去，腾身直扣蓬莱宫。蓬莱之宫渺何处，昙云四合不知曙。暗中恍有天人言，之子漫犯仙郎署。琳馆璇宫深且幽，高居半是白云俦。乘风破浪勿汲汲，他年自许乘槎游。长鲸竞将舳舻拥，碧瞳加意客心恐。舵楼一望昏无涯，浪花怒作墨花涌。而我为之高歌高吟兴勃勃，潮势豪惯作，险语破鬼胆。不学青莲东钓鳌，安得如椽大笔凌空把，恣意蘸此挥洒满天下。①

这首诗铺张扬厉，极波谲云诡之能事，很难想见出于十七岁少年之手。三多长篇多喜杂言，尤其是九言、十一言的穿插运用更使得诗歌错落有致、音节跌宕，极富韵律美。这首诗在艺术、语言、构思上都较前作成熟，可见三多诗艺进展十分迅速。

三多出仕前，在杭州写下很多模山范水友朋唱酬之作。他对杭州美景尤其是西湖山水给予热情赞美，如《清明游松木场口号》云：

> 春来最好是清明，处处莺莺燕燕声。
> 金勒马娇车畔去，玉楼人丽水边行。
> 一原芳草碧成海，十里杏花红进城。
> 我更携柑兼载酒，雨前重听采茶声。②

此诗明快开朗，贵族少年英姿焕发、跨马巡游的形象跃然纸上。他喜游览，所居杭州城西地区即今之湖滨路、延安路、南山路一带，被他游历殆遍。他更将足迹踏到南北高峰、左近山野、钱塘江畔，其《登南高峰》云：

> 登山须绝顶，绝顶豁胸膈。不计千万寻，有径终可适。我本采芝人，素负烟霞癖。忽闻南峰佳，赴山如赴敌。迹鹿履莓苔，尾猱攀竹柏。梯冈风顺呼，砍溪水倒射。不觉此峰高，但觉众山隔。仰观何所有，长天同一碧。……③

果勒敏在《可园诗钞》题辞中称赞："朔方之英奇，西湖之灵秀。二百数十年，钟集此勋胄。"④ 的确，钟灵毓秀的湖山中生长的三多，将他的才华逸气全部倾注在诗歌创作中。他人生的前三十年多居杭州，对这里的人文景物产生了极为热烈的感情。嗜爱风雅的三多与江南文

---

① 三多撰《可园诗钞》卷一，《清代诗文集汇编》第792册，第584页。
② 三多撰《可园诗钞》卷二，《清代诗文集汇编》第792册，第593页。
③ 三多撰《可园诗钞》卷一，《清代诗文集汇编》第792册，第589页。
④ 三多撰《可园诗钞》卷首，《清代诗文集汇编》第792册，第583页。

士建立了深厚的友谊,除以上提及的俞樾、王廷鼎、谭献外,他与潘钟瑞、杨葆光、俞廷瑛、刘树堂、蒋学坚、宗舜年、彭见绶、俞陛云、沈师徐、陆天泽、赵逢年、沈宗畴、钱振锽等人皆有交游。光绪十七年辛卯(1891),年长三多四十余岁的杨葆光过访并赠其《苏庵集》,三多赋诗答谢:

> 久抱瞻韩志,因循屡未前。
> 那知公善下,翻在我趋先。
> 诗赏高轩过,交忘小友年。
> 《苏庵集》三复,心爇瓣香虔。①

杨葆光(1830-1912),字古酝(酝),号苏庵,又号红豆词人,学识渊博,著作等身,能书善画,曾任龙游、新昌知县,后寓居上海卖画为生,先后为"豫园书画善会"会长、"丽则吟社"社长。杨葆光对三多极为欣赏,称其:"夙知词藻美,企望柳营前。秋驾传心早,春风得气先。不徒夸好句,所异出英年。回首平生志,羞称老郑虔。"② 此间前后,潘钟瑞还曾以所著全集易三多之《柳营谣》一书③。杨葆光、潘钟瑞以前辈之尊,屈身下望一位晚辈,可见三多在当时的东南文化圈中名气已不小,他们对晚辈的爱护看重之意亦十分明显。或许正是在诸位前辈的提携鼓励下,三多的《可园诗钞》在次年便印行于世。

光绪二十四年戊戌(1898),变法兴起,但未过多久便宣告失败。三多目睹晚清政局之动荡飘摇,救亡图存的危机感顿生,遂作长诗《拍案歌》:

> 拍案闷欲死,奇叫跳而起。大夫贵有为,食粟吾所耻。人生百年过隙驹,束发便合游山水。结识犬屠牛贩流,缔交凤鬶龙蟠士。储材广蓄药笼物,求访何必宰相始。一朝抵掌黄金台,贡之庙堂量器使。如指应手手应身,中外合并事求是。电击雷砰号令新,炮利船坚何足恃?……天下大事犹可为,其余诸公妇人耳。默者明哲以保身,弱者优柔而臧否。主和主盟为老谋,割地弃城如敝履。事后纷然策富强,一言九梗无定止。灭此朝食尚嫌迟,更不奋发将何俟。……④

三多少年意气,欲有所为。他面对鱼烂的朝政与逡巡不前、只顾私利的朝中诸臣,义愤填

---

① 三多撰《可园诗钞》卷一《杨古酝葆光先生见过,并贻苏庵集,赋谢》,《清代诗文集汇编》第792册,第591页。
② 三多撰《可园诗钞》杨葆光题辞,《清代诗文集汇编》第792册,第583页。
③ 潘钟瑞,字麟生,号瘦羊,晚号香禅居士,工诗词,善书法,精金石考证及篆刻。有《香禅精舍诗集》《吴郡金石目》《二笤诗集》《香台麋鹿记》《香禅杂识》《歙行日记》等著作。
④ 三多撰《可园诗钞》卷三,《清代诗文集汇编》第792册,第603页。

第十三章 八旗诗歌的余响

膺作此长诗。但宵小之辈当前,以一国之君尚不能挽狂澜于既倒,他又能如何。同年六月,他与友朋集西湖,有诗云:"今日何日世何世,主忧臣辱焉能忘。其如手无尺寸柄,空言莫挽狂澜狂。……我有热血不可洒,喷空化作红鸳鸯。"① 激慨之状,溢于言表。三多于晚清政局力图自强,故支持光绪帝变法。但保守势力太强大导致变法失败,后光绪帝被囚瀛台,再与政治无缘,成为彻彻底底的傀儡皇帝,抑郁至死。

年底,三多被送入京,进京师大学堂,此间与诸多日本友人如铁城箕等建立了友谊。在京期间,三多虽对时局的看法发生了变化,但救国图存仍贯彻始终。光绪二十六年庚子(1900),三多亲历"庚子之难",他用诗歌记载暴乱中满目疮痍的中华帝都,如《纪变六首》:

奇算空前古,神京作战场。
中西赌一掷,家国听双亡。
轻敌韩苏谬,谈元王谢狂。
诸公生应运,从此或垂裳。(其一)

金瓯无缺地,一旦变危城。
志为酬恩屈,才难与命争。
何时方我用,如梦笑人生。
尚道神仙在,能销各国兵。(其五)②

三多坐困危城,无机建白,他看透晚清政治的腐朽,无奈说道"五州戎马忽交驱,愁到无聊反自娱"③。对旧家世族而言,这种家丧国败的感伤或许更为强烈。坐守书斋时,他或许还能写诗遣怀,但真正面对万户飘零、尸横遍野的场面,却仍难免恸哭不止。

历史大势难以阻挡,晚清腐败已至极限,灭亡是注定的命运。三多在清朝最后几年,曾历任归化城副都统、库伦办事大臣等职,其间他兴办教育开启民智,创办工业振兴国力,但大厦将倾,一人之力实在有限。加之他性情躁进,不免意气用事,所办实业多数夭折。他在塞外虽冗务繁忙,仍旧寄心于诗词。深感国事不可为的他,诗歌也不似往前,苍老有余,激慨不再,吟风弄月、聚友谈诗成为其创作的主要内容。但武将世家出身的三多,骨子里流淌着蒙古民族的血液,身有所历,眼有所见,感慨沧桑家国,悲吊历史变革,仍旧不免发之于诗,如《旅顺口》:

---

① 三多撰《可园诗钞》卷三《六月十六日,俞小甫、杨古酝两先生邀同贝达夫、曹砺斋、盛伯平、程云承诸子游湖作》,《清代诗文集汇编》第792册,第603页。
② 三多撰《可园诗钞》卷三,《清代诗文集汇编》第792册,第609页。
③ 三多撰《可园诗钞》卷三《午窗睡起》,《清代诗文集汇编》第792册,第609页。

沉沙折戟尚纵横，袖手曾观鹬蚌争。
岂意汤池成祸水，竟教埚石变愁城。
假虞灭虢应为鉴，攻魏连吴或可盟。
白玉山前春正好，同歌伐木鸟嘤嘤。①

历史留给人们的教训总是饱含血泪和疮痍。光绪二十三年丁酉（1897），德国借口士兵被杀，派军强占胶州湾。沙皇俄国打着帮助中国驱驰德军的幌子，派军舰驶入旅顺口。这不过是德俄勾结作的一出戏罢了，结果却逼迫中国签订《旅大租地条约》及《续约》，将旅顺、大连强租给俄国，为期二十五年。其间，清朝不能在此驻兵，周围之地，清军不得进入，并修筑从旅顺、大连到俄国境内的中东铁路。光绪三十年甲辰（1904），日本出兵旅顺口，日俄战争竟然在中国的领土爆发。诗人所写的是悲哀的中国近代历史上的一小段插曲，却足以令人唏嘘感叹不已。

三多晚年纳有一姬人，名玉并，亦能诗，有《香珊瑚馆诗词》，《东北丛刊》第十期单印本载，共计十六页，有诗三十首，词二十二阙。后附"香珊瑚馆悼词"、三多《玉姬小传》、宗威《香珊瑚馆诗词集序》、尚秉和《三六桥先生姬人玉并权厝志铭》及名人题咏②。

二　《柳营诗传》与《柳营谣》

各地八旗驻防大多有自己的"驻防营志"，规模大致相当于"县志"。如《杭州八旗驻防营志略》《福州驻防志》《驻粤八旗志》《荆州驻防八旗志》《绥远旗志》《京口八旗志》《荆州事宜》《成都驻防则例》《密云驻防事务》等，对驻防旗营的体制规划、职责、地理人口、财政收支、文化科举等方面均有记录。通过对这些驻防营志的阅读，可以大致了解驻防八旗诗歌创作的一些情况。如《荆州驻防八旗志》与《驻粤八旗志》中共载诗人别集近二十种，能诗（志中录有诗歌）者凡十五人，这样的话，这两处的诗人总数就有三十余。但其繁荣程度较之杭州旗营就小巫见大巫了。

杭州驻防诗人早就引起人们的关注，康熙朝杭州驻防将军花色便以能诗名。花色，字介眉，有《承仁堂诗集》，陶煊、张璨合辑的《国朝诗的》卷一中就收录其诗九首，可见他在当时就颇有诗名。乾隆年间杭州将军果勒敏，字杏岑，号性臣，又号铁梅，有《洗俗斋诗草》二卷，庆珍辑入《铁梅丛书》，后李长荣选为《洗俗斋诗草》一卷，辑入《柳堂师友诗录初

---

① 三多撰《可园诗钞》卷七，《清代诗文集汇编》第792册，第647页。
② 北京图书馆编《民国时期总书目·文学理论、世界文学、中国文学分册》，书目文献出版社1992年11月第1版，上册第355页。

编》。道光时杭州将军特依顺，字鉴堂，有《余暇集》。同治年间杭州将军连诚，字绪斋，有《喜闻过斋诗稿》。光绪年间杭州将军长善，字乐初，志润、志觐叔父，光绪帝珍妃之父，有《芝隐室诗》，他驻防广州时还主持修纂《驻粤八旗志》。杭州将军志锐，字伯愚，又字公颖，号廓轩，晚号迂庵、穷塞主，有《廓轩竹枝词附穷塞微吟》《志文贞公诗册》，后一种被辑入庆珍《铁梅丛书》。

作为一城之主的将军尚酷嗜风雅，其下属可知。关于杭州旗营掌故之书，道光间有廷玉的《城西古迹考》，但未尽之处尚多。况又经太平天国一役，全城几毁，遑论文献著作。光绪年间，盛元有感于此，撰《营防小志》以存文献人物之梗概，后又有张大昌为之扩充补辑，汇纂为《杭州八旗驻防营志略》，始算完备。或许也正是基于这种认识，三多及其内兄完颜守典开始抢救杭州旗营文献，三多辑有《柳营诗传》，完颜守典辑有《杭防诗存》，皆杭州驻防八旗诗歌总集。《杭防诗存》不分卷，收录十六名诗人的五十余首诗歌，加之"附录""补遗"共计二十五名诗人六十余首诗歌，卷末有"姓氏存考"者九人，皆属"名盛一时，诗无存者。谨录其姓字旗属官集如左，俟后搜辑"[1] 者。三多所辑《柳营诗传》规模较《杭防诗存》要大，收录诗人更多，作品也更为丰富，尤其是三多着意"以诗存人"，故附诗人小传和考释，令本书价值和意义更为突显。《柳营诗传》四卷，收录诗人二十九名，诗近九十首，并及闺秀，词附焉，对我们全面了解杭州八旗驻防营的文学创作提供极为可靠的依据。

光绪朝的旗营风雅，为近代人所熟知。徐映璞《杭州驻防旗营考·丛载》中谈道："满俗尚武，质朴不文。而晚近好学慕名、尊师敬友之士，亦属不少。如盛恺庭元立文课、柏研香梁设琴社、三六桥多集诗会、吉将军和设字课，名流如俞曲园樾、王梦薇延鼎、谭仲修献、杨古韫葆光、王同伯同、白叔云麟、章一山梫、林琴南纾，皆参与其间，颇极一时之盛云。"[2] 通过对比《杭州八旗驻防营志略》《杭防诗存》以及《柳营诗传》所收八旗诗人名录得出，杭州驻防营内可考姓名著作的诗人接近五十，多数都有诗集，可见确如徐映璞所说"旗籍不乏诗人"。对三多整理旗营文献的功绩，吴庆坻曾说："篇什虽不甚多，而百数十年间满营文物之盛，约略可见。其书刊于光绪庚寅、辛卯间，二十年后遂有黍离之叹，是书之存不可谓非幸矣。"[3] 晚清入民国的八旗人士，大都对整理乡帮文献情有独钟，穷其原因大致相同。

究心旗营掌故的三多还撰有《柳营谣》一百首，写作时间大致与《柳营诗传》编辑时间同时。他写作组诗的目的也与编辑驻防诗人诗歌总集相似，他说：

> 吾营建自顺治五年（戊子，1648），迄今二百四十余载。其坊巷、桥梁、古迹、寺院

---

[1] （清）完颜守典辑《杭防诗存》例言第四款，光绪十六年庚寅（1890）刻本，卷首第1b页。
[2] 徐映璞撰《杭州驻防旗营考·丛载》，《西湖文献集成》，杭州出版社2004年10月第1版，第10册第434页。
[3] （清）吴庆坻撰，张文其、刘德麟点校《蕉廊脞录》卷五"柳营诗传"条，中华书局1990年3月第1版，第165页。

之废兴更改者,既为杭郡志乘所略,而其职官、衙署、科名、兵额一切规制,又无纪载以传其盛。自经兵燹,陵谷变迁,老成凋谢,欲求故实,更无堪问。夫方隅片壤,尚有小志剩语,纪其文献,吾营八旗,实备满蒙大族,皇恩优渥,创制显荣,其间勋名志节,代不乏人,倘无一编半册,识其大略,隶斯营者非特无以述祖德,且何以答君恩乎?童子何知,生又恨晚,窃不忍任其淹没无传,以迄于今,每为流留轶事,采访遗闻,凡有关风俗掌故者辄笔之,积岁余,方百事,即成七绝百首,名曰《柳营谣》。①

这一百首"竹枝词"从内容上看可谓包罗万象,举凡人口、钱粮、道路、建筑、地亩、风俗、节日、名胜古迹、书画名家、诗人学士、杰出女性等,无不网罗,可补《杭州八旗驻防营志略》之缺,涉及的人物介绍、事迹丛考,更可补《杭防诗存》《柳营诗传》之不足。这一百首诗刊于光绪十五年己丑(1889),三多时年十九岁。他对古迹兴废、制度沿革、前人故实如此着意搜集,足见其不仅博学且对旗营掌故的搜罗和研考极热心。下面就举几个方面的例子,他对旗营当时情况的记述,如第七十五首云:

施水坊桥古迹存,我来偏不效争墩。
前修尚有都音保,鼎峙何妨说可园。②

诗人原注:"《清尊集》分题武林古迹,施水坊桥其一也。都音保满洲人,善书,昔居桥边,见《武林城西古迹考》。即余可园左近也。"三多性嗜风雅,于家近建"可园",日与友朋唱和其间,极一时之盛。"可园"今已不存,但味其诗意可知处于施水桥附近。施水桥在施水坊巷,民国初年改名泗水路,20世纪20年代初期为抵制日货,在现今解放路百货处建立国货陈列馆,遂将店前的泗水路改名为国货路,今亦沿其名。此路东起青年路(此路路基即为杭州驻防营城墙墙基),西至延安路(原名为延龄门大街,"延龄门"为杭州驻防营五门之一),那三多之"可园"应该就在现在国货路附近。杭州驻防营所辖之地,大约包括现在的湖滨路、延安路、南山路、解放路、平海路周边地区,驻防将军驻地为今日延安路和开元路交叉处的将军路附近,至今那里仍有一条小路叫作"柳营路"。

三多诗中还涉及很多旗营内的奇人异士,包括画家岱彭,曾绘制《西湖全图》进呈御览。还有画家黄履中、其侄子黄九如、汉军王东冷,都在当时画坛享有声誉。若不是《柳营谣》对他们有所记载,怕是彻底湮没无闻了。

《柳营谣》中最有特色的是记载旗营内民俗风情的作品,如:

---

① 三多撰《可园诗钞外集》卷二《柳营谣》自识,《清代诗文集汇编》第792册,第659页。
② 三多撰《可园诗钞外集》卷二《柳营谣》一百首,《清代诗文集汇编》第792册,第664页。

第十三章　八旗诗歌的余响

节物于今各处殊，吾家笑作五侯厨。
荆州圆子福州饺，岁暮春初相向输。（其七十一）

春秋家祀遍西东，喜肉宴中贺主翁。
饱了饽饽酣了酒，不须申谢满蒙同。（其七十二）

季冬一日最销魂，记得城池一炬焦。
为禁满城停宰杀，伤心往事话今朝。（其九十一）①

　　一般从乾隆中期汉军陆续出旗后，各地驻防营中汉军已不多，营中以满洲和蒙古为主，尤其是蒙古，占比更大。咸丰年间太平天国一役，杭州旗营死难殆尽，此后的旗丁多从它地驻防营调补，随之也带来原驻地的节物风俗。驻防旗人远离家乡，如三多家族六、七代人长驻杭州，但他们的饮食、服饰、习俗仍带有深厚的满蒙惯例。满蒙驻防官兵虽长久若干代地生活在"异乡"，但民族习性尤其是民族心理和民族认同感是持续的。这种"持续"，就成为后来满族这一新民族诞生的某种基质。

---

① 三多撰《可园诗钞外集》卷二《柳营谣》一百首，《清代诗文集汇编》第 792 册，第 664—665 页。

结　语

　　八旗诗歌紧承八旗制度而来，它的产生、发展、繁盛与消亡与八旗制度息息相关。所以，一部八旗诗史又何尝不是一部八旗制度的衰亡史。从这一角度看，八旗诗歌或许是历代诗歌创作中与国家制度、政治决策、统治阶层联系最为紧密的一类诗歌作品。这也决定了八旗诗歌本身具有的特殊性，以及与其他诗歌相比所独具的研究价值。作为创作主体的八旗诗人是清代社会的特权阶层，"自是旗人自不同"的特殊精神风貌，使得他们与汉族官民相比，不仅在身份和地位上，更在心理和气质上存有区别。这种区别体现在创作心理和写作风貌上，便形成八旗诗歌独特的风格特点。本书在廓清八旗诗歌发展演进过程的同时，也注重揭示八旗诗歌这一特殊风貌的成因和表现，及其与清代诗坛风格流转的互动和影响。

　　从八旗诗歌自身看，它像一个巨大的宝库。民国恩华所辑《八旗艺文编目》著录作者一千零三十四人，各类著述一千七百七十五种，其中诗集占绝大部分。乾嘉之际由铁保编纂的八旗诗歌总集《熙朝雅颂集》，收录作者五百八十五人，诗歌七千七百四十三首。笔者又参考杨钟羲《雪桥诗话》、徐世昌《晚晴簃诗汇》以及其他清代诗歌总集与相关文献，排除重复后得八旗诗人约一千六百人，这仅是从目前所见到文献入手查得的诗人总数。清代文献浩如烟海，还有多少八旗诗人未被发现实在难以估计。朱则杰先生在其《清代"千叟宴"与"千叟宴诗"考论》一文中曾谈及"三种'千叟宴诗'，有署名的八旗作者就至少已达四千人以上"[①]，"千叟宴诗"的作者数量笔者尚未计算在目前已知的八旗诗人总数内，若计算在内的话，八旗诗人的总数（含重复）则已远超五千人。这样一个如此巨大的创作群体，所呈现出的风貌与创作的成就，无疑值得深入挖掘。

　　八旗群体呈现出复杂而又极具特色的族群性，这里称其为"族群"的原因基于以下考虑。八旗虽为民族共同体，但在群体内部的思想层面和生活习俗上又表现出高度的一致性。满洲

[①] 朱则杰撰《清代"千叟宴"与"千叟宴诗"考论》，《明清文学与文献》第一辑，黑龙江大学出版社2012年12月第1版，第277—308页。

军、蒙古军、汉军等在共同利益和同样特殊的社会地位面前，从思想、行为、生活习惯以及精神追求等多层面，不断由异趋同，最后成为一个新的民族，即我们今日所称的"满族"。八旗诗歌的演变过程其实也是这些民族的融合过程，而八旗诗歌的发展史也可作为一部民族发展的史诗，一部民族文化的融合史，一部八旗子弟的心灵史。八旗诗歌所呈现出的独特性，是特定历史、特定宗族、特定权力体系综合作用力下的必然产物。同时，作为一个多民族共同体，八旗内部存在着诸民族间充分的互相影响与渗透的情况，这些都值得我们更为深入和细致地审视。八旗这一特殊阶层及其创作，对清代文学的发展尤其是诗歌一体的发展和演变，产生巨大影响。甚至可以说，八旗族群的诗歌创作，在某种程度上改变了一直以来汉族诗人统领诗坛、独擅风骚的局面，他们的存在，成为清诗队伍中不可忽略的一股重要力量。

同时，作为民族共同体的八旗，内部又存在着极强的相互影响因素。从最初的区分民族畛域，到后来成为一个新族群，这种影响的表现十分明显。虽然清朝统治者严分满汉，甚至在很长一段时间内重满抑汉，却难以抑止民族融合的历史必然。多数人过于强调满洲和蒙古的汉化，却忽略了八旗内汉军旗人的满洲化现象，而这一现象的存在，恰是八旗此后能成为新一族群的基础。在八旗诗歌创作中，这一现象得到明确彰显，八旗汉军诗人的创作，不仅展露出极强烈的八旗精神，在习俗和心理上也基本与满族旗人和蒙古旗人别无二致。

八旗诗歌从所表现的内容及具有的风格特点上，都在清代诗坛显得独树一帜。从其所表现的内容上看，八旗诗歌展示的范围十分宽阔。他们的创作既有专注于日常生活的点滴琐事，也有对家国命运的关心；既有自我心灵的审视，也有对自然的由衷歌颂；既有对秀美江南的赞美，也有对辽阔朔漠的歌颂。八旗诗歌体现出的刚烈恢弘、慷慨激昂的气质，也是以汉族为主的主流诗坛所少见的。这与其所处地域有关，但更与其民族特性和北人气质有关，这种风格我们这里将其称为"辽东气象"。而八旗诗歌中的"辽气"带有明显的地域特征，也是他们成为一个诗派的地缘基础。

从诗人组成上看，清初期及清中期八旗诗歌的作者或系出天潢，或来自阀阅之家，这是因为在乾隆中前期，八旗内部的贫富分化还不算严重。享受特权的八旗子弟，受教育的程度较一般汉族子弟更为优越，所以更容易培养出优秀的诗人。最重要的是，乾隆中前期，八旗子弟出仕多可依靠门荫，不必与汉族士子同走科考的独木桥，所以可以将更多精力投注于诗歌文艺。故而，这是优秀的八旗诗人及作品集中涌现的阶段。此后的八旗内部，阶层和贫富分化都较为严重，再加上晚清政局的黑暗多变，所以，对政治制度依附过深的八旗诗歌也随之产生较大变化，最明显的就是创作主体的分化和诗歌风格的转型。乾隆后期，随着极权统治不断施压，八旗田园诗人和隐逸诗人增多，愁苦郁愤之音渐成诗歌创作的主流，此前的盛世雍容、雅颂端美消逝不再。这一现象，到清末民初表现尤为明显，沉痛悲慨、压抑深沉、激愤郁闷在晦暗尘霾的晚清时期成为最基本的诗歌风格。在帝国主义列强的坚船利炮和如火如荼的国内革命战争中，大清朝落下三百年统治的帷幕，八旗制度也走到末途，八旗诗歌也渐成遗响。

八旗诗歌这一领域可供研究以及需要研究的问题还有很多，诸如八旗诗歌与清代诗坛的具体关系以及诗学传承的情况、八旗诗人与汉族诗人的交游互动、八旗文学世家的概貌、八旗诗学理论的系统观照、八旗诗歌别集的搜集与整理，等等。此外，还可以试着从民族学、政治学、历史学等角度与文学进行学科交叉研究。相信，这些都可以成为有意义有价值的尝试。总之，八旗诗歌的研究前景很广阔，期待解决的问题还有很多，希望有更多的人能够参与到这一研究中来，共同探讨共同努力，以充实这一特殊、有趣而又具有较高学术价值的研究领域。

参考文献

（一）排列规则，著作类以拼音为序，论文类以发表时间为序。
（二）影印本所用底本提法，一般据影印本原书著录。
（三）版本某些子项原缺或未详者，付诸阙如。
（三）常见大型丛书，在《中国丛书综录》中有著录者，版本不细列。

一、古今著作

A

《爱新觉罗家族全书》　李治亭主编，吉林人民出版社 1997 年 5 月第 1 版
《爱新觉罗氏三代满学论集》　金光平、金启孮、乌拉熙春著，远方出版社 1996 年 8 月第 1 版
《安序堂文钞》　（清）毛际可撰，《四库全书存目丛书》集部第 229 册，影印康熙刻增修本

B

《八旗满洲氏族通谱》　（清）弘昼等编，辽海出版社 2002 年 7 月第 1 版，影印武英殿刻本
《八旗十论》　张佳生著，辽宁民族出版社 2008 年 11 月第 1 版
《八旗通志（初集）》　（清）鄂尔泰等修，李洵、赵德贵主点，东北师范大学出版社 1985 年 6 月第 1 版
《八旗文经》　（清）杨钟羲辑，马甫生等标校，辽沈书社 1988 年 10 月第 1 版，影印光绪二十七年辛丑（1901）刻本
《八旗艺文编目》　恩华辑，关纪新整理点校，辽宁民族出版社 2006 年 5 月第 1 版
《八旗源流》　瀛云萍著，于植元校，大连出版社 1991 年 2 月第 1 版
《八旗制度与满族文化》　支运亭主编，辽宁民族出版社 2002 年 5 月第 1 版
《白山诗词》　（清）铁保、杨钟羲辑，李雅超校注，吉林文史出版社 1991 年 6 月第 1 版
《百名家词钞》　（清）聂先、曾王孙辑，《续修四库全书》第 1722 册，影印康熙绿荫堂刻本

《百名家诗选》(《皇清百名家诗》)（清）魏宪辑,《四库全书存目丛书》集部第 397 册, 影印康熙枕江堂刻本

《班余剪烛集》 （清）纳兰常安撰,《四库未收书辑刊》第九辑第 21 册, 影印乾隆五年庚申（1740）自刻本

《抱冲斋诗集》 （清）斌良撰,《续修四库全书》第 1508 册, 影印光绪五年己卯（1879）崇福湖南刻本

《北海集》 （清）鄂貌图撰, 恩丰辑《八旗丛书》第 24 册, 清抄本

《北江诗话》 （清）洪亮吉撰, 陈迩冬校点, 人民文学出版社 1983 年 7 月第 1 版

《北京历史文献要籍解题》 韩朴主编, 中国书店 2010 年 9 月第 1 版

《本事诗》 （清）徐釚辑,《四库禁毁书丛刊》集部第 94 册, 影印乾隆二十二年丁丑（1757）半松书屋刻本

《笔祸史谈丛》 黄裳著, 北京出版社 2004 年 1 月第 1 版

《伯英遗稿（外二种)》 （清）于钟岳撰, 王羊勺、邓固等点校, 贵州人民出版社 2009 年 4 月第 1 版

C

《苍雪山房稿》 （清）朱纲撰,《四库全书存目丛书补编》第 6 册, 影印清刻本

《曹雪芹小传》 周汝昌著, 百花文艺出版社 1980 年 4 月第 1 版

《曹寅评传·曹寅年谱》 方晓伟著, 广陵书社 2010 年 5 月第 1 版

《曹寅与康熙：一个皇室宠臣的生涯揭秘》 ［美］史景迁著, 陈引驰等译, 上海远东出版社 2005 年 5 月第 1 版

《茶余客话》 （清）阮葵生撰, 中华书局 1959 年 5 月第 1 版

《长留集》 （清）孔尚任、刘廷玑撰, 中国书店 1991 年 6 月第 1 版, 影印康熙五十四年乙未（1715）岱宝楼刻本

《长生殿》 （清）洪升撰, 徐朔方校注, 人民文学出版社 1958 年 5 月第 1 版

《陈石闾诗》 （清）陈景元撰,《四库全书存目丛书》集部第 282 册, 影印稿本

《乘槎笔记（外一种）》 （清）斌椿撰, 湖南人民出版社 1981 年 4 月第 1 版

《成多禄集》 成多禄撰, 翟立伟、成其昌编注, 吉林文史出版社 1988 年 11 月第 1 版

《澄怀书屋诗钞》 （清）穆彰阿撰,《续修四库全书》第 1507 册, 影印道光刻本

《澄悦堂诗集》 （清）国梁撰,《清代诗文集汇编》第 342 册, 影印嘉庆十五年庚午（1810）刻本

《池北偶谈》 （清）王士禛（祯）撰, 袁世硕主编《王士禛全集》本, 齐鲁书社 2007 年 6 月第 1 版

《筹办夷务始末》（同治朝卷） （清）宝鋆等撰, 台湾文海出版社 1971 年版

《〈春明梦录〉〈客座偶谈〉》 （清）何刚德著, 上海古籍书店 1983 年 9 月第 1 版

《春融堂集》 （清）王昶撰,《续修四库全书》第 1437—1438 册, 影印嘉庆十二年丁卯（1807）塾南书舍刻本

《纯常子枝语》 （清）文廷式撰,《续修四库全书》第 1165 册, 影印民国三十二年（1943）刻本

《词科余话》　（清）杭世骏撰，《四库未收书辑刊》第一辑第 19 册，影印乾隆道古堂刻本
《词林典故》　（清）鄂尔泰、张廷玉等奉敕撰，《景印文渊阁四库全书》第 599 册
《词苑丛谈》　（清）徐釚撰，唐圭璋校注，上海古籍出版社 1981 年 4 月第 1 版
《丛书集成续编》　王德毅主编，台湾新文丰出版公司 1989 年 7 月台 1 版
《丛书集成续编》　上海书店出版社编（版权页未见出版时间，卷首《出版说明》署 1994 年 6 月）
《存素堂诗初集录存》　（清）法式善撰，《续修四库全书》第 1476 册，影印嘉庆十二年丁卯（1807）王埔刻本
《〈存素堂诗二集〉〈存素堂续集〉》　（清）法式善撰，《清代诗文集汇编》第 435 册，影印嘉庆刻本
《存素堂诗稿（咏物诗）》　（清）法式善撰，《清代诗文集汇编》第 435 册，影印清刻本
《〈存素堂文集〉〈续集〉》　（清）法式善撰，《续修四库全书》第 1476 册，影印嘉庆十二年丁卯（1807）程邦瑞扬州刻增修本

D

《大谷山堂集》　（清）梦麟撰，《续修四库全书》第 1438 册，影印民国九年（1920）刘氏嘉业堂刻本
《大愚堂诗集》　（清）震钧（又名唐晏）撰，恩丰辑《八旗丛书》第 23 册，清抄本
《带经堂诗话》　王士禛撰，张宗柟纂集，戴鸿森校点，人民文学出版社 1963 年 11 月第 1 版
《当代学者自选集·钱仲联卷》　钱仲联著，安徽教育出版社 1999 年 12 月第 1 版
《道咸同光四朝诗史》　（清）孙雄辑，《续修四库全书》第 1628 册，影印宣统二年庚戌（1910）刻本
《〈道腴堂诗编〉〈道腴堂诗续〉》　（清）鲍鉁撰，《清代诗文集汇编》第 267 册，影印乾隆刻本
《〈道腴堂杂编〉〈俊逸亭新编〉〈小簌园新编〉〈小簌园续编〉〈道腴堂胜录〉〈道腴堂杂著〉〈雪泥鸿爪录〉〈禅勺〉》　（清）鲍鉁撰，《清代诗文集汇编》第 799 册，影印雍正乾隆间刻《道腴堂集》本
《德荫堂集》　（清）阿克敦撰，《续修四库全书》第 1423 册，影印嘉庆二十一年丙子（1816）那彦成刻本
《帝国的回忆：〈纽约时报〉晚清观察记》　郑曦原、李方惠、胡书源编译，生活·读书·新知三联书店 2001 年 5 月第 1 版
《地域·家族·文学——清代江南诗文研究》　罗时进著，上海古籍出版社 2010 年 12 月第 1 版
《东白堂词选》　（清）佟世南辑，《四库全书存目丛书》集部第 424 册，影印康熙十七年戊午（1678）刻本
《东华录》　（清）蒋良骐撰，林树惠、傅贵九点校，中华书局 1980 年 4 月第 1 版
《独入佳境——满族宗室文学》　张佳生著，辽宁人民出版社 1997 年 8 月第 1 版
《独学庐初稿》　（清）石韫玉撰，《续修四库全书》第 1466—1467 册，影印清写刻《独学庐全稿》本

《〈多岁堂诗集〉〈载赓集〉（附〈试律诗〉）〈赋集〉》　（清）成书撰，《续修四库全书》第1483册，影印道光十一年辛卯（1831）刻本

E

《〈恩福堂诗钞〉〈恩福堂诗钞不分卷〉〈植杖集〉〈步魁集〉》　（清）英和撰，《上海图书馆未刊古籍稿本》第49册，影印清稿本

《20世纪满学著作提要》　阎崇年编，民族出版社2003年12月第1版

《儿女英雄传》　（清）文康撰，何草点校，中华书局2001年10月第1版

F

《番社采风图考》　（清）六十七（陆士琦）撰，《丛书集成初编》第3026册

《返观与重构：文学史的研究与写作》　钱理群著，上海教育出版社2000年3月第1版

《贩书偶记（附续编）》　孙殿起撰，上海古籍出版社1999年5月第1版

《范忠贞集》　（清）范承谟撰，《景印文渊阁四库全书》第1314册

《方苞集》　（清）方苞撰，刘季高校点，上海古籍出版社1983年5月第1版

《奉使车臣汗纪程诗》　（清）延清撰，《清代诗文集汇编》第765册，影印宣统元年己酉（1909）排印本

《奉使纪行诗》　（清）允礼撰，《清代诗文集汇编》第283册，影印雍正刻本

《奉天通志》　王树楠、吴廷燮、金毓黻等纂，沈阳古旧书店1983年1月第1版

《抚江集》　（清）蔡士英撰，《四库未收书辑刊》第七辑第21册，影印顺治刻本

《福州驻防志》　（清）新柱等总修，民族出版社2004年12月第1版

G

《陔余丛考》　（清）赵翼撰，中华书局1963年4月第1版

《感旧集》　（清）王士禛辑，卢见曾补传，《四库禁毁书丛刊》集部第74册，影印乾隆十七年壬申（1752）刻本

《高宗纯皇帝御制诗初集、二集、三集、四集、五集、余集》　（清）弘历撰，《景印文渊阁四库全书》第1302—1311册

《〈葛庄编年诗〉〈葛庄分体诗钞〉》　（清）刘廷玑撰，《四库全书存目丛书》集部第260册，影印康熙刻本

《耕烟草堂诗钞》　（清）戴梓撰，《辽海丛书》第2册，辽沈书社1985年3月第1版，影印民国二十二年（1933）至二十五年（1936）沈阳刻本

《庚子都门纪事诗》　（清）延清撰，《清代诗文集汇编》第765册，影印宣统三年辛亥（1911）排印本

《庚子事变文学集》　阿英编，中华书局1962年10月第1版

《龚自珍全集》　（清）龚自珍撰，上海人民出版社1975年2月新1版

参考文献

《古典文学研究资料汇编·红楼梦卷》　一粟编，中华书局1963年12月第1版

《骨董琐记全编》　邓之诚著，北京出版社1996年6月第1版

《顾太清词新释辑评》　卢兴基编著，中国书店出版社2005年1月第1版

《顾太清集校笺》　（清）顾太清，金启孮、金适校笺，中华书局2012年11月第1版

《顾太清奕绘诗词合集》　（清）顾太清、奕绘著，张璋编校，上海古籍出版社1998年12月第1版

《顾太清与海淀》　金启孮著，北京出版社2000年12月第1版

《关于江宁织造曹家档案史料》　故宫博物院明清档案部编，中华书局1975年3月第1版

《〈雪根清壑山房诗〉〈观稼楼诗〉〈吴船书屋诗〉〈枫香集〉》　（清）朱缃撰，《四库全书存目丛书》集部第273册，影印道光刻《济南朱氏诗文汇编》本

《光宣诗坛点将录笺证》　汪辟疆著，王培军笺证，中华书局2008年9月第1版

《广清碑传集》　钱仲联编，苏州大学出版社1999年2月第1版

《广州碑刻集》　冼剑民、陈鸿钧编，广东高等教育出版社2006年12月第1版

《国朝宫史》　（清）乾隆敕撰，《景印文渊阁四库全书》第657册

《国朝宫史续编》　（清）庆桂等编纂，左步青校点，北京古籍出版社1994年7月第1版

《国朝畿辅诗传》　（清）陶樑辑，《续修四库全书》第1681册，影印道光十九年己亥（1839）红豆树馆刻本

《国朝诗的》　（清）陶煊、张璨辑，《四库禁毁书丛刊》集部第156—158册，影印康熙六十一年壬寅（1722）刻本

《国朝先正事略》　（清）李元度撰，《近代中国史料丛刊》第十二辑第111册，影印本

H

《〈海峰诗集〉〈海峰文集〉》　（清）刘大櫆撰，《续修四库全书》第1427册，影印清刻本

《〈海国胜游草〉〈天外归帆草〉》　（清）斌椿撰，《续修四库全书》第1532册，影印同治刻本

《海上嘉月楼诗稿》　（清）唐晏撰，《清代诗文集汇编》第784册，影印民国十年（1921）丰润张志沂排印本

《海愚诗钞》　（清）朱孝纯撰，《四库未收书辑刊》第十辑第26册，影印乾隆五十九年甲寅（1794）刻本

《韩国诗话中论中国诗资料选粹》　邝健行、陈永明、吴淑钿选编，中华书局2002年7月第1版

《汉唐地理书钞》　（清）王谟辑，中华书局1961年9月第1版

《含中集》　（清）李锴撰，《辽海丛书》第3册，辽沈书社1985年3月第1版，影印民国二十二年（1933）至二十五年（1936）沈阳刻本

《寒玉堂诗集》　溥儒撰，新世界出版社1994年5月第1版

《杭防诗存》　（清）完颜守典辑，光绪十六年庚寅（1890）刻本

《杭州八旗驻防营志略》　（清）张大昌辑，《续修四库全书》第859册，影印光绪十九年癸巳（1893）杭州书局刻本

《杭州驻防旗营考》　徐映璞撰，《西湖文献集成》本，杭州出版社2004年10月第1版

《黑龙江将军特普钦诗文集》　（清）特普钦撰，李兴盛、孙正甲、王晶编，天津古籍出版社1987年10月第1版

《黑龙江外记》　（清）西清撰，《丛书集成初编》第3200—3201册

《黑水文明研究》（第一辑）　胡凡、王建中主编，黑龙江人民出版社2007年5月第1版

《红楼梦》　（清）曹雪芹撰，无名氏续撰，程伟元、高鹗整理，人民文学出版社1982年3月第1版

《〈红楼梦〉研究论文资料索引》　顾平旦主编，书目文献出版社1983年12月第1版

《红楼梦的两个世界》　〔美〕余英时著，上海社会科学院出版社2002年2月第1版

《红雪轩稿》　（清）高景芳撰，《四库未收书辑刊》第八辑第28册，影印康熙五十八年己亥（1719）刻本

《洪亮吉集》　（清）洪亮吉撰，刘德权点校，中华书局2001年10月第1版

《鸿雪因缘图记》　（清）完颜麟庆撰，《辽海丛书续编》第5册，沈阳古籍书店1993年5月第1版，影印道光十八年戊戌（1838）刻本

《湖海诗传》　（清）王昶辑，《续修四库全书》第1625—1626册，影印嘉庆八年癸亥（1803）三泖渔庄刻本

《花间堂诗钞》　（清）允禧撰，《四库未收书辑刊》第九辑第22册，影印乾隆刻本

《怀旧集》　（清）冯舒辑，《丛书集成初编》第1793册

《淮海英灵集》　（清）阮元辑，《续修四库全书》第1682册，影印嘉庆三年戊午（1798）小琅嬛仙馆刻本

《淮海英灵续集》　（清）王豫、阮亨辑，《续修四库全书》第1682册，影印道光刻本

《黄培芳诗话三种》　（清）黄培芳撰，管林标点，广东教育出版社1995年3月第1版

《黄宗羲全集》　（清）黄宗羲撰，沈善洪主编，吴光执行主编，浙江古籍出版社2005年1月第1版

《皇清诗选》　（清）孙铉辑，《四库全书存目丛书》集部第398册，影印康熙二十九年庚午（1690）凤啸轩刻本

《蕙风词话》　况周颐撰，人民文学出版社1969年4月第1版

《〈蕙荪堂集〉〈蕙荪堂烬存草〉》　（清）昭梿撰，《清代诗文集汇编》第517册，影印抄本

《慧珠阁诗》　（清）多隆阿撰，《辽海丛书》第5册，辽沈书社1985年3月第1版，影印民国二十二年（1933）至二十五年（1936）沈阳刻本

J

《〈旧典备征〉〈安乐康平室随笔〉》　（清）朱彭寿撰，何双生点校，中华书局1982年2月第1版

《稽古斋全集》　（清）弘昼撰，《四库未收书辑刊》第九辑第21册，影印乾隆十一年丙寅（1746）内府刻本

《集杜》　　（清）李锴撰，恩丰辑《八旗丛书》第 27 册，清抄本

《己未词科录》　　（清）秦瀛撰，《续修四库全书》第 537 册，影印嘉庆刻本

《积翠轩诗集》　　（清）高述明撰，《四库未收书辑刊》第九辑第 20 册，影印乾隆三年戊午（1738）高晋刻本

《纪晓岚文集》　　（清）纪昀撰，孙致中、吴恩扬、王沛霖、韩嘉祥校点，河北教育出版社 1991 年 7 月第 1 版

《纪文达公遗集》　　（清）纪昀撰，《续修四库全书》集部第 1435 册，影印嘉庆十七年壬申（1812）刻本

《嘉庆以来汉学传统的演变与传承》　　罗检秋著，中国人民大学出版社 2006 年 5 月第 1 版

《佳山堂集》　　（清）冯溥撰，《四库全书存目丛书》集部第 215 册，影印康熙刻本

《家国之间　清初满洲八著姓研究》　　常越男著，中国社会科学出版社 2019 年 5 月第 1 版

《兼济堂文集》　　（清）魏裔介撰，魏连科点校，中华书局 2007 年 8 月第 1 版

《兼于阁诗话》　　陈声聪撰，上海古籍出版社 1985 年 10 月第 1 版

《江苏艺文志》（镇江卷）　　南京师范大学古文献整理研究所编著，江苏人民出版社 1994 年 10 月第 1 版

《匠门书屋文集》　　（清）张大受撰，《四库未收书辑刊》第八辑第 24 册，影印雍正七年己酉（1729）顾诒禄刻本

《蕉廊脞录》　　（清）吴庆坻撰，张文其、刘德麟点校，中华书局 1990 年 3 月第 1 版

《〈蕉轩随录〉〈续录〉》　　（清）方濬师撰，盛冬铃点校，中华书局 1995 年 2 月第 1 版

《〈睫巢集〉〈睫巢后集〉》　　（清）李锴撰，《辽海丛书续编》第 5 册，沈阳古籍书店 1993 年 5 月第 1 版，影印民国七年（1918）奉天会馆刻本

《解脱纪行录》　　（清）金科豫撰，《辽海丛书》第 2 册，辽沈书社 1985 年 3 月第 1 版，影印民国二十二年（1933）至二十五年（1936）沈阳刻本

《劫中得书记》　　郑振铎著，上海古籍出版社 2006 年 7 月第 1 版

《今词初集》　　（清）纳兰性德、顾贞观辑，《续修四库全书》第 1729 册，影印康熙刻本

《近代诗钞》　　陈衍辑，民国十二年（1923）商务印书馆排印本

《近代诗钞》　　钱仲联辑，江苏古籍出版社 2001 年 10 月第 1 版

《近二百年人物年谱知见录》　　来新夏著，上海人民出版社 1983 年 4 月第 1 版

《荆州府志》　　（清）倪文蔚等修，顾嘉蘅等纂，《中国方志丛书》华中地方第 28 号，影印光绪六年庚辰（1880）刻本

《荆州驻防八旗志》　　（清）希元等纂修，《续修四库全书》第 859 册，影印光绪六年庚辰（1880）刻本

《敬亭文稿》　　（清）沈起元撰，《四库未收书辑刊》第八辑第 26 册，影印乾隆十九年甲戌（1754）刻增修本

《敬一堂诗钞》　　（清）顾八代撰，《续修四库全书》第 1418 册，影印乾隆十五年庚午（1750）刻本

《静惕堂诗集》 （清）曹溶撰，《四库全书存目丛书》集部第 198 册，影印雍正三年乙巳（1725）利瓦伊钧刻本

《静远斋诗集》 （清）允礼撰，《四库未收书辑刊》第八辑第 29 册，影印清刻本

《静志居诗话》 （清）朱彝尊撰，姚祖恩辑，黄君坦校点，人民文学出版社 1990 年 10 月第 1 版

K

《康雍乾三帝统治思想研究》 高翔著，中国人民大学出版社 1995 年 10 月第 1 版

《康熙起居注》 中国第一历史档案馆整理，中华书局 1984 年 8 月第 1 版

《可园诗钞》 三多撰，《清代诗文集汇编》第 792 册，影印光绪排印本

《可园诗钞外集》 三多撰，《清代诗文集汇编》第 792 册，影印光绪刻本

《孔尚任诗文集》 （清）孔尚任撰，汪蔚林编，中华书局 1962 年 8 月第 1 版

《孔尚任全集辑校注评》 （清）孔尚任撰，徐振贵主编，齐鲁书社 2004 年 10 月第 1 版

《旷代才女顾太清》 张菊玲著，北京出版社 2002 年 1 月第 1 版

L

《郎潜纪闻初笔、二笔、三笔》 （清）陈康祺撰，晋石点校，中华书局 1984 年 3 月第 1 版

《郎潜纪闻四笔》 （清）陈康祺撰，褚家伟、张文玲点校，中华书局 1990 年 3 月第 1 版

《雷溪草堂集》 （清）马长海撰，《辽海丛书续编》第 5 册，沈阳古籍书店 1993 年 5 月第 1 版，影印民国九年（1920）刘氏嘉业堂《辽东三家诗钞》本

《冷红轩诗集》 （清）百保友兰撰，光绪八年壬午（1882）葆真斋重刻本

《冷庐杂识》 （清）陆以湉撰，崔凡之点校，中华书局 1984 年 1 月第 1 版

《李铁君文钞》 （清）李锴撰，《辽海丛书》第 3 册，辽沈书社 1985 年 3 月第 1 版，影印民国二十二年（1933）至二十五年（1936）沈阳刻本

《历代妇女著作考》 胡文楷编著，上海古籍出版社 1985 年 7 月新 1 版

《历代诗话》 （清）何文焕辑，中华书局 1981 年 4 月第 1 版

《历代诗话续编》 丁福保辑，中华书局 1983 年 8 月第 1 版

《历代西域诗钞》 吴蔼宸选辑，新疆人民出版社 1982 年 2 月第 1 版

《楝亭集笺注》 （清）曹寅撰，胡绍棠笺注，北京图书馆出版社 2007 年 11 月第 1 版

《辽东三家集》 荣文祚辑，中国书店 1985 年刷印民国十七年（1928）刻本

《灵岩山人诗集》 （清）毕沅撰，《续修四库全书》第 1450 册，影印嘉庆四年己未（1799）毕氏经训堂刻本

《列朝诗集小传》 （清）钱谦益撰，古典文学出版社 1957 年 11 月第 1 版

《柳边纪略》 （清）杨宾撰，《丛书集成初编》第 3115 册

《〈柳南随笔〉〈续笔〉》 （清）王应奎撰，王彬、严英俊点校，中华书局 1983 年 10 月第 1 版

《柳亭诗话》 （清）宋长白撰，《四库全书存目丛书》集部第 421 册，影印康熙天茁园刻本

《柳营诗传》　　三多辑，光绪十六年庚寅（1890）刻本
《履园丛话》　　（清）钱泳撰，张伟点校，中华书局1979年12月第1版
《绿烟琐窗集》　　（清）富察明义撰，上海古籍出版社1984年4月第1版，影印清抄本
《落日辉煌：雍正王朝与康乾盛世》　　赵伯陶著，济南出版社2002年10月第1版

M

《满俗旗制丛钞》　　白瑞杰主编，光明日报出版社2017年5月第1版
《满文老档》　　中国第一历史档案馆、中国社会科学院历史研究所译注，中华书局1990年3月第1版
《满学论稿》　　赵志忠著，辽宁民族出版社2005年2月第1版
《满学研究》（第一辑）　　阎崇年主编，吉林文史出版社1992年7月第1版
《满洲开国史讲义》　　孟森著，中华书局2006年4月第1版
《满洲文学兴废考》　　［日］桥川时雄著，孟文树译，满族文学史编写委员会1982年6月第1版
《满洲之路：八旗与中华帝国晚期的种族认同》　　［美］欧立德著，斯坦福大学出版社2001年第1版
《"满洲"民族共同体形成历程》　　孙静著，辽宁民族出版社2008年8月第1版
《满族从部落到国家的发展》　　刘小萌著，辽宁民族出版社2001年10月第1版
《满族第一词人：纳兰性德全传》　　张钧著，长春出版社1997年3月第1版
《满族发展史初编》　　滕绍箴著，天津古籍出版社1990年5月第1版
《满族家谱选》　　傅波、张德玉主编，中国社会科学出版社1994年4月第1版
《满族家谱研究》　　傅波、张德玉等主编，辽宁古籍出版社1996年5月第1版
《满族家谱序评注》　　刘庆华编著，辽宁民族出版社2010年5月第1版
《满族崛起中的女性》　　王冬芳著，辽宁民族出版社1996年7月第1版
《满族历史与文化》　　中央民族大学满学研究所、沈阳故宫博物馆合编，中央民族大学出版社1996年8月第1版
《满族历史与文化简编》　　金启孮、张佳生主编，辽宁民族出版社1992年12月第1版
《满族论丛》　　辽宁大学历史系、中文系编，辽宁大学出版社1986年7月第1版
《满族审美文化研究》　　阎丽杰著，中国社会科学出版社2015年11月第1版
《满族史研究集》　　王钟翰主编，中国社会科学出版社1988年11月第1版
《满族通史》　　李燕光、关捷主编，辽宁民族出版社2003年1月第2版
《满族文化概论》　　赵志忠著，中央民族大学出版社2008年4月第1版
《满族文化史》　　张佳生主编，辽宁民族出版社1999年4月第1版
《满族文学精华》　　朱眉叔等选编，辽沈书社1993年6月第1版
《满族文学史》（第一卷）　　赵志辉主编，辽宁大学出版社2012年10月第1版
《满族文学史》（第二卷）　　赵志辉主编，辽宁大学出版社2012年10月第1版

《满族文学史》（第三卷）　　马清福主编，辽宁大学出版社 2012 年 10 月第 1 版

《满族文学史》（第四卷）　　邓伟主编，辽宁大学出版社 2012 年 10 月第 1 版

《满族现代文学家艺术家传略》　　关纪新编，辽宁人民出版社 1987 年 6 月第 1 版

《满族宗谱研究》　　李林著，辽沈书社 1992 年 6 月第 1 版

《懋斋诗钞》　　（清）敦敏撰，上海古籍出版社 1984 年 4 月第 1 版，影印清稿本

《蒙汉文学关系史》　　云峰著，新疆人民出版社 1997 年 4 月第 1 版

《蒙古族文学史》（第二卷）　　荣苏赫、赵永铣主编，内蒙古人民出版社 2000 年 12 月第 1 版

《梦鹤轩梅澥诗钞》　　（清）缪公恩撰，《辽海丛书》第 5 册，辽沈书社 1985 年 3 月第 1 版，影印民国二十二年（1933）至二十五年（1936）沈阳刻本

《梦蕉亭杂记》　　陈夔龙著，上海古籍书店 1983 年 10 月第 1 版

《梦楼诗集》　　（清）王文治撰，《续修四库全书》第 1450 册，影印乾隆六十年乙卯（1795）食旧堂刻道光二十九年己酉（1849）补修本

《梦苕庵论集》　　钱仲联著，中华书局 1993 年 11 月第 1 版

《梦苕庵清代文学论集》　　钱仲联著，齐鲁书社 1983 年 9 月第 1 版

《梦苕庵诗话》　　钱仲联著，齐鲁书社 1986 年 3 月第 1 版

《梦堂诗稿》　　（清）英廉撰，《四库未收书辑刊》第九辑第 26 册，影印嘉庆二年丁巳（1797）胡文铨朗江郡斋刻本

《民国人物碑传集》　　卞孝萱、唐文权编，团结出版社 1995 年 2 月第 1 版

《民国时期总书目》（文学理论、世界文学、中国文学分册）　　北京图书馆编，书目文献出版社 1992 年 11 月第 1 版

《民国诗话丛编》　　张寅彭主编，上海书店出版社 2002 年 12 月第 1 版

《民族审美心理学》　　梁一儒、宫承波著，中央民族大学出版社 2003 年 12 月第 1 版

《明末清初诗论研究》　　孙立著，广东高等教育出版社 1999 年 3 月第 1 版

《明清宫廷生活：六百年紫禁城写真》　　刘毅著，天津古籍出版社 2000 年 9 月第 1 版

《明清史抉微》　　赵毅著，吉林人民出版社 2008 年 5 月第 1 版

《明清文学与性别研究》　　张宏生编，江苏古籍出版社 2002 年 10 月第 1 版

《明善堂诗集》　　（清）弘晓撰，《四库未收书辑刊》第九辑第 21 册，影印乾隆九年甲子（1744）刻增修本

《明善堂诗集》　　（清）弘晓撰，《续修四库全书》第 1444—1445 册，影印乾隆四十二年丁酉（1777）刻本

《牧斋初学集》　　钱谦益撰，钱曾笺注，钱仲联标校，上海古籍出版社 1985 年 9 月第 1 版

《牧斋有学集》　　钱谦益撰，钱曾笺注，钱仲联标校，上海古籍出版社 1996 年 9 月第 1 版

N

《纳兰成德评传》　　寇宗基、邸建平著，山西古籍出版社 1994 年 7 月第 1 版

参考文献

《纳兰词笺注》　　（清）纳兰性德撰，张草纫笺注，上海古籍出版社 2003 年 9 月第 1 版

《纳兰家族墓志通考》　　赵迅著，文津出版社 2000 年 1 月第 1 版

《纳兰性德词集新释辑评》　　（清）纳兰性德撰，张秉戍笺注，中国书店出版社 2001 年 1 月第 1 版

《纳兰性德丛话》　　徐征等著，北京出版社 2000 年 3 月第 1 版

《纳兰性德和他的词》　　黄天骥著，广东人民出版社 1983 年 10 月第 1 版

《纳兰性德年谱》　　张任政著，广东人民出版社 1993 年

《纳兰性德诗集、诗论笺注》　　（清）纳兰性德撰，马迺骝、寇宗基编注，山西人民出版社 1988 年 3 月第 1 版

《女性词史》　　邓红梅著，山东教育出版社 2000 年 7 月第 1 版

O

《瓯北集》　　（清）赵翼撰，李学颖、曹光甫校点，上海古籍出版社 1997 年 4 月第 1 版

《瓯北诗话》　　（清）赵翼撰，人民文学出版社 1963 年 3 月第 1 版

《偶斋诗草》　　（清）宝廷撰，聂世美校点，上海古籍出版社 2005 年 12 月第 1 版

P

《片刻余闲集》　　（清）刘埥撰，《续修四库全书》第 1137 册，影印清刻本

《曝书亭全集》　　（清）朱彝尊撰，王利民点校，吉林文史出版社 2009 年 12 月第 1 版

Q

《旗军志》　　（清）金德纯撰，《辽海丛书》第 4 册，辽沈书社 1985 年 3 月第 1 版，影印民国二十二年（1933）至二十五年（1936）沈阳刻本

《旗人史话》　　刘小萌著，社会科学文献出版社 2000 年 9 月第 1 版

《旗下闺秀诗选》　　（清）佚名辑，清抄本

《千山诗集》　　（清）释函可撰，《续修四库全书》第 1398 册，影印康熙四十二年癸未（1703）刻本

《乾隆帝及其时代》　　戴逸著，中国人民大学出版社 1992 年 8 月第 1 版

《黔诗纪略》　　（清）莫友芝辑，关贤柱点校，贵州人民出版社 1993 年 9 月第 1 版

《钦定千叟宴诗》　　（清）弘历等撰，《景印文渊阁四库全书》第 1452 册

《钦定外藩蒙古回部王公表传》　　（清）乾隆敕撰，《景印文渊阁四库全书》第 454 册

《钦定宗室王公功绩表传》　　（清）乾隆敕撰，《景印文渊阁四库全书》第 454 册

《〈琴江志〉〈琴江续志〉》　　（清）黄曾成修，民族出版社 2004 年 12 月第 1 版

《清稗类钞》　　（清）徐珂编撰，中华书局 1986 年 3 月第 1 版

《清朝八旗驻防兴衰史》　　任桂淳著，生活·读书·新知三联书店 1993 年 3 月第 1 版

《清朝皇位继承制度》　　杨珍著，学苑出版社 2001 年 11 月第 1 版

《清朝开国史略》 李鸿彬著，齐鲁书社 1997 年 9 月第 1 版
《清朝满蒙联姻研究》 杜家骥著，人民出版社 2003 年 9 月第 1 版
《清朝文学》 张宗祥编著，上海三联书店 1988 年 2 月第 1 版
《清初庙堂诗歌集群研究》 马大勇著，吉林人民出版社 2007 年 12 月第 1 版
《清初人选清初诗汇考》 ［美］谢正光、佘汝丰编著，南京大学出版社 1998 年 12 月第 1 版
《清初诗歌》 赵永纪著，光明日报出版社 1993 年 5 月第 1 版
《清初诗坛：卓尔堪与〈遗民诗〉研究》 潘承玉撰，中华书局 2004 年 7 月第 1 版
《清初诗文与士人交游考》 ［美］谢正光著，南京大学出版社 2001 年 9 月第 1 版
《清初学人第一：纳兰性德研究》 刘德鸿著，中国社会科学出版社 1997 年 9 月第 1 版
《清初遗民社会：满汉异质文化整合视野下的历史考察》 孔定芳著，湖北人民出版社 2009 年 7 月第 1 版
《清词史》 严迪昌著，江苏古籍出版社 2002 年 7 月第 2 版
《清代八旗汉军研究》 孙静著，民族出版社 2017 年 7 月第 1 版
《清代八旗科举述要》 王凯旋著，人民日报出版社 2014 年 12 月第 1 版
《清代八旗蒙古汉文著作家政治思想研究》 张力均著，辽宁民族出版社 2007 年 11 月第 1 版
《清代八旗世爵世职研究》 雷炳炎著，中南大学出版社 2006 年 5 月第 1 版
《清代八旗王公贵族兴衰史》 杨学琛、周远廉著，辽宁人民出版社 1986 年 3 月第 1 版
《清代八旗驻防研究》 定宜庄著，辽宁民族出版社 2003 年 7 月第 1 版
《清代八旗驻防与东北社会变迁》 刁书仁著，科学出版社 2017 年 12 月第 1 版
《清代八旗子弟》 刘小萌著，辽宁人民出版社 2008 年 3 月第 1 版
《清代八旗子弟》 滕绍箴著，中国华侨出版社 1989 年 12 月第 1 版
《清代北京旗人社会》 刘小萌，中国社会科学出版社 2008 年 8 月第 1 版
《清代的国家与社会研究》 常建华著，人民出版社 2006 年 7 月第 1 版
《清代的旗地》 中国人民大学清史研究所、档案系、中国政治制度史教研室合编，中华书局 1989 年 11 月第 1 版
《清代的外交机关》 钱实甫著，北京三联书店 1959 年 7 月第 1 版
《清代地方官制考》 刘子杨著，紫禁城出版社 1988 年 6 月第 1 版
《清代东北流人诗选注》 张玉兴选注，辽沈书社 1988 年 10 月第 1 版
《清代宫史求实》 清代宫史研究会编，紫禁城出版社 1992 年 12 月第 1 版
《清代闺阁诗人征略》 （清）施淑仪著，《清代传记丛刊》第 25 册
《清代闺秀诗话丛刊》 王英志主编，凤凰出版社 2010 年 4 月第 1 版
《清代杭州八旗驻防史话》 陈江明著，杭州出版社 2015 年 4 月第 1 版
《清代进士题名录》 江庆柏著，中华书局 2007 年 6 月第 1 版
《清代科举家族》 张杰著，社会科学文献出版社 2003 年 7 月第 1 版
《清代科举考试述录及有关著作》 商衍鎏著，百花文艺出版社 2004 年 7 月第 1 版

《清代满蒙翰林群体研究》　邸永君著，黑龙江人民出版社 2005 年 7 月第 1 版
《清朝满蒙联姻研究》　杜家骥著，人民出版社 2003 年 9 月第 1 版
《清代满族家谱选辑》　何晓芳主编，辽宁民族出版社 2016 年 3 月第 1 版
《清代满族诗词十论》　张佳生著，辽宁民族出版社 1993 年 2 月第 1 版
《清代满族诗学精华》　王佑夫主编，中央民族大学出版社 1994 年 8 月第 1 版
《清代满族文学论》　张佳生著，辽宁民族出版社 2009 年 12 月第 1 版
《清代满族文学史论》　董文成主编，中国文联出版社 2000 年 3 月第 1 版
《清代满族著名文学家英和与奎照》　于植元著，辽宁人民出版社 1988 年 10 月第 1 版
《清代满族作家诗词选》　张菊玲、关纪新、李红雨选辑，时代文艺出版社 1987 年 1 月版
《清代满族作家文学概论》　张菊玲著，中央民族学院出版社 1990 年 11 月第 1 版
《清代民族关系史》　杨学琛著，吉林文史出版社 1991 年 9 月第 1 版
《清代内务府》　祁美琴著，中国人民大学出版社 1998 年 6 月第 1 版
《清代前期教育论著选》　李嗣钧主编，人民教育出版社 1990 年 2 月第 1 版
《清代人物传稿》　王思治主编，中华书局 1984 年 6 月第 1 版
《清代人物生卒年表》　江庆柏编著，人民文学出版社 2005 年 12 月第 1 版
《清代三大女词人研究》　吴永萍、张淑琴、杨泽琴著，甘肃文化出版社 2010 年 8 月第 1 版
《清代社会八旗贵族世家势力研究》　雷炳炎著，中国社会科学出版社 2016 年 9 月第 1 版
《清代诗歌发展史》　霍有明著，台湾文津出版社 1994 年 11 月第 1 版
《清代诗话知见录》　吴宏一主编，台湾"中央研究院"中国文哲研究所 2002 年 2 月初版
《清代诗学》　李世英、陈水云著，湖南人民出版社 2000 年 11 月第 1 版
《清代诗社初探》　胡媚媚著，汇智出版有限公司 2019 年 12 月第 1 版
《清代诗社研究》　胡媚媚著，中国社会科学出版社 2022 年 7 月第 1 版
《清代诗学研究》　张健著，北京大学出版社 1999 年 11 月第 1 版
《清代四大女词人——转型中的清代知识女性》　黄嫣梨著，汉语大词典出版社 2002 年 12 月第 1 版
《清代唐宋诗之争流变史》　王英志主编，人民文学出版社 2012 年 3 月第 1 版
《清代通史》　萧一山著，中华书局 1986 年 9 月第 1 版
《清代义化与浙派诗》　张仲谋著，东方出版社 1997 年 8 月第 1 版
《清代文化与满族精神》　张杰著，辽宁民族出版社 2012 年 1 月第 1 版
《清代文论选》　王镇远、邬国平编选，人民文学出版社 1999 年 1 月第 1 版
《清代文学世家姻亲谱系》　徐雁平编著，凤凰出版社 2010 年 12 月第 1 版
《清代文字狱档》　原北平故宫博物院文献馆编，上海书店 1986 年 5 月第 1 版
《清代西域诗研究》　星汉著，上海古籍出版社 2009 年 12 月第 1 版
《清代学术辞典》　赵永纪主编，学苑出版社 2005 年 10 月第 1 版
《清代硃卷集成》　顾廷龙主编，台湾成文出版社 1992 年 11 月初版，影印本
《清高宗（乾隆）御制诗文全集》　（清）弘历撰，中国人民大学出版社 1993 年 8 月第 1 版，影印

光绪补刻本

《清闺秀正始再续集初编》　单士釐辑，民国归安钱氏聚珍仿宋排印本

《清皇室四谱》　唐邦治辑，《近代中国史料丛刊》（第八辑）第71册，影印本

《清嘉录》　（清）顾禄撰，王迈校点，江苏古籍出版社1999年8月第1版

《清秘述闻》　（清）法式善撰，张伟点校，中华书局1982年5月第1版

《清末民初旗民生存状态研究》　戴迎华著，人民出版社2010年12月第1版

《清前历史文化：清前期国际学术研讨会文集》　支运亭主编，辽宁大学出版社1998年1月第1版

《清人别集总目》　李灵年、杨忠主编，安徽教育出版社2000年7月第1版

《清人社会生活》　冯尔康、常建华著，沈阳出版社2001年12月第1版

《清人诗话考索》　吴宏一主编，台湾"中央研究院"中国文哲研究所2006年12月初版

《清人诗集叙录》　袁行云著，文化艺术出版社1994年8月第1版

《清人诗论研究》　王英志著，江苏古籍出版社1986年11月第1版

《清人诗文集总目提要》　柯愈春著，北京古籍出版社2002年2月第1版

《清人选清诗与清代诗学》　王兵著，中国社会科学出版社2011年6月第1版

《清入关前史料选辑》　潘喆、李鸿彬、孙方明编，中国人民大学出版社1984年11月第1版

《清实录》总第1册（《太祖高皇帝实录》）、第5册（《圣祖仁皇帝实录》第2册）、第16册（《高宗纯皇帝实录》第8册）、第30册（《仁宗睿皇帝皇帝实录》第3册）　中华书局1986年11月、1985年9月、1986年2月、1986年7月第1版，影印本

《清诗代表作家研究》　朱则杰著，齐鲁书社1995年10月第1版

《清诗别裁集》　（清）沈德潜等编，上海古籍出版社1984年3月第1版

《〈清诗别裁集〉研究》　王炜著，上海古籍出版社2010年4月第1版

《清诗初集》　（清）蒋钺、翁介眉辑，《四库禁毁书丛刊》集部第3册，影印康熙二十年辛酉（1681）镜阁刻本

《清诗铎》（《国朝诗铎》）　（清）张应昌辑，中华书局1960年1月第1版

《清诗话》　（清）王夫之等撰，丁福保编，上海古籍出版社1963年9月第1版

《清诗话考》　蒋寅著，中华书局2005年1月第1版

《清诗话续编》　郭绍虞编选，富寿荪校点，上海古籍出版社1983年12月第1版

《清诗纪事》　钱仲联主编，江苏古籍出版社1987年2月第1版

《清诗纪事初编》　邓之诚著，上海古籍出版社1965年11月第1版

《清诗考证》　朱则杰著，人民文学出版社2012年5月第1版

《清诗考证续编》　朱则杰著，浙江大学出版社2019年1月第1版

《清诗流派史》　刘世南著，人民文学出版社2004年3月第1版

《清诗史》　朱则杰著，江苏古籍出版社1992年2月第1版

《清诗史》　严迪昌著，浙江古籍出版社2002年12月第1版

《清诗与传统——以山左与江南个案为例》　石玲、王小舒、刘靖渊著，齐鲁书社2008年12月第

1 版

《清诗知识》　朱则杰著，浙江大学出版社 1998 年 5 月第 1 版

《清诗总集叙录》　[日] 松村昂著，汲古书院 2010 年 11 月第 1 版

《清诗总集通论》　夏勇著，中国社会科学出版社 2016 年 7 月第 1 版

《清诗总集序跋汇编》　朱则杰编，凤凰出版社 2021 年 11 月第 1 版

《清史稿》　赵尔巽等编，中华书局 1977 年 12 月第 1 版

《清史稿艺文志及补编》　章钰等编，中华书局 1982 年 4 月第 1 版

《清史稿艺文志拾遗》　王绍曾主编，中华书局 2000 年 9 月第 1 版

《清史列传》　王钟翰点校，中华书局 1987 年 11 月第 1 版

《清史满族史讲义稿》　王钟翰著，鹭江出版社 2006 年 5 月第 1 版

《清史史料学》　冯尔康著，沈阳出版社 2004 年 3 月第 1 版

《清虚斋集》　（清）鄂忻撰，恩丰辑《八旗丛书》第 15 册，清抄本

《庆芝堂集》　（清）戴亨撰，《辽海丛书》第 2 册，辽沈书社 1985 年 3 月第 1 版，影印民国二十二年（1933）至二十五年（1936）沈阳刻本

《秋室集》　（清）杨凤苞撰，《续修四库全书》第 1476 册，影印光绪十一年乙酉（1885）陆心源刻本

《全清词·顺康卷》　南京大学中国语言文学系全清词编纂研究室编，中华书局 2002 年 5 月第 1 版

《全清词·顺康卷补编》　张宏生主编，南京大学出版社 2008 年 5 月第 1 版

《全清词·雍乾卷》　张宏生主编，南京大学出版社 2012 年 5 月第 1 版

《全祖望集汇校集注》　（清）全祖望撰，朱铸禹校注，上海古籍出版社 2000 年 12 月第 1 版

R

《人间词话》　王国维撰，人民文学出版社 1960 年 4 月第 1 版

《认同与创新　文化交流背景下的满洲八旗诗人研究》　雷晓彤著，吉林人民出版社 2020 年 1 月第 1 版

《日下旧闻考》　（清）于敏中等编纂，北京古籍出版社 1983 年 5 月第 1 版

《瑞榴堂诗集》　（清）托浑布撰，《续修四库全书》第 1513 册，影印道光刻本

《睿亲王端恩诗稿》　（清）端恩撰，《四库未收书辑刊》第十辑第 29 册，影印清抄本

S

《塞月边风录》　李兴盛著，黑龙江人民出版社 2008 年 1 月第 1 版

《晓亭诗钞》　（清）塞尔赫撰，《四库未收书辑刊》第十辑第 18 册，影印乾隆十四年己巳（1749）鄂洛顺刻本

《三百年来诗坛人物评点小传汇录》　（清）郑方坤等撰，程千帆、杨扬整理，杨扬辑校，中州古籍出版社 1986 年 6 月第 1 版

《三槐书屋诗钞》 （清）金朝觐撰，《辽海丛书》第2册，辽沈书社1985年3月第1版，影印民国二十二年（1933）至二十五年（1936）沈阳刻本

《山东文献书目》 王绍曾著，齐鲁书社1993年12月第1版

《涉江先生文钞》 （清）唐晏撰，《清代诗文集汇编》第784册，影印民国十年（1921）丰润张志沂排印本

《沈德潜诗学思想研究》 王宏林著，人民出版社2010年4月第1版

《圣祖仁皇帝御制文集、二集、三集、四集》 （清）玄烨撰，《景印文渊阁四库全书》第1298—1299册

《圣遗诗集》 杨钟羲撰，《民国诗集丛刊》（第一编）第61册，影印民国二十四年（1935）《墨巢丛刻》本

《十三经注疏》 （清）阮元校刻，中华书局2009年10月第1版

《〈诗持〉〈诗持二集〉》 （清）魏宪辑，《四库禁毁书丛刊》集部第38册，影印康熙枕江堂刻本

《诗薮》 （明）胡应麟撰，中华书局1958年10月第1版

《诗慰》 （清）陈允衡辑，《四库禁毁书丛刊》集部第56册，影印顺治刻本

《施愚山集》 （清）施闰章撰，何庆善、杨应芹点校，黄山书社1992年5月至1993年6月第1版

《识小录》 （清）姚莹撰，《近代中国史料丛刊续编》（第六辑）第55册，影印本

《守意龛诗集》（附《南陔遗草》） （清）百龄、扎拉芬撰，《续修四库全书》第1474册，影印道光二十六年丙午（1846）读书乐室刻本

《受宜堂集》 （清）纳兰常安撰，《四库未收书辑刊》第九辑第22册，影印雍正十三年乙卯（1735）自刻本

《溯洄集》 （清）魏裔介辑，《四库全书存目丛书》集部第386册，影印康熙元年壬寅（1662）刻本

《隋村先生遗集》 （清）施瑮撰，《四库全书存目丛书》集部第272册，影印乾隆四年己未（1739）刻本

《谁是诗中疏凿手——中国诗学研讨会论文集》 莫砺锋编，凤凰出版社2007年7月第1版

《说铃》 （清）汪琬撰，台湾新文丰出版公司《丛书集成续编》第215册，影印《啸园丛书》本

《四库禁毁书丛刊》《补编》 《四库禁毁书丛刊》编纂委员会编，北京出版社2000年1月、2005年8月第1版

《四库全书存目丛书》史部、集部 《四库全书存目丛书》编纂委员会编，齐鲁书社1996年8月、1997年7月第1版

《四库全书存目丛书补编》 《四库全书存目丛书补编》编纂委员会编，齐鲁书社2001年9月第1版

《四库全书总目》 （清）永瑢等撰，中华书局1965年6月第1版

《四库提要辩证》 余嘉锡著，中华书局2007年11月第2版

《四库未收书辑刊》 《四库未收书辑刊》编纂委员会编，北京出版社2000年1月第1版

《四溟诗话》 （明）谢榛撰，宛平校点，人民文学出版社1961年6月第1版

《四松堂集》 （清）敦诚撰，上海古籍出版社1984年4月第1版，影印嘉庆元年丙辰（1796）

刻本

《松筠杂著五种》　（清）松筠撰，《北京图书馆古籍珍本丛刊》第79册，书目文献出版社1998年版，影印清抄本

《宋琬全集》　（清）宋琬撰，辛鸿义、赵家斌点校，齐鲁书社2003年8月第1版

《随园诗话》　（清）袁枚撰，人民文学出版社1982年9月第2版

T

《探微集》　郑天挺著，中华书局1980年6月第1版

《谈艺录》　钱锺书著，（北京）三联书店2001年1月第1版

《弹指词笺注》　（清）顾贞观撰，张秉成笺注，北京出版社2000年1月第1版

《唐英全集》　（清）唐英撰，张发颖主编，学苑出版社2008年1月第1版

《桃花扇传奇》　（清）孔尚任撰，《续修四库全书》第1776册，影印清刻本

《陶庐杂录》　（清）法式善撰，涂雨公点校，中华书局1959年12月第1版

《陶人心语》　（清）唐英撰，乾隆五年庚申（1740）武林古柏堂刻本

《滕王阁全集》　（清）蔡士英辑，《四库全书存目丛书》集部第393册，影印顺治十四年丁酉（1657）刻本

《天下名家诗观》（《诗观》）　（清）邓汉仪辑，《四库禁毁书丛刊》集部第1—3册，影印康熙慎墨堂刻本

《天咫偶闻》　（清）震钧（又名唐晏）撰，北京古籍出版社1982年9月第1版

《田间文集》　（清）钱澄之撰，《续修四库全书》第1401册，影印康熙刻本

《听雨丛谈》　（清）福格撰，汪北平点校，中华书局1984年8月第2版

《听雨楼随笔》　（清）王培荀撰，魏尧西点校，巴蜀书社1987年10月第1版

《桐阴书屋诗》　（清）朱崇勋撰，《四库全书存目丛书》集部第277册，影印道光刻《济南朱氏诗义汇编》本

《通志堂集》　（清）纳兰性德撰，黄曙辉、印晓峰点校，华东师范大学出版社2008年10月第1版

《同馆试律汇钞》　（清）法式善辑，《四库未收书辑刊》第七辑第30册，影印乾隆刻本

《退庵随笔》　（清）梁章钜撰，《续修四库全书》第1197册，影印道光刻本

《退复轩诗》　（清）锡缜撰，《续修四库全书》第1554册，影印清末刻本

W

《晚清的魅力》　夏晓虹著，百花文艺出版社2001年4月第1版

《晚清东游日记汇编》（中日诗文交流集）　王宝平主编，上海古籍出版社2004年10月第1版

《晚清海外笔记选》　福建师范大学历史系华侨史资料选辑组辑，海洋出版社1983年8月第1版

《晚清四十家诗钞》　吴闿生编，寒碧点校，浙江古籍出版社2006年4月第1版

《晚晴簃诗汇》　徐世昌编，闻石点校，中华书局1990年10月第1版

《晚晴簃诗话》　徐世昌撰，傅卜棠编校，华东师范大学出版社2009年7月第1版

《晚香倡和集》　（清）陶樑辑，道光二十三年癸卯（1843）刻本

《万首论诗绝句》　郭绍虞、钱仲联、王蘧常编，人民文学出版社1991年2月第1版

《汪辟疆说近代诗》　汪辟疆著，上海古籍出版社2001年12月第1版

《王士禛全集》　（清）王士禛撰，袁世硕主编，齐鲁书社2007年6月第1版

《王渔洋诗友录》　伊丕聪著，北京燕山出版社1993年8月第1版

《王渔洋与康熙诗坛》　蒋寅著，中国社会科学出版社2001年9月第1版

《王昙诗文集》　王昙撰，郑幸点校，人民文学出版社2014年5月第1版

《王钟翰清史论集》　王钟翰著，中华书局2004年11月第1版

《忘山庐日记》　孙宝瑄著，上海古籍出版社1983年9月第1版

《惟清斋全集》　（清）铁保撰，《续修四库全书》第1476册，影印道光二年壬午（1822）石经堂刻本

《味和堂诗集》　（清）高其倬撰，《四库未收书辑刊》第八辑第19册，影印乾隆五年庚申（1740）高恪等刻本

《温广义文集》　温广义著，内蒙古人民出版社1998年7月第1版

《〈文靖公诗钞〉〈文靖公遗集〉》　（清）宝鋆撰，《续修四库全书》第1536册，影印光绪三十四年戊申（1908）羊城刻本

《文史通义新编新注》　（清）章学诚撰，仓修良编注，浙江古籍出版社2005年10月第1版

《文坛佳秀——妇女作家群》　马清福著，辽宁人民出版社1997年8月第1版

《文学社会学》　［法］罗贝尔·埃斯卡尔皮著，符锦勇译，上海译文出版社1988年4月第1版

《文学研究与文化参与》　［荷兰］佛克马、蚁布思演讲，俞国强译，北京大学出版社1996年6月第1版

《问亭诗集》（附《也红词》）　（清）博尔都撰，《四库未收书辑刊》第八辑第23册，影印康熙三十五年甲午（1714）刻本

《梧门诗话合校》（附《八旗诗话》）　（清）法式善撰，张寅彭、强迪艺编校，凤凰出版社2005年10月第1版

《吴宓诗话》　吴宓著，商务印书馆2005年5月第1版

X

《西口八旗驻防志》　宿诏明著，学苑出版社2015年10月第1版

《西陂类稿》　（清）宋荦撰，《景印文渊阁四库全书》第1323册

《西河集》　（清）毛奇龄撰，《景印文渊阁四库全书》第1320—1321册

《西湖文献集成》　王国平主编，杭州出版社2004年10月第1版

《西湖修禊诗》　（清）鄂敏辑，台湾新文丰出版公司《丛书集成续编》第224册，影印光绪五年己卯（1879）钱塘丁氏刻《武林掌故丛编》（第二集）本

《惜抱轩诗集训纂》　　（清）姚鼐撰，姚永朴训纂，宋效永校点，黄山书社2001年10月第1版

《惜抱轩诗文集》　　（清）姚鼐撰，刘季高标校，上海古籍出版社1992年11月第1版

《熙朝新语》　　（清）余金撰，上海古籍书店1983年11月第1版，影印道光四年甲申（1824）刻本

《熙朝雅颂集》　　（清）铁保辑，赵志辉校点补，辽宁大学出版社1992年6月第1版

《闲青堂诗集》　　（清）朱伦瀚撰，《四库未收书辑刊》第八辑第25册，影印乾隆刻本

《香山草堂集》　　（清）刘友光撰，《四库未收书辑刊》第七辑第19册，影印康熙刻本

《香苏山馆诗集》　　（清）吴嵩梁撰，《续修四库全书》第1490册，影印清木犀轩刻本

《湘绮楼诗文集》　　（清）王闿运撰，马积高主编，岳麓书社1996年9月第1版

《小倦游阁集》　　（清）包世臣撰，《续修四库全书》第1500册，影印包氏小倦游阁抄本

《小岘山人集》　　（清）秦瀛撰，《续修四库全书》第1465册，影印嘉庆刻本

《啸亭杂录》　　（清）昭梿撰，何英芳点校，中华书局1980年12月第1版

《心史丛刊》　　孟森著，中华书局2006年4月第1版

《辛亥以来藏书纪事诗》　　伦明著，杨琥点校，北京燕山出版社2008年5月第2版

《新订清人诗学总目》　　张寅彭著，上海古籍出版社2003年7月第1版

《新疆回部志》　　（清）永贵、苏尔德撰，《四库未收书辑刊》第九辑第7册，影印乾隆五十九年甲寅（1794）南屏理抄本

《〈虚窗雅课初集〉〈二集〉》　　（清）佟佳氏撰，嘉庆十年乙丑（1805）刻本

《续修四库全书》　　《续修四库全书》编纂委员会编，上海古籍出版社2002年3月第1版

《簎篍吟馆钞存》　　（清）柏葰撰，《续修四库全书》第1521册，影印同治三年甲子（1864）钟濂写刻本

《雪屐寻碑录》　　（清）盛昱辑，《辽海丛书》第5册，辽沈书社1985年3月第1版，影印民国二十二年（1933）至二十五年（1936）沈阳刻本

《雪桥诗话》　　（清）杨钟羲撰，雷恩海、姜朝晖校点，人民文学出版社2011年7月第1版

《血光之灾：清代文字狱纪实》　　周宗奇著，中国青年出版社1998年9月第1版

Y

《瑶华集》　　（清）蒋景祁辑，《续修四库全书》第1730册，影印康熙二十五年丙寅（1686）刻本

《一士类稿》　　徐一士著，中华书局2007年10月第1版

《〈檐曝杂记〉〈竹叶亭杂记〉》　　（清）赵翼、姚元之撰，李解民点校，中华书局1982年5月第1版

《延芬室集》　　（清）永忠撰，上海古籍出版社1990年7月第1版

《揅经室集》　　（清）阮元撰，邓经元点校，中华书局1993年5月第1版

《燕谭集》　　王学泰著，新华出版社1997年10月第1版

《扬州八怪诗文集》　　卞孝萱主编，江苏美术出版社1996年11月第1版

《养吉斋丛录》　　（清）吴振棫撰，童正伦点校，中华书局2005年12月第1版

《诒晋斋集》　　（清）永瑆撰，《续修四库全书》第1487册，影印道光二十八年戊申（1848）刻本

《易简斋诗钞》　　（清）和瑛撰，《续修四库全书》第1460册，影印道光刻本

《意园文略》（附《意园事略》）　　（清）盛昱、杨钟羲撰，《续修四库全书》第1567册，影印宣统二年庚戌（1910）杨钟羲金陵刻本

《益斋诗稿》　　（清）永璥撰，《四库未收书辑刊》第九辑第28册，影印清抄本

《尹文端公诗集》　　（清）尹继善撰，《续修四库全书》第1426册，影印乾隆刻本

《饮水词笺校》　　（清）纳兰性德撰，赵秀亭、冯统一笺校，辽宁教育出版社2001年7月第1版

《景印文渊阁四库全书》　　（清）乾隆敕撰，台湾商务印书馆编，1986年3月初版

《友松吟馆诗钞》　　（清）毓俊撰，《清代诗文集汇编》第768册，影印光绪二十五年己亥（1899）刻本

《来鹤堂诗钞》　　（清）于宗瑛撰，《四库未收书辑刊》第十辑第18册，影印乾隆五十二年丁未（1787）刻本

《榆巢杂识》　　（清）赵慎畛撰，徐怀宝点校，中华书局2001年3月第1版

《雨村诗话校正》　　（清）李调元撰，詹杭伦、沈时蓉校正，巴蜀书社2006年12月第1版

《玉池生稿》　　（清）岳端撰，陈桂英点校，天津古籍出版社1990年10月第1版

《郁华阁遗集》　　（清）盛昱撰，《续修四库全书》第1567册，影印光绪三十四年戊申（1908）刻本

《与梅堂遗集》　　（清）佟世思撰，《四库全书存目丛书》集部第272册，影印康熙四十年辛巳（1701）佟世集刻本

《御定千叟宴诗》　　（清）玄烨等撰，《景印文渊阁四库全书》第1447册

《御制乐善堂全集定本》　　（清）弘历撰，《景印文渊阁四库全书》第1300册

《元稹集》　　（唐）元稹撰，冀勤点校，中华书局2010年7月第2版

《圆明园四十景图咏》　　（清）唐岱、沈源撰，中国建筑工业出版社2008年1月第1版

《袁枚全集》　　（清）袁枚等撰，王英志主编，江苏古籍出版社1993年9月第1版

《袁枚年谱新编》　　郑幸著，上海古籍出版社2011年10月第1版

《原诗　一瓢诗话　说诗晬语》　　（清）叶燮等撰，霍松林、杜维沫校注，人民文学出版社1979年9月第1版

《沅湘耆旧集》　　（清）邓显鹤辑，《续修四库全书》第1691册，影印道光二十三年癸卯（1843）南村草堂刻本

《小仓山房诗文集》　　（清）袁枚撰，周本淳标校，上海古籍出版社1988年1月第1版

《月山诗集》（附《月山诗话》）　　（清）恒仁撰，《四库未收书辑刊》第十辑第18册，影印乾隆刻本

《芸香馆诗集》　　（清）和琳撰，《四库未收书辑刊》第十辑第28册，影印清抄本

《芸香馆遗诗》　　（清）那逊兰保撰，《清代诗文集汇编》第719册，影印同治十三年甲戌（1874）

盛昱刻本

Z

《在园杂志》　（清）刘廷玑撰，张守谦点校，中华书局2005年1月第1版

《枣窗闲笔》　（清）裕瑞撰，上海古籍出版社1984年4月第1版，影印清抄本

《昭代诗存》　（清）席居中辑，《四库禁毁书丛刊补编》第55—56册，影印康熙十八年己未（1679）刻本

《昭昧詹言》　（清）方东树撰，人民文学出版社1961年10月第1版

《照隅室杂著》　郭绍虞著，上海古籍出版社1983年9月第1版

《张文贞集》　（清）张玉书撰，《景印文渊阁四库全书》第1322册

《郑板桥全集》　（清）郑燮撰，卞孝萱编，齐鲁书社1985年6月第1版

《知非集——元明清文学与文献论稿》　陆林著，黄山书社2006年7月第1版

《中国丛书综录》　上海图书馆编，上海古籍出版社1986年2月第1版

《中国丛书广录》　阳海清编撰，陈彰璜参编，湖北人民出版社1999年4月第1版

《中国丛书综录续编》　施廷镛编撰，北京图书馆出版社2003年3月第1版

《中国大百科全书·中国文学卷》　中国大百科全书出版社1986年11月第1版

《中国妇女文学史纲》　梁乙真著，上海书店1990年12月第1版

《中国古代文学通论》（清代卷）　蒋寅主编，辽宁人民出版社2005年5月第1版

《中国古典诗歌要籍丛谈》　王学泰著，天津古籍出版社2004年7月第1版

《中国古典文学接受史》　尚学锋、过常宝、郭英德著，山东教育出版社2000年9月第1版

《中国古籍善本书目》（丛部）　中国古籍善本书目编辑委员会编，上海古籍出版社1990年12月第1版

《中国古籍善本书目》（集部）　中国古籍善本书目编辑委员会编，上海古籍出版社1998年3月第1版

《中国接受美学导论》　张思齐著，巴蜀书社1989年4月第1版

《中国民族史概要》　王钟翰主编，山西教育出版社2004年5月第1版

《中国诗论史》　［日］铃木虎雄著，许总译，广西人民出版社1989年9月第1版

《中国诗学》　汪涌豪、骆玉明主编，东方出版中心1999年4月第1版

《中国诗学大辞典》　傅璇琮等主编，浙江教育出版社1999年12月第1版

《中国诗学史》（清代卷）　刘诚著，鹭江出版社2002年9月第1版

《中国思想史》（第二卷）　葛兆光著，复旦大学出版社2001年12月第1版

《中国文学大辞典》　钱仲联、傅璇琮、王运熙、章培恒、陈伯海、鲍克怡总主编，上海辞书出版社2000年9月第1版

《中国文学理论批评发展史》（下卷）　张少康、刘三富著，北京大学出版社1995年12月第1版

《中国文学流派意识的发生和发展——中国古代文学流派研究导论》　陈文新著，武汉大学出版社2003年11月第1版

《中国文学批评史新编》　王运熙、顾易生主编，复旦大学出版社2001年11月第1版

《中华文学发展史》　张炯编，长江文艺出版社 2003 年 12 月第 1 版
《中国文学家大辞典》清代卷　钱仲联主编，中华书局 1996 年 10 月第 1 版
《竹窗笔记》　（清）奕譞撰，恩丰辑《八旗丛书》第 14 册，清抄本
《驻粤八旗志》　（清）长善等修，《续修四库全书》第 859 册，影印光绪五年己卯（1879）刻本
《铸陶》　（清）永宁撰，恩丰辑《八旗丛书》第 28 册，清抄本
《缀珍录：十八世纪及其前后的中国妇女》　[美] 曼素恩著，定宜庄、颜宜葳译，江苏人民出版社 2005 年 1 月第 1 版
《紫琼岩诗钞》　（清）允禧撰，《四库未收书辑刊》第九辑第 21 册，影印乾隆二十三年戊寅（1758）永瑆刻本
《紫琼岩诗钞续刻》　（清）允禧撰，《四库未收书辑刊》第九辑第 21 册，影印乾隆四十八年癸卯（1783）永瑢刻本
《紫幢轩诗集》　（清）文昭撰，《四库未收书辑刊》第八辑第 22 册，影印雍正刻本
《自得园文钞》　（清）允礼撰，《四库未收书辑刊》第八辑第 29 册，影印清刻本
《朱则杰教授荣休纪念集——〈全清诗〉探索与清诗综合研究》　朱则杰等著，浙江大学出版社 2020 年 8 月第 1 版

二、期刊论文

《纳兰性德及其词》　胡云翼撰，《北新周刊》1927 年第 35 期
《纳兰成德传》　张荫麟撰，《学衡》1929 年第 7 期
《关于清代女词人顾太清》　储皖峰撰，《国学月报》1929 年第 12 期
《清代女词人顾太清》　苏雪林撰，《妇女杂志》1931 年第 7 期
《觉罗诗人永忠年谱》　侯堮撰，《燕京学报》1932 年第 12 期
《清宗室永蒼的文学》　侯堮撰，《鞭策周刊》1935 年第 3 期
《〈饮水词〉与纳兰性德》　赵国钧撰，《天籁》1937 年第 1 期
《纳兰容若评传》　唐圭璋撰，《中国学报》1944 年第 3 期
《漫谭晏小山与纳兰容若》（上、下）　陈郁文撰，《雄风》1946 年第 6、7 期
《姜白石与纳兰性德词的比较》　康家乐撰，《协大文艺》1947 年第 20 期
《敦诚、敦敏和曹雪芹》　吴恩裕撰，《人文杂志》1958 年第 1 期
《优秀的蒙古族古典诗人——梦麟》　温广义撰，《内蒙师院学报》1962 年第 7 期
《敦诚挽曹雪芹诗笺释》　吴世昌撰，《光明日报》1962 年 6 月 7 日第 3 版
《清代女词人顾太清》　夏纬明撰，《光明日报》1962 年 9 月 20 日第 4 版
《满族诗人明义》　吴恩裕撰，《华侨日报》1963 年 9 月 24 日第 4 版
《统一是中国历史发展的总趋势——读康熙诗四首》　史学青撰，《广西师院学报》1975 年第 7 期
《果尔敏及其诗集〈洗俗斋诗草〉》　林熙撰，《大成》1977 年第 48 期
《曹寅及其诗文集》　一丁撰，《中华文史论丛》1978 年第 8 期

《曹雪芹与敦氏兄弟文字缘的新探讨》　林之樵撰,《红楼梦学刊》1979 年第 2 期

《关于高鹗的〈月小山房遗稿〉》　刘世德撰,《红楼梦论丛》1979 年第 3 期

《献马无过聊表悃,同舟真是大朕情——谈乾隆皇帝关于哈萨克的诗篇》　周轩撰,《新疆大学学报》1980 年第 1 期

《终焉怀故土,遂尔弃殊伦——谈乾隆皇帝关于土尔扈特部归来的诗篇》　周轩撰,《新疆大学学报》1980 年第 2 期

《乾隆皇帝的御制诗》　庄练撰,《中华文化复兴月刊》1980 年第 3 期

《略论清代满汉关系的发展和变化》　杨学琛撰,《民族研究》1981 年第 6 期

《清代蒙古族女诗人那逊兰保》　赵相璧撰,《内蒙古社会科学》1982 年第 4 期

《满洲文学初探》　肖伟撰,《社会科学辑刊》1983 年第 1 期

《清代满族诗人诗歌创作的杰出成就》　朱眉叔撰,《社会科学辑刊》1983 年第 1 期

《清代满族作家文学创作简论》　张菊玲撰,《天津师范大学学报》1983 年第 4 期

《康熙的文化政策》　刘潞撰,《故宫博物院院刊》1984 年第 1 期

《清代宗室诗掠影》　关纪新撰,《民族文学研究》1984 年第 4 期

《发出维新呼声的法式善》　陈金陵撰,《内蒙古社会科学》1984 年第 6 期

《满族文学再探》　赵志辉撰,《辽宁大学学报》1984 年第 6 期

《略论清代满族作家的诗词创作》　张菊玲、关纪新、李红雨撰,《中央民族大学学报》1985 年第 1 期

《清代蒙古族诗人延清及其〈奉使车臣汗纪程诗〉》　白·特木尔巴根撰,《内蒙古师范大学学报》1985 年第 1 期

《清代第一词人和他的诗——纪念满族文学家纳兰性德逝世三百周年》　邓伟撰,《满族研究》1985 年第 1 期

《论顾太清诗词的思想内容》　魏鉴勋撰,《满族研究》1985 年第 2 期

《永橚及其〈神清室诗钞〉——满族作家论之一》　朱眉叔撰,《满族研究》1985 年第 2 期

《清代蒙古族诗人梦麟及其作品述评》　云峰撰,《民族文学研究》1985 年第 3 期

《论爱新觉罗·玄烨的政治抒情诗》　李红雨撰,《民族文学研究》1985 年第 3 期

《我国最多产的一位诗人——乾隆帝》　戴逸撰,《吉林大学社会科学学报》1985 年第 5 期

《法式善及其诗歌述评》　云峰撰,《内蒙古社会科学》1985 年第 6 期

《阿克敦的〈边塞诗〉》　金煦芳撰,《满族研究》1986 年第 1 期

《庆康及其〈墨花香馆诗存〉——满族作家论之一》　朱眉叔撰,《辽宁大学学报》1986 年第 1 期

《蒙古族诗人和瑛西域诗简论》　星汉撰,《新疆师范大学学报》1986 年第 2 期

《诗书冠群彦　孤忠究可哀——试论吉林近代名人成多禄》　翟立伟撰,《吉林师范学院学报》1986 年第 2 期

《蒙古族文艺理论家法式善》　马清福撰,《民族文学研究》1986 年第 2 期

《松筠及其〈西招纪行诗〉〈丁巳秋阅稿〉诗述评》　云峰撰,《西藏研究》1986 年第 3 期

《高其佩的题画诗》　李德撰，《社会科学辑刊》1986 年第 5 期

《纳兰诗不逊于词》　马乃骝、寇宗基撰，《晋阳学刊》1987 年第 2 期

《清代蒙古族女诗人那逊兰保诗歌述评》　云峰撰，《中南民族学院学报》1987 年第 2 期

《铁保与〈惟清斋全集〉》　张佳生撰，《满族研究》1987 年第 3 期

《毓俊诗歌思想性再论》　邓伟撰，《满族研究》1987 年第 3 期

《马长海及其诗歌》　夏石撰，《满族研究》1987 年第 4 期

《永瑆与〈诒晋斋集〉》　张佳生撰，《社会科学辑刊》1987 年第 4 期

《法式善诗歌美学观简论》　云峰撰，《中央民族学院学报》1988 年第 3 期

《清代满族妇女诗人概述》　张佳生撰，《满族研究》1989 年第 1 期

《"为邦自古忌因循"——刘廷玑在处州》　赵治中撰，《丽水师专学报》1989 年第 2 期

《满族的文化类型及其演进》　赵展撰，《满族研究》1989 年第 3 期

《"文章雅称作人师"——刘廷玑治处期间诗作述评》　赵治中撰，《丽水师专学报》1989 年第 3 期

《袁枚与八旗诗人——兼谈满汉诗歌的关系》　张佳生撰，《满族研究》1989 年第 4 期

《阿克敦〈奉使西域集〉论略》　星汉撰，《满族研究》1989 年第 4 期

《蒙古民族的"易安居士"》　孙玉溱撰，《内蒙古大学学报》1989 年第 4 期

《心清自得诗书味，情深只好寄诗看——清代蒙古族女诗人那逊兰保诗歌创作简论》　魏中林撰，《民族文学研究》1989 年第 6 期

《阿克敦〈奉使西域集〉论略》　星汉、李平兰撰，《新疆社会科学》1990 年第 1 期

《论乾隆皇帝的诗歌》　魏鉴勋撰，《满族研究》1990 年第 4 期

《宗室恩华与〈求真是斋诗草〉》　邓伟撰，《民族文学研究》1990 年第 4 期

《满族作家明义与〈绿烟锁窗集〉》　李红雨撰，《民族文学研究》1991 年第 1 期

《清代前、中期满族布衣诗人述略》　张佳生撰，《社会科学辑刊》1990 年第 1 期

《岳端及其诗歌》　夏石撰，《满族研究》1990 年第 1 期

《近代蒙古族现实主义诗人延清》　云峰撰，《新疆社科论坛》1991 年第 2 期

《论清代满族作家文学的发展趋势和特点》　张佳生撰，《民族文学研究》1991 年第 3 期

《略论纳兰性德诗的成就》　白鹤龄撰，《承德民族师专学报》1991 年第 4 期

《岳端与"南洪北孔"》　陈桂英撰，《满族研究》1991 年第 4 期

《〈满族文学精华〉序论》　朱眉叔撰，《社会科学辑刊》1991 年第 5 期

《论八旗诗歌的主要风格及形成原因》　张佳生撰，《辽宁大学学报》1991 年第 5 期

《宗室盛昱与〈郁华阁遗集〉》　银长双撰，《民族文学研究》1992 年第 1 期

《试论梦麟的〈大谷山堂集〉》　白·特木尔巴根撰，《内蒙古民族师院学报》1992 年第 2 期

《论康熙的文学政策及其影响》　黄立新撰，《上海大学学报》1992 年第 2 期

《马长海及〈雷溪草堂诗集〉》　杨开丽撰，《图书馆学研究》1992 年第 2 期

《满汉文化交流的一段佳话——漫谈清宗室诗人岳端》　佟伯文撰，《中国民族》1992 年第 4 期

《法式善诗学观刍议》　魏中林撰，《内蒙古社会科学》1992 年第 3 期

《法式善与乾嘉诗坛》　魏中林撰，《民族文学研究》1992年第3期
《清初宗室诗人岳端的题画诗》　张菊玲撰，《民族文学研究》1992年第3期
《奕绘诗词略论》　公望撰，《满族研究》1992年第4期
《为什么没有形成人人爱读纳兰诗的局面》　罗星明撰，《承德民族师专学报》1992年第4期
《试论康熙的文化政策》　费劼撰，《江汉论坛》1992年第4期
《顾太清诗词略论》　公望撰，《社会科学辑刊》1992年第4期
《那逊兰保及其〈芸香馆遗诗〉》　白代晓撰，《内蒙古社会科学》1992年第6期
《论康熙间王公府邸庄园文学》　张菊玲撰，《中央民族学院学报》1993年第1期
《论康熙诗词的思想和艺术价值》　王志民撰，《内蒙古师范大学学报》1993年第1期
《述诸边风土　补舆图之阙——论和瑛及其诗歌创作》　云峰撰，《乌鲁木齐职业大学学报》1993年第1、2期
《康熙皇帝的军旅诗简论》　武原撰，《宝鸡文理学院学报》1993年第2期
《法式善的诗学思想及其在乾嘉诗坛上的地位》　魏中林撰，《民族文学研究》1993年第3期
《满族诗人岳端及其诗歌》　宋戈撰，《满族研究》1993年第3期
《经纬交织中的清诗流程——评朱则杰著〈清诗史〉》　魏中林撰，《文学遗产》1993年第5期
《清宗室宝廷放废及其它》　罗继祖撰，《社会科学战线》1993年第5期
《女诗人多敏与〈逸情阁遗诗〉》　于月华撰，《满族研究》1994年第2期
《论八旗文学之分期》张佳生撰，《满族研究》1996年第2期
《乾隆诗简论》　曹东方撰，《吉林师范学院学报》1996年第7期
《铁保〈联床对雨集稿本〉与〈梅庵诗钞〉对勘记》　涂宗涛撰，《北华大学学报》1996年第1期
《清代满族宗室诗坛的发展与成就》　鲁渝生撰，《满族研究》1997年第2期
《清代满族、蒙古族的妇女诗歌》　祝注先撰，《中南民族学院学报》1997年第4期
《北方诗派与宗室诗风》张佳生撰，《满族文学》1997年第6期
《略论铁保手迹孤本及〈白山诗介〉》　贺莉撰，《齐齐哈尔大学学报》1998年第1期
《清代满族诗人铁保》　李金希撰，《民族文学研究》1998年第3期
《试论国梁西域诗及其在新疆的贡献》　星汉撰，《民族文学研究》1999年第2期
《乾隆诗歌探析》　钱宗范撰，《广西梧州师范高等专科学校学报》2000年第3期
《清朝的满蒙联姻》　杜家骥撰，《历史教学》2001年第6期
《简论满族词人佟世南》　胥洪泉撰，《民族文学研究》2003年第2期
《从康熙的诗歌创作看其积极用世的情怀》　黄建军撰，《邵阳学院学报》2004年第2期
《太清诗中的女性生存本相——清代女诗人顾春诗歌论》　段继红撰，《民族文学研究》2004年第2期
《论雍正诗歌中的重农思想》　佟春林撰，《满族研究》2004年第2期
《八旗诗史案》　严迪昌撰，《西北师大学报》2004年第3期
《严迪昌教授八旗诗词史研究述评》　李圣华撰，《满族研究》2004年第3期

《曹寅与"燕市酒友"》　胡绍棠撰,《红楼梦学刊》2005年第2辑

《论清代国梁西域诗的田园之风》　尤海燕撰,《新疆教育学院学报》2005年第3期

《"十全老人""十全"诗——清高宗乾隆的诗歌创作》　史礼心撰,《民族文学研究》2005年第4期

《诗含画意　画寓诗情——论清代女作家顾太清的诗歌写作艺术》　赵雪梅撰,《语文学刊》(高教版)2005年第7期

《松筠和他的〈西招纪行诗〉》　顾浙秦撰,《西藏民族学院学报》2006年第1期

《论清代宗室诗人永忠的生平与创作》　吴雪梅撰,《满族研究》2006年第2期

《清代蒙古族诗人和瑛与他的〈易简斋诗钞〉》　米彦青撰,《内蒙古社会科学》2006年第4期

《日常化与女性词境的拓展——从高景芳说到清代女性词的空间》　张宏生撰,《清华大学学报》2008年第5期

《纳兰诗风初探》　刘艳娥撰,《牡丹江师范学院学报》2006年第5期

《从"秋红吟社"看明清女性诗社的发展》　李冰馨撰,《乐山师范学院学报》2007年第2期

《论纳兰性德的诗歌创作观》　罗艳撰,《石河子大学学报》2007年第3期

《孔尚任佚文〈长留集序〉及其他》　朱则杰、夏勇撰,《文艺研究》2007年第11期

《法式善的〈题《懋斋诗钞》《四松堂诗集》诗〉及其他》　王人恩撰,《明清小说研究》2008年第1期

《论纳兰性德的诗歌本质观》　罗艳撰,《乌鲁木齐成人教育学院学报》2008年第1期

《论纳兰性德的诗歌创作》　赵维平撰,《民族文学研究》2008年第1期

《浅析清代八旗蒙古汉文著作家的民本思想及其实践》　张力均撰,《内蒙古大学学报》(人文社会科学版)2008年第1期

《北海留遗籍,文章辟草莱——论清代第一位满族诗人鄂貌图》　雷晓彤撰,《民族文学研究》2008年第2期

《"纳兰气象"论》　张佳生撰,《民族文学研究》2008年第3期

《试论法式善〈梧门诗话〉美学追求》　李前进撰,《内蒙古民族大学学报》2008年第3期

《略论满族诗人成多禄及其诗歌创作》　张林撰,《民族文学研究》2008年第4期

《乾隆帝御制诗史学价值探微》　崔岩撰,《求是学刊》2008年第5期

《从钦定本〈清诗别裁集〉看乾隆的文化心态》　郭康松、李彩霞撰,《湖北大学学报》2009年第1期

《清代鄂云布生年及诗歌略考》　陆平撰,《北京大学学报》2009年第2期

《"辽东三老"考辨》　朱则杰、陈凯玲撰,《社会科学战线》2009年第3期

《清代蒙古诗人博明与其〈义山诗话〉》　米彦青撰,《内蒙古大学学报》2009年第5期

《延清"诗史"价值与意义探析——以〈庚子都门纪事诗〉为例》　周振荣撰,《西南农业大学学报》2009年第5期

《论清代蒙古族作家松筠的咏藏诗》　王若明、郝青云撰,《内蒙古大学学报》2009年第6期

《斌椿西方记述的话语方式》　尹德翔撰，《学术交流》2009 年第 7 期

《富察明义生平考》　吕晓华撰，《科技信息》2009 年第 31 期

《论斌良山水诗的绘画美》　吕斌撰，《满族研究》2010 年第 1 期

《论唐代"王孟"诗风对法式善诗歌创作的影响》　米彦青撰，《南京师大学报》2010 年第 1 期

《清代边疆重臣和瑛家族的唐诗接受》　米彦青撰，《民族文学研究》2010 年第 2 期

《八旗满洲第一位诗人鄂貌图考论》　张佳生撰，《满族研究》2010 年第 2 期

《铁保诗学思想初探》　岳永撰，《宁夏大学学报》2010 年第 4 期

《清代八旗诗歌丛考》　朱则杰、吴琳撰，《西北师大学报》2010 年第 6 期

《博学鸿儒科与清初诗风之变》　张丽丽撰，《上海师范大学学报》2010 年第 6 期

《罗聘〈小西涯诗意图〉考论——兼论罗聘与法式善之交谊》　刘青山撰，《艺术探索》2010 年第 6 期

《玛尔浑〈宸襟集〉与文昭〈宸萼集〉——两种清朝宗室诗歌总集及其编者考辨》　朱则杰、周于飞撰，《社会科学战线》2011 年第 1 期

《茫茫亭内茫茫吟——清初博尔都悼亡诗艺术浅析》　周芳撰，《满族研究》2011 年第 1 期

《名士法式善与"诗龛"》　刘青山撰，《民族文学研究》2011 年第 1 期

《康熙与清初宗唐诗风》　黄建军撰，《天府新论》2011 年第 2 期

《论曹寅的写心诗》　陈玉兰、余丽撰，《浙江师范大学学报》2011 年第 2 期

《卓奇图〈白山诗存〉与伊福纳〈白山诗钞〉——两种早期八旗诗歌总集及其编者考辨》　朱则杰、李美芳撰，《浙江大学学报》2011 年第 3 期

《帝王，中国文学史演进中不应轻视的力量——以康熙为例》　黄建军撰，《邵阳学院学报》2011 年第 3 期

《试论顾太清诗词创作中的女性意识》　王思齐撰，《文学界》（理论版）2011 年第 3 期

《雾里楼台看不真——秋红吟社满族成员家世初探》　刘舒曼撰，《满族研究》2011 年第 4 期

《藉海扬帆——清代满族文学汉文书写之肇端》　关纪新撰，《北方民族大学学报》2011 年第 4 期

《清代宗室诗学经典之选——兼论山师藏本〈白燕栖诗草〉的文献价值》　黄斌撰，《民族文学研究》2011 年第 5 期

《朔方气跃——由康熙朝三位满人创作看清初满族诗魂之铸成》　关纪新撰，《黑龙江民族丛刊》2011 年第 5 期

《八旗驻防族群土著化的标志》　潘洪钢撰，《中南民族大学学报》（人文社会科学版）2011 年第 5 期

《清代满族诗人铁保与朝鲜文臣的诗文友谊》　曹春茹撰，《中央民族大学学报》（哲学社会科学版）2011 年第 6 期

《清代满族文学家铁保素描》　关纪新撰，《大理学院学报》2011 年第 11 期

《杨钟羲〈雪桥诗话〉学术价值述略》　雷恩海撰，《社科纵横》2012 年第 1 期

《描摹风物，反映统一——和瑛新疆诗简论》　孙文杰撰，《滨州学院学报》2012 年第 2 期

《英廉在津创作及其与水西庄查氏家族的交往》　　叶修成撰，《民族文学研究》2012 年第 3 期

《和瑛诗歌与西藏》　　孙文杰撰，《西藏大学学报》2012 年第 4 期

《从乾隆诗看清帝国的汉化》　　崔岩撰，《云南社会科学》2012 年第 5 期

《论英廉在津登览纪行之作》　　叶修成撰，《晋中学院学报》2012 年第 5 期

《清代"千叟宴"与"千叟宴诗"考论》　　《明清文学与文献》2012 年 12 月第一辑（首刊号）

《论李杜对清代蒙古族诗人梦麟诗歌风格和意象形成的影响》　　米彦青撰，《阅江学刊》2013 年第 1 期

《清代八旗诗人丛考》　　朱则杰、卢高媛撰，《苏州大学学报》2013 年第 2 期

《和瑛诗歌与新疆》　　孙文杰撰，《西域研究》2013 年第 2 期

《浅议满族词人纳兰性德》　　孙明撰，《吉林师范大学学报》（人文社会科学版）2013 年第 3 期

《清初汉族士人认同的变迁及诗歌创作的流变——以博学鸿儒科为中心》　　张丽丽撰，《求索》2013 年第 4 期

《清代后期蒙古文学家族汉文诗文创作述论》　　多洛肯、贺礼江撰，《新疆大学学报》（哲学·人文社会科学）2013 年第 6 期

《"遁园吟社"与〈遁园杂俎〉》　　朱则杰、黄治国撰，《社会科学战线》2013 年第 11 期

《论满族作家杨钟羲〈雪桥诗话〉中的木兰秋狝之典》　　周建华、韩丽霞撰，《兰台世界》2014 年第 2 期

《从满族鄂貌图诗歌看其思想的矛盾性》　　韩丽霞撰，《佳木斯大学社会科学学报》2014 年第 3 期

《八旗文学文献视域下的〈雪桥诗话〉与〈熙朝雅颂集〉》　　韩丽霞撰，《满族研究》2014 年第 4 期

《从纳兰性德看清初满族知识分子心态嬗变》　　许永宁撰，《河北民族师范学院学报》2014 年第 4 期

《富察恩丰〈八旗丛书〉的编纂与价值考论》　　周斌撰，《民族文学研究》2014 年第 4 期

《试论清代的八旗文学》　　王苏辽撰，《辽宁师专学报》（社会科学版）2014 年第 5 期

《从八旗作家盛昱、杨钟羲交游看二人对八旗文献的贡献》　　韩丽霞撰，《佳木斯大学社会科学学报》2014 年第 6 期

《论满族诗人文昭的题画诗》　　冯文开、白存良撰，《民族文学研究》2014 年第 6 期

《清代满族作家的民族意识及其在创作中的体现》　　杨萍、杨思颖撰，《长春师范大学学报》（人文社会科学版）2014 年第 6 期

《清代中期满族文学家族及其诗文创作初探》　　多洛肯撰，《西北师大学报》（社会科学版）2014 年第 6 期

《清代满族知识女性的"忠孝节义"观及话语阐释》　　赵金丹撰，《文艺评论》2015 年第 2 期

《清代满族诗人福增格诗歌研究》　　韩丽霞撰，《文教资料》2015 年第 2 期

《杨钟羲〈雪桥诗话〉之八旗文学风格述论》　　韩丽霞撰，《佳木斯大学社会科学学报》2015 年第 2 期

《八旗作家杨钟羲〈雪桥诗话〉百年研究史回顾与展望》　　韩丽霞撰，《佳木斯大学社会科学学报》2015 年第 3 期

《论满族诗人文昭对唐诗的接受》　冯文开撰，《内蒙古大学学报》（哲学社会科学版）2015年第3期

《借鉴与创新——八旗闺媛高景芳词论析》　陈颖撰，《阜阳师范学院学报》（社会科学版）2015年第4期

《论〈八旗诗话〉与〈雪桥诗话〉中八旗文学异同》　周建华、韩丽霞撰，《佳木斯大学社会科学学报》2015年第5期

《清代鄂尔泰家族诗歌创作刍议》　多洛肯撰，《沈阳师范大学学报》（社会科学版）2015年第5期

《清代满族布衣诗人兆勋诗歌研究》　韩丽霞撰，《文教资料》2015年第6期

《论〈八旗诗话〉与〈雪桥诗话〉审美范畴的差异》　周建华、韩丽霞撰，《赤峰学院学报》（汉文哲学社会科学版）2015年第12期

《族群身份与作品解读：论清代八旗人士的〈红楼梦〉评论》　詹颂撰，《曹雪芹研究》2016年第1期

《〈八旗诗话〉与〈雪桥诗话〉之八旗文学史建构初探——以八旗诗歌为中心》　韩丽霞、周建华撰，《赤峰学院学报》（汉文哲学社会科学版）2016年第1期

《八旗诗人宝廷结社考论——以"消夏""消寒"诗社为中心》　郑利华、胡媚媚撰，《社会科学战线》2016年第2期

《蒙古八旗人物三六桥的文化贡献》　于东新撰，《兰台世界》2016年第7期

《满族文化与女性意识——论清代才女顾太清》　孙燕撰，《黑龙江民族丛刊》2017年第1期

《满族民谣中的民族历史发展特点研究——以广州等地满族民谣为例》　沈延林、吕瑞鑫撰，《满族研究》2017年第1期

《清代主流诗学影响下的满族汉军蒋氏家族的诗歌创作》　多洛肯、周松撰，《沈阳师范大学学报》（社会科学版）2017年第1期

《清代旗人与〈红楼梦〉》　张佳生撰，《大连民族大学学报》2017年第2期

《满族西域诗人觉罗舒敏与〈适斋居士集〉》　姚晓菲撰，《满族研究》2017年第2期

《从〈左庵词话〉看晚清满族词论家李佳的词学思想》　许珂撰，《淮北职业技术学院学报》2017年第2期

《论八旗诗歌重性情的特点——以杨钟羲〈雪桥诗话〉为中心》　韩丽霞、李忠伟撰，《满族研究》2017年第2期

《论满族女作家顾春诗词中的女性意识》　李聆汇撰，《满族研究》2017年第4期

《清代满族诗人宝廷诗词拾遗》　李芳撰，《江苏师范大学学报》（哲学社会科学版）2017年第4期

《〈清人诗文集总目提要〉订补——以李献箴等五位八旗作家为中心》　朱则杰撰，《关东学刊》2017年第10期

《20世纪以来满族古代文学文献整理述评》　韩丽霞撰，《满族研究》2018年第1期

《试论满族的崛起对中华传统文化的影响》　赵慧研撰，《辽宁师专学报》（社会科学版）2018年第1期

《八旗文学文献视域下的〈八旗文经〉与〈雪桥诗话〉》　韩丽霞撰,《励耘学刊》2018 年第 1 辑

《清代满族汉军蒋攸铦交友考》　周松撰,《兰州文理学院学报》(社会科学版) 2018 年第 2 期

《清代满族诗人文昭的民俗诗歌创作探究》　宁峰、侯景娟撰,《贵州民族研究》2018 年第 2 期

《清代满族才媛顾春文学思想论》　王晓燕撰,《大西南文学论坛》2018 年第 3 辑

《盛京八旗满洲文学初论》　张佳生撰,《满族研究》2018 年第 3 期

《曹雪芹旗籍研究的红学史回顾》　张玉洁撰,《红楼梦学刊》2018 年第 3 辑

《何期闺阁辈,杰出欲空前——清代满族女文人兴盛之原因探析》　冯雁撰,《社科纵横》2018 年第 3 期

《近代满族闺秀诗群创作述要》　郭前孔撰,《中国石油大学学报》(社会科学版) 2018 年第 5 期

《晚清民国旗人社会变迁与文学的互动》　刘大先撰,《南京师大学报》(社会科学版) 2018 年第 5 期

《〈八旗文经〉四题》　于景祥、胡佩杰撰,《内蒙古民族大学学报》(社会科学版) 2018 年第 5 期

《论八旗诗歌对草原文学的贡献》　李忠伟、韩丽霞撰,《前沿》2018 年第 6 期

《法式善与铁保交游考论》　李淑岩撰,《明清文学与文献》社会科学文献出版社 2018 年版第七辑

《八旗诗人恩孚考论》　米彦青撰,《内蒙古民族大学学报》(社会科学版) 2019 年第 1 期

《理学精神与满族名臣顾八代的诗歌创作》　王成撰,《满族研究》2019 年第 2 期

《清代杭州驻防八旗的文学生态》　曹诣珍撰,《中南大学学报》(社会科学版) 2019 年第 2 期

《满族文学研究的基本问题述论(1978—2018)》　李忠伟、韩丽霞撰,《内蒙古民族大学学报》(社会科学版) 2019 年第 3 期

《清代八旗进士群体文学创作活动叙略》　多洛肯、路凤华撰,《民族文学研究》2019 年第 4 期

《蒙古族八旗作家法式善序体散文初论》　李艳丽撰,《黑龙江民族丛刊》2019 年第 5 期

《皇权的闺阁回应:论八旗女作家高景芳的纪恩诗》　刘竞飞撰,《长江丛刊》2019 年第 5 期

《论浙派八旗诗人鲍鉁的生平、创作与交游》　王小恒撰,《图书与情报》2019 年第 5 期

《满族作家和邦额及其〈夜谭随录〉研究述论》　韩丽霞撰,《佳木斯大学社会科学学报》2019 年第 6 期

《旗人?杭人?——清中期杭州八旗驻防士人的乡愁书写》　李桔松撰,《励耘学刊》2020 年第 1 辑

《〈遗逸清音集〉编纂缘起与成书过程探微》　张丽华撰,《广播电视大学学报》(哲学社会科学版) 2020 年第 2 期

《清代八旗女性汉语作家研究综述》　贺晶晶撰,《青年文学家》2020 年第 3 期

《清代满族文学中的蒙古族描写研究文献综述》　唐静怡撰,《赤峰学院学报》(汉文哲学社会科学版) 2020 年第 3 期

《玉德家族诗歌创作与清代中后期满族诗坛》　侯冬撰,《兰州学刊》2020 年第 3 期

《民族文化认同与太清词的民俗文化书写》　孙艳红撰,《哈尔滨工业大学学报》(社会科学版) 2020 年第 4 期

《晚清八旗诗歌中的"中华"意识》　张佳生撰,《民族文学研究》2020 年第 4 期

《满族文人顾八代的诗歌创作及其文学史意义》　　王成撰，《民族文学研究》2020 年第 5 期

《清初满族词坛的尊体意识》　　孙艳红撰，《吉林大学社会科学学报》2020 年第 5 期

《清代八旗安养制度下的驻防蒙古文学》　　米彦青撰，《民族文学研究》2020 年第 5 期

《论八旗诗人延清的遗民情怀——兼及民初八旗遗民诗人的群体特征》　　张丽华撰，《语文学刊》2020 年第 6 期

《多民族视域下八旗诗人多隆阿考论》　　米彦青撰，《西北民族大学学报》（哲学社会科学版）2021 年第 1 期

《晚清八旗词坛名家承龄》　　张佳生撰，《满族研究》2021 年第 2 期

《八旗诗歌总集〈雅颂续集〉编纂考论》　　韩丽霞撰，《满族研究》2021 年第 3 期

《清初八旗士人群体的形成、文化认同与八旗文学的兴起》　　章广撰，《满族研究》2021 年第 3 期

《清代驻防八旗科举参与方式的流变与诗歌创作》　　李珊珊撰，《民族文学研究》2021 年第 3 期

《论满蒙八旗子弟的原乡疏离感——兼论中华民族共同体意识建构中的"文学事件"》　　米彦青撰，《文学评论》2021 年第 3 期

《论清代科第文化空间中的蒙古族汉诗书写》　　马腾飞撰，《内蒙古社会科学》2021 年第 4 期

《诗仕共进：仕进空间与八旗诗人创作传播》　　邢渊渊撰，《内蒙古社会科学》2021 年第 4 期

《清代民族交往中的身世与才情——以方苞与京城满族仕宦交往为例》　　任雪山撰，《吉林师范大学学报》（人文社会科学版）2021 年第 5 期

《〈聊斋志异〉子弟书的改编特色与清代八旗社会的文化趣尚》　　朱泽宝撰，《民族文学研究》2021 年第 6 期

《〈盛京赋〉的满族文化体现及地域文化价值》　　杜雅娟撰，《牡丹》2021 年第 20 期

《潜于独诣——论八旗词人纳兰常安》　　张佳生撰，《满语研究》2022 年第 1 期

《八旗名典〈雪桥诗话〉批评研究》　　郑升撰，《云梦学刊》2022 年第 2 期

《清代博尔济吉特氏诗人群体研究——以氏族、宗族为视角》　　张博、米彦青撰，《苏州大学学报》（哲学社会科学版）2022 年第 4 期

《八旗诗歌总集〈白山诗介〉编纂特点研究》　　韩丽霞撰，《赤峰学院学报》（哲学社会科学版）2022 年第 5 期

《满族女诗人顾太清与云南大埋石画》　　肯洪泉、何瑞芳撰，《太原学院学报》（社会科学版）2022 年第 5 期

《〈熙朝雅颂集〉成书背景及近四十年学术研究成果》　　李雨晴撰，《文化产业》2022 年第 18 期

三、学位论文

《情若柔丝　意似淡菊——论清代女词人顾太清诗词创作艺术成就与审美风貌》　　官东红撰，华中师范大学硕士学位论文，2000 年 12 月，指导教师：谭邦和

《顾太清诗词及思想研究》　　赵雪梅撰，暨南大学硕士学位论文，2002 年 5 月，指导教师：魏中林

《论纳兰性德的诗学观》　　罗艳撰，新疆师范大学硕士学位论文，2004 年 5 月，指导教师：王佑夫

《法式善〈梧门诗话〉研究》　强迪艺撰，上海大学硕士学位论文，2004 年 5 月，指导教师：张寅彭

《清代蒙古族诗人延清及其〈庚子都门纪事诗〉》　李晓涛撰，内蒙古师范大学硕士学位论文，2006 年 6 月，指导教师：特木尔巴根

《满汉融合与清初宗室诗歌》　蒋亚撰，湖南师范大学硕士学位论文，2007 年 4 月，指导教师：王毅

《纳兰诗研究》　刘艳娥撰，兰州大学硕士学位论文，2007 年 5 月，指导教师：宁俊红

《论顾太清诗歌》　李哲姝撰，湖南大学硕士学位论文，2007 年 5 月，指导教师：孙海洋

《事核词哀，独抒忠爱——延清〈庚子都门纪事诗〉考评》　周振荣撰，苏州大学硕士学位论文，2007 年 11 月，指导教师：马亚中

《宝廷诗歌研究》　张德华撰，苏州大学硕士学位论文，2009 年 5 月，指导教师：马卫中

《〈雪桥诗话〉研究》　靳良撰，新疆师范大学硕士学位论文，2009 年 6 月，指导教师：宋晓云

《康熙帝战争诗研究》　夏宁撰，复旦大学博士学位论文，2010 年 4 月，指导教师：骆玉明

《爱新觉罗·宝廷诗歌研究》　王志芳撰，浙江师范大学硕士学位论文，2010 年 5 月，指导教师：高玉海

《晚清名士盛昱研究》　刘晴撰，黑龙江大学硕士学位论文，2010 年 5 月，指导教师：郭渊

《清诗总集研究（通论）》　夏勇撰，浙江大学博士学位论文，2011 年 1 月，指导教师：朱则杰

《曹寅诗歌研究》　余丽撰，浙江师范大学硕士学位论文，2011 年 4 月，指导教师：陈玉兰

《法式善研究》　刘青山撰，上海大学博士学位论文，2011 年 4 月，指导教师：张寅彭

《诗乃心声，性情中事——论纳兰性德的"性情"观》　吴翀撰，辽宁大学硕士学位论文，2011 年 4 月，指导教师：崔海峰

《清代满族女诗人研究》　朱吉吉撰，浙江大学硕士学位论文，2011 年 5 月，指导教师：徐永明

《曹寅诗歌研究》　孙雨晨撰，漳州师范学院硕士学位论文，2011 年 6 月，指导教师：胡金望

《清代诗人并称群体研究》　陈凯玲撰，浙江大学博士学位论文，2011 年 6 月，指导教师：朱则杰

《法式善及其诗歌研究》　王娟娟撰，西北师范大学硕士学位论文，2012 年 5 月，指导教师：张兵

《清代诗社研究——以六诗社为中心》　胡媚媚撰，浙江大学硕士学位论文，2013 年 5 月，指导教师：朱则杰

《铁保诗学思想研究》　钟义彦撰，新疆师范大学硕士学位论文，2012 年 6 月，指导教师：宋晓云

《清末民初三多诗词研究》　李桔松撰，内蒙古大学硕士学位论文，2013 年 6 月，指导教师：米彦青

《清代少数民族诗话研究》　李学阳撰，湖南师范大学硕士学位论文，2013 年 5 月，指导教师：蔡镇楚

《顺康雍时期的八旗诗人研究》　严佳撰，上海师范大学硕士学位论文，2013 年 5 月，指导教师：李时人

《地域文化与满族作家志锐的〈廓轩竹枝词〉》　李欣欣撰，内蒙古大学硕士学位论文，2014 年 6

月，指导教师：赵延花

《满族女作家顾春创作中的女性意识》 李聆汇撰，长春师范大学硕士学位论文，2014年5月，指导教师：刘钊

《纳兰词与满汉文化研究》 李昊撰，吉林师范大学硕士学位论文，2014年6月，指导教师：孙艳红

《杨钟羲〈雪桥诗话〉考论》 靳良撰，上海大学博士学位论文，2015年5月，指导教师：张寅彭

《义州李氏四世著述综考》 管仲乐撰，东北师范大学硕士学位论文，2016年5月，指导教师：李德山、刘奉文

《晚清满族文人盛昱研究》 陈欣欣撰，上海外国语大学硕士学位论文，2017年5月，指导教师：张煜

《铁保研究》 徐欢撰，南京师范大学硕士学位论文，2018年4月，指导教师：彭茵

《身份·性别·叙事——文化诗学视域中的〈红楼梦〉研究》 李丹丹撰，中国艺术研究院博士学位论文，2018年5月，指导教师：孙伟科

《铁保诗文研究》 黄文撰，新疆大学博士学位论文，2018年5月，指导教师：李中耀

《清代京师文人结社研究》 李雯雯撰，上海师范大学硕士学位论文，2019年3月，指导教师：李玉栓

《清代八旗文人〈诗经〉接受研究》 杨一男撰，中央民族大学博士学位论文，2019年5月，指导教师：钟进文

《子弟书对明清传奇的改编研究》 孟慧华撰，贵州大学硕士学位论文，2019年6月，指导教师：张军

《论法式善对文学文献的整理与贡献》 白雪撰，内蒙古师范大学硕士学位论文，2019年6月，指导教师：陆有富

《清朝八旗满洲文人竹枝词研究》 王玲瑜撰，辽宁大学硕士学位论文，2020年5月，指导教师：柳海松

《八旗女性汉文别集研究》 贺晶晶撰，内蒙古师范大学硕士学位论文，2020年6月，指导教师：张丽华

《乾隆朝八旗诗人英廉研究》 田家榕撰，海南师范大学硕士学位论文，2021年3月，指导教师：郭皓政

《乾隆年间八旗汉军诗研究》 吾玥撰，辽宁大学硕士学位论文，2021年4月，指导教师：柳海松

《法式善散文研究》 李艳丽撰，辽宁大学博士学位论文，2021年4月，指导教师：于景祥

《清代满族文学中的蒙古族描写研究》 唐静怡撰，沈阳师范大学硕士学位论文，2021年5月，指导教师：王玉山

《清代光宣时期蒙古族诗人的民族书写》 王成海撰，内蒙古大学硕士学位论文，2021年6月，指导教师：米彦青

《清代杭州驻防文人诗歌研究》 李珊珊撰，内蒙古大学硕士学位论文，2021年6月，指导教师：

米彦青

《清代和瑛家族文学研究》　张丽娟撰，内蒙古大学硕士学位论文，2021年12月，指导教师：米彦青

《清代朱邸诗群研究》　孟健撰，吉林大学博士学位论文，2021年12月，指导教师：马大勇

《岳端的诗歌研究》　杨媚撰，暨南大学硕士学位论文，2022年3月，指导教师：赵维江

《清代蒙古族诗人汉文创作传播研究》　邢渊渊撰，内蒙古大学硕士学位论文，2022年6月，指导教师：米彦青

《裕瑞及其著述研究》　刘莹撰，内蒙古师范大学硕士学位论文，2022年6月，指导教师：张丽华

后　记

2009 年我参加了浙江大学的博士招生考试，报考朱则杰老师的博士研究生，但以英语听力一分之差与浙大失之交臂。成绩下达后，我满怀失落地给朱老师打电话告知此事。老师听后用他一贯温和的语气问："那你有什么打算呢？"我沉吟良久，说："老师，我明年再来。"对我的意愿，老师表示欢迎，但他也表达了担心，所以他建议我再报一个南京大学。他说这样我便多一个机会，但只要我上线，还是可以选择来跟他读书；即便我去读别的学校，有不懂的也还是可以问他。那一刻朱老师带给我的温暖感动，冲淡了我落榜的悲伤，我忽然觉得我其实特别幸运。但我还是没有听从老师的建议报考其他院校，再度孤注一掷。转年三月，玉兰花开时我二下杭州，这一次终于凤愿得偿。

第一次去杭州考试的时候，老师便带我"游湖"（后来我才知道，朱门弟子很多时候是在"游湖"中上课的）。他边走边说起他与清诗如何"结缘"，他对清诗研究的宏观设想，那时他便为我"量体裁衣"建议我做八旗诗歌研究。正式入学未久，夏勇师兄问起选题，我以"八旗诗史"相告。师兄笑说："你这个李大胆。"我当时还很疑惑这个"外号"所从何来？后面我才知道，他是笑我愣头青接大题目。回想起来，我当时可能正是因为"无知"所以才"无畏"吧。

求学四年，经常往返于西溪（浙大文学院在西溪校区）、玉泉（老师家住玉泉校区）间。朱门有个"规矩"，谁想要约老师就提前一天给老师发短信，用他的话讲"先到先得"，那次日晚上七点后老师便不做别的安排等待"接见"我们。约时间的时候老师一般会问："你是要找我谈论文呢还是要约我散步聊天呢？"如果谈论文，见面的地点就是老师的书房。老师的书房有张大书桌，桌前并排放置两把椅子。老师的椅子对着一台电脑，另外那把椅子前面师母一般会放一碗切好的苹果或是一个橙子。接下来的时间里，老师对着电脑带着我一字一句地看我写的文字，也会把他的文章打开给我看，对比差别在哪处，如何修改。我是跨专业的，什么基础都差，语句不通词不达意属于家常便饭，经常惹得老师又气又笑。我也不敢搭声，就悄悄地在笔记本上快速记录老师指出的每处问题,以便回去整理出来,希望下次不要再犯。如果不谈论文,那我们会绕着西湖散步,也偶尔去逛玉泉校区或者后面的植物园。一路上老师会谈治学的方法,告诉我怎么为人处世,教导我以后要如何平衡学业与家庭。他说:"生活是很重要的;学问是一辈子的事情,慢慢做,反正要做一辈子的,急不来的。"他也会指着某处景点给我说历史故事,然后说自己是"西湖高导"(西湖高级导游)。老师慈爱和气,我见过他与嘉丹师姐(老师爱女,极美丽优秀,以杭州高考状元考入北京大学,老师当年也是以状元考入北大的)日常聊天的情景,温声细语,耐心嘱咐。老师与师母伉俪情深,我们在书房谈论文,师母在客厅看电视,老师低声笑对我说:"我们讲文章悄声一点,不要影响阿姨看电视。"我印象中老师极少发火,总是和颜悦色语调温和,即便拖拖拉拉、愚笨如我,最惹他恼火时也不过就对我说"再不要这样"。在这样既"高山仰止"又"如履薄冰"的学习和研究过程中,我的博士论文做完了。回顾四年求学生涯结束迄今,实感拖沓怠惰致学业空疏而愧对老师勤苦培育之恩。

2014年博士论文答辩后,我与我先生一同来到重庆。他参加工作,我进入博士后流动站,跟从何宗美老师继续我的"学习"生涯。何老师博学多识,思想深刻,襟怀坦荡,尊重和善于引导学生。他问我想做什么,我说想继续八旗文学研究,他欣然应允,并以他的博学多识和细致耐心时常给予我启发帮助。在他的指导和鼓励下,我完成了"八旗词人及其词作研究"这一报告。我经常会想,我真是幸运之至,总是会遇见好老师。我初中的语文老师赵庆堂先生书法造诣很高,他带我走入中华文化尽善尽美的殿堂,我家中现在还悬挂着他写给我的"绩学敦品"四字。硕士阶段,我师从陈冬季、刘坎龙二师学治小说(陈老师病故后我转入刘老师门下),求学中又有幸亲聆王佑夫、薛天纬、王星汉、栾睿、朱玉麒等老师们的教诲。我第二次考博时需要两位老师的推荐信,我请硕士导师刘老师写了一封,另外一封我怀着忐忑的心情打电话给朱玉麒老师,朱老师慨然应允,写好后又寄给我,给了我巨大鼓励。我的学业因喜爱而缘起,因敬仰而前行,因感召而持续。人的一生中,遇见的老师很多,我不能逐一致谢,但我内心时刻未忘。

晃晃一去,流光八年。八年中,奉亲、育子以及日常的教学工作,占据了我的大半时间。加之过去几年中身体多病,故是事可可。对这部书稿,我心有愧疚,总是想再增加一些、再深入一些,但进展实在有限。书稿长久放在手里又貌似难以突破,老师也几次催我对旧有研究要做个了结,不要纠缠不要拖沓。正巧2021年学校为鼓励教师的科研热情,出台了新的专著资助办法,我尝试申报后竟得以立项。因为学校指定出版社很少做文学选题,所以我的书稿没有被通过。这里我要感谢校科研处,经研究后允许我自己选择合适出版社,资助费用也按照最高额度批准。我还要感谢学院王仕勇院长(王院长现调广西大学)和主管科研的邓伟院长,他们为我争取到了除学校资助外出版费用不足的部分。同时,也要感谢巴蜀书社在最短时间内通过我的选题申请,并跟我签订了出版合同,让我获得的资助在限期内得以履行。

此外，我要感谢曾经审阅过我书稿的多位专家（浙大博士论文内外审皆匿名，书稿申报教育部课题时也是匿名评审），感谢专家们在本书完善过程中给予的支持。我根据专家们的意见对书中存在的部分问题做出了修改，另外一部分问题，因目前学养积累和思考认知的不足，还有待后来。我要感谢本书的责编周昱岐女士，她认真负责，帮我核对了几乎全书的引文，修正了不少错误。学问一途，道阻且长，唯将夙夜匪懈，求是求真。

最后，我把我的感激送给我的家人。感谢我亲爱的爸爸妈妈，您们不顾世俗眼光义无反顾地坚持供我读书，让我理解一个女性自立自强的深刻奥义。感谢我的爱人胡波先生，对我无私的包容与忍让，让我成为这个家庭中最幸福最"说了算"的人，让我在繁杂与忙碌中一直拥有比较好的心情。感谢我六岁的女儿珮蘅，是你让我更加懂得了爱。

李　杨

2023 年 3 月 4 日写于重庆北碚

图书在版编目（CIP）数据

八旗诗歌史/李杨著.—成都：巴蜀书社，2023.8
ISBN 978-7-5531-1963-2

Ⅰ.①八… Ⅱ.①李… Ⅲ.①古典诗歌－诗歌研究－中国－清代 Ⅳ.①I207.227.49

中国国家版本馆CIP数据核字（2023）第067252号

八 旗 诗 歌 史
BAQI SHIGE SHI

李 杨 著

责任编辑	周昱岐
封面设计	冀帅吉
出　　版	巴蜀书社
	成都市锦江区三色路238号新华之星A座36层
	邮政编码：610023
	总编室电话：（028）86361843
网　　址	www.bsbook.com
发　　行	巴蜀书社
	发行科电话：（028）86361856
经　　销	新华书店
印　　刷	四川宏丰印务有限公司
	电话：（028）85726655　13689082673
版　　次	2023年8月第1版
印　　次	2023年8月第1次印刷
成品尺寸	260mm×185mm
印　　张	24.25
字　　数	520千
书　　号	ISBN 978-7-5531-1963-2
定　　价	95.00元

本书如有印装质量问题，请与印刷厂调换